Missing You 想你

（上册）

舒虞 著

青岛出版社
QINGDAO PUBLISHING HOUSE

图书在版编目（CIP）数据

想你 / 舒虞著. — 青岛 : 青岛出版社, 2020.12
ISBN 978-7-5552-9262-3

Ⅰ. ①想… Ⅱ. ①舒… Ⅲ. ①言情小说—中国—当代 Ⅳ. ①I247.5

中国版本图书馆CIP数据核字(2020)第144389号

书　　名 想你
著　　者 舒　虞
出版发行 青岛出版社
社　　址 青岛市海尔路182号（266061）
本社网址 http://www.qdpub.com
邮购电话 18613853563　0532-68068091
责任编辑 李文峰
特约编辑 崔　悦　田　宇
校　　对 张静静
装帧设计 蒋　晴
照　　排 李红艳
印　　刷 三河市良远印务有限公司
出版日期 2020年12月第1版　2021年6月第3次印刷
开　　本 32开（880mm×1230mm）
印　　张 18
字　　数 289千
书　　号 ISBN 978-7-5552-9262-3
定　　价 59.80元（全二册）

编校印装质量、盗版监督服务电话　4006532017　0532-68068638
建议陈列类别：畅销·青春文学

CONTENTS

目 录 ㊤㊥

CONTENTS

目 录 ㊦㊥

Chapter 01
重遇

凌晨结束最后一场戏，江汐下飞机后一觉睡到下午。

酒店的窗帘紧闭，地毯上的手机铃声大作。

江汐用被子蒙着头，不为所动。

十几秒后手机铃声戛然而止。

半个小时过去，江汐才睁眼，眼前是一片黑暗，意识混沌。

地上的手机屏幕亮了一下，室内晃过一片光亮，又暗了。

她掀被下床，跨过地上的手机慢悠悠地朝窗边走去，一双长腿白皙纤细，匀称笔直。

江汐拉开窗帘。

落地窗外，太阳西斜，大厦林立，高架桥上的车辆多得如蝼蚁。

房间终于通亮，窗边的茶几上扔着女士香烟和打火机。

脑袋还没完全清醒，江汐伸手拿过桌上的香烟，抽了根出来。

细细的烟夹在指间，手指显得苍白。

抽了半根烟后她才回身去床边拿手机，屏幕上是女经纪人佟芸的几通未接来电和短信。

江汐点开手机里最近的一条短信：

晚上九点维亚大酒店，四楼宴会厅举办杀青宴。你不要跟我说不去，必须给我过去。

投资人、制片人和几位导演今晚都会去杀青宴，你学聪明点儿，不用我教。

江汐的脸上没什么表情。半晌她关掉手机，把烟掐灭在烟灰缸里。

她把手机随手扔在床上，起身进了浴室。

江汐最近在拍一个古代剧，一个女三都算不上的角色，去不去杀青宴没什么关系。

但热衷于名利场的人不可能放过这种名流聚会的机会，就比如她的经纪人佟芸。

夜幕降临，北京灯火辉煌，奢华绚丽。

马路上车水马龙，江汐站在路边打车。

她戴着口罩，即使如此她的身段仍吸引路人频频回头。

一头及腰的栗色大波浪，被夜风轻轻吹起。

江汐很快打到车。

她接到一个电话——高中好友纪远舟打来的。

“昨晚就回北京了？怎么不跟我说一声？”纪远舟一口女烟嗓，声音低哑。

“凌晨下的飞机，直接回酒店了。”江汐说。

纪远舟说：“凌晨？那我是不是得庆幸你没打电话打扰我？”

这话充满了暧昧，江汐挑眉道：“很嚣张哪，纪小姐。”

纪远舟笑着问：“你在做什么？”

江汐的目光落在车窗外的灯红酒绿上：“准备去杀青宴。”

身为江汐多年的好友，纪远舟清楚江汐不太热衷这些活动，这只会是经纪人的安排。纪远舟问："自己一个人去？"

"嗯。"

"你们公司到现在也没给你配个助理？"

江汐没怎么把纪远舟的话放在心上："公司给我单独配个助理浪费了，我又没给公司赚什么大钱。"

小钱肯定有，大钱谈不上。

没见过像江汐这样给自己扎刀的，但纪远舟也不擅长安慰的那套说辞。纪远舟实话实说道："确实。"

两人相处的状态一向如此，江汐被纪远舟逗笑。

的确，江汐没什么上进心，随遇而安，工作从不争取，都是经纪人安排。这也是经纪人佟芸不喜欢江汐的原因。

纪远舟说："你也该考虑考虑往上爬了。"

路灯的光线从眼底划过，江汐懒洋洋地说："走一步是一步吧。"

目光从窗外收回来，江汐问："你什么时候有空？"

"这话应该我问你。我随时有空，得看你有没有时间。"

江汐入住的酒店离杀青宴的地点不远，她已经到了。

江汐说："明天见个面吧。"

"行。"

"先不说了，我到了。"

宴会厅。

天花板上吊灯璀璨，侍者彬彬有礼，他们的手托着红酒杯穿梭在人群中。

人们欢声笑语，觥筹交错。

宴会厅中央是重要人物的聚集地。

江汐被安排在边缘的一张桌上，同桌的是一些名气不大的艺人，其间不断有人端着酒杯起身，融入社交。

这种场合江汐也难免要应酬。

和一个前辈寒暄完，她端着酒杯回桌。

桌边的人寥寥无几，山珍海味没人动筷。

从凌晨到现在还没吃饭，她夹了几筷子食物填饱肚子，但很快便没胃口了。她放下筷子。

周围人声嘈杂，人们或真心，或假意，或奉承。

声音吵得脑袋有些昏涨，江汐起身，推门离开宴会厅。

门一关就隔绝了里头的热闹，走廊显得格外安静。

江汐有点儿起了烟瘾，环顾一圈没有看到抽烟的区域。

她作罢，转身去洗手间。

洗手间里空无一人，她站在镜前洗手。

镜里的她肤色白皙，一身吊带黑裙，腰肢纤细，天生美人骨，面相也极美。

若是眼神再动情一点儿，足以蛊惑众多男人，可惜江汐的眼神太过平淡，气质清冷。

即使如此，这张脸还是迷倒了很多人。

江汐打开手包，掏出口红抹了抹双唇。

门外传来脚步声，伴随着严肃的交谈声。有几个人路过，男人的皮鞋在瓷砖上发出声响。

“陆总，陈建总监……”

她没在意，收起口红后弯身洗手。

“开掉。”一道男声打断。声音充满了不耐烦，却不失稳重，铿锵有力。

江汐的手停住，水声哗啦，溅至镜面。

走廊上人声渐远，几秒后江汐才反应过来。脸上没什么情绪，她重新洗起手。

世间相似的音色千千万，不会如此巧合。

她关了水龙头，用纸巾擦干手，拎包出了洗手间。

宴会厅里的杀青宴正热闹，江汐回桌入座。

领导致辞，每桌的人都捧场鼓掌，江汐也跟着鼓掌。

这场杀青宴直至零点才结束，在场不少行程繁忙的名人，宴会一结束便赶往机场。

江汐没什么要赶的。她没其他人着急，等人都走了才起身离开。

她喝了点儿酒，没醉但有点儿反胃，皱着眉戴上口罩。

她站着等电梯。走廊很安静，只有酒店的工作人员出入宴会厅。

包间的门被推开，发出一阵不小的动静，江汐没理会。

“小江。”

江汐一开始没反应，直到对方喊了第二声她才意识到是在叫她。

她回头，来人不陌生，是去年拍剧认识的导演。

男人中年发福，脸上堆着笑：“戴口罩也能认出你。”

江汐礼貌地点头：“李导。”

“怎么在这儿？”

“今晚有杀青宴。”

男人的目光毫不掩饰地打量她：“结束了？”

“嗯。”江汐无视这种无礼。

还未等李导说什么，她已经开口：“抱歉李导，我有事儿先走了。”

电梯刚好停在她面前。

李导却迅速抓住了她的手腕：“急什么？会给你好处，有空吗？”

对方明显喝过酒了，开口一阵酒气。江汐微皱眉，语气却仍得体：“不好意思，没空。”

“没空？”

电梯门缓缓打开。

外面的人和里面的一行人正好打了个照面。

抓在手腕上的手令人反感，江汐蹙眉。她想甩开李导的手，却发觉李导先松开了手。

“陆总。”李导已经换上讨好的笑。

江汐有点儿意外，抬起眼，原本只是随意一瞥，却在看见里面的人时视线一顿。

男人西装革履，五官英气，天生一副好皮囊。

他垂着眼漫不经心，长睫毛在眼底投下一片阴影，闻声抬眼看了过来，眼神阴鸷冷漠。

江汐没来得及收回目光。

四目蓦然相对。

多年未见，当年校服穿着没个正形的少年如今西装笔挺。

他看着她。

江汐的眼神很平淡，口罩下的脸没有半分情绪。

只一秒，他淡漠地移开了眼，没有探究，浑然不感兴趣，冷淡，陌生。

江汐垂在身侧的手指蜷缩了下。

他没认出她。

他没认出口罩后的人是谁，或者说，早已不记得她。

众人从电梯出来，李导已经迎上去："陆总，我还以为您有事儿先走了，正好刚才没赶上跟您喝上一杯，要不再进去一起喝几杯？"

旁边的助理开口说："不好意思李导，陆总和徐导有事儿要谈，有空改日再约。"

李导跟徐导徐国生最近在共同拍摄一部剧，明面上和和气气，暗地里却不是特别融洽。

但毕竟是名利场上混久的老狐狸，李导碰了一鼻子灰，没有把不满放在脸上，仍笑容满面地说："那行，老徐刚才正找你呢。"

江汐早已趁没人注意进了电梯。电梯门缓缓关上，外面的寒暄声渐渐模糊。她抬手按楼层，垂着眼漠不关心。

电梯门快关上的瞬间，江汐抬起了眼。

他的背影挺拔出挑，身上带着不善的冷漠，他懒得跟身边的人交谈半分。

他只礼貌性地点下头，径自经过。

电梯门关上，下降。

江汐收回目光，自始至终情绪没有一丝波动。

她回到酒店已是凌晨，灯灭人眠。

整个白天江汐是睡过去的，现在没有一丝困意。往常喝酒总能睡个好觉，今天她却异常清醒，哪儿哪儿都不正常。

她的后颈靠在沙发背上。江汐盯着天花板发闲呆，脑袋空空的，什么都没想。

十分钟过去仍旧没有一丝睡意，江汐干脆又去浴室冲了个澡，觉得出去一趟即使不出汗浑身还是不舒服。

从浴室出来，江汐浑身充满水汽，身上搭一条浴巾。

江汐走去窗边，地上留下几个水印。

酒店高层，窗外路灯成海，车辆移动。一个再平常不过的日子。

江汐拉上窗帘，顺手关灯，屋内暗下来的那刻心里一阵轻松。

刚歇工一天，拍戏那段时间身体上的疲惫还没缓解，江汐洗个澡把疲倦一扫而尽。

她没再想什么，窝进被子里睡觉。

同一时间，市中心某大厦三十七层，总裁办公室。

助理敲门进来走至桌前："陆总，人已经安全到酒店了。"

男人正结束跨国线上会议，松了领带。

"嗯，出去吧。"

隔日清晨，江汐被闹钟叫醒。

今天江汐有采访拍摄的行程，给新剧宣传做准备。

江汐虽算不上上进，但对待工作一向认真。她没赖床，关掉闹钟起床洗漱。洗漱后护肤化妆，江汐格外地熟练流程，三两下便搞定。

都说美人化妆跟不化妆没什么区别，江汐便是如此，上妆和不上妆的效果不相上下。她不上妆疏离冷淡，上妆少层距离感，增添妩媚。

镜子里她的妆容不浓不淡，眼尾晕染着一抹红。她的眼神没什么感情，过分空洞。

化完妆叫的餐正好送到，江汐起身开门。

她起身太急，撞到了旁边的矮桌，一沓报纸啪嗒落地。

她应声低眸。

过期的财经报纸，几个月前的，各种经济学、金融学的字眼。

世态变化、权臣易位一向是市井人们茶余饭后的谈资，不管哪个圈子都会感兴趣。报纸的头条一向迎合大众的兴趣。

“陆氏易主，陆家继承人归国，为新一任掌权人。”

江汐的目光淡漠。

从昨晚碰面到现在，她故意忽略，故意不去想起他，当作什么事儿都没发生过。

她用麻木营造的平静却在此刻被这轻飘飘的三个字轻而易举地摧毁。

陆氏华弘集团的新一任掌权人——陆南渡。

华弘集团无人不知，是长达半个世纪的多行业巨头，稳居顶峰地位。家族企业继承人前几个月从海外归国，正式入主集团。

利益场如沙场，刀枪匹马，兵戈相向，胜者为王败者为寇。纸上报道得正式官方、无足轻重的几个句子，背后却不知有多少波谲云诡。人们只能知道最后站在顶端的那个人，不是简单的角色。

江汐没感到多意外。

他还真是没变，心狠手辣，算计人心游刃有余，一个天生的狩猎者。

江汐缓缓闭上了眼。她也曾是他的猎物之一，被他一箭致命。

她想到不该想的，睫毛轻颤了一下。

门外的敲门声再次响起，伴随着询问声。江汐这才想起门外还有人等，神情瞬间恢复自然，走去开门。

“您好，请问有人在吗？”

江汐把门打开，服务员的话音正落。她道歉道：“不好意思，刚才有事儿没听见。”

“没事儿，”服务员的笑容得体，他将托盘递给她，“您的早餐，请慢用。”

江汐接过后道谢。

江汐关门往里走，报纸还散落在地上。她瞥了眼，半晌才将早点搁在旁边的茶几上，走近蹲下身。

她没再看报纸上面的内容，捡起它们扣在桌面上。她又变成了无事人，起身到桌边吃早餐。

采访用时不长，江汐从媒体大楼出来时正值正午，时间还早。

接下来没行程，江汐回酒店收拾东西回家。

自从进入这个圈子，她回家的次数急剧减少，好在江汐没有需要孝顺的长辈。

上次回家是三个月前，进组后江汐就没再回来过。

家里定期有人打扫，不至于落灰，和上次离开时没什么两样，除了走前拉上的窗帘被拉开了。

屋里亮堂堂的，江汐有点儿抵触明亮，想过去拉上窗帘。

高层的落地窗外，天空一片灰蒙。暴雨将至，没有晴天时明亮。

算了，她转身回卧室。

难得一天清闲，江汐没出去，也没找事儿做，在床上躺了一下午。

和纪远舟约了晚饭，快到傍晚的时候江汐才从床上起来。她拿过手机看见纪远舟一个小时前发过来的消息：

“工作上出了点儿问题，晚饭你先吃，晚点儿请你喝酒。”

纪远舟在一家企业工作，最近升职当上总监，正是事务缠身的时候，江汐能理解。

她不是很饿，玩了盘游戏后觉得实在无聊，换了身衣服下楼。

外面下过一场大雨，气温骤降。小区枯树残叶，地面一片湿漉，路灯光线昏黄。

雨天路上的行人不多。江汐没打车，花了四十分钟散步到春

熙街。

春熙街以吃食闻名，有着各式各样的美食，口味囊括东西南北。这条街一年四季都很热闹，客人络绎不绝。

江汐和纪远舟在上大学的时候经常来这儿吃火锅，今晚就约了在这边见面。

她刚进店，一身黑白制服的服务员便上来接待："你好，请问几人？"

"两人。"

"好的，这边走。"服务员将江汐引至窗边的一个座位，把菜单递给她。

江汐接过，点完菜后把菜单还给服务员。

手机响了，江汐瞥了眼屏幕，接通电话。

纪远舟问："你在哪儿？"

"已经到了，你忙完了？"

"嗯。"纪远舟没多说，"我上来了，你在哪个桌？"

江汐懒洋洋地侧过头，纪远舟正从大门进来。江汐抬手示意："看见没？"

纪远舟正好看见她，挂了电话。

"点了？"纪远舟到桌边坐下，脱下身上的风衣。

江汐点头。

两人是十年好友，饮食喜好对方都清楚，纪远舟也就没问江汐点了些什么。

江汐给纪远舟斟了杯茶。纪远舟接过，喝了口茶暖身。

江汐用手托着下巴说："下次忙不用跟我说是为工作。"

纪远舟笑了："怎么发现的？"

江汐也跟着笑，用食指轻点了下自己的脖子："眼尖。"

纪远舟一下了然，也不介意被江汐看到，轻拨了下衣领遮住吻痕："不过也的确是为工作。"

纪远舟不准备细说，江汐也没再问她。朋友关系再亲密也该有自己的秘密。

火锅很快上桌，菜色丰富，热气氤氲，红椒浮在油面上，肉片翻滚。两人边吃边闲聊。

玻璃窗正对着街道，街上的年轻男女三两成伴，应该是附近的大学生。

“毕业到现在有五年了吧。”江汐看着窗外忽然说。

“差不多，”纪远舟顺着江汐的目光看街上的人，“年轻挺好。”

十几二十几的年纪，人生阅历几近空白，心有一腔热情，什么都无畏，干净又炽热，是最好的年纪。

江汐收回目光：“估计现在这些学弟学妹还能经常听到你的名字。”

美女的名声不会过时。纪远舟在大学的时候是公认的校花，长相出色，那几年不少人追着她要联系方式。

纪远舟正涮牛肉片，瞥了一眼江汐：“还说我？你可是在高中的时候就有一大堆小屁孩儿给你写情书。”

现实中漂亮的人不少，但江汐的相貌出众到能与普通美女拉开一大段距离。

美从来都是撒手锏，造物主偏爱的人，人类只会对其更偏心，所以江汐从小收到的爱意不计其数。

但这一切在高三暑假那年戛然而止。

那一年，江汐被陆南渡追到了手。

江汐这个好学生是出了名地难追，谁都没想到第一个追上她的人会是那个三天两头打架斗殴，把逃课当便饭的不良少年。

当时不乏意气用事的男生跟陆南渡叫板，扬言会继续追江汐，但都被陆南渡打掉半条性命。后来没人再敢追江汐，因为谁也不想惹陆南渡。

江汐的那些事儿纪远舟记得一清二楚。纪远舟没提起，只模糊道：“以后看人长点儿心眼，没必要在一棵树上吊死。”

江汐知道纪远舟是为她好，笑了笑说：“知道了，晚点儿请我喝酒这话还算不算数？”

“当然。”

Iceland酒城。

音乐震天，舞池里手臂挥舞，狂热喧闹。空气里弥漫着酒精的味道，迷离又颓废。转灯晃动，光点流过玻璃酒柜，光线昏暗得看不清人脸。

西边的一个半包式皮沙发上，男女三五成群，欢声嬉笑，酒瓶碰杯，夹杂着男人混不吝的几句黄腔。

这桌在座的都是世家子弟，家里有钱有势。

旁边有人问起陆南渡，沈泽骁的手挂在对方的肩上，两人互碰了下酒瓶，沈泽骁的下巴朝入口抬了下：“喏，这不就来了？”

陆南渡刚从华弘集团过来，身上的西装还没换下，眉宇间还留着工作时的严肃。

身高腿长，样貌不凡，再加上陆家家世显赫，陆南渡一出现就吸引了不少目光。

在座的大部分人跟陆南渡不熟，鲜少关联，能跟陆南渡同桌还托沈泽骁的福。沈泽骁是典型的二世祖，朋友众多，和陆南渡是多年好友。

舞池已换新歌，依旧吵闹。

沈泽骁在身旁给陆南渡留了座位。沈泽骁两手各执一杯酒，一杯递给了陆南渡，吊儿郎当地说：“大忙人总算来了，迟到了自罚一杯啊。”

周围的人跟着起哄。

陆南渡脱下西装外套，没有了工作时的不苟言笑，身子陷进沙发里。

陆南渡的五指骨节分明。他解开一颗衬衫扣，踢了沈泽骁一脚，笑骂道：“滚。”

沈泽骁这才作罢，碰了下陆南渡的酒杯：“公司这么忙？”

陆南渡掀起眼皮问："要不你试试？"

"我就算了。"

陆南渡笑了下，垂眸把玩手中的酒杯。

沈泽骁轻撞了下陆南渡的肩膀："看到那边那个女孩儿没？"

陆南渡懒得理他。

沈泽骁又说："这女孩儿今晚奔着你来的，你不就好这口？"

女孩儿的气质冷淡疏离，她跟个仙女似的。

酒里混着冰块，杯壁上凝着一层冰凉的水珠。陆南渡的指尖有一搭没一搭地敲打杯壁。

不知是沈泽骁的哪句话吸引了他，抑或只是捧场，他抬眸看向对面。

沈泽骁说："许韶的朋友，还在上大学。"许韶，沈泽骁的现任女友。

女生身穿吊带裙，见人看过来羞赧地低头。

陆南渡悻悻然，一秒便过。

沈泽骁难以置信地说："不感兴趣？"

圈子里不少人很花心，沈泽骁没想到陆南渡却越来越禁欲，调侃道："再这样下去你行？"

陆南渡笑着说："行不行关你屁事儿。"

"啧，我这不是为你的以后担心？"

陆南渡问："有烟没？"

沈泽骁扔了包烟给他。

吧台。

江汐的手半撑着脑袋，她看着舞池里摇摆的人群，小啜一口啤酒。

酒吧的音浪不小，震得她的耳膜不舒服，脑袋也发昏。

江汐单手晃了晃酒杯，问了调酒师洗手间的方向。调酒师指着西南方位。

她道谢，从高脚凳下来，途中经过卡座区，光线不明朗，人脸模糊。

突然有人起身，也许是想去吧台拿酒，江汐来不及躲避，两人正面撞上。

女人后退，连忙道歉："不好意思。"

江汐说："没事儿。"

动静不大，同个卡座里没人注意这边。

江汐重新迈开脚步。

卡座里一道柔软的女声传来："陆先生，我给你倒酒。"

"不用，不喝了。"

成熟的男性声线，没有不正经，低沉悦耳。

江汐的脚步顿住。

借着微光，隐匿在黑暗里的一切渐渐清晰。

陆南渡放松地坐在沙发里，头微垂着，高挺的鼻梁投下阴影，指间夹一点儿猩红。

二十个小时前她刚看过的脸。

与此同时，陆南渡似乎发现什么，抬眼看了过来。

转灯的光线晃过，碎片五光十色。周围所有的声音仿佛都消失了，空气静止不动。

陆南渡看着江汐。

江汐没回避，目光和他交会，很平静。

不知是不是她的错觉，又或许只是光线过暗，陆南渡的眼里似乎滑过一丝无措。

他的左手藏到了身后，烟不见了。

这次江汐看得一清二楚，眼里却没什么波动。

陆南渡一向烟瘾大，以前在一起的时候江汐不是很喜欢他抽烟，经常不让他抽。那段时间陆南渡的烟少抽了很多。

原来他还记得她不让他抽烟。

江汐垂眸，自始至终没什么表情，不知道在想什么。

陆南渡的视线也一直没离开她。

江汐抬头，没再看陆南渡，往洗手间走去。

洗手间里，江汐平静地洗手。

她没想到会再见到陆南渡，以为上次只是巧合。

江汐抬眼，镜子里自己侧颊的发丝有些凌乱，肤色苍白。几秒后她直起身，离开洗手间。

刚出门江汐就见墙边倚着一个人。

陆南渡双手插兜，背微弓靠着墙。衬衫的衣领有点儿凌乱，眼底有几丝猩红。

江汐看见他的第一眼也愣了下，很快又恢复自然，一步没停地经过他。

下一秒她的手被扣住。

江汐走不动，手腕上的那道力气大得像要把人捏碎。

谁也没先开口说话。走廊有人路过，奇怪地看着他们。

几秒的沉寂后，江汐率先开口："松手。"声音过分冷淡。

陆南渡没动。

江汐试图转动手臂抽出。

陆南渡力度又大了一分，怕她跑掉似的。

江汐终于有了一丝情绪，回头却对上他的目光。

陆南渡紧紧地攥着她的手，那双眼睛还是跟以前一样好看。

两人离得很近，近到江汐能看见自己在陆南渡眼中的影子。她挪开视线，要走。

"姐姐。"他的声音有些嘶哑。

江汐有一瞬凝滞，心里被戳中。

她仿佛又看到八年前，不管人前多不好惹，私底下却分分钟要黏着她的少年，让人都忘了最会玩弄感情的也是他。

他一如既往地知道她的弱点，在她的面前披着无害的羊皮。

江汐开口："别叫我。"

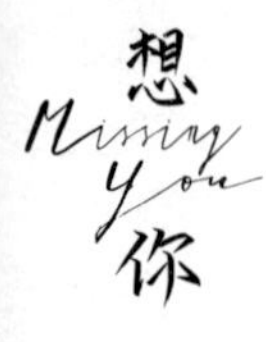

身后人是什么神情，江汐不想看。

陆南渡还是没松手，眼里闪过一丝黯淡，终是一句话没说。

“松手。”江汐又说了一次，语气平淡。

不知过了多久，陆南渡松了手。

江汐的手臂无力地垂至身侧，她没回头，径直离开了走廊。

江汐从洗手间回来，纪远舟坐在吧台前喝着酒等她。

她问纪远舟：“不怕我不见了？”

纪远舟的身上还穿着工作时的衣服。她单手拿着酒杯，散发着一股颓散的气息：“你不是我，不会跟男人跑。”

江汐笑了。

“还喝吗？”纪远舟问她。

江汐摇头说：“不喝了，走吧。”

两人结账后从酒城出来，时间已近凌晨，街上行人稀少。

昏黄的路灯将她们的影子拉长又变短，秋风卷起地上的落叶。

江汐的身上只穿着一条单薄的裙子，纪远舟穿得比江汐多，就把小西装外套披在江汐的肩上。

两人都没开车，站在一家便利店外面等车。

网约车还有段时间才到，纪远舟掏出烟盒问：“抽吗？”

江汐又想起酒吧里藏烟的陆南渡。

她没什么情绪，几秒后下巴懒懒地朝旁边挂着的禁烟标志示意了下：“禁着呢。”

“眼力挺不错。”纪远舟收了香烟。

水泥地面上的雨渍未干，偶有车辆过街，载走从酒吧出来的醉汉。

纪远舟开口：“遇着人了？”

江汐没感到多意外。酒城就这么点儿地方，纪远舟应该也看到了。

江汐点头。

“所以我刚才没去找你，”纪远舟说，“他肯定堵你去了吧。”

江汐无奈地笑了下："你还真懂哪。"

"男女之间不就那点儿事儿。"

时隔多年，这是江汐第一次跟纪远舟谈起陆南渡。

高中时她们的关系便要好，她的那点儿破事儿纪远舟也知道。

纪远舟笑了声："倒是混得人模人样的。"

江汐知道纪远舟在说陆南渡。

"高中那会儿他不学无术、吊儿郎当的，"纪远舟说，"你都能被他迷得七荤八素的。"

陆南渡现在年纪轻轻事业有成，人帅多金，更容易让人着魔。

纪远舟一向不喜欢多管闲事，不管是外人还是朋友，但今天却多说了一句："这么多年过去，心眼该长点儿了。"

或许当年的旁观者早已不记得那些事儿，但江汐记得一清二楚，自己如何被哄骗，掉入他设计的圈套。

风吹起她侧脸的发丝，她说："都不是小孩儿了，哪还会像以前一样。"

纪远舟没回话，只是笑了笑。

网约车很快到了，两人上了车。

又是一个阴天。

江汐开车去公司，赶上早高峰，到公司时已经九点多。

江汐今天穿着一身白短T恤、牛仔裤，外面套了件黑色皮外套，刚进电梯就收到经纪人佟芸的消息。

"到公司了来我办公室一趟。"

江汐把手机揣回兜里，坐电梯直上。

佟芸的办公室半掩着门，江汐抬手叩门。

屋内没人回应。

"佟芸姐。"江汐又敲了下门，依旧没有回应。

她推开门，发现办公室里没人。

江汐没进办公室，站在外面等。

佟芸倒是回来得很快。看江汐在走廊上站着，佟芸问："怎么不进去等？"

"刚到不久，没事儿。"

佟芸率先走进办公室，嘱咐道："把门关上。"

江汐关上门。

佟芸在办公桌后坐下，示意江汐："坐。"

江汐在佟芸的对面坐下。

佟芸扔了本合同过来，背靠着椅子，十指交叉着放在胸前："看看。"

江汐抬眸看了她一眼，指尖按住合同拖了过来。合同上是同公司的一个女明星和某有名品牌签下的代言。

"今天早上刚签的。"佟芸说。

江汐没再往下翻，把合同放回桌上。

"你知道这个资源是从谁手里拿来的吗？"佟芸慢条斯理地问。

江汐靠在椅子里笑了下："我去哪儿知道。"

佟芸的脸上没什么表情："李导，几天前你在维亚酒店见过的李导。"

李导，就是那天参加完杀青宴后，在电梯前问江汐有没有空的那个导演。佟芸会知道这件事儿肯定是李导告诉她的。

江汐没说话。

"你不愿意做的事儿，圈里愿意的人有的是，不缺你这一个，"佟芸用指尖点了点桌上的合同，"这就是个例子。"

江汐语气平淡地说："结果是什么？"

"结果就是你碌碌无为，别人跻身上流。"

佟芸这一番话下来，没给江汐回话的机会。

江汐也没准备说，佟芸训她的次数多了去了。

"自身条件不差，再学聪明点儿，资源自然会找上门。"

"聪明？"

“不用跟我装傻，最聪明的就是你，不是吗？”佟芸说，“别人的聪明对门路，而你是反被聪明误。”

江汐移开眼睛。

江汐太聪明了，过分清醒，利益完全驱使不了她。

“如果你一开始进圈不是为了红，那你又为什么要进入娱乐圈？”佟芸补了一句，“没必要。”

进入这个圈子，没人不想火，谁都不想碌碌无为，不被人看到。

江汐几乎全程没说话。

佟芸估计也不想多说了，坐直身子开始处理公事：“剧组让你回去补拍些镜头，你回去收拾收拾东西明天过去，出去吧。”

江汐起身。

她快离开办公室时，佟芸叫住了她。

江汐停住。

佟芸没看她，笔尖没停：“清高不能当饭吃，这种东西没什么用，不值钱。”

江汐垂眸又抬眸，没回头地离开了办公室。

上了一节台词课后，江汐才离开公司。

几个小时没出来，外面已经变了天，乌云压顶，大雨倾盆，风吹树摇。

江汐坐电梯去负一层取车。车开出停车场，豆大的雨点往车顶上砸，噼里啪啦响。

风挡玻璃一片水帘，雨刷规律地运作。大雨一时半会儿停不了，行车比平时困难一些。

车在半路堵在了红绿灯路口，前方有路口被淹。

江汐倒是不急，跟着前面的车慢悠悠地前进，车流缓慢往前，到郊区公路的时候车辆才逐渐变少。

天边一道灰白的分界线，雨量没有减小的趋势。车疾速而过，水花四溅。

人行道上有打伞的行人，江汐放慢了速度。

中途收到手机信息，江汐瞥了眼，是剧组的负责人发过来的剧组行程表。

她收回目光。

也就在她低眸的这两秒之间，一个穿着雨衣的小孩儿从人行道上跑了出来。

江汐看到时已经来不及防范，方向盘猛地往右边打。

右边有车经过，在快撞上的那刻江汐及时地调整方向盘。

轮胎摩擦水泥地，发出一阵刺耳的刹车声。

江汐的身子被安全带勒着撞回椅背。即使两辆车没撞上，她还是感觉到了车侧有摩擦。

刚才闯过马路的熊孩子已经跑进小区，闯了祸而不自知。江汐收回目光，解开安全带推门打伞下车。

柏油路积了层水，江汐的裤腿被打湿，她绕到车前。

对方的黑色车侧被蹭出一道剐痕，痕迹不浅。

江汐有点儿不好的预感，看向对方的车标——迈巴赫。

果然车子价格不菲。

江汐皱眉。

隔着车窗，后座的陆南渡西装革履。

陆南渡扣上腿上的资料，从她的身上收回视线。

“秦津，下去处理。”

“是。”

Chapter 02
前任

雨势越来越大。

副驾驶座上有人下来。江汐抬眼，一个戴着金丝边眼镜的男人撑着黑伞走了过来。

江汐道歉："抱歉，剐花了你们的车。"

他的长相温润，西装革履，一丝不苟的样子。他查看车侧后看向江汐："全责不在你，是小孩儿过马路没看车。"

江汐有点儿意外。

按理来说，一般人遇到这种状况不会是这样的态度，即使这场事故是小孩儿没注意过往车辆闯马路而导致，但一般在这种产生纠纷的情况下，对方会一口咬死江汐的责任，争取最大的赔偿。

但眼前的人没有这样做。

看出江汐的疑惑，秦津继续道："但你有部分责任，所以我们还是得协商赔偿。"

这才是一个商人该有的样子。江汐不是不讲理的人，自身有责任她不会逃避。

她点头："好。"

江汐对秦津或许没印象，但秦津记得她。

之前他们在维亚酒店的电梯前见过面。当时江汐回酒店已近凌晨，陆南渡安排秦津跟车去酒店。至于为何陆总当时把人认出来了却装作不认识，这点秦津不清楚。

秦津聪明，处事有分寸，一番话下来既取悦了陆南渡，也不让江汐产生怀疑。

不让江汐负全责，陆南渡满意这样的处理，而让江汐负一部分责任，既不让她产生怀疑还能给陆总留出接触的机会。

他办事儿稳妥得滴水不漏。

江汐答应协商处理。秦津道："至于赔偿标准，得先看一下我们总裁的意见。"

江汐这才知道车里还有人，下意识地瞥了眼后车窗，车窗紧闭看不见人脸。

江汐挪开视线，点头。

秦津点头致意，转身走到车后。

雨点砸在伞面上，江汐的脸上溅了几滴雨，她看着迈巴赫的后车窗降下半截。

雨幕浓重，陆南渡只露眉眼，轮廓模糊。

江汐看见秦津跟车里的人说了几句话，得到答复后点头。

车里的人把车窗升了上去。

江汐收回目光。

秦津很快回来，即使是在大雨天，他的举止依旧得体："请问怎么称呼？"

"姓江。"

"江小姐，我们总裁待会儿还有事儿，而且现在雨不小，就先不耽误你的时间了。"秦津说，"如果你方便的话，先留个电话号码。"

对方的态度从头到尾都很好，况且江汐剐蹭的不是普通的车，而是迈巴赫。她点头配合说："可以。"

江汐留了手机号码。

等对方的车开走后，江汐才启动车子。

本来车互相剐蹭不是一件多愉快的事儿，但对方的处理态度使得江汐的心情丝毫不受影响。

她没在原地停留，驱车离开。

隔天早上江汐才开始收拾东西，在客厅把行李箱摊开。

她坐在沙发上发信息，跟剧组的负责人确认点儿相关事项。

艺人的工作不比一般人，他们没有固定的工作地点，经常几天辗转几个地方，甚至一天就坐两班飞机，忙到脚不沾地。

跟负责人确认好，江汐把手机扔在一旁。

这趟过去就几天，时间不是很长。江汐起身去卧室的衣柜提了几身衣服扔进行李箱里。

收拾得差不多，她却半天找不到身份证。

江汐给纪远舟打了个电话。上次江汐和纪远舟出去，衣服没口袋，身份证应该是放在纪远舟那里了。

纪远舟估计在忙，挂了电话，很快回了短信过来：

"在开会，什么事儿？"

江汐说明了情况。

纪远舟快速简洁地回了句：

"在你卧室床头柜的抽屉里。"

江汐这才想起，那天晚上喝酒后纪远舟在江汐家过夜，应该是顺手放抽屉里了。

她放下手机去卧室，不知道纪远舟会放在哪层抽屉。江汐拉开最上面一层，果然在里面。

江汐拿出身份证，视线触及下面的一沓纸张，脸色一变。

画稿。

她以前在闲暇或练习时画的画，全都堆在一起。

江汐以前是学画画的。

太久没打开这个抽屉，她都忘记里面放了这些东西。

江汐不知想到什么，关上了抽屉。她就地坐下，已是秋天，瓷砖的地面发凉。

冷静一会儿后，江汐才发现自己的指尖发凉，脸色早已恢复平常。她平淡地瞥了眼抽屉。

几秒后她从地上起来，出了卧室。

昨天狂风暴雨，今天已经是个大晴天。江汐顺利搭上了下午五点的飞机。

落地时天色已晚，天上星点零落，江汐打开手机才看到家人发的短信。

"小汐，什么时候回来？阿姨好久没见你啦。"

江汐的母亲早逝，父亲组建新家庭后基本上跟孩子没联系，只剩她和弟弟江炽相依为命。好在弟弟懂事儿，虽浑了点儿但从来不给她惹麻烦。

那时候江汐和江炽小，隔壁邻居夏家夫妇很照顾他们，他们俩就这样被从小照顾到大。江汐和江炽可以说是夏家夫妇养大的孩子。

江汐在等行李，看到夏欣妍发过来的消息笑了下。

现在是晚上十一点，估计长辈已经睡下。江汐没打电话打扰，只发了条语音："刚下飞机，这几天拍戏，过几天回去。"

说完她又发了条语音："您自己多注意点儿身体。"

很快行李到了，江汐收了手机，拿上行李打车离开机场。

江汐连着几天早起拍戏，清晨四五点就起床换装化妆。古代的妆发复杂些，造型师和化装师得捣鼓两个多小时。

剧本新增的内容不少，但江汐是配角，台词不是很多，大多时候还是主角的场景。

今天是最后一天拍摄，中午收了工正好是午饭时间，剧组提议聚餐。

江汐不热衷这种场合，借口赶飞机推掉聚餐。

下午两点多的飞机，江汐在机场等了半个小时，直飞老家。

傍晚，江汐刚下飞机就感觉到了扑面而来的水汽。

海边的城市空气湿润，满城榕树。江汐从小住在这个南方城市，这里虽然不比北京繁华，但生活节奏慢，是个度假的好地方。

江汐打车离开机场。她没跟夏欣妍说今晚回来，免得夏欣妍一整天都在等她。

街上树荫繁茂，商铺拥挤。

绿色出租车驶过街道，江汐在路口下了车。

居民区里坐落着一栋栋小别墅，江汐远远看见夏家亮着灯。江汐和江炽都在外工作，很久没回家。隔壁的江家一片漆黑。

江汐推开夏家的院门，院子里种了不少花草。

跟普通的小区住户不同，这里的住户白天一般不关大门。江汐进门喊道："阿姨。"

屋里的夏欣妍正收拾碗筷准备吃晚饭，听到声音赶忙从餐厅出来。

看见江汐回来夏欣妍很惊喜："小汐，怎么没跟我说一声就回来了？"她说着就要接过江汐的行李箱："快，快进来吃饭。"

江汐避开她伸过来的手说："我自己拎就行了，不重。"

"先放旁边吧，吃完饭再说，饿了吗？"

"还行，"江汐将行李箱推至墙边，"晚饭做了什么？"

"就几个家常菜。你这孩子，回来也不先告诉我一声，我好准备你喜欢吃的。"

江汐笑道："没事儿，我不挑。"

厨房里还熬着汤，夏欣妍差点儿忘了："我去端个汤，你赶紧洗手准备吃饭了呀。"

江汐洗手后进餐厅，看桌上只盛了两碗米饭："我叔呢？"

夏欣妍把身上的围裙脱下来："你叔今晚加班，不回来吃。"

江汐在夏欣妍的对面坐下，夏欣妍给她夹了个鸡腿："多吃点儿肉，看你都瘦成什么样子了。"

江汐本身是吃不胖的体质，所以做了艺人后也不怎么需要控制饮食，吃还是照常吃，就是有时候胃口不好。

江汐说："我不一直这样？"

"以前那是正好，现在是太瘦了。"夏欣妍说，"你这工作太累了，每天飞来飞去没个空闲日子，还……"

夏欣妍不知道想到什么，没说下去了。

江汐知道她想说什么，安慰道："我现在身体很好，没什么事儿。"

夏欣妍又夹了一筷子的肉放进江汐的碗里："没什么事儿最好，每天吃好睡好。现在你们都长大了，一个个都去了外面。阿姨照顾不到你们，你们也不常回来。"

江汐安慰她："我这不回来了吗？"

夏欣妍笑着说："是，你们能回来就好。上个周末江炽和夏枕也抽空回了趟家，不过公司忙，待了两天就回去了。"

夏欣妍有个女儿，年纪比江汐小几岁。小姑娘漂亮乖巧，也是江炽的女朋友，这两人青梅竹马。

当时全家人知道他俩在一起时还说肥水不流外人田。

"你们这一个个忙得，江炽和夏枕的公司忙，你的工作也忙，"夏欣妍说，"该休息的时候要注意休息，休息好了才能长肉。"

江汐笑道："知道了。"

晚上江汐陪夏欣妍在客厅看电视。夏欣妍见她回来高兴，拉她说了一晚上的话。

第二天夏欣妍才想起问江汐正事儿："你最近谈男朋友了没？"

秋天的清晨空气发凉，江汐拿水壶浇花。她穿着一身薄裙，蹲在地上裙摆曳地。

她慢悠悠地浇着花说："你都知道我忙了，哪有时间交男朋友。"

"忙归忙，你今年二十七了，该为以后想想了。"

江汐这两年没少被催婚，也知道夏欣妍是好意。江汐笑着说："不急。"

"怎么不急，结婚前要相处看看合不合适，现在找正好，还有时间了解。"

江汐笑了下，没说话。

夏欣妍说："以后老了有个伴好。"

"怎么想那么远去了，"江汐说，"我又不是不结婚。"

夏欣妍问："那阿姨给你放放风声好不好？前几天还有人来家里问你呢。"

夏欣妍说着已经起身进屋："我去看看有没有留电话号码。"

江汐见她这么高兴，不扰她的兴致，随她去了。

江汐以为这次能在家待久一点儿，结果午饭还没吃就接到了佟芸的电话，让江汐回去。

夏欣妍虽不舍但也不耽误她的工作，留她吃了午饭后就让她走了。

江汐傍晚才到北京，下了飞机收到佟芸两个小时前发的短信。

"南岭街 58 号雅轩阁，九点准时到。"

佟芸让她回来之前没说是什么事儿，现在江汐知道了。

佟芸要带上她去应酬。

以往的应酬江汐都会拒绝。佟芸估计也知道她的性子，后面紧跟着另一条短信。

"今晚这顿饭关系到你的后续资源，如果你想下一年一点儿

资源都没有的话可以不来。”

身为经纪人，佟芸一向强势，江汐也知道她说到做到。

江汐目前还干这行，不能丢了饭碗。

江汐看了眼时间，七点，来得及。她收了手机，打车回家。

回家放好行李后，江汐顺便洗了个澡，换了身衣服出门，到南岭路时正好九点。

佟芸没给她打电话，也许知道江汐会来。

雅轩阁是中式装潢，雕花窗，实木梁，灯火明亮，门口的两位服务员在接待客人。

江汐从出租车下来，给佟芸打了个电话。响了两声后佟芸接起电话问：“来了没？”

“嗯，房号多少？”

“五楼十五号。”

江汐挂了电话。

门口的服务员将江汐带至十五号包间，江汐道谢。

包间的门虚掩着，留半指宽的门缝儿，里头的寒暄声不止，阿谀奉承，俯首称臣。

江汐还没进去就能想到里头的景象。她没什么表情，推门而入。

包间的气氛正火热，她推门进去没多少人发现。江汐随意一抬眼，看到位置正对门的陆南渡。

他西装笔挺，矜贵自持，和包间里混浊的氛围格格不入。

陆南渡是全场的焦点，不少人妄图跟他搭上关系，正在与他攀谈，而他抬眸看了过来。

两人前后对看也不过一秒，陆南渡神色如常，江汐也很平静。

江汐率先移开视线。佟芸给她留了位置，江汐拉开椅子坐下。

江汐长得漂亮，一些原本没注意到她进来的人都投来了目光。

见大家看过来，佟芸介绍道：“给大家介绍一下，这是我手下的艺人江汐。”

在座的人大多数有权有势，多道视线放在她的身上。江汐礼貌地点了下头。

有人吆喝喝酒，桌旁的人高声交谈，推杯换盏。

佟芸说："你的左首边是陈总，金棠影视公司的老总。"

佟芸说完又介绍其他几个在座的人。江汐扫了一圈，没记住任何一张脸。

除了陆南渡。

江汐没看陆南渡，收回视线，冷淡地说："你知道我记不住。"

佟芸还是没看她，用餐巾擦了擦手："多看几次就记住了。"

她放下餐巾，没管江汐的抵触："首席那位是陆总，华弘集团总裁，你最近应该听说过了。"

毕竟陆家这位太子爷一回国便在商界掀起狂风巨浪，手段较其爷爷陆景鸿有过之而无不及，后生可畏。

关于这些，江汐多多少少听过一些，网上铺天盖地的消息。

不仅在商业圈，其他圈子的讨论也不少，只是关注点不同，包括陆南渡的长相和能力。

佟芸说："今天只是带你过来混个脸熟，但能见到陆总不容易，待会儿过去打个招呼。"

高朋满座中，大家肆意交谈，一番曲意逢迎。

首席位置的陆南渡却鲜少开口，只谦逊地听着。

交谈的内容交杂着商业知识，大多数江汐听不懂。她也没听他们在说什么，默默地吃着饭。

今晚江汐只当过来吃顿晚饭，其他没管。

饭局后半场，话题逐渐转移，有几位老总喝高了开始管不住嘴，时不时地夹杂几句不雅言语。

见惯这种场合，在座的人都习以为常。

同桌不只江汐一个艺人，后来说到尽兴处，有一位艺人被自家经纪人推出来："给陆总敬个酒。"攀附意味毫不遮掩。

这位女艺人刚成年不久，最近由她主演的一部小网剧意外爆红，主角的名声也跟着暴涨。

这么多人看着，女生有点儿尴尬，但还是拿起面前的酒杯：“陆总，丁沐敬你杯酒。”

陆南渡抬眸看去。

见识过陆南渡回国后这几个月的作风，在座的人都知道陆南渡不近人情。

果然，下一秒陆南渡笑了下：“不好意思，我开车不喝酒。”

江汐靠着椅背，手里把玩着酒杯，抬眼瞥了陆南渡一眼。

似乎有什么跟以前不同了，她收回视线。

大家都清楚陆南渡有司机和助理，怎么可能自己开车，明眼人都能看得出是借口。

女生将酒杯拿在手中，喝也不是，不喝也不是。好在她的反应快，她笑了下说：“那我自己喝了，但这杯酒还是要敬陆总。”得体又聪明。

陆南渡点了下头。

这个小插曲很快被忽略，氛围马上又融洽起来。

这顿饭将近凌晨才结束，喝倒了一大片人，各家助理搀扶着自家的总裁离开。

饭局上佟芸让江汐过去打招呼，江汐自然没听。佟芸今天主要带她混个脸熟，虽然说让她过去打招呼，但江汐不去佟芸也没强制。

江汐只喝了点儿酒，很清醒。佟芸开车更是没喝酒。

下楼的时候佟芸问：“你开车过来没？”

电梯的红色数字递减，江汐把视线从上面挪开：“没。”

“那顺路送你回去吧。”

电梯到达一层，佟芸先一步走出去：“去门口等，我去停车场取车。”

凌晨空气清冷，一入夜凉意更甚。一阵风吹过，江汐又清醒了几分。

雅轩阁的对面有一条江，江那边一盏盏路灯模糊成光圈。

江汐没注意到江边停着一辆红色法拉利。

法拉利主驾驶座上的沈泽骁把一边手搭在车窗上，若有所思地看着雅轩阁门外的江汐。

她很瘦，也不能说瘦，只能说肉长对地方，身段很好。

她似乎有些无聊，踢了下地上的石子。

沈泽骁把目光从江汐的身上收回，问副驾驶座上的陆南渡："你让我停车就为了看这个？"

陆南渡没理他。

沈泽骁又回头看："长得挺好。"那晚在Iceland酒城见过一次后他就记住了。他说："比身边的那些小明星漂亮。"

陆南渡没什么表情，一个眼色缓缓地扫了过去。

沈泽骁笑了："你别担心，我不打她的主意。"

陆南渡懒得理他。

不久一辆车过来，江汐上了车。

直到车转弯只看到尾灯，沈泽骁问："你来真的？"他就没见过陆南渡有这么小心翼翼的时候。

陆南渡没回答他的问题，有点儿不耐烦，皱眉扯了下领带："开车。"

凌晨的城市依旧灯火辉煌，这是一座不夜城。高架桥回环曲折，路灯亮如昼，车辆疾速行驶。

佟芸的车行驶在高架桥上，江汐降了半边车窗。

"今晚别家艺人识趣又懂得圆场，以后多学着点儿，"出于职业原因，佟芸大部分时候显得正经严肃，"你已经出道两年了，有些东西不用我反复教。"

江汐懒懒地靠在座背上，风打在脸上，几秒后应了声："知道了。”

假的。

佟芸也清楚江汐只是过过嘴，并不会长记性，两年来就没见江汐长过记性。

“如果今晚是你敬酒，”佟芸的语气闲散却又笃定，“陆南渡会喝。”

江汐原本悠闲地看着窗外，听了这话后转回头来。

佟芸从容不迫地开着车：“你和陆南渡认识吧。”

江汐又转头看窗外：“你想多了。”

“江汐，”佟芸说，“眼神骗不了人。”

深夜太多清醒的人，江汐瞒不过佟芸。

柏油路面在眼前快速倒退，她垂眸，没再否认，也没问佟芸是怎么发觉的。

佟芸却说：“进包间那会儿你们对视了是吧。他看你的眼神不对劲，跟看别人的不一样。”

当时两人对望不过一秒，时间很短。江汐没想到佟芸是从这时候看出来的。

她笑了下:“不愧是佟芸姐。”不然佟芸怎么会爬到今天的位置。

佟芸把车开下高架桥：“现在想跟陆南渡攀上关系的人多了去了，但他真正看入眼的没有几个。”

她侧头瞥了眼江汐：“你算一个。”

江汐没说话。

佟芸也没再说下去了，点到即止。

很快到了江汐家，佟芸在小区门口放她下车：“最近别太懒散了，在给你谈个资源，如果谈妥的话马上又要开工了。”

江汐至今能接到资源还靠她的那张脸，可能因为这张脸，公司才一直没雪藏她。

“知道了。”她说完下车。

法拉利驰骋在去机场的高速路上。

沈泽骁看了眼时间："一点，卓培应该到北京了。"

沈泽骁和卓培是发小，两人和陆南渡很要好，三人经常混在一起。

卓培两个月前去国外出差，今晚回国。陆南渡今晚参加饭局没带上助理，是因为要和沈泽骁过来接卓培。

到机场后，沈泽骁把车停在外边，给卓培打了个电话。

沈泽骁问："你在哪儿呢？"

卓培说在等行李，问沈泽骁在哪里。

沈泽骁说："我们就在机场外边，红色法拉利。"

"又买车了？"卓培问。

沈泽骁开玩笑道："这不钱多烧得慌。"

十分钟后卓培从机场出来。他穿着一身长风衣，五官立体，气质温润儒雅。

风挡玻璃后的沈泽骁跟陆南渡说："卓培这类人果然都有出息，你那助理不也是这类型。"

沈泽骁指的是秦津："像不像？"

陆南渡一路上话不多："不像。"

卓培的气质比秦津清冷，也要矜贵一些，毕竟卓培出生在世家。

卓培把行李箱放进后备厢上车，问副驾驶座上的陆南渡："今晚不忙？"

陆南渡侧头瞥了他一眼："还行。"

卓培笑着说："难得有不忙的时候。"

沈泽骁已经发动汽车："哪叫不忙，刚从饭局上过来的。"

卓培瞥他："你也去了？"

沈泽骁说："别抬举我了，我去的话，饭局那儿准变成酒吧现场。"

副驾驶座上的陆南渡闷声笑了下。

卓培也笑了，问陆南渡："最近有合作？"

陆南渡把一边手搭在车窗上，看向窗外："也不是。"他没准备多说。

旁边的沈泽骁皮痒："哪是谈什么合作，他是去见女人。"

卓培挑眉，饶有兴致。他已经很久没听说陆南渡有花边新闻了："女人？"

陆南渡懒得理他们。

沈泽骁别过头："还是那款，仙女系的。"

陆南渡啧了声，侧过头："你烦不烦？"

沈泽骁欠揍地道："我是真有够烦的。"

卓培对沈泽骁说："我看你是真的皮痒了。"

发觉陆南渡不太喜欢提这个话题，沈泽骁也没再说了。

三人有一搭没一搭地说着话，径直去了会所。

今晚沈泽骁没喊上其他圈子的人，就他们三个聚聚。服务员对他们不陌生，见这几个公子哥来了熟练地给他们安排了包间。

三个人中陆南渡和沈泽骁的酒量不错，卓培不太能喝，只能喝几杯。

陆南渡今晚话不多，都是沈泽骁和卓培在说。他们整宿没睡。

天微亮的时候，陆南渡拿过沙发上的西装外套，起身。

沈泽骁仰靠在沙发背上，看着陆南渡："干什么去？"

陆南渡踢了下他的脚，伸手说："车钥匙。"

沈泽骁看了眼窗外，晨光熹微："你不会是要去上班吧？"

陆南渡问："你说呢？"

"不是吧陆总，你彻夜没睡，不困？"

陆南渡的衬衫衣领微乱，身上带着通宵饮酒的颓靡懒散。他扣上袖扣，又踢了沈泽骁一脚："别废话，钥匙。"

"哎，行行行。"沈泽骁把车钥匙掏出来扔给他。

卓培从洗手间出来的时候门正好关上，瞥了眼房门。

沙发上的沈泽骁用下巴朝门示意了下：“陆南渡走了。”

卓培回到沙发上坐下，抽了张纸巾擦手：“回去上班？”

沈泽骁点头：“是吧。”

“昨晚你说的见女人是怎么回事儿？”卓培问。

沈泽骁还瘫在沙发上，转过头看他：“差不多就是你理解的那个意思。”

沈泽骁收回目光：“像昨晚那种饭局，陆南渡平时都不会看一眼。”

业内尽人皆知见陆南渡一面有多难，商人不重情义只看利益。陆南渡鲜少参加饭局，更何况像昨晚那种不入流的。

“那女的叫什么？”

沈泽骁说：“不清楚，一个小明星。”

卓培笑了下：“没见过他这样。”

沈泽骁和卓培都是在国外那几年认识的陆南渡，但具体听见陆南渡的名声是在国内。

上流圈子就那么大，哪家出了事儿圈子立马传遍，世家风云和家丑琐事都逃不过人们的议论。

陆南渡就是在当时凭空出现的。

一个十七岁的少年，站在风口浪尖接受世人的打量和恶意满满的揣测。

私生子，顽劣不服管教，小小年纪狠毒又阴暗，这是当时很多人对陆家私生子的固定印象。

所以沈泽骁和卓培在真正认识陆南渡之前对他的印象跟外人差不多，他们也以为陆南渡天性爱玩，玩世不恭。

后来他们混到一起才发现陆南渡不像外人说的那样。

卓培问：“跟人见着面没有？”

沈泽骁坐直身子，拿过桌上的烟盒，抽出一根叼在嘴里：“见是见着了，没说上话。”

卓培有点儿意外。

“你知道吗？”沈泽骁把打火机扔回桌上，“他就没敢上去。”

陆南渡像是在小心翼翼地维护什么，又像在害怕什么。

两人都没见过陆南渡这样，觉得有些新鲜，至少认识这么多年他们没见陆南渡怕过谁，连他雷厉风行的爷爷也拿他没办法。

卓培笑了下，下结论：“前女友。”

沈泽骁看向他，也笑了：“巧了，我估摸着也是。”

Chapter 03
蓄意

江汐的资源谈下来了。

几天的风平浪静过后，江汐重新开工。进组前几天纪远舟约她出去吃饭。

纪远舟的工作忙，她只有晚上有时间和江汐一起吃饭。

两人约在西餐厅，纪远舟依旧比她晚一步到。

江汐调侃她："今晚怎么不加班了？"

纪远舟把手包放在沙发上，笑着胡说八道："特地为你请的假。"

江汐跟着笑。

纪远舟问："这次在哪儿开机？"

江汐说："老地方。"

听到还是上部剧的拍摄地，纪远舟问："又是古代剧？"

江汐点头。

纪远舟笑了笑，瞥了眼江汐的额头："小心点儿发际线。"

古代剧的演员戴头套会影响发际线生长。

“没事儿，”江汐没当回事儿，“对我没影响。”

西餐很快被端了上来。江汐铺好餐巾，拿起刀叉切牛排。

她的肤色是冷色调的白，冰冷的餐具衬得她的五指越发苍白纤细。江汐送了块牛排到嘴里。

纪远舟举起旁边的红酒，朝江汐示意了一下：“拍摄顺利。”

江汐搁下银叉，也举起手边的酒杯，抿了一口：“借你吉言。”

“这次经纪人给你接的什么角色？”

江汐说：“都是些讨喜的角色，戏份不多。”

纪远舟看她：“戏份不多没关系，有的拍就行。”

“这话在理。”

纪远舟垂着眼，切着盘上的牛排问：“以后就这样下去了？”

江汐抬起眼睛，不知想到什么又垂了下来：“嗯。”几秒后她又说，“不然呢？”

纪远舟停下动作，抬起眼：“你热爱演戏？”

“还行。”江汐谈不上热爱不热爱，只是做好本职工作。

几秒的寂静后，纪远舟直截了当地问：“那画画呢？”

江汐一愣。

纪远舟的烟嗓富有磁性，她不疾不徐道：“以前那些不好的当没发生，全部从头来过。”

江汐停顿许久，笑了下：“人怎么可能只有好事儿，算了吧。”她又说，“再说了，这么多年没画画也不会了。”

纪远舟知道江汐说的是假话。江汐从小就在画画上有天赋，现在几年不画也不至于画不出来。但纪远舟没再说了，画画一直是江汐的消极话题。

纪远舟转移话题：“这次去几个月？”

江汐说：“三四个月吧。”

“行，”纪远舟说，“到时候抽个空去看你。”

江汐调侃她："我值一天几千的薪资？"纪远舟所在公司职位薪资极高。

纪远舟说："不止，在你那儿待两天。"

江汐笑道："行，欢迎。"

进组前的那几天江汐没去外面晃，日常在家研读剧本。

这次江汐依旧是配角，不过番位从以前的女三变成女二。江汐倒不在意这些，有工作可做就行。

一个人住没什么人吵，江汐过了几天安生日子，一晃到了进组的日子。

进组后每天的生活规律又枯燥，江汐除了拍戏便是拍戏，有时候凌晨才收工，几个小时后天没亮就爬起来继续干活。

这天，天还没亮江汐便起床。古装的妆发繁复，化装需要些时间。

当天有场落水戏，新补充的剧本江汐昨晚看了几遍，现在闲着没事儿又翻了翻。

妆发师正在给她粘头套。江汐的剧本翻到一半，面前的桌上忽然多了瓶牛奶。

她抬头，从镜里看到徐嫣然。

徐嫣然长相精致，浓眉大眼，她笑起来脸上有两个小梨窝，是同剧组的女演员。

她跟江汐打招呼："早哇。"

江汐笑："早。"

"给你捎了瓶牛奶，"徐嫣然说，"我刚喝了一瓶，这个口味还挺好喝的。"

"谢谢。"

徐嫣然的妆发已经完成了，她在旁边无聊地看着化装师给江汐化装："你的头套比我的好看。"

徐嫣然的戏份要比江汐重，越重要的角色妆发会更用心。

江汐笑："你的好看，精致。"

"这种东西不是越复杂越好看的，"徐嫣然叹气，"我这头套重得呀，都快把我的脊椎压弯了。我才这个年纪为什么要承受这样的压力。"

化装师和江汐听笑了。

徐嫣然的性格很可爱，自然不做作，格外真诚，气质上也看得出她是个从小富养且无忧无虑的女孩儿。

事实也的确如此，圈内人都知道徐嫣然是徐国生导演和陈梦导演的女儿。江汐现在拍的这部剧便是陈梦导演导的。

但即使有这层身份，徐嫣然也不摆架子，很容易相处。

她们又聊了会儿天后，徐嫣然的肚子开始叫。

江汐侧眼看她："没吃早饭？"

徐嫣然撇着嘴说："就吃了个鸡蛋。"

说完徐嫣然小声地问江汐："江汐姐，你有零食吗？"

"有，你要吃？"

这时徐嫣然的经纪人正好从外面进来。听到徐嫣然要吃零食，经纪人说："吃什么零食？我不是告诉你这几天要严格控制饮食。"

徐嫣然觉得今天可能运气不太好，转头耷拉着脸去看经纪人："你为什么偏偏在这个时候来啊？"

经纪人弹了下她的脑袋："这不是为了盯着你点儿？一会儿不管就浪到天上去了。"

经纪人说完看向江汐："江汐，你别管她，别惯坏她的那张嘴，这还没饿半天呢就受不了了。"

徐嫣然顶嘴："鸡蛋不算，从昨晚七点到现在好歹有十二个小时了，怎么就饿了没有半天呢，半天了。"

经纪人啧了声："你还讨价还价是吧。行了，刚才你妈在催了，你们弄完赶紧出去。"

片场已经准备好。

和江汐有对手戏的男演员岑晚哲刚到不久。这位男演员最近因为之前拍的戏播出后意外走红，行程也随之繁忙起来。

岑晚哲落地后的第一件事儿便是去化装间上装。往常江汐和他会先抽时间对剧本，今天没来得及。

岑晚哲到片场后对江汐礼貌性地点了下头。

江汐也点头回应。

说起来两人已经合作过两部戏，都是官配搭档，但关系依旧不热络，甚至不熟悉。岑晚哲的性格斯文高冷，江汐也不爱说话，两人只在工作上有交流。

毕竟合作过一段时间，默契还是在的，正式拍摄的时候两人没出大差错。

第一场顺利结束，中途休息补妆。江汐收到经纪人佟芸发过来的消息。

“看看网友对你的演技都是什么评价。”

后面附带着几张截图，不知道佟芸从哪里搜来的，是上一部戏里网友对她演技的评价。

江汐没细看，翻了翻，几张截图的内容大致都是在诟病她的演技。

没演技、没经验、花瓶。

意外的是其中有一条夸她有灵气，说她多演几部戏应该会好。

江汐很少看这些东西，平时也鲜少上网。

她给佟芸回了消息。

“知道了。”

回完信息后江汐关了手机，准备下一场的拍摄。

今天天气不好，碰上寒流，风里带着寒凉。这场戏江汐需要下水。溪水很凉，水流不急不缓地流过。

女导演陈梦在旁边给江汐讲戏。陈梦说完，江汐点头。

陈梦拍拍她的肩："今天的水冷，你忍一下，尽量一条过。"

江汐说："好。"

拍摄开始前，江汐伸脚碰了下水。

冷。

她面无表情地收回脚。

最后这场戏虽没一次过，但也很快结束。江汐反复落了几次水，浑身湿透，头发淌着水。

她从水里上来后旁边的工作人员递给她浴巾和热水。

江汐把浴巾披在身上，随便擦了几下。接下来没她的戏份，她去更衣室换下衣服回了酒店。

回去后江汐看手机才知道佟芸还回了消息。

江汐瞄了眼，佟芸大意说江汐懒散，没一点儿想改变的态度，字里行间是气急败坏的样子。

她没放心上，手机扔在一旁进浴室洗澡。

晚上十点多西岭路的一家餐厅。

陆南渡正陪陈梦吃晚饭。

剧组拍摄到晚上九点，刚收工陈梦便被陆南渡接到这边吃饭。

陈梦给陆南渡夹了一筷子菜："怎么今天有空来看陈姨了？接手公司后不是挺忙的？"

陆南渡这趟过来是有公事，也是两个小时前才结束工作。

他说："这不上次徐叔让我多来看看你？不来他不得拿扫帚打断我的腿？"

徐导，徐国生，陈梦导演的丈夫，确切来说是前夫。两人因导演工作结缘，结婚二十年，在六年前离婚。女儿徐嫣然跟了母亲。

听完陆南渡的话，陈梦笑着说："你这皮孩子，根本没长大，敢在我面前提他的也就你了。"

陆南渡笑了下，没说话。

“他最近过得怎么样？”陈梦的语气冷淡。

“你说徐叔？”

陈梦没点头，也没否认。

陆南渡说：“我看你们干脆打个电话聊聊，按几个键的事儿，方便又省事儿，省得都从我这里打听。”

陈梦被逗笑，无奈地摇头：“你这孩子。”

陆南渡又说：“徐叔挺好的，最近身体没问题，工作也顺利。”

陈梦微微点头，没说什么了。

后面的时间都是陈梦在问陆南渡工作上和生活上的事儿。吃完饭陈梦还得回剧组，陆南渡去停车场取车送她回去。

快到剧组的时候，陈梦还在叮嘱：“这边这几天天气冷，你多穿点儿，别感冒了，还有多喝水。”

陆南渡把车停在酒店前：“行，您也多注意身体。”

陈梦从奔驰上下来。

不远处的江汐从酒店门口出来。

陈梦正关车门，叫了一声：“江汐？”

江汐闻言抬起眼，打了声招呼：“陈导。”

陈梦皱眉：“感冒了？这声儿不对。”

江汐下午洗完澡就直接躺床上睡觉了，一个小时前醒来时发现喉咙肿疼，头重脚轻，用体温计量了之后才知道是发了高烧。

陈梦问：“是不是下午下水着凉了？这天稍微着凉都得感冒。”

“应该是吧，”江汐戴着口罩说，“没事儿，我去药店买点儿药。”

如果不是因为明天还有工作，这点儿小病江汐根本不想管。

“药店？”陈梦摇头，“不行，最好去医院看看，听你这声儿可能还在发烧，去趟医院比较稳妥，让医生开点儿药好得快一点儿。”

拍摄地处于偏僻地带，唯一离得近的区医院也离这里有段

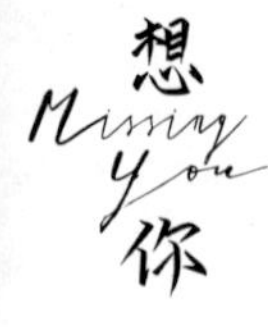

距离。

江汐正想说不用，陈梦却已经弯身问车里的人："阿渡，你是不是还得回市里？"

江汐的神情稍微凝滞，因为"渡"字，但她没去想是那个人，脸色平静。

然而下一秒，车里传来的熟悉的声音使江汐一愣。

"嗯，去医院顺路。"

事情太过突然，以致江汐的脑袋一瞬间空白。

副驾驶座的车窗降下一半，江汐看不见开车的人。

陈梦说："那捎上这个小姑娘去趟医院吧。"

陈梦的话刚说完，江汐开口说："不用。"

话说出口江汐才发现自己受情绪影响语气显得过分冷淡。陈梦似乎也觉得奇怪，转头看她。

江汐缓和了语气："要去的话我自己过去就行了，不麻烦。"

陈梦似乎不太赞成："这边偏僻，你一个女孩子去医院路上危险，让他送你吧，正好顺路。"

平时陈梦不会管这么多，但现在已经是凌晨，女孩子一个人路上的确不安全。

陈梦说得有理，也是一片好心，江汐没有理由拒绝，再拒绝会让人觉得不对劲。

半晌后江汐只能开口："那麻烦了。"

车驰骋在公路上。

公路平坦宽阔，两旁的荒野杂草丛生。云层厚重得看不见月光，路灯隔二十几米一盏，不甚明亮。

江汐上车后一直侧头看窗外，陆南渡也没说话，气氛僵持。

继上次饭局后江汐没再见过陆南渡，两人仅有的交流便是在酒吧那次。双方现在仍旧记得上次在酒吧的不欢而散。

时间一久，旧情人是可有可无的累赘，见时心烦，不见淡忘。

是不是真的淡忘，当局者都不一定清楚。

江汐的情绪一向平静又淡定，但她面对陆南渡，情绪隐隐带着压抑消极，却还算收敛。

年纪大了，人总有长进。

一直到市医院，两人仍是一句话没说。

车停稳在医院前，江汐抬手解了安全带，还保持着礼节："谢谢。"说完她欲推门下车。

陆南渡说："我陪你进去。"

江汐推门的动作一顿，半晌，她说了句："不需要。"说完她毫不犹豫地下车。

急诊厅彻夜通明，即使在深夜，依旧有不少人。大厅人们的说话声嘈杂，护士来回走动。

江汐挂完号后在大厅坐着，等医生叫号。

她瞥了眼急诊厅的大门，陆南渡的车已经不见了。江汐平淡地收回目光。

急诊大厅的人已经睡倒一片，江汐却格外清醒。下午收工回去后她休息了几个小时，现在一丝困意都没有。

电子屏上显示她的前面还有三个病人。

江汐的位置正对着门口，她把视线从电子屏上收回，却看到从急诊大门进来的陆南渡。

两人的目光在半空中交会。陆南渡浑身矜贵，跟少年时相比成熟不少，步伐不急不缓。

江汐率先撇开眼。

陆南渡只是去停车场停车，并没有走。他走近江汐，没在她的身边坐下，背靠着对面的墙站着。

他褪去事务缠身时的正经和严肃，显得松懈懒散，双手插在西裤的兜里，抬头看了眼江汐。

江汐并不理他，仿佛对面只是一个陌生人。

她低头看着地上，头昏脑涨，倍感无聊，却还是不跟陆南渡开口。

陆南渡也没惹她烦，收起了惯常的不耐烦和锋芒，眼角耷拉着。

乖巧的沮丧。

江汐久久地看着地上，不曾抬过头。

陆南渡掏出手机接听，不知说了什么，江汐只听清一句“不去，你自己去”。

江汐模糊中听见他的声音，低沉、略带沙哑，有着和年龄不符的沉淀感。

这道嗓音曾经在她的耳边带着几分玩味和撒娇，到底是和以前不同了。

陆南渡已经挂了电话，皱着眉头不耐烦地发着短信，大概有人找。

江汐没理他。

不知过了多久，江汐听见对面的人开口：“到你了，进去吧。”

江汐的手指一顿，她抬头看见电子屏幕上显示着自己的名字。她没说什么，收起手机起身。

诊室里面是一个年轻的男医生。

询问检查一番后，男医生给江汐开了药单：“扁桃体发炎引发的高烧，去一楼窗口拿药，然后到三楼输液室输液。”

听到输液，江汐说：“不输液，就开口服药吧。”

男医生闻言抬眼看她：“你现在高烧 38.9 摄氏度，扁桃体红肿发炎，还是输液比较好。”

江汐的胆子在女生中不算小，她恐惧的东西不多，甚至享受极限运动，但唯一一点从小到大没成功克服过的就是——她害怕打针。

江汐实话跟医生说：“我晕针。”

“不能忍一下？”

“不能。”

男医生实在拿她没办法，重新修改药单：“行吧，那……”

话没说完就被一道男声打断：“给她输液。”

男医生的笔一顿，他看了眼站在诊室门口的陆南渡。

陆南渡的身上带着不善的冷漠，攻击性很强。

江汐没回头，眼神平静。

男医生看出他们两个有关系，也不多问，想重新修改。

下一秒江汐开口阻止，语气平淡：“不用管了，直接开药吧。”

男医生再次停笔。他也不是没见过这样的病人，心平气和地道：“这样吧，你们两个先自己商量商量。”他看向江汐：“商量完告诉我，我再写药单。”

面前的医生可能不知道他们之间发生过什么。

但江汐记得一清二楚。

以前两人在一起的时候，每次江汐生病不愿意输液，陆南渡都会黏着她撒娇，轻声哄她，一口一个“姐姐”，哄到她愿意去医院。

那时候的少年不过十七八岁，却已经能轻而易举地让人缴械投降，心甘情愿地被他俘虏。

用那时候纪远舟的话来说，一个个不知道被下了什么迷魂药。

虽然每次陆南渡都会软磨硬泡到她去医院，但江汐仍旧不敢看护士打针，每次都会侧头盯着陆南渡看。

少年的骨子里都是坏心思，他没干过一件正经事儿。有次在江汐看着他的时候，陆南渡使坏直接在她的唇上咬了一口。

后果自然是他被江汐一顿狂打。

也不知这么多年过去，为何自己仍记得这么清楚。

江汐的脸上依旧没什么神情：“不用商量了，我不输液。”

陆南渡没开口。

“行。”键盘敲敲打打一阵后医生对江汐说，“交钱后到取

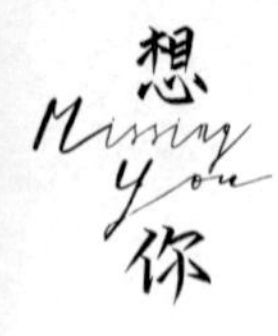

药窗口领药。”

江汐拿上单子起身道谢。

她转身离开的时候陆南渡已经不在诊室门口。江汐没搭理，去窗口排队。

深夜来看急诊的人少，江汐领完药才过去几分钟。

江汐拎着一袋子药走出急诊大门，掏手机看了眼时间，凌晨一点多。

江汐把手机揣回兜里，抬起头，下阶梯的脚步一顿。

陆南渡的车停在台阶下，他正靠在车门上等她。两人的目光对上，一秒后江汐默不作声地挪开。

她又恢复自然，没看陆南渡，径直走过他想去外面拦车。

陆南渡从车门上起身，晃了下身子拽住她的手腕："现在打不到车。"

江汐被他扯得身子往后晃了下，终于有了点儿情绪，微愠着回头。

她看着陆南渡："打不打得到车跟你有什么关系？"

陆南渡的睫毛很长很密，皱眉时双眼皮褶子很深，黑色的眼里带着无措。

他下意识地开口，声音有点儿委屈："姐姐。"

陆南渡这张脸英气狠厉，浓眉深眼眶。当这种人收起棱角只对你柔软，只对你撒娇的时候，任何人都招架不住。

江汐移开眼，转过头说："我说过别叫我。"说着她就要挣开陆南渡的桎梏。

像上次一样，陆南渡没放手，又重复了一遍："外面这个点打不到车。"

江汐冷脸转过头："你凭什么管我？"

"陆南渡。"

这是重逢以来陆南渡第一次听江汐喊他的名字。

江汐看着他，一字一顿地说道："这个世界上最没有资格管我的人就是你，不管我是输液，还是坐不坐你的车都跟你没关系。"

几秒沉寂过后，陆南渡开口，声音略微嘶哑。

"我知道你不想跟我待在一起，"他说，"但现在外面打不到车，也不安全，你先将就下坐我的车回去。"

江汐没说话。

两人的距离很近，近到江汐能闻到他身上淡淡的烟草味。

来医院时他的身上还没有烟味，原来两人因为输液引发争执后他消失不见是去抽烟了。

陆南渡把视线从她的脸上移开："现在先别跟我闹，以后你要我怎么跟你保持距离都可以，但现在不行。"

他一直都清楚江汐对他有多抵触，不想惹她烦，才一直保持距离。

江汐仍旧没说话，知道陆南渡说得有道理。

陆南渡又重新看向她，目光不放过她脸上的每一寸肌肤。

几秒后江汐挣开他的手，往副驾驶座走去，拉开车门上了车。

陆南渡侧头看着她的背影，直至车门关上的那一瞬。

他在原地站了几秒，最后低头自嘲了一下。

回去比来时的车更少，公路愈发空旷寂寥。

车里的气氛比之前更僵持，直到回到剧组入住的酒店，两人还是没开口。

远远的，酒店楼下站着个人。

透过风挡玻璃，江汐认出那道身影是徐嫣然。

现在已是深秋，一入夜天气更凉。徐嫣然披着大衣在楼下被冻得不停跺脚。

车停在酒店门口，徐嫣然探身朝车里瞧，看到副驾驶座上的江汐，有点儿惊讶："江汐姐？"

陆南渡冷漠地瞥了徐嫣然一眼。

江汐解开安全带下车。

徐嫣然还在惊讶："你怎么在这儿？"

"去了趟医院。"江汐说。

徐嫣然啊了声："刚才听我妈说有人发烧去医院了，原来是你呀。"

江汐笑了下："是呀，身体没用。"

徐嫣然安慰她："这哪里跟身体有没有用有关哪，是个人都会生病，我上个月还感冒了。"

江汐笑了下问："你怎么在楼下站着？"

徐嫣然仿佛这时才想起正事儿，指了指陆南渡的车："等他呢。"

江汐一愣。

徐嫣然笑着问她："你跟他认识呀？"

没等江汐回答，徐嫣然已经弯身问车里的人："可以走了吗？"

陆南渡的声音颇为冷淡："上车。"

徐嫣然撇了撇嘴，嘀咕了一句："臭脾气。"

江汐离得近，听得一清二楚。

心里腾起一股说不清的滋味。江汐还没反应过来，徐嫣然已经跟她挥手："江汐姐我先走啦，明天见。"

江汐的唇角扬起弧度："明天见。"

徐嫣然上了车，江汐垂下眼睛，脸上没有半分表情。

身后的引擎声响起。几秒后她抬起眼，头也不回地径直进了酒店，没看见身后的陆南渡瞥了眼后视镜。

黎明破晓时分，天边泄出明亮的曦光。巷道里一片安静，家家户户的人仍在沉睡。

少年的蓝白色校服不修边幅，他正捡了几颗小石子砸一扇二楼的窗户。

陆南渡又捡了几颗小石子，在手里掂了掂。

他瞄准了一扇窗，胳膊往身后一拉，精准地把石子掷了出去，石子砸在木窗上。

彼时的陆南渡刚上高一，大半夜又被他妈妈抡着棍子赶出来了。

由于事发太过突然，陆南渡身无分文，手机也忘了带，无处可去。最后他只想到了朋友江炽，想在江炽这里蹭住一晚。

陆南渡的力度拿捏得很好，石子打在木窗上能叫醒里头的人，却不至于吵醒旁边的人家。

见没有动静，陆南渡又扔了一颗出去，笑着说："睡得这么死。"

下一秒，那扇窗户被猛地打开，站在底下的陆南渡毫无心理准备，吓了一跳："我的天！"

紧接着，一个枕头从窗里扔了出来，陆南渡猝不及防地被砸了一脸。

枕头绵软，上面带着点儿清香。

"这天还没亮，吵什么吵？有病吗？"

江汐有起床气，睡得好好的，突然被一阵砸窗声吵醒，有点儿烦躁。

她今年高三，待会儿还得早起去学校。

不知道为什么，枕头上淡淡的香味触上鼻尖的那一刻，陆南渡一愣，下意识地紧抱住了砸下来的枕头。

将亮未亮的天光里，雾还没有散。

江汐披散着一头长发，低头看见了底下仰头望着她的少年。

他的眼睛很亮，五官英气，一头发茬。

都说剪短寸好看的才是帅哥，底下的男生就是这一种，五官被衬得格外深邃好看。

那人站着没个正形，手里还抱着她的枕头。

但当时江汐也仅仅是觉得他好看而已，没有其他想法，只困得想躺回床上。

不过脸长得好看终究有用，江汐被吵醒的火气消了不少。

“你干吗？”她问。

陆南渡认出这是江炽的姐姐。

不过是一瞬间，他便又吊儿郎当起来：“姐姐，我找江炽呀。”

江汐昨晚赶画赶到三更半夜，这会儿是真困：“左转，二楼侧边那扇窗户。”说完她嘭的一声关上了窗。

她没看到在她关上窗后，底下那个少年的唇角勾起的一抹笑。

江汐那会儿也不知道后来这个叫陆南渡的男生，会让她的余生万劫不复。

梦里的一切过分真实。

陆南渡的眉眼清晰得让江汐猛地睁开了眼。

入眼是黑暗的天花板，江汐的心跳还没恢复平静，黑夜里能听见声响。

这是重逢以来江汐第一次梦见陆南渡。

梦魇是往事的盛宴，白天刻意埋藏的人和事儿都肆无忌惮地在盛宴里狂欢。

白天不去想的人，不去回忆的往事，本以为久了自然会淡忘，却总在某个瞬间出其不意地出现，彰显自己并没有被忘掉。

江汐躺在床上一动不动，放弃了反抗，任由负面情绪在身体里乱窜。

即使如此她的表情仍旧寡淡，看不出任何情绪。烧已经退下去，江汐出了一身汗。

十几分钟后，她从床上起身，没开灯，从桌上摸过烟盒和打火机。

抽出一根烟，江汐将烟盒随手往旁边的桌上一扔。打火机咔嗒一声，黑暗里跃起一簇小火苗，很快只剩一点儿猩红。

烟吸进肺里，这一瞬间江汐突然恍了一下神。

以前在一起的时候，陆南渡戒了烟。

虽然戒了，但后来他又开始抽了。也没什么奇怪的，这么多年过去什么都会变，他连女朋友都有了，抽烟也不算什么。

以前陆南渡爱拈花惹草，身边一段时间换一个女生，倒不是跟女生玩得来，单纯是为了谈情说爱。

所以出现在他身边的只会是女朋友。

窗外的天际一抹黑蓝，还有一会儿才天亮。

一根烟抽完，江汐把烟屁股掐灭在烟灰缸里，回床睡下。

今天江汐有早戏。

这种天气室内凉，化完妆后她到外面晒太阳。

彼时已经日上三竿，拍摄现场忙碌。工作人员跑来跑去地忙活，江汐坐在旁边的椅子上翻看剧本。

陈导路过看见她，问了一句："身体好点儿了没？"

江汐说："已经没什么事儿了。"

"那就好，多注意点儿身体。"陈梦说完便匆匆忙忙地赶去摄像机那边。

江汐昨晚睡得不早，且睡眠质量一般，有点儿犯困。她把手肘搁在旁边的扶手上，捏了捏眉心。

江汐正想合上剧本，听到徐嫣然和她的经纪人由远及近的声音。

徐嫣然的身上还是昨晚那身衣服，经纪人跟在她的身后数落道："你什么时候能稳重点儿？知不知道今天还有戏要拍？"

徐嫣然有点儿小脾气："我这不赶回来了吗？"

"赶回来了？"经纪人被徐嫣然气笑，"昨晚那个点跑出去，折腾一晚没睡，今天拍戏的状态能好？"

徐嫣然理亏，不说话了。

两人从江汐的身边走过，经纪人还在念叨："我管你不管用，非得让你妈亲自来管你是吧？"

徐嫣然着急了："别，我以后不跑出去见人就是了，你别跟我妈说。"

"我看你以后敢跑出去试试，赶紧到化装间准备。"

很快两人消失在远处。江汐合上剧本，仿佛什么都没听到，状态如常。

工作人员喊江汐的名字示意她过去，江汐搁下剧本起身。

拍了一早上的戏，中午江汐在剧组旁边的一家小店用餐，突然听到外面有人叫她。

江汐侧头，看到徐嫣然从车上下来，朝江汐挥挥手。

很快徐嫣然在江汐的对面坐下："你在吃午饭哪？"

"嗯，"江汐点头问，"刚转场回来？"

"对啊，刚从那边过来。"看江汐的碗里一片红澄澄的，徐嫣然问，"这是什么？"

江汐说："重庆小面。"

徐嫣然咽了下口水。

看她这模样，江汐笑着说："点碗吃吧。"

徐嫣然摇摇头："都是淀粉。"

虽这么说，但心里斗争一番后她还是放弃抵抗了："算了。"她看向江汐，"就吃这么一次没事儿吧？大不了今晚去趟健身房。"

江汐被逗笑。

徐嫣然也叫了份重庆小面，特意嘱咐老板多加点儿辣。经纪人不在身边果然拴不住她。

等面期间，徐嫣然跟她聊天："江汐姐，你的烧退了没？"

江汐说："早退了。"

说起发烧，徐嫣然想起了什么："你和陆南渡认识呀？"

江汐有一瞬停顿，下一秒抬头，微笑道："不认识，昨晚只是陈导让他顺路送我去趟医院。"

徐嫣然恍然大悟："难怪，他这人不太爱理人，我还在想你们怎么认识的。”

江汐笑了下。她倒是觉得没什么，只是想撇清关系。

徐嫣然的面很快上来。江汐先吃完，徐嫣然拉住她：“江汐姐，等我一会儿。”

江汐没什么事儿，就坐着等她。

秋意越来越浓。

几天过去，医院开的药已经见底，江汐的小病却没好全。

鼻子不通气，天未亮江汐便醒了。

酒店的位置稍偏僻，窗外远山浓林，幽暗的光线下，树影若隐若现。

江汐的鼻息稍重，仍觉得透不过气，最后实在睡不着，她下床找水喝。

来这里将近一个月，江汐从没烧过水，半天才翻出昨天没喝完的瓶装水。

感冒多喝水可能是糊弄人的。

喝了一杯没有任何好转，江汐拿过手机看时间，四点多。

时间也不早了。

她索性没有再睡，看见手机上的信息，是佟芸通知她最近的新剧快上播了。

去年拍的剧，囤了一年才播。

江汐挑了个表情回复佟芸。

江汐把手机扔一旁，起身从行李箱里翻了件外套出门。

这季节的天亮得晚，街边的路灯还亮着。巷道矮树，青石板路，周围悄无声息。

附近搜不到药店，江汐不疾不徐地走着，找二十四小时便利店。

她很少出来逛。手机上显示西南方向有家便利店，江汐照着指示走。

距离两百多米，走到那儿江汐发现便利店是关着的。

“……”

手机地图上显示只有这一家便利店。

江汐面无表情地关了手机，按原路返回。

半途看到有家超市开了门，她见屋里亮着灯，走了进去。

老板娘不知道在柜台后忙活些什么。

江汐走近问：“请问有感冒药吗？”

柜台后的老板娘闻声抬头：“什么？”

江汐说：“感冒冲剂。”

这里能见到不少明星，老板娘习以为常，看了江汐两秒后说道：“姑娘哪，你是不是没有常识？超市里只卖生活用品，不卖药的。”

江汐：“……”

沉默半晌，江汐问：“那附近有药店吗？”

“有，”老板娘给她指了个方向，“一直往那边走，遇到路口左转，药店就在那里啦，不过现在还没开门，你过会儿再去吧。”

江汐道了声谢出门。

天比之前稍稍亮了些，地上路灯的光影变薄，她慢悠悠地走回酒店。

身后有人跟着，江汐知道，但没回头。

两人一前一后地沉默着，江汐没理，后面的人也没开口。

不知过了多久，她停住了脚步。

身后的脚步声也跟着停下。

“别跟着我了。”

巷道深窄，街边的店铺关着门，不远处传来不知名的虫鸣。

江汐没回头，重新迈开脚步往前走。

身后的人似乎着急了，很快追上来，牵住她的手。

江汐被迫停下。

陆南渡小心翼翼地叫了她一声：“姐姐。”

江汐想甩开的手顿了一下。

陆南渡拿给她一个袋子，像一个献宝讨好人的小孩儿：“药。”

江汐一愣。

陆南渡没走到她的面前，怕惹她生气，只站在她的后侧。

江汐没接袋子。

陆南渡怕她不要，有点儿无措：“我看你感冒了，给你拿了点儿药过来。”

江汐还是没理他。

陆南渡的眼角耷拉着，他小心地问：“姐姐，你跟我说句话好不好？”

江汐的手指轻颤了一下。

以前陆南渡惹她生气，也跟她说过这句话，换作以前她会理，但现在不会。

陆南渡也清楚自己得不到回应，不待江汐说话又开口：“这里面有药片、感冒冲剂，还有口服液。”

江汐冷漠地道：“不需要。”

陆南渡却仿佛没听到她说的话，厚着脸皮说：“你感冒没好……”

“就算感冒了也不会拿你的药。”江汐打断他的话。

陆南渡不说话。

江汐目视前方，叹了口气：“陆南渡，当年玩弄感情的是你，既然当时都不要了，现在也没必要找回去。”

大家各自有各自的生活，没必要互相打扰。

陆南渡的睫毛轻颤了下，嘴唇张合半晌，他终是什么都没说。

江汐实在不想纠缠下去，说道：“上次不是说我要怎么让你跟我保持距离都可以？”

她终于回过头，对上陆南渡的目光：“我现在就挺想的。”

陆南渡的眼睛里没有平日的凌厉，现在乖巧又无辜，听到这句话他似乎愣住了。

江汐移开视线，看向路边："离我远点儿。"

说完，她没再看陆南渡，转身挣开他的手。

陆南渡站在原地没动，没敢上去。

江汐头也没回，很快消失在他的视野里。

几天过去，江汐的感冒好了，什么药都没吃。

转眼江汐在这里拍戏已经一个月，自从拍戏后基本没离开过这个地方，每天的日子单调又枯燥。

这天晚上，她收工刚拿起手机，就看见三个未接来电和两条短信，都来自佟芸。

"明天上播的剧在北京有个宣传活动。"

"我已经跟你们剧组的负责人协调好时间，明后两天你的拍摄行程暂停，看到了回一下。"

短信后面附带着地址和注意事项。

江汐回了消息。

"知道了。"

今天收工天色尚早，江汐早早地回到酒店。难得这么早，她洗完澡在床上躺了一晚上。

佟芸已经给她订好机票，明天早上七点的飞机。

一大早，江汐在机场遇到同样赶飞机的岑晚哲。

江汐这才想起现在上播的剧里岑晚哲也有出演。岑晚哲问她："你也七点的飞机？"

江汐点头，笑了下。

岑晚哲说："挺巧。"

两人不是很熟，说完这句便没再聊什么，都在沉默地等登机。双方都不是爱说话的人，气氛倒不尴尬。

后来岑晚哲的经纪人办完手续过来找他，过不久便登机。

到达北京正值中午十二点，江汐准备叫车去酒店。

明天还得回剧组，由于家离主办方的活动现场有点儿远，江汐干脆找了家酒店住下。

一起待过两个剧组，岑晚哲的经纪人也认识江汐，知道江汐的经纪人一向不怎么跟行程。等行李的时候岑晚哲的经纪人好心地问了她一句："要顺路坐我们的车过去吗？"

江汐离他一两米远，没听清，侧头问："什么？"

岑晚哲的经纪人是个男的，又问了一遍："外面下雨了，载你一程？"

江汐挥了挥手机，笑了笑，婉拒他的好意："没事儿，我叫车了，谢谢你。"

"客气。"

网约车还没到，江汐站在机场外等。

北京的天气比拍摄地冷了许多，冷风吹到她的脸上，冰凉干燥。一个多月没回来了，江汐突然有点儿不适应。

她的上身穿一件单薄的雪纺衬衫，下身是格子包臀裙，脚踩短靴，一双腿又白又直。

衣衫单薄，风吹过她却仿佛不觉冷，只是有点儿不耐烦。

她不喜欢等。

车晚了半小时才到，司机不停地跟她道歉。江汐瞬间消气了，甚至不知道自己在不耐烦什么。

她坐进车里，收到佟芸的消息。

"活动负责人说你还没到，人呢？"

江汐的短靴上落了几点儿雨，她把目光从上面移开，继续回复短信，接着抽了纸巾擦鞋。

在酒店放好行李后江汐才赶去活动现场，到的时候大部分的主演已经在后台。

很多人杀青后没再见过。一年多没见，大家现在正寒暄问候。

这种热闹环境下的江汐显得有点儿格格不入，气质冷淡。江汐跟剧组里的人也不怎么熟，没加入他们的谈话，却比在场的任何人都要从容不迫。

宣传活动进行了两个多小时，但中途在后台耽搁了不少时间。整场活动结束的时候已经是下午五点。

明天还有另一个媒体举办的新剧活动，佟芸安排江汐参加，江汐走不了。

江汐打车回酒店，靠在后座全程看风景，其实也没什么可看的，单纯是无聊。

半路和一辆迈巴赫擦肩，江汐才想起前段时间蹭车后迈巴赫的车主还没有联系她。

车主没给她号码，只留了她的号码。

当时江汐也没多想，想着对方肯定会主动联系，却没想到至今都没有音讯。

贵人多忘事可能说的就是这种人。

第二天活动结束，江汐打车赶往机场。

拍摄只暂停了昨天和今天，明天继续。

今天的天气依旧雾蒙蒙的，气温不高。江汐戴着鸭舌帽和口罩。

到机场时离航班起飞还有点儿时间，她慢悠悠地推着行李箱走。

经过马路的时候她忽然听见熟悉的声音。

似乎是徐嫣然的声音："等等我。"

江汐一愣，在马路边站定后才回头。

对面的路上，徐嫣然推着行李箱追赶前面身高腿长的男人。

他似乎事务缠身，正微侧头打电话，眉心不耐烦地微蹙。

徐嫣然在后面追着喊："南渡哥，帮我拿下行李！"

众人口中的陆南渡冷漠又不近人情，此刻却边打电话边腾出手，往后直接拉过徐嫣然的行李。

徐嫣然很快地追了上去和他并肩。

陆南渡把行李递给了身旁的助理。马路上人潮涌过，挡住了对面的人。

江汐的视线落在面前形形色色的路人脸上，他们或欣悦，或悲伤，或漠然。

她并不知道自己为什么要站在这里。

她收回了视线，汇入人群往机场走去。

几个小时的航程，江汐晚上落地后接到佟芸的电话。

“到了没？”

“嗯，到了。”

“我去接你吧，正好吃个饭。”

江汐有点儿意外：“你在这边？”

佟芸说有个艺人在这边有商业活动，跟着一起过来：“顺便过来看看你的工作。”

佟芸这么说江汐倒是不意外了。佟芸手下的艺人众多，成名的不少，她时常得跟着。一些没名气的基本处于放养状态，江汐便是其中一个。佟芸从来不会跟江汐到剧组，也不会和她一起参加活动。

但江汐觉得没什么，这个社会本来就是弱肉强食，弱者没本事怪不了别人。

佟芸问：“出来了没？”

江汐推着行李往外走：“嗯，你在哪儿？”

佟芸说了个位置和车牌号。

佟芸的车停在路边，她朝江汐扬了下手：“这儿。”

把行李放在后备厢，江汐坐上了车。

佟芸启动车，随口问了一句：“都没问过你，在剧组待得怎么样？”

江汐系上安全带，懒懒地靠在座位上：“还行。”

“好好拍，”佟芸的语气闲散，“演技上多下点儿功夫。”

江汐闭眼休息，嗯了一声。

车平稳疾速地开上高速路，佟芸问她：“看了新剧没有？”

江汐说：“看了一两集。”

佟芸侧头瞥了她一眼：“自己的戏也不上心？”

“没有，”江汐睁眼说道，“工作忙。”

“也是呀，毕竟你现在的戏份比之前的每个角色都多。”

听得出佟芸话里的意思，但江汐没理。

佟芸是一只老狐狸，自然知道江汐在想什么。

江汐拍戏一向只在拍摄期间会下功夫，对后续的播出反倒不上心，拍完就拍完了。

佟芸清楚江汐是懒得看。

作为一个艺人这样也有好处，少看点儿网上的东西，拍进镜头里的画面是既定的事实，再看也没用，不如花点儿功夫琢磨下部戏。

这点江汐倒是让佟芸很放心。

“看来前段时间给你接下现在拍的这部戏是对的。”佟芸忽然说。

江汐有些犯困，迷糊间不明所以，侧头说：“嗯？”

“现在播的这部剧里，你和岑晚哲的角色和感情线讨喜，粉丝不少，”佟芸说，“现在又一部戏和他是官配，粉丝都等着播出，到时候播出前肯定有热度，更何况现在岑晚哲的人气不低。”

现在播的这部剧，配角中除了江汐的长相是讨论热点，另一个大热点便是江汐和岑晚哲的“CP（有恋爱关系的人）”。

江汐自然也多少知道点儿：“然后呢？”

佟芸慢悠悠地瞥了她一眼：“你自己清楚，在网上多和岑晚哲互动互动。”

“哦。”

佟芸没理她这种消极的应对态度，又聊起别的：“听说最近华弘集团陆总到这边洽谈项目，见着面了没？”

江汐就猜到这次佟芸肯定会问到陆南渡。

她面不改色地说：“没。”

佟芸笑了下，显然不信她的话。

江汐侧头看着窗外，夜色迷茫，灯影模糊，不断有车疾速而过。

也不知为什么，她忽然想到几个小时前在北京机场外的那一幕。

这么多年过去了他有女朋友也不稀奇，况且陆南渡跟徐嫣然的母亲陈梦也认识，也许是两家的联姻。

江汐的脸映在车窗上，神色淡漠。

不知过了多久，她开口：“人家有主儿了，你就别瞎操心了。”

车已经下了高速路。佟芸听了蹙眉，声音却仍是平静：“陆南渡有主儿了？”几秒后她又说：“不会，圈内人都知道陆南渡至今单身。”

“如果要说他跟圈内哪个女明星熟点儿的话，那倒是有，徐嫣然。”佟芸说。

江汐瞥了她一眼。

佟芸从后视镜里窥见，笑了下：“果然是徐嫣然哪。”

江汐沉默了。

车速慢了下来，佟芸说：“怎么，终于知道上心了？”

副驾驶座上江汐的视线淡漠，她懒得回答。

佟芸说：“难得有一次见你对这种事儿上心，以前不管跟你说过多少遍你都不长记性。”

江汐冷淡地说：“你想多了吧。”

佟芸目视前方：“想多的应该是你，陆南渡和徐嫣然不是男女朋友的关系。”

江汐撇头看窗外，市区繁华热闹，灯红酒绿。

佟芸没管她听不听，径自解释：“圈内人都知道徐嫣然喜欢的是东恒集团的卓家少爷，这基本上已经是公开的秘密。”她漫不经心地打了半圈方向盘：“徐嫣然和卓家少爷从小青梅竹马，跟陆南渡都是同个圈子里的人。”

上流社会的家族，儿女之间会沿袭父辈的人际关系。

“徐嫣然在他们那个圈里算是妹妹吧，毕竟年纪小，大家都比较照顾她。”

江汐不知道佟芸为什么知道那么多。

佟芸见她看过来，知道她在想什么：“这些世家子弟，娱乐圈里盯着他们的人多的是，就盼着哪天能攀上根高枝。”

圈里这种现象很普遍，谁都想攀附权贵，不费力气地得来名声，不管男女。

江汐没说话。

佟芸说：“平时多少看点儿圈内八卦，别那么不合群。”

江汐确实没想到事实是这样，也没想到自己之前近半个月的冷静都是误解。

现在佟芸说清了，江汐反倒烦躁起来。

江汐有点儿疲了，一边手搭在车窗上，没再提这个话题：“饿了，找个地方吃饭吧。”

Chapter 04
厌烦

北京。

坐在后座的徐嫣然问身旁的陆南渡："卓培为什么不来接我？"

陆南渡没看她，翻着公司这个月高层人员的工作总结说："这你得问他。"

徐嫣然有点儿怵陆南渡，撇了撇嘴，和副驾驶座上的秦津说话去了。

前段时间陆南渡和卓培都因公事去了江城。徐嫣然知道卓培过来之后硬是要他过去接她。

当时陆南渡正和江汐在医院，卓培轰炸了他几通电话。

卓培知道陆南渡去看陈梦导演，让他帮忙接一下徐嫣然。

陆南渡问卓培为什么不自己去，卓培说那丫头会得意忘形。

陆南渡不去。

卓培好说歹说，跟陆南渡说好歹徐嫣然也是妹妹。

这倒是真话，陆南渡和沈泽骁、卓培玩得好。徐嫣然也是他们团体中的一员，经常跟着几个哥哥。

最后陆南渡答应了卓培，送江汐回去之后顺便捎上徐嫣然。

晚高峰交通繁忙，他们到达会所比平时多花了点儿时间。

卓培和沈泽骁在包间里打台球，喝酒贫嘴侃大山。

徐嫣然一进包间就喊卓培。

沈泽骁不乐意了，搁下台球杆，吊儿郎当地笑着说："怎么回事儿呢你这丫头，就光看到卓培一个人，把我和你南渡哥放哪儿了？你南渡哥在机场遇见你还捎你回来呢。"

徐嫣然立马笑嘻嘻地喊"泽骁哥"。

沈泽骁笑道："行，放过你了。"

卓培也笑，对沈泽骁说："你在这儿不平衡个什么劲儿，该不平衡的是我，她喊你俩哥，对我直呼大名。"

卓培看向徐嫣然："叫哥。"

徐嫣然说："不叫。"

卓培无奈地笑了下："没大没小。"说完他朝陆南渡那边走去。

徐嫣然跟在卓培的身后，问他出差两个多月没见，现在看到她开不开心。

沈泽骁已经在沙发上坐下，起哄道："他当然开心了。"

卓培踢了沈泽骁一脚："别听他胡说。"卓培又对徐嫣然说："现在晚上七点，过几个小时你又得飞回去拍戏，折腾个什么劲儿？"

徐嫣然完全不害羞地说："想来见你呀。"

卓培一向和颜悦色，听到这句话，瞥了她一眼："这种话别乱说。"

沈泽骁在旁边捣乱道："她下句肯定要说'我没乱说'。"

徐嫣然被沈泽骁猜中，下一秒朝他砸了个抱枕。

过了会儿她又跟卓培说："上次在江城你开了一晚上会议，我在那儿待了一晚上也见不到你，回去后还被我的经纪人骂了一顿。"

卓培开了瓶酒，瞥了她一眼："那你还来？"

徐嫣然说："我们都两个多月没见了。"下午徐嫣然正好没戏份，立马买了机票过来。

卓培挪开目光，沉默着。

徐嫣然又问卓培："下午让你到机场接我，你为什么不去接？上次在江城也是。"

陆南渡还记着上次在医院，卓培不断打电话骚扰他的事儿。听到徐嫣然问卓培为什么不去接她，陆南渡报复似的说："他眼睛不好，说不方便开车接你，你出事儿了他比较心疼。"

沈泽骁哈哈大笑。

卓培被双向夹攻，彻底没了脾气，笑了。他给陆南渡倒酒道："哥，我给您道歉哥，您喝酒。"

陆南渡放过他了，沈泽骁没放过："嫣然，你回去天该亮了，白天卓培的眼睛比较好使，他送你回去。"

卓培无奈地笑了下："别闹了呀。"

吃完晚饭，佟芸送江汐回酒店后便离开。

佟芸也没细问江汐的工作，单纯过来逛了会儿。

江汐回到酒店时间还早，没什么事儿做，靠在沙发里看明天剧组的通告单。

房间里安静得可以听到针落地的声音。

二十分钟过去后，江汐闭上眼，拿着通告单的手垂下。

一个字也没看进去，她无声地叹了口气。

半晌后江汐才睁开眼，把通告单扔到一旁，起身进浴室。

洗澡出来后江汐的身上什么也没穿。她径直走到桌边拿起烟盒，抽了根烟出来。

屋里关着灯，窗帘半拉着，窗外远山近树。

她微低着头，指间夹一点儿猩红，唇间吐出一口白雾。

江汐一直以为自己活得清醒，到头来喜怒却被人捏在手里。

江汐皱眉，不喜欢这种感觉。

烟还未抽完，她就掐灭在烟灰缸里。

江汐隔天早起去化装，徐嫣然已经在化装间。昨天她还在北京机场，今天已经回到剧组。

徐嫣然从镜里看到江汐："江汐姐。"

江汐笑了下说："早。"

化装师正帮徐嫣然遮黑眼圈，却听到门外徐嫣然经纪人的声音。

"徐嫣然！"

徐嫣然的哈欠打了一半，听见这声音的时候肩膀缩了下。

经纪人已经走进来："徐嫣然，我跟你说过什么，你都当耳边风是不是？"

徐嫣然理亏，没说话。

经纪人往常虽对徐嫣然严格，实际上很惯着她，对她睁只眼闭着眼，犯错也只念叨她几句。

但这次经纪人真生气了："是不是我对你太宽容？给你的空间时间太多？上次你怎么跟我说来着，说不会再跑出去找人。"

徐嫣然也知道经纪人姐姐生气了，闷声不吭。

"你倒是越来越有能耐了呀，这次直接买机票飞过去，"经纪人的手掐着腰，"好不容易有半天的休息时间，你倒好，直接花了十个小时在飞机上。"

看徐嫣然不说话，经纪人又说："徐嫣然，你已经不是个小孩儿了，要懂得事情的利弊。今天你算是赶回来了，不耽误工作，但以后呢？你能保证每次都准时，不耽误其他人的工作？"

化装间里除了江汐和徐嫣然，就两个化装师，大家噤若寒蝉。江汐的化装师默默地给她上装。

徐嫣然的经纪人还在训她："还有你的状态，我上次就跟你说过保持好状态也是工作的一部分，你来回折腾状态能好？"

徐嫣然很安静，没顶嘴。

经纪人的火气已经慢慢下来，语气冷淡："哪些该做，哪些不该做，你这么大个人了也应该清楚，这次就算了，下次注意。”估计是看着心烦，她说完便转身离开化装间。

经纪人出去后徐嫣然才松了口气，化装师过来继续给她上装。

被这样训了一顿，徐嫣然的情绪丝毫不受影响，她离开化装间的时候还问江汐中午要不要一起去吃火锅。

两人站在户外的伞下等拍摄，江汐随口问了一句：“你不困？”

徐嫣然说：“还行，在飞机上睡了，就是黑眼圈重了点儿。”

又闲聊几句后，徐嫣然问：“江汐姐，如果你想见一个人，会不会不管多忙多远都去见呢？”

江汐正翻剧本，听到这句话抬头对上徐嫣然的目光：“想听实话？”

徐嫣然：“当然。”

江汐垂眼笑了下说：“不会。”

徐嫣然有点儿沮丧。

见她这样，江汐又问她：“你会因为别人的看法而改变自己的想法吗？”

徐嫣然摇了下头：“才不会，虽然很多人说我不懂事儿，经纪人姐姐这样说，我妈这样说，他也一样，但我没觉得自己做错呀，我只是想去见个人而已。”

徐嫣然的性子天真又干净，很难得。

江汐看向远处：“嗯，你没错。”

也许是第一次听见人这么说，徐嫣然开心地说：“真的吗？”

江汐收回目光，看着她笑道：“敢情你的经纪人跟你说的话你都没听进去？”

徐嫣然摸了摸鼻子说：“这不有些不该听的不要听嘛。”

江汐笑了。

中午拍完戏后，江汐忘了跟徐嫣然吃火锅的事儿。

她比徐嫣然先下戏，当时正值午饭时间，剧组发了餐盒。

江汐没什么胃口，餐盒的菜式也不佳，随便吃几口便搁置了。

后来徐嫣然拍摄结束来酒店找她，江汐才想起之前答应徐嫣然一起去吃火锅。

虽然吃过了，但江汐还是披上外套跟她一起出门。

徐嫣然爱吃辣，点了两个麻辣锅，还有一大堆肉。

徐嫣然吃饭的时候话也不少，叽里呱啦的。

江汐多数时候笑着听她说。

聊着聊着徐嫣然放在一旁的手机响起。她拿过手机，是视频通话。

徐嫣然一边嘀咕着怎么这个时候打来，一边接通。

她开着外放，一个吊儿郎当的男声传来："早上安全到达了没？"

徐嫣然咬着筷子说："没安全到达我怎么可能坐在这里？"

那边似乎有人笑了下。

江汐不经意地一侧头，发现身旁徐嫣然的眼睛亮了下。徐嫣然问："泽骁哥，卓培也在吗？"

沈泽骁笑了下，开始胡说八道："在啊，这视频是他让我打的。"

旁边的卓培笑骂了他一声，说完从沙发上起身走了。

徐嫣然撇嘴说："根本就不是他让你打的。"

沈泽骁安慰她："没事儿，来日方长，还怕以后他不给你打电话？"

徐嫣然很好哄，果然一下子就眉开眼笑。

沈泽骁问徐嫣然在做什么。

徐嫣然把镜头一转，给沈泽骁看火锅。

沈泽骁说："哟，挺丰盛。"

江汐没听他们讲话，在旁边优哉游哉地吃着火锅，看着窗外的车水马龙。

直到徐嫣然把镜头转向她，跟对面的人介绍："这是江汐，我剧组里的朋友。"

江汐这才回神，侧过头。

屏幕那边的沈泽骁也看到了她。

徐嫣然问他："漂亮吗？"

沈泽骁贫嘴说道："你的朋友怎么可能不漂亮？"

说完他抬了下眼，又重新看向屏幕，笑着说："嫣然，你南渡哥回办公室了，要不要跟他视频一个？"

话没说完他已经将镜头转向对面。

陆南渡似乎刚结束会议，随手拎着西装外套往旁边的沙发上一扔。

陆南渡刚处理完事务，眉心压着一丝不耐烦，微昂着下巴解了颗衣扣："你怎么过来了？"

江汐听沈泽骁回了一句："怎么，不让来啊？你这总裁办公室里藏人了？"

陆南渡依稀还是以前的样子，踢了沈泽骁一脚，笑着骂了句："滚。"

那边的沈泽骁似乎提醒了他一句："嫣然跟你视频呢。"

陆南渡闻言，视线随意地瞥了过来。

江汐没躲避，四目蓦然相对。

陆南渡愣了下。

江汐没挪开视线，看着他。

陆南渡渐渐反应过来，前一秒还在暴躁地骂人，下一秒像做错事儿被抓个现行的小孩儿，安分了下来。

徐嫣然不像沈泽骁那么有眼力见，很惊喜地跟沈泽骁说："江汐姐和南渡哥也认识的。"

徐嫣然的话音刚落，陆南渡和江汐都沉默着。

陆南渡不敢轻易开口，知道江汐不待见他。

江汐见他这模样，挪开了视线。

连徐嫣然这个粗脑筋的人都感觉到了氛围的尴尬，但没想多，只当两人不熟。

沈泽骁正想说点儿什么打圆场，陆南渡开口说："我认识她。"

江汐早已移开目光，听到这句又看回来，目光平静冷淡。

对上陆南渡的目光后江汐才知道自己上当了。

他是故意的，故意说话惹她看他。这么多年他的本性还是没变。

陆南渡下意识地开口，只是因为江汐没看他，一时着急。

他本以为江汐会反驳，哪知江汐只是收回视线没再看他，一声不吭。

这让陆南渡有点儿意外，稍稍愣住。

沈泽骁咳了声，对徐嫣然说：“嫣然，我们也去吃饭，不耽误你吃火锅了。”

徐嫣然点点头，嘱咐道：“让卓培多吃点儿哪。”

沈泽骁啧了声：“行，给你养到后半生不用愁。”

徐嫣然说：“不行，后半生我自己养他。”

沈泽骁又嘴贫道：“哟，那卓培得乐坏了。”

两人没说几句，很快挂了通话。

后面江汐没再看陆南渡。

江汐没有失眠，只是睡过去几个小时，醒了。

没有梦魇缠身，也没有被吵，她毫无缘由地醒来。

窗帘紧闭，床上的人一动不动，被子蒙着头。

十几分钟后仍是没能睡过去，江汐睁眼，掀开了被。

卧室里一片漆黑。

最近几天江汐都是如此，没有失眠，生物钟到点便睡过去，但总在半夜醒来。

江汐有点儿烦躁，起身下床。

酒店的桌上扔着包香烟，她抽了根出来含在唇间。

打火机咔嗒一声，房间里亮起唯一的一点儿光。

江汐忽然想到夏欣妍。

江汐大概是大学那几年开始抽烟，假期在家有几次被夏欣妍看到。夏欣妍没说什么，只是让她少抽点儿，让她烦躁的时候先试试能不能忍过去，忍不了再抽。

江汐笑了下，拿下唇间的烟扔进垃圾桶里。

这坏习惯江汐从学会抽烟那天起就没改过，真是谈场恋爱谈了一身坏毛病。

当年在一起后，陆南渡几乎天天黏着江汐，到后来都不怎么跟那群狐朋狗友混了。

他很少再旷课泡网吧，全身心扑在江汐的身上，也很少再跑出去打架斗殴，唯独抽烟屡屡戒不掉，烟瘾也大。

江汐躺回床上睡了过去，隔天起来除了有点儿发困也没其他不适。

当晚拍完戏，剧组负责人通知他们聚餐。

剧组的日子已过大半，这是第一次聚餐。制片人和导演让所有演员尽量过来，趁现在人都还在剧组里，以后杀青了再想聚一起就难了。

拍摄地的附近有片别墅区可以出租，供人聚会或者办其他活动。

剧组租了一晚上的别墅，灯火亮堂。

别墅很大，带游泳池。几位男演员在那边说笑，说谁敢下去游个泳。

几位工作人员和女演员在拨弄烧烤架，徐嫣然也在那边看热闹。

江汐不感兴趣，在院子里的秋千上坐着，手里拿着香槟，时不时喝一口。

今晚天气不错，天上能看见星月，氛围热闹。

时不时一阵风吹过，烧烤那边的白雾四处散开。

过了一会儿徐嫣然拿着两串羊肉来找她：“江汐姐，我给你烤的！”

江汐瞥了眼，笑着说：“烤得还挺不错。”

“那是，”徐嫣然得意扬扬地说，“我从小就学的。”

江汐笑了笑问：“几岁？”

徐嫣然说：“大概小学，卓培和泽骁哥他们经常烧烤，我跟着他们学的。”

徐嫣然是个被从小宠到大的小姑娘，却没有让人难以忍受的公主脾气。

徐嫣然又将烤串往她这边递了递：“江汐姐，你吃吗？”

江汐朝她示意了一下高脚杯：“喝酒呢，你吃。”

徐嫣然在江汐的旁边坐下，一小口一小口地咬着烤串。

几位年纪较长的演员都在屋里的客厅坐着聊天。

过了一会儿陈梦导演隔着落地玻璃窗朝徐嫣然招了招手，让她进去。

徐嫣然正好吃完烤串，听见母亲叫她，跟江汐说：“我妈妈不知道叫我什么事儿，我过去一下。”

江汐点了下头。

她在外面百无聊赖地坐着，也没去注意别墅的客厅。

那边几个演员坐成一圈正在玩真心话大冒险。最近一个多月来都是紧张的拍摄，难得有这么放松的时候。

江汐有点儿发困。

她用手撑着额头，看人玩了会儿游戏后觉得没意思，挪开眼。

视线不经意地一扫，江汐顿住。

落地玻璃窗里，陆南渡穿着衬衫西裤坐在沙发上，旁边的陈梦似乎在跟其他有背景的人介绍什么。

江汐看着陆南渡。

他不是过来谈生意的，所以格外懒散，跷腿靠在沙发里，难得有了点儿以前的样子。

江汐忽然想起前几天那个视频通话，陆南渡卸下工作时的严肃，私底下跟朋友插科打诨。

这种时候多少能让她看见陆南渡年少时的影子。

重逢以后江汐能感觉到陆南渡的不同。

年少时候的陆南渡不管是正事儿还是私底下都很不正经，插科打诨，旷课打架，嘴还很甜，跟谁都能说笑上一句，很会哄女生开心。

现在的陆南渡虽然性子没变，但在做正事儿的时候已经不像以前那样吊儿郎当，反倒成熟稳重，只有私底下比较不正经。

他也不像以前跟谁都能聊上一句了。

陆南渡终究是长大了。

江汐一时忘记收回目光，那边的陆南渡似乎察觉到什么，抬眼看了过来。

两人的视线碰上。

陆南渡的目光停住，凝视着她。

江汐的脸上没什么情绪，几秒过后她移开眼。

她没再看那边，慢慢地喝着杯中的香槟。直到高脚杯见底，江汐才从秋千上起身。

她没跟谁道别，慢悠悠地走回酒店。

今天凌晨醒来时的那种烦躁感又渐渐漫上来，江汐的表情却空荡得仿佛什么都没发生。

她很清楚自己在烦躁些什么。

她每对陆南渡心软一分，焦躁便多一分。

她走到交叉路口，荒芜地带一辆车都没有，只有一盏路灯在亮着。

对面的人行横道上亮着绿灯。

江汐径直走过斑马线。

江汐刚走了两步，左侧车道忽然疾速冲出一辆车，开着远光灯，没按喇叭也没有减速。

江汐愣了一下，很快反应过来要往后退。

但在她反应过来的前一刻，已经被人猛地拽回人行道。

江汐的后背撞上身后的人，轿车疾速而过。

没待江汐站直，已经被背后的人翻了个身。

陆南渡握着她的肩膀，紧张地将她从上到下看了个遍，在确

认她毫发无伤后明显松了口气。

江汐不为所动。

陆南渡抬眸对上她的目光，没放开她。

“你来做什么？”江汐问。

陆南渡的唇张了张。

江汐以为他不会再说了，陆南渡却开了口：“找你。”

对视几秒，江汐丝毫不领情，将他的手扒了下来，转身便走。

陆南渡一急，一个箭步上去，直接从身后搂住了她：“姐姐。”

江汐一愣。

这是分手这么多年后两人距离最近的一次。

她很快反应过来，想挣开他的桎梏。

陆南渡不让，紧紧搂着她的肩膀：“姐姐。”

听见他的声音里微带的哭腔，江汐的手指微颤了下。

陆南渡将她搂得更紧了：“前几天在视频里你没有说不认识我，你不讨厌我的对不对？”

话音一落，江汐终于知道为什么陆南渡今晚跟吃了熊心豹子胆一样。

果然她前几天的那一秒心软没能逃过他的眼睛。

江汐这几天的烦躁也是因为这一秒，她不允许自己对陆南渡心软。

她一纵容，陆南渡就更得寸进尺。陆南渡说：“姐姐，我跑这么远来看你，你看看我好不好？”

她曾经看过他无数遍，他也集她万千宠爱。

到头来她入戏，他倒成局外者，游刃有余地抽身。

江汐没有回头，声音平静：“松开。”

“你还在怪我。”陆南渡说。

有情绪的都是未放下，不恨不爱才是最平静的遗忘。

“没有，”江汐很平静，“这么多年过去了，不至于。”

“你说谎，”过了几秒陆南渡说，“你还在讨厌我。”

江汐安静地站着。

陆南渡又重复了一遍："你讨厌我。"

江汐明明以前宠他都来不及。

又一辆车呼啸而过，路灯年久失修，闪了闪，夜色更显寂静。

"我以后对你好，你别讨厌我了好不好？"

沉默半晌，江汐开口说："陆南渡，不是什么事儿都有以后。"

两人都没说话。

"八年了，"江汐顿了一下，"我过得很好，你也是。没有对方我们也过得不错，没必要给自己找不痛快。"

她的话音一落，身后的陆南渡又搂紧她一分："我没有。"

他像个小孩儿，直白地将自己的喜怒说给她听："姐姐，我没有过得很好。"

他过得不好吗？

年少有为，权力在手，千万人俯首称臣，他想要的都要到了。

他怎么会过得不好。

江汐无力地说："陆南渡，你是不是又想骗我？"

安静几秒，她说："可这么多年过去了，我怎么可能毫无长进？"

江汐能闻到陆南渡身上轻微的酒味，不是很重。

似乎知道怎么说都没用，他抱紧了她几分，头垂下，眼睛压在她的肩膀上。

陆南渡落败、迷茫、无措。

江汐抬头看了眼天。也许是今晚喝酒的缘故，她才会站在这里和陆南渡对话这么久。

她低头，抬手要去掰开陆南渡搂着她的手。

陆南渡忽然开口："我没有骗你。"

话音一落，江汐顿住，但也仅仅是一瞬间。下一秒她毫不犹豫地掰开了他的手。

像以前的任何一次，她没有回头，径直走过了马路。

凌晨飞机在北京落地，当晚陆南渡住在陆氏公馆。

近山临水，灰暗夜幕下的公馆肃穆庄严。

二楼西边的一处露天阳台，地上扔了几个烟头。

陆南渡只一个背影，胳膊撑在石栏上，指间夹着烟。正值深秋，北京凉意正浓，他的上身却只穿一件短袖。

夜晚风大，吹起他的短袖的一角，露出窄瘦有力的腰。

他微低着头，抽了口烟，又慢悠悠地呼出一口白雾。

陆南渡像沉睡时的一个孤魂野鬼。

第二天北京天清气朗，清晨六点陆氏公馆的仆人都已早起忙碌。

陆氏是显赫世家，华弘集团创建于陆老爷陆景鸿之手，经历三代将近一个世纪的经营，造就了现在的行业巨头。

陆景鸿是经商之才，年轻时的手段是出了名地狠辣，儿子陆恺东虽稍微逊色，却也算奇才。陆景鸿仅这一个儿子，却英年早逝，后来华弘乱过一段时间，最后陆恺东的长子陆南渡登位，入主集团。

陆家老爷子和陆夫人正在餐厅里用餐。

偌大的长桌上只坐了陆老爷子和陆夫人两个人。

仆人来回走动，端菜上桌。

陆夫人梁思容问身旁的人："少爷呢？"

梁思容是陆恺东的妻子，五十岁了脸上却没有任何岁月的痕迹。

仆人回答她："还在卧房睡着。"

陆老爷子休息得早，不知道陆南渡昨晚回来了，瞥了眼梁思容问："回来了？"

梁思容轻轻放下筷子："回来了。"

陆景鸿跟仆人说："去叫他起床，这都日上三竿了。"

这时餐厅外传来陆南渡不正经的声音，带着笑。

"我这不就来了。"

梁思容抬头，看到倚着门边的陆南渡，展颜一笑："阿渡醒了？"

陆南渡在家穿T恤和休闲裤，一副居家模样，头发带着刚起床时的蓬松。

梁思容朝陆南渡招了下手："来，阿渡，过来阿姨这边坐。"

陆南渡拉开梁思容旁边的椅子坐下。

仆人给陆南渡端上餐具，梁思容往他的碗里夹了一筷子菜："睡得好吗？"

陆南渡只要不工作，私底下还是格外嘴甜："当然好了，家里有阿姨在，怎么可能睡不好？"

梁思容被哄得开心："你这孩子就会贫嘴，净说瞎话哄阿姨。"

"您不还挺开心？"

梁思容笑着说："你常回来看看阿姨，阿姨就很高兴了。"

陆南渡说："这有什么难的，容易。"

陆南渡不是梁思容亲生的，梁思容却对他视如己出，从来不介意他私生子的身份。

这边两人说着，旁边的陆老爷子已经用完餐，正拿餐巾拭嘴。

见他吃完，陆南渡问："老爷子，您不多吃点儿？"

"没大没小，"陆老爷子虽这么说却是笑了一下，"老年人了，吃多了不好消化。"

陆南渡说："还是强身健体的好时候。"

陆老爷子放下餐巾，双手撑住扶手站起，撂下一句："吃完到我房间一趟。"说完他拄着拐杖离开了餐厅。

陆南渡没准备用餐，插兜起身。

看他站起来，梁思容问："不吃了？"

"我不吃了，"陆南渡侧身端了盘糕点放在梁思容面前，"阿姨，您多吃点儿，这个吃了漂亮。"

梁思容再一次被他逗笑："赶紧上去吧，你爷爷找你，待会儿我去给你准备早餐便当，你带去公司吃，早饭不能不吃。"

陆老爷子的卧房是现代中式装潢，色调以黑白为主。

门没关，陆南渡倚在门框上。

陆老爷子正在下围棋，以为陆南渡还在楼下用餐，没想到他已经跟上来。

见他这副没个正形的样子，陆景鸿笑着说：“站没站相。”

陆南渡的手插在兜里，听到这句，他说：“这没在公司，要求就别那么高了吧。”

陆景鸿知道这长孙从小混账。当年陆南渡十七岁被接回陆家的时候还是个小混混，现在就算每天西装革履，脱下总裁身份后还是混账一个。

陆老爷子朝他招了下手：“过来陪我下盘棋。”

“行嘞。”陆南渡的肩膀微使力地顶了下墙站直，他走至陆老爷子的对面坐下。

老爷子执白子，陆南渡执黑子。

“现在你管理的是华弘，不是之前国外的那些小公司，”陆景鸿边下棋边语重心长道，“做派别那么懒散，好好管理公司。”

“目前公司的状况让您不够满意？”陆南渡说，“那行，我再努努力呗。”

陆老爷子笑着说：“你就是这样努力给我看的？睡到日上三竿。”

“您还管这么宽呢？”陆南渡说，“不用担心，事务都处理完才睡的。”

“听陈管家说昨天你休息了一天。”

陆南渡倒是坦然：“还真是什么事儿都瞒不过您哪。”

陆景鸿笑了，也没问他去哪儿了。

爷孙两人下完一盘棋后，陆老爷子忽然说：“你呀，现在不是找女人的时候。”

陆南渡原本垂着眼皮有一搭没一搭地听着，听到这话抬起眼。

陆老爷子端过旁边的茶喝了一口：“事业在先，那些事儿啊以后再说。”

陆南渡不知想到什么，眼神有点儿冷：“那种事儿怎么就没意义了？”下一秒却又吊儿郎当起来，他笑了下，“谁还不是从那种事儿里蹦出来的。”

陆老爷子从小家教好，知书达理，就连儿子陆恺东也是，唯独这个长孙，嘴里吐不出象牙。

但陆老爷子也没生气，笑着摇了摇头："嘴里没一句正经话。"

陆南渡的手机正好响了，他从兜里掏出手机放到耳边接听，是秦津打过来的电话。秦津说已经在楼下。

陆南渡说："等着。"

挂完电话后陆南渡又问老爷子："老爷子还有事儿吗？没事儿我还赶着上班呢。"说完他又补了一句，"要努力。"

"还挺记仇。"说完陆老爷子摆摆手，"去吧去吧。"

江汐吊了一天威亚。

进组以后很少有如此高强度的动作，到晚上她浑身酸疼。

江汐跟纪远舟打电话抱怨，纪远舟说江汐是缺乏锻炼。

"你说怎么锻炼？"江汐问。

纪远舟似乎在抽烟，烟嗓哑了几分，慵懒地笑了声："找个人吧。"

江汐笑了声。

纪远舟说："那事儿能放松，还能感受到愉悦，还有比这个更好的锻炼方式吗？"

江汐窝在单人沙发里，指尖敲了敲扶手，轻轻地笑了声："你刚锻炼完？"

纪远舟笑了，伴随着几声咳嗽："挺灵敏哪。"

江汐没细问："最近工作怎样？"

"还行，"纪远舟说，"就那样。"

话音刚落，那边传来男人的声音。

纪远舟倒是不忙不乱地对江汐说："还有点儿事儿，先挂了。"

纪远舟的电话刚挂不久，佟芸的电话打了过来。

江汐瞥了眼，接通电话。

还没等江汐说话，佟芸已经开口，声音不是很愉快："听说你拒绝陆南渡了？"

江汐问："哪里来的消息？"

她和陆南渡见面是在几天前的剧组聚餐，佟芸不在场。

"有多少双眼睛盯着陆南渡，"佟芸说，"还怕我不知道消息。"

江汐懒得求实，只嗯了声。

佟芸也不想管她了："随便你。"佟芸继续说道，"打电话还有件事儿通知你，你现在上播的剧在宣传阶段，过几天有个节目录制，你准备一下过去。"

江汐出道两年还没参加过什么综艺："什么节目？"

佟芸说了个综艺名，平淡地问："知道节目组为什么邀请你吧？"

江汐当然知道。

娱乐圈以红当道，有热度的人才有姓名，虽然配角去节目只是陪衬。

江汐随口问了句："岑晚哲也去？"

"嗯，"佟芸说，"节目组请你们两个抓的就是你们的'CP'热度，他的公司也有意向炒作，到时候你和他都配合一点儿。"

江汐刚洗完澡，有些犯困。

她没回答佟芸的问题，只是问："还有其他事儿吗？"

佟芸说："其他事儿没有，记住我说的就行。"语气一如既往地强势冷漠。

说完佟芸就挂断了电话，耳边传来忙音。

这种架势江汐一点儿也不意外。

她拿开手机，扔在旁边的桌上。

几天一晃便过，江汐飞往另一座城市。

节目组需要彩排，落地后她径直去了电视台。

彩排结束后正是晚饭时间，江汐推行李出来，准备先找个酒店落脚。

华灯初上，街道车水马龙，人群熙攘。

江汐站在路边打车，听见有人叫她的名字。

她回头，岑晚哲的经纪人朝这边走了过来："不去聚餐？"

方才节目彩排完，几位前剧组的主演提议聚餐，大家正准备去包间。

江汐笑了下："不是很饿。"

岑晚哲的经纪人跟佟芸是两个类型，一个让人如沐春风，一个雷厉风行。

看江汐还带着行李箱，他说："先找个地方歇脚，饭还是要吃的，你已经够上镜了。"

江汐笑了笑，没过多解释。

岑晚哲的经纪人也笑了："不过你看着倒不像那种会节食上镜的人，只是不喜欢往热闹的地方凑吧。"

江汐说："差不多。"

车还没到，她问道："你们也不去？"

"嗯，"岑晚哲的经纪人点了下头，"晚哲也不喜欢往人堆里扎，昨天他刚从国外参加活动回来，准备回去倒个时差，现在等车过来回酒店。"

岑晚哲最近人气很高，综艺和新剧同时上播，收获了不少粉丝，行程自然很满。

两人又闲聊了几句，江汐的车先一步到："那我先走了。"

"嗯，明天见。"

江汐的日常生活平淡无趣，索然无味。这趟录制有十几个小时的闲暇时间，她也没出去就只在酒店待着。

小的时候，江汐不是不合群的人，朋友也不少。大学那段时间虽没什么人追她，但她还是有不少女性朋友。

后来她就渐渐变成了现在这个性子。

第二天录制完节目，江汐没在这座城市逗留，很快就飞回剧组。

接下来的几天江汐仍是在剧组拍戏。

某天江汐起床发现屏幕上有几个佟芸的未接来电。

经纪人的工作不好做，凌晨几点仍在处理艺人事务。佟芸的几个电话都是凌晨打来的。

江汐今天有早戏，现在是凌晨五点多。她给佟芸回了电话过去，那边很快接听。

佟芸即使遇事儿也格外镇静："醒了？"

江汐嗯了声，刚睡醒还隐隐带有鼻音。

佟芸说："网上那些消息看到了没？"

江汐从昨晚就没看手机，平时网络上的消息也鲜少关注。她问："什么消息？"

佟芸猜到她没看，所以也不意外："什么消息你先不用管，先回答我的问题，上次综艺录制那天晚上你和岑晚哲在一起没有？"

江汐微皱眉道："没这回事儿。"

"行，"佟芸说，"岑晚哲应该有女朋友，那晚和他的女朋友在一起被人拍到了，但是照片不清晰，不过女生的体形跟你相仿，所以很多粉丝认成了你们两个。"

江汐大概知道网络上那些事儿是什么了，捏了捏眉心："挺巧哇。"

"但也有一部分提出质疑的，"佟芸说，"他们公司现在在公关。"

江汐知道佟芸打这电话不是只为告诉她这些，直截了当地问："要我注意什么？"

佟芸说："难得有一次你这么配合。"

佟芸继续说："你们两个现在正处于上升阶段，粉丝大多数是'CP 粉'，这件事儿如果爆出来的话你也会吃亏。你的人气还不高占不了上风，而且你们以后还有一部戏要播，所以他们和我们谈好了合作共赢，不需要你去否认或者承认，以后只要有关媒体问你这个问题你不回答就行了。"

江汐靠在床头，听完后问："公司呢？"

"公司也不会承认，保持沉默，过段时间就没人探究了。"

只要不承认，其他都好说。

江汐嗯了声。

说完电话，她也没去看网上的那些消息，起床洗漱后出门。

今天江汐只有早上的戏份，几乎一整天都是空闲，傍晚的时候接到纪远舟的电话。

江汐问：“这个点怎么给我打电话了？”

纪远舟说：“怎么，电话都不让打了？”

江汐被她逗笑：“没加班？”

“不在北京怎么加班？”

“不在北京？你出差了呀？”

纪远舟笑了一声：“敢情我在你的眼里只是个工作狂对吧。”

江汐也笑了：“你自己说是不是？”

“是，”纪远舟又说，“不过这次不在北京不是去工作，我在江城机场了，出来接我。”

江汐笑道：“猜到了。”

纪远舟说：“挺聪明哪。”

江汐到衣柜提了身衣服出来：“你先找个地方坐坐，我这边去机场有段距离，得等我一下。”

“不用到机场，”纪远舟说了个地名，“我去那边待着。”

江汐挑眉道：“做攻略了？”

纪远舟说：“是呀，来旅游的。”

“行，等我过去。”

江汐已经洗完澡，套上件裙子便出门。

江汐到纪远舟说的那条街的时候已经是一个小时后。二十分钟前纪远舟给她发了个定位，在一家酒吧里。

这女人果然离不开酒。

车停在酒吧前，江汐下车，推门进去扑面而来的是强频率的音乐声。

江汐很快找到了纪远舟的背影。纪远舟正倚在吧台前和一个男人搭话。

纪远舟既然叫她过来，今晚便没有和男人过的意思。

江汐走过去。纪远舟和男人的对话正巧进行到后半段，暧昧又露骨。

纪远舟背对着江汐，男人先看到江汐。纪远舟顺着他的目光转头，看见江汐后笑了下，又回过头对男人说：“我朋友来了。”

男人听懂她的意思，也不勉强，举起酒杯朝她示意了一下，嘴角挂着温文尔雅的笑：“行，以后有机会再一起喝酒。”

快餐时代的寻欢作乐仿佛物质享受，各取所需一拍两散，没有过多感情。

不过和一个陌生人在另一座城市赶巧碰见，以后怎么可能还有机会一起喝酒，谁都看破不说破。

男人已经走远。江汐在纪远舟的旁边坐下，笑着说：“你还真是上哪儿都能招蜂引蝶呀。”

纪远舟转了个身面对她：“过奖了。”

江汐也要了杯酒，晃了晃酒杯问：“怎么现在过来？”

“上次不是说来探你的班？”纪远舟说，“再不来你都杀青了。”

江汐喝了口酒，撑着脑袋笑着说：“真值几千日薪了。”

纪远舟也笑道：“抬举我了呀。”

两人闲聊喝酒，荒废了几个小时，从酒吧出来时已近凌晨。

江汐去了趟洗手间，慢了纪远舟一步出去。

出门时看见纪远舟在跟两个高中生模样的女生聊天，江汐不知道纪远舟能跟这些十几岁的小姑娘说什么。

江汐走近了才听见她们在说什么。

两个高中女生大抵喝醉了，酒话无非是些学生烦恼，跟成年人不同，毕竟年龄摆在那儿。

听到对话中提到自己名字，江汐脚步一顿，很识趣地没有上前。

她听到纪远舟对那两个女生说：“他俩就不是你们想的那样。”

一个女生说：“怎么就不是了，我看就是。”

纪远舟笑了笑没说话，转头看到江汐，没再跟那两个小女生说话，朝江汐走过去。

“你现在挺红的，”纪远舟调侃江汐，朝那两个高中女生示意了一下，“正说你呢。”

江汐笑着说：“喝酒喝出错觉了？”

“不是错觉，”纪远舟说，“她们正说你和那个岑姓男演员。”

两人一同往前走，纪远舟说：“小女生这个年纪挺好的。”世界简单，没有社会压力，还未接触人情冷暖。

江汐问了她一句：“工作上出问题了？”

“好着呢。”纪远舟说。

纪远舟入住的酒店在附近，两人散步到路口：“不用送我了，早点儿回去吧，这边正好能打车。”

江汐嗯了声：“明天找你。”

“行。”

两人在路口分手，江汐打车回剧组。

华弘集团总部。

陆南渡处理完事务，靠着椅子看到手机上的消息，紧锁眉头。

秦津推门进来，走至桌前，将文件放下：“陆总，这个合同您过目一下。”

陆南渡把目光从屏幕上移开，接过文件。他翻开文件浏览一遍，最后签上名，递给了秦津。

秦津接过文件快出门的时候，陆南渡叫住了他。

陆南渡说了个娱乐公司的名称：“联系一位姓佟的经纪人。”

佟芸接到陆南渡的电话时正值凌晨。

他的语气不严肃，甚至话里带笑，状似平静，云淡风轻，几句下来却令人不寒而栗。

来往几句，即使佟芸这种精明人也未能占上风，主动权被对方死死掌控。游走职场多年，佟芸见识过的聪明人数不胜数，却是第一次碰到这么强大的对手。

“想必佟经纪人引蛇出洞的目的已经达到了。”陆南渡说。

佟芸笑了下，对话还算招架得住：“陆总，您这说的什么话？引蛇出洞，蛇在哪儿？”

陆南渡闷笑了声：“我这不就来了？”

佟芸的目的被识破，她也不遮掩了：“陆总聪明人。”

商场的本质是利益至上，她不可能只打一个如意算盘。江汐和岑晚哲的绯闻有利于江汐的事业，除此之外佟芸还打着更大的主意，想利用这个绯闻引出陆南渡这个更大的利益体。

而陆南渡果然来了，只不过早就识破她的目的，也认出绯闻照中的人不是江汐。

一个二十几岁的年轻人，翻云覆雨于股掌之间，甘愿被设计入局，却又睚眦必报，在跳进去之前还要顽劣地破坏别人精心布下的网。

佟芸想不清这样的一个人为何唯独摆不平江汐，他知道被利用却仍旧愿意跳进坑里。

要说深情，这种高居权位的人什么人没见过，不至于非一人不可。

后半程陆南渡直截了当地跟佟芸提了要求——压消息，不准再将江汐跟任何人捆绑。

佟芸问：“你这是想折断她的翅膀？”

陆南渡笑了声，像听到了什么笑话。他说：“佟经纪人应该清楚哪种方式的利益更大。”

直至通话结束，佟芸才发现掌心早已沁出一层薄汗，但毕竟在社会场里摸爬滚打了许多年，她的面上还是格外镇静，也没因此受影响。

佟芸将手机放回办公桌上，双手交叉地转了下椅子。

百叶窗外，云层厚重，诡谲莫辨，人类的丑恶欲望与算计在暗中涌动。

江汐今天只排了一场戏，拍摄时间仍在早上。

纪远舟过来片场看她。

江汐没想到她会过来，瞥了眼靠在化装桌上看江汐化装的纪远舟："好不容易放个假，怎么不在酒店多睡会儿？"

纪远舟抱手看着她："生物钟这种东西一时半会儿改不了。"

江汐给她下了结论："职业病犯了。"

纪远舟笑道："差不多吧。"

江汐说："你这放假跟没放假有什么区别。"

"怎么没区别？"纪远舟轻描淡写地指了下自己的脖子，"至少没再看见我这里有东西了是不是。"

意味暧昧，却又不言而喻。

给江汐化装的小姑娘看了纪远舟一眼，纪远舟没搭理。

江汐瞥了眼纪远舟的脖子，笑道："挺白的。"

不像以前隔几日就一次红痕，旧的未褪新的又来。

纪远舟听懂了她的意思，只勾了勾唇角，没多说。

两人有一搭没一搭地聊着，直到江汐化装结束。

江汐拍摄的时候纪远舟在旁边等她，一场戏拍完的时候已经是中午。

两人先一起回了酒店。江汐在洗手间对着镜子卸装，纪远舟靠在门边上看着。

"演员挺辛苦的，一场戏折腾这么久。"

江汐把卸装油往脸上抹："哪能不折腾？"

"确实。"

过了一会儿后，江汐捧水洗脸："再说这个职业也不错。"

纪远舟看着她，没说话。

江汐把两只手撑在洗手台上，从镜里看纪远舟，笑着说："至少把我当年那些坏毛病改好了大半。"

现在是白天，室内却仿若黑夜，窗帘紧闭。

江汐洗完脸从浴室出来，纪远舟跟在身后。纪远舟越过她，走过去拉开了窗帘。

房内瞬间亮堂。

纪远舟转身看着她："这就是你说的已经好了大半？"

这个毛病江汐倒是一直改不掉，但她没在意，抬手脱下身上的衣服："这个不影响生活，没事儿。"

两人是十几年的好友，对方的身体早看遍了。

纪远舟在旁边看她换衣，脸上没什么表情："其他没影响吧？"

江汐的一双长腿白皙细长，她到衣柜提了身衣服出来，笑了下："放心，没什么事儿。"

纪远舟说："行，你自己多注意着点儿。"说完她看了眼时间，"现在出去正好吃午饭。"

江汐问她："想好去哪儿玩了没？"

纪远舟说："随便走走吧，也没什么一定要去的地方。"

江汐套上裸色丝袜，笑了："导游遇上你这种顾客估计会很高兴。"

"省事儿对吧？"

江汐说："你就不是个省事儿的人。"

纪远舟笑着说："我是人是鬼你还不清楚？"

江汐笑了："行了，收拾好了，走吧。"

两人闲走了一下午。

女生一起玩无非是那几件事儿，逛街买衣服、看电影、吃东西。

但纪远舟嫌衣服拎着烦，没去逛街。两人像普通游客一样，象征性地逛了逛附近的景点。

傍晚她们走至一个湖边，水面上波光粼粼。

两人并肩走着，纪远舟说："你好像对这里挺熟悉。"

江汐身穿灰白色毛呢大衣，把手插在兜里："哪里？"

"我们下午逛的这片地方，"纪远舟笑了下，侧头问江汐，"你之前来过？"

江汐安静了一瞬，轻笑了下说："还真什么都瞒不过你呀。"

纪远舟说："那我带你来重游旧地是不是不太好？"

江汐说：“是我带你，不是你带我。”

“挺严谨。”

“再说过去这么久了，早就没什么印象了。”

纪远舟听完这话只笑了声：“小情侣来这地方玩多没情调哇。”

江汐不知想到什么，也笑了下：“是挺没情调的。”

“当时怎么来了这边？”纪远舟问。

江汐想了下：“写生吧，当时教授布置的作业，就从北京飞过来了。”

纪远舟感到意外，嘴角带着笑意：“写生这么无聊的事儿，那小子居然坐得住。”

江汐知道纪远舟说的是谁，只笑了笑，没说话。

那年正值夏日，晚霞遍天，古刹的钟声隐隐约约。

江汐在檐下画了一下午。陆南渡对这些不感兴趣，早就在两个小时前睡了过去。

他靠着她的肩头，长长的眼睫毛乖巧地合着，难得有这么安分的时候。

江汐侧头看他，笑了声。

过了没一会儿身边的人伸了个懒腰。

江汐注意到了，但光顾着画画，没跟他说话。

陆南渡黏人黏得不行，从身后圈住她的腰，蹭了蹭她的脖子：“姐姐，我醒了。”声音带着刚醒的沙哑。

江汐被他蹭得一阵痒，推开他的脑袋说：“别闹，我马上画好了，待会儿画丑了我揍你呀。”

陆南渡没听她的话，继续靠在她的肩上，嘴唇故意蹭着她的脖侧：“你才舍不得呢。”

他仗着人的疼爱就无法无天。

“谁说我舍不得了？”江汐又推他的脑袋，“去去去，一边玩去，画完了再跟你玩。”

陆南渡叫了声：“疼。”

江汐的笔立马停住，她回头看他：“弄到哪儿了？”

可这小子哪里有什么问题，露齿朝她一笑：“看，我就说你舍不得吧。”

“啧，”江汐捏了他一下，“你烦不烦。”

陆南渡肆无忌惮地笑。

江汐写生结束的时候天还没黑，两个人不着急回酒店。路过公园的时候，江汐被陆南渡拖了进去。

天色橙红，公园里的绿植繁多，枝叶茂盛，还有许多公用的长石椅。

陆南渡帮江汐拎着包，江汐在一条长椅上坐下。

陆南渡将包往旁边另一条没人的长椅上一甩，一屁股躺下，枕在了江汐的腿上。

他屈着一条腿，把另一边的脚搭在屈起的那条腿的膝盖上，吊儿郎当地抖了几下。

陆南渡前几天剪了个发型，本来就是寸头，现在更是短。江汐伸手摸了摸他微微刺手的发茬。

陆南渡扯下旁边伸出来的一根草，叼在了嘴里，被江汐摸得微眯了眯眼，然后抬眼看她。

“好看吗？”

“你还真别说，我挺喜欢男生刚剪完头发的样子，干净清爽，”她说着笑了，“每次江炽一剪完头发，我看着都舍不得欺负他了。”

陆南渡哼唧了一声：“别人剪完头发你看什么呀，你只能看我。”

江汐捏了捏他的脸说：“你什么毛病哪，连我弟的醋都吃。”

“你跟谁说话我都吃醋，”陆南渡侧头亲了下江汐的手指，“你只能是我的。”

他像是要把她独自占有。陆南渡一直不是个善茬，是江汐让他活成了另一个样子。

江汐捋了一把他的脑袋：“有病？”

“对啊，我就是有病，我一见你，什么毛病都上来了。”

陆南渡说着突然扯下嘴里叼着的草，胳膊一抬扣住江汐的脖颈将她压下来，亲了她一口。

他朝江汐笑。

“姐姐，我一见你就浑身病。我不想好了，你要一直陪我，好不好？”

纪远舟离不开酒，晚上两人吃完饭散步的时候经过一间酒吧，纪远舟提议进去。

江汐也没什么事儿，就跟她一起进去。

今晚纪远舟倒是安分，前后几个男人过来搭讪她都拒绝了，还顺便帮江汐挡了几朵桃花。

江汐一向不热衷这种场合。

两人在酒吧喝到近凌晨，出来后纪远舟送江汐上了车。

江汐在半路就下了车，喝了点儿酒想散散步清醒，沿着街道慢慢地走。

街道上几家还未关门的店铺，屋内的灯光泄出，在地面铺上一层薄光。

她走到酒店附近，一辆车挡了她的路。

江汐没管，想绕开车走，还未抬步，后座的车门已经打开。

她抬眼。

路灯的光线稍远，看不清人脸，但江汐还是一眼认出是谁。

陆南渡朝她走了过来。

江汐移开眼，想绕开他走。

陆南渡伸手抓住她的手臂：“姐姐。”

江汐一喝酒脾气就变得比较差，皱眉要甩开陆南渡的手。

陆南渡紧紧攥住没让她挣脱，闻到她身上的酒味，语气变冷了些：“喝酒了？”

江汐与他对视，冷言一句：“要你管。”

也许因为江汐喝了酒，又或许因为那些绯闻，陆南渡没像平

时一样服软。他皱了下眉，将江汐拽了过来。

江汐一下没站稳，撞进他的怀里。

反应过来后她有些生气，想从他的怀里挣脱。

陆南渡手上的禁锢没松一分，江汐动弹不得。

低沉的声音从头顶传来。

“怎么不归我管？”他的声线带着冷意，“以后你别跟其他男人走得太近。”

江汐没有喝醉，尚有思考能力，陆南渡说的话她都能听见，也知道他是什么意思。

她抬眼，陆南渡一直看着她。

“跟谁走得近？”

未等陆南渡开口，她说：“再说我跟谁好，好像跟你也没有关系。”

江汐说完便从他的怀里挣脱出来。

她转身没走几步，身后的人两三步追上她。

江汐被陆南渡抱住，后背被他紧紧地压在怀里。他说：“怎么跟我没关系？”

江汐不想纠缠，想挣开他：“没有。”

陆南渡却仿佛没听见她的话，双手紧紧地抱着她。

他的目光不善，声音极冷：“你只能是我的。”

听出他的语气不正常，江汐一愣。

陆南渡用劲很大，仿佛恨不得将人揉进血肉里。他抱得太紧，江汐浑身酸疼，哼叫了声。

陆南渡这才反应过来，手上的力道立马松了些：“痛吗？”他仍旧没有放开她。

见他这副无赖的样子，江汐忽然没了脾气，也许是喝了酒的缘故。

“不痛你试试。”

江汐鲜少有态度好的时候，话音一落陆南渡便愣住了。几秒前他的眼睛里的戾气消失殆尽，带着一丝茫然。

但他很快反应过来，趁着江汐的态度还没变坏松开她。

走到她的身前，陆南渡伸手说："让我试试。"

"姐姐，你抱抱我好不好？"

他背着光，短发毛茸茸的，一双大眼睛干净又认真地看着她。

江汐微仰头和他对视。

她的眼中没有对他的厌恶，也没有不耐烦。

陆南渡以为这一刻的她会像以前一样纵容他，但江汐下一秒移开了目光。她垂下眼，不知道在想什么。

陆南渡有一点儿无措，一到江汐这里所有的办法都失效，像一个迷路不知道怎么走回家的小孩儿。

江汐再抬眼时，已经恢复冷淡，没看他："没什么事儿我回去了。"江汐说完根本没打算等他回答，想绕过他回酒店。

陆南渡立马伸手抓住她的手臂："我有事儿。"

虽然这么多年没见，但毕竟曾经在一起过，江汐还是了解陆南渡这个人的。

她以为他又要耍无赖，没想到他却只是问："明天早上你想吃什么？"

江汐一愣。

想起现在已经是凌晨，陆南渡又改口："不对，是今天早上，早上你想吃什么？"

他的话直白明显，江汐不可能听不懂。

她的脸上没情绪，几秒过后她用一句话浇灭了他的热情："什么都不想吃。"

陆南渡却假装听不懂："早餐不能不吃。"

江汐转头看他："听不懂吗？我不想吃你送的早餐。"

陆南渡愣了下，喃喃地说了一句："姐姐。"

江汐瞥开眼，没再看陆南渡脸上的神情，说不清为什么。

她把手从陆南渡的手里挣脱，头也不回地回了酒店。

江汐到浴室冲了个澡，出来时身上没披浴巾，露出白皙的皮肤。

窗帘在白天时被纪远舟拉开，窗外山木重重，透着稀少的灯火。

江汐原本想拉上窗帘，想起早上纪远舟说的话。

“这就是你说的已经好了大半？”

江汐停下脚步，淡淡地看着窗外，过了一会儿走到床边。

她没关灯，冷白的灯光照在瓷砖上映得人眼睛发酸。

她坐在床沿，两手撑在身后，长发半湿未干。

她就这样看着窗外。

最近似乎什么都很反常，江汐喝酒后不困，反倒格外清醒。

清醒到一个小时前酒店楼下那个人的表情她都记得一清二楚。

今晚的陆南渡有那么一瞬间让江汐恍惚，仿佛他从来没长大，还是高中那个男生。

他顽劣、调皮、爱玩，最会跟她撒娇。

刚认识那会儿她跟他不熟，他一个劲儿地贴上来，丝毫不怕她拒绝，跟条小尾巴似的每天黏着她。

但一切终究是变了，这个世界上没有一成不变的人和事儿。

江汐垂下眼。这些年来她变得不动声色，情绪也不再像以前那么容易被影响。

过了一会儿她便不再去想，窝进床上睡觉。

事实是，江汐认识陆南渡之前就已经听过他的名字。

那时候江汐正上高三，学业忙碌。

那段时间一到下课时间，班里的同学就睡趴一大片，江汐也不例外。周一升旗回来，江汐便趴在课桌上补觉。

上课的铃声打响，同桌一边把江汐推醒，一边和前面的同学讲八卦。

“你刚才看到没，在升旗台上念检讨的那几个人？”

前桌的女生点点头：“那几个打架斗殴的？看到了呀，里面有个高一的男生长得很帅。”

“啊！”江汐的同桌瞬间来了兴致，“我要跟你说的就是他。”

江汐被推醒，但仍趴在桌上没动。

同桌在旁边叨叨地说着八卦：“你应该听到了吧，检讨说的发生口角，放学后拉帮结派打架。”

一般上了高三，每周一的升旗仪式对于高三学生都只是走个形式。他们没有认真听，大多数拿着小本子记知识。

但今天却有不少人认真地听完了全程，只因为台上出现了一副好看的面孔。

前桌的女生补充道：“还有旷课翻墙上网吧。”

“这个肯定是以前就被校长抓住把柄了，这次一起给算账了。”同桌说。

前桌的女生笑道：“他们怎么那么浑哪。”

江汐的同桌也笑着说：“我也觉得，不过我听说那几个打架斗殴的人不是因为发生口角，就是单纯为了女生打架。”

前桌像忽然想起什么：“是不是一个叫李纯的女生？”

江汐的同桌惊讶地说：“你知道？”

“前几天不是闹得沸沸扬扬的吗？原来就是他们哪，”说完前桌的女生有点儿失望，“所以陆南渡已经名草有主了？”

“对啊，李纯就是他们班的，”江汐的同桌叽里呱啦地科普着，“李纯是我一个初中朋友的妹妹，上次我跟她出去逛街，她一直跟我抱怨她妹妹现在被陆南渡迷得神魂颠倒的，愁死了。”

前面的女生推了下眼镜：“还不是因为长得帅。”

“肯定哪，长得好看谁不喜欢，就是脾气不太好。别人不过是追了一下他的女朋友，都还没说上几句话呢，就被他给揍惨了。”

江汐终于从桌上爬了起来。

同桌还在说着。江汐对这些八卦不感兴趣，打了个哈欠，从抽屉里摸出一本书。

不过江汐的确听过陆南渡这个名字。自从这学期开学以来，身边的人频频提起这个名字。江汐一开始还有点儿好奇，到底长得

多好看才受到这么多人的关注，即使是不同年级的学姐也在讨论。

不过后来，江汐倒是从旁人的只言片语中组织出了陆南渡的形象。

高一学弟，长得好看，霸道，目中无人，最主要的还是长得好看，因为那张脸所以他所做的一切才会吸引无数人的注意。

脾气不好，顽劣霸道，喜欢打架，长得好看。这是江汐对陆南渡这个人的最初认知。

这最初的认知跟她后来认识的陆南渡相差实在太大，以至于后来很长一段时间，江汐都在怀疑以前她身边的同学对陆南渡的认知是不是有误。

那天下午放学，江汐刚出校门就看到了早上拿小石头扔她窗户的男生。

她一出现，男生瞬间看了过来，目光灼热。

江汐跟他不熟，但早上见过一面，对他礼貌地点了下头。

哪知她刚要走，后头的人立马急匆匆地朝她跑了过来。

"我在等你，你怎么都不理我？"

江汐本来已经走了，听到这句话，转头疑惑地看了他一眼，然后指了指自己："你在等我？"

"是呀。"

江汐实在想不出一个素不相识的人为什么要等她："找我有事儿？"

"有哇，"陆南渡说，"跟你一起回家。"

江汐问："什么？"

陆南渡见江汐一脸疑惑的表情，有点儿失望："你是不是不想跟我做朋友哇？"

江汐说："不是，我……好像跟你不是很熟。"

她的话刚说完，面前要高出她一个头的男生的眼角忽然耷拉了下来，一副委屈相。

“不熟吗？我们早上刚见过面的。”

这男生长得实在太好看了，好看到仅仅是他一蹙眉，江汐的心里都一软。

鬼使神差地，她问出了口：“你叫什么？”其中还带着安慰成分。

面前的男生一听这话，唇角的笑立马又扬起来了：“陆南渡。”

在听到这个名字的时候，江汐瞬间一愣。

陆南渡？

那个打架斗殴、霸道又目中无人的高一学弟？

江汐狐疑地瞥了眼眼前的人。

他怎么看都不像那种人……

脾气也不差，难道是别人对他的滤镜太厚？

江汐一时有点儿语塞，不知道聊什么，硬是挤出一句：“你是……江炽的朋友？”

陆南渡笑：“是呀，所以我昨晚才去找他。”

“但我早上起床问他，他说没看到你，你是在外面待了一晚上？”江汐问。

江汐的话音一落，陆南渡的关注点明显走偏了。他笑了起来，声音里带点儿意味不明：“你早上起来找我了呀。”

不知道为什么，江汐听他这么说突然有点儿无所适从，别扭地清了下嗓子：“也不是，就是以为昨晚看见你是我在做梦。”

也许是陆南渡成功地跟江汐说上话了，没有刚才那么小心翼翼，现在吊儿郎当的。

“我这不是在你的眼前了吗，肯定不是梦哪。”陆南渡说着就去勾江汐的肩膀，“走啦，姐姐。”

江汐用手撑着脑袋，从床上坐起。

昨晚江汐睡前没关灯，满室亮光。窗外的晨光隐隐约约，太阳还未出来。

太阳穴一丝一丝地泛疼，她按了按右边的太阳穴。

喝酒果然坏事儿，江汐皱眉。

她睡过去后思绪不受她的控制，乱七八糟地都跑了出来，牵扯着一堆陈年旧事。

江汐甚至记得当年陆南渡在知道她误会他因为女朋友而打架斗殴时，急得连夜跑到她家解释。

他这人向来不受情感的束缚，过得坦荡肆意，别人说他为女朋友打架的事儿不过都是臆想。

仅有江汐一个，陆南渡曾经因为她而跟人打架，而且不止一次。

那时候的他对她是真的好，但后来证明一切都是假的。

屋内的亮光令她感到不适，她稍稍伸手，一把拍灭了顶灯。

屋里重新陷入黑暗，太阳穴渐渐不再泛疼。江汐靠回床头，脸上的神情平淡，仿佛前一刻皱眉的不是自己。

她拿过旁边的烟盒，抽了根烟出来。

点完烟她把打火机扔回桌上，抽了一口，猩红的光在黑暗里跃动。

半根烟的时间过去，江汐未动一分。手机亮了一下，她抬起眼，看到纪远舟的消息。

“我上飞机了，回来再聚。”

纪远舟没告诉江汐什么时候回去，估计纪远舟自己也不确定，现在是临时做的决定。

江汐打电话过去。

纪远舟接通电话问：“没睡？”

“没有，醒了，”江汐问，“怎么走得这么急？”

纪远舟笑了下说：“没办法，工作忙。”

江汐沉默了一下：“你这总监比我忙。”

“还行，”纪远舟笑了下说，“现在还早，你不多睡会儿？”

“不了。”

江汐把手机贴在耳边，另一边的手搭在床沿，指间的烟丝丝缕缕地散开：“是不是快登机了？”

纪远舟笑了下说：“嗯，北京见啊。”

挂了电话后，江汐闲着没事儿刷了会儿手机，一会儿便没兴趣了，将手机扔在一边，下床。

一番梳洗后，江汐出门。

酒店的走廊空无一人，灯光冷寂，江汐坐电梯下楼。

大厅很安静，只有前台的人在工作。她径直穿过大厅，推开大门后愣了一下。

深秋的空气寒凛，天未亮，日月星辰正在交替。

陆南渡站在酒店外，手里不知捂着什么。在她出来的那一瞬间，他也看了过来。

看见她，他笑了下。

江汐很快反应过来，走下阶梯不再看他。

陆南渡很快追上来，挡在她的面前，将袋子递了过去：“你喜欢吃的那家生煎。”

江汐一愣。

当年两人到这边旅游，江汐喜欢吃某家店的生煎，每天早上都过去吃。

昨晚陆南渡问她要吃什么早餐，她说不想吃他送的早餐，可他还是去买了她最喜欢吃的生煎。

陆南渡见她没说话，又将生煎往前递：“姐姐，趁热吃。”

那家店离这里不近，来回需要两个小时，也就是说他一晚上的时间都折腾这个东西。

“陆南渡，”江汐忽然叫他，“你到底想做什么？”

可她冷淡的语气似乎不再像以前一样奏效。

陆南渡看着她，几秒后笑了下：“追你呀。”

眼前的人仿佛从未变过，一如以前。

他对着她笑，爱意从不隐晦，直白又明晃。他的喜欢从来不克制，毫无保留，赤诚而又热烈。

人最难承受的便是这种情感，一不小心就会被吞没。

对视几秒，江汐率先挪开眼。

空气里带寒冷，凉风吹过，卷起江汐及膝的风衣一角，衣角又落下。她把双手插在兜里，看向路边：“没必要在我的身上浪费时间。”

江汐把视线收回来：“不会有结果。”

她冷淡、陌生、直接。

陆南渡却没把她的话放心上：“时间花在你的身上才不是浪费。”

周围只有风吹草动声，陆南渡的话音落下后江汐陷入沉默。

半晌她开口：“陆南渡。”

陆南渡看着她。

江汐抬眼对上他的视线，神情淡漠如水：“我们之间的问题不是你追不追我，而是我根本不想看见你。当年你既然只是玩玩而已，也没必要再吃回头草。”

说到当年的事儿陆南渡似乎有些紧张，有点儿无措：“不是的，我没有。”

这是多年后两个人第一次谈起这个话题，江汐不想再多说。

陆南渡看出她不想提当年的事儿：“你也不是回头草。”

他低头看着她，小心翼翼地说：“我没再吃过别的草了。”

这么多年过去了，他还在原地。

插在兜里的手指轻动了下，她抬眼看向陆南渡。

陆南渡的睫毛很长，黑色的眼睛干净认真地看着她，仿佛每句话都是真的。

江汐移开视线：“你以为我会信吗？”

她没看见陆南渡的眼里闪过的一丝悲伤。

天微亮，路边的路灯还未熄灭，手中的生煎已经变冷。

江汐不想在原地待下去了，跟他擦肩而过：“就算你说的是真的，那也是你自己的事儿。”

Chapter 05
追求

江汐的戏份相较刚进组时少了很多。

今天她也只有一场任务不是很重的拍摄。化装师帮她描着眉，江汐闭眼休息。

有人叫了她一声。

江汐睁眼一看，是徐嫣然。

徐嫣然已经化好装，身上穿一件单薄的白色内搭，外面套件外套。

江汐问：“你都化好装了，刚才怎么没见你？”

徐嫣然在江汐隔壁的化装台前坐下：“被我妈叫去吃早餐了。”

江汐笑了下：“经纪人不拦着你少吃点儿了？”

徐嫣然用手撑着下巴：“有我妈撑腰呢，好不容易吃了顿饱的，就是今晚又得去跑健身房了。”

说完徐嫣然假装不经意地跟江汐聊天：“江汐姐，你吃了没？”

江汐抬眼问道："怎么了？"

"刚才我趁经纪人没注意，偷了点儿吃的出来。"

"偷给我的？"

"才不是，"徐嫣然说，"我拿了饭后甜点，准备现在吃的。"

她坐直身子，摸摸肚子说："但现在有点儿撑，吃不下。"

江汐笑了。

徐嫣然又拍拍肚子："看，圆鼓鼓的。"

江汐的嘴角还挂着笑，她转头看向镜子里。

徐嫣然把蛋糕盒放在江汐面前的桌上："所以给你啦。"说完徐嫣然还看着蛋糕。

江汐开她玩笑："不舍得呀？"

"才没有，"徐嫣然朝她粲然一笑，"就是有点儿遗憾，这种美食进不了我的肚子里。"

江汐笑了笑："你可以留着下午吃。"

"不了，"徐嫣然说，"待会儿经纪人就过来盯着我了，偷吃又要挨骂。"

这时化装间的门被推开，造型师叫了下徐嫣然，让她出去试下衣服。

"来了！"徐嫣然站了起来，"江汐姐，那我先走了呀。"

江汐点了下头。

徐嫣然换好衣服后，在外面遇到经纪人。

经纪人远远地走过来皱着眉："早上听西苑餐厅的经理说见到你了。"

徐嫣然早上压根没跟经纪人一起吃饭，支支吾吾地想撒个谎："没有，我妈带我去的。"

经纪人说："别编了，你妈还能变成两个人？一个跟我吃，一个陪你吃？"

"……"徐嫣然嘀咕："你们怎么这么巧哇。"

经纪人说："是吧，专门治你的。"

古装扮相比现代造型要严格许多，经纪人说完瞥了一眼徐嫣然的腰："现在上镜正好，再吃下去就不合适了，以后少给我偷吃，今天就先放过你。"

说完经纪人敲了下徐嫣然的额头："以后别人约你吃饭要学会拒绝。"

徐嫣然捂了下额头说："又不是约我。"

"是谁？"

徐嫣然说："南渡哥。"

经纪人当然认识陆南渡，也知道这两人的关系："那也不行，别光吃别人的白饭。"

"我才不是吃白饭，我靠自己的本事吃饭的。"徐嫣然说。

不然陆南渡才懒得请她吃饭。

"哦？"经纪人抱手挑眉说道，"那你说来听听，你靠的什么本事。"

正好快要拍摄，徐嫣然笑着说："保密。"说完她跑了过去。

晚上，江汐洗完澡从浴室出来，看到床上的手机屏幕上有一个未接来电，是夏欣妍打过来的。

江汐一边用浴巾擦头发，一边在床沿坐下。

白被单、白床单，她的一双腿陷在里头。

江汐给夏欣妍回了电话，那边很快接听。

"小汐呀。"

江汐应了一声："我刚才在洗澡。"

"现在闲下来了？"夏欣妍问。

"嗯，没什么事儿了。"江汐答道。

"没什么事儿就好，"夏欣妍说，"阿姨就怕耽误你的工作。"

"不会，"江汐又问，"在做什么？"

“没做什么，和你叔坐着看看电视，在看你的那部戏，今天播两集呢。”

江汐只淡淡地笑了下：“我叔今晚不加班？”

“他今晚公司没事儿。”刚说完江汐就听到电话里夏行明似乎跟夏欣妍说了句什么。

江汐听不见，坐着等夏欣妍说话。

“你叔让你抽个空回家吃饭，”夏欣妍说，“你已经两个月没回来了。”

江汐笑着说：“您还数日子呢？”

“阿姨一个人在家太无聊了，现在你们一个个都不在我身边了。”

“最近不是很忙，有空回去。”

“那这次回来记得先跟阿姨说一声，我好张罗饭菜。上次你回来走得着急，我都来不及给你做什么吃的。”

江汐笑了：“回去又不是为了吃。”

“你这孩子，不是为了吃也得吃，你看你都瘦成什么样子了，”夏欣妍大概是正好在电视上看见她，“你看这腰细得。”

同样是看屏幕，家人和观众的关注点不同。

江汐跟夏欣妍说：“没办法，这是天生的。”

夏欣妍从小看着江汐长大怎么会不知道，江汐的父母都有着优越的骨相，男俊女美，生出来的孩子自然也出色。

江汐看着瘦，实则像妈妈一样，身材颇好。

夏欣妍说：“就算是天生，你也得多吃点儿。”

夏欣妍连说了几句让她多吃饭的话，江汐应下道：“行，明天午饭吃两碗米饭，顺便给你拍个视频。”

夏欣妍被逗笑了：“嘿，你这孩子。”

她们东扯西扯地瞎聊了几句，江汐听得出夏欣妍有正事儿要问，但也不催，就那样静静地听夏欣妍说。

果然过了一会儿夏欣妍开始支支吾吾地问："小汐呀，你最近没谈恋爱吧？"

江汐就猜到是这种话题，笑了下说："没，怎么问这个？"

夏欣妍见她不抵触这个话题，赶忙又问："那之前在剧组也没有看合眼的人？"

她一说这话江汐便知道夏欣妍想问什么了："你想问我和岑晚哲？"

夏欣妍的心思被猜中："你怎么知道阿姨要问什么？"

江汐说："你们是不是看了网上的那些消息？"

夏欣妍小声了些："这些有关你的消息，阿姨怎么可能不看。"

虽然知道是这样，但江汐还是说："那种东西少看点儿，真假都不一定。"

夏欣妍应承下来："所以你和戏里的那男演员……"

江汐懒懒地靠在床头说："假的。"说完自己笑了，"你看不出来？"

按理来说，夏欣妍养她这么多年，应该很了解她，看得出真假，这回大概是受舆论影响了。

夏欣妍却说："看得出来，阿姨从一开始就跟你叔叔说是假的，那个什么绯闻图，看着就不是你，但昨天那些绯闻哪，就突然都看不到了。"

这些江汐倒是不知，听夏欣妍继续说："我这不就慌了，怕万一是真的。"

当年江汐刚进娱乐圈，夏欣妍便跟她说不要找圈里的人。

现在听江汐否认了，夏欣妍松了口气："不是就好，我就说我们江汐不会喜欢这款。"

江汐笑了下，确实是这样。

夏欣妍说："以后要找个好人家，安安分分的，不折腾，能好好过日子的。"

江汐听笑了，随口说："那你以后就帮我挑个不折腾的。"

"不折腾你能喜欢？"夏欣妍似乎是认了命了，叹了声气，"你这孩子就不是安分命，净喜欢折腾。"

江汐有一瞬间沉默。她似乎一直如此，从小到大不管学业、情感、事业，都是折腾的忙碌命。

夏欣妍听她没说话，似乎想起什么，担心地叫了她一声："小汐。"

江汐回过神来，笑了下："没事儿。"

夏欣妍说："以前不好，不代表现在不好，以后我们小汐做什么都会顺风顺水。"

江汐侧头看窗外，玻璃窗上映着自己的影子。她把目光收回来："行，您想我怎样都行。"

夏欣妍说："不是我想，是要你自己喜欢。"

"行，"江汐看了眼时间，"很晚了，您赶紧休息去。"

"好，你也别熬太晚哪。"

"嗯。"

挂完电话，江汐有一会儿没动，脸上的神情淡漠。

她重新打开手机，想看点儿消息却发现没有下载软件。

江汐一向不喜欢看那些，懒得下载，把手机扔在一旁，在床上躺下。

她想起昨天纪远舟跟她说过的话。当时两人正吃晚饭，聊着聊着纪远舟说佟芸不简单。

江汐问纪远舟是不是想说绯闻是佟芸放出的事儿。

纪远舟当时笑了，就知道江汐是知道的。

江汐的确知道，从岑晚哲和她绯闻出来那一刻她就知道，这一切从头到尾都是佟芸的安排。

她只不过是睁只眼闭只眼。

佟芸本质上是个商人，商人的行为只为牟利，无可厚非。这不仅在娱乐圈，职场上也不少见。

所以江汐也没觉得佟芸做错了，各人所选罢了。

江汐闭眼做颗棋子，不问缘由，没想追究，却没想到会有人来摧毁这盘棋局。

在夏欣妍说网上搜不到那些绯闻消息的时候，江汐便预感到是谁了。

窗外的夜色渐深，江汐的头发还没有干。她起身下床，从电视柜里翻出吹风机，开始吹头发。

房里一片漆黑，只有吹风机的小红灯亮着，耳边吹风机的声音呼呼地响。

等头发差不多干了江汐才收起吹风机，关掉开关，房内再次陷入安静。

窗户开了一指宽的缝，风钻进来，窗帘微微卷动。她随手将吹风机搁在旁边的桌上，抬眼看了过去。

外面似乎比屋里亮。

江汐向窗台走去，风吹拂着她的小腿。她靠在旁边的墙上，指尖挑起窗帘的一角往外看了眼。

七层高楼，地面上的车辆和行人如蝼蚁，没有昨晚熟悉的车辆和人影。

江汐只看了一眼便收回视线，把手放下，窗帘落回窗上。

她的目光落在旁边的矮几上。

矮几的一角放着一块巧克力慕斯蛋糕，是早上徐嫣然送的那块。

江汐只喜欢吃巧克力味的蛋糕。

她移开视线，起身回到床上。

第二天没有江汐的戏份，她一整天都窝在酒店。

以前她喜欢四处跑，就算只有周末两天也拎包出门，现在倒是以荒废时间为乐。

一整天闲闲散散的，晚上没到八点江汐已经睡过一轮，接下来一夜安眠。

或许昨天晚上睡得太多，凌晨三四点江汐就醒了。

她在床上躺着，直到闹钟响起。今天有戏拍，她洗漱后素颜出门。

电梯在一楼大厅停住。

江汐走出电梯，高跟鞋的声音在大厅里回响，推开门，一阵风吹来。

时近冬日，天亮得越来越晚，气温也越来越低。

“姐姐。”

突然的一声传来，江汐的脚步顿住。

她没听到关车门的声音，看到有人跑了上来。

前天晚上在楼上没看见陆南渡，江汐以为他应该不会再来。

陆南渡停在她的面前，穿着黑色的长风衣。

他递了袋早餐过来：“早餐。”就如前天一样，仿佛她从来没拒绝过他。

江汐的目光移到早餐袋上，还是装着生煎的牛皮纸袋，但这次似乎还多放了别的，袋子圆鼓鼓的。

她挪开视线，转而看向陆南渡：“上次已经跟你说过了，我不需要。”

陆南渡却丝毫不受她的影响：“我知道，但我还是会给你送。”

他还是跟以前一样无赖。

江汐说：“我不会吃。”

陆南渡说：“没事儿，那我就送到你吃好了。”

江汐的态度并不和善，她懒得再跟他说什么，想从他的身边绕过。

陆南渡拉住她，低头看着她：“你是不是生气了？”

“昨天公司有事儿，我回北京去了，处理完就回来找你……”

“我没有问你。”陆南渡的话没说完就被江汐打断。

她不友善地看向他，他却是对她笑了一下。

对上他这样的神情，江汐才知道自己上当了。

陆南渡肯定不会傻到认为江汐在气他昨天没来。他就是故意，故意惹她情绪波动，让她跟他说话。

还是以前惯用的招数，屡试不爽。

陆南渡是个可怕的人，江汐不过是给过他一次甜头，只是没有反驳他所说的和她认识的话，他便穷追不舍到现在，不管她给他多少脸色。

他拉了拉她的袖子：“姐姐，你别生我气了好不好？”

江汐知道现在不管自己说什么，对陆南渡来说都是一拳打在棉花上。

她心里烦乱，不知道自己在不耐烦些什么。

她直接把话说出口：“陆南渡，你知道我对你的气一辈子都不会消。”

两人一个讨好，一个冷漠。

陆南渡知道江汐说的不是假话，眼里转为不安：“姐姐。”

“我不止一次跟你说过不要再叫我。”江汐失了一贯的平静，语气冷冰。

说完她没在原地停留，绕过他走了。

这次陆南渡没有拦她。

江汐以为态度已经够冷硬，结果第二天陆南渡又在楼下。

仿佛昨天什么都没发生过。

只是他的眼底有些青灰，睡眠不够。

陆南渡每天在北京和江城之间来回跑，空闲的时间都在飞机上，只能早上见到江汐。

几天下来，江汐没再跟他说过一句话，陆南渡却还是每天到

酒店找她。

他不听话，却也听话，没去别的地方打扰她。

这天下午下戏，江汐回酒店后的第一件事儿便是冲澡。花洒的水流顺着白皙的天鹅颈往下流淌。

江汐站着没动，直到某刻按掉开关，水流戛然而止。

接下来的几天她没排到戏，想起前几天夏欣妍打电话跟她提了一嘴说让她回家。

江汐洗完澡从浴室出来的时候正值傍晚，似乎快要下雨，天际灰白。

她坐在床上直接订了张回家的机票，返程未定。

很快，江汐收拾好东西拉着行李箱离开酒店，赶往机场。

飞机顺利起飞，五个小时后江汐落地。

家里没有江城那么冷，气温适宜。这次江汐起飞前有给夏欣妍打电话，从机场出来的时候，夏行明和夏欣妍已经开着车在外面等她。

回去的路上夏欣妍拉着她不断说话，夏行明也时不时问她几句生活上的事儿。

夏欣妍问她接下来的戏多久能拍完，又问什么时候才能真正地休息一次，说完工作的事儿又绕到食物上，问她这几天在家想吃什么。

直到他们回到家，两位长辈的询问还没结束。

晚上吃完饭，江汐陪他们在客厅坐了会儿后才回家。

即使江汐和弟弟经常不回家，夏欣妍还是会经常帮他们打扫。今晚知道江汐回来，夏欣妍在卧室里给她添了床新被褥。

几个月没回家的江汐却一点儿也不认床，沾枕便睡，一觉睡到清晨自然醒。

这边的天亮得比江城那边早，微弱的光线从窗帘缝下溜进来。如果她现在在江城有工作的话，已经下楼去剧组了。

她知道今天陆南渡还是会去找她。

江汐躺到八点才从床上起来，下床拉开窗帘。

天气很好，阳光刺眼，院门外的小路上几位阿姨在聊天，她们刚上集市回来。

江汐光着脚站在阳台上晒太阳。

夏欣妍推门进来她都不知道。阳台的落地玻璃门半关着，夏欣妍叫了江汐两声。

江汐没听见。夏欣妍走至阳台，推开玻璃门的时候江汐才反应过来。

夏欣妍走上前问她："发什么呆呢？"

江汐说："没。"

"还说没有，"夏欣妍说，"刚才叫了你两声你都没听见。"

江汐没说话了，刚才确实在走神。

没等她说话，夏欣妍问："是在想哪个小男生？"

即使出了太阳，空气里仍旧带着凉意，瓷砖冰凉。

江汐笑着说："怎么就是小男生了，老男人不行？"

夏欣妍本来是随便问问，听见江汐这么回答夏欣妍以为是真的："真的呀？"

江汐转了个身面对夏欣妍，两只胳膊搭在身后的大理石栏杆上，口吻散漫地说："假的，开个玩笑。"

夏欣妍见她光着脚："怎么没穿鞋就出来了，地上凉，待会儿该感冒了。"

江汐靠在栏杆上没动，看夏欣妍进屋忙活："没那么脆弱。"

夏欣妍从鞋柜拎了双拖鞋出来，放到江汐的面前："不是脆不脆弱的问题，这种天气稍不留神，铁打的身子都要感冒。"

江汐笑了下，把脚塞进鞋里。

隔壁还熬着汤，夏欣妍说："我过去看看汤熬好没，你赶紧洗漱一下，弄好了下来吃早饭。"

江汐懒洋洋地应了一声。

洗漱好后，江汐往脸上抹了点儿护肤品，下楼去隔壁。

夏欣妍还在厨房里准备着中午的饭菜，江汐走过去靠在门边跟她聊天。

看着料理台上乱七八糟的食材，江汐说："中午的菜式这么丰盛？"

夏欣妍闻言回头，搁下汤匙："过来了？赶紧去餐厅吃早餐。"

餐厅在厨房旁边，江汐绕进去。

餐桌上放着牛奶、三明治和烤曲奇。夏欣妍没事儿的时候最喜欢倒腾这些东西。

江汐吃了块曲奇，夏欣妍进来问："烤得怎么样？"

江汐又咬了一小口说："挺好吃的。"

"明天阿姨给你烤几个蛋糕，"夏欣妍说，"前几天做了杧果班戟，你叔说好吃，明天做给你尝尝。"

江汐仿佛是一个美食品鉴师，开心地说："行。"

夏欣妍又回厨房去了。江汐靠在椅背上慢慢地喝牛奶，喝了几分钟也没喝完，就拿着去客厅。

在家的日子清闲自由，江汐无所事事到不知道做什么。

江汐百无聊赖地打开电视。早间新闻、肥皂剧、娱乐节目，一个个频道跳过去，她都不感兴趣。

身旁的小方桌上，电话铃声响了起来。江汐离得近，拿起来接听。

那边传来一个中年女性的声音："姐。"

江汐听出来是谁的声音："我是江汐。"

女人啊了声："是江汐呀。"

江汐说："找我阿姨是吧，我让她接电话，你等一下。"

"那麻烦了。"

江汐正想起身去厨房，夏欣妍却已经过来。估计是听到电话铃声响了，她问江汐：“找我的？”

江汐点头，抱着抱枕靠在沙发里。

夏欣妍和电话那边的人说着话。江汐没听她们在说什么，继续拿着遥控器有一搭没一搭地换台。

等夏欣妍打完电话的时候，江汐还没找到想看的。她索性不看了，把遥控扔在一边。

给夏欣妍打电话的是她的亲妹妹，她搁下电话说：“你姨说让陈欢到这边住几天。”

陈欢是夏欣妍的外甥女，夏欣妍妹妹的女儿。

很久没听见这个名字，江汐问：“这小孩儿现在上几年级了？”

“高二。”夏欣妍说。

江汐笑了下：“大姑娘了。”

“是吧，上次你见她时她还是小学生。”

江汐问：“怎么突然要送来这边？”

“她妈要去趟国外出差，暂时管不了她，虽然平时工作忙也没怎么管，但这次估计是不放心让她一个人生活。”

夏欣妍叹了口气：“这孩子也挺可怜的，从小爸妈离异，她妈妈工作忙，平时陪她的时间也少。”

她说着已经起身：“今天周五了，下午得记得接她放学。”

下午阳光温和，江汐陪夏欣妍在院子里捣鼓着夏欣妍的那些花。

人一闲下来便浑身犯懒。平时这个点江汐一般在工作，基本上精神得很，但现在太阳懒洋洋地一晒，很快有了乏意。

夏欣妍跟她说困了去睡会儿，江汐便没在那里待着，回家睡觉。

刚脱下衣服在床上躺下，床头柜上的手机忽然铃声大作。

江汐的半边脸埋在枕头里，她慢悠悠地睁了眼，几秒后将手机拿过来。

屏幕上显示着陌生号码，江汐接起电话，那边传来一个礼貌

的女声，是酒店的服务人员。

因为江汐还得回剧组，酒店就没退房，方才清洁工进去打扫发现江汐的桌上还放着没开封的一小块巧克力蛋糕。虽然外表还是完好无损，但蛋糕已经过期。

所以酒店人员打电话过来询问是否可以扔掉。

江汐把手机贴在耳边，几秒后说："扔掉吧。"

得到她的准许，对方为临时打扰她而礼貌性地致歉了一下，很快挂断了电话。

江汐慢吞吞地拿开手机。

她侧头看了眼窗外，窗帘紧闭，仅瓷砖上透出一缕日光，空气里带着丝缕的凉意。

这一刻忽然让江汐想起两个很俗套的字——生活。

难以向阳生长，一生阴暗落败，她的生活平凡又安静。

那些纷扰热闹一直被她屏蔽在自己的世界之外，已经几年没让它们进来过了？江汐突然在想。

她似乎已经很久没有过喜怒哀乐，心境平淡如水。

可最近江汐的心却隐隐泛起波澜。

江汐似乎不太愿意去注意，像没事人一般，拉过被子盖住头睡觉。

没睡多久，一个小时后江汐醒来。

她没再睡，但也没下楼，自己在房间待了许久。

江汐下楼的时候已经将近傍晚。刚进夏家院子，她就听到夏欣妍在给夏行明打电话，过了会儿夏欣妍便挂断电话急急忙忙地从屋里出来。

江汐问她怎么了。

"你叔突然有事儿，没办法去二中接陈欢。陈欢快放学了，我得赶紧过去接她。"

江汐问："打车过去？"江汐记得夏欣妍没有驾照。

夏欣妍急着出门，点头说：“打车，我不会开车。”

“你是不是忘了这里还有一个司机？”江汐笑了下，“正好没什么事儿，我去接吧。”

夏欣妍这才想起来，一拍脑袋：“你不说我都忘了，真的老了。”

江汐笑了下：“没，年轻着呢。”说完她转身出了门，“我去拿个车钥匙。”

夏欣妍在后面问她：“你都这么久没开了，还记得怎么开吗？”

“不用担心，开车还是会的。”江汐说。

一年前江炽买了辆车放在家，想着回来的时候方便开，买回来后却很少待在家，江汐也鲜少在家，这车没开过几次。

陈欢在二中上学。

江汐以前的高中也是二中，十年了二中还是在原来那个老地方。

去学校的路她还认得。周围的变化很大，楼层翻新，街道改造，十年风吹雨打过后早已变了个样。

她到二中的时候，学生已经下课。

周五的校门外人山人海，家长的私家车把校门外的道路堵得水泄不通，学生骑着自行车穿梭其中。

江汐把车停在离校门有段距离的地方。出门时夏欣妍给了她陈欢的手机号码，江汐拿出手机拨通电话。

陈欢很快挂断。

江汐正想再拨一次，陈欢发了短信过来。

“还在学习，晚点儿出去。”

现在的小孩儿倒是用功，江汐收起手机。

校门前的车流随着日落越来越少，天空挂着几抹淡彩。江汐在车里无聊地坐着。

半个小时过去后，江汐给陈欢发了条短信问她出来了没有。

陈欢回她“马上”。

直到日落西山，路边的街灯亮起，江汐还是没看到陈欢的影子。

她拿起手机，直接给陈欢打了个电话，那边却传来冰冷的客服声。陈欢关机了。

江汐微皱眉。

她从车上下来，二中的门禁不严，进校门的时候保安没拦她。

江汐记得出来前夏欣妍告诉她陈欢在高二（10）班，她问了下路过的学生高二在哪栋楼。

学生跟她说在教学楼的三四楼。

江汐道谢后走去教学楼。

幽暗的天幕下，教学楼的一排排窗口亮着，许多学生留校学习。江汐走到三楼。

（10）班在走廊的最后一个教室，江汐停在门外。

教室里许多学生在埋头刷题，一眼望去一大片蓝白相间的校服。有个同学正要进教室，江汐叫住她，让她叫陈欢出来。

“陈欢？”女生扎着马尾辫，听江汐找陈欢似乎有点儿疑惑。

江汐点头。

女生这才朝教室里看了看，回过头来说：“陈欢不在啊。”

江汐微皱眉：“不在？”

女生想了下说：“我记得她下午放学就走了呀，也没看见她回来。”

两个小时前陈欢给江汐发的短信说在学习，还跟她说晚点儿再出来。

女生见江汐的表情有些疑惑，往教室里指了指：“她就坐靠窗的最后一排，你看，已经没人啦。”

江汐顺着她的手指望过去。靠窗的最后一排没人，桌上一本书也没有，胡乱地扔了件校服外套。

江汐把目光收回来，看向面前的女生，道了声谢。

“不用谢，”女生有点儿好奇地问，“你是她的姐姐吗？”

江汐说："不是。"

她要走的时候女生叫住她："你可以去学校后面那条街的酒吧找找看，陈欢一般在那边玩。"

江汐下楼，并没有准备去找陈欢。

爱回不回，她不伺候。

江汐很多年没回学校，不急着回家，就随便在学校里逛了逛。

学校的变化很大，教学楼、宿舍楼和操场都翻新过了，新换的篮球架已经褪了漆。

几个男生在篮球架下打球，边打闹边笑。

操场隔着几米有一盏路灯，光线不甚明亮，三米开外看不清人脸。

设施倒还是和以前一样破旧。

身旁走过两个穿着校服的身影，男生高出女生一个头，两人牵着手散步。由于离得近，江汐看得一清二楚。

十年过去了，学生来了一批又去一批，晚上不太亮的操场还是小情侣亘古不变的偷偷约会的地方。

在这里生活过三年，每路过一个地方，江汐都难免会想起以前的事儿。

高中三年江汐都是走读，在高三那年她开始留在学校上晚自习，下课了才回家。

高一和高二相对高三比较松散，走读生大部分时间不用留在学校上晚自习。陆南渡这种人连白天的正经课都逃，更不用说晚自习。

但那学期的晚自习陆南渡总是跑到教室找江汐，陪她到下课。

那天江汐有事儿没上晚自习，陆南渡照旧到高三的教室找她，等半天没见到人影。

有的女生见这天天过来的学弟长得好看，好心地跟他说了一句"江汐下午放学已经走了"。

陆南渡在那个年纪虽然每天吊儿郎当嬉皮笑脸的，但实际上比谁都不好惹，翻脸比谁都快，当即脸色黑沉。

当时找他说话的学姐都吓了一跳。

男生沉默地不发一言，跟平时说笑的样子有着天壤之别。他没看站在面前的女生一眼，拎起书包走人。

那天江汐的确有事儿，班里的老师组织活动，挑了几个美术生去帮忙。

她一忙便把陆南渡给忘了。

他们几个人忙活到九点，把活儿做完了老师才放他们几个回家。

出来时正好赶上晚自习下课，江汐这时候才想起陆南渡，但想着晚自习结束，他应该自己回去了，便没再去管。

那时候，学校的晚自习结束后会有晚间广播。广播站主要念学生投稿的信件，点播学生投稿的歌，还兼职其他杂七杂八的事务。

当时江汐和几个同学出来正好遇上广播站播歌。那几年是自由创作的盛世，许多网络创作型歌手横空出道，百花齐放。

耳边是那个时代耳熟能详的歌曲，身旁的同学边聊天边跟着哼唱，聊着时下的八卦和热点，还有电视台每天二十二点档的电视剧。

一行人聊着天走出校门。江汐在快出校门的时候，广播忽然中止。

身边的一个同学问："怎么停了？停电了？"

下一秒，广播室的麦克风被人拍了拍，紧接着传来一个男生的声音。

"江汐同学听到这条广播请到操场一趟，你掉东西了。"

这条奇怪的失物招领和不标准的广播腔，别人或许听不出是谁，但江汐一听就知道是陆南渡。

她愣了一下，身旁的同学已经都看向她。同桌疑惑地问："你今天去过操场吗？"

江汐没回答他们的问题，转身往学校里走："你们先走，我过去看看。”

操场的灯光不甚明亮，不少人绕着操场跑步。江汐走了一圈没看到陆南渡。

她背对着体育楼，站在跑道外拿出手机给陆南渡打电话。

身后有铃声响起。

江汐循着铃声回头，看到了坐在阶梯上的陆南渡。

他叼着根棒棒糖，单手撑着下巴看她。

江汐对上他的视线。陆南渡放任铃声不管，目不转睛地盯着她。

江汐把手机从耳边拿开，挂断了电话，然后朝他走了过去，最后站定在他的面前。

陆南渡仰头看她：“你记起我了呀？”

江汐低头看着他。陆南渡就是小孩子脾性，在她的面前，他的情绪外露得很明显。

她蹲下身子，微仰着头看他：“生气了？”

陆南渡把视线移到旁边：“没有。”

江汐啧了声：“还挺难哄。”

陆南渡把目光转回来：“谁说的，我哪里难哄了，你根本就没哄我。”

江汐笑了，朝他抬了抬下巴：“那你说说要怎么哄？”

陆南渡的腮帮子被棒棒糖鼓起一块。他看着她，忽然咧嘴一笑：“做我女朋友呗。”

江汐抬手推了一下他的脑袋：“放屁呢，小屁孩儿。”

陆南渡说：“我哪里是小屁孩儿了？不就小了你三岁。”

江汐说：“三岁一代沟，听过没有？”

“没有。”陆南渡睁着眼说瞎话。

江汐翻了他一个白眼：“你三岁啊。”

陆南渡凑近她：“对啊，我就三岁，你赶紧哄哄我。”

江汐被他逗笑，没忍住捏了捏他的脸。

两人离得近，陆南渡往前凑，想趁机偷亲。

江汐用手心抵住他的脸，稍往后退开身子，笑着说："做什么呢？"

陆南渡一点儿也不遮掩："亲你呀。"

江汐一个栗暴敲在他的头上："三岁小孩儿你有点儿不纯洁啊。"

说完江汐已经从地上站起来："走了，你回不回家？"

走了几步发现身后的人没跟上来，她回头，陆南渡还是坐在阶梯上没动。

他朝她伸手："你的东西还没带走呢。"

路灯的光从身后打过来，他笑得眼睛弯了起来，顽皮又干净。

有那么一瞬间，江汐心软得一塌糊涂。

夏风吹过，吹起男孩儿T恤的一角，露出精瘦的腰。他耍赖不走，要她有所表示。

江汐被他惹笑，终于朝他伸手。

一见她伸手，陆南渡立马抓过地上的书包，起身笑着朝她跑了过去。

那晚，陆南渡第一次得逞，牵上了江汐的手。

江汐在操场散步了两圈。

夏欣妍给她打电话，让她回家吃饭，不用管陈欢了。

江汐才懒得管，叛逆期的小孩儿最难管教。她收起手机，转身准备往出口走。

在转身看到身后人的那一刻，江汐愣住。

陆南渡离她几步远，见她转过来也看着她。

江汐不知道他跟了自己多久，冷淡地说了一句："你怎么在这里？"

"姐姐，"陆南渡看着她，"我早上找不到你。"

江汐没想到陆南渡会跟过来。

昨天江汐一声不吭地回来，有一部分原因是不想见他，可现在他出现在这里，她却也没有多意外。

路灯昏暗，她却还是能窥见陆南渡的表情，无辜、干净。

他像个小孩儿，好像眼前的人是他的全世界。江汐曾经信过。

可就算他是个小孩儿，也是个会算计人的小孩儿。

正是因为他聪明，所以江汐鲜少的几次心软都被他发现了。不管她对他怎么冷淡他都无动于衷，甚至对她穷追不舍。

这世界上最懂得她所有敏感点的人就是他，不管是心理上的，还是身体上的。

江汐把双手插在外衣的兜里，挪开视线："没必要找我。"

陆南渡却丝毫不受她冷淡语气的影响："我没想要你理我。"

他隔着几步远，紧紧地看着她："我只是想见你。"

江汐低头看着地面，睫毛稍颤了下，终是没抬眼。

似乎陆南渡总有让她哑口无言的本事。

见到她，陆南渡早上被放鸽子的郁闷已经烟消云散，完全忘记了不愉快。

"姐姐，你陪我吃晚饭好不好？"

明明知道会被拒绝，可他还是每次都会问。

江汐的手机又响了一下，她拿出手机看了眼，夏欣妍问她回来没有。

她将手机塞回兜里，没再看陆南渡，径直经过他："没空。"

陆南渡跟江汐回了家。

也不叫跟，陆南渡本来便知道她家的住址。

江汐把车在门外停稳，推门下车，后面的人也跟着下车。他很快追了上来，江汐无法避开。

陆南渡拽住她的手问："以后我们会有机会吃晚饭的对不对？"

江汐不知他哪来的这么厚脸皮，抬眼直视他，只冷淡地吐出了两个字："不会。"

他却固执地说："会的。"

陆南渡黑色的眼睛直视她，他执拗又不讲理。

她不知道为什么会有这么死心眼的人，从以前到现在一直没变。

江汐转过头，懒得再跟他废话。

陆南渡见她不反驳，又得寸进尺地说："今晚出来见我好不好？"

江汐没回头，语气平静："陆南渡，适可而止。"

陆南渡看着她的侧脸故意说："可是我想见你。"

江汐回头："要是我说我不想呢？"

陆南渡却因为得逞地让她回头看了他一眼，笑得轻微地咳嗽了一下。

他答非所问："那我今晚在你家楼下等你出来啊。"

江汐的冷淡永远像打在棉花上，她不想再和他说下去，冷着脸甩开他的手进屋："随便你。"

陈欢没有回来，餐桌上只有夏欣妍和江汐一起吃饭。

"她半个小时前给我打了电话，说不回家吃饭，"夏欣妍夹了一块肉到江汐的碗里，"你在外面等久了吧。"

江汐没跟夏欣妍说今晚的事儿，所以夏欣妍不知道陈欢给江汐发了短信又放她鸽子，捉弄别人又逃跑去玩的叛逆事儿。

"现在的小孩儿真不好管，"夏欣妍说，"以前你们多听话呀，学习上也不用我操心。"

一顿饭吃完，江汐没说几句话。

收拾好饭桌，江汐想帮夏欣妍洗碗，被夏欣妍从厨房赶了出来："好不容易放个假就好好休息，别管这些家务活。"

江汐到客厅坐着，徐嫣然给她发了消息。

客套又试探的两个字："在吗？"

江汐回了她有空。

徐嫣然很快发了语音通话过来。

江汐接通。

徐嫣然的语气有些抱歉："江汐姐。"

江汐靠在沙发里说："怎么了？"

徐嫣然一开始有点儿支支吾吾："那个，我，呃……"

江汐大概能猜到她想说什么："没事儿，你说。"

徐嫣然几秒后终于开口，声音沮丧："江汐姐，早上我不小心将你回家的事儿说漏嘴了。"

江汐回家连佟芸都不知道，唯一知道的就是在去机场前跟她聊天的徐嫣然。

徐嫣然还继续说着："我也没想到南渡哥会过去，对不起。"

徐嫣然在剧组跟江汐的关系好，跟陆南渡也是好友，所以陆南渡有求于她的时候她便帮忙。

知道陆南渡对江汐有意思，徐嫣然早就暗中帮忙，可她能做的只有一些送蛋糕的事儿。

早上陆南渡找不到江汐，徐嫣然不小心将江汐回家的事儿说漏嘴，一整天都在愧疚。她并不想做这种会打扰到江汐的事儿。

徐嫣然又道歉了一遍："对不起江汐姐。"

江汐没太介意，知道即使徐嫣然没告诉陆南渡，凭陆南渡自己的本事他也能找到她。

想到这里，江汐瞥了眼门外。

黑夜深沉。

她收回目光，对徐嫣然淡淡地回了一句："没事儿。"

徐嫣然小心翼翼地问她："江汐姐，你没介意吧？"

江汐笑了下，实话实说道："换个人就介意了。"

她知道徐嫣然没有恶意。

徐嫣然又连说了几句对不起，江汐没打断她。

等徐嫣然自己说够停下来了，江汐才懒洋洋地道："道歉我收下了，现在起这事儿翻篇。"

徐嫣然这个小姑娘果然很吃这套，情绪很快转好。

又聊了几句后，徐嫣然直白地问："江汐姐，你是不是知道我在帮南渡哥追你呀？"

江汐沉默了一会儿，嗯了声。

徐嫣然惊讶道："什么时候知道的？"

江汐笑了下说："想听？"说出来她怕徐嫣然会受挫。

徐嫣然说："当然哪，我想知道我什么时候露馅儿的。"

江汐说："你送我蛋糕的那天。"

"那天你就知道了？"徐嫣然惊讶过后又有点儿失望，"我以为我隐藏得很好的。"

"是挺好的。"

"胡说，"徐嫣然说，"如果隐藏得好你就不会知道。"

江汐笑了一下："以后别帮他了。"

电话那边安静了一会儿，徐嫣然问："你真不喜欢他呀？"

江汐垂下眼，没回答徐嫣然的问题："你不是还得拍戏？"

徐嫣然还在拍戏，只是中途休息给江汐打电话："对，现在在休息。"

两人又聊了几句，很快便挂了电话。

江汐吃完晚饭后一直没出门。

差不多到了该休息的时间，她才从夏家出来。陆南渡的车已经不在外面。

他果然只是说说而已。

江汐没在意，径直回了自己的家。

这里日夜温差大，睡觉前江汐忘记关窗，只拉了窗帘。睡到半夜凉风习习，江汐醒了过来。

风携带着细细的雨丝从窗外飘进来，大理石的瓷砖上铺了一层薄雾。

江汐起来关了窗。

睡眠不好的人稍折腾一会儿便清醒了。江汐彻底没了睡意，下楼打算接杯水喝。

一路下楼她没开灯，这习惯已经维持了几年。

夜色漏进窗，地面上一层光影。江汐接了杯水后靠在料理台边慢慢地喝着。凉水入喉，更添几分清醒。

墙边的窗户忽然晃动了一下，江汐继续喝水，扫了一眼。

这种小别墅户型的窗户大多是老式窗，两扇窗户阖着。厨房的窗户没上锁，有人从外面打开。

江汐站在阴影里，默不作声地看着。

外面的人两手撑着窗沿一跃，很快翻窗进屋。

江汐垂下眼，懒洋洋地说了一句："你走错屋了。"

一个齐耳短发的女生正弯身准备捞起书包，听见厨房里冷不防地有人开口，她顿了一下。

下一秒她发出烦躁的声音："大半夜一个人在这里不开灯有毛病吗？"

江汐将水杯搁在料理台上，慢悠悠地拍开旁边的开关："在别人家文明点儿啊。"

灯光乍亮，双方都看清了对方。

陈欢短发齐耳，左边的耳骨打了一个耳钉，头发微湿，一双大眼睛倔强又警惕。

她上身穿着皮夹克，下身是黑色打底裤，脚踩一双靴子，不是宽大肥硕的校服，连外表都张扬着叛逆。

江汐重新端过料理台上的水杯，慢慢地喝着。

陈欢估计也弄清了怎么一回事儿，十分不上心地问了一句："我姨家在隔壁？”

江汐漫不经心地点了下头。

陈欢竟也不认生，捡起地上的吉他包放在旁边的椅子上，然后问了江汐一句：“有烟吗？”

江汐抬眼看她，撒谎道：“没有。”

陈欢看着她手边的料理台上放的那包烟：“……”

一分钟过去，陈欢忽然笑了下，声音带着这个年纪该有的调皮：“虚伪。”

“抽烟有什么不好让别人知道的？不知道你们这些大人每天死守着那张脸皮做什么。”

她的话没刺激到江汐一分。江汐慢条斯理地道：“不是不好让你知道，只是单纯不想给你而已。”

陈欢：“……”

陈欢侧头盯着江汐，不知想到什么，忽然笑了起来：“今晚是你去学校接我的？”

江汐在校门外等了她两个多小时。

江汐笑了下：“好像是有那么一个稍微有点儿记仇的大人。”

就因为江汐记仇所以不给她烟，陈欢啧了声：“你好幼稚。”

“哦，你故意发短信放别人鸽子就不幼稚？”江汐说道。

或许是觉得有趣，陈欢笑了起来。

江汐也觉得好笑，居然无聊到在这里跟一个孩子打嘴战。其实她也不是生气，就是单纯地感到无聊。

过了一会儿，陈欢像忽然想到什么：“啊，对了。”

“刚才有个男的在你家门外。”

江汐自始至终平淡的表情有了一丝僵滞，她顿了一下。

“高高的，长得挺好看的，”陈欢把俩胳膊搭在身后的料理台上，声音带着少女特有的音色，“看着不像是会私闯民宅的，不像我。”

江汐已经恢复了自然，但没说话。

陈欢虽年纪小，却是人精："外面下着雨呢，他的手上还缠着绷带，等你的吧。"

星辰幼儿园。

"小渡妈妈。"幼儿园的老师站在座机旁，打了十几遍才打通陆南渡家长的电话。

老师的脸上浮现出焦急的神色："是这样的，小渡妈妈，小渡发烧了。我这边还有几十个学生要照顾，走不开，您可能得过来带小渡去趟医院。"

夏天闷热的天气，灰白色的天，树荫浓密，蝉鸣不止。

幼儿园破败老旧，墙面发黄，墙上涂着规矩的涂鸦。

天花板上的老风扇吱呀吱呀地转着。四岁的小南渡乖乖地坐在小凳子上，看着不远处玩滑梯玩游戏的小朋友。

老师的通话似乎被挂断，她继续叫着："小渡妈妈！南渡妈妈！"

小南渡没注意这边，一直盯着那边玩耍的小孩儿。

老师放下电话听筒，转头看了一眼坐在小凳子上的小南渡，鼻子有些发酸。

她走过来，在小南渡的面前蹲下，握住他滚烫的小手："小渡哇。"

小南渡的目光这才收回来，他看向老师。

小男孩儿唇红齿白，黑色的眼睛很干净，丝毫不知道自己的处境。他对着老师咧嘴一笑，是个爱笑的小男孩儿。

老师的心都软了，她抬手摸摸他的头："肚子还痛不痛？"

小南渡摇头，声音稚嫩："不痛。"

"头呢，头痛不痛？"老师问。

小南渡很诚实，点头。

或许因为自己也身为人母，老师的鼻尖再次发酸。她对他笑着说：“老师去给你拿药，你在这里乖乖坐着好不好？不能乱跑哦。”

小南渡点头，乖乖地应着。

老师摸摸他的脸：“乖。”说完她起身去隔壁拿药。

小南渡在幼儿园并不讨喜，全园的老师基本都知道，小朋友不跟他玩，不跟他好。

中午就是因为被别的小孩儿抢了被子，他醒来才会发烧的。

直到下午五点放学，陆妈妈依旧没有出现。其他小朋友都被爸爸妈妈接回家了，只剩下小南渡一个人。

老师焦急地站在座机边打电话，拨了十几遍依然没有人接。

太阳快要落山，小南渡背着比他大一号的书包蹲在地上看蚂蚁。

陆妈妈不来接小南渡放学是常有的事儿，但每次老师还是会等他妈妈过来，今天却等不到。

老师牵着自己的孩子出来，叫了一声：“小渡。”

小南渡慢一拍才站起来。

老师在他的面前蹲下：“你的妈妈今天有事儿不能来接你了，你还认识回家的路吗？”

小南渡有点儿小小的婴儿肥，认真地点了点头：“认识。”

小南渡已经不止一次自己走回家了，老师也只是求个放心：“那你要安全走回家，可以答应老师吗？”

小南渡玩着手指，又认真地点了点头。

小孩儿不过四岁半，却乖巧懂事得不似寻常的小孩儿。他跟老师说了再见，背着书包慢腾腾地走回家。

小南渡的家在一片破旧的居民区。

也许是今天发了烧，他迷路了，七弯八拐地乱走，在天黑之前终于走到家附近。

小南渡晕乎乎的，垂着头慢吞吞地走着。

附近的住户飘出饭菜的香味，小南渡吸了吸鼻子，小脚丫像被固定住。

他饿了，想吃饭。

门口的老人见这小孩儿像饿死鬼一样地看着自己，摆了摆手斥退他："都看晦气了，赶紧走赶紧走。"

被人驱赶，小南渡拽着书包带一步三回头地走了。

他快到家的时候，身后忽然传来哄笑声。

小南渡回头，一群小男孩儿抱着肚子指着他狂笑。

水泥路面上掉了一地的本子，都是他认真又歪扭的练字帖和乱七八糟的涂鸦。

小南渡的小短手拍了拍自己的背后，扁扁的，小嘴巴瞬间委屈地瘪了起来。

他的书包破掉了。

那群小孩儿见欺负人得逞，越发猖狂地喊着："傻子没用！哭了！"

小南渡已经被欺负惯了，转身一本一本地捡起地上的本子。

"傻子还不知道是我们故意划破他的书包的！"有个小男生笑着说。

有的人已经捡起小石头扔向他："没爸的傻子野孩子，没饭的傻子穷孩子。"

"妈妈不要野孩子，天天跟人生孩子！"

小孩子仗着年幼无知，童言无忌，将性本恶发挥得淋漓尽致。

这个年纪的狠毒最是伤人。

小南渡一路哭着回家，额头上破了一块，小脸都是血，擦破皮的小手还紧紧地抱着自己的本子。

旧巷老房，小小的身影孤独又落寞。

妈妈不在家，家里一片漆黑。小南渡搬来椅子，爬上去踮着脚开灯。

他哭花了脸，肚子也饿得咕咕叫。

可是妈妈没有给他做饭。

小南渡浑身烧得滚烫，坐在床上哭着哭着便睡了过去。

直到晚上九点，家里的门砰的一声被踢开。

小南渡被吵醒，眼睛一亮，妈妈回来了。

他溜下床跑出去，客厅却不只妈妈一人，还有一个陌生男人。

小南渡不是第一次看见这种画面，每次妈妈的身边都跟着不同的男人。

这是平常事儿。

小南渡一看见妈妈，下午的委屈一下子全上来了，扑腾着两条小短腿朝妈妈跑过去。

“妈妈，痛痛。”

男人看见小南渡，皱着眉，不知跟母亲说了句什么，然后进了浴室。

母亲见小南渡这副模样，皱眉问：“去哪儿弄的？”

小南渡奶声奶气地说：“妈妈，他们打我。”

“打你？打你你不会还手？！我生你到底有什么用？”

小南渡被妈妈吼了一声，缩了下肩膀，小声地叫了句“妈妈”。

母亲一下子推开他：“别叫我。”

小南渡跌坐在地上，瞬间委屈得哇哇大哭。

这一哭更是惹怒了母亲。她从沙发上站起来，将他拎了起来：“哭哭哭！每天就知道哭！”

小南渡扑腾着腿。

“这么喜欢哭是吧？”母亲几步将他拎出了门外，“今晚给我在外面哭个够！”

说完母亲砰的一声关上了门。

屋外下着雨，雨滴顺着屋檐落下，打在小南渡沾着血发热的额头上。

小南渡被扔在门阶上，没敢再哭出声。他咬着唇，小肩膀哭得一抽一抽。

稚嫩的小脸上都是泪水。

从小到大，给过陆南渡糖的人很少，所以只是一颗糖都能让他高兴很久。

长大后终于有人肯给他糖吃，他就死心眼地跟着那个人了。

可现在，连那个人也不给他糖吃了。

江汐一夜没睡。

窗外的雨没有停的趋势，细小又缠绵。

早些时候，江汐吃完晚饭从夏家出来的时候没看见陆南渡，大概能知道他去哪儿了。

陆南渡是北京人，但从小住在这座城市里，大抵是回家了。

而陆南渡以前的家是怎样的一个家庭，她很清楚。

不知过了多久，江汐掀开被子下床。

她拉开窗帘朝阳台外看了一眼，四五点的天空还未亮，四周寂静无声。

楼下不见人影，他应该走了。

江汐躺回床上，不知什么时候睡了过去。

只睡了一两个小时，醒过来后江汐不再有睡意，起身下床。

难得今天能早起，她想陪夏欣妍去趟早市。

江汐洗漱好下楼，绑了个马尾，穿着裙子，外面套了件宽大的外套。

家里安安静静的。

江汐推门出去，转身正想关门，一眼看到坐在门边的人。

晨光熹微，天空还没亮透。

陆南渡抻着一条腿，另一条腿曲着，一边的胳膊懒懒地搭在膝盖上。

他把头抵在墙上，眉眼深邃又安静，退去了平时的吊儿郎当，睡相很乖巧。

就像二十年前一样，那晚被扔在家门口的小孩儿也这样安安静静地坐着睡了过去。

这些江汐自然不知道。

也许是听到动静，陆南渡迷糊间慢悠悠地睁开了眼。

江汐没动，陆南渡的视线和她对上。

他从小得到的善意太少。

别人只要对陆南渡好一分，他就不会计较那九分的坏。

江汐曾经给过陆南渡糖，不管后来对他如何冷漠，陆南渡还是一个劲儿地黏着她。

他还想跟她要糖。

陆南渡刚醒过来，神色慵懒，看见江汐的那刻，瞬间清醒了几分，立马从地上站了起来。

江汐没想到陆南渡昨晚真的没走，看见他时也愣了一下。

她下意识地往他的手上瞥了眼，上面胡乱缠着绷带。

陆南渡见她看着他的手，抬起来朝她示意了一下："没事儿，就是被碎酒瓶扎了下，不疼了。"

江汐移开目光："我没问你。"

"哦。"

陆南渡有些不好意思地挠了下头："那个，我，昨晚下雨了，我进来躲雨。”

这话漏洞百出，他明明开了车过来，到车里躲雨更方便。

陆南渡也觉得情急之下想出来的理由很拙劣，没好意思再说。

孩童时代的阴影最容易跟随人的一生。江汐以前见过陆南渡状态失控的样子，昨晚那种情况下的确也有些担心。

既然没出事儿，江汐不想问太多：“现在雨停了，你可以走了。”

有时候江汐的冷淡还是会让陆南渡一愣。

她似乎不想再跟他多说一句，转身欲出门。

陆南渡的脸色瞬间变得茫然，他以为江汐是下来见他的。

他明显愣住了，直到江汐快走到门口他都还没反应过来。

在江汐快打开院门出去的时候，陆南渡一急，声音有些委屈：“姐姐，昨晚我在楼下等了你一晚。”

这才是实话。

江汐开门的动作缓了下来。

陆南渡看着她的背影，眼角耷拉着说：“你没有下来见我。”

甚至她没有下来看他一眼，丝毫不在意他有没有在楼下。

第一次，陆南渡没有用玩笑来化解她的冷漠，声音没了往日的积极，明显在难过。

几秒后他说：“现在下来也不是来见我。”

江汐垂下眼睛：“不是。”

她没去看身后陆南渡的表情，半晌说道：“陆南渡，我跟你说过别等我，我不会心疼。”

“不管是现在，还是以后，”江汐抬眸，推门出去，“不要再来找我了。”

北京华弘集团。

陆老爷子没有任何通知，亲自去了趟集团。

自从卸下担子后，陆老爷子很少回公司。这次他突然登门，是检查还是另有目的大家都不清楚，公司的几个部门一阵骚动。

秦津接到消息后赶忙到楼下接陆景鸿。

谁都不知道陆老爷子过来要做什么，秦津也不清楚。但他没有慌乱，一路跟在陆老爷子的旁边，有问必答。

陆老爷子的态度随和，他像只是来逛逛，一手撑着拐杖，慢悠悠地四处走着。

他问了几句公司的近况，秦津一一回答。

秦津的嗓音温稳，条理清晰，他在处理事务和待人接物上是不可多得的人才。

陆老爷子明显对他很满意："这小子倒是挑了个好助手。"

秦津说："您过奖了，我还有很多不足的地方。"

一路走到总裁办公室，即使陆南渡不在，秦津仍是帮陆老爷子推开了办公室的门："陆总今天有事儿外出了。"

陆老爷子把手背在身后，走了进去。

在沙发上坐下，他开口问道："回屿城去了？"

秦津没想到陆老爷子知道，将接好的水放在茶几上，简短地说："最近集团和屿城那边的工厂有一个合作，陆总对这批产品的质量要求严格，所以亲自过去监工。"

听秦津说完这一串，陆老爷子也不急，端过桌上的水杯喝了口。

"我看这小子呀，"他将水杯放回桌上后才慢条斯理地说，"过去不只是去工作。"

屿城是陆南渡从小长大的地方，十七岁那年他才正式被接回北京。

这些秦津自然也知道，跟在陆南渡的身边多年，公事私事秦津都处理过，没人比他更清楚陆南渡的私事。

包括这次陆南渡去屿城具体是去做什么。

但他没多说，只接过陆老爷子的话："毕竟那里是陆总长大的地方。"

陆老爷子抬眼看了他一眼，而后笑了起来：“这小子的确很会挑人。”

仅此一句，秦津立马听出了陆老爷子话里的意思。

陆老爷子在说秦津嘴严。

没等秦津回话，陆老爷子还是温和地笑着说：“他是我孙子，我还不了解？”

他到底是当年开创下华弘集团的人，智商和情商非常人能比，几十年的摸爬滚打，在要心计和识人方面驾轻就熟。

秦津特意隐瞒的事实陆老爷子却早就知道。

“再说了，对产品质量要求严格也没必要他亲自跑一趟，”陆老爷子对秦津说，“你不就行了？看起来肯定比他细心。”

他这么说是给了秦津一个台阶下。秦津倒还算镇静，笑了下说：“您说笑了，我跟陆总比还差得远。”

陆老爷子没再回话。办公室里安静许久，陆老爷子突然想到了什么，摇头叹了口气：“还是不长记性哪。”

秦津知道陆老爷子说的是陆南渡。

陆老爷子将水杯放下，慢慢地拄着拐杖站起：“行了，没什么事儿，我回去了。”

秦津很快地走过来说：“我送您下去。”

陆老爷子摆了摆手，声音老迈：“不用，你干活去，我自己下去就行了。”

陈欢被找了家长。

母亲不在国内，这责任自然落到夏欣妍这个大姨的身上。

陈欢跟她说不用去，不理就行了。

夏欣妍却觉得不行，跟老师联系了时间。

于是星期一早上，江汐开车送夏欣妍和陈欢去二中，到学校的时候早读还没开始。

校门口学生熙攘，三两为伴说说笑笑地进了学校。

陈欢坐着没个正形，窝在后座看着窗外：“原来早上的学校是这样的呀。”

上了一年多的高中，陈欢就没一次不迟到过。

副驾驶座上的夏欣妍说：“那以后你可以试试呼吸一下早晨的空气。”

陈欢对这个大姨不排斥，甚至比起自己跟妈妈的关系还要好。她笑嘻嘻地推门下车：“我现在就可以试试。”

“好像不太好闻，”陈欢开始胡说八道，“明天还是不试了。”

主驾驶座上的江汐无声地笑了下。

夏欣妍也不是严格的家长，被陈欢逗笑了。

陈欢弯身跟她们说：“我先进去了啊。”说完她关上了车门进学校去了。

校内不让停车，江汐把车停在校外的停车位上。

她还得接夏欣妍回去，在车上待着也没什么事儿，便和夏欣妍一起下车进学校。

今天似乎要下雨，天色灰暗，身边不断经过穿着蓝白条纹校服的学生。

早晨、校服，这样的时刻让江汐有点儿恍惚。她以前过了太久这种日子，每天背着书包早出晚归。

二中的年级分布还是跟以前差不多，高二年级的办公室在教学楼四楼。江汐跟夏欣妍一起上楼。

高二年级班主任的办公室闹哄哄的，有的班主任让学生去发作业，有的在吩咐学生其他事情，还有一大帮学生凑在刚发布的月考成绩单前看成绩。

月初了，正是月考成绩出来的时候。

江汐不太喜欢热闹，站在外面没进去。

夏欣妍进去问高二（10）班的班主任在不在，很快从办公室出来。

“不在，”夏欣妍对江汐说，“那个老师说他去教室了，应该很快回来。”

江汐点了点头，身后的公告栏上写满密密麻麻的字。她靠在旁边的墙上，看着这座熟悉却又陌生的校园。

有的学生似乎认出她是演员，却又不敢打招呼，跟同伴小声地说着，一步三回头。

江汐仿若未闻。

夏欣妍说：“小汐，你们转眼都这么大了，当时你上高中的时候阿姨经常来开家长会，还记得吗？”

江汐转过头来笑了下说：“记得。”

她和江炽的家长会都是夏行明和夏欣妍夫妇去参加的。

她正想说什么，身后忽然传来一道男声：“你好，请问是陈欢的家长吗？”

男人的声音礼貌又温柔。

江汐回头，在看见身后的人时一愣。

男人看见她也愣了下，两秒过后，对她笑了下：“好久不见。”

夏欣妍明显也认出来了：“陈凛？”

陈凛把视线从江汐的身上移开，看向夏欣妍，走过去打招呼：“夏姨，好久不见。”

他穿着白衬衫和西裤，戴一副金丝边眼镜，五官清秀好看，气质温柔。

夏欣妍看着他：“真是好久不见了，你这几年过得怎么样？”

“挺好的，这不现在在这里当老师，工作还不错，”陈凛说，“原来陈欢是你的外甥女呀。”

之前通话中两人都只知道对方的姓氏，所以夏欣妍也不知道陈欢的班主任是陈凛。

这时夏欣妍想到江汐，看了她一眼。

江汐没加入他们的对话，站在原地看他们寒暄。

陈凛也回头看了她一眼，又转回头对夏欣妍说：“夏姨，那我们进办公室聊一下陈欢吧。”

这才是正事儿，夏欣妍对他笑了下说：“好。”她看向江汐：“小汐呀，你也一起进来吧。”

突然被点名，江汐两秒后点头说道：“嗯。”

作为一个班主任，陈凛是尽职的，进去后跟夏欣妍谈了陈欢学业上的一些事情。

“陈欢其实很聪明，就是不爱学。”陈凛说。

这个夏欣妍知道：“陈欢的确聪明，就是不喜欢在学习上花精力，喜欢做别的。”

陈凛笑了下：“这个时期的孩子总是叛逆，但他们喜欢做的事情如果合理是需要支持的。我记得她喜欢玩音乐，擅长音乐的人其实跟擅长学习的人一样，都算是个人的长处。”

学生被叫家长一般都是因为做错事儿，老师需要通知家长，准不会有好事儿。

到了陈凛这里却变了个样。他只是约家长聊聊孩子，谈谈学生以后的人生规划。

虽然陈欢叛逆，三天两头地迟到，还旷课泡吧，但陈凛并没有觉得这个学生不好。

一番话谈下来已过去一个小时。

后来夏欣妍要去趟洗手间，让江汐在办公室里等。办公桌前只剩下江汐和陈凛。

两人从进办公室后没说过一句话。

陈凛笑着问：“最近过得怎样？”

江汐坐在窗边，半边脸被窗外灰白的日光照得越发白皙。

“挺好。”江汐问，“你呢？”

“这个问题，刚才在外面夏姨已经问过我了，”陈凛笑了起来，

另一个女人放低了声音：“陆总也真下得去手，就算同父异母，但那也是亲弟弟。”

陆家不仅家业备受讨论，那些晦暗的家事也让不少人在暗地里津津乐道。

陆氏华弘集团现在最大的掌权人，曾经为争家业弑弟。

这在圈子里是个公开的秘密，大家不谈论却都心知肚明。

这时洗手间里的江汐推门走了出来。

两个女人这才发觉洗手间里有人，相视了一下。其中一个女人扣上手包说：“走吧。”

两人很快地离开了洗手间。

江汐也没去看那两人是谁，走至洗手台前洗手。

洗手间里只有她一人，水声哗哗地响。

水流冲刷着她苍白纤细的十指，江汐许久没动。

陆恩笛。

她很久没听过这个名字了。

方才两个女人说的传闻江汐并不知道，对于陆家小少爷的死，陆家对外发布的消息是因病去世。

这么多年过去了，那个小男孩儿在十几岁的时候已经去了另一个世界。

多年前正是因为他，江汐和陆南渡才有了后来的那些纠葛。

她和陆恩笛都不过是棋子，被陆南渡设计入局，被他玩弄。

江汐按下水龙头，看着镜子里的自己。半晌，她直起身离开了洗手间。

Chapter 06
分手

陆家在十几年前只有一个少爷。

陆恩笛是陆恺东和梁思容生下的孩子。

陆家所有人都以为这个孩子的性情会像父亲或者爷爷，却没想到他长大后体弱多病，性格也乖巧含蓄。

他的性情跟爷爷和父亲完全不沾边，反倒比较像妈妈梁思容。虽是如此，陆家的长辈还是极其疼爱陆恩笛。

由于陆恩笛性格内敛，从小他的朋友便不多。他的身体不好，再加上姥姥和姥爷想念外孙，每年假期，家里人都会送他去乡下的姥姥家住一段时间。

梁思容的父母是北方人，退休后迁往南方，在屿城的乡下养老。

所以陆恩笛每逢暑假或寒假都会去屿城住上一阵。

江汐和陆恩笛也正是因此认识。

那时候陆恩笛还在上小学，江汐已经在读高一。

江汐从小学画画，暑假没事儿的时候会去一个工作室画画，顺便给老师当助手赚点儿生活费。

机构在暑假开设暑期班，很多家长都将孩子塞到了这里。

那天正值盛夏，阳光毒辣，蝉鸣不止。屋里开了空调，满教室都是铅笔在素描纸上移动的沙沙声。

这是个初学班，作为助手的江汐搬了把椅子坐在教室后面。她实在有些无聊，在这安静单调的声音里，靠着墙有些昏昏欲睡。

后来有个学生有问题，江汐起身帮她解决后又回到教室后面。

她起来走了一下困意没了，视线扫了教室一圈，发现右边靠窗的最后面有个小男生的素描纸上一片空白，但他乖乖巧巧地坐在那儿，侧头看着窗外。

他不喜欢画画，被父母强行送来的？

男生就坐在江汐右前方的不远处。她坐在椅子上问了一句："不想画？"

男生一开始不知道是在跟他说话，慢了一拍后才反应过来："叫我吗？"

小男孩儿长得眉清目秀，皮肤很白。

江汐笑了下："没叫你，是问你。"

"哦，"他似乎想了下江汐方才说了什么，"我姥姥给我报错班了。"

"报错班？"江汐问。

小男孩儿点了点头后才慢吞吞地说："这个我几年前学过了。"

他是个从小学画画的人。

已经临近下课，江汐看了眼窗外，收回目光："怎么不早跟我们说？可以给你换班。"

他说："我不知道可以换班。"

话音刚落，到了下课的时间，江汐笑了下起身："我去跟老师说一声，明天你去新班级上课吧。"

江汐跟老师说完后没有立即回来。她帮老师处理了点儿学生

的作业，回教室准备拿东西回家的时候才发现小男孩儿还没走。

江汐拿上书包问他："怎么还不走？"

小男孩儿的书包已经背在身上了。他安分地坐在椅子上，很认真地说了声谢谢。

江汐笑着说："不用谢，我拿钱的。"她又问："你叫什么？"

"陆恩笛。"

后来一来二去两人便熟了。陆恩笛有画画的天赋，在班里格外受老师的宠爱，只可惜这个学生只是寒暑假过来而已。

陆恩笛比江汐小五岁，但由于两人都喜欢画画，他们有不少共同话题。

陆恩笛的朋友少，以前他到屿城只有姥姥和姥爷陪着说话，后来多了江汐这个朋友。

陆南渡的母亲酗酒，生活混乱，每日早出晚归，带着陌生的男人回家，经常被家暴。

可楚杏茹以前不是这样的。

她曾经也疼过陆南渡。

楚杏茹十八岁的时候便跟了陆恺东，而那时候陆恺东已经有了家室，只不过正妻迟迟没有孩子。

少女时期情窦初开，她把爱情看成人生中最重要的东西。当时的楚杏茹不过是一个大学生，重心却全是陆南渡的父亲。

陆恺东有着一副好看的皮囊，性格又讨人欢心，所以楚杏茹才愿意没名没分地跟着他。

楚杏茹被陆恺东养在一个别墅里，过着金丝雀般的生活。

每天楚杏茹除了上课便是养花养草，陆恺东待她好，时常会过来。

后来楚杏茹意外地怀了陆南渡。陆恺东向来不同意她生下孩子，但楚杏茹想要一个和他的孩子，于是自己跑去外地躲了陆恺东一阵，最后生下了陆南渡。

那时她把无知当浪漫，很多年后，浪漫成了累赘。

陆南渡出生后不久，楚杏茹便回去兴冲冲地将这个消息告诉陆恺东。

她以为陆恺东看见孩子会很高兴，却没想到他见到儿子后格外不满。

陆恺东的性情温和，他没有大发雷霆，只是说了楚杏茹一句不懂事。这也是他跟楚杏茹这辈子说过的最后一句话。

从此之后，他跟楚杏茹断了所有联系。不管楚杏茹怎么求他，跑到公司找他，他都不再看她一眼。

后来楚杏茹的性情越发暴躁。最先是酗酒，后来她开始和男人混在一起。

醉得厉害的时候，楚杏茹甚至会打骂陆南渡。那时候的陆南渡不过是个四五岁的小孩儿。

后来楚杏茹对陆南渡的打骂愈加厉害和频繁，只要小南渡稍微烦到她，又或者只是因为见他心烦，她便发脾气。

其他小孩儿的童年有各式各样的玩具陪伴，而陆南渡的童年里只有扫把、鸡毛掸子，甚至是酒瓶。

陆南渡挨打的次数就如其他小朋友玩玩具一样频繁。

直到后来长大，他脾气也随着变硬，开始学会反抗。可这些迟了太多年，小时候那些阴影早就在血肉里根植，一辈子都去不掉。

高一的时候，有天陆南渡没去上课，早上起床正好遇上喝酒回家的楚杏茹。

楚杏茹虽对他不理不睬，却格外看重他的学习，见他旷课便大发雷霆，说他没用，废物一个，一点儿都不争气。

陆南渡早已习惯这些辱骂，毫无反应。

嘴里叼了片面包在电脑桌前坐下，他懒洋洋地靠在椅背上开始打游戏。

楚杏茹喝醉了，说生下陆南渡是她这辈子最后悔的事儿。

陆南渡很懒散地说了句："你当时不生下来不就好了，为什

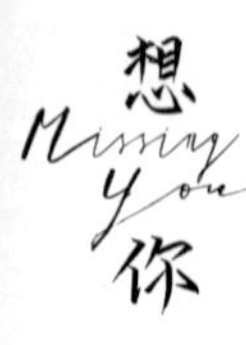

么要生。”

这句话彻底激怒了楚杏茹，茶几上还堆着她昨天喝酒的酒瓶。

那天陆南渡的额角被楚杏茹用酒瓶豁了个小口，如果不是他躲得及时，伤口还会更深。

陆南渡被楚杏茹从家里赶了出来。

陆南渡的身上就只有一包烟和一部手机，他慢悠悠地晃荡去网吧。

那时候已经临近暑假，天气热得仿佛一个蒸笼。陆南渡路过一家美术机构，看见不远处出现的一辆车，停了下来。

手插着兜，他目不转睛地看着那辆车，以及车边的两个人。

陆南渡没见过陆恺东，但从小看过不少陆恺东的照片，楚杏茹一直没扔。直到今天，家里还有他的照片。

小时候陆南渡不懂事儿经常抱着那些照片，喊照片上的那个男人爸爸。

长大后，陆南渡却是一声都不肯叫了，即使后来被接回陆家，都没再叫过陆恺东。

陆南渡没走，靠在马路对面的树下看着。

他抽了根烟叼在嘴里，低头凑近打火机，点燃后把烟盒和打火机揣回兜里，懒洋洋地看着对面。

陆恺东从车上下来，身边站着一个大概上初中的男孩儿，不是很高，阳光下的皮肤白得晃眼。这点倒是跟陆南渡差不多。

男生背了个书包，陆恺东不知道在跟他说什么，但看那温和的表情，大约是一些嘱咐的话。

果然是陆恺东捧在手心里的宝贝儿子。

陆南渡嗤笑了一声。

很快那个男孩儿走了进去，直到看不见儿子了陆恺东才转身回车上，刚转过身就看见了对面靠在树上的男生。

陆南渡没有回避，和他对视。

陆恺东不认识他，只觉得这个人的眼神虽然平静，看起来却有些让人不舒服，一看就不是善茬，额头上的伤口正微微渗着血。

陆恺东的目光只在陆南渡的身上停留一两秒，他没再在意，让司机启动车子，很快离开。

直到那辆车开出去有段距离，陆南渡才收回视线。他笑了一下，拿下唇间的烟扔进旁边的垃圾桶里，起身离开。

那天说来也巧，傍晚陆南渡从网吧出来就遇到了陆恺东的儿子。

那小白脸正被一帮流氓痞子围着，巧的是那几个人正好是陆南渡的那帮狐朋狗友。

陆南渡没过去，靠在不远处看着。

巷子里有人看见他，跑了出来。

说起来陆南渡要比这群人小一岁，可这帮人却一口一个哥地叫他。

那个人问他今天怎么没去上课，又问他的额头怎么了。

陆南渡只接过那个人递过来的烟，没回答这两个无聊的问题。

看着对面的巷子，他问道："怎么回事儿？"

男生一头黄毛，回头看了眼说："你说那小子呀，欠揍呗。"

往常这种事儿陆南渡才懒得问，今天却有些反常。他看着面前的男生，有些不耐烦："问你怎么回事儿。"

黄毛被他吓了一跳，看出陆南渡不耐烦，赶忙解释道："这小子自己找上门来的。李东最近在追一个高三学姐，下午去画室找人，这小子冲上来说离她远点儿。"

陆南渡没说话。

黄毛继续说着："李东这不还没把人追到手吗，这小子就来找事儿。"

对面巷子里的陆恩笛被人推了一把。

陆南渡把手插兜里，穿过街道走过去。

那几个人见他过来，气势更加足了，对陆恩笛更加不客气。

陆恩笛比这群人矮了一个头，低着头，倔强着不吭声。

其中一个人正想挥拳过去，却被身后的陆南渡截住了手。

“算了。”陆南渡说。

那几个人听了一愣。

“渡哥，怎么算了？”被陆南渡握住手臂的人说，“这小子欠揍。”

陆南渡却笑了，漫不经心地说了句：“动了这人你们赔得起吗？”

所有人听了都是一头雾水：“什么赔不赔得起？”

陆南渡看向陆恩笛。

陆恩笛早已抬头看着他。

陆南渡的眼神算不上友善，他意味不明地说：“他家是陆氏集团，你们说赔不赔得起？”

那个时代的通信没有现在发达，但陆氏华弘的名声却是家喻户晓。

“华弘？”其中一个人问。

陆南渡看向那个人，咧嘴一笑，语气轻松又充满玩味：“是呀，华弘的宝贝少爷。”

所有人脸色一变。

只有陆恩笛不解地看着陆南渡。他不认识陆南渡，不知道陆南渡为什么会认识他。

陆恩笛的身上有小擦伤，几个人离开前还警告他不要乱说。

后来有人问陆南渡怎么知道陆恩笛是华弘集团的少爷。

陆南渡说：“老子有千里眼，你信不信？”却没人知道这个小少爷自出生后，每天都活在陆南渡的生活里。

陆南渡出生后，陆家夫人生下了陆恩笛。

也就是那天起，楚杏茹开始性情大变，每天给陆南渡灌输阴暗思想。

后来，陆南渡又见到了陆恩笛。

那天放学，陆南渡百无聊赖地靠着教室的窗口抽烟，旁边的几个狐朋狗友在满嘴跑火车。陆南渡听到好笑的，也随时侃几句。

他的脊背稍弯，胳膊搭在窗沿，他漫不经心地抽着烟。

窗口正对着学校大门，放学人潮拥挤，声音嘈杂。

他看到楼下有两个人，盯着那两个人看了几秒，用后胳膊碰了碰旁边的人："那个人是谁？"

旁边的男生凑过来看："哪个？"

"公告栏边。"陆南渡说。

男生定睛一看："那不是上次被我们堵在巷子里的那个小白脸吗！"

陆南渡不耐烦地说："我说旁边那个。"

"哦，那个呀，"男生说，"就是李东追的那学姐呗，小白脸估计到学校等她放学了吧。"

"在一起了？"陆南渡不以为意地问。

"怎么可能，那学姐是出了名地难追，就没人追到过，东子到现在还没追到手呢。你知道别人都说她是什么吗？难于上青天女神。"

距离不远，陆南渡一直盯着楼下的人看。

瓜子脸、长发、皮肤白，很漂亮，她比小白脸还高了点儿，身材不错。

陆南渡夹着烟的手指懒懒地垂下，他笑了一声，若有所思地说："有趣。"

后来很长一段时间，陆南渡没再见过陆恩笛和那个女生。

他们再见面已经是一个月后。

那天陆南渡去找朋友的时候意外地遇到了那个女生，巧的是，她还是他朋友的姐姐。

那是江汐第一次见到陆南渡，陆南渡却不是第一次见她。

后来他才知道她叫江汐。

不知从什么时候，很多人发现陆南渡开始频繁地出现在江汐的周围。他嘴甜，长着一张人见人爱的脸，没有谁能招架得住他

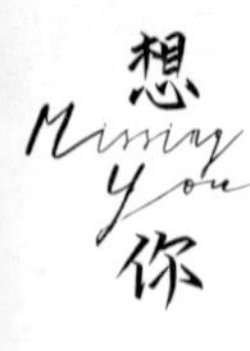

的亲近。

江汐也是如此，一开始对陆南渡是朋友的那种喜欢，不管他怎么撒娇表白，也只是一笑而过，没放在心上。

那段时间陆南渡的那帮狐朋狗友经常开他的玩笑。

他们说："渡哥肯定是记仇，想着帮我们报复那个小白脸。那小白脸回来要是看到江汐已经被别人追到手，不知道得气成什么样。"

"放屁。"陆南渡正弯身打台球，直起身说，"那小孩儿对她根本没那意思。"

陆恩笛比陆南渡小两岁，但陆恩笛发育晚，长相和身高仍像个小孩儿。

有人压根不信："怎么可能？上次东子不过追了她几天，那小白脸一上来就想跟他拼命，怎么可能不喜欢她？"

陆南渡原本看着桌上的台球，闻言侧头看向说话的那个人："不信？"他漫不经心地笑了下："不信打个赌。"

陆南渡从一开始就没觉得陆恩笛喜欢江汐。

"打赌就算了。"他们这群人跟陆南渡打赌就没赢过。

陆南渡继续弯身，瞄准了球。

有人好奇，问他为什么追江汐。

陆南渡一开始没说话，把台球杆往前一撞，百发百中。

"哪有为什么？"他的嘴里就没句正经话，"老子就喜欢她那款，不行？"

一群人哈哈大笑，开始起哄。

"这还是渡哥第一次追人，以前都是别的女生贴上来，现在终于轮到自己追人了。"

看陆南渡今天心情好，有人开玩笑说："你也有今天。"

陆南渡果然没生气，只笑了笑。

一大群人起哄地喊道："渡哥什么时候能把高三学姐追到手？让我们拭目以待！"

陆南渡笑骂道："滚。"

江汐的高三寒假，也是陆南渡的高一寒假。陆恩笛在北方的学校放假比他们早，他很早就回了屿城。

以前在画室只有陆恩笛和江汐两个人，现在多了一个人。陆恩笛虽然在这方面不敏感，但也知道陆南渡在追江汐。

寒假过了一半，江汐没再去画室帮忙。学业越来越繁忙，她兼顾不过来。

那天周末，她早早地去图书馆。

陆南渡一早去江汐家，没找到她便给她打了个电话。

江汐一向不排斥陆南渡，就把位置告诉了他。

冬天，大部分人都缩在家里，陆南渡顶着寒风去了图书馆。

一进图书馆，他很快地找到江汐，一屁股在她旁边的位置坐下。

江汐正在刷题，知道是他来了，没抬头。她笑着说："来了？"

陆南渡百无聊赖地撑着下巴喊道："姐姐。"

"你怎么都不看我？你快看看我。"陆南渡又说了句。

江汐侧头看他，笑道："你幼稚不幼稚呀？"

"你都说我三岁了，当然幼稚呀。"陆南渡说。

江汐被他逗笑。看他的鼻尖微红，她说："怎么不围条围巾？"她顺口多问了一句，"冷吗？"

陆南渡嬉皮笑脸地凑到她的面前："当然冷哪，姐姐你抱抱我好不好？"

江汐笑着一把推开他的脑袋："你烦不烦？"说着她把自己放在一旁的围巾扔到他的怀里，"围上。"

江汐的围巾是米白色的，上面有淡淡的香味。

陆南渡围上后，鼻尖抵在她的围巾上，狠狠地吸了一口。

这一幕被陆恩笛看到了。

陆恩笛似乎早就过来了，方才去图书区拿书，回来看见陆南渡的时候愣了一下。

陆南渡也第一时间看到他了。

他鼻尖仍抵在江汐的围巾上，丝毫不避讳别人看到他对江汐的那些奇怪的癖好。

陆恩笛没有用异样的眼光看他，径直走过来在对面坐下。

陆恩笛和江汐之间有一种老朋友的默契，经常沉默地干着自己的事儿，互不干扰，所以他坐下来的时候江汐也没抬头，继续刷着题。

江汐在学习，陆南渡也不打扰她。他向来不喜欢看书，直接趴在桌上睡觉。

他睡了一阵醒来，江汐已经不在。

对面的陆恩笛还是维持之前的坐姿，安安静静地看着书。

陆南渡伸了个懒腰问："她去哪儿了？"

陆南渡很少跟他说话，陆恩笛愣了一下。他其实有些怵陆南渡，但说不出哪里怕，只是直觉。

陆恩笛说："洗手间。"

陆南渡没再跟他说话了。

一分钟过去后，陆恩笛忽然开口："上次，谢谢你。"

他的声音怯生生的。陆南渡想不通从小在家人的万分宠爱下长大的人为什么会是这种性格。

陆南渡靠在椅背上，抬眼看了他一眼："为什么？"

陆恩笛这次倒是回答得很快："上次在巷子里的事儿。"

陆南渡想起来了，上次陆恩笛被堵的时候陆南渡帮忙解了围。

那时候也说不清为什么会帮，陆南渡说："没什么。"

不知想到什么，陆南渡抬眼问他："你知道我在追江汐吧？"

陆恩笛点头。

陆南渡莫名地笑了下："怎么不让我离她远点儿？"

上次李东那个流氓痞子追江汐，陆恩笛让他离她远点儿。

陆恩笛说："你是好人。"

陆南渡闷声笑了一下："就因为我之前帮过你？"

陆恩笛很诚恳地点了点头。

陆南渡挪开了视线，没再说什么。

陆恩笛的年纪比江汐小，他却从来不叫她姐，一般直接叫她的名字，嘴也没有陆南渡甜。

那个寒假风平浪静，眨眼便过。陆恩笛回了北京。

陆南渡和江汐继续留在屿城这个慢节奏的小城市里。江汐的高三习题试卷很多，虽然她每天苦战题海，但有时候还会偷偷和陆南渡约会。

日复一日，江汐的高三在盛夏结束。

结果还算如人意，她顺利地考上了美院。

那段时间，陆南渡的情绪不是很好。江汐上高中的时候他还能黏着她，一上大学两人见面便少了。

江汐当然看得出他的心思。

江汐上大学后在校外租了房，一边上学一边接稿赚钱，时常忙到凌晨。

大二的时候，有一次江汐直接熬通宵到第二天中午，连续三十个小时没睡，稿子一画完她就累趴在桌上。

等她缓过劲儿后，手机上有条陌生短信。江汐趴在桌上点开，发短信的人大概是高中一个正在追陆南渡的女生。

江汐不知道这个女生从哪儿弄来的她的号码，大意是让江汐离陆南渡远点儿，既然这么久没答应他的追求就别再吊着他。

短信很幼稚，但让江汐感到不舒服，大概跟熬了一天一夜有关。

江汐将号码拉黑，把手机扔到一旁，洗了澡后便去睡觉了。

一觉睡到晚上八点，她起来煮面吃，看见十几个未接来电。

电话全是陆南渡打来的。

江汐："……"

她正想关掉屏幕，陆南渡的电话又打过来，江汐接起电话问："怎么了？"

陆南渡问她怎么一直没接电话。

江汐说："睡觉去了。"

大学期间，陆南渡经常会跑过来陪她。陆南渡问她："后天过去看你好不好？"

最近三天正好是高考，陆南渡高中也快毕业了。

江汐当时不知道怎么了，中午看了短信后的烦躁还没退去："考试后不是有女生约你吗，找我做什么？"

她的语气没有不耐烦，陆南渡却一下便听出端倪："吃醋了？"

江汐意识到自己的话不妥，直接挂了电话。

陆南渡第二天中午结束最后一门考试，江汐没想到他考试结束后会立马坐飞机过来。当看到他在门外的时候，她愣住了。

陆南渡没说什么，直接将她抱进屋里，锁上了门。

那天，陆南渡抱着江汐，软声哄她，尽管江汐不承认自己吃醋。

她在家只穿一件吊带薄裙，两人隔着一层薄衣料贴在一起。

陆南渡笑着说你们女生真麻烦，亲了亲她的脖子。

夏天即使开着空调，江汐仍旧被他撩拨得面红耳赤。

他沿着她的脖子往上亲，最后停在她的耳边。江汐没有推开他。

他在她的耳边撒娇："姐姐，我们接个吻好不好？"

那天在半拉着窗帘的客厅里，光线晦暗暧昧。江汐被沙发上的陆南渡抱在腿上。

她跪坐在他的腿上，摸着他的发茬，承受着他那让人喘不过气的吻。

那天是江汐和陆南渡正式在一起的日子。

陆南渡在她那里赖了将近一个月。两人没事儿的时候出去玩玩走走，或者窝在家里一起做些事儿。

陆南渡很会玩，江汐基本上不会感到无聊。

后来，陆南渡因为成绩单必须得回去，离开的时候跟她说会很快回来。

江汐没说什么，只摸摸他的脸，仰头亲他，然后送他去了机场。

陆南渡在傍晚落地，到家后意外地遇上没出门的楚杏茹。

楚杏茹平时不会在家，不是在外面喝酒就是和朋友打麻将打牌。

陆南渡只看了她一眼，准备去卧室拿个东西。

沙发上的楚杏茹却叫住了他，抱着手悠然自得地看着他：“现在还学会耍心眼了？”

陆南渡回过头问：“你什么意思？”

楚杏茹笑了一下：“你不是把陆家那崽子喜欢的女生搞到手了？”

陆南渡皱眉，不知她从哪儿知道的这些，但他只说：“我跟她在一起不是因为这个。”

“还有，”陆南渡很不爽地说，“她跟陆家那小子没关系，那小子也不喜欢她。”

楚杏茹却笑了：“就算不是因为这个，你敢说你没有其他目的？”

“你毕竟是我生的，我还不了解你？”

那年的高三暑假，陆南渡的母亲去世了。

在陆南渡的面前，楚杏茹结束了她这虚无缥缈的一生。

楚杏茹是陆南渡幼年的梦魇。长大后他以为足够强大到能摆脱这梦魇，却没想到从来没有逃脱过。陆南渡在十七岁这年，幼年的梦魇在他的面前活生生地消失，却留下了新的噩梦。

那天，江汐联系不到陆南渡。

半夜她接到陆南渡的电话，他的嗓音沙哑，像是很久没有开口说话。陆南渡的情绪很平静，他跟她说楚杏茹去世了。

江汐要过去找他，陆南渡拒绝了。

沉默了一会儿后，他说要到北京住了。

江汐问：“你想过来陪我吗？”陆南渡说他很想。

那时候的江汐不懂这番话的意思，直到后来才幡然醒悟。

到了北京，陆南渡没有住在江汐那里，自己租了房子，对江

汐软磨硬泡，让她跟他一起住。

江汐自然拗不过他，收拾了行李暂时住到他那边。

她刚到他家，陆南渡就把她行李箱里的东西一件件地拿了出来，摆在各个地方。

江汐坐在沙发上喝水，看着他忙活：“东西随便放不好找。”

陆南渡不管，他就是想每处都有江汐的影子。

收拾得差不多了，陆南渡在她的身边坐下，抱着她：“你的东西放哪儿我都记住了，就这样放好不好？”

江汐捏了捏他的脸：“你都放完了才问我？无不无赖啊？”

“那我以后无赖你也要理我好不好？”

江汐不知道他问这话是什么意思。今天的陆南渡有些奇怪，或许只是因为前不久他的母亲刚去世。

她只说：“怎么不好？”

陆南渡从背后抱着她，下巴靠在她的肩上，得寸进尺地说：“还要一直喜欢我。”

“怎么跟个小孩儿似的。”江汐说他。

虽是这么说，江汐还是笑着答应他：“会的。”

“一直吗？”陆南渡问。

这种事儿太难说，江汐就当哄孩子：“一直呀。”

陆南渡被江汐一哄就开心，侧头亲了亲她的脸。

一直到后来，只有陆南渡记得这些话。很多年后疮痍满目，只有他还在原地。

江汐不在了，抛下他一个人。

某天，陆恩笛把陆南渡约了出来，手里拿着陆南渡和陆恺东的亲子鉴定。

在酒吧旁边的巷子里，陆南渡双手插兜靠在墙上，瞥了眼陆恩笛手里的东西，笑了下说：“这下信了吧。”

陆恩笛手里的纸张微皱。

陆恺东在陆恩笛的心里一直是个好父亲的形象，知书达礼，性情温和，待母亲和他都很好。

这一切的印象在陆南渡的身份被发现时停止了。

上次在陆南渡提出条件后，陆恩笛擅自去做了亲子鉴定，证实了陆南渡是陆恺东的儿子。

陆恩笛穿着很干净的衣服。他沉默了很久，对上陆南渡的目光："我答应你。"

陆南渡还是靠在墙上，听见陆恩笛的这番话没有感到多意外，只是平静地看着他。

巷里的光线阴暗，陆恩笛看不清陆南渡那张淡漠的脸。

陆恩笛说："只要你不跟她分手，我答应让你回陆家。"

这一切不过是陆南渡策划的一场戏。他接近江汐，和她在一起，最后利用陆恩笛的弱点和受宠的地位，只为了进陆家这个目的。

所有人都中了他的圈套，一切都如他预期的样子。

早在三年前，他就洞悉陆恩笛的性格，暗地里捏住了陆恩笛的弱点。

陆恩笛在家里很受宠，不管他提出什么要求，陆家的人都会答应。而江汐是他最好的朋友，陆恩笛一定会答应陆南渡的要求。

陆南渡许久没说话，陆恩笛却开口问他："如果你想回陆家，几年前就可以提要求了，为什么等到今天？"

他为什么要拖这么久？

陆南渡不知在想什么，低头看着杂草丛生的地面笑着说："谁知道呢？"

陆恩笛离开了。

兜里的铃声响了一遍又一遍。他掏出手机，是江汐。

现在已经是凌晨。他出来前已经哄江汐睡下了，估计是她醒来没看见他。

"去哪儿了？"江汐问。

陆南渡沉默很久，直到江汐那边又叫了他一声。

他的嗓音微微嘶哑，他叫了一句："姐姐。"

隔着电话，江汐听不出他声音里的异样，只是让他早点儿回来。

被她管着的感觉很好，陆南渡的心情好了不少，他说马上回去。

怕江汐会饿，陆南渡在路上买了夜宵回去。

陆恩笛没找陆恺东，也没找梁思容，他径自找了陆老爷子。

陆景鸿虽已经不问权事，但仍是家里最能说得上话的人。

陆恩笛告诉陆景鸿，陆恺东还有个儿子。

陆恺东这人行事向来缜密，毫无疏漏，私生子这种事儿自然不会传到任何人的耳朵里，陆景鸿自然也不知道这事儿。但听陆恩笛说完，陆老爷子也没感到多意外，只让陆恩笛留下了陆南渡的联系方式。

那天，陆南渡正窝在家里看江汐画画，陆老爷子一个电话把他约了出去。

这是陆南渡第一次见到陆老爷子。

陆老爷子一副和善相，头发花白。他看着面前的孙子，第一句话就是："长得倒是像。"

"别的不会，生儿子倒是挺会，"陆景鸿的话里让人摸不清他的情绪，"两个儿子生得都挺俊。"

陆南渡不说话。

那时候的陆南渡不过十七岁，即使他满腹心计，也比不过面前的陆景鸿。

陆老爷子一点儿也不着急，给陆南渡斟了杯茶："年轻人，放轻松点儿。"

"敌意没必要这么强，"陆老爷子打开天窗说亮话，"你以后还得叫我声爷爷。"

陆南渡靠在椅背上，没有世家子弟该有的正经。

陆南渡说："你到底想说什么？"

陆老爷子笑了下："不是已经说过了？难道你进陆家不打算叫我这个老头？"

陆南渡没说话。

陆老爷子两手交叉，悠闲地放在身前：“这些年在外面过得很辛苦吧，家不像家，生活也不像生活。”

这话已经够明显，陆南渡也不意外，把他接回去之前，陆家肯定会先把他的过去查个底朝天。

那些是跟陆恩笛完全不同的童年和生活，一个安乐命，一个贫贱命。

陆老爷子说：“相比你的弟弟，你的性格更像你爸。”

心计满腹、心狠手辣。陆南渡不过是一个十几岁的男生。

陆南渡听见陆恺东的名字便烦躁：“不像。”他不喜欢陆恺东。

陆老爷子被逗笑：“你应该知道我今天过来是做什么。”

陆南渡不知为何有点儿不耐烦：“不知道。”

陆老爷子挑眉道：“是你想回陆家，怎么这么抵触？”

陆南渡沉默了。

陆老爷子没再管他：“你妈刚去世不久，对吧。”

听到楚杏茹，陆南渡有一瞬间愣怔。他有种不好的预感，抬眼看向对面。

陆老爷子的脸上已经没了笑意，却也不严肃，他就像是在说一件很平常的事儿：“既然已经去世了，你也没有什么家人可联系了。”

陆老爷子看着长孙的眼睛，毫不回避地说：“要回陆家可以，你必须答应我的要求。”

不知从什么时候开始，陆南渡和江汐没再和以前一样经常待在一起。

江汐最近接的稿有点儿多，经常忙到凌晨，而陆南渡也时常喝到烂醉才回家。

等他早上醒来的时候，江汐又在睡觉。这种时候，陆南渡会久久地看着江汐，就那样静静地看着她。

一天早上，他醒来的时候江汐不在身边。

陆南渡看了眼时间，早上七点多。

厨房里有动静，江汐在里面忙活。

江汐很久没吃过早餐了，早上醒来没什么事儿就爬起来做早饭。

回头拿个东西的时候，江汐被站在门口的陆南渡吓了一跳。

他靠着门沿看她，也不出声。

最近两人的关系有点儿生疏，江汐问："醒了？"说完也没看他，她转过身继续煎蛋。

陆南渡看着她的背影，换作平时，早已走上前挂在她的身后，可是今天他没有。

他很想抱抱她。

没听见身后人的回答，江汐也没再问。

半晌，陆南渡说了句："我不吃了，有事儿出去，不用做我的那份。"

江汐正在煎第二个蛋，手里的锅铲顿了一下。

客厅传来关门声，平底锅里的煎蛋已经烧煳，江汐关了火。

那天，陆恩笛正好约江汐出去。

江汐还是平时那副样子，有说有笑，该安静的时候安静。

陆恩笛比较敏感，问她："你最近是不是没睡好？"

江汐知道瞒不过陆恩笛，笑了下说："这么明显？"

陆恩笛没说话。经过两三年的时间，以前那个看着营养不良的小男孩儿已经长高了不少。

他默默地喝着橙汁小心翼翼地问："你和陆南渡是不是出问题了？"

江汐搅着咖啡，没打算隐瞒，笑着说："留个面子呀，陆恩笛。"

陆恩笛丝毫没有被她逗笑，看了她几秒，什么都没说，低下头继续喝饮料。

那晚，陆恩笛找到了陆南渡，还是上次那家酒吧。

路灯的光线将树影拉得很长，把他们隐匿在黑暗里。

陆恩笛问陆南渡："不是说好不会跟她分手的吗？"

陆南渡没说话。

陆恩笛死心眼，又问了一句："不是说好让你回陆家，你就不会跟她分手吗？"

沉默半晌，陆南渡抬头看了陆恩笛一眼："陆恩笛，只有你会信。"

陆恩笛不可置信地看着面前的男生，陆南渡仿佛一夜间已经变了个人。陆恩笛的话到了嘴边却一句也说不出来。

最后，陆恩笛说："她喜欢你。"

"那又怎样？"陆南渡的声音很镇静，"一开始，我就有目的。"

平时细声细语的陆恩笛咬牙切齿地朝他吼了一声："陆南渡！"

身后忽然传来一道声音："陆恩笛。"

陆恩笛一愣。

陆南渡也愣住，但没回头。

陆恩笛的视线越过陆南渡的肩膀，他朝后面看去。

她看着陆南渡的背影，周围只剩风吹树叶和蝉鸣的声音。

"既然你一直拖着不说分手，那就我来说吧。"

陆南渡垂在身侧的手指轻颤了一下。

"陆南渡，"江汐平静地说，"我们分手吧。"

江汐和陆恩笛走了。

光线低暗，谁也没看见陆南渡憋红的眼眶。

江汐从没想过有天会和陆南渡分手。

两人之间向来是她比较理智，却没想到在这段感情里最不现实的是她。

行李箱在地上摊开，一个月前温馨的房子现在犹如一潭死水，人气尽消。

之前江汐过来的时候，行李是陆南渡归置的，现在全都没有规律地放在地上，到处都是。

江汐把东西一件件地放回行李箱里。之前他想每一处都有她的身影，现在都是讽刺。

一直以来都是自己在他设计的迷宫里迷了路，还以为尽头是家，不过是一个迷了雾的路口。

江汐把零零散散的东西扔回行李箱里。从酒吧回来后她就没闲下来过，也没去想是谁发短信让她去酒吧。

卧室的床上还扔着自己两个小时前出门换下的睡衣，陆南渡还把她的公仔放在床头边。

直到这一刻，江汐像是一台断了电的机器，孤寂地站在卧室里。

从始至终她没哭过，即使亲口跟陆南渡说分手，她也没哭，却在此刻，豆大的眼泪从眼眶里掉了出来。

江汐没有再忍，慢慢地蹲了下来，把脸埋进手臂里，任自己哭了起来。

卧室里没开灯，夜色从窗外涌进。

江汐隐忍的抽泣声在屋里显得格外清晰。江汐从小便是个不爱哭的人，此刻却哭得像个小孩儿。

她那么喜欢的人，曾经不敢靠近，怕失去理智却又鼓起勇气去喜欢的人，那个口口声声说喜欢她的人。

原来一切都是假的。

他从来没有真心喜欢过自己。

Chapter 07
吻别

今天接下来的时间没有拍摄行程，江汐从洗手间出来准备回酒店。

走廊的灯光明亮，地毯厚实，没有一点儿声音。

洗手间里那两个女人的对话使江汐有些恍神，她太久没听到陆恩笛的名字了。

陆恩笛是在七年前去世的，陆家几乎封锁了所有消息，所以他去世的原因几乎无人能知。

人们根据零星的传闻拼凑出事情的原委，把流言蜚语当成真相。

分手后江汐虽然不待见陆南渡，但她清楚陆南渡不会做这种事儿。

他坏归坏，但还没坏到骨子里。

分神的间隙，她已经走到电梯口。迎面走来一群人，江汐的神色一顿，脸色却还算镇定。

陆老爷子被身边的人簇拥着走在前头，从容不迫，气场强大，身边跟着助理。

二十几年前，在江汐还是小孩儿的时候陆景鸿就已经是风云人物，她不可能不认识。

江汐把脚步放缓，没跟众人挤着等电梯。她站到了另一部电梯前，由于距离近，旁边的谈话内容听得一清二楚。

有人问陆老爷子怎么今天亲自来参加宴会。

陆老爷子年轻时翻云覆雨，亲手开辟华弘这个商业帝国，即使现在退位多年，仍旧受人敬重。但自从几十年前从集团退位后，陆老爷子没再管过公司的重大决策，活动也鲜少参加。今天他却以华弘集团的名义，难得出现在大众的视野。

一个看似没什么异常的举动却可能大有文章，众人都感到好奇。

陆老爷子却笑了下，毫不避讳地说：“我那混账孙子不让人省心，不看着不行。”

虽然陆老爷子这么说，但没人敢诋毁陆南渡：“陆老先生说笑了，陆总大有前途，华弘自他接手后可是风生水起，这样的继承人最让人省心。”

陆老爷子沉默不言。

外人向来窥不见陆南渡的本性，他的叛逆这些年就没变过，深种在骨髓里，一刻不管谁都压不住。

旁边的江汐不动声色，像是什么都没听到。

剧组临近杀青，配角的戏份越来越少。再过几天，江汐饰演的角色就能杀青，所以后面几天的拍摄任务比较轻松。

最后一场戏在夜间结束。这部剧拍了三个多月，天气已经入冬。

夜空漆黑，几处星点。

江汐身穿白色的长羽绒服，工作人员准备了小蛋糕和鲜花。

她抱着一束花，和工作人员合照。

徐嫣然这个吃货在旁边蹭蛋糕吃，看别人在拍照，凑过去一起拍了几张，唇上还沾了奶油。

等工作人员差不多散去，徐嫣然捧了另一块蛋糕吃，在旁边跟江汐说话。

“江汐姐，”徐嫣然舀了一小勺进嘴里，“你一杀青我就无聊了，以后都没人陪我说话了。”

事实上她们在一起时，江汐的话并不多，大多数时候是徐嫣然在讲，江汐在听。

江汐笑了下：“跟我说话有什么好玩的。”

她们的聊天内容并不有趣，也没什么内涵。

徐嫣然说：“聊得来就是最好玩的。”

江汐竟无力反驳，笑着说：“还说得挺有道理。”

“是吧，我就说我的话有道理，卓培还说我歪理一大堆。”

江汐没见过卓培，只知道他是徐嫣然喜欢的人。

两人穿着一白一黑的羽绒服坐在屋檐下，江汐问：“喜欢他几年了？”

徐嫣然皱眉想了下，似乎想不出确切的数字：“初一那年。”

江汐笑了下：“开窍挺早哇。”

徐嫣然慢慢吃着蛋糕说：“我还嫌不够早呢，要是再早点儿开窍还可以多缠他几年。我就不信他不喜欢我，不过我幼儿园就喜欢跟着他。”

江汐笑了笑，觉得能被徐嫣然喜欢的男生挺有福气的。

徐嫣然问她：“你呢？喜欢人是什么时候？”

江汐倒不排斥说这些，轻描淡写地说：“高三。”

“比我想象中要晚，”徐嫣然说，“不过也不意外。”

她侧头看着江汐：“你一看就不是容易追的人。”

徐嫣然开始八卦起来，凑近江汐说：“不过江汐姐，能被你喜欢上的会是哪种人呢？”

江汐只是笑了笑，没说话。

经纪人正从不远处走过来，似乎找徐嫣然有事儿，还未走近便朝她招手。

徐嫣然朝经纪人那边喊了句“马上来”。

明天江汐回北京，徐嫣然说：“江汐姐，我也快杀青了，北京见啊。”

江汐点了点头。

陆氏公馆。

陆南渡一觉醒来已经日上三竿。

陆老爷子却已经遛完鸟下完棋，现在正捧着杯茶在楼下晒太阳。

陆氏公馆的面积大，几个人一天也未必能见上一面。

梁思容正在厨房忙活，陆南渡特意绕到厨房，叼了块刚出炉的还冒着热气的饼干吃。

梁思容一看见他便乐了：“醒啦？”

陆南渡调侃道：“这几天躺了这么久，不醒也得醒了。”

梁思容被他逗笑，给他倒了杯牛奶：“你爷爷就是心疼你，想让你多睡会儿。”

“放屁。”

他的性子和教养跟陆家格格不入，但梁思容却从来不嫌弃，对他很宽容。

陆南渡说：“这老头明显就是软禁我，嘴上说得好听罢了。”

梁思容笑了，作势去捂他的嘴：“小点儿声，可别让你爷爷听到了，要是再给你关个几天就完了。”

前几天可比现在厉害多了，陆南渡从屿城回来就被锁在房间里不让出来，什么事儿都只能在老爷子的眼皮底下做。

陆景鸿对付他的办法还是跟以前对付十几岁时的他一模一样。

至于为何陆景鸿前几天能关得住陆南渡，因为刚从屿城回来的那几天，陆南渡的心理状态不对劲。他浑身阴郁、冷漠、攻击性强。

每次他从屿城回来都是这种状态，只不过这次严重一些。

往常这种时候，陆南渡都需要调节几天。昨天正好有个宴会，陆南渡的状态好了些，他才被陆老爷子抓出去赴宴。今天他已经是个正常人。

梁思容看陆南渡又往嘴里扔了块饼干：“好吃吗？”

陆南渡知道是梁思容做的，笑着说：“好吃呀，阿姨做的饼干最好吃了。”

梁思容从不下厨。这几天她专门下厨做甜点给陆南渡吃，即使陆南渡不是她亲生的，依旧疼爱他。

“好吃就好，”梁思容说，“太久没做吃的，怕做出来不好吃。”

“怎么会？”陆南渡拿过整个盘子，“这整盘都是我的了。”

梁思容笑着说：“还像个孩子一样。”

江汐已经回到北京几天。

在家休息了几天，她今晚被纪远舟一个电话叫出去吃饭，吃到一半，纪远舟却被上司叫回公司。

纪远舟不得已要回去，江汐不介意，说下次再聚。

一个人吃完饭，江汐从餐厅出来。夜风寒凉，路上行人稀少，她埋头往前走。

街上依旧灯红酒绿，车水马龙。

迎面走来一群人，突然有人叫了她一声。

江汐循着声音侧头，看到陈凛朝她笑了下。

她也对他笑了下，正想问他为什么在这儿。人群中忽然有人认出她来，惊讶地叫了她一声。

江汐看过去，看到一张熟悉却又说不出名字的脸。

他们认出了江汐："江汐？好久不见了呀。"

目光扫了一圈，江汐终于想起来了，是大学同学。

"没想到还能见到你，"其中有个女生说，"一直以为没机会再见到你了。"

很多人叽叽喳喳地跟她问好。五年过去，大家的面容早已没有以前年轻。

江汐不太喜欢这种氛围，陈凛出面帮她解围。

"要不一起过去吧，"陈凛说，"正好难得组织一次同学聚会，过去聚聚？"

"对啊，也这么多年没见你了，正好我们大家喝上几杯。"一个稍微发福的男人说。

江汐认出他是以前的班长。

陈凛侧头看她："去吧，最近刚结束工作，正好去放松放松。"

江汐讶异他怎么知道她最近休假，转头看他。

她还没回答，陈凛却已经说："那就这样决定了。"

江汐就这样稀里糊涂地参加了同学聚会。

但既然来了，她也没有抗拒，虽然一向不怎么喜欢参加这种活动。

一群人已经吃过一轮，现在就抢着麦克风唱歌。

江汐坐在不起眼的位置，慢慢喝着酒。

有的同学好奇江汐的生活，过来缠着她问明星的生活是什么样的。

江汐礼貌地笑着回答："就是普通人。"

最后，这帮好奇心格外强烈的人被陈凛一一撵开了。

有个同学见他俩这样子，有意撮合道："我看你俩性格相投，不如就凑合凑合，和好算了。"

江汐慢腾腾地喝着酒，只笑了下，并不打算回答。

陈凛笑着说：“这种事儿哪是凑合来的？别乱点鸳鸯谱了，一边儿去。”

一直到零点，聚会还未结束。

江汐待着没什么事儿。她大学时对交际便不热络，跟这帮同学没有多熟，没什么共同话题。

她准备提前离开，跟坐在旁边的陈凛提了一嘴。

“我送你出去吧。”陈凛说。

江汐拿过外套说：“不用，我自己出去就行。”

陈凛已经起身：“没事儿，正好我也要回去了。”

江汐便没有再拒绝，两人一起离开了包间。

在等电梯时，江汐问：“你怎么在北京？”

“到这边参加一个学习交流会。”

“嗯。”江汐没再说什么。

过了几秒，陈凛忽然问：“最近谈男朋友了吗？”

江汐笑了下说：“有的话还至于现在一个人？”

这时，电梯门缓缓打开。

江汐脸上的笑意还来不及收，她看到里头的人，视线顿住了。

电梯里空荡荡的，只有陆南渡一个人。

自从上次在屿城不欢而散后，他们已经多天没见。今天意外碰面，江汐收敛了笑容。

陆南渡把目光不动声色地从江汐的脸上移开，落到了陈凛身上。

陈凛看着他。

两人之间的火药味浓烈。

陆南渡默不作声地收回视线，没有再看江汐，径直走出电梯。

江汐也没有抬眼，两人仿佛从不认识，擦肩而过。

陈凛和江汐一起进了电梯。陆南渡的背影渐渐远去。

陈凛把目光从陆南渡的背影上收回来，看向一旁的江汐，她一直低着头。

电梯门缓缓关上，陈凛忽然笑了下：“前男友？”

江汐侧着头，从电梯的墙壁里看着他。

陈凛发觉她的视线，也看向电梯的墙壁：“我说得不对？”

江汐不意外，陈凛这个人虽然外表温顺，实则非常有洞察力。

她笑着说：“陈老师说对就对。”

陈凛莫名地被逗笑，前男友的话题也没有再继续下去。

电梯到达一层后，两人从里面走出来。

“最近没什么事儿？”陈凛问她。

江汐点了下头：“没有。”

陈凛送她到街边打车：“上次回家，我妈正看你最近播的那部剧，没事儿陪她看了两集。”

江汐是艺人，出现在朋友面前是正常的事儿。

陈凛说：“演技进步了。”想必之前他已经看过不少江汐的剧。

江汐巧妙地避开了这个话题，道了声谢。

陈凛知道她在回避这个话题，就顺着她的意思往下说：“你倒是一点儿也不谦虚。”

江汐笑着说：“好歹演过几部，再不进步也没必要在娱乐圈混了。”

两人平淡地说着话，像许久未见面的老朋友。

这次陈凛留了江汐的手机号码。很快，他们拦到一辆车，就此道别。

沈泽骁已经有几天没见到陆南渡。

陆南渡一进包间，沈泽骁就起哄道：“我们的大忙人终于肯露面了。”

陆南渡懒得理他，也没注意包间里众人的视线，径直走到沙发前坐下。

包间里大多是沈泽骁的朋友，他一天就得聚一回。朋友来自五湖四海，形形色色的。

包间里一片热闹，沈泽骁给陆南渡递了杯酒，小声地说：“陆伯终于把你放出来了？”

陆南渡接过酒说道：“关你屁事儿。”

“我这不是关心你吗？”沈泽骁说，“你说这二十几岁的人还被关禁闭，还是华弘的陆总，谁不好奇这得做了多少混账事儿？”

说完，沈泽骁立马被陆南渡踢了一脚。陆南渡说：“就你的话多是吧。”

沈泽骁笑着，和陆南渡碰了下酒杯：“不过这次因为什么？”陆景鸿已经很久没管过陆南渡。

陆南渡心情一般，他懒懒地说：“没什么。”

他虽然这么说，但沈泽骁大概能猜出是因为什么。

陆老爷子对陆南渡不满一般就两个原因，第一是原生家庭，第二便是陆南渡以前的桃花烂摊子。

旁边有女生叫了沈泽骁一声。

沈泽骁最近又换了个女朋友，跟在身边的女人都不超过半个月。这次的女朋友性格乖巧，说话温暾，眉眼干净。

沈泽骁陪女朋友去了，陆南渡巴不得清净。

包间里灯光昏暗，彩灯流转，人群颓靡奢侈。

陆南渡不知道想到什么，皱了下眉。

沈泽骁的女朋友第一次来到这种场合，有点儿不适应。他哄了几句，将人揽在怀里。等他哄完回头，身旁哪还有陆南渡的影子。

陆南渡的酒喝了一半，酒杯放在桌上。

沈泽骁啧了声，意味不明地笑了一下：“不长记性。”

怀里的女生听到他的话，抬起头怯生生地问了句：“什么？”

沈泽骁虚握着酒杯，闻声低头对她笑了下：“有人又要吃苦头了。”

女生不明所以。

沈泽骁在她的唇上亲了一口："以后要记得长记性才不会吃苦头，知道没？"

沈泽骁、卓培和徐嫣然都是在国外认识陆南渡的。

这三人早早便去了国外念书。陆南渡当时刚回陆家不久，发生一些变故后被陆老爷子接去了国外。

他们就是念书的时候认识的。

所以陆南渡的那些事儿他们多少知道一些。

陆老爷子看似温和，但实际上比谁都心狠手辣。

到国外的第二年，陆南渡和陆老爷子闹翻了。

那次是他们爷孙俩关系闹得最僵的一次。陆南渡执意回国，陆老爷子没有阻拦。

陆南渡没说原因，陆老爷子却心知肚明。

沈泽骁还记得当时陆老爷子说陆南渡懂了点儿皮毛知识就飘了，妄想白手起家养人，也没想过别人还要不要他。

回国后，陆老爷子停了他所有的银行卡，说既然他要离开陆家，也没有资格再享受陆家人的待遇。

陆南渡倒也算有骨气，没向陆老爷子屈服。

临近傍晚，陆南渡到了北京，一刻不停地跑去了美院。

他没进校门，在学校旁的便利店买了包烟后，蹲在学校对面的马路牙子上抽着。

寒冬凛冽，细雪扑簌地往下落，呈现出一个白与黑的世界。有的大学生埋着头快步进校，有的仍出门逍遥。

陆南渡的手被冻得僵硬，他却未能看见江汐一眼。

抽了近半包烟，他才想起江汐已经大四。他火急火燎地回来，都忘了大四的学生可能已经离开学校，况且江汐不是住在校内。

陆南渡把胳膊搭在膝盖上，指尖懒散地向下垂，烟头猩红。

他苦笑了一下。

他怎么还可能找得到她。

即使这样，他也没走。陆南渡不知道自己在想什么，就是不想走。

直到夜深，陆南渡的肩膀已经湿漉，身侧的一盏路灯灭了。

他仿佛已经没了知觉，一直到凌晨才舍得走。

他起身，按灭烟头扔进了垃圾桶。

校门口忽然走出了一个熟悉的身影，陆南渡瞬间怔住。

江汐从校门走了出来，身上穿着羽绒服，却不显笨重。路灯的光线打在她的脸上，皮肤像牛奶一样嫩白，只是脸色似乎有些苍白。

可她不是一个人。她的身旁站着一个高高瘦瘦的男生，五官清秀，戴着眼镜。

陆南渡浑身的血液在发冷，似乎怕印证什么，他死死地盯着远处的两个人。

江汐陪男生走到便利店前。男生似乎有东西要买，一个人走了进去。

江汐站在外面等。

陆南渡隐藏在黑暗里，她不曾往这边看一眼。

过不久，男生从便利店出来，手里拎了袋东西。

陆南渡看见他把东西换了手拎着，牵过了江汐的手。

霎时间，陆南渡心里那根紧绷的弦狠狠地断了，心脏仿佛停止了跳动。

他紧紧地看着他们，唯恐会错过江汐松开手的一幕。

但陆南渡希望的事儿并没有发生，男生牵着她走了。

陆南渡甚至知道他们是十指相扣。

答案显而易见，可陆南渡却像个倔强的小孩儿，不撞南墙不回头。

他远远地跟在江汐的后面。

她似乎要回家。一路上男生都在说话，她的话不多。

男生把她送到街边，帮她拦了辆车，嘱咐了几句后才松手让她上车，是个比陆南渡好上一百倍的男朋友。

车的尾灯亮起，很快消失在转角。

陆南渡一直看着那个地方，可她不会再回来了。

她不要他了。

那一次过后，陆南渡没再去找过江汐。

最后是陆老爷子把他接了回去，沈泽骁也跟着一起去了。

陆老爷子没有大发雷霆，只是说陆南渡不会是个有出息的人，用温和的语气说着最残忍的话。

“你惦记人一辈子，人也未必想起你一秒，为了一个女人折腾成这样，不值得。”受制于人，陆南渡以后还要吃很多苦。

也就是那次，沈泽骁才知道陆南渡一直在惦记着一个女人。沈泽骁原本以为时间一久陆南渡就不再有新鲜感，却没想到他一惦记便是近十年。

江汐半个小时后到家。

她从出租车上下来，一阵冷风吹过，吹起她的长发。

小区门口的路灯亮着，树影婆娑。马路边时不时有车疾速而过，身后忽然传来一个声音。

“姐姐。”

江汐一愣，脚步也跟着停下。

陆南渡又叫了她一声。

江汐没想到他会跟过来，明明方才在电梯前毫无交集。

冷风呼呼而过，树叶沙沙地响，这里没有灯光，两个人在地上的影子快要变得虚无。

回过神后，她重新迈开脚步，头也没回。

身后的陆南渡急了，一把抓住她的手腕："他是谁？"

这句话的意思很明显，他在确认陈凛的身份。

江汐被他牵制着，脱不开身，静了几秒说："好像不关你的事儿。"

下一秒，陆南渡的声音更冷了："你跟他现在是什么关系？"语气里满满的寒意，带着攻击性。

江汐看着陆南渡不善的眼神，有一瞬间恍惚回到以前。以前在一起时，只要有男生敢靠近她，陆南渡都会是这个状态。

占有欲是每个人的劣根性，在陆南渡这里却似乎被放大了很多倍。

他控制不住阴暗的心理，那些暗涌的欲望永远将江汐囚禁着。

江汐也察觉到陆南渡的状态不对劲。

陆南渡不会轻易误会她，上次和岑晚哲闹出绯闻的时候他就没有误会，可这次的陈凛却使他的反应格外强烈。

江汐不知道陆南渡认得陈凛，六年前陆南渡便知道。

他在害怕。

江汐说："你没必要知道。"

还没反应过来，江汐已经被陆南渡搂进怀里。他紧紧地搂着她。

他浑身微颤，江汐欲推开的手顿住。

他把脸抵在她的肩上，把她紧紧地抱在怀里。

不知过了多久，江汐感觉到一滴温热的眼泪滑入她的颈窝。

她心里一紧。

"姐姐。"

"姐姐，你别不要我。"

最疼陆南渡的人就是江汐了，怎么现在就变成这样了呢。

他窝在她的颈边，那滴眼泪似乎只是他不小心落下，被江汐不小心窥见。

冷风吹过，寒冷被陆南渡挡住，她只听见了风声。

仿佛还是她以前最乖的陆南渡。

江汐将手慢慢抬起，想像以前一样摸摸他的脑袋，手却停住。

陆南渡看不到这一切。

许久她把手放了下来，却也没推开他。

“你不要跟别人走得太近。”陆南渡把眼睛压在她的肩膀上。

他的声音微颤：“你等等我。”

江汐的睫毛轻颤了一下，她什么都没说。

他用力地抱了她很久。

不知过去多久，江汐终于开口：“我要回去了。”

陆南渡没有撒手。

也许是深夜的心理防线低，江汐多说了句：“天冷，你也回去吧。”

估计没想到江汐会对他说体恤话，陆南渡一愣。

江汐发现陆南渡没有松手的意思，还将她搂得更紧。

这一刻的江汐拿陆南渡毫无办法。

最后，还是陆南渡先松开了她，江汐终于看到他的脸。

他的眼睛红红的，因为江汐难得地给了他一颗糖，虽然这糖根本算不上甜。他对她笑了笑。

江汐的脸上没什么情绪，可这丝毫不影响陆南渡开心，她淡淡地看着他。

“你要进去我没办法帮你挡风了，”他拉上她的羽绒服拉链，只露出小巧白皙的下巴，“姐姐，别感冒了。”

江汐把双手插在兜里，看着他没说话。

最后她把视线从他的脸上移开，转身进了小区。

几分钟后江汐回到家，发现今天出门前窗帘是拉上的。

江汐没开灯，脱下身上的衣服扔在沙发上，拉开窗帘。落地窗面向高楼大厦，车流蜿蜒在高架桥和马路上。

她往外瞥了一眼。

小区门口的保时捷还没开走，黑色的车停在夜色里。

江汐发呆了几秒，转身拿过茶几上的香烟。

一根白色的细烟夹在指间，轻烟袅袅。

烟吸进肺里，江汐的脑袋清醒了几分，她意识到今晚有些失控。

她明明可以和陆南渡保持距离。心里似乎有些东西正在瓦解，可江汐却本能地感觉到了危机感。

一根烟的工夫过去，心里的烦躁仍旧没有减少。

她把烟掐灭，起身进了浴室。

第二天，江汐去了公司，上完台词课被佟芸喊到了办公室。

江汐现在的人气比之前上升了不少，但不算红，资源没有纷至沓来，只不过相比之前还是好了些。

“最近没有剧本找上门，给你谈了个杂志资源，”佟芸推了本合同过来，“签下字。”

这些合作一般都是佟芸给她谈妥。江汐翻开合同随意地浏览了一下，拿过钢笔利落地签字，然后把合同递给佟芸。

佟芸接过放至一旁：“过几天行程出来就通知你过去拍摄。”

“嗯。”

“对了，”佟芸似乎想起什么，“还记得上次岑晚哲被拍的事儿吧？”

上次因为新剧宣传，剧组的几个人一起去录制了节目。当晚岑晚哲被拍到和女性逛街，因为女生的背影跟江汐有些相似，那个女生就被误认为是江汐本人。

江汐懒懒地靠在椅子里，没有说破这一切的幕后人。

她漫不经心地点了下头：“记得。”

“岑晚哲的恋情被扒出了一些，最近这个话题一直在发酵，”佟芸说，“原本以为不太利于你的发展，毕竟你是被衬托的那个。”

江汐的人气没有岑晚哲高，所以佟芸不会冒险做不利于自己艺人的事儿。

“但这次岑晚哲的恋情被扒出来，舆论却意外地偏向你。大部分知情的粉丝偏向你，已经不是‘CP 粉’了，现在是你自己的粉丝。”佟芸说。

江汐一向不太在意这些，本来进入娱乐圈便是混口饭吃。

她知道佟芸说这些肯定是有什么嘱咐，直截了当地问：“然后呢？”

佟芸翻开资料处理着事务：“后天有个活动，岑晚哲恰巧也出席，你把握点儿分寸，最好跟他不要有交流。”

江汐从来没有同意过炒作，自然没有刻意引导过粉丝：“过分刻意了。”

佟芸抬头看了她一眼：“有时候越假越真，我相信你明白这个道理。”

两个人在同一个场合，粉丝肯定会更加关注这两个人的状态，他们不交流反而会更加印证粉丝的想法，认为是岑晚哲辜负江汐。

有时候最黑暗的角落玩着最幼稚的把戏。

江汐没什么兴趣，问道：“没什么事儿了吧？”

佟芸没看她，手里还在工作：“没了，回去吧，明天自己多注意点儿。”

活动是一个品牌方举办的。

江汐蹭了新剧的热度，第一次受邀参加这种活动。

活动现场在其他城市，来不及一天飞回，江汐得在那边住一晚。

江汐在客厅摊开行李箱，收拾到一半，接到夏欣妍的电话。江汐把手机夹在耳朵和肩膀之间接听。

“小汐呀，”夏欣妍说，“你最近没工作，有没有出去玩？”

衣柜里的衣服排列整齐，江汐拎了几套扔进行李箱里，撒谎道："有。"

夏欣妍却不信："肯定没有。"

江汐笑了下："您挺了解我呀？"

"阿姨可是看着你长大的。"夏欣妍说。

江汐在沙发上坐下。

夏欣妍忽然试探地问了她一句："那没有出去玩，有没有人约你出去走走哇？"

江汐一听便知道夏欣妍要打探什么。

她笑了下："这么关心我的私生活呀？"

"阿姨不关心你谁关心你。"夏欣妍说。

"也是，"江汐说，"你是不是跟陈凛联系了？"

这些瞒不过江汐，夏欣妍说："你这孩子怎么什么都知道。"

江汐笑了。

"也没有打电话，陈凛这孩子有心，昨天从北京回来，顺路来家里坐了会儿。"

江汐是前天在北京见到的陈凛，他应该是昨天回去了。

江汐原本没说话，后来还是问了句："去家里做什么？"

"也没做什么，就拎了些水果和补品过来，顺便跟我说这次在北京跟你见了一面。"

他们的确是见了一面，江汐嗯了声。

"没聊多少关于你的事儿，"夏欣妍说，"但能看出这孩子还是惦记着你的。"

江汐看了眼窗外，收回视线："看错了吧。"

"阿姨都这个年纪的人了怎么可能看错？"

江汐没说话。

夏欣妍说："阿姨就是着急，你现在这个年纪了，这么多年也没见你找个人陪着。你常年在外，回家有个人陪着多好。"而不是江汐回去面对着空荡荡的房子。

江汐说："这倒是没什么，你看我一个人不也过得挺好。"

"那不一样，"夏欣妍叹了口气，很快又把话绕了回去，"你看陈凛这孩子性格、家世都不错，长得也好看。他很会照顾人，如果你……"

夏欣妍顿了下说："阿姨也放心。"

江汐知道夏欣妍的意思。即使江汐现在已经和常人没什么区别，身体也没问题，但夏欣妍还是格外谨慎。

江汐只是说："你也能看到我现在过得挺好。"

"这倒是。"

江汐说："您也别想着撮合了，这种事情顺其自然。"

"再说了，"江汐又看了眼窗外灰蒙的天，"结婚这种事儿不是必需的。"

夏欣妍埋怨道："你这孩子……"她最怕听到江汐说这种话。

"别着急，"江汐笑了下，"碰上合适的人我还是会结婚的，只不过不想为了结婚而结婚而已，没必要。"

夏欣妍松了口气。

江汐把目光从窗外收回："那先这样，我还收拾行李呢。"

"行，"夏欣妍叮嘱她，"我看最近北京那边的天气一直在降温，你多穿点儿啊，别着凉，别跟上次一样又冻感冒了。"

说到"感冒"两字，江汐一顿，想起前天晚上陆南渡帮她拉上拉链的情景。

江汐的脸上仍不动声色，她垂下眸，嗯了声。

"那就先这样了，你叔中午回家吃饭，阿姨先去忙了。"

没再多聊，两人很快地挂断了电话。

第二天，江汐搭飞机飞往沿海城市。

在酒店稍微休息后，她才出发去活动现场。

城市里夜色阑珊，霓虹闪烁，交通繁忙，一片辉煌的景象。

江汐今晚穿着一条黑色的露背裙装，脖子修长，后背露出一对漂亮的蝴蝶骨，肤色白皙，内敛而性感。

现场明星云集，大家都在寒暄问候，笑脸相迎。

工作人员忙碌却有序地引导众人。江汐正在候场，恰巧遇到岑晚哲的经纪人。

两人的关系不生疏，岑晚哲的经纪人又是跟谁都能聊上一句的人。他主动与江汐攀谈，两人没事儿聊了几句。

后来，工作人员过来叫上江汐。

江汐朝岑晚哲的经纪人稍点头地致意道：“先走了。”

岑晚哲的经纪人笑着说：“下次有空再聊。”

入场红毯，后台采访，一套流程下来已经是两个小时后。江汐结束后便离开了现场。

酒店外是花园喷泉，入夜的风微凉。

刚出门，江汐的手机铃声响了，她拿出手机，是佟芸的来电。

江汐接起电话，未说话佟芸已经开口：“不是跟你说过，去现场别跟岑晚哲有任何交流。”

江汐今晚没跟岑晚哲交谈，甚至连他的影子都没见到。

“没有。”她说。

佟芸说：“岑晚哲的经纪人也是岑晚哲的人，人都向着自己人，你怕是被卖了还不知道。”

江汐的情绪没什么波动：“怎么了？”

“岑晚哲的经纪人是出了名地表里不一，平时相处你觉得他不错吧，但实际上他对谁都有一副面孔。”

江汐倒没有觉得岑晚哲的经纪人相处着舒服，他们不过是点头之交，但她懒得跟佟芸解释。

她路过喷泉，一阵风吹过，手臂上落下一片水雾。

佟芸开门见山地说：“自己去看看吧。”说完她挂断了电话。

江汐的脸上没什么表情，她从容不迫地打开网站。

不过一两个小时，原本偏向江汐的舆论，网上的风向已一片倒戈。

知情人士爆料，江汐和岑晚哲联合炒作，消费粉丝，底下配了几张今晚江汐和岑晚哲的经纪人交谈的图。

原本这条消息还不足以说明什么，反倒证明两位艺人的关系很好，但另一条的恋情爆料引起了粉丝愤怒，连带着江汐的一举一动都成为众矢之的。

江汐看了一眼。

人只要稍微有点儿热度，是非便接踵而来。

几张模糊的图，光线晦暗不明，江汐认出照片中的自己，而另一个人是陆南渡。

大概是在拍戏的那段时间，陆南渡经常去酒店找她的时候被拍的。图片里，她被陆南渡抱在怀里，姿势和角度颇为暧昧。

不管网上的舆论多热闹，江汐也没放心上。她仿佛只是看了场索然无味的戏，毫无探究的兴趣，翻了两三条消息便把手机收起来了。

或许，她的反应在佟芸的意料之中，佟芸便没再给她打电话。

江汐拦了辆车回酒店。

黑色西装搭在她的身上，盖住整个身子。

车里安静紧闭，隔绝外头的冷空气。车速不急不缓，江汐有点儿犯困。

到了酒店，她梳洗一番后还不到凌晨。

她穿着浴袍在窗边坐着，两手撑在身后，光着脚丫。

江汐给纪远舟打了个电话。

纪远舟很快地接起电话，她的烟嗓显得更沙哑了：“怎么有空给我打电话了？”

江汐说：“最近是无业游民。”

纪远舟闷笑了一声，传来衣服摩擦的声音。

江汐默默地听着，没说什么。

那边没了声音，几秒后响起打火机的声音。

江汐问：“衣服穿好了？”

纪远舟笑了笑：“是呀，这不正抽着事后烟嘛。”她又接着说，“今晚我看见你的新闻了。”

江汐都快忘了：“你还有闲心看？”

纪远舟的高层不好当，公司事务繁多，她基本没有空闲。

纪远舟抽着烟笑着轻咳了一声：“今晚老板给我放假。”

不知为什么，纪远舟的话里微微带着揶揄和暧昧不清的意味，即使隔着听筒江汐也能听出来。

她知道纪远舟的身边有人。

但纪远舟丝毫不介意：“以后小心点儿，你现在也是个有人扛着相机蹲守你的人了。”

江汐懒洋洋地说：“不至于。”

“不过即使蹲守你又能蹲守到什么，”纪远舟格外了解江汐，“你没什么好扒的。”

说白了江汐就是感情生活无趣。

“能拍到最有话题度的事情也就今晚这个了，”纪远舟说完又补了一句，“在你有男友之前。”

陆南渡和江汐的绯闻会是她的话题度最高的一次，因为江汐平时很少和男性明星来往。

“你信吗？”江汐问。

“今晚那事儿？”

“嗯。”

“真的，”纪远舟顿了一秒，“但没在一起。”

江汐没说话。

“还是没能迈过那道坎？”纪远舟似乎又抽了口烟。

江汐不知想到什么笑了下：“就没想迈过。”

陆南渡这种人的感情能有多长久，或许他下一步又埋着心计。

纪远舟只笑了声，没说别的。

这样的纪远舟让江汐有种被看透的错觉。两人的相处一直是这样，江汐也不介意被她看穿。

“知道我在想什么吗？”纪远舟问。

江汐笑道：“我又不是神，怎么知道你在想什么。”

纪远舟忽然叫了她一声：“江汐。”

江汐等着她接下来说的话。

纪远舟似乎换了个地方说话：“清醒未必就是好事儿，有时候不清醒可能会让自己过得轻松点儿，但如果你执意清醒到底，一刀切才是真正的解脱。”

江汐很平静地听完这段话，笑了下说：“知道，不拖泥带水。”

“嗯，”纪远舟说，“但不清醒可能会好过点儿。”

江汐沉默不语。

纪远舟笑了下：“有谁能做到一生都清醒？太难了，更何况我们睡觉还会做梦，大部分的人没那么清醒。”

话音刚落，纪远舟身后的门被打开。

有风声传来，纪远舟在阳台：“先这样了，外面有点儿冷，回北京后有空来我这边住住。”

江汐开玩笑地说：“那还是算了，不想被赶出来。”

纪远舟说：“他不敢。”

江汐知道纪远舟的男人一向不是个好惹的主儿，也没再跟她说什么，很快挂了电话。

第二天中午，江汐飞回北京。

早上在酒店睡，下午在飞机上睡，一整天江汐都在睡眠中度过。

回家的路上正赶上晚高峰，好在江汐没有什么工作要赶。她百无聊赖地在车上坐着，也不急。车在路上堵了半个小时后，她顺利到家。

收拾行李的时候，茶几上的手机响了，江汐走出卧室，弯身拿过桌上的手机。

是江炽的电话。

江炽平时不会在这个点给她打电话，江汐有点儿意外。

她接起电话，听见江炽叫了她一声姐。

江汐问："怎么突然给我打电话？"

"哦，没事儿不能找你？"江炽笑了声说，"到楼下接我，保安不让我进。"

江汐没想到江炽会过来，披了件外套匆匆下楼。

江炽身高腿长，穿着一身黑色的长风衣。他长得好看，只不过气质有些懒散，路过的不少女生都对他频频回头。

江汐问："你怎么过来了？"

"过来看下你。"

"工作不忙？"江汐问他。

"最近出差，刚好空出一天。"

两人回到楼上后，江炽递给她一个袋子。

江汐看不清里面是什么东西，问了一句："是什么？"

江炽说："补品，毕竟你年纪大了。"

说完，他就被江汐用抱枕抽了一顿。

江炽散漫地笑着说，"下手轻点儿，打残了你赔呀。"

"留你一条命回去见女朋友。"江汐说。

江汐知道江炽不会真的给她买补品，果然，袋子里装着一大堆零食。她问："哪儿买的？"

"路过便利店买的，不过你的胃不好，还是少吃点儿这种东西。"

说到吃的，江炽看向她："你叫吃的了没？"

江汐说："没有。"回来后她压根忘了这件事儿。

江炽无语，将整袋零食扔了过去："先垫下肚子。"然后他拿过手机叫餐。

很少有人陪着她，江汐有点儿不习惯，却又不陌生。她和江炽从小一起长大，小时候是她照顾江炽，现在轮到这弟弟照顾她了。

她撕了包薯片，和江炽边吃边聊天。

晚饭很快送来。江炽点了很多东西，江汐吃不完，勒令他把食物全都吃掉了。

他们打了几盘游戏。江炽忙了一天，不到凌晨便犯困，很早便到客房休息。

江汐平时睡得也不晚，江炽回房后她一个人有点儿无聊，也回了卧室。

凌晨三点，江炽接到电话，员工通知他有个程序出了点儿问题。

笔记本电脑在客厅。江炽从卧室出来，看到江汐也在。

江汐没睡，穿着空荡荡的白色吊带睡裙，身上搭了一件长外套。

大冬天，她在阳台上抽烟，夹烟的手指白得晃眼。移动玻璃门关着，她没发现江炽。

几分钟后，江汐还没有进门的意思，江炽朝阳台走去。

他靠在玻璃门上，一只手从兜里伸出来，不急不缓地叩了叩玻璃门。

江汐转过头，看了他一眼又回过头去。

江炽拉开玻璃门走出去。

外面的空气发凉，夹带着几丝若有若无的寒风。江汐脚边的花盆里落了几个烟头。

江炽瞥了眼，靠在围栏上问她："戒不掉了？"

江汐笑了声："都抽了几年了，戒掉太费劲了。"

江炽问："怎么不睡？"

江汐的指间懒懒散散地夹着烟，她说："白天睡多了，睡不着。"

毕竟是江汐的亲弟弟，她的那些事儿江炽清楚得很："因为陆南渡？”她睡不着可以躺床上，没必要出来抽烟。

江汐看了他一眼，又收回目光，什么都没说。过了会儿不知想到了什么，她笑着回过头：“你不会因为今晚那事儿才过来看我的吧？”

江炽对上她的目光，也笑了下：“就是过来看你，没什么乱七八糟的原因。”

江汐笑着转回头。

“这么多年过去了，还是他最好？”江炽问。

江汐问：“你觉得他好？”

江炽和陆南渡是朋友，当年陆南渡和江汐分手，江炽第一次揍了陆南渡，但两人也没有因此决裂，还是兄弟。

他想了想点头，给出肯定的回答：“人不坏，性格也讨喜，虽然浑了点儿。”

江汐抽了口烟，笑着说：“你不像一个直男。”

江炽啧了声：“这叫有一说一。”他向来不会因为心里那点儿大男子主义去贬低别人。

江汐也只是开开玩笑。

不知过了多久，连江炽都快忘了方才问的问题。她说：“他不是最好，一点儿都不好。”

最让她心烦的就是他，他哪里好了？

江炽侧头看了她一眼。

今晚的江汐和平时有些不一样，也许是深夜容易有心事的原因，她向来平静淡定的情绪有了一丝裂缝。

江炽的视线落在了玻璃上，玻璃上江汐的背影倔强却又孤独。

他终于问了一句：“会不会和好？”

听见江炽的话，江汐笑了一声。她坚定地说：“不会。”

江炽有一双和江汐相似的眼睛，他看了她几秒。

在江汐又要将烟送回嘴里的时候，他抬手截过她的烟，在围

栏上掐灭了。

江汐看着他。他朝她脚边的花盆看了看说："看看抽多少了。"

他把烟头扔回花盆："少抽点儿。"

江汐也知道今晚自己抽得有点儿多，转身进屋说："时间不早了，你早点儿睡。"

"还有点儿事儿要处理，你先去睡吧。"

江汐点了点头。

江炽的公司有要事处理，第二天中午他便走了。

江汐将他送去机场。

最近，江汐白天睡得太多，晚上却睡不着，仿佛一个死循环。她懒得调整，回家后径直回卧室睡觉。

直到傍晚，她被佟芸的电话叫醒。

醒来的时候，江汐浑身慵懒，靠在床头听佟芸说话。

佟芸听见江汐稍带鼻音的声音，一下了然："在睡觉？"

江汐嗯了一声。

别人没有工作的时候都是尽可能出去玩，江汐只窝在家睡觉。佟芸说："你倒是挺悠闲。"

江汐没理，只问她什么事儿。

"收拾收拾，晚上带你去参加个晚宴。"

江汐很少有被佟芸带出去见人的机会。最近因为江汐稍微有了点儿热度，佟芸开始带她出去。

人红才会受眷顾，这句话江汐也懂。

"地址哪里？"她没问佟芸为什么带她去。

"我过去接你，你七点之前下来就行。"佟芸说。

江汐嗯了声，正准备挂电话。

佟芸又说："参加晚宴的大人物不少，你稍微打扮下，别敷衍。"

说到大人物，江汐不知道在想什么，半晌很敷衍地嗯了声，挂断了电话。

起床洗漱换衣，化好妆后江汐才下楼。

她到小区门口时，佟芸的车正好到了。透过降下的半边车窗，她瞥了江汐一眼。

光影稀薄，江汐穿着一袭裹胸裙，肩膀纤瘦，露出一截白皙的脖子，妆容浓淡适宜，头发松散地束在颈后。

佟芸明显很满意。待江汐上车后，佟芸说："虽然看得出你只是随便搭搭，但还是得夸你今晚好看。"

佟芸手下漂亮的艺人不少，但像江汐这种长相出色，气质又独特的艺人还是少数，稍微打扮一下便卓尔不群。

然而，江汐即使拥有如此好的条件，却是佟芸手底下比较不听话的艺人，从来不会利用自身资源。

去参加晚宴的路上，佟芸没跟她提起一句关于绯闻的事儿。

江汐也没去网上搜相关新闻，但大概也能知道公司的态度。

娱乐圈向来如此，攀附权贵，撇开弱方，像陆南渡这种有头有脸有热度的人物，公司自然不会第一时间做出澄清，更何况江汐只是公司里一个小艺人。

晚宴上众星云集，有些是江汐连续两天见过的面孔。

佟芸不只带了江汐一个人，还有一两个手底下的红人。一开始她还有精力将江汐介绍给几位前辈认识，后面便疲于应对，让江汐自己多看着点儿，遇到重要的人要上去打招呼。

她叮嘱的时候江汐没有打断，但江汐也没有放在心上。

场地的设计和布局花了心思，江汐端着酒杯漫无目的地逛着。室内灯光璀璨，酒酿醇香，寒暄声热闹。

绕过一片僻静的区域，江汐不知不觉地走到露天阳台，从里往外眺望能看见繁华的市区，视野极好，将北京尽收眼底。

她走到阳台边，手里的香槟温度冰凉，慢悠悠地饮了一口。

没有人的场地会让她感觉到舒服。

不知站了多久，杯里的香槟快要见底，江汐准备回屋，转身看到门边的人时，脚步慢慢地停了下来。

陆南渡西装革履，一手端着酒杯，一手插在兜里，靠在门边看她，不知看了多久。

她就知道今晚这种场合陆南渡会出席。

见她看过来，陆南渡瞬间收敛了自己的气场，一下子站直了身体。

果然他在她的面前就会装乖，披着白羊皮。

江汐看着他。

陆南渡也看着她。

江汐的脸色很平静。他一时拿不准她对他是什么态度，不敢贸然上前。

对望几秒，陆南渡看见江汐将酒杯搁在旁边的桌上。

她的目光重新回到他的脸上，江汐说："过来。"

陆南渡一瞬间有些恍神。此刻的江汐对他没有厌恶，没有冷言相向，他恍惚看到了以前的江汐。

只要她开口，他就会义无反顾地走向她。

陆南渡朝江汐走去，最后停在她的面前。

阳台没有灯光，只有室内透出来的一丝光亮，漆黑中对方的轮廓显得柔和。江汐仰头看着陆南渡。

两人皆是无言。

半晌，江汐开口说："我记得，八年前说跟我在一起只是为了目的的人是你吧？"

听到江汐的这句话，陆南渡刚才怀揣着的一点儿小希望终是被江汐亲手打碎。

他到底还在期望什么？

她明明不可能会原谅自己。

即使距离再近，陆南渡也看不出江汐脸上的情绪。她很平静，平静到他的心里开始一阵发慌。

江汐却仿佛没有看出他的恐惧，继续剥开两人血淋淋的伤口：“我还记得，先说不喜欢的人是你对吧？”

陆南渡的胸口疼，他下意识地开始辩解：“姐姐，我没有，不是的……”

话没说完已经被江汐打断：“陆南渡，接下来我说的话你要牢牢地记住，当你以后想来找我，就想想我今天跟你说的话。”

陆南渡知道接下来要听到的话不会让他好过，下意识地转身就想走，然而江汐却伸手拉住了他：“听话。”

陆南渡的脚步一顿。

他背对她。

江汐站在他的身后，决意撕开伤口，让双方都无法逃避。

“转过来。”江汐说。

陆南渡一向没办法拒绝江汐。安静几秒后，他乖乖地转身。即使他有趋利避害的本能，但只要江汐的一句话，就可以飞蛾扑火。

他没有看江汐。

江汐难得有对他如此平和的时候：“看着我。”

陆南渡明显不太想看她，却在听见这句话后抬起了眼。

江汐直视他，果决而凌厉，丝毫不给眼前的人一丝反应时间：“陆南渡，当年对我无所谓的人是你，既然这是你自己做的事儿，你就要自己承担。”

陆南渡张了张唇，却不知道从何解释。

他听见江汐继续毫无感情地说道：“这是你自己选择的，你得到了你想要的东西，自然就会失去别的，没必要回头找。”

“我不管你是后来觉得不舍，还是看我跟别人走得近了占有欲作祟，这些我都不管，也不重要，既然一开始你就不要我，也就别回来找我了。”

陆南渡不争气，鼻子发酸。

“我没有！”他反驳道。

他一直喜欢她的，最不想分手的人就是他了。他不是占有欲作祟才回来找她，不是的。

“没有什么？”有那么一瞬间，江汐想好好地跟陆南渡谈一次。之前她不想听，陆南渡不愿说，现在她已经不想让两人再纠缠不清。

陆南渡的心里明明有很多话想说，他却一句也开不了口。那些噩梦只要稍微地冒出一个念头，就会将他压垮。

不是不想说，是他根本说不出来。

撕开那些不能提及的过去，谁都不好受。陆南渡如此，江汐亦是。

她看陆南渡不说话，也不逼他，挪开视线低下头，目光落在陆南渡被她抓着的手腕上。

江汐说：“既然是你先不要我的，就别来找我了。”

这话江汐已经说了两遍，但陆南渡已经受不了了，他的心脏皱缩成一团。

他怕抓不住江汐，怕她真的不理他。

陆南渡向前一步，忽然整个人搂住江汐：“不要，姐姐不要好不好。”

他怎么这么容易哭，江汐想。

可是即使这么想，在听见陆南渡隐约的哭腔时她的心里还是一顿。

“你可以不理我，可是你别不让我来找你好不好？”陆南渡本能地说出这些话。

江汐沉默着，几秒后开口：“我们以后都会有各自的生活，没有我你不会活不下去的。”

“你看，这么多年过去了，我们不都还活得好好的。”江汐说。

陆南渡的额头抵在江汐的肩膀上，他使劲摇头：“不是的。”

从小到大，他唯一的光就是她了，即使八年没有陪伴，他也是靠她走过来的。

江汐终是心软，第一次给了他回应。她慢慢抬手，环住了陆南渡的肩膀。

像以前一样，时隔八年，江汐再一次摸了摸陆南渡的后脑勺：“不难的，只要你不再见我，不会那么难的。”

是碎了的镜子太难补回去了，就算补回去，裂缝依然在。

最近江汐的状态使她意识到了危机感，可她从来没有过复合的意愿，双方都没必要在这件事儿上拉扯。她不耽误陆南渡的时间，自己也耽误不起。

谁都不是以前年少的时候了。

“听话。”江汐安抚他。

“姐姐，”陆南渡死死地抱着她，“不要。”

江汐说：“很多年前，刚分手那会儿我就说过不会再看你，可是我看你了。”

陆南渡仿佛有预感她接下来要说什么，他的手紧了几分。

“这是最后一次，”江汐很平静地说，“以后，我真的不看你了。”

陆南渡忽然起身。

江汐只觉眼前一暗，下一秒陆南渡俯身，狠狠地吻住了她。

江汐一愣，反应过来后要去推开他。陆南渡那股蛮劲却上来了，伸手擒住她的手腕，转身将她压在了阳台的围栏上。

江汐动弹不得，压根挣扎不开。

她看见他微红的双眼，自己的力气渐渐地小了下来。

算了。

就这一次，最后放肆这么一回，也任他最后任性这么一次。

她缓缓地闭上眼睛。

第二天，江汐从自己的床上醒来。

她打开手机，网络上的风声已变。陆南渡所在的集团亲自发布公告澄清了绯闻：

“照片属实，之前华弘集团的掌权人确实追求过江小姐，但江小姐未答应，两人之间不是男女朋友的关系。”

通知栏还有昨天半夜佟芸给她发的消息，很简短的一句话：

“他不想毁了你。”

也许这对大众来说只是一个再普通不过的声明，可对江汐来说却格外重要。

她关了手机。

中午，夏欣妍给她打电话。大概是看到新闻了，夏欣妍支支吾吾地想问她点儿什么。

江汐不想说这些事儿：“过几天我要回去一趟。”

江汐平时都会隔两三个月才回家短暂地住几天，这次却还没到一个月。夏欣妍的语气里明显带着开心。

“过几天？”夏欣妍问，“是回家有什么事儿吗？”

“没，”江汐说，“正好最近没什么工作，多回去住几天。”

孩子回家夏欣妍自然高兴：“那好，哪天回来记得跟阿姨说一声，我和你叔去机场接你。”

“我坐车回去就行了，不用那么麻烦。”江汐说。

“这哪是麻烦。”夏欣妍开心地说。

江汐还得起床洗漱：“那先这样，我待会儿还得去趟公司。”

夏欣妍挂电话前还不忘嘱咐她：“记得多吃点儿啊，别一忙就忘记吃饭了。”

“不会。”

起床洗漱后，江汐去了公司。

到公司后，佟芸只是说：“杂志内页的拍摄时间挪到明天，下午准备准备过去。”

江汐在佟芸办公室的沙发上坐下：“怎么提前了？”

“摄影师那边的行程临时出了点儿冲突，你这边时间比较方便协调，提前也没什么影响。”

江汐点了点头。

又交代几句注意事项后，佟芸才让她走。

晚上，江汐飞往另一座城市，睡前事先跟摄影师调节好时间。

摄影师原本以为江汐拍杂志的经验比较少，可能表现力会稍微差些，却没想到第二天拍摄的时候非常顺利。江汐的表现力格外出色。

拍摄的时间不是很长，结束后，摄影师夸了江汐几句。很明显，这是一次比较愉悦的合作，摄影师留了江汐的手机号码。

摄影师工作忙碌，很快转场去别的地方。

江汐去酒店拿上行李后去机场，这次仍是没有告诉夏欣妍夫妇，下飞机后自己拦车回去。

夏欣妍没想到她这么快回来，见到她自然是吓了一跳。

让江汐意外的是，陈欢居然也坐在餐桌前。

江汐看了眼时间，七点多，一般这个时间陈欢在酒吧。

夏欣妍赶紧给江汐添了副碗筷，拉她在餐桌边坐下："正好我和陈欢刚坐下来，菜还热乎着呢，赶紧吃。"

江汐说："知道了，您也别饿着。"

陈欢坐在江汐的对面问："最近失业了？"

江汐笑了下："差不多。"

陈欢咬着筷子说："看来你在娱乐圈也有行情不好的时候，不如回家干老本行。"

江汐抬眼看她："你还知道我的老本行哪？"

陈欢看着她，两秒后眨眼道："不知道哇，随便说说。"

夏欣妍打断她们的交流："行了行了，别光顾着说话，先吃饭，吃完再说。"

晚饭吃完陈欢也没走，在沙发上坐着。江汐从厨房端了盆葡萄出来问她："你怎么今晚这么乖？"

陈欢歪歪斜斜地坐在沙发上，百无聊赖地按着电视遥控，闻言看她，开玩笑道：“等你回来啊。”

江汐在旁边的单人沙发上坐下，看了她一眼：“我真荣幸哪。”

夏欣妍正好从厨房出来，看了眼时间后催促陈欢：“陈欢，赶紧收拾收拾东西去上课了。”

陈欢还懒懒散散地坐在沙发上：“没事儿，不急，还有半个小时。”

“路上还得花时间，赶紧收拾一下，别迟到。”夏欣妍催促道。

相比自己的母亲，陈欢更听夏欣妍的话。陈欢扔下遥控器说：“知道了。”

江汐什么都没问，剥了颗葡萄吃。

陈欢毕竟还是个小孩儿。她看向江汐，眼睛里带着光：“知道我上什么课吗？”

江汐笑了下说：“吉他。”

陈欢没想到她一猜就中：“你怎么知道？”

表情不会出卖人，陈欢即使再叛逆也还是个十几岁的小姑娘，谈到自己喜欢的事物眼里有光。

江汐没告诉她这点，这个年纪的小孩儿太会装酷，这次说了指不定下次就会掩饰了。

江汐说：“赶紧去上课。”

陈欢起身，从她的碗里摘了颗葡萄吃：“你怎么跟我姨一样。”说着她晃悠到门边穿鞋去了。

陈欢母亲的性格虽然温柔，却也有强硬的一面，她向来不同意陈欢学吉他。小时候，陈欢因为偷偷跑去学吉他被她打断过一条手臂。女儿像妈，陈欢也从来不妥协，母女的关系越来越僵硬。

现在，陈欢被托付给了夏欣妍。夏欣妍向来对孩子宽容，会按照孩子自己的意愿来培养他们。自己外甥女的情况她一直是了解的，所以这次联系了自己多年的好友给陈欢上课，陈欢也乐意去学。

夏欣妍的朋友是一个格外有名的吉他老师。

江汐吃着葡萄，没注意到陈欢又晃了回来。

陈欢趴在她身后的沙发背上："喂，我们班主任是不是对你有兴趣呀？"

江汐回头看了她一眼："怎么这么说？"

陈欢的眼眶很深，她说："今天他问我你最近回来没有。"

江汐问："你怎么回答？"

陈欢咧嘴一笑："我跟她不熟。"

江汐被她逗笑："行了，上课去。"

晚上，江汐没在客厅坐着，早早地回家了。

自从江炽大学离家后，每次江汐回来，这栋楼都只有她一个人，房子空荡漆黑。

她去了杂物间。

江汐按了几次开关，房间都没亮，灯坏了。她转身去客厅翻了手电筒出来，又回到杂物间。

杂物间许久没打扫，到处都蒙着灰，手电筒的光柱里有灰尘沉浮着。

江汐停在一堆纸箱前，泛黄褪色的纸箱叠在一起，空气里有股潮湿腐朽的味道。

这些都是江汐以前学画画时留下的东西，还有各种旧稿。原本这些早应该被江汐扔了，可当年夏欣妍夫妇不舍得，帮她收拾后把东西放到了这里。

后来江汐没再来看过。

可她知道这里面都有些什么。

江汐站着没动，许久才抬手想搬一箱下来，奈何纸箱太重，一只手拿不下来。

她把手电筒咬在嘴里，将箱子搬了下来。

箱子都用胶带封住了，江汐把手电筒放在旁边的桌上，蹲下身，过了一会儿才伸手撕开胶带。

纸箱里不是她要找的东西。

江汐起身，又搬了个纸箱下来，仍旧没有她要的东西。

一直搬到第四个，撕开胶带后她停顿了一下。

纸箱里的画稿泛黄，素描纸和打印纸都画着一个男生，夹带着几张照片。

男生穿着校服不修边幅，握着游戏手柄窝在沙发里，姿态懒散。他的眉骨高、鼻梁挺，眼睛紧紧地盯着电视屏幕。

江汐盯着这张照片看了许久。回过神后她拿开照片，底下放着大小不一的画稿。

他刷题时眉心总会不耐烦地皱起，平时总是对她吊儿郎当地笑，睡觉时睫毛乖巧地耷拉着……

这些被江汐一一留在了笔下。

如果是现在的江汐遇到那时候的陆南渡，未必会喜欢，可那时候就像着了魔，她的眼里只看得到他。

这么多年过去，江汐也没扔掉这些东西，这次回来便是准备清理。

她没再往下翻，将方才拿出来的照片放了回去。

屋里只有一柱惨白的光线。她拿胶带重新封上，起身将箱子搬出杂物间。

江汐开门出去，外面已经淅淅沥沥地下起小雨。

雨滴砸在水面上，溅起水花。

江汐沉默地看了几秒，却没有回屋。她将箱子搁在墙边，不管雨滴是否会溅到箱子。

她没再看箱子一眼，转身关门进屋。

连续几天阴雨连绵。

日复一日，像不再有什么变化，陆南渡似乎如愿地从她的生活里消失了。

一切都很平静。他很听话。

她准备回北京的最后一天，陈凛给她打了个电话。

他没说别的，直接邀请她："出来吃个饭吧。"

江汐犹豫了一下说："我很快要回北京，下次吧。"

陈凛似乎看出她的意图，笑着说："就这一次，你不用担心，不是追求，就是单纯地约你这个老朋友出来吃个饭。"

像陈凛这种人，什么都瞒不过他。

江汐索性不推辞了，问了地址。

下午的飞机，中午江汐准时赴了陈凛的约。

到包间时，陈凛已经在那儿了，江汐在他的对面坐下。

陈凛把菜单递给她："你看看吃点儿什么。"

即使陈凛和江汐交往过一小段时间，但他并不了解江汐的喜好。

有次陈凛碰巧撞上江汐心情不好。

那次，导师组织吃饭，陈凛的朋友和江汐是同一个导师，托朋友的福他蹭上了这顿饭。

中途陈凛去了趟洗手间，正好碰上从洗手间出来的江汐。她的眼眶微红。

那时正值七月初，当时的陈凛不明白江汐为什么心情不好，后来才隐隐约约地知道似乎跟她的前任有关。

七月初，高考后，是陆南渡和江汐在一起的日子。

那天江汐喝多了，情绪不太稳定。那时，陈凛已经和她接触了很久，路过时没让她走，问她怎么了。

江汐说没事儿后便要走。

陈凛没让她走。他向来聪明，也擅长利用人性。失恋无助的女生最容易下意识地寻求新的依靠。

陈凛抱着试试的心态利用了这点，即使江汐已经拒绝过他许多次。

他说："你别急着拒绝我，或许我可以帮你一把呢。半个月的时间，你试试看，不行再拒绝。"

那天江汐已经喝了些酒，有些不清醒，心里的那点儿求救欲开始作祟。这一切恰巧都在陈凛的预料之中。

只是他们交往一个星期后便结束了，不到半个月。

这么多年过去早已经释然，陈凛问她："那时候你对我就没有一点儿感觉？"

江汐正喝着热茶，开玩笑地说："想听真话还是假话？"

陈凛的唇角挂着温和的笑，他说："假话。"

江汐笑了。

陈凛也笑了："一直没问你，这么多年过去你从那片地方离开了没有，放下没？"

江汐知道他说的是什么意思，没说话。

陈凛说："我猜没有。"

江汐抬眼看他。

陈凛说："就是上次在电梯里见到的那个人吧。"

真是什么都瞒不过陈凛这个人。

江汐也不否认。

未等她开口，陈凛说："其实我见过他，在我们在一起的那段时间。"

江汐铺餐巾的手一顿，几秒后她再次看向陈凛。

陈凛看着她："他来找过你，但很抱歉，那时候我没告诉你。"

江汐一愣。

这些事儿她的确不知道。

让陈凛意外的是江汐回过神后也没准备细问，她仿佛只是听了段无关紧要的话。

她拿起筷子，示意陈凛："不是说出来吃个饭吗，吃吧。"

陈凛见她这个反应，大致了然。

很明显江汐没放下，却又决绝，无情。

"我看见你们的新闻了，"陈凛说，"不准备复合？"

江汐说："陈凛，你知道吗？"

她很自然地笑了下："虽然有些话说出来很矫情，但事实就是如此。有些坎迈不过去就真的一辈子迈不过去了，再怎么样都不会好过。"

"不如不迈了，离远点儿，我也就不心烦了。"江汐索性断个一干二净。

陈凛听完笑了笑。聪明人话不用说得太明白，双方都懂。

两个人没再提这方面的话题。吃完离开包间的时候，陈凛问她："什么时候回北京？"

"下午。"

陈凛说："原来你真的要回北京了。"

江汐说："你以为我骗你？"

窗外仍旧下着细雨，天空灰蒙蒙的，两人像老朋友般寒暄。

分别后，江汐正准备去停车场取车，大衣兜里的手机开始振动。江汐拿出来看了一眼，屏幕上显示着一个陌生来电。

雨滴落在伞面上，江汐接通电话："你好。"

电话那头很安静，像信号中断般悄无声息。

她又说了声，没有得到任何回答，几秒后传来忙音。

应该只是不小心打错了，江汐没放心上。

她回到家，夏欣妍正在屋檐下捣鼓她的那些花。见江汐回来，夏欣妍抬起头说："回来啦。"

江汐走到檐下，收了伞。

夏欣妍知道她出去是和陈凛见面，但也没问什么，只问她吃饱了没。

江汐把伞倚在墙边，在旁边的藤椅上坐下说：“吃饱了。”

“厨房里做了点儿小饼干，待会儿你要走带些回去。”夏欣妍说着剪了片枯叶下来。

“行。”

半个月前，夏欣妍还在极力地撮合江汐和陈凛，这次倒是一次没提。

江汐安安静静地看着夏欣妍给盆栽修枝剪叶。

夏欣妍不说，江汐也不挑起这个话题。过了会儿夏欣妍开口：“小汐呀，最近你的情绪和状态都还好吧？”

夏欣妍尽量问得不经意，但江汐听得出来。江汐笑了下说：“你看我最近是不好的样子？”

江汐在家一切如常，跟以前没什么区别。夏欣妍说：“阿姨就是问问你。”

江汐嗯了声。

也就是这几句不经意的话，江汐立马猜出夏欣妍大概是看到了那些新闻，这也是为什么她最近不撮合江汐和陈凛了。

夏欣妍向来不管几个孩子恋爱的事儿。以前江汐和陆南渡谈恋爱那会儿，夏欣妍只是大致知道江汐在恋爱，没过问太多，但多少知道陆南渡。

小孩儿嘴甜，见过几次面都会跟她打招呼，但过不久他们就分了手，夏欣妍也就渐渐忘了。

直到这次出现江汐的绯闻。

江汐很少会被绯闻缠上，仅有的就是最近两次。除去岑晚哲的那次，夏欣妍知道这次不是假的。

最近几年，夏欣妍会着急也是因为江汐到了合适的年纪还没动静。

“小汐呀，你不喜欢陈凛，阿姨不给你们搭线了，也不催你了。

你喜欢什么样的人，以后想找个什么样的人结婚，阿姨都尊重你的选择。这种事儿啊，选你自己喜欢的才好。”夏欣妍说。

“怎么突然说起这些？”江汐问。

夏欣妍放下剪子，摘下手套说：“我不是一直在说吗？从去年说到现在也没见你上心过。”

江汐笑着说：“不急。”

夏欣妍将几个小盆栽移至墙边：“也是，不急也有不急的好处，你可以找得细致点儿。”

江汐帮夏欣妍搬好花草后，两人一起进屋。

江汐要去机场的时候，夏欣妍去厨房装了盒热乎的饼干出来：“带回去吃，在那边记得好好吃饭。”

“这话您从昨晚到现在可说了不下十遍了。”江汐笑了笑。

“多说有益，不然你不长记性。”夏欣妍说。

夏欣妍把江汐送到门口。外面的雨还在下着，江汐没让她出来。

Chapter 08

镣铐

下午三点的飞机，傍晚，江汐落地北京。

北京空气干冷，不像南方小镇湿凉入骨。在家过了几天阴雨连绵的日子，江汐回来有些不习惯。

江汐从机场离开后径直回家。

上次江炽买的一大堆零食还放在桌上，江汐几乎没动过，就只有那天开了包薯片。

这袋零食提醒了江汐点外卖。她随手拎了包膨化食品拆开，用手机叫了餐。

家里很安静，她却不觉得过分冷清。

佟芸向来不让她吃垃圾食品。江汐太久没吃这些东西，吃完半包便发觉胃有点儿不适。

年纪大了后江汐真的能感觉到身体不如年轻的时候。

江汐刚把薯片放下，扔在沙发上的手机忽然亮起。

江汐看着手机，号码有些熟悉，想起来是中午的那个电话。这次对方没有打电话，而是发了短信。

是几个月前发生剐蹭的迈巴赫车主，联系她聊一下相关赔偿。

这件事儿过去得太久了，现在车主才想起赔偿。江汐发觉有些古怪，却也没有多想，毕竟自己理亏在先，剐了别人的车。

车主现在正好有时间，给她发了个地址。江汐披上外套出了门。

她照着对方给的地址导航，最后停在一片别墅区。地理位置优越却又不嘈杂，这地盘不便宜。

这倒是在江汐的意料之中，能开上迈巴赫的人非富即贵。

江汐停在一处独栋前，装潢是象牙白的西式风。她推门下车，只有二楼的落地窗透出一丝光亮。

江汐没进院门，站在外面给对方打了个电话，没接通。

她确认了下地址，正想再次打电话时，对方给她回了短信。

“二楼书房，直接进来。”

对方告诉了她二楼书房的位置。

即使江汐平时再镇定，也不在背后嚼人口舌，但此刻看着这条短信，脑袋里下意识地冒出了两个字：有病。

但她也没说什么，把手机收回兜里，推门而入。

别墅一楼灯火通亮，干净到过分冷清，有一股长久没人居住过的气息，又或者家里只有一位主人。

这里太过安静了。

江汐没张望，径直上楼。二楼不像一楼灯火亮堂，只开了盏壁灯。一层淡淡的光影罩在墙壁上，周围悄然无息。

书房在西边的方向，江汐走了过去，停在门前。房门紧闭，她敲了敲门说：“你好。”

原本以为会有人来开门，结果她等了一会儿后也没有动静。

江汐微微皱眉，推开门，书房里一片漆黑。

她正觉得不对劲，下一秒，手腕被人从身后扣住，转眼间被拽进了对面的房间。江汐丝毫来不及反应就已经被人控制住，脖间有点儿凉。

身后的男人心跳有力，微微低喘着，手劲太过用力，仿佛要把她捏碎。

她的手臂硌到了门边的开关上。

即使在这种情况下江汐也没有慌乱。她只皱了下眉，淡定地问："你是谁？"

话音刚落，身后人的手紧了一分。

江汐完全不知道身后的人是什么意图，令她意外的是，他似乎在慢慢地松开她。

也就是在他犹豫的这一瞬间，江汐的胳膊往后一撞，但男人的反应快，挡住了她的袭击。

挣扎间，门口的开关被按开，屋里瞬间通亮。在看清身后人的那一瞬间，江汐一愣。而陆南渡在看见江汐的那一刻，眼里的犹豫和狠厉也霎时退得一干二净。

他看着江汐，愣愣地喊了声："姐姐。"

这副模样让江汐想起做梦醒来时的混沌感，她的视线落在了陆南渡的手上。

陆南渡似乎这时才反应过来，把手迅速地藏到了身后，像个做错事儿的小孩儿，充满了不安、恐惧。

江汐觉得奇怪，刚才进门时甚至能感觉到陆南渡不知道她是谁，或者说他把她认成了别人。

陆南渡看着她的脖子欲言又止。江汐大致知道他想说什么，问道："洗手间在哪儿？"

陆南渡示意她："浴室。"

江汐回头瞥了眼，没说什么，转身进了浴室。

磨砂玻璃门隔开外面的人，灯光惨白地打在镜子和瓷砖上。江汐走到盥洗台旁边。

她对着镜子瞥了眼自己的脖颈。她的皮肤很白，上面的红格外刺眼。

几秒后她移开视线，弯身默默地冲洗掉了上面的东西。

她从浴室里出来的时候，陆南渡还站在原来的那个地方。见她出来，他的眼神无处安放。

江汐的脸上没有什么情绪，她靠在门边问他："家里有没有医药箱？"

陆南渡只盯着她的脖子看。

江汐知道他在看什么，也不再问，环视室内一圈。

她猜得没错,陆南渡的房间里果然有药箱,就放在床头柜的旁边。

她回过头，看着陆南渡："过来。"

时隔几天，江汐又对他说了这句话。陆南渡似乎还记着上次的情景，犹豫着不肯上前。

江汐只看着他。

即使心里抗拒，但几秒后，陆南渡还是妥协了。

看他乖乖地走了过来，江汐往浴室里走去，陆南渡跟了进去。

江汐背对着他，从镜子里看他，几秒后转身面向他。

两人的视线相交，江汐说："把手伸出来。"

陆南渡没想到江汐会提这个要求，似乎有些紧张，下意识地轻舔了下唇："没事儿。"

江汐说："我问你了吗？"

陆南渡哑口无言，她说："我只让你把手伸出来。"

江汐看得出陆南渡很挣扎，他像害怕被她知道什么。

她没耐性了，直接伸手到他的身后拽过他的手。

情况比江汐想的还要糟糕,陆南渡的手背和手臂上都有几道伤口。

陆南渡不想被她看到，想缩回手："不碍事儿。"

江汐拽住他的手，抬头看了他一眼。

陆南渡瞬间安静下来。江汐没有再看他，打开水龙头说："伤口自己清洗一下。”

她拿下了他手里紧攥着的格斗刀，走出了浴室。

关上浴室门，江汐站在门外，低头看了眼手里的格斗刀。她往床边走去，弯身打开医药箱看了一下，该有的东西都有，说明陆南渡经常处理伤口。

到底发生过什么？他刚才甚至不知道她是谁。

陆南渡过会儿从浴室里出来。江汐打开床头灯，直起身问他：“方便坐你的床吗？”

他连忙点点头。

江汐在床边坐下，这次不用她说，陆南渡便过来了。

看他乖乖地停在自己面前，江汐才转身去翻医药箱：“坐下吧。”

陆南渡在她的身边坐下，江汐拿出酒精问：“伤口清洗干净了吧？”

陆南渡点头说：“洗干净了。”

江汐没看他，拉过他的手，用酒精给他消毒。

没有父母可以依赖，江汐从小比较独立，处理伤口这种事儿格外熟练。

她默默地给陆南渡消毒，上药，包扎，全程没有跟陆南渡说一句话，也没看他。

陆南渡盯着她低垂的眉眼。

“知不知道自己给我打了电话？”江汐忽然开口。

陆南渡一怔。

之前江汐已经说过不要再去找她，可是陆南渡还是给她打了电话。

他像一个做错事儿被抓包的小孩儿，失落不安地说：“知道。”

江汐又问：“那知道给我发的让我到书房的短信吗？”

说完这句话，她抬眸看他。

陆南渡有一瞬间茫然，看着她，眼神闪躲，支支吾吾地说：

“知……知道。”

他明显不记得了。

江汐也不拆穿他，继续低头帮他处理伤口。

几条伤口都是今天新添的，江汐没看到旧伤。他应该很久没有这种状态了。

伤口深而平整，不是陆南渡自残，反而像是想保持清醒。

很快，伤口处理好，陆南渡的臂上缠了纱布。

从头到尾，江汐没问他一句为什么。陆南渡松了一口气。

江汐却忽然开口：“当年你是不是发生过什么事儿？”

江汐还握着陆南渡的手腕，问完话的那瞬间她能感觉到他的紧张。

原本紧紧黏着她的陆南渡，手腕下意识地想从她的手上抽离。但或许是想到面前的人是江汐，他犹豫几秒后没有挣脱开。

江汐也不勉强他。

每个人的生活都是不同的，每天的经历也不尽相同，这造就了形形色色的性格。没有人有一模一样的经历，也没有真正的感同身受。

这个世界上不乏对别人的伤口嗤之以鼻、冷嘲热讽的丑恶嘴脸。他们嘲笑别人无能软弱，自己却经不起一点儿风浪。

江汐知道那种感觉，更不想成为那种人。她不会埋怨陆南渡对她有所隐瞒，毕竟那些事儿如果那么容易倾诉，陆南渡现在也不会变成这样了。

当年肯定有什么事儿发生，只是江汐不确定是什么事儿。

陆南渡现在没办法说出口，江汐也不逼问他。这事儿急不来。

她松开陆南渡的手，转移话题：“不是叫我过来谈赔偿？现在聊聊吧。”

江汐确实没想到之前剐蹭的迈巴赫车主是陆南渡，不过知道是他后，整件事儿才变得不奇怪。

豪车被剐蹭却不讹诈，达成协商后却贵人多忘事，直到今天他才想起来聊赔偿。

江汐原本还以为是个什么钱多没处花的慈善家，以为好不容易摊上个好人，最后果然只有陆南渡会买单。

陆南渡一愣，她不说他都忘了。

从一开始让助理要电话号码他便心思不纯，今晚让她过来自然也不是为了谈赔偿。

陆南渡有些心虚，支吾半天挤出一句："不赔。"

江汐当然清楚陆南渡让她过来的目的，协商不过就是个借口。

她说："找个时间让你的助理定下赔偿金。"

陆南渡能猜到江汐的态度，没答应也没拒绝。

卧室里格外安静。江汐瞥了眼墙上的石英挂钟，九点。

陆南渡注意到她的视线，知道她要回去了。在江汐起身那一瞬间，他用受伤的手抓住了江汐。

江汐当然知道陆南渡的那些小心思，没有甩开他受伤的手。

她低头看他："还有事儿？"

陆南渡问她："吃晚饭了吗？"

江汐这才想起出门前叫的外卖。

她还没回答陆南渡又开口："留下来一起吃晚饭吧。"

江汐看着他的眼睛说："吃过晚饭了。"

这话连她自己都不信，照她的作息，不可能已经吃过晚饭。

陆南渡明显也知道，瞬间有些委屈，却也没有为难她，不舍地松开她的手，把江汐送到楼下。

这大概是陆南渡的私人住宅，没有一丝家的气息，门廊昏暗。

到门口停下，江汐还是说了句："手记得换药。"

听见她关心自己，陆南渡笑着点点头："嗯。"

江汐便不再说些什么，没跟他说声再见便驱车离开。

江汐忘记自己点了外卖。

手机上有几通未接来电。外卖员两个小时前连续给她打了许多电话，江汐的手机静音，她根本没听到。

外卖员最后发了短信说把外卖放在了门口。

两个小时的外卖早已凉透。江汐的厨房连个煮东西的锅都没有，她索性又叫了个外卖。

屋外远远地传来虚无缥缈的喧嚣声。这种安静的氛围下容易发困，江汐靠在沙发上昏昏欲睡，但直到外卖送到，也没有真正入睡。

经过这趟折腾，江汐的食欲已经减了大半。

米饭冒着热气，几个小菜的卖相很好。即使毫无食欲，江汐还是往嘴里强行塞了几口。

洗漱后，江汐躺在床上，莫名地想起陆南渡高考结束后的事儿。

那年他们确定关系后，两人在出租屋里厮混了一个月。后来陆南渡回家，因为他的母亲去世了。

江汐躺在床上，脑袋里反反复复想的都是那段时间的事儿。

她觉得陆南渡的不正常应该跟那段时间发生的事儿有关。可他没有任何异常，甚至在他的母亲去世之后都格外平静。

陆南渡回到她的身边后，状态也像往常一样，没有不对劲的地方。江汐原本以为能一直这样相安无事下去，却没想到后来被他弄得一团糟。

江汐把手臂搭在眼睛上，微微地叹了口气。

后面几天，陆南渡倒是没再联系江汐。

没有热度的艺人闲得慌。江汐没事儿在家翻翻书，看几部老电影，倒也不觉得无聊。

这天晚上，江汐快睡觉的时候手机响了。

江汐的朋友少，平时她不工作很少会有电话打来。她拿过手机看了眼，是纪远舟打来的。

江汐靠回床头接起电话，纪远舟却很安静。

纪远舟问：“下来吗？”

跟情绪毫无相关的一句话，江汐却听出了不对劲。她瞥了眼窗外问：“你在楼下？”

纪远舟懒懒地应了声，又问了一句：“去不去酒吧？”

江汐嗯了声：“等我穿个衣服。”

十分钟后，江汐出现在小区门口。蓝色的出租车上，纪远舟降下半面车窗，露出妩媚多情的一双眼。

江汐从另一边上车。看纪远舟降了车窗，江汐问：“不冷？”

纪远舟见江汐穿着外套，把车窗升了上去说：“还行。”

去酒吧难免会喝酒，所以两人去酒吧一般不开车。出租车上很安静，车窗紧闭，气氛莫名压抑。

江汐靠在座椅里，看向纪远舟。

车在疾速行驶，路灯的光影深浅不一地从纪远舟的脸上滑过。白皙的脖子上有一圈瘆人的红色印痕，偏偏纪远舟的脸上却格外淡定。

江汐不动声色地挪开视线。

半个小时后她们到达酒城。依照纪远舟这招蜂引蝶的性格，她不喜欢卡座，往热闹的地方凑。

两人在吧台的高脚凳上坐下。

吧台里是一位身穿制服的帅哥，纪远舟跟他要了两杯龙舌兰。

两人的酒量不差，但她们平时到酒吧还是很少点烈酒。

江汐原本懒懒地靠在吧台上。听纪远舟要了龙舌兰，江汐问：“不怕醉？”

纪远舟微微地撇头看她，笑着说：“不至于。”

“也是，”江汐也笑了下，“再来一杯你也没问题。”

服务员递了两杯酒过来，纪远舟两手各端一杯，递了杯给江汐。

江汐小啜了一口。

纪远舟说："难得来趟酒吧，当然得喝烈的酒了。"

江汐没料到，又喝了口问："你多久没来了？"

纪远舟侧着腰身，目光从舞池那边收回，看向江汐，勾起了唇角："一个月，信吗？"

难得。

江汐没看纪远舟："他不让？"

"谁知道呢，"纪远舟笑着骂了一句，"狗男人。"

江汐也笑了。

过了会儿有个男的过来搭讪，端着酒在江汐的旁边坐下。

纪远舟瞥了眼江汐身后的男人。

"喏，有人找你。"纪远舟对江汐笑道，"可以呀，十分钟。"

江汐知道她说的什么意思。她们进来不过十分钟就已经有人过来搭讪了。

在酒吧被搭讪已成常态，江汐一向不会搭理。她从容地回头，礼貌地道："不好意思，我马上要回去了。"

这句话的拒绝意味明了直接，却又给对方留了面子。

男人在看见她的脸时愣了一下，但也没说什么，对她笑了下，说了寒暄话后便离开了。

纪远舟说："睁眼说瞎话。"

江汐说："这不是我的演技比较好。"

纪远舟被她逗笑："那人应该认出你是谁了，下次来酒吧你需不需要包得严实点儿？"

江汐说："没必要，又没做什么见不得人的事儿。"

纪远舟也认为没必要，只不过作为朋友温馨地提醒了一句。不知想到什么，纪远舟说："挺没趣的。"

"什么？"

"人红了没自由。"

不知为何，江汐从这句话里听出了别的意味，但纪远舟明显不想多说，江汐没有继续问。

沈泽骁搂了一个女孩儿走进酒吧。

他刚从别的场地转场过来。两个月了，沈少爷还没有换人，身边仍是那个清纯的女孩儿。

他是常客，一见他酒吧的服务员就立马迎了上去。

这位二世祖向来花心，只要是颇有姿色的女人向来逃不过他的眼。经过吧台时，沈泽骁的眼睛敏感地捕捉到一道身影，他下意识地瞥了一眼。

江汐腰肢纤细，正倚在吧台前喝酒。

光看那个背影，沈泽骁就认出是谁了。他挑了下眉。

服务员将他引到卡座的时候，陆南渡和卓培已经在那儿了。

沈泽骁搂着人在沙发上坐下："两位少爷来多久了？没见着吧台的人？"

"还有脸问我们什么时候来的？"卓培笑着说，"你倒是挺快活呀沈少爷。"

沈泽骁也笑道："美色误人，不行？"他怀里的女生瞬间羞红了脸。

"怎么不行，"卓培说，"有女朋友了不起。"

"我寻思着你说得挺对，"沈泽骁欠揍地说，"单身连个快活的对象都没有，只有酒。这样一看有女朋友确实是了不起。"

卓培踢了他一脚，笑道："去你的，给你点儿脸还上天了是吧。"

陆南渡窝在沙发里玩游戏，沈泽骁嘴欠地说："陆总，你的手都那样儿了，还玩游戏？"

陆南渡慢悠悠地抬头瞥了他一眼："不行？"

"行行行，你行。"沈泽骁说。

任陆南渡玩了一盘游戏，沈泽骁也不提江汐的事儿。

陆南渡一盘游戏刚结束，手机立马被沈泽骁抢过扔到一边。

卓培在一旁目睹全程："沈泽骁你今晚是不是皮痒？"

沈泽骁赶忙给脾气不怎么好的陆南渡递了杯酒，嘴里没一句正经话："陆总别生气，来，喝杯酒。"

陆南渡看笑了："你今晚是不是有病？"

沈泽骁啧了声："有没有病我不知道，待会儿你可能想叫我声爹这我知道。"

陆南渡扫了沈泽骁一眼。

沈泽骁笑了："我叫您爹也行。"

男生凑在一起不过是吹牛皮，满嘴跑火车。沈泽骁和旁边的人热热闹闹地说着话，还不忘给陆南渡灌酒。

纪远舟喝完酒到舞池去了。

江汐在吧台前慢悠悠地喝酒。纪远舟原本想拉上她一起去，但江汐不喜欢人群。

中途江汐收到纪远舟的消息。

纪远舟在舞池被那个男人抓回去了，还是在车上才有空发短信通知江汐，说下次请江汐喝酒赔罪。

江汐倒是不介意，让纪远舟自己多注意点儿。

她没有立即离开酒吧，时间一分一秒地过去，有人靠近吧台。

男人把胳膊搭在吧台上，指节叩了叩台面。

江汐听见一道男声："你们这里有没有消炎药和纱布？"

酒吧里打架是家常便饭，人一喝酒容易冲动，所以店里会备这些应急物品。服务员说："稍等。"

江汐没理他。

几秒后男生笑了下说："哟，这不是江汐吗？"

江汐这才转头看过去。她记得沈泽骁，上次徐嫣然视频的时候见过一面。

江汐礼貌地点了下头。

"巧了，"沈泽骁说，"那边正有个酒鬼一直喊你的名儿。"

江汐听出他话里的意思，瞥了他一眼，没说什么。

沈泽骁是自来熟，自说自话道："我这不就是给他找绷带和药来了，他的手受伤了，一个没注意把酒洒上面了。"

沈泽骁隐瞒了一部分，酒是他洒的。

这时吧台的服务员走了过来，把绷带和药递给了沈泽骁："先生你好，你要的纱布和药。"

沈泽骁接过。

"行，谢了。"他又对江汐说，"先走了。"

江汐点了下头，哪知沈泽骁走了几步后又折返回来："那个，能不能问你一下，你会包扎吗？"

江汐终于开口："你们不会？"

"一大帮大老爷儿们，谁会。"

江汐放下酒杯跟过去了。陆南渡似乎已经喝醉了，靠在沙发里，白色的袖子被啤酒弄脏了。

沈泽骁说："喏，人在那儿。"说完他将手里的东西递给她。

江汐接过。

卓培就算方才不懂，现在也看懂了，暗地里朝沈泽骁竖了个大拇指。

江汐看了眼手里的东西，没有酒精，药也不齐全。

沈泽骁问她："怎么了？"

江汐说："得去医院。"

她看向沈泽骁："你们送他过去吧。"

沈泽骁看了她几秒说："行。"

他从沙发上架起陆南渡的手往外走，路过江汐时问她："搭把手？"

人喝醉了身体的确重。江汐沉默了几秒走过去，将陆南渡的手架在自己的肩膀上。

他们一出酒吧，音浪弱了不少。

三人都喝了酒，只能叫车。很快有车停下，两人将陆南渡塞进后座。

江汐正想起身，原本烂醉的人忽然抓住她的手。

她抬眼对上陆南渡不太清醒的目光。他似乎是知道她要走，眼角耷拉着叫了一声："姐姐。"

江汐的确不准备陪他去医院。

前面的司机催了声。

江汐想掰开他的手，但陆南渡的小孩子脾性上来了，他死死不放。

沈泽骁在旁边看着，叹了口气说："算了，你就陪他去一趟吧，醒来你一走他就不记得了。"

似乎怕江汐觉得麻烦，沈泽骁又说："可以把他送回他的家，会有人出来接他进去。"

江汐清楚陆南渡的蛮劲儿一上来他有多难哄。

陆南渡还紧紧地盯着她。

江汐终于妥协，对陆南渡说："坐进去一点儿。"

这会儿他倒是听话了，乖乖地往里面挪。

沈泽骁站在车外，帮他们关上车门："我就不去了，女朋友还在里边。"

江汐嗯了声。

很快车开走了。

陆南渡不肯离开她，紧紧地靠着她。

车开得晃晃悠悠。不知过了多久，他的头靠在了她的肩上。

江汐把目光从车窗外收回来，落在陆南渡的脸上。

他的睫毛很长，安安静静地合着，在白皙的肌肤上投下一小处阴影。

他睡着了。

江汐挪开了目光，重新看向窗外。

一路上陆南渡都没从她的肩上离开，牵着她的手也没松过。

陆南渡的五指骨节分明，掌心宽大。江汐对这种触感一点儿也不陌生。

车到医院的时候，江汐叫醒他："到了，下车。"

只要江汐不离开，他倒安分，听话地准备下车。

灯火通明的急诊大厅里空荡荡的，人声嘈杂，人们在闲聊刚才送来急救的那个人。

"精神病还开车，真作孽啊。"

"可不是，刚推进来整张脸都看不清咯。"

世人常态，对他人的生死离别毫无感情。

从进急诊大门的时候，江汐便感觉到陆南渡的紧张。他一句话也没说。

江汐帮陆南渡挂完号便直接进入诊室。

普外科诊室里只一个女医生，她从屏幕上移开视线，落到进门的两个人身上："陆南渡是吧？"

江汐嗯了声。

女医生朝旁边的病床示意了一下："那边坐着。"

陆南渡喝醉后酒品挺好，不撒酒疯，只是变得不爱说话。

江汐跟他说："进去吧。"

陆南渡却对她的话置若罔闻，从上车后就没松开过她的手，拉着她一起进了诊室。

醉酒的人不能跟他太较真，江汐随他去了。

在病床边坐下后，医生很快收拾器具过来。江汐想把手从陆南渡的手里挣脱出来，但他不让。

江汐低头瞥了陆南渡一眼，对上他的目光。

他微微仰头看她，因为喝酒黑沉的眼睛里像是蒙了一层水雾，紧紧地抓着她的手。

江汐和他对视几秒，正想挪开视线，女医生可能误认为他们是情侣，便直接问了江汐一些情况。

对上女医生的目光，江汐回答了她的问题。女医生拆掉陆南渡臂上的纱布，声音从口罩后面传来：“是不是有几天没换药了？”

江汐瞥了眼铁盘，纱布已经微微泛黄，估计三天前包扎后陆南渡就没换过药。

她没说话。

女医生说：“伤口有点儿发炎，我重新上药包扎一下，然后拿些口服消炎药回去。”

江汐嗯了声。

女医生熟练地处理好伤口，包扎的技术明显比江汐这个门外汉好。

她坐回桌前写药单，递给江汐：“交钱后到窗口领药，用量药瓶上会写清楚，三餐饭后再吃药。”

没有病人进来，诊室的医生似乎有事儿出去了一趟。

江汐拿着药单，对陆南渡说：“走了。”

江汐回头，不知他在看什么，顺着他的视线看过去，见陆南渡拿着拆下来的纱布。

江汐看着他：“做什么？”

陆南渡似乎没发觉这样做有什么不对，对上她的视线：“带回去。”

江汐瞥了眼他手上的东西说：“已经没用了，带回去做什么？”

“是你帮我包扎的。”陆南渡说。

江汐一愣。

陆南渡看着自己手上蘸过药的纱布，又补了一句：“有用的。”

江汐沉默片刻，伸手拿过他手里的纱布：“这种东西你家里有的是。”

喝醉了的陆南渡实在太倔了：“不一样。”

“上面都是细菌。”江汐没有随着他的性子，将纱布扔进旁边的垃圾桶。

陆南渡没说话。

江汐知道他虽然听话，但他不开心。

她看着他，连自己都没察觉到语气里的柔软："好了，回去了。"

也许是太久没听过她这样对他说话，他点点头，虽然还是垂头丧气的。

很快，江汐带他离开了诊室。

江汐只认得陆南渡的私人住宅。

上车后，她将上次陆南渡发给她的地址给司机看。陆南渡的住宅离医院有段距离，车开了半个小时才到。

江汐折腾到凌晨。

将陆南渡弄回房间后，江汐看了眼时间。

一点多。

她并不清楚自己今晚到底做了些什么。

陆南渡折腾一晚似乎已经困了，抱着被子侧躺在床上。

江汐把目光从他的身上收回，转身离开他的房间。

门关上后，卧室安静下来。几秒后，闭着眼睡觉的陆南渡悄无声息地扬了一下唇角。

凌晨坐车不安全，江汐一个人也多了个心眼。

半个小时后她忽然接到陆南渡的电话。

她没有备注他的号码，只不过有一些印象。江汐犹豫几秒后才接通电话问："你不是睡了？"

其实在回家的车上陆南渡就酒醒了，但他喝醉不断片，江汐带他去医院的那些事儿他都记得，只不过没让江汐知道。

江汐要是知道他酒醒了，肯定半路就走了，抛下他让他自己回来。陆南渡喝酒一上头，太阳穴便隐隐作痛。他回去后的确是困乏欲睡，但后来想起江汐凌晨坐车回去，硬是从床上爬起来给她打了个电话。

他敞开腿坐在床上，蓬松的短发被自己揉得凌乱。

他没有回答江汐的问题，只是问她：“你到家了没有？”

听到他这格外清醒的口吻，她问：“酒醒了？”

陆南渡含混地应了声：“差不多。”

江汐说不清今晚的心情。

也许是陆南渡知道经过上次的事儿后江汐变得不再那么排斥他，又追着她问了句：“快到家了没？”

江汐瞥了眼窗外，周围都是熟悉的建筑物。

她难得一次心平气和地回答他的问题：“嗯。”

车停下，陆南渡听见江汐那边的关车门声。

江汐说：“挂了。”

陆南渡当然不想挂，但还是乖乖地嗯了声。

几天的风平浪静，日子索然无味。

最近佟芸没给江汐接什么资源。

这天，江汐去公司练了会儿形体。

室内有一大片落地窗，日光涌进，满室明亮。

江汐闭眼躺在瑜伽球上，整个人轻盈无比。

几分钟过去，日光照得她有些不舒服。江汐睁眼，从瑜伽球上起身。

跟大多数人不同，江汐不喜欢明亮，反倒喜欢黑暗，平时家里大部分时间也拉着窗帘。

江汐的上身穿着一件单薄的背心，两条手臂纤细白皙。她前凸后翘，腰肢纤细。

她拿起地上的短外套穿上，推门离开。

公司的装潢简约大气，走廊的瓷砖特别明亮。

离开舞蹈室后，周围若有似无的视线落在江汐的身上。

有一个路过的女生不知跟同伴说什么，视线时不时地瞥过江汐。

江汐的脸上没什么表情，视线漫不经心地扫了一下。

她的气质一向不平易近人，女生碰上她的目光立即噤声。

江汐并没有放在心上，也不是故意要看女生，只不过恰巧瞟了眼。江汐径直走过。

但一路上看她的目光实在太多了，江汐皱了皱眉。

她不喜欢人群，自然也不喜欢被人盯着的感觉。原本进入娱乐圈后她已经渐渐适应，但今天的目光格外地让她不舒服。

江汐莫名有些烦躁，径直回了家。

大抵是网上又出现什么新闻了，但她懒得看。网上的传言并不会因为她看一眼就能被辟谣，更何况现在只看造谣不看辟谣的人多了去了。

回到家后，压在心里的烦躁丝毫未减一分，江汐很少有这种时候。

窗帘紧闭。洗完澡，江汐在沙发上发了会儿呆。

江汐伸手拿过桌上的烟盒，抽了根出来，吸了一口后才想起已经很久没抽过烟。

她记不起上次抽烟是什么时候。

也许是女士香烟没那么呛，抽完一根，江汐的烦躁没解半分，不似平时一根烟就能缓解。

这时床上的手机振动起来，屏幕亮起，嗡嗡声响个不停。

几秒后，江汐走到床边，屏幕上显示是佟芸。江汐往床上一坐，接通电话，问了一句怎么了。

听江汐的语气，佟芸就知道江汐还不知道情况："敢情你没看网上的那些消息？"

江汐不明所以地问："怎么了？"

佟芸向来不友善，言语也犀利："你留下的烂摊子全世界的人都知道了，只有你自己一个人不知道。"

即使听得出佟芸在讽刺，江汐也面无表情。

听她没回答，佟芸说："自己去看看，别什么都得我提醒。"

停顿几秒，佟芸又说："还有，你以前素人时期的烂摊子我管不着，但既然你现在是公司旗下的艺人了，这些你都得跟我说清楚原委，公司好做公关。"

在佟芸说到素人时期时，江汐心里不祥的预感便越来越强，说不清为什么。

没发觉江汐状态的变化，佟芸继续说着："去看吧，看完了给我回个电话。"说完佟芸便挂了电话。

耳边传来挂断的忙音，江汐没动。

她似乎有预感会看到什么，却又不确定。江汐靠在床头，许久才点开软件。

也许是她最近有了热度，公司有时候不用花钱就能让她出现在大众视野。

在没看到佟芸口中所谓的"烂摊子"，江汐的心里尚存一丝侥幸，有可能不是自己想的那样。

可能这个世界上大多数的事儿不如人愿，"抄袭"两个字出现在了江汐的眼前。

江汐先前莫名的烦躁在此刻找到了突破口。早上那些若有似无的目光都有了理由，嘲笑的、厌恶的、看好戏的。

她从来没想过这些事儿会再次出现在世人面前。

等回过神后，江汐才发现自己手脚冰凉。她的脸色有些苍白，却仍旧平静。

她那些不堪、潮闷的往事被人拎出来踩在脚下，供人肆意指点、辱骂、消遣。

曝光她抄袭的博文评论里不乏"知情"网友的科普八卦。

他们说江汐三年前的作品陷入抄袭风波，恩师和圈内的众多好友都与她断了关系，不为别的，因为被江汐抄袭的人是她的老师任盛海。江汐剽窃了老师作品的核心，构图更是极为相似。

任盛海是江汐大学时期便格外照顾她的老师。大学毕业后任盛海便一直将这个学生带在身边，什么事务都交给她打理，可没想到却养了一只白眼狼，甚至试图上床换取老师的成果。

不仅如此，在抄袭风波出来不久后，任盛海便莫名其妙地消失了，从此销声匿迹。一个知名画家便这样消失在大众的视野里。而这一切都是江汐所为，也不知她的背后势力是谁。

屏幕里的字句恶意满满，网友揣测得热火朝天。

江汐平淡地看着。

他们说她是一条从画手圈越狱到娱乐圈的落水狗，以为自己的那些肮脏往事能够瞒天过海，换个圈子便能重见天日。

不可能的。

冬日正午，日光稀薄，高楼大厦林立。

三十七层的华弘集团总裁办公室。

靠在椅子上的陆南渡正结束连夜跨国会议不久，衬衫扣解了两颗，此刻眉间压着烦躁。

门外传来两声叩门声，随后秦津推门进来。

“陆总，您叫我过来有什么吩咐？”

陆南渡对工作一向严肃，本身性格不好，暴躁时五官都显得凌厉。

他将手里的平板递了过去：“处理一下。”

秦津接过，随意浏览了一下界面，心中了然。

夜色浓重，窗帘大开。

卧室到浴室的路上凌乱地扔了几件脱下的衣服。

过了一会儿，江汐从浴室出来，发梢淌着水，流到背上。

她抽过支架上的浴巾裹在身上，眼里还泛着刚睡醒时的迷糊。

江汐睡了一下午，吃了安眠药。

她一点儿也不关心现在网上的舆论风向。莫须有的脏水都是她的罪名，不认识的人都急着给她套上镣铐。

江汐光着脚。冬天的凉意从瓷砖钻进脚底，她仿佛没有察觉，从厨房的冰箱拿了罐啤酒。

易拉罐色调冷淡，衬得江汐的手指越发苍白。她啪嗒一声打开易拉罐，泡沫顺着瓶壁滴在料理台上。

江汐喝了一口。

回到卧室拿起手机，江汐看到几个未接来电。夏欣妍的、纪远舟的、江炽的、佟芸的。

江汐不用想便知道他们打电话过来做什么，但她没有以前那么脆弱。

江汐坐在落地窗边的椅子里。家里的窗帘只有在夜晚才会拉开。

窗外的北京华灯初上。

江汐给夏欣妍回了个电话。

夏欣妍估计一直在等江汐的电话，很快就接通了。

江汐笑了声问："守着电话呢？"

夏欣妍在听见江汐轻松的语气时明显地松了口气，试探地问："小汐呀，下午怎么没接电话？"

江汐实话实说道："睡觉去了。"

夏欣妍明显有点儿意外："睡觉？"

"嗯，没什么事儿做。"

夏欣妍说不清是该高兴还是担忧。江汐睡觉了自然没去看网上的那些消息，但同时夏欣妍知道，江汐在这种情况下不可能睡得着，大概是吃安眠药。

"吃安眠药了？"夏欣妍问。

江汐整个人靠在椅背里，低头把玩着手里的易拉罐说："没有。"

她要糊弄夏欣妍有的是办法。

夏欣妍一向信她，果然没怀疑："那就好。"

不知是不是江汐的错觉，她似乎觉得夏欣妍的声音有点儿不正常。

江汐没说话。

今晚，夏欣妍说话明显小心了很多，过了会儿斟酌道："小汐呀，最近如果心情不好记得跟阿姨说，身体不适也得告诉阿姨。"

江汐笑了下说："没什么不适。"

见夏欣妍似乎还要小心翼翼地叮嘱什么，江汐直接挑开那个敏感话题："不用担心。"

江汐的唇角弯了一个漫不经心的弧度，她说："以前都被骂过一轮了，也不差这一次。"

江汐愿意说出来还好，夏欣妍就担心她什么都不说。

夏欣妍的忧虑瞬间少了大半，但她还是心疼地说："再多一次都不行。"

江汐没打断她，静静地听她说。

"再多一次都是往阿姨的心上踩。"

网络施暴者看不见摸不着，他们用最刻薄的言语将看不顺眼的人攻击得体无完肤。他们说自己是好人，却打着正义的旗号将其他人踩在脚下，不分辨是非。

肮脏的言语、恶毒的诅咒，第二天他们或许就忘记自己昨天说了些什么，可那些话却深深地伤害了受害者的家人。

当年那些针对江汐的人都不知道去了哪里，可夏欣妍却是一直记得那些不堪入目的辱骂。她捧在手心里的孩子被人随意地丢在脚下践踏，他们把恶意都压在江汐的身上。

江汐沉默了一会儿，笑着说："那你这样岂不是顺了他们的意了？"

夏欣妍的泪原本在眼里打转，这时她被江汐这句话逗笑了："你这孩子，阿姨看你现在这样也放心。"

放心什么，两个人都懂。

后来有一年，江汐日夜生活在黑暗中，不愿见也见不了太阳。

但现在都过去了。

江汐抬起眼睛，视线落在窗外的灯火中。

江汐说："不用担心我，自己多注意点儿身体。"

即使再来一遭，江汐显然要比以前熟练得多。

夏欣妍又拉着江汐聊了几句。后面不知想起什么，夏欣妍问："小汐，你是不是有什么朋友？"

江汐没放心上，问道："什么？"

夏欣妍说："阿姨在接电话前上网看了下，早上那些话题和帖子都删了。"

江汐原本正低着头，闻言稍稍抬眼："删了？"

"删了，"夏欣妍说，"我寻思着是不是你认识的人帮的忙？"

江汐的身边能有这种权力的大概只有一个人。

夏欣妍似乎又想起什么："看我这脑袋，糊涂了，那些帖子没全删，倒是留了几个。"

江汐沉默了一会儿问："哪几个？"

夏欣妍原本不想提起任盛海的名字，但想了想还是说："提到任盛海不见的都没删。"

江汐早上看过那些言论，一提到任盛海不见了，很多人的关注点都在江汐身后的势力上。

事实上，江汐并不知道任盛海销声匿迹了。

有一年，她几乎与外界隔绝，并不知道外面的变化。即使后面恢复正常生活，她也未曾打听过任盛海。

跟夏欣妍挂断通话后，江汐又一次打开新闻。

果然如夏欣妍所说，网上只剩下了寥寥一些话题，而也如江汐料想的那般，帖子里很少专注骂她的，火力反而都转移到了她身后的势力上。

陆南渡前不久刚跟她有过绯闻，而且他的地位高，大多数人自然把火力都集中到了他的身上。网友还说这次压消息也是他所为。

江汐不傻。她清楚这些是谁做的，也知道他的用意。

他站在风口浪尖上帮她挡住了风浪。

要说江汐不被早上的那些新闻影响是不可能的，毕竟画画是她很喜欢的事儿，只是她现在不会再像以前那样轻易被击倒。

江汐关了手机，将空易拉罐扔进了垃圾桶里。

凌晨，城市灯火渐熄，路灯无眠。

半夜下了雪，薄薄的细雪往下落，整个世界是黑白色的。

江汐没有靠药入眠，也没有强迫自己睡觉。

没有困意，她像白天一样过黑夜，该吃吃该喝喝。今天几乎一整天没吃东西，江汐随便煮了个方便面凑合。

吃完后，江汐想起如果佟芸知道她这个时间还在吃东西，可能明天会让她去健身房跑几个小时。

佟芸下午给她打过几个电话，江汐回复了。

也许是因为有人帮江汐收拾了烂摊子，佟芸不用自己动手，所以对江汐的态度也不差，也没有再强求江汐讲明原委。

权力的好处不可估量。

江汐慢悠悠地夹面吃，一吃便是半个小时。

回到房间，她才发觉外面下了雪，细细簌簌的小白粒往下落。

她走到窗边。

视野里悄无声息，路灯的顶部落了点儿白色。

站了有一会儿，她正想转身回床上。视线掠过楼下的一个身影时，江汐一顿。

一辆黑色的轿车外站着一个人，那个人穿着黑色外套。

即使有段距离，江汐还是一眼便认出他是谁。她的视线落在他的身上，她没动。

江汐的手机没有响过，他没有给她打电话。

江汐在旁边的椅子上坐下，颓懒散漫，点了根烟。

烟雾缥缈，散进空气里又消失了。

她就那样坐着看楼下的人，指间夹着一根细烟，想起来便抽一口。

他们像两只游离在深夜的鬼魅。

直到树梢被雪染白，路面落了一层薄雪，楼下的人还没走。

江汐把烟掐灭在白色的烟灰缸里，留下一小圈黑灰。

她起身出门。

十分钟后，江汐穿着白色羽绒服出现在楼下。

从小区出来的那一刻，她发现陆南渡看见她没有感到意外。

两个人分别穿着一黑一白的羽绒服。

她朝他走近，停在他的面前。

江汐看着他，问了一句："你就这么确定我会下来？"

陆南渡低头看着她，有点儿孩子气地说："确不确定我不知道，反正你下来了。"

他跟以前一样无赖。

江汐把视线从他的脸上移开，落在微微潮湿的路面上，几秒后问："你怎么来找我了？"

陆南渡的目光一直紧紧地盯着她，他说："你这不是没睡觉？我就来了。"

江汐的视线重新落回他的脸上。

陆南渡一看她的眼神便知道她要问什么。果然，下一秒江汐开口问："你怎么知道我没睡？"

陆南渡胡说了一句："猜的。"

江汐看了他几秒问："找我有事儿？"

"就……"陆南渡摸摸鼻子说，"你没睡觉。"

江汐莫名觉得好笑，难得笑了一次："你是不是就会这句话？"

陆南渡瞬间笑了："你笑了。"

江汐不知道陆南渡为什么这么多年过去还是跟个小孩儿一样。

她大概能知道陆南渡为什么会觉得她没睡，毕竟今天的事儿他都知道。

江汐说："消息是你压下去的对吧？"

眼前的人在她的面前分明还是个小男生，其实在她看不见的地方却已经只手遮天。

他说："这不是压消息，是禁止传谣。"

江汐却说："没用的。"

谈及这个话题，陆南渡稍显强势地说："谁说没用，有时候禁止造谣最有效的方法就是切断源头。"

江汐问："你就这么信我？"

陆南渡毫不犹豫地说："我信。"

江汐想起他对这件事儿的处理方式，那些没被删除的帖子里多次提及陆南渡。他帮江汐挡掉了很多恶语。

比起画画，江汐并不怎么介意被人骂，可陆南渡毕竟帮了她。

她说："我欠你个人情。"

这无疑给了陆南渡机会。

他看着江汐，忽然叫了她一声："姐姐。"

江汐抬眼看他。

"那我说什么你都会答应吗？"

江汐看着他。

陆南渡满脑子都是不正经的想法，到了嘴边的话却在江汐的注视下吞了回去。

他知道江汐不可能答应，几经思虑，最后说："下次一起吃个饭吧。"

他的表情从满怀期待到失望，充满了可怜。

她假装没看到："嗯，你找个时间吧。"

看陆南渡又想张嘴，江汐打断他：“不能是现在。”

陆南渡：“……”

时间已经不早了，她对陆南渡说：“回去吧。”

“你困了？”陆南渡问。

陆南渡大有在这儿陪她一晚的架势。

江汐确实到了该睡的时间，嗯了声：“挺困的。”

见面前的人明显不想动，江汐说：“你也回去吧。”

江汐即使对陆南渡的态度好了不少，但还是有些生疏，不排斥他却也不向他靠近。

好不容易两人的关系缓和了点儿。怕惹她烦，陆南渡说：“那我回去了。”

江汐点头。

在楼下不过站了几分钟，她感觉凉意已经从脚踝处渗进来：“先走了。”说完她看了他一眼。

陆南渡站在原地，看着她渐渐远去的背影。

他有点儿想跟她回去，但也只能想想。

江汐很快消失在小区门口，一路没回过头。直到看不见她的背影，陆南渡低下头自嘲地笑了声。

江汐有些狠心，但陆南渡理解。现在关系转好已经在陆南渡的意料之外，他甚至都做好了江汐一辈子不理他的准备。江汐能理他已经很难得了，他得把人慢慢地哄回来。

陆南渡没有在原地停留，很快驱车离开。

第二天，江汐临近中午才醒来。

她慢腾腾地从床上坐起，被子从肩上滑落，露出一半漂亮的肩。

昨晚睡前江汐没拉窗帘。即使没出太阳，窗外的光线依旧亮得晃眼。眼睛被照得难受，江汐抬手挡了一下，掀被下床。

正要拉上窗帘，她忽然想到昨天的事儿。

那件事发生后的一年，她就是这样，抗拒明亮、抵触人群，房间永远暗无天日，也不和人交际。

后来江汐虽然克服了这些缺点，但不喜欢拉窗帘的这个习惯一直没变。

江汐的指尖搭着窗帘布，几秒后她把手收了回来。

算了，该改改了。

她转身进浴室洗漱，出来时床头柜上的手机嗡嗡地响。

江汐侧脸上的细碎发丝微湿，白皙的皮肤上还残留了几滴水。她在床上坐下，看到是纪远舟的来电。

纪远舟的声音有些嘈杂：“中午想吃什么？”

江汐问：“你在超市？”

“耳朵挺灵哪。”

江汐问：“你要过来？”

纪远舟漫不经心地应了一声，似乎在挑选食材，问江汐：“牛肉吃不吃？”

纪远舟不是贤妻良母的那一类人，自然不会做饭，在超市买菜这件事儿和她的性格有些违和。

江汐问：“今天怎么心血来潮想自己做饭？”

纪远舟笑了声：“我可没说自己做。”接着她又说了一句，“你做。”

江汐虽然比纪远舟好点儿，但她平时基本不做饭，厨艺也不怎么样，只擅长几道菜。

江汐笑着说：“你还真信任我呀，不怕闹肚子？”

纪远舟说了一句：“能说能笑，看起来状态还行。”

江汐才知道纪远舟是在试探她。

纪远舟似乎已经离开食材区，超市的扬声器循环播放着打折的消息。

“我记得你家里连个炒菜的锅都没有吧？就不买菜回去了，”纪远舟说，“以后你置办了厨具，做一顿会拉肚子的饭给我也不是不可以。”

“你吃？”

“吃呀。”

“什么时候过来？”

“快了。”

二十分钟后，纪远舟到了江汐家。

纪远舟买了很多小菜，一瓶红酒，顺带买了两个高脚杯。

两人在客厅的矮桌边席地而坐，桌上放几碟小菜。

江汐握着红酒瓶，五指纤细苍白。她给纪远舟倒了杯酒。

往常纪远舟都是加班加点地工作。江汐问了一句：“下午还回去工作吗？”

纪远舟把一手撑在身后，腾出一只手接过酒杯，懒散地点头。

江汐笑了一下，举起酒杯说：“真是劳模呀，祝纪总监日日高升。”

纪远舟跟她碰了下酒杯：“那就祝我们江大小姐永远不遇小人。”

江汐发生的事儿纪远舟基本上都知道，所以她也最了解江汐需要什么祝福。

纪远舟喝了一小口红酒，又说了一句：“多遇点儿好人。”

江汐放下酒杯不太确定地说：“会吧？”

纪远舟看着她：“会不会我不知道，我的好运给你一点儿。”

江汐笑着说：“算了，你的好运留着自己用，以后找个好人。”

两人边吃饭边有一搭没一搭地说着。江汐知道纪远舟担心她这两天状态不好，特意过来跟她说说话。

“对了，”纪远舟说，“这次是不是又是陆南渡帮的忙？”

江汐抬眼看她。

未等江汐说话，纪远舟便笑了下：“现在到哪一步了？”

这种事情向来瞒不过纪远舟，她仿佛是一只看清世间百态的

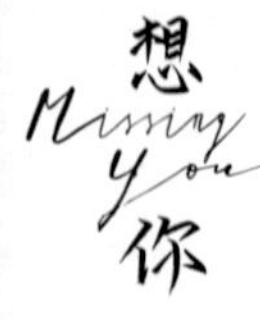

千年狐。

江汐一手撑着下巴坦荡地说："没开始。"

纪远舟不是很意外："那就是现在不赶他走了？"

江汐笑了下："不一定。"

江汐对陆南渡的感情很复杂，即使她之前决绝地断了联系，可现在回头看，什么都是徒劳。

她很肯定，陆南渡当年一定发生过什么事情。但她心里的疙瘩一直在，她介意当年分手的事儿，也不确定陆南渡是不是三分钟热度。

纪远舟哼笑了声，调侃她："你就是心软，以前的规矩在他这里打破多少次了？"

江汐对别人倒是心挺硬。

江汐懒得理她。

纪远舟下午还有工作，吃完饭后很快离开。

纪远舟一走，江汐拿起手机才看见陆南渡发过来的短信。

她看了眼时间，大概是凌晨陆南渡刚上车不久发的。江汐回来后根本没看手机，也不知道他发了短信过来。

陆南渡最近要出差几天，三天后回来，跟江汐约了回来的那天中午。

已经答应还人情，江汐回复了他，只不过仍然没有把他的号码存进电话簿里。

最近的气温又下降了些。

江汐这天去了趟公司。佟芸有几件事儿要跟她说一下。

电梯里，江汐收到陆南渡的短信，说已经在她家的小区外。

江汐不知道他这么早到，回复说：

"要不改天再约，我现在不在家。"

陆南渡似乎误解了她的意思，以为她故意不理他。他直接打电话给江汐。

江汐接起电话，还没等她说话陆南渡便问她："你现在在哪儿？"

质问的语气中带着焦急。

陆南渡在她的面前一般乖巧听话，只有在江汐惹他不开心的时候才会变得强势。

江汐有一瞬间恍惚，几秒后说："我没跑。"

陆南渡瞬间像被顺了毛。

江汐说："公司有点儿事儿，但应该不会很久。"

安静了几秒，陆南渡的声音恢复如常，他说："那我过去接你。"

挂掉电话后，江汐径直走到佟芸的办公室。

佟芸临时有事儿，江汐在办公室里等了有一会儿，中途收到了陆南渡的短信，他说已经在楼下。

过了一会儿佟芸才回到办公室。她办事效率向来很高，连带着跟人交流也不说一句废话。不到十分钟，江汐便从佟芸的办公室出来了。

江汐走出公司大门，路边停着一辆迈巴赫。

她的目光扫过当初被剐花的车壁，早已锃亮光滑。

阴天，天色灰蒙，风吹在脸上刀刮似的疼。

江汐朝着车走去，忽然旁边冲出一个人。

在看清对方拿着一幅画扇过来的时候江汐已经来不及反应，下一秒旁边伸出一只手，猛地将她扯进了怀里。

她听到了"抄袭狗"的字眼，同时响起了木板的断裂声，头顶传来陆南渡的一声闷哼。

画框的玻璃随之碎裂。

陆南渡皱眉。

一秒后，江汐听见他啧了声，声音有点儿不耐烦。

车就停在旁边，陆南渡为了更好地应对，拉开车门，将江汐塞进车里。

他没看她，眼睛不善地盯着袭击者，甩上车门说：“别出来。”

那个人的年纪四五十岁，皮肤黝黑。也许是他没想到江汐有帮手，在看到面前的陆南渡时原本盛怒的火气弱了大半。

陆南渡懒得跟他玩游戏，眉间压着怒气，上前一把攥住男人的衣领：“有毛病是吧？”

男人比陆南渡矮了一截，下意识地往后退。

自从离开校园后，陆南渡已经很久没有打过架。看男人这个孬样，他笑了下：“有病我给你治治怎么样？”

男人在这个时候还不忘虚张声势，结巴地道：“动我一下我告你！”

“哦，”陆南渡散漫地说，“那你打我就可以了？”他咧嘴一笑，“对不起啊，我好像不是那么大度，有点儿睚眦必报呢。”下一秒，他的眼神转冷，一拳狠狠地砸在男人的嘴角上。

车里的江汐面无表情。她没有被吓到，却在看到地上碎裂的画时神色一顿。

木板断裂，裱框的玻璃碎成了网状。玻璃下是大片的火红色，火焰冲天，火舌仿佛叫嚣着要从画框里伸出魔爪。

画里漫天黑烟，被熏成黑色的窗口防护栏已经被剪断，身穿橙色衣服的消防员正将窗台上一个小女孩儿和小男孩儿抱上云梯。

两个小孩儿号啕大哭，小脸沾满了黑灰，不要命地往窗台上伸手。

窗台上的女人再也不能抱他们了，她的身体还维持着护住他们的姿势，却已经没有了任何的生命特征。她的眼睛闭着，背部焦黑，火舌燎上她的发尾。

孩子们哭着喊妈妈。朝妈妈伸手的小女孩儿被消防员抱走，断开了妈妈的手。

画面定格在这一瞬。

作品名称为《静》，右下角的标签上写着：江汐。

江汐的指尖微颤，原本镇静的表情出现了一丝裂缝。

她推开车门，没有看见另一个从楼道死角里跑出来的人。

江汐捡起那幅画。玻璃碎渣扎进她的肉里，她却没反应。忽然啪嗒一声脆响，一个鸡蛋砸在江汐的额头上。

黏稠的蛋液往下落，滴在画上。

江汐落在画上的眼神瞬间变冷，她转过头，目光落在面前的男生身上。

他十几二十岁，身板消瘦，正是男生长高的年纪。他的脸色有些苍白，眼神格外倔强。

江汐朝他走了过去，男生阴沉地站在车边看她。

下一秒，江汐忽然拽住男生的衣领，猛地把他甩到了车门上。

男生的背部狠狠地撞上车门，江汐攥着他的衣领，眼神冰冷。

男生没有丝毫慌乱，仍是死死地盯着江汐，轻飘飘地说了句：“这么爱惜你的作品哪。”

“可是你不太配，”他一字一顿地说道，“抄袭狗，你配画这样的画吗？”

《静》正是江汐被指抄袭的作品。她没有说话，阴沉地看着男生。

“你的画呀，跟你的人一样低贱。”

前后不过几秒的时间，陆南渡看到江汐已经把人压在了车上。

保安跑了出来。

陆南渡将手里的人交给了保安，然后朝江汐那边走过去。

陆南渡听到江汐冷淡的声音：“道歉。”

男生看着她，似乎觉得这句话很可笑，不屑地笑了笑。

江汐又重复一遍：“道歉。”

这时，又有两个保安跑过来想阻止这场争执。站在旁边看着的陆南渡抬了下手，示意他们不要上前。

保安认得陆南渡：“不拦下？”

陆南渡没看他们，把手插回兜里说：“她想做什么就做什么，别管。”

江汐仍旧攥着男生的衣领，额头上的碎发沾了一些蛋液。

看着男生不屑又叛逆的表情，她说：“不道歉是吧？”

男生的皮肤很白，他嘲讽地扯了下嘴角：“我弄脏的是你抄袭的东西。”

他一字一顿地说：“抄、袭、的，我凭什么道歉……”

他的话戛然而止，江汐一个巴掌甩在他的脸上。

也许是没想到江汐会真的动手，男生一时没反应过来，他的舌尖顶了顶腮帮，前一秒还带着戏谑的眼神瞬间变得凌厉。

他似乎就要动手。

江汐丝毫不怕他，纹丝不动，下一秒被陆南渡扯到了身后。

他截住男生挥过来的拳头说道：“滚远点儿。”

看见陆南渡，男生说：“哟，这是你最近勾搭上的男人？你倒是过得挺滋润哪。”

陆南渡微微蹙眉。

男生看着陆南渡，眼神里带着嘲讽：“有权？有钱？有势？”

江汐冷眼看着男生。

陆南渡忽然笑了声，散漫地往前走了一步，仿佛根本不把面前的男生放在眼里。

“我的确什么都有，”他凑近男生，唇角微微上翘，笑着说，“所以你信不信我让你把牢底坐穿都出不来？”

陆南渡的五官锋芒毕露，连带着眼底的冷意也更为锋利。

有一瞬间，男生的神色闪过一丝忧虑，但很快被掩盖了。

陆南渡懒得再跟面前的人多说一句，直起身。

江汐没再说话。

佟芸大概是听到了消息，朝这边赶来。

虽然陆南渡不是佟芸的上司，但他们有利益关系，所以佟芸对陆南渡一向毕恭毕敬。

这是发生在公司楼下的事儿，江汐还是她手下的艺人，佟芸多少有点儿责任。保护艺人的安全本来就是公司的责任。

“陆总，”见陆南渡的脸色不是很好，佟芸说，“不好意思，好不容易你来一趟就遇上这种事儿。”

说完，佟芸想上前盘问男生几句便放人走。会做攻击艺人这种事儿的人本来就比常人要偏激，如果较真地把他送进警局，过后只会遭到更猛烈的报复。

佟芸刚想开口却被陆南渡打断：“帮我把人送进派出所。”

对于陆南渡的做法，佟芸没有感到意外，毕竟这个男生动了江汐。

她也不多问，这倒是给她省了麻烦，微笑应道：“好。”

江汐的头发上还沾着东西，陆南渡将她带上车。

上车后，江汐没有说话，低头看着腿上的画。这是江汐三年前画的最后一幅画，自此没再完整地画过一幅。

画被蛋液弄脏了，江汐下意识地用袖子去擦。

裱框上都是细碎的玻璃，陆南渡手疾眼快地抓住她的手：“会伤到手。”

陆南渡见她没有再伸手去擦，想拿过她腿上的画。

江汐不肯：“我自己拿着。”

陆南渡知道这幅画对江汐意义重大，就随了她。

江汐的视线掠过自己的画。这是当年她参加一个美术界颇有权威的比赛后获奖的画，按理来说不应该出现在这里。

陆南渡恰巧也问：“这幅画为什么会在那个人的手里？”

江汐看了他一眼，摇头说：“不清楚。”她自己也不知道这画为什么会在那两个人的手里。

江汐的余光里忽然出现一只手，陆南渡用湿巾帮她擦着头发。

江汐这才想起自己的头发还沾着蛋液。她伸手去拿陆南渡手里的湿巾：“我自己来。”

陆南渡没依她：“你拿着你的画就行。”

也许是今天有些疲累，江汐没坚持。

车厢里一片静谧，忽然陆南渡问了一句："你和那个人认识？"

江汐抬起头，陆南渡对上她的目光。

安静一会儿后江汐说："任盛海的儿子。"

作为任盛海的学生，他们多少知道一些任盛海的私事，也见过他的家人。

陆南渡没有再问她。

经过这趟折腾，这顿饭是吃不了了。陆南渡也没问她的意见，直接驱车回了自己的家。

江汐在画画上有天赋，笔下的东西格外有灵性，所以当年她进入大学后便格外受任盛海这位教授的赏识。

任盛海的长相有些书生气，看起来温和慈祥。在美术领域，任盛海颇有话语权，他的作品历来就格外有名，再加上性格温和，平时格外受学生敬重。

平时，任盛海在学业上帮了她不少忙。江汐逢年过节会拎些东西和同学一起上门拜访。

任盛海年轻时和朋友合伙创建了一个工作室，后来他的名气不断上升，艺术工作室的知名度也跟着暴涨。

美院的不少学生挤破头都想在里面谋求一职，因此任盛海工作室的入职门槛极高。而江汐是任盛海的得意门生，在大四那年便顺利进入了任盛海的工作室实习，后来读研的时候也是靠这份工作维持生计。

有人天生是天之骄子。当年江汐在圈子里就是这样的人，天赋异禀，运气加持，一路顺风顺水。

要说不被嫉妒是不可能的，明里暗里会有很多闲言碎语。江汐亲耳听过不少，只不过从来不在意。

太多人不愿意承认别人身上的闪光点，也从不给出一句真心实意的夸奖。一旦别人拿到自己一辈子都得不到的东西，他们会给优秀者找很多荒谬的理由，比如幸运、不道德的勾当、有后台。理由千千万，他们就是不会打心底真正地佩服优秀的人。

他们说江汐和任盛海有些说不清的关系，说江汐的画一点儿也不好看，就是靠着她的那张脸迷惑人。

流言听多了，就可以深切地感受到人的巨大恶意。江汐不会让这些东西影响自己。

读研的第二年，江汐参加了一个比赛。

这个比赛在美术界颇有权威，如果画手凭借自己的作品拿了相关奖项，后半生将名利皆收。

那两个月，江汐因为没有灵感经常失眠，画出来的东西都扔进了垃圾桶。

直到比赛前几天，她翻出了一幅旧画。那是她在本科时花了很长的时间画的，是画给妈妈的一幅画。

江汐和江炽的母亲在他们几岁的时候因为那场火灾离开了人世。火灾中，两个孩子在她的怀里却安然无恙。

那幅画是江汐的亲身经历。

在大学的那段时间，江汐没事儿便到画室画画，每天细致认真地画上几个小时。

有一次，任盛海来画室正碰上她在画这幅画。画的层次把握得很好，画风细腻漂亮，但或许因为她年轻没有经验，总感觉少了点儿什么。

当年任盛海也给了她几句指导。三年后再翻出这幅画，江汐已经能从中找到一些缺点。她带着作品到工作室找任盛海聊了聊，说了些自己的看法。

任盛海的态度还是一如既往地好，他指导了她其中几个点。

江汐开始没日没夜地重新画。因为亲身经历过那场火灾，她笔下的每处火焰仿佛都有了热量，灼得人发疼。

江汐废寝忘食，几乎把所有的精力都放在上面。每次完成工作后她立马拿出自己的画，一直到凌晨才走。

有天，江汐一口气画了几个小时，终于完成了画。等她反应过来才发现天快亮了。

她起身拉开窗帘。外面的天空透出一丝微光，一缕阳光落在画上。

时隔三年，江汐把这幅画打磨得越来越出色，笔下的每一处都非常恰当，冲击力格外强烈。

明明是静止的画面，却让人仿佛身临其境。

后来，这幅画不出所料地得了奖。那天江汐的前途一片光明，未来的路途一片平坦。

那天晚上，同学都祝福她，朋友与她碰杯，皆是欢声笑语。

凌晨，江汐回工作室拿点儿东西，意外地遇到还在工作室的任盛海，走时跟他打了声招呼。

任盛海坐在办公桌后，和所有的好老师一样，笑着祝福江汐："恭喜。"

那时候的江汐并不知道这两个字背后的含意，以为这位她敬佩的老师是祝她前途一片光明。

就在领奖的那天，她的世界天倾地覆。

光明不见了。

那些前不久刚祝贺过她的同学站在台下对她声讨力伐。他们拿着任盛海两年前画过的一张画，骂江汐为什么连老师的创意都盗窃，为什么可以为了一己私欲而抄袭。

墙倒众人推。

江汐站在镁光灯下，看着底下乌泱泱的人群七嘴八舌地质问着她。活动现场的秩序彻底被扰乱。

他们说他们是正义的。

江汐找不到任何证明自己没抄袭的证据。

三年前她那张颇为稚嫩的底稿不见了，工作室的监控有她带着画找任盛海讨论的证据，可全都找不到了。

一张透不过气的网早就严丝合缝地罩住了她。

她束手无策。

那天过后江汐才知道，原来任盛海在三年前便看中她的画。他觊觎她的灵感、画法和画的内涵。他面上不动声色，仍旧扮演着温文儒雅的恩师，却在不知不觉中剽窃了她的东西。

那几年正是任盛海的瓶颈期，他知道这幅画有多好，甚至确信可以以此得到不少名利，可以攀升到更高更远的地方。

而江汐成了那个牺牲品。

比赛从来没有遇过这种丑事，任凭江汐怎么辩解，对方丝毫不领情。她对这个比赛已经造成了恶劣的影响，活动方当天便取消了江汐的奖项。

活动和校方有合作，抄袭事件的讨论度太高，影响过于恶劣，学校出于社会舆论开除了江汐。

不过几天之间，江汐彻底从高处跌落，成为所有人的笑柄。

未修完的学业、正在准备的出国进修、一片光明的前途……她什么都没有了，只剩下声名狼藉。

他们说把江汐的名字和绘画连在一起都是一种侮辱，她不配拿起画笔。

喜爱的画画犹如一座牢笼，将她困住。她再也画不出任何东西。

江汐很久没梦到这些事情了。挣脱梦魇的那一瞬间，她猛地睁开眼。

壁灯的微光落入眼里，卧室的光线不是很亮，她躺在陆南渡的床上。

江汐侧头，看见趴在枕边睡觉的陆南渡。

他就这样坐在地板上枕在她的旁边，长睫毛乖巧地耷拉着。

陆南渡很想靠近她，却又怕惹她烦，极力地克制着，费尽心思找了这么一个安全的距离。

Chapter 09
想你

当年事发后，江汐消沉了一年。

后来很多人说她的性格冷淡、孤僻，却没看见她落魄那一年的沉寂。

她不想吹风、晒太阳，对人群更是逃避。

她对什么都没了兴趣。

窗帘日夜拉着，纸篓里堆满了揉成一团的碎纸，没有一张完整的画。

她再也画不出任何东西，仿佛一株枯萎的杂草，再也压榨不出什么东西。

她拼了命地想画出点儿什么，想证明自己能再拿起画笔。

可是她什么都画不出来。

焦躁，痛苦，挣扎，再到最后的绝望，她彻底掉入黑暗里，剩下的几十年都变得了无生趣。

跟人说一句话她都觉得费劲，连助眠的药也不吃了，任自己睁眼到天亮。

这是一件多可怕的事情。她对生活没了希望，不会恐惧，也不会迷茫，只有日复一日越来越严重的消沉，最后被拽入水底，淹没一切，完全窒息。

那天江炽撞开浴室门看到的便是这样的江汐。

她一袭无袖白裙，长发在水里漂散开，双眼安静地闭着，没有任何痛苦。

江炽拼了命地把江汐救了回来。

其实江汐那天并没有打算这样做，只不过当时进去洗澡，忽然就那么做了。

醒来后，夏家和江炽把她看得更紧了。他们从来没有把她当作异类，也不会说是她自己想太多，不像别的家长不理解孩子。

他们默默地陪她，了解抑郁症的知识。

江汐倒是没有再做伤害自己的事儿，只是像以前一样，每天没有什么兴致地过着。

让夏欣妍和江炽意外的是，江汐后来似乎开始尝试社交。

她的名字在网上仍旧如过街老鼠，谁都对她没有好意，只剩几个善良的声音。

时间一久，那几个支持的声音也不见了。谁都有自己的生活，网络是虚拟的，没有谁会一直记得，除非有共鸣，有关系。

那些善意的声音中，有一个跟江汐的经历有一点儿相似。

那个人的心理也生了一场病。江汐不知道对方是女孩儿还是男孩儿，只知道对方每天都会给她发消息。

习惯是可怕的，江汐每天都会去看一眼消息，但都没有回复。

那个人仿佛将消息发进一个树洞里，从来都不会有回应，日复一日，从来没有缺席。

早安、晚安，或者自己的病好了不少，慢慢有了改善。

江汐回应这个网友，是在自己从鬼门关回来的那一次。

她第一次回了消息：你好了吗？

对方似乎有事儿没有及时在线，晚上才回复江汐，说自己已经在慢慢恢复。

难得外界还有一个人愿意跟她说话，或者是不认识的原因。

江汐第一次向外界发出了求救信号。她说，她想活着。

这看似容易，对当时的江汐来说其实很难。绝望和消沉仿佛一只魔手，随时都能将她拖入深渊。

可她想努力一次。

她不求能重新画画，只想能走出去，能见到一丝阳光，哪怕当时想试着挣扎的理由很荒唐。

那天沉入水底，失去意识的最后一刻，她有点儿想见陆南渡，即使并不待见他。

可那时候她确实是靠陆南渡走了出来，像溺水的人终于抓到一小段浮木。不管这段浮木是生朽还是长了青苔，她一心只想爬上去。

醒来后她看到夏欣妍和江炽，这种想法更强烈了。

所以她终于找人说了话。

那个网友那天跟她说了很多很多，没有说那些空洞无力的鼓励话，而是跟她讲了自己的故事。

路程漫长，跌跌撞撞，对方千百次重新爬起。

那个网友想让江汐知道，有个人跟她一样，她在这条路上并不孤单。

后来，江汐和这个网友的交流方式变成了书信。

夏欣妍每次都会帮她把信投递到信箱里。

那个人回信的时间很慢。后来江汐才知道对方是个盲人。

对方让医院的人念信，并且用复述的方式找人代写回信。信里说自己在治眼睛，有可能治好。

从夏末到冬末，两个季节，江汐结束了漫长的黑暗。

像一场重生，又或许只是她睡了一年时间，她渐渐地跟个正常人一样生活。

对夏欣妍和江炽来说，江汐的性情变了不少。她没有以前开朗，对外界那些恶意的声音也无动于衷，有时像个没有喜怒哀乐的人，但他们却也知足了。

江汐真的太坚强了，即使没能重拾画笔，但能走到今天已经非常不易。

她让黑色渐渐有了色彩。

后来，江汐进入娱乐圈除了要混口饭吃，最主要的是在慢慢接触那些自己排斥的东西。

她怕光，怕人群，所以慢慢地去接受。

一开始，夏欣妍不了解江汐为什么要进入这个复杂的利益圈，却也没有反对她。后来夏欣妍才知道江汐真的通过这份职业把那些根深蒂固的旧习惯改善了不少。

虽然江汐现在还是不喜欢在白天拉开窗帘，也不会往人群里挤，但也没有那么排斥了。而那个笔友在她治愈后不久便跟她断了联系。

两人差不多在同一个时间走了出来，对方跟她说她以后的生活会光明又幸运，那段灰暗的时光就让它留在过去，别拖新生活的后腿，并表示母亲要带自己去别的地方。

这是委婉地跟她说不要再来信。

他们相互支撑着走过那段最艰难的时期，对方现在不愿再记得这段回忆。江汐也不勉强，回以对方祝福。

江汐仍旧不知道对方是男孩儿还是女孩儿，只不过有时候想起，想问那个人现在过得好不好。

陆南渡睁开眼的时候，江汐已经不在。

他刚睡醒还有些迷糊，侧脸压了一道睡痕。在没看见她的那刻，陆南渡清醒过来，想去找她，直起身的时候才听见浴室里传来的流水声。

里面亮着灯，发出细细密密的水声。隔着磨砂玻璃，里面的身影若隐若现，看不清楚。

陆南渡的喉咙里轻咳了一声，他挪开眼。

得知她在里面，他才后知后觉地松了口气，视线落在江汐睡过的枕头上。

枕头微微凹陷，沾了一根长发丝。

陆南渡笑了一下，仅仅是自己的物品上留了一点儿她的痕迹，都会让他觉得高兴。

他把脸埋进江汐盖过的被子，里面有她身上的淡淡香味。

江汐的身上一直有股很好闻的味道，干净的、令人沉迷的。

忽然一道声音传来："你在做什么？"

陆南渡一愣，抬起头，短发滚得稍稍有些蓬乱。

江汐不知道什么时候已经从浴室出来，靠在门边看着他。

陆南渡说："没做什么，我困，趴在上面睡了会儿。"

江汐又不是不知道他的德行。

以前在一起的时候，陆南渡除了抱她亲她，还喜欢埋进她的脖子闻她身上的味道。

以前，陆南渡做了总是大大方方地承认，从来都是光明正大地耍流氓，现在倒是谨慎。

江汐也没拆穿他，跟他道谢："借用了下你的浴室，谢谢。"

陆南渡脸上的睡痕还未完全淡去，他似乎不满她这么客气："不用谢我。"

江汐没说话，走到床边坐下说："去洗澡。"

陆南渡愣了下，不解地看着她："啊？"

江汐打消他满脑子的黄色思想，伸手拍了下他的背部。

陆南渡扯了下嘴角，皱着眉说："痛。"明显忘了自己的身上还有伤。

“你还知道痛？”江汐又说，“去洗澡，洗完澡帮你看一下。”

陆南渡原本正伸手去碰伤口，闻言抬眼看她，双眼皮压出一条深褶。

他笑了下，语气有些调侃：“真的？”

江汐觉得陆南渡真的很得寸进尺，只要稍微给他一点儿好脸色，他之前那种吊儿郎当的马脚又要露出来。

她和他对视几秒，拿过陆南渡帮她放在床头柜上的手机，没再看他。

“十分钟。”时间一过她就不帮了。

说完她发现陆南渡毫无动作。

感觉到他的视线还黏在自己的脸上，江汐把目光从屏幕上抬起。

坐在地上微仰头看着她的陆南渡和她对上视线。见她看过来，他笑着说：“我五分钟就够了。”

江汐低下头说：“那就早点儿出来。”

“才不要，”他说，“剩下五分钟看你。”

江汐划着屏幕的手指顿了一下，她冷漠地说了句：“时间缩短五分钟。”

陆南渡瞬间很后悔跟江汐说实话。

他有点儿不情愿，手撑地从地上起来，进了浴室。

见他进了卧室，江汐的唇角轻微地扬起。

男生洗澡没有女生那么麻烦，光是那头短发洗起来时间就比女生少了一半。

陆南渡没五分钟就洗好，十分钟后才出来。

陆南渡现在还摸不清江汐的意思。以前两人住一起的时候他光着上身的时间多了去了，但现在他不敢，衣服规规矩矩地穿着，黑色短T恤、休闲裤。

他单手拿着浴巾胡乱地擦了把头发，随手将浴巾扔在旁边的沙发上，迫不及待地走到江汐的面前说："洗好了。"

江汐从屏幕上抬起头，询问他的意见："介意在你的床上处理吗？"她瞥了眼沙发平淡地问，"还是去沙发？"

陆南渡怎么可能介意江汐坐他的床，巴不得江汐在他的床上多坐会儿。

他立马在她的身边坐下："就在这里。"

陆南渡背对着江汐，她开口说："掀下衣服。"

陆南渡很听话，胳膊一撑，衣服卷起大半，随意地堆在颈后。

他褪去了少年的青涩，腰部紧实有力，要比以前成熟不少。

江汐瞥了眼，没说话。

陆南渡的背部被画幅砸出一条红印，衣服一片泛红，还夹带着点儿青紫。

那个人是用了多大的力气。

短暂地寂静了几秒，江汐问："家里有没有冰袋？"

陆南渡点了点头："有，你需要？"

江汐嗯了声。

"行，我去拿。"陆南渡从床上下来。

他将冰袋递给江汐，盘腿在她的身边坐下，另一条长腿懒懒地撑着地。

江汐拿着冰袋给他冰敷背上的那些瘀青。

陆南渡的背部传来一阵一阵冷意。两人一时没说话。

过了会儿陆南渡忽然开口："你想过澄清吗？"

江汐的手一顿，把冰袋压下去。

她没有回答他的问题："没人会信的。"

她不是没想过澄清。她比任何人都想要清白。江汐当年努力过，却找不到任何一个能证明自己清白的证据。经历过这么多，她现在也看淡了不少。

不信你的人就是不会信，说什么他们都不会信你。对那些人来说，相信谣言比相信辟谣容易太多了。

似乎不想再聊这个话题，江汐收了冰袋。

她转身去拿床头柜边的医药箱，翻了些治皮肉伤的药出来。

陆南渡任由她擦药。

江汐用棉签蘸着药给他涂抹伤口，指尖不小心擦过陆南渡的背部。

他的肌肤滚烫、紧致。

江汐脸上没什么表情，继续涂药。

陆南渡却注意到她的手很冷。

江汐向来手脚不暖，再加上刚才拿了冰袋。

他没说话，安静地让江汐帮他处理伤口。

涂抹完伤口，江汐拧好药膏说："可以了。"

她回过身去拿医药箱，将东西放进去，看到箱里的药好像比上次少了些。

陆南渡回头见她盯着医药箱出神："怎么了？"

江汐回神，盖上箱盖说："没什么。"

说完她随口问了句："上次医生开的消炎药你吃了没有？"

上次江汐把他送回家后，离开前留了张便笺，嘱咐他记得吃药。

她说的话陆南渡当然会听，完全不用助理提醒，每天三餐后都会按时吃药。

他点头说："吃了。"

江汐将医药箱放回柜上。手刚收回来，立马被陆南渡抓了过去。

江汐的手指纤细，白皙冰凉。陆南渡说："你的手怎么这么冰？"

江汐说："刚才拿了冰袋，待会儿就不会了。"她想抽回自己的手。

然而陆南渡却没有听话，裹着她的手焐到自己的脸上，嬉皮笑脸地道："那我帮你暖暖。"

江汐冷淡地看着他，叫了一声："陆南渡。"他果然给了点儿甜头就能上天。

陆南渡看着她的表情说："我的脸多暖哪，你别生气。"

江汐懒得理他，想把手抽出来。

陆南渡攥紧她的手指头，叫了声："疼疼疼。"

这招果然有效。江汐停下，冷漠地看着他："你的背是痛在脸上的？"

见她的手指已经沾上了点儿自己的体温，陆南渡这才笑着满意地松开了她的手。

他移开温热的掌心，江汐的指尖却仿佛还残留着点儿热度，手指不自在地轻颤了下。她低着头，默不作声地把手收了回来。

现在的江汐要比高中时收敛许多，很难看出她的情绪。

陆南渡一直盯着她看："饿了没？"

他一问，江汐才想起两人还没吃午饭。现在已经是下午三点。

她虽然不饿，但饭还是要吃的。她用手指划拉着屏幕说："那走吧，去外面吃。"

陆南渡却说："都这个点了，还出去吃什么，再聊几句话都可以吃晚饭了。"

他说得还挺像煞有介事。

他说："直接煮个面吧，方便省事儿。"

原本江汐差点儿被说服，但陆南渡的下句话便打消了她的想法。

"但这顿不算你还我的那顿人情饭哪。"

他就是想再多蹭一次一起吃饭的机会，就算蹲在家里吃方便面也行。

江汐抬头瞥了他一眼。

陆南渡对她笑着说："你说我说得对不对？"

这蹩脚的理由。

江汐移开眼说："也就那样吧。"

陆南渡知道她同意了，瞬间往前凑："你同意了？"

陆南渡和她离得太近了，江汐下意识地往后仰了下身子。

她说："去煮面。"

陆南渡笑了："得嘞，马上去。"说完他立马下床。

煮方便面不过撕几包调料包的事儿，即使陆南渡从小不会做饭，煮出来的面也算还可以。

餐厅里，两人面对面地坐着。陆南渡盛了碗面递给她。

江汐接了过来。

吃饭期间，两人没怎么说话。江汐吃得慢，第一碗吃完的时候陆南渡已经两碗下肚。

江汐把碗推到旁边，陆南渡抬头看她："不吃了？"

江汐点了下头："嗯。"

陆南渡看着她，声音不是很愉悦："减肥？"

娱乐圈里的女艺人基本上没有不减肥的，但江汐已经够瘦了。

江汐向来吃不胖："没有，只是吃不下了。"

陆南渡微微皱眉："你吃得太少了。"他记得以前江汐的胃口不至于这么小。

江汐从生病那年起就吃得少，后来病好了也吃得不多。

她没多说。

她明显不太想谈论这个话题。陆南渡的眉头没有松开，他却也没再问她了。倒是江汐开了口："待会儿去趟派出所吧。"

陆南渡抬头看她："要过去？"

江汐的神色很平静："嗯。"

陆南渡不知道想到什么，一时没说话。

江汐说："在警局他不会做什么。"

陆南渡和她对上视线，沉默一会儿后说："行。"

吃完后两人下楼，江汐顺手带上自己的画。

已经过了几个小时，江汐的情绪已经没有中午那么紧绷，她恢复了平时的模样。

上车后，见她仍将那幅画抱在怀里，陆南渡说："放后座吧，没事儿的。"

江汐没看他："不用。"

陆南渡没再说什么，转过头，驱车赶往派出所。

派出所里的民警正忙。

偷窃的、打架的、寻衅闹事的，热闹得仿佛菜市场，到处都是嘈杂的声音。

有人出来带陆南渡和江汐进去。

江汐见到了男生。他懒懒散散地坐在桌后，那个痞劲儿明显没有因为在派出所而有所收敛。

他的对面是一位年纪四五十岁的民警。民警还在训话："快成年了小伙子，意气用事的脾气该收收了，没事儿多读点儿书，别净干这些没用的事儿。"

任飞不为所动，根本没有把话听进去。

民警每天处理这种事儿多了去了，什么人没见过，任飞这种人也接手过不少，最难教的就是这种人。

他的儿子大概也是任飞这个年纪，也许因为这点，民警见到任飞这副不服管教的模样才没暴躁。

他说："你还年轻着呢，以后还有很长的路要走，这要是被拘留可会留案底的，以后几十年你都得背着它一起走。"

民警还在说着，任飞却已经没在听他说什么。

任飞抬头看向了进来的江汐。他的视线落在她的身上，眼神非常不友善。

江汐平静地和他对视。

任飞嗤笑了一声。

民警顺着任飞的视线回过头。

由于之前上面打过招呼，民警也知道是怎么一回事儿，起身说："陆先生是吧？"

陆南渡点了下头，问民警："现在是怎么一回事儿？"

民警看了眼任飞："这小子就没说过几句话。"

任飞懒懒地靠在椅子里，也不看谁，对扫过来的视线不为所动。

不过一个十七岁的少年，却狂妄自大到以为世界拿他没办法。

陆南渡冷漠地挪开眼。

民警着实为任飞捏了把汗。年少的人天不怕地不怕，却不知道权力会压碎他的脊梁骨，没有治不了他的人。

就在周围陷入寂静的几秒钟，江汐开了口："我跟他单独谈谈吧。"

任飞似乎有点儿意外，抬眼瞥了她一眼。

民警也看向她，好意地提醒了下："江小姐，这小子之前攻击过你。"言下之意便是对方根本不可能会跟她交谈，甚至还可能再次攻击她，况且之前江汐还扇过他一巴掌。

然而江汐却丝毫不害怕，看着任飞："那就看他有没有这个胆了。"

任飞对江汐的这句话很不屑，甚至觉得她仿佛在说笑。

这两人明显就是硬碰硬，任飞也不是那种在警局就会收敛的人。

民警说："这……"

旁边的陆南渡却开口说："让她谈。"他相信江汐能自己处理好。

江汐看向他，道了声谢。

陆南渡只说："自己注意一点儿。"

她看向任飞，撂下三个字："楼梯间。"

任飞还是那副狂妄的样子："我凭什么要听你的话？"

江汐说："凭你还想找回你爹。"

任飞的神色转为严肃，眉头皱着。

江汐没再跟他多废话一句，转身便走。

那句话果然奏效。原本一万个不愿意和江汐交谈的任飞站了起来，踢开椅子跟着她过去了。

这栋楼似乎有些历史了，楼梯间的白墙上沾了些灰黑的印子。

今天本就是阴天，窗外两层楼高的树又遮挡了不少光线，楼道里阴凉昏暗。

江汐背靠墙，身后的任飞跟了进来。

他踢开楼梯间的门，走了几步在楼梯上坐下，把手挂在护栏上。

江汐说："说吧。"

任飞觉得稀奇，瞥了她一眼："我说？"

他像听到什么天大的笑话："不应该你说？确切点儿来讲，你可以跟我说说你到底把我爸弄哪儿了。"

江汐的视线还是落在他的身上："你这话什么意思？"

任飞说："什么意思？字面意思。这些年你用的什么手段让他连个人影都看不见的？"

江汐原本还严肃地听着，这时忽然笑了一下："原来我在你的眼里有这么大能耐啊。"

她慢悠悠地说道："还以为你有多聪明。"

他到底还是个十几岁的小孩儿，被江汐平平淡淡地一激，明显有些不愉快。他皱着眉说："你知道我说的什么意思，你可以不用亲自动手，会有人帮你。"

江汐把视线懒懒地晃了回来。

任飞被她的眼神看得有些不舒服。除了几个小时前他弄脏了那幅画她有点儿情绪之外，其余时刻她的情绪窥不见一丝裂缝。

她说："任盛海现在在哪儿、在做什么、和谁生活在一起，我什么都知道。"

江汐突然这么说，任飞本来不耐烦的表情转为疑惑。

他在怀疑她。

江汐看着他的表情，双手抱胸："你看，你自己也不信对不对？"

她绕回一开始自己要问的那个问题："那你为什么非跟我过不去？"

任飞这才知道被她绕进了坑里，眼神越发冷淡："你别给我耍什么花样，我可不是一个不打女人的人。"

这句话却压根震慑不到江汐。

她的视线落在墙角的一个烟头上："我知道，所以也只想跟你聊聊。"

任飞很清楚她要聊什么，知道两人这样车轱辘下去没意义。

他们都没说话，楼梯间里一时格外死沉。

不知过了多久，任飞忽然开口："我妈去世了。"

江汐的视线一顿。

作为学生，他们以前经常会遇到任盛海的妻子，有时候还会登门拜访。任盛海的妻子是个文科教授，性情温柔、知书达理。

任盛海在外人面前也一向温文尔雅，和妻子一度被誉为夫妻楷模，门当户对、举案齐眉。

任飞的声音有些沙哑："半个月前走的。"

江汐问他："因为什么？"

"肠癌晚期。"

江汐垂下眼，现在还能想起这位师娘的音容笑貌。

未等她开口，任飞很平静地问了她一句："所以你知道我为什么恨你吗？"

江汐抬眼看向任飞。

任飞没看她，视线落在地面上："她虽然不待见任盛海，可会想他，可这几年任盛海没来看过她一次，也从没给家里寄过一分钱。"

他终于看向江汐，眼里有一丝隐忍的猩红："而这一切都是因为你。"

江汐和他对视。

任飞说："你抄袭，却反过来伤害一个受害者，让他消失在所有人的面前。只要他消失了，就没人会再记起你的那些丑事儿。"一个家庭因此碎裂。

他说的话虽然不是事实，但江汐没打断他。

而最让任飞不理解的是另外一件事儿。

"明明你是那个最罪不可赦的人，可我妈死前，"他停顿了一下，"她跟我说不要恨你。"

江汐沉默。

任飞看着她，脸上挂着哀伤的笑："她为什么要原谅你呀？凭什么？"

他死死地盯着她："你和任盛海，都是罪人。"杀死他母亲的罪人。

直到他说完，江汐才淡淡地说了一句："你有没有想过抄袭的是你的父亲？"

或许是从没听过这句话，任飞皱了眉。

江汐却没再说抄袭的事儿："你了解任盛海吗？"

任飞说："他是我父亲。"

江汐重新看向他："那你有没有想过你的母亲病重期间为什么不待见任盛海？"

任飞不知道江汐的这个问题有什么意义。

"这还用问吗？"他说，"任盛海整个家都不要了，她生病他也不回来看她。"

这样的丈夫，谁的心里会不怀恨意。

"你的母亲是个什么样的人，我相信你应该很清楚，"江汐的声音一直很冷静，"明事理，不儿女情长，是非分明。你妈妈如果认为任盛海是被人迫害才不能回来看她，你觉得她会因为这件事儿生气吗？”

江汐说的这些话，全是任飞没有听过的。

江汐大概能理解任盛海妻子的想法。任盛海在任飞的心中一直是个好父亲的形象。

他的母亲只不过不想让孩子失望，不想让他知道他父亲的真实为人，那样的人不配做她的丈夫和孩子的父亲。她只能告诉任飞不要恨真正的受害者江汐。

任飞的母亲直到死都没告诉任飞真相。

但江汐不是好人，不会隐瞒任飞事实：“当年是你的父亲抄袭了我的作品。”

任飞的戒备心很重，眼睛里满是怀疑和戾气。

江汐看着他说出了一句话：

“画里，火灾中的女孩儿就是我。”

江汐从楼梯间里出来的时候，陆南渡已经不在了。

民警告诉她陆南渡在派出所外面。

阴天，枯叶掉光的树下，陆南渡倚在树干上，手里夹着烟。他低着头，嘴里吐出一道烟圈。

原来他是跑出来抽烟了。

也许是注意到什么，他抬眼看了过来。见江汐出来，他掐灭烟头，扔进旁边的垃圾桶里。

他朝江汐走了过来。

他没问江汐谈了什么，只是问：“现在回家？”

江汐点了点头。

回去的路上，江汐忽然开口：“把任飞放了吧。”

她知道陆南渡的性子，他不会放过任飞。

虽然这样可能把自己看得太重，但事实就是如此。从以前到

现在，只要动过江汐一根汗毛的人，陆南渡都会让他们十倍奉还。

果然，陆南渡皱了皱眉，没吭声。

江汐侧过头去看他。

“跟他都说开了，没必要关着了。”她又说，“哦，我还打了人家一巴掌。”

江汐像哄小孩儿似的。

陆南渡仍是没吭声。直到把她送到家，江汐解开安全带的时候，他才说了句：“嗯。”他的脸上明显不怎么愉快。

江汐莫名觉得有点儿好笑，陆南渡跟她置什么气呢？

“那行，”她说，“我先走了。”

她推门下车。这时不远处忽然有人叫了她一声。

这熟悉的声音。

江汐一愣，抬眼看了过去。

夏欣妍估计是来看江汐，正站在小区门口朝她招手，旁边站着陈凛。

小区安保严格，外来人员都会被挡在门外。

天气严寒，夏欣妍大概等了她有段时间。旁边的陈凛一身深色装扮，脖子围一条灰色围巾。

江汐的车门还未关上，不远处的夏欣妍朝她招招手，让她过去。

江汐笑着，正想关上车门。

陆南渡却忽然抓住她的手。江汐的动作一顿，随后她回头看向陆南渡。

陆南渡的目光却没在她的身上，他看着十几米之外的陈凛。

陆南渡的眼神充满了不善。

江汐看着陆南渡，沉默几秒后说：“我回去了。”

陆南渡似乎这时才回过神来，目光落回她的脸上，脸色还有些黑沉。

他看了江汐一会儿，原本还有些不好惹的神色慢慢变得迟疑，犹豫着问出口："他……去你家？"

江汐终于知道他方才在看什么。她忽然想起上次偶然在电梯外遇见陆南渡，那次他对陈凛便很戒备，带着没有来由的攻击性。

上次陈凛约她吃饭，说在大学期间见过陆南渡。

现在想起来，江汐才知道陆南渡为什么一见到陈凛便对他那么大的敌意。陆南渡估计知道江汐以前和陈凛交往过了。

陆南渡还在等着她的答复。

江汐说："不确定。"

陈凛是跟夏欣妍来的。就算江汐平时不会让别的男性上楼，但夏欣妍估计会礼貌性地请陈凛上去坐坐。

果然，陆南渡的眼里瞬间闪过失落，她都没让他去过她的家。他甚至都不确定如果问江汐他能不能去，江汐会不会同意。

那边的夏欣妍又叫了江汐一声，江汐看了眼又回过头说："我回去了。"

今天，陆南渡刚出差回来，几乎陪了她一天。

知道他忙，江汐说："你还要去公司吧，早点儿回去。"

今天耽误了他一天的时间。江汐知道陆南渡可能不想听到这句话，但还是说："谢谢。"

陆南渡更郁闷了，果然不喜欢听她说这句话。他没再看她，有点儿小孩子气地嘀咕道："你不用跟我说这句话的。"

跟大多数人不一样，对江汐来说，关系好是一回事儿，道谢是另外一回事儿，就算关系再好，该道谢的还是得道谢，听不听便是对方的事儿了。但既然陆南渡这么说，她也没再说什么。

她说："那我回去了。"说完她就要关上车门。

陆南渡下意识地抓紧她的手。

江汐回头看他。

对上她的视线，陆南渡怕惹她不高兴，委屈地松了手。

江汐和夏欣妍上了楼。

陈凛没有跟着一起上楼，夏欣妍在楼下让他上楼喝杯水，他婉拒了。陈凛跟江汐说只是顺道送夏阿姨过来，马上要回去。

电梯里，江汐问夏欣妍：“你怎么突然想过来了？”

夏欣妍说：“前几天遇到陈凛，听他说今天要过来北京，我想着正好飞机上有个伴，就跟他一起过来了。”

江汐知道这只是说辞。

夏欣妍见过江汐之前那一年的样子。最近发生这些事儿，夏欣妍最担心的便是她。

江汐没拆穿她。

夏欣妍又继续说：“陈凛这次是回来看他的父母。”

陈凛是地道的北京人，一般人都不会想着往外跑。依江汐对陈凛皮毛般的了解，他也是这种人。

夏欣妍虽然开明，但也会有一点儿父母辈的思想，疑惑地说：“你说这孩子，一个地地道道的北京人，怎么毕业后非要跑到我们那种小城市教书？”

江汐帮夏欣妍拎着东西，抬头看着电梯屏幕上跳动的楼层数字。

电梯里空气阴凉。

“不知道，”她淡漠地说，“他想换个环境吧。”

“也是，”夏欣妍说，“现在你们这些小年轻哪，就喜欢往外跑，一个个的都拴不住。”

江汐那张没什么表情的脸微微地笑了一下。

“以后都会回去的。”江汐说。

电梯到了，夏欣妍先一步走了出去：“唉，要真像你说的这样就好了。”

到家后，夏欣妍一刻没停，马上进厨房做晚饭。

夏欣妍来过江汐的家，上次过来想给她做饭却无从下手。厨房里什么都没有。

这次，夏欣妍直接把厨房里需要置办的东西都买了。

江汐也不阻止她，即使这些东西最后大概是落灰的命运。

夏欣妍在厨房里倒腾，江汐没进去帮倒忙，在客厅坐着。

厨房时不时传来锅碗瓢盆的轻碰声。江汐突然想，如果不是这辈子她和江炽足够幸运地遇上夏家一家人，他们两个人的命运也不知道如何。

母亲刚走的时候，他们两个不过几岁。当时父亲忙着料理母亲的后事，两人在家饿了一天也没人管他们。

那天，江汐为了给饿得前胸贴后背的江炽泡面吃，不小心打翻了热水壶，脚背被烫红一大片。

这点儿皮肉伤对小孩儿来说已是剧痛。

江汐那会儿还小，号啕大哭。

空荡的江家复式楼里回荡着孩子凄厉的哭声。

长大后，江汐一直记得那晚，不只是因为那时候被绝望笼罩，还有那天晚上过来抱走他们的夏欣妍。

那晚夏欣妍拿着棒棒糖推开江家的门。

两个小孩儿白天在家悄无声息，夏欣妍一直以为他们不在家，直到晚上听到两个小孩儿的哭声。

那晚，江汐的小手被夏欣妍牵着，江炽被抱在怀里，她带他们离开了江家。也就是从那时候起，江汐和江炽可以说是被夏欣妍养大的。

夏家夫妇善良，当初的好心帮助也没有因此成为累赘，一路陪江汐和江炽成长。

这也是江汐和江炽年幼失母，长大后却仍不怎么会做饭的原因。

想到这里江汐笑了下。

她在客厅坐着没什么事儿，不知突然想到什么，瞥了眼窗外。

她从沙发上站起，走到飘窗边。

窗帘半掩着。她看了眼楼下，方才还停着的车已经不见。

夏欣妍正好从厨房出来，见江汐站在窗边，问了声："怎么了？"

江汐站在窗边说："没什么。"

夏欣妍走了过来，看了眼楼下，还认得陆南渡："小汐，刚才那小孩儿是……"

江汐笑着说："他现在都二十好几了。"

夏欣妍说："这不长得还跟以前小孩儿的时候一样。"

岁月没有在陆南渡的脸上留下沧桑的痕迹，他愈发成熟和锋利了。

夏欣妍一向关心江汐的感情："所以现在你跟那孩子……"

江汐思忖了一会儿，用了个合适的词："朋友。"

现在她和陆南渡的确就是这种关系，没有越线。

夏欣妍问："就只是朋友？"

江汐点了下头。

从以前到现在，夏欣妍也大致知道江汐一直喜欢的人是谁。

对方是个什么样的人，夏欣妍都支持。江汐被折腾过这么多次，没有什么比她平安快乐更重要的。

夏欣妍问："那你有没有想过关系再进一步？"

江汐笑着回她："你就这么急着把我嫁出去？"

夏欣妍说："你这孩子怎么这么说呢，阿姨巴不得你永远留在家，但这不可能，你得先找个好人家，以后你要回来再回来。"

江汐笑了笑说："知道了。"

夏欣妍没再跟她多说，直接进厨房做饭。

半个小时后，两人坐在餐桌前。

夏欣妍犹豫着问了江汐一句："小汐，现在这个事儿你打算怎么处理？"

"什么？"

夏欣妍给江汐夹了个鸡腿，有点儿担心地说："现在外面的人都不信你，说你那幅画是别人的，你不介意吗？"

江汐慢条斯理地夹菜，很平静地回答："前一句不介意，后一句的话……"

她看向夏欣妍："以后会让他们一句话都说不出来。"

江汐很少这样强硬，大部分时候是无所谓的、平静的。自从因为那些事儿，她对外界开始变得冷漠，懒得抵抗。

夏欣妍愣了一下。

看着江汐，夏欣妍欣喜地说："阿姨可以问你，你想要怎么做吗？"

怎么做？

江汐停顿了一下，想起下午在派出所和任飞的对话。

澄清没有那么容易，即便她说画里的小女孩儿是自己，任飞也不会信。

谈话的后半程，江汐和任飞打了赌。

如果她能证明自己是清白的，两者的恩怨就一笔勾销。江汐并不在乎任飞的道歉，要的不过是自己的名声，她的作品只能是她自己的。但任飞说如果她是无辜的，他会道歉，如果江汐证明不了，道歉的人便会是她。

江汐不在乎别人怎么说，也不在意他们口中的恶语。她要的不过是拿回自己的东西，为送给妈妈的东西正名，也算是为了自己。

夏欣妍问她要怎么做，江汐说："走一步算一步吧，总有办法。"

两人便没有再提这个话题。

吃完饭后，江汐帮夏欣妍收拾餐桌后回到客厅，拿起手机看到陆南渡给她打了几个电话。

江汐沉默半晌，回了电话过去。

陆南渡很快接听。江汐问："有事儿？"

冬日的夜晚，江汐刚吃饱，语气有些倦懒。

电话里传来呼呼的风声，陆南渡叫了她一声："姐姐，我说了你先别跟我生气好不好？"

江汐说道："我什么时候生过你的气了？"

陆南渡不好糊弄："那可多了。"

他一个一个地数道："赶我走，不让我叫你，我给你的东西你都不要。"

说完他问："还想听吗？"

江汐简直被他这幼稚的行为打败了："你有什么事儿？说吧，我不生气。"

陆南渡沉默了几秒说："我在楼下。"

江汐没说话。

陆南渡说："我拎了点儿东西过来给阿姨，你能不能来接我上楼？"

江汐说："你又想做什么了，陆南渡？"

听她这么问，陆南渡说："我没想做什么，就是今天看阿姨跑这么老远的路过来，有点儿心疼，买了点儿东西过来给她。"

江汐又不是不了解他："得了吧你。"

估计是今天看陈凛跟夏欣妍的关系好，陆南渡的心里有点儿不平衡。

陆南渡很喜欢江汐这样跟他说话："你不信？"

江汐毫不犹豫地说："不信。"

陆南渡沉默了。

江汐有点儿困，靠在沙发背上，盯着天花板发呆。

"姐姐，那我说我想你了，你信不信哪？"

江汐没说话。

陆南渡忽然意识到一个问题。他一直在向江汐靠近，她虽然没有排斥，但不代表她也在靠近。江汐会理他，但不会给他回应，抱着一种不越界的态度，而陆南渡则是频频越界。

每当这个时候，江汐便不知怎么处理，不是转移话题便是沉默应对，但至少她没像以前一样赶他走了。

江汐似乎在介意什么。陆南渡知道是因为什么。

当年的分手是一道疤。

矫情点儿来说，如果不对症下药，病就不会好。

陆南渡再急着靠近也没用，江汐介怀当年的事儿，现在想想，江汐还能对他这么好已经很难得。

而问题出在他的身上。陆南渡清楚，只要愿意说，江汐一定会听，唯一不确定的是江汐还要不要他。

两人都沉默，过了一会儿陆南渡先开口道："骗你的，我在公司呢。"

江汐瞥了眼窗外，嗯了声。

两人又陷入沉默。

陆南渡说："姐姐。"

江汐一直在听。

有些事情不是那么容易说出口，但陆南渡还是说："你给我点儿时间。"

"以后，"他舔了下嘴唇，似乎有些紧张，"我什么都会告诉你的。"

这是陆南渡第一次主动提起当年的事儿。

江汐这次没沉默："那说好了。"

形势良好。

陆南渡笑了笑，原本紧绷的情绪松懈下来。

江汐不知道陆南渡为什么一提起当年的事儿就紧张，唯一能想到的是他有一段艰难的时期。

她懂那种什么都说不出的感觉，所以能理解，也不会强迫他。

"那先这样。"他说完却不挂断电话，"你说过的，要记得等我。"

江汐被他逗笑，无奈地说："知道了。"

挂断电话后，江汐沉默着，目光又看向窗外。

她走到窗边。一辆车从小区离开汇入车流，很快消失在转角处。

江汐把目光收回来。

陆南渡说没过来只不过是不想让她为难，但江汐怎么会不知道。

她从窗边离开的时候正好遇上从厨房出来的夏欣妍。夏欣妍问："怎么了？"

江汐在沙发上坐下说："看风景。"

"净瞎扯，"夏欣妍把切好的水果放在桌上，"来，吃点儿水果。"

江汐吃了块苹果问："你最近在家都做些什么？"

夏欣妍说："还能做什么，无非就做做饭养养花。"

江汐笑着说："不担心我叔在家没人照顾？"

"担心他什么，他公司的食堂有的吃，去食堂吃就好了。"

江汐笑了笑。

前段时间稍有热度有些资源会找上江汐，但最近江汐的负面影响大，原本佟芸正帮江汐接洽的一两个资源全没了消息。

这几天江汐没去公司。中午吃完午饭，她接到佟芸的电话。

佟芸开门见山地说："还记得之前我跟你说过的那两个合作吧？"

一个是名气不大的品牌面膜代言，另一个是一部小网剧的配角。

佟芸说："今天全被截和了。"

江汐没感到多大意外，一开始也没怎么放心上："意料之中。"

佟芸对她的这种态度有些不满，微皱着眉头说："这是你自己的事儿，不是别人的，稍微上点儿心。"

江汐正把衣柜里的衣服扔进行李箱里："上心有用吗？"

江汐将手机扔在床上，开了扬声。她蹲下身，把衣服叠整齐，冷淡地说："上心不是给自己找气受？"

佟芸说："别给自己的懒散找理由，你知道这次的资源被哪个公司拿下了吗？"

江汐问："哪个？"

佟芸说："岑晚哲所在的公司，资源给了最近捧起来的那个小演员。"

江汐嗯了声。

"有什么想法没？"佟芸问。

江汐说了句："没有。"

佟芸的语气里略为不满："没有？我想你应该知道这次的黑料是谁放出来的了。"

江汐说："我的作品不是黑料。"

佟芸说："你觉得说这些有用？就算你没有抄袭，网友也不会信，辟谣谁会听？"

江汐没说话。

佟芸说："这次抢代言抢角色，下次便不知道用什么手段抢资源。"

江汐直接问："你想告诉我什么？"

佟芸说："人红有热度，被黑也是因为热度。最近公司的高层商量了一下，决定不暂停你的活动。你要利用这波热度好好提升你自己，直到你拥有的资源不是对方能拿到的。"

在这个圈子里，演艺生涯大部分时候不是自己能决定的。只要不涉及原则问题，江汐一般不会不同意。

"最近给你几天时间休息，外界那些事儿你也不用管，公司不会承认你抄袭。"佟芸说。

江汐默默地往行李箱里扔了两包烟说："嗯。"

"那行，先这样。"佟芸没跟她多说，很快地挂了电话。卧室里只剩下切断电话的忙音。

江汐起身关了手机。

行李收拾得差不多，她推门出去，意外地看到夏欣妍也在收拾行李。

江汐靠在门边问："要回去了？"

夏欣妍正往里收东西："来这边几天了，你叔那糙人说不知道怎么照顾院子里的那十几盆花，让我赶紧回去看看，再不回去呀，你叔能把我的花都给养死了。"

江汐笑了。夏欣妍果然嘴硬心软，即使前几天刚说过不管丈夫。

夏欣妍原本打算在这里住个十天半个月，担心江汐的状态不好打算多照顾她几天，但明显是多虑了。江汐现在已经成长了不少，不会把那些谩骂指责放在心上。

见江汐这样，夏欣妍放心了很多，也不在这里打扰她了，让她一个人清净清净。

夏欣妍开始嘱咐江汐："冰箱里有水果，每天记得吃点儿，对身体好。东西有点儿多，及时吃别让它们坏了。"她又说道，"还有记得准时吃饭，你那胃本来就有毛病，多注意点儿。"江汐靠在门边，见夏欣妍还想说，笑了下说："不用说了。"

夏欣妍笑道："听烦了是吧？但阿姨还是得说，你得多注意点儿身体。"

"没听烦，"江汐说，"我跟你回去。"

夏欣妍收拾行李的动作一顿，她回头看江汐："你要一起？"

江汐点头。

夏欣妍问："是有什么事儿吗？"

江汐说："没什么，回去散个心。"

她进屋拿手机，订了两张下午的机票。

Chapter 10
天光

傍晚，江汐和夏欣妍到了屿城。

夏行明开着车来接她们。家里没人做饭，夏行明不想夏欣妍回来就劳累，带着她们两人去了餐厅。

回到家，江汐有些犯困，早早便上床睡觉。

第二天天未亮，她便起床了。

冬季的天亮得晚，太阳还未出来，天色一片青灰。

江汐稍微收拾了一下，穿上外套出门。屿城的空气比北京湿冷不少，风里凉意刺骨。

路上偶有车路过，江汐站在路边等车。

很快，车停在她的面前，司机从车窗里探头问："江小姐吗？"

江汐点头，拉开后座的车门上了车。

行程不远也不近，半个小时以后，车停在一片繁华地带。

太阳已经出来，阳光稀薄，空气里的凉意未消。

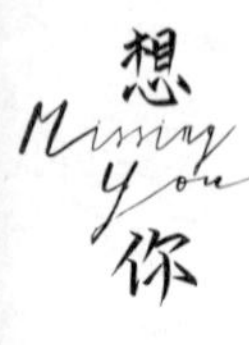

这里是繁华便利的交通枢纽，高楼大厦后是价格昂贵的居民楼，一片别墅洋楼，装潢细致讲究。

江汐照着记忆走。这些楼房有了些年头，外表虽不见沧桑，门牌号却已经生锈。

二十几分钟后，江汐停在了御临街20号。白色的复式小别墅，铁门生锈，院里杂草丛生，明显许久没人居住。

风吹过巷子，仿佛当年的光景，只不过少了哭声，那时这里也不像现在这般荒凉。

火灾那年，江汐和江炽的命是一个消防员救的。

那个消防员姓苏，再过一年便二十岁，是正好的年纪，可他为了救江母不幸葬身在那场火海中，年轻的生命陨落在火焰里。

那年的江父对江母还有情，料理完江母的后事便带上他们两个拜访苏家，但是消防员的母亲并不待见他们，将他们从苏家赶了出来。

丧子之痛使她完全没办法原谅这些无辜的人，如果不是他们，不是那场火灾，她的儿子就不会死。

后来，江汐才知道原来这对父母并不同意儿子当消防员，可儿子不听他们的话。

那年，哭声回荡在这条巷子里，身形日渐消瘦的苏母将江家三人赶了出来。

只有几岁的江汐和江炽并不懂这是什么意思，只看见苏母的身后站着一个年纪跟他们相仿的小男孩儿。

小男孩儿长得很漂亮，皮肤很白，苍白到几乎透明。他很安静，眉眼间带着浑然天成的冷淡。

因为他长得太过漂亮，江汐和江炽一直记得他。长大后，江炽和他甚至还是同班同学，但两人之间不算熟。

她看着萧索荒凉的铁栅栏，心里一时有些无力。

当年知道这场火灾的人早已不知去了哪里。江汐只记得苏家，可没有能力找到他们。

三年前，任盛海诬蔑她抄袭，她不是没想过要来找他们。可她记得这位母亲对江家的恨意，肯定不会答应澄清。即使后来江汐做好了心理准备，却发现苏家已经搬走，同时得知了另一个噩耗——苏家的小儿子作为缉毒警牺牲在了一场缉毒任务中。

江汐找街坊打听过，却没人知道这对父母搬去了哪里。

正当江汐出神之际，外衣兜里的手机开始振动，是陆南渡的电话。

阳光照不进巷里，空气阴凉。

江汐的手指被冻得苍白，有些僵硬，滑了两次手机才接通。从起床到现在，江汐没说过几句话，一开口才发觉嗓音有些沙哑。

陆南渡注意到她声音的异常："你怎么了？"

"没什么。"她问道，"打电话找我什么事儿？"江汐的声音已恢复如常。

陆南渡答非所问："还记不记得你大学喜欢吃的那家肠粉？"

距离大学已经是五六年的事儿，但记忆里关于肠粉的片段她并不模糊。

江汐是南方人，喜欢吃这类食物，北方这些食物比较少。

有家正宗肠粉店的口碑极好，美中不足的是离学校有段距离，但江汐想吃了还是会花时间过去。

那会儿，江汐还没和陆南渡分手，两人住在一起。有天江汐格外想吃肠粉，一大早便拽着还在被窝里睡觉的陆南渡出门。后来很长一段时间陆南渡都会一大早陪她过去。

现在江汐在北京定居下来后却是再也没去吃过。

她嗯了声："记得，怎么了？"

陆南渡说："我买了，你下楼拿好不好？还是热的。"

江汐一愣。她没想到陆南渡会特意一大早去给她买肠粉，那家店的队并不好排，每天一大早便会排起长龙。

她一沉默陆南渡便以为她不愿意下来，他说：“我不上去，你下楼拿了我就走了。”

他只是想带好吃的东西给她。

安静几秒后，江汐说：“我不在家。”

这很像一句拒绝的话，她都能料到陆南渡的沮丧，即使他没说话。

她又补了一句：“在屿城。”

这下陆南渡愣住：“你回去做什么？”

“回来有点儿事儿。”江汐说。

陆南渡沉默了，并不知道江汐在屿城。

短暂的寂静后，陆南渡的声音有些沮丧：“你没告诉我。”

他带着满腔欢喜，可到头来却发现她根本没等他。

这几天虽然忙，两人没见面，但陆南渡都会给她打电话发消息。江汐随时可以告诉他回了屿城，但她没说。

听着他情绪不算高涨的语气，江汐不知为何说了句：“不会待多久，很快回去。”

陆南渡听出她话里安慰的意味，低落的情绪一扫而空。

陆南渡明显被哄开心了，问江汐：“那你什么时候回来？”

江汐的视线落在面前生锈的铁门上，她说：“事情弄完就回去。”

实际上，她也不清楚什么时候回去。先别说苏家人愿不愿意站出来帮她澄清，现在连他们去哪里了她都不知道。

今天过来不过是碰下运气，她尚存一丝希望。可现在她看着这间荒废的屋子，那丝微弱的希望都落空了，无力感席卷全身，毫无头绪。

江汐不知道说什么，微低着头，脚下是从地缝里钻出的杂草。她用脚尖拨弄着。

陆南渡忽然问：“你是不是去找人？”

江汐的脚尖一滞。

她还没来得及说什么，陆南渡又开口道：“是不是一户姓苏的人家？”

江汐诧异，原本没准备告诉陆南渡这些糟心事儿：“你怎么知道？”

陆南渡没有正面回答她，只是说：“机缘巧合。”

还没等她说话，他说：“其实……我今天找你还有件事儿想跟你说。”

江汐不傻，甚至有点儿预感到接下来他会说什么。

“苏家现在已经不住屿城了，不用去那里找。”陆南渡说。

江汐明白陆南渡大概已经全知道了，也没再打算瞒他：“我知道。”

她知道不必来屿城找的，很多年前苏家便从这里搬走了。这座城市有太多不愉快的回忆，他们怎么可能回来。

可她就是想碰碰运气，心里侥幸地想着或许有那么一丝可能。

她再次看向荒草丛生的庭院，却什么都没有。

她挪开目光，没在原地停留。

被骂、被人身攻击、被无故讨厌，她都无所谓。她只介意作品被人踩在脚下，想把属于自己的清白要回来。

可澄清哪有那么容易，造谣只需空口无凭，相信的人便蜂拥而上，而即使将证据摆在众人的面前，他们也不看一眼，更何况她压根没有证据。

但即使什么希望都没有，江汐还是会继续找下去，直到某天把真相公之于世。

她问陆南渡：“你说有没有可能这辈子再也澄清不了？”

风起了，吹过小巷。

“谁说的。”陆南渡说，“谁说的都不可能，我说能澄清就能澄清。”

江汐被他逗笑：“无赖。”她今天难得笑了一次。

“我怎么就无赖了？”陆南渡说，“我说的话可都是有保证的，这不我帮你要到号码了。”

他说得云淡风轻，仿佛只是开了一个玩笑。

江汐停下脚步。即使陆南渡说得再平静，她也听得出话里的真假。

她停在原地没动，不知过了多久才反应过来：“什么号码？”

陆南渡笑着说：“还能是什么号码，当然是你要找的。”

江汐怔住。

前一刻她还陷在无力中不知怎么办，此刻却瞬间柳暗花明。

可是现在连人都找不到，江汐说：“陆南渡，别开玩笑。”

陆南渡笑着逗她：“没开玩笑，我是谁啊，还有我找不到的东西？”

也许是想让江汐放松一点儿，他说：“改天我把任盛海也找出来。”

他哄她：“让他跪下来跟你道歉，好不好？”

也许是风太冷，江汐的后背泛起一丝凉，她听不出他话里的真假。但这些很快被江汐忘在脑后，她的注意力还在那句话上：“你说的号码……”

“待会儿我把号码发你。”陆南渡停顿了下问，“还是我直接帮你联系？”

江汐快速地说：“不用。”

事情发生到现在，她从没想过求助陆南渡，习惯什么事儿都自己扛，也从未把陆南渡当成工具。

陆南渡帮她的已经够多了。

陆南渡足够了解江汐，知道她想自己去解决这些事儿，所以没有自作主张地帮她安排，因为江汐会不喜欢。

“嗯，那我把号码发你。”

江汐嗯了声。

陆南渡知道江汐不想依赖他，甚至连到屿城找人都不会跟他说一声。但他不敢抱怨，只能试探地说道："姐姐，一开始你就可以找我的。"

其实江汐也明白，这些对她来说比登天还难办的事儿对陆南渡来说轻而易举，但一开始就没想过从他的身上获得什么。

似乎知道她在想什么，陆南渡说："你不用感觉有负担。"

江汐已经走到路边，笑着说："嗯，谁叫你自愿的。"

陆南渡笑了。

虽是这样说，江汐还是跟他说："谢谢。"

陆南渡笑了下："要不你再欠我个人情？"

江汐笑了下说："早就欠了。"上次她欠的饭也还没请他。

她问："这次想要什么？"

陆南渡不傻，才不会在这个时候真要什么："还没想好，以后想好了告诉你。"

江汐拦了辆车，抬起头。

"好。"

江汐大概出去了两个小时，回到家才八点多。

夏行明刚吃完早饭去公司，夏欣妍正在收拾餐桌。

院外传来停车声，夏欣妍侧头望向窗外。看见江汐从出租车下来的时候，夏欣妍一愣。她放下手里的抹布，往外走去。

见江汐从院门进来，夏欣妍问："出去了？"

江汐出去的时间太早，夏欣妍根本不知道她出门了："我以为你还在睡觉。"

江汐说："没。"

两人一起进屋，夏欣妍问："一大早出去外面做什么？"

"没什么，"江汐说，"出去散散心。"

夏欣妍见江汐不想多说，也没多问。

“我去厨房给你热碗粥，”夏欣妍抓着江汐冻得冰凉的手说，“看看这手冻成什么样了，赶紧进屋喝点儿热的东西暖暖身。”

江汐起得早，一碗热粥刚喝完便发困。

夏欣妍看出她的疲惫，让她赶紧回家休息。

江汐不知道什么时候形成的习惯，出去一趟回来后总会洗澡。

半个小时后，她从浴室出来，带着一室的水汽，看见床上的手机屏幕亮了下。

江汐走过去拿手机，靠在床头上。

上车后她便没看过手机，说不出是什么心理。她期待拿到那个号码，同时又没有勇气拨出。

当年那位消防员的母亲对江家的仇恨江汐一直记得很清楚，这通电话可能会给他们造成困扰，打扰到他们的生活。屏幕上是陆南渡一个小时前发来的手机号码。可能因为她一直没回消息，陆南渡方才又发了条短信问她是否收到。

她看着手机上的那个号码许久没动。不知过了多久，她把手机扔到一旁，伸手拿过床头柜上的烟盒。

她背靠床头，点了根烟。

飘窗偶有日光照进，光影斑驳。

一根烟的工夫过去，江汐把烟屁股掐灭在烟灰缸里。她拿过一旁的手机，指尖一片冰凉。

她拨出了电话。

时间似乎过去很久，那边一直没人接听。

就在江汐以为电话要自动挂断的那一刻，对方接通了电话。

“喂，你好。”意料之外是一个女人的声音。

江汐说：“你好。”

“你找苏岸是吧？”女人的声音很好听，听起来很开朗，“不好意思呀，他现在不在屋里，我去喊他，你稍等一下。”

江汐听见苏岸这个名字时，脑袋嗡的一声。

苏岸，当年那个漂亮的小男孩儿，也就是那个去世的缉毒警。

他还活着？

在江汐愣神的间隙，对方的电话被接过。一道低沉又疏离的男声传来：“你好。”

听见苏岸的声音时，江汐有一瞬间的僵滞。

没有听见江汐的回答，苏岸又淡淡地说了一声：“你好。”

江汐这才回过神来：“你好，我是江汐。”她直接说明了来意。

令江汐意外的是，苏岸似乎对她找上门来没有多意外，听完她的话后也格外平静。

从以前到现在，江汐第一次觉得有人冷静得胜过自己。

这种冷淡的强烈气场让江汐莫名忐忑，她摸不清对方在想什么。

苏岸似乎不太喜欢说话，只回应了寥寥几句。

江汐硬着头皮说完，而后问：“想问您方不方便找个地方见面？”

她原本以为还得再费些口舌说服他，但苏岸却干脆利落地同意了。

她不费一分力气。

这个结果太过意外，江汐一时没反应过来。等冷静下来后，她问：“您现在在什么地方？”

“北京。”也许是知道她还想问什么，他说，“明天下午有空。”

江汐说：“明天我把见面的地点发给你。”

两人都不算话多的人，很快地挂了电话。

跟苏岸的谈话有些压迫感，通话结束的那刻江汐松了一口气。

江汐订了下午的机票回去。这么一折腾她完全没了睡意，干脆起身收拾行李。

也没什么好收拾的，就昨晚一套换洗的衣服。

她将衣服扔进了行李箱。

江汐下楼到隔壁的时候，夏欣妍愣了一下问："醒了？"

江汐说："没睡。"

她在沙发上坐下，跟夏欣妍说："我下午回北京。"

夏欣妍择菜的手一顿："又有工作了？你这每天跑来跑去的，身体吃得消吗？"

江汐笑了下说："我最近就没怎么上过班。"

夏欣妍这才意识到这段时间是江汐的事业敏感期："没事儿，休息好，没事儿到处走走，也可以去旅个游。"

江汐说："您这想法挺好。"

"是吧，阿姨说得没错吧。"夏欣妍笑了，又问道，"那你急着回去做什么？"

事情解决之前，江汐不想让夏欣妍跟着瞎操心。江汐说："有点儿事儿。"

夏欣妍有些着急地问："没事儿吧？"

江汐看她着急的样子，笑了下，宽慰夏欣妍："没事儿。"

长辈的心向来没那么容易被宽慰，担心孩子是他们的本能。夏欣妍说："工作上的事儿？"

江汐的一边手懒懒地搭在沙发背上，她嗯了声："有可能快有工作了。"

夏欣妍知道一旦工作恢复了就代表形势好转，也跟着高兴："真的？"

江汐只说："有点儿可能。"

这招果然有用，夏欣妍没再问她回去做什么，问了她下午几点的飞机。

江汐说："下午一点。"

夏欣妍看了眼墙上的挂钟："哟，那得赶紧准备准备做饭了。"

江汐也瞥了眼，才十点。她说："还早着呢，不急。"

"怎么不急？"夏欣妍数着时间说道，"做饭一个小时，吃饭又得花时间，这机场离家里也不近。”

“行。”江汐听笑了。

夏欣妍匆忙地择完最后几根菜，进了厨房：“你自己看会儿电视，阿姨赶紧做饭去，好了叫你。”

“嗯。”江汐实在没什么事儿干，直起身打开了电视。

早上十点，电视上没有综艺也没有大热的剧。

江汐懒得看了，电视停在一个不知道在讲什么的频道。

可能电视里的声音太有催眠性，困意卷土重来，她靠在沙发背上闭眼眯了会儿。

江汐迷糊间似乎有一条毛毯搭在她的身上，伴着夏欣妍的嘀咕声：“怎么在这里睡着了，待会儿该着凉了。”

在家里，江汐一向比较放松，这点儿声音没有干扰到她，很快就沉沉地睡了过去。

直到午饭做好，夏欣妍才叫醒她。

虽然是在沙发上睡过去的，但这大概是江汐近日来睡得最好的一个觉，没做梦，也没被惊醒。近一个月来的失眠，似乎都没了踪影。

也许是因为早上的那个电话，她心里的那块巨石也随之轻了些。

吃完饭江汐便出发了。

天高云淡，天很蓝，白云丝丝缕缕。

日光晒不到的地方凉意入骨，机场人来人往。

下午四点，江汐顺利抵达北京，看到佟芸一个小时前给她发了消息。

江汐拉着行李箱出机场，直接给佟芸回了电话。

佟芸很快接通电话：“在睡觉？”

江汐说：“没。”

佟芸也没多问，直截了当地吩咐道：“后天早上有个活动，相关事项我待会儿会发到你的手机上，明天晚上自己注意点儿时间，别忘了订机票。”

上次佟芸已经跟她说过，这段时间公司不会中止她的活动。

和苏岸的见面是在明天下午，明晚出发不影响，江汐说：“嗯。”

“行，”佟芸没多说，“那就自己多注意点儿。”

佟芸说完很快挂了电话。

江汐打车回家，回家后想起还没问苏岸的具体方位，便发了短信询问。

苏岸发了地址过来，意外的是他们住的地方离得并不远，同在一个区。

江汐就近找了家咖啡厅，将时间和位置发了过去。

睡觉前，江汐收到陆南渡的短信，他跟她说晚安。

江汐看着屏幕，才想起这么久了还没有陆南渡的社交账号，平时不是打电话便是发短信。

陆南渡又发了短信过来。

“你睡了吗？”

果然他不是真心实意地说晚安。

屋里没开灯，落地窗外的夜色如淡墨一般。江汐躺在床上，手机屏幕亮着，她随手回了短信。

“没。”

陆南渡估计守着手机，很快回了短信过来。

“那……打个电话？”

不过两秒后电话便打了进来。

江汐：“……”

她接了电话，没说话。

陆南渡的语气有些懒散：“在做什么？”

江汐说：“睡觉。”

不知为何，陆南渡忽然闷笑了声。

江汐一听他笑就知道没好事儿，果然，下一秒他吊儿郎当地说："那你这是在梦里跟我打的电话呢，梦见我了？"

江汐懒得理他。陆南渡还是跟以前一样幼稚。

"都说日有所思夜有所梦……"陆南渡说，"姐姐，你是不是想我了呀？"

江汐一愣。

过了会儿她才垂下眼。像被他的幼稚传染，江汐说："想你个头。"

被江汐这么说，陆南渡很开心。她好歹有回应了。

当初的男孩儿终究是长大了，笑声都比以前低沉了几分。

江汐没说话。

陆南渡也不逗她了，说回正事儿："今天联系了没有？"

"嗯，"江汐顿了下说，"我以为会是他的父母。"

陆南渡当然知道她在说谁。

他说："找苏岸当然比他的爸妈好使多了，找他妈妈没用，一个电话就回绝了。"

陆南渡明显比江汐想得多："苏岸是他爸妈的心头肉，他去说比我们任何人都要好使几百倍。"

江汐问："你怎么就知道他会同意？"

陆南渡笑了下说："放心，他人挺好的。"

江汐敏感地抓到了要点："你跟他认识？"

陆南渡没打算瞒她："朋友。"说完他又笑了，"人才嘛，怎么可能不结交？"

江汐知道陆南渡在调侃，沉默了一会儿后问："你怎么知道我小时候发生过火灾？"

两人以前在一起，江汐从没跟陆南渡说过她小时候发生过火灾这件事儿，或者说那段时间没想起这段压抑的往事。

陆南渡没有正面回答她，笑着说："你就不能信一下是我神通广大？”

江汐说：“别贫嘴。”

“行行行，我跟你说，”陆南渡说，“是苏岸认出你的。”

他摸了摸鼻子：“因为我……总在看你的新闻。”

江汐：“……”

陆南渡说：“别骂我不认真工作呀。”他还很臭屁地说，“如果不是我在翻你的消息，像苏岸那种跟网络完全断绝的人根本不知道你被诬蔑抄袭这事儿。”

江汐说：“哦，你还挺骄傲？”

“没，还是多亏苏岸。”

现在找不到任盛海，也压根没有其他证据，陆南渡有再多关系只怕也没有办法证明江汐的清白。

“他跟你说了什么？”江汐问。

“也没说什么。”

苏岸不是多嘴的人。

陆南渡说：“他只跟我说了句画中的人是你。”

陆南渡还记得当时正和苏岸在一起。陆南渡蹙眉看着屏幕上的一则消息，通篇都是抨击江汐的话，配图是她的作品。各家媒体都在讽刺。

陆南渡许久没有言语。

苏岸当时在工作，起身拿文件时路过陆南渡的身后。

平时的苏岸压根不会看一眼，但当时余光里可能注意到了那片红火。他下意识地看了过去，自然也看到了通篇诬蔑的言语。

当年的苏岸见过那场漫天火灾，目睹了援救的全程。

陆南渡还记得那天，平时连句话都懒得说的苏岸停在他的身后，用指尖点了点屏幕说：“你经常看的那个人。”

苏岸指的是画里那个满脸黑灰，号啕大哭的小女孩儿。

陆南渡当时很诧异，后来才知道事情的来龙去脉。

陆南渡跟江汐说：“所以我跟你说不用担心他的为人。”

江汐说：“不会。”

陆南渡不知想到什么，笑了下：“他吓到你了？”

江汐不得不承认苏岸的气场真的很强，连她一开始都被震慑几分。

她承认：“嗯，性格跟你完全不一样。”

“姐姐，那你现在是不是知道我有多好了？”

陆南渡真是每时每刻都在见缝插针。

江汐被他逗笑：“他女朋友听见了要不高兴了呀。”

陆南渡说：“没事儿，听不见。”

也许是因为今晚的心情很放松，江汐说：“你怎么这么无赖。”

陆南渡得寸进尺地说：“不无赖还怎么追你？”

江汐看着天花板，手机发烫。

不知为什么，她忽然问了句：“你到底喜欢我什么？”

陆南渡说：“就是喜欢，哪有什么理由。”

年纪小的男生表达爱意总是直来直往。从以前到现在，陆南渡一直都是这样，说喜欢从来不会含糊，直接又炽热。

江汐安静下来，过了会儿才开口，却已经换了个话题：“以后少看那些负面新闻。”

陆南渡知道她说的是那些诋毁她的消息：“那不行，我得看是哪些人骂你。”

江汐敏感地嗅到什么：“你要做什么？”

陆南渡听到她话里的一丝紧张，笑着说：“放心，我不会惹麻烦，记个仇还不行了？”

江汐没说话了。

她拿开手机看了眼时间，已经不早了，两人聊了有段时间了。

她说：“还不睡？”

陆南渡还是那副吊儿郎当的样子：“早着呢，还有个会议。”

江汐说："你忙吧，我去睡了。"

陆南渡说："我现在还有空，你别急着挂电话。"

江汐隐约地感觉到陆南渡越来越像以前。

她说："我困了。"

陆南渡的话憋在了喉咙里。

"好吧。"他的声音里有一丝不易察觉的失落，下一刻却又恢复正常，"那晚安了。"

江汐嗯了声，想了想还是跟他说了句："你也早点儿睡。"

陆南渡显然没想到她后面还会加一句，心里一愣，像拿了糖的孩子，笑着说："好，你也是，明天要早起。"

陆南渡估计以为她明天早上赴约。

江汐也没过多解释："嗯，挂了。"

等到第二天早上七点多被陆南渡的电话叫醒的时候，她才知道昨晚他的那句话是什么意思。

她只觉得陆南渡为什么这么黏人，最近变本加厉，黏人黏得紧。

她接过电话，声音带着刚醒过来的迷糊："怎么了？"她的气息微弱，声音比平时柔软。

陆南渡静了一会儿。

江汐没听见他的声音，又叫了声。

手机里传来风声，但很快又听不见，陆南渡似乎升了车窗，几秒后才说："给你带了肠粉，昨天你没吃。"

江汐侧着身，半张脸埋在被子里，已经稍稍清醒。

她下意识地瞄向窗外，视线被紧拉的窗帘挡住。

陆南渡在那边问她："起不来？"

江汐翻了个身说："有点儿。"

天寒地冻的，她不是很想挪窝，但又确实有点儿嘴馋，已经很久没吃过那家肠粉了。

"下来吗？"陆南渡问。

虽然他在询问，但明显就是想让她下去。

江汐没说话。

“都几天没见了？”陆南渡又开始耍无赖，“你下来，我就看看，什么都不做。”

江汐难得地应了一句：“那你还想做什么？”

陆南渡开始转移重点，没一句正经话：“想你下来啊。”

江汐的睡眠已经足够充足。她没什么困意了。

见她又不说话，陆南渡说：“我大老远买来的肠粉，你好歹下来吃一口。”

醉翁之意不在酒。

下一句果然露出马脚，他笑着说：“就算不吃，也告诉我你住几楼，站窗边让我看几眼。”

江汐说：“陆南渡，你无不无聊？”

“很无聊，”陆南渡说，“你让我看一眼我就不无聊了。”

江汐完全拿他没办法。

陆南渡又催她：“肠粉快冷了。”

江汐终于掀开被子说：“楼下等着。”

她洗漱后套了件外套出门。陆南渡的车一直停在楼下。

出小区门的时候，江汐才意识到距离昨晚挂电话还不到八个小时，可陆南渡完全不觉腻歪。

见她过来，陆南渡推门下车。

江汐把羽绒服的帽子戴在头上，帽边一圈细绒毛，衬出她的巴掌脸。

她停在陆南渡的面前，看他的手上压根没拎肠粉：“不是说给我带了肠粉？”

陆南渡微低着头看她：“车里呢。”

外面有点儿冷，江汐的睫毛被风吹得轻颤了一下，她说：“我拿上楼。”

陆南渡说：“车里暖和，进车里吃吧。再说天气这么冷，你拿上去都该凉了。”

江汐看着他，注意到他的眼睛有不太明显的青灰。

陆南渡的视线滑过她的脸，最后落在她被冻得稍微失了血色的薄唇上。

他的视线在上面多停留了一秒，但他怕被江汐发现便很快移开。

江汐没发现，天气实在是冷，说道：“上车吧。”

觉得在副驾驶座上吃东西可能不方便，她拉开后座的车门坐了进去。

陆南渡见她坐到后面，也拉开后座的车门。

江汐靠在后座上，瞥了他一眼：“你不嫌挤？”

陆南渡坐了进来，开始胡诌：“这天冷，挤挤多暖和。”

他递了一盒肠粉给她，盒子还是暖的。

江汐接过陆南渡递过来的筷子。肠粉还是原来那个味道，里面特意加了两个蛋。陆南渡一直记得她的习惯。

江汐慢悠悠地吃着。

吃到一半，她问陆南渡：“昨晚没睡？”

陆南渡撒谎道：“睡了。”

江汐瞥他：“看看你自己的黑眼圈。”

陆南渡知道瞒不过她了，调侃道：“八个小时是睡，一个小时也是睡，没什么区别。”

她大概能知道陆南渡昨晚开会开到很晚。这个在她的面前幼稚又嘴贫的人，实际上做事儿比谁都卖力，还一大早爬起来跑大老远买肠粉给她吃。

江汐没再说话。陆南渡吃完的时候她还剩了大半。

“你慢慢吃，我没什么事儿。”陆南渡说完就靠在座椅上看她。

江汐没看他，开口说：“你别看我。”

陆南渡说:“那怎么行?我让你下来不就为了看你,不看亏了。”

江汐没忍住翻了个白眼。

这样的氛围却让陆南渡的情绪出奇地好。虽然跟以前相比,现在的江汐对他还不算特别热络,但已经是重逢以来江汐对他态度最好的时候了,要是换几个月前,江汐早跟他翻脸了。

江汐吃完后陆南渡倒是没再留她,下车的时候他说:“下午一切顺利。”

江汐正推车门,回头看了他一眼:“谢了。”

陆南渡说:“不用谢,要还人情的。”

江汐笑了一下,这样的确让自己少了些负担。

下午,江汐提前去了咖啡厅。

工作日商场里人不是很多。咖啡厅在一楼,江汐坐在落地窗边,窗外车水马龙。

服务员过来,江汐先给自己要了杯咖啡。

她刚坐下没多久,咖啡厅的大门口便出现了一个身影。

对方穿着一身黑色长风衣,肤色很白,五官清秀,眼眸清冷、深邃。

岁月几乎没在他的脸上留下任何痕迹。

苏岸刚进门便看到江汐。

江汐朝他点头致意。苏岸也只淡淡地点头,在江汐的对面坐下。

江汐帮他要了杯咖啡。

两人该说的话差不多都在昨天的电话里说完了,又言简意赅地交谈几句后,他说了见面以来最长的一句话:“嗯,我不好出面帮你澄清,会尽量说服我的母亲。”

江汐清楚他的身份敏感。她能理解,也格外感激:“谢谢。”

苏岸的冷漠是与生俱来的。

两人前后的谈话不超过五分钟。

她正不知道说什么的时候，窗外忽然有人靠近。

江汐侧头看了过去。

一个女人抱着一个小孩儿站在窗外。

她长得很好看，五官明艳，美得格外张扬，怀里抱着一个一两岁的小男孩儿。小男孩儿细皮嫩肉的，长得很漂亮。

江汐觉得小男孩儿有些眼熟。

直到小男孩儿用两只软嫩嫩的小手掌轻轻地拍了拍玻璃，牙牙学语地朝里面的人叫了几句爸爸后，江汐才猛然意识到这孩子长得很像苏岸。

同样漂亮的长相，只不过小孩子的气质没有父亲冷。

窗外的女人笑靥如花，准备抱孩子进来。

江汐看向对面的苏岸："您女朋友？"

"嗯，"苏岸把目光从母子两人的身上收回，"我妻子。"

江汐有一丝讶异，面前这个情感过于淡漠的人竟然也会有柔软的一面。

女人很快地抱着孩子进来，性格和苏岸简直一个天一个地，很好相处。

"谈完了？"她在苏岸的旁边坐下。

苏岸嗯了声。

刚坐下，小男孩儿便往苏岸的身上爬。

女人对江汐说："不好意思呀，我家这位不太会说话。"

苏岸淡淡地瞥了女人一眼。

江汐笑了下说："不会。"

"易胭。"

"江汐。"

两人自我介绍道。

"电视上见过你，很漂亮。"易胭说，"画也挺不错的。"

已经很少有人夸江汐的画了。江汐一愣，知道易胭在夸奖她，笑了下说："谢谢。"

易胭笑着说："客气了，我只是陈述事实。"

聊了几句，江汐才知道苏岸夫妇今天还要带孩子去玩。她便不再待着，跟他们道别。

走出咖啡厅的时候，江汐听见易胭问小男孩儿："怎么今天不缠着妈妈要抱抱了呀？"

小男孩儿奶声奶气地说："爸爸说，我们男孩子要一起疼妈妈，不然妈妈会累的。"

江汐笑了笑，出门的时候正好接到陆南渡的电话。

"谈完了？"

"嗯。"

"这么快？"陆南渡说，"我让苏岸那臭小子跟你多说几句话，他是不是没有？"

江汐笑着说："你就别为难人家了，谁跟你一样话多，从昨晚到现在都三个电话了。"

陆南渡也笑道："现在嫌我话多了？"

江汐说："你有话少的时候？"

陆南渡想了下说："真有。"

江汐说："不信。"

陆南渡什么话都信手拈来："你不信是因为我只对你话多。"胆子真的越来越大。

江汐问："刚起？"

陆南渡似乎伸了个懒腰："没，刚到酒店。"

江汐一愣："酒店？"

陆南渡发出一点鼻音："出差了。"

江汐已经到了停车场："你很忙？"

陆南渡原本想说还行，其实这些从他进陆家起便是常态，但觉得这样说太亏了，于是可怜地道："真的很忙，姐姐你心疼心疼我。"

江汐哪里不知道他的德行，笑着说：“忙还搁这儿打电话呢，你怎么不把电话挂了？”

陆南渡也不生气：“追人也是正经事儿，电话怎么就不能打了？”

江汐上了车：“行了，别贫了，我要开车了。”

知道开车不能打扰她，陆南渡便没再缠着她：“那我也去忙了。”

在娱乐圈两年，江汐早已习惯了脚不沾地的生活，回家后随意收拾了几件衣服扔进行李箱里。

凌晨，飞机抵达另一个城市。灯火阑珊，家家户户睡意正浓。

但机场仍灯火通明，人来人往。停车场人声嘈杂，喇叭声此起彼伏。

江汐打车赶往酒店。

这座城市的建筑充满了历史沉淀感，到处是飞檐木窗，黛瓦阁楼。

路灯昏黄，车晃悠悠地行驶着。

半个小时后江汐到达酒店。在前台的指引下，江汐上了电梯。

江汐在飞机上没怎么睡，浑身有些疲惫，仍是强撑着困意冲了个澡。

已经凌晨三点。定了闹钟后，江汐便窝进床上睡觉。三个小时后她被一通电话叫醒。

手机发出嗡嗡的振动声，几秒后江汐的手才从被里伸出。她胡乱地摸了摸床头柜，拿起手机接听。

手机里意外地传来纪远舟的声音：“还睡呢？”

江汐知道现在天没亮：“这个点不睡觉还能做什么？”

纪远舟轻声地笑了下：“像我呀，看澄清是不是比睡觉有趣点儿？”

江汐还有些昏昏欲睡：“什么澄清？”

纪远舟笑着说："你觉得我还能看什么澄清，别的我会感兴趣吗？"

江汐慢慢地睁开眼。

她没说话，慢慢地反应过来，嗓音里带着不确信："澄清了？"

纪远舟嗯了声。她似乎在抽烟，轻微地咳嗽了一声："我还会骗你吗？"

江汐问："你大半夜不睡看这个？"

纪远舟说："那倒不是，没事儿看看而已，这不碰巧被我看到了。"

江汐莫名地觉得好笑："你倒是挺凑巧。"

"行了，"纪远舟说，"上网看看吧，看完睡个好觉。"

江汐把半边脸埋在被里，闷闷地嗯了声。

江汐丝毫没了困意。她一直期待澄清的这天，临到头却忽然生出一种情怯的感觉。

她等这一刻有多久了？

江汐没说话，纪远舟也还没挂断电话。

不知过了多久，纪远舟又重新点了根烟，打火机咔嗒轻响："你不差，这些全是你的。"

赞誉、似锦前程，都应该是江汐的。

纪远舟抽了口烟说："去看吧。"

挂了电话后，江汐拿开手机，从床上坐起。

屋里只看得到手机的光亮，照亮了江汐的下半张脸。她向来很少上网看什么东西，也从不开通知，手机出奇地安静。

佟芸现在估计忙着公关，也没找她。

江汐打开手机，也许是因为她有热度，公司终于给她花了一次钱。澄清的消息登上热门，是一篇文章。

自述者为一位苏姓女士，内容是其丈夫代笔。

苏家是高知家庭，苏父是某知名大学的教授，苏母也是在知书达礼的家庭中长大的。

澄清文白纸黑字，洋洋洒洒几千字。

从那场夺去两条人命的火灾开始讲起，这场火灾已经过去二十几年，早已不知在时间的洪流里被冲往何处。

二十几年前网络不发达，那场火灾不过是某个不知名的小镇发生的一件惨事。

它很惨烈，但不会有多少人看到。

人是多情却又绝情的动物，看见这种消息难免唏嘘，但事不关己，转眼便会忘记。那场火灾不用四五天就会被人遗忘。

事实也是如此，在苏母谈及这场火灾时，已经有没看完通篇文章的网友开始质疑。他们质疑这场火灾会不会是为了澄清而捏造的事实。

谣言的来源他们从不质疑，自以为是站在正义的一方，到头来却打着“正义”质疑正义。

这是当下网络发言的常态。

江汐没去注意这些言论，或者说压根没有任何兴趣。

耳后的长发落了下来，挡住了她的半张脸，露出白皙修长的一截后颈。

江汐很认真地看着手机里的那篇文章。她看得很慢，一字一字地浏览。

火灾、人命、消防员，到最后，那个家庭只剩下一个父亲和两个小孩儿。

两个小孩儿在那场火灾里失去了妈妈。当年他们的母亲用自己的身躯延长了两个孩子的生命。最后两个孩子惊险却又幸运地被救下。

江汐以为这么多年过去了，再看这些事儿能够心平气和，可看完这些文字，她的心里有些不好受。

这些文字记载的事儿活生生地在她的生命里发生过。

那场炙热可怖的大火恶魔般地将母亲席卷而走。

都说小孩儿不太记事儿，可事发至今，不管是她还是江炽，两个人至今都仍记得当时的画面。母亲抱着他们，一直到失去气息都没发出一声惨叫。他们也记得当时的救援结束后，蒙着白布的担架旁哭到声嘶力竭的苏母，白发人送黑发人。

苏母的孩子是伟大的，却唯独辜负了亲人。

不短不长的一篇文章，江汐却花了半个小时才看完。

苏母证明当年那户发生火灾的人家姓江，并且证明了江汐的那幅画确实是当年发生的那场火灾。苏母亲眼见过那个场面。

而过去这么久了，她对那两个小孩儿的长相已经记不清。但有一点没办法捏造，她记得其中的那个小女孩儿的背部有一处被烧伤，小女孩儿被一起送去了医院。

文章从头到尾看似没有提及那个小女孩儿是江汐，却要比直接承认更加有力。

这篇文章发出来后，不少网友已经从江汐的过往照片中挖掘出了一张稍露背部的图。

照片是黑色的，与江汐白皙细嫩的肌肤碰撞出极大反差，视觉上的冲击格外强烈。

那是一张两年前的照片。当时的江汐刚入娱乐圈不久，也是刚从阴影中走出来的时候。

她长发铺散，薄唇深红，气场冷淡疏离，带着一丝极致颓废的美感，而她的背部镂空处露出了一小角刺青。

她的皮肤很白，这处刺青的存在格外突兀，像一只折翼的蝴蝶。

有人细心地发现这处刺青的底部有细微的凹凸。

这么多的巧合基本上已经证明了火灾中的小女孩儿便是江汐。

舆论开始大幅度倾倒，有人开始斥责当初发表不实言论的消息号，而对任盛海也开始进行大量的攻击，说其不配为人师，人面兽心。言论狠毒苛刻。

就如当时许多人骂江汐那样。

任盛海的那幅画开始被人踩在脚下，被人恶意修改并以此调侃。

但即使如此，在众多声音中还有一批人不信这些澄清，认为这些证据的力度不够强硬。

他们质疑这些只是江汐洗白的捏造，毕竟一个娱乐圈的人怎么可能不熟悉这些套路，而江汐要演一场戏并不难，只要给钱。

这些舆论风向，江汐没看一眼。

事到如今，大家各有判断。江汐已经要回了自己的清白。

半个小时后，网络上似乎又出现了什么消息。

江汐要退出的时候发现发布该文章的账号发了一张照片。

乍一看，照片的光线有些昏暗。

旧报纸泛黄，已经有了些年头，估计被人拿着看过很多次，报纸稍皱，页角微卷，而报纸上赫然写着二十几年前那场火灾的报道。

当时的纸媒跟如今的众多媒体一样，标题抓住了比较吸引眼球的角度。他们以母亲用身躯护住两个孩子作为切入点。

古往今来，任何历史性的灾难里总少不了亲情的记载，这些最容易触动人心，反倒是牺牲的消防员被寥寥几笔地带了过去。即使如此，这张报纸仍旧被苏母好好地珍藏着，她反复拿出来看。这是她的儿子在这个世界上存在过的最后的证据。

那个时代拍出来的照片像素极低，模糊难辨。

文章配图便是一张模糊到几乎只剩火光轮廓的图片，但仍能分辨出其中的人影。

那是一张镜头对着窗口拍下来的照片。火光冲天，火苗张牙舞爪地伸向窗口。窗户的防护栏被烧得焦黑，而那片火光下有模糊的三个人影。

大的身影似乎伏下身子在跟两个孩子说着什么。

江汐看着这张照片许久没动，并不知道当时会有人拍下这一幕。

照片里，大火还没烧及母亲。江汐记得母亲跟他们说以后要健康快乐地长大。

“妈妈想看你们长大。”

这是母亲说的最后一句话。

母亲跟他们说要健康快乐地长大。江炽听话了，可江汐却没有。

江汐的情绪很平静，鼻尖却微微发酸。

这么多年来，她和江炽何曾不想母亲。

江汐抬起头，许久没动，连背脊微酸都没发觉。

她关了手机。

纪远舟说，看完睡个好觉。

是的，江汐是该睡个好觉了。

三年过去，真正意义上的一个好觉。

闭眼前，江汐想到母亲如果看到这些，应该会高兴的吧。还有夏欣妍、江炽这些家人。

她也想到了陆南渡。这小子天天盯着她的消息看，现在估计也看到了。

也许是心绪放松，江汐很快地睡了过去。

天已经亮了。

Missing You 想你

下册

舒虞 著

青岛出版社
QINGDAO PUBLISHING HOUSE

Chapter 11
约会

网上的舆论被这张报纸推至顶峰。

在此之前，那些声称江汐炒作捏造的人在这张报纸出现后全没了声音，当年的真相水落石出。甚至开始有当年的女学生站出来，说自己曾经也被任盛海剽窃过创意。任盛海已经不是初犯，但她之前不敢站出来。江汐和她都是弱势方，在拿出证据之前没人会相信她们。

任盛海以前有个令人崇敬的特质是惜才，只要有天赋或者有毅力的人都会被其纳为己用。很多人称任盛海的纳才动机不纯，不禁一阵恶寒。当初占上风的老师现在成了被人攻击的靶子。

真相终于水落石出。

身为人师的任盛海不仅剽窃抄袭还倒打一耙的行为一时间引起很大的关注。

当年被攻击的江汐自然也被更多人看到了，包括她曾经被诋

毁得一无是处的作品。

所有人都在等她发声，而江汐却睡到日上三竿。

两个小时后还有工作，江汐难得没有犯困，起身洗漱。

平时如果有活动，她一般都是找就近的酒店住下，这次自然也是，所以活动现场离入住的酒店不远。

江汐洗漱完化妆下楼，时间还早。

活动地点在一家媒体大楼内。江汐看了眼时间，没打车，戴了个口罩慢悠悠地照着导航提示走。

活动很快便结束，江汐回到酒店的时候才过去一个多小时。

她从浴室里出来的时候看到床上的手机亮着，有人打电话给她。

她忽然想到，从凌晨的澄清消息发出到现在，陆南渡没给她打过一个电话，反倒是熬夜工作睡到正午才起的江炽给她打了电话。

身边几个关心她的人都联系她了，甚至连夏欣妍的女儿，也就是江炽的女朋友都给她打了电话。

唯独陆南渡没联系过她。

江汐没什么情绪，走过去拿手机。

是佟芸的来电。江汐知道佟芸处理完事情自然会打电话过来，刚接通佟芸便说："这次处理得不错。"

也许是想起之前几次打电话江汐都没有接，佟芸问："最近忙着弄这些？"

江汐不知道说什么，嗯了声。

佟芸没想过能有澄清的一天，真心实意地说了句："画得的确不错。"

前段时间给江汐泼脏水的人比比皆是，诋毁她的作品，质疑她的人品，但那会儿平时嘴刁又刻薄的佟芸竟没说过她，只是通知她工作。

这次得到佟芸真诚的夸奖，江汐笑了下说："谢谢。"

但佟芸的好脾气一般不会延续多久，毕竟平时雷厉风行惯了，她很快便讲回正事儿：“你现在在哪儿？”

江汐说：“酒店。”

佟芸说：“外面估计有媒体在蹲守你，不知道从哪儿弄的地址。”

江汐几乎没经历过这种事儿，进娱乐圈以来也是靠前段时间的一部剧才有了点儿热度，而早上的事儿彻底把她推上了热度高峰。

对于江汐这种漂亮、低调，在自己擅长的领域做得格外出彩的人，不仅上天眷顾，大众也容易对她产生好感，更何况之前被众人诋毁、猜疑、谩骂。这会让人产生一种怜惜心理，从而打心底生出好感。

社会舆论和公众人物扯上关系，江汐现在的热度只高不低。各路媒体肯定不会放过这样的机会，谁都想获得第一手新闻。

这对江汐来说却是困扰，她问佟芸：“在哪儿？”

“估计在酒店楼下。”佟芸又说，“你接受采访也不是什么坏事儿，现在不少人等你发声，不过是动儿下嘴皮的事儿，马上又会有一波热度。”

然而江汐并不想被采访。

佟芸说：“媒体基本上都是问这次任盛海抄袭你作品的事儿，你出去表个态也没什么损失。”

江汐说：“没必要。”

现在事情的来龙去脉大家都知道了，她的态度如何和这件事儿本身没什么关系。

“别想着不配合，娱乐圈里要的就是热度，有热度谁嫌麻烦？”佟芸说，“行了，我接个电话，你待会儿自己注意点儿，别的不用多说，说一下早上的事儿就行。”

佟芸很快地挂了电话。

江汐面无表情，把手机重新扔回床上，走到窗边，微微挑起窗帘。

现在楼下已经停着几辆车，几个拿着摄影机的人凑在一起说话。

江汐放下窗帘。

行李已经收拾得差不多，她换了身衣服，下楼退房。

对于外面的记者来说，前台正好是个死角。江汐侧身靠着柜台，把目光从外面收回来。

前台是个小姑娘，江汐看她处理了会儿信息后问："你们这儿有后门吗？"

小姑娘抬头说："有的。"

"哪儿？"

小姑娘给她指了个方向："这边走廊一直往下，然后到尽头右转弯，后门就在那边。"说完她把身份证递给江汐。

江汐接过身份证说："谢谢。"

江汐拉着行李箱往走廊那边走去，从后门离开。

陆南渡出差了一天一夜，凌晨回到北京。

他当然看到了网上的那些消息。

连着两天几乎没有睡觉，陆南渡下了飞机后便直接回家睡觉了。

有段时间没回陆氏公馆，陆南渡回去了一趟。上次他睡到日上三竿，这次直接睡到了下午两点。

陆老爷子和梁思容都已经吃过两顿饭了。

陆南渡光着上身，翻了个身，伸手拿过手机。

手机里什么都没有，没有未接来电也没有短信。

这是陆南渡的私人号码，联系人只有一个——江汐。

他看着空荡的屏幕面无表情，几秒后关掉手机，把它扔到了旁边。

这么高兴的事情江汐也不跟他分享。

他起身下床，随意套了件T恤就下楼了。走到门口他停住，回头瞥了眼刚才被自己扔在床上的手机，盯了几秒后又把它揣回兜里，这才走出房间。

陆氏公馆是典型的贵族风格，水晶灯、旋转楼梯。

陆南渡还没下楼便听见楼下传来的声音。

公馆空旷，女人的嗓门不小，有点儿回音。

陆南渡一下便认出这是梁思容的一位丁姓朋友。这位丁夫人也是富贵家族。

梁思容自嫁进陆家后一直很悠闲，平时没事儿和朋友喝喝茶、聊聊天，天气好的话还会出去逛街。

今天梁思容估计是和朋友在家喝茶。

陆南渡正想往楼下走，丁夫人的话传到了他的耳里。

“思容哪，”丁夫人苦口婆心地道，“你没必要总对那小子那么好，这小子一看就是白眼狼，当年恩笛不也是因为他……”

梁思容这种平时格外温柔的人打断她：“别这样说。”

估计梁思容的脾气太好，丁夫人又是个多嘴的人，丁夫人说：“恩笛当年就是被他害的，你还这样说。那孩子多可爱啊，我这做阿姨的看了都……”

也许是觉得梁思容不争气，丁夫人又说：“你现在还对这小子这么好，给他当妈，我看你哪天被卖了还不知道。”

梁思容年轻丧儿，听了这些话怎么可能好受。

梁思容刚想说什么，楼上忽然传来陆南渡不太友好的声音：“你哪只眼睛看到我杀人了？”

他的突然出现使楼下的丁夫人吓了一跳，梁思容也回头看他。

陆南渡慢悠悠地晃到楼下，双手插兜，看着丁夫人。

他平时总是一副笑脸，现在严肃而冷漠。

丁夫人原本伶牙俐齿的，见陆南渡这副样子突然没了声音，只不过脸色仍旧有些不服。

梁思容见状从沙发上起身，不想这两人吵起来，也心疼陆南渡：“阿渡，你别往心里去，你阿姨她不是那个意思。”

陆南渡平时对梁思容都是嬉皮笑脸的，此刻却是冷笑了声：“谁说她是我阿姨了。”

丁夫人似乎还想说什么，梁思容连忙制止她。

陆南渡死死地盯着丁夫人。

梁思容见没办法，绕过矮桌朝陆南渡走过去，牵着陆南渡的手。

梁思容说：“阿渡，你还没吃饭，阿姨去给你做饭好不好？”

梁思容知道陆南渡现在的火气不小。

但也许是不想给梁思容惹麻烦，他把目光冷淡地从丁夫人的身上收回，往餐厅走去。

梁思容松了口气。等陆南渡走远了，她跟丁夫人说：“恩笛去世这事儿他比较敏感，你别总说出来刺激他。”

丁夫人见梁思容这副样子，气不打一处来：“我看你现在是把他当亲生的了。”

梁思容说：“手心手背都是肉。”

丁夫人彻底无语：“跟你关系再好他也不是你亲生的，不会对你这个妈掏心掏肺，以后等你老了有你受的。”

梁思容听了只是笑笑。

陆南渡一回家梁思容便会下厨做甜点，吃完后他在客厅打游戏。

丁夫人已经走了，梁思容端了盘水果过来说：“吃点儿水果。”

陆南渡握着游戏手柄打得正认真。

“您先吃。”

他回来后，梁思容还没跟他好好说过几句话：“你今天不用去公司？”

“不用。”

梁思容知道陆南渡现在情绪还没调整过来：“阿渡……”

陆南渡的手机突然响起。

平时，即使天塌了陆南渡都不会中断游戏，被谁打断更是不耐烦。然而此刻，梁思容却看见陆南渡的眼睛一亮。他毫不犹豫地扔掉游戏手柄，而前一刻他还烦躁着的情绪眨眼间便没了踪影。

梁思容还是第一次见他这样子，有些讶异。

陆南渡快速地接起电话。

江汐没想到陆南渡接得这么快：“你的手机是二十四小时带在身边吗？”

陆南渡原本还烦恼江汐什么都不跟他说，江汐一个电话而已，瞬间什么都忘得一干二净。

他还保持着靠在沙发里的姿势，长腿懒懒地抻着，很直接地说：“怕错过你的电话呀。”

江汐不知该说什么。

陆南渡一刻不见她便心痒，现在已经过去了一天多。

他问：“姐姐，你什么时候还我人情？”

江汐说：“你这是怕我不还你的人情？”

“哟，被你说对了。”

江汐被他逗笑：“行了，出来吃饭。”

陆南渡没想到她答应得这么干脆，叫了一声。

江汐说：“怎么？不要哇，行，那我挂电话了。”

“不是，”陆南渡匆忙地从沙发上蹦了起来，“你等等，我马上出门。”说着他准备上楼换衣服。

在一旁看着他的梁思容问：“要出去？”

陆南渡原本还情绪不佳，此刻却是眉开眼笑：“对啊。”

梁思容被他这副孩子气的脾性逗笑了，温柔地问：“交女朋友了？”

“怎么说，”陆南渡想了下说，“还不算。”

下一秒他又笑了："但快了。"

梁思容也跟着高兴，笑着说："我们阿渡也有喜欢的女孩儿了。"

陆南渡说："早有了。"

这些都是梁思容不知道的。她轻轻地摇头，笑了笑，现在的孩子都有各自的心事了。

她说："那以后追上了要带回来啊，阿姨一个人在家多无聊，多来陪阿姨说说话。"

陆南渡还盘腿坐在沙发上，一边把胳膊搭沙发背上，一边用腿支着地。

他看着梁思容说："追成了这些都不是事儿，我天天把她带家里让你看。"

梁思容见他这不正经的样儿，捏了下他的脸，笑着说："你呀，行了，快去吧，别让人家小姑娘等久了。"

陆南渡说："没问题，让谁等我都不会让她等我。"说完他笑着从沙发上站起来，迈着两条长腿上楼去了。

今天的天气一般，不算晴朗，但也没有下雨。

外面气温低，刮着风，江汐没有下楼等陆南渡。

她没什么事儿做，靠在沙发里玩手机。江汐一般就玩几分钟便把手机扔一旁，今天多看了几分钟，眼睛便有些难受。

她干脆扔掉手机，瞥了眼窗外。

天空灰蒙蒙的。

手机响起，江汐把目光从窗外收了回来。瞥了眼屏幕后，她接起来问："到了？"

"到了，"陆南渡似乎是站在车外，手机里传来几阵风声，"下楼了。"

"嗯，"江汐走到玄关，取了双鞋出来，"等等。"

手没拿稳，鞋掉在了地上。

陆南渡估计是听到声响，故意说："等着呢，你别急。"

江汐面无表情地把他的电话给挂断了。

另一头被挂断电话的陆南渡听着忙音闷笑了几声："这暴脾气。"

很快，江汐从小区门口出来，在看到倚在车边的陆南渡时，愣了一下。

没有西装革履，他今天一身休闲。

白色卫衣、黑裤、黑色的长羽绒服。

少了约束，身上那股桀骜不驯的气质越发明显。

这样的装扮让江汐想起了以前的陆南渡。他以前便是这样，少年时从来不好好穿衣服，吊儿郎当的。

他靠在车门上，也许是还不知道她出来了，在低头看着什么。

江汐走了过去。

陆南渡似有所觉，抬头看了过来。

江汐走近问："在看什么？"

陆南渡不假思索地说："你呀。"

江汐瞥了他一眼。

陆南渡笑了。他当然知道她在问什么，笑着朝脚下看了看说："看到没？我在看蚂蚁打架呢。"

江汐知道他在逗她："有点儿常识好不好？冬天室外怎么可能有蚂蚁。"

陆南渡说："这不为了逗你笑？"

他凑近身子想去看她："你笑一个好不好？你看你都不笑……"

江汐莫名觉得好笑，陆南渡是有多幼稚。

她推开他的脸说："上车。"

可能因为她在室内待久了，掌心暖暖的。

副驾驶座的车门在身后关上，陆南渡微低着头，摸了摸鼻子笑了声，仿佛上面还有余温。

陆南渡问："想吃什么？"

江汐正看着车窗外，瞥了他一眼："是我请你吃饭，这话应该我问你。"

陆南渡说："你吃什么我吃什么。"

抛开其他不说，陆南渡的确是个惹人疼的孩子。

江汐问："我喝西北风你也喝西北风？"

"当然哪。"

江汐听他这悠然自在的语气就知道他下一句没什么好话。

果然，陆南渡说："妇唱夫随嘛。"

趁江汐没生气，他又说："那我就自己决定去哪儿吃了。"

江汐知道陆南渡很会看脸色，除了以前死缠烂打的时候不会，现在他说的所有话都是看她的脸色行事。

他知道她不会生气，所以为所欲为。

她也懒得跟他计较了，嗯了声："你决定。"

交通拥挤，陆南渡不疾不徐地跟着前面的车，指尖有一搭没一搭地敲着方向盘。

江汐想起他今天的这身衣服，问他："今天不用去公司？"

陆南渡侧头看她，点点头："嗯，休假。"

绿灯亮起，陆南渡看着前方，车缓缓地往前滑行。不知想到什么，他问："早上高兴吗？"

江汐知道他问的是什么："还行。"

江汐肯定有一些高兴，但更多的是觉得解脱。

陆南渡忽然说："你没打电话给我。"

江汐听出话里的不平衡，侧头看他。

陆南渡却没看她，有小情绪向来不会藏着掖着，所以两人以前也很少吵架，因为有问题都是明说出来，不会积压矛盾。

他说："这么高兴的事儿你都不告诉我一声。"

江汐没想到他因为这个不开心，笑着说："这种事儿还用我说吗？”

她说：“你不是成天搜我的消息看？怎么会不知道？”

陆南渡不会真的对江汐生气，嘀咕着：“这哪儿能一样？”

声音不大江汐却听到了。

她没说什么，只是笑了一下，转过头继续看窗外。

没多久，车停在一条街道上。

江汐对这个地方并不陌生，即使已经毕业五年，这个地方变了不少，但江汐还是一眼便认了出来。

这是她大学附近的一条小吃街。

学生往往不怎么喜欢吃食堂，不是叫外卖便是往外跑，所以这条小吃街的生意一直不错，平时不管是否到饭点，街上的人一直很多。

现在已经是晚餐时间，街道上人来人往。

大学生三两结伴，商量着找什么地方吃饭。

副驾驶座上的江汐看着这个熟悉的地方，终于知道陆南渡今天为什么这身装扮，也知道他为什么带自己来这个地方。

以前两人住在一起，陆南渡没少陪她来这里。那时候两人经常出门约会。

陆南渡的用意江汐心知肚明。她推门下车，对陆南渡说：“走吧。”

两人混迹在一群年轻人当中竟也没有违和感，仿佛他们也还是以前的样子，到了晚饭时间出来走走逛逛。

江汐戴了口罩，陆南渡走在她的身边。他问：“想吃什么？”

之前不知道吃什么，现在来到这边，江汐自然会有想吃的东西。

目光在附近搜寻了一遍，她说：“陈记鹅肉面汤吧。”

以前，江汐就喜欢吃这家的鹅肉面汤，没想到隔了几年还是这样。

陆南渡笑着说：“还没吃腻？”

江汐懒得理他，穿过人流往那边走。

街道两边的店家众多，各种香味混杂在一起。陈记鹅肉面汤店是红色招牌，和每个城市的街边小店没什么区别。

正是晚饭时间，店里的空桌剩下不多。

江汐走在前头，找了靠墙的位置坐下，陆南渡紧随其后。

江汐很久没在这种地方吃饭："挺热闹的。"

对面的陆南渡看着她。

江汐看着周围。店里嘈杂，说话声、吆喝声和碗筷碰撞声交织在一起。

陆南渡不知为何忽然想到早上的照片里，江汐的背部露出来的一角刺青。他微微皱眉。

江汐回过头看到的就是他这副神情："怎么了？"

"没什么。"陆南渡说。

街边小店经营了这么多年，店里的白墙已经微微发黄，桌子估计有些年头了，稍微掉漆，桌面上似乎总浮着一层油。

桌上有纸抽，陆南渡抽了几张帮江汐擦桌子。

江汐原本想说不用，见陆南渡没有停下来的意思也没说什么。

很快，老板娘带着菜单过来。

还是以前那个老板娘，声音格外洪亮，脸上多了几道皱纹。

她围着围裙，手里拿着本子问："要吃什么呢两位？"

江汐已经摘了口罩，老板娘一开始没注意，一会儿才认出来。

"哟，"老板娘说，"是你呀小姑娘。"

江汐有点儿诧异："您还记得我？"

"怎么不记得？"老板娘笑着说，"你这张脸啊，漂亮坯子，再过几年我都认得。"

江汐没想到过去这么多年，老板娘还认识她。

老板娘是自来熟的性格，又看向旁边的陆南渡。同样是一张好看的脸，老板娘一下便认出来了："这不还是你当年那小男朋友？"

她的音量大，旁边几桌有人看了过来。

江汐正想说不是，陆南渡却没脸没皮地朝老板娘笑道：“对啊。”

江汐：“……”

老板娘见他这一副笑脸，也笑着说：“那你们的感情可真好哇。”

她笑起来眼睛眯成缝，对江汐说：“现在的学生哪，大学一毕业吵架的吵架分手的分手。上次还有个女生分手后找我哭来着，你说这恋爱谈得糟心不糟心。”

陆南渡干脆跟老板娘聊起来了：“是挺糟心的。”

“对吧，”老板娘说，“那小姑娘哭得可伤心了。”

江汐在一旁完全插不上话，索性不管了，自己慢慢喝水。

老板娘问：“你们这有多久没来了？今天回来看看？”

陆南渡说：“对。”跟老板娘要了两份鹅肉面汤。

“行嘞，”老板娘记下，收了桌上的菜单说，“十分钟一定给你们送上来。”

等老板娘走了，江汐看着陆南渡说：“你倒是挺能说。”

陆南渡得了便宜还卖乖：“这不是得帮你掩饰一下，不然老板娘要说你过得糟心了。”

江汐不知想到什么，看着他说：“也不知道是因为谁。”

陆南渡一愣。

这几乎是江汐第一次真正意义上地埋怨他。

谁都能从江汐口中的这句话里听出不满。她不是不满陆南渡，而是不满谁结束的那段感情。

陆南渡没想到江汐会这么说，一时有些愣住：“姐姐。”

江汐已经不看他了，默默地捧起水喝了一小口。

每次提起这种敏感话题，陆南渡便不太敢靠近她，又不敢牵她的手。他稍微地往前探了下身子。

“姐姐。”他又叫了她一声，“我以后不会了。”

他似乎说得有些艰难，嘴唇张了半天，说了句毫无头绪的话：

"我会听话的。"

江汐抬头看他。

陆南渡也正看着她。

凝视片刻，江汐开口说："那你准备好告诉我当年的事儿了吗？"

"我……"

明明有些事儿只是动动嘴皮子就能说出来，但到了陆南渡这里似乎变得十分艰难。

他很想说，到最后却颓丧地垂下头。

他知道如果不说，江汐就不会有和他复合的一天，可不知道如果说出来了，江汐还要不要他。

陆南渡什么都没说，但江汐看得出他很痛苦。

人在压抑的时候，周身的氛围都会跟着黯淡。

或许江汐自己也经历过没有天亮的一个时期，比其他人更能理解陆南渡。所以她压下自己急切地想知道往事的那一丝欲望，没再继续逼问他。

她说："慢慢来吧。"

陆南渡很意外，重新对上了她的视线。

看出他似乎有些焦躁，江汐不知为何心里有点儿不好受。

她知道，如果是自己生病的那段时间，谁这样跟她说话她肯定不好受，甚至有可能生气。

可陆南渡没有跟她生气。

江汐看着他的眼睛，安抚道："不急。"

陆南渡这才松了口气。他调节好情绪，很快便又跟江汐像往常一样说话。

面汤端了上来。江汐吃饭不喜欢说话，陆南渡也没有烦她。

两人吃完从陈记出来，外面的天色还没有黑。

有几个女生说着话从旁边的奶茶店走出来："这天快下雨了。"

“赶紧的，赶紧回宿舍，我们可没带伞。”

女孩子笑着说：“快点儿回去，不然待会儿淋成落汤鸡了又得洗澡。”

几个人嬉笑着走远。

江汐看着她们的背影，抬头看了眼天。乌云压顶，耳边响起闷闷的雷声。

她说：“好像快下雨了。”

陆南渡说：“这雨一时半会儿下不了。”

江汐看着他，眼神明显很怀疑。

陆南渡看出她的意思，说得像煞有介事：“我说真的，我跟你保证。”他又说，“我保证不让你淋到雨。”

他用尽所有心思想跟她待在一起。

江汐挪开了视线：“你还想去做什么？”

听她同意了，陆南渡说：“喝鲜芋奶。”

这么多年他口味还是没变。

江汐看了眼附近，以前那家奶茶店已经不见了，开了一家新店。她朝那边走去。

奶茶店就在对面，马路上人来人往。两人走了过去。

陆南渡自从回陆家后便基本上没再喝过奶茶之类的饮品。

江汐也是。

陆南渡跟服务员要了两杯鲜芋奶。

大概一两分钟后，陆南渡接过奶茶，递了杯给江汐。

两人不知道去哪儿。

江汐慢吞吞地喝着：“回家吧。”

陆南渡说：“再走走。”

看他往前走，江汐跟了上去。

两人前脚刚走上马路，大雨便倾盆而下。

豆大的雨点砸在水泥路上，马路上的人群一阵骚乱，作鸟兽

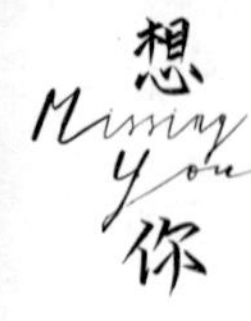

散四处躲雨。

天色愈发地暗了。

冰凉的雨点滴在额头上。

江汐微微蹙眉，下一秒被陆南渡拽了过去。

她整个人被他包围，他搂住她的肩膀往檐下跑。

两人跑到檐下，可能因为陆南渡下意识地护着她，江汐没有被打湿，而陆南渡深黑色的羽绒服上有几个小圆点。

江汐把视线收回来，看向雨蒙蒙的马路：“你不是说这雨一时半会儿下不了吗？”

陆南渡之前明显就是瞎说的，就是想多拖延点儿时间跟她待在一起。

他啧了声：“失策了。”唇角却是忍不住地上扬。

江汐轻飘飘地扫了他一眼。

陆南渡憋住笑。

雨势很大，即使他们站在檐下躲雨，也会有雨丝飘到脸上。

江汐正想转个身，带着温度的羽绒服忽然罩住她。

周围的空气太过冰冷，一阵裹着男人体温的风轻拂到江汐的脸上。

江汐一愣。

陆南渡几乎将她拥在怀里。

江汐被他包在羽绒服里，靠着陆南渡的胸膛。

雨丝尽数地被他的羽绒服挡住。

她微仰着头看他：“你做什么？”

陆南渡低着头看她。他的睫毛又长又密，黑色的眼睛里倒映着江汐的脸。

他笑了下说：“我说过不会让你淋雨。”

羽绒服带着陆南渡的体温，江汐不知为何觉得脸有些发热。

她移开了眼。

四周只剩铺天盖地的雨声。

有雨点落到江汐的外套上，她盯着袖子上的雨滴看了几秒，伸手擦掉了它。

这阵雨没有持续多久，来得快去得也快，但陆南渡的羽绒服还是湿透了。

衣服不能再穿，陆南渡索性脱下，身上只剩一件白色卫衣。

雨后空气清新，却带着刺骨的冷。

两人往停车处走，江汐问："你不冷？"

陆南渡说："还行。"

眼见快到停车场，江汐也没再说什么，毕竟车上暖和。

冬季的天黑得早，再加上这场雨，天黑得更快了。路上亮起路灯。

学校离江汐的家有段距离，但陆南渡明显不想那么快送她回家，车速比平时慢了很多。

江汐装作不知，没说什么。

到家后，江汐说："回去吧，我也回去了。"

陆南渡说："等等。"

江汐收回了推门的手，侧头看他："怎么了？"

"那下次什么时候见啊？"

虽然他们还没在一起，今天却像被陆南渡过成了约会，除了没动手动脚。

江汐说："可能下次还你人情的时候。"

陆南渡："……"

"行了，"她推开车门，"我回去了。"

陆南渡闷闷地嗯了声。

江汐觉得好笑，没再说什么，转身上楼。

陆南渡的工作确实忙，他不过刚休息一天，后天便又飞往英国。

陆南渡不在，江汐的耳根清净了不少，就是有些安静。

这天，佟芸给江汐打了个电话，让她过去公司一趟。

江汐前段时间因为丑闻基本上没有工作，已经谈成的工作临签合同前也被其他公司截和。

所以近一个月来，江汐除参加了一次活动之外，再也没有什么工作。

江汐到了佟芸的办公室，不出所料都是些工作上的事儿。

距离江汐的澄清事件已经过去了几天，网上对这件事情的讨论度仍居高不下。很多人要求江汐以前所在的大学严查任盛海这个教授。

江汐在佟芸的办公桌前坐下。

佟芸正在打电话，应该是在给手下的其他艺人解决什么问题，五分钟后才挂断电话。

回头看到江汐，佟芸问："来了怎么都不吱一声？"

佟芸从文件里翻出两本剧本："看看，最近准备给你接的两部戏。"

江汐用指尖按住剧本拖了过来。

她先拿了上面的那本翻看了几眼。

佟芸靠在椅子里，双手在身前交握："这是最近的一个热门IP，现在在选角，那边有意向跟你合作。"

以前这种热门IP，江汐连个配角都很难跟人竞争。

佟芸说："这次是主角。"

江汐翻了翻，是一个现代剧，甜宠励志的都市题材。

入圈以来江汐还没拍过现代戏。佟芸说："以前是没有好的现代题材的剧本找上门，这次这个不错，虽然题材不新颖，但有热度。"

现在不管是商界还是娱乐圈，大家看中的都会是有热度的东西。这些剧本会找上江汐，也是因为她最近的热度急速攀升。

佟芸又说起第二个剧本："另一个是古装剧，题材比较新颖，剧本不错。”

江汐没怎么说话，翻着剧本。

佟芸说：“现在在接洽的是这两部，先让你看一眼，过几天如果有消息你该准备准备进组了，最近歇得够多了吧？”

江汐说：“还行。”

佟芸说：“你还真是一点儿上进心都没有。”

估计还有其他的事儿要忙，跟江汐交代完之后，佟芸说：“行了，剧本你带回去看看。”

江汐离开佟芸的办公室，乘电梯下楼。

她走到大厅的时候，公司的保安急匆匆地朝她这边走过来：“江小姐。”

江汐问：“怎么了？”

“想过来告诉你最近小心点儿，”保安朝门外指了下，“看到没？那小子最近几天一直蹲这儿呢，让他走也不走。”

江汐顺着保安的手指望过去，看到了外面的任飞。

他蹲在一个花坛边低头抽烟。

这几天，任飞都会来公司的楼下蹲着，不说话不找人，保安让他走也不走。

上次任飞和江汐起冲突的时候，这位保安在场，保安担心这次任飞仍是来找麻烦的。前几天江汐没来公司还好，今天出去必定会碰面。

江汐把视线从外面的任飞身上收回来，对保安说：“没事儿。”

保安说：“要不我送你到停车场吧？”

“不用，没什么事儿，谢了。”

保安见江汐这么说，也没坚持：“那你自己路上小心一点儿。”

江汐说：“谢谢，我先走了。”

江汐走出公司大门的时候，任飞似乎有所察觉。他抬头看了过来，把烟掐灭在花坛里，手插兜朝她走了过来。

江汐站在旁边没动，任飞停在她的面前。

“找我有事儿？”江汐问。

任飞倒是坦荡地说：“道歉。”

面前的人还没到十八岁，个子却已经比她高。

江汐没想到任飞真会过来道歉，毕竟这个年纪的男孩儿最要面子，而她也没想过真的要他道歉。

道歉从来都没什么用。

任飞说：“之前的事儿是我不对，我道歉。”

他停顿了一会儿又说：“以后如果见到任盛海，我会让他来跟你道歉。”

江汐说：“不用。”这辈子她最好不要再见到任盛海。

“他做错的事儿凭什么不道歉。”停顿了一会儿他笑着说，“他根本配不上我妈，难怪我妈去世前那么恨他。”

江汐没说话。

“还有，”任飞抬眼看她，“上次跟我一起来的那人是我舅舅，给你们带来困扰，我替他向你们道歉。”

上次任飞的舅舅挑事儿估计被陆南渡收拾得够呛。

看他如此诚恳，江汐说：“嗯，我知道了。”

任飞一时无话。

江汐说：“行了，回去吧。”

任飞最近已经连着旷了几天课。他不知道江汐的家在哪儿，只能每天在公司的楼下等。

他说过如果是他错了他会道歉，说过的话不会食言。

任飞走后，江汐才去停车场取车，开车回家。

陆南渡最近出差，今天从国外回来。

从机场出来，他吩咐秦津：“通知各部门高层下午召开会议。”

秦津跟在后面说：“是。”

黑色迈巴赫疾驰在公路上，往陆氏公馆驶去。

清晨的公馆却已经忙碌起来，用人各司其职。昨晚大概下过一场雨，陆南渡路过花园的时候一阵湿气扑面而来。

陆南渡进屋的时候，梁思容在客厅沙发上织围巾，入神到他进来都不知道。

一位总跟在梁思容身边的老用人提醒她："夫人，少爷回来啦。"

梁思容闻言抬头，看到陆南渡格外惊奇："出差回来了？"

陆南渡嗯了声。

他脱下身上的大衣，随手扔在沙发上，在梁思容的旁边坐下："织什么呢，这么入神。"

梁思容连忙展示给他看："织围巾呢。"深红色的纯棉围巾。

陆南渡凑过去看："给我的？这么喜庆？"

梁思容的手一顿，她安静了下来。

陆南渡从小就会看脸色，莫名地猜到什么。

果然，梁思容下一秒说："这给小笛的，他喜欢红色。"

"你的也有，本来是准备过年给你们的礼物，阿姨已经织好了，"说完她立马起身，"阿姨去拿过来给你看看。"

陆南渡牵住她的手臂："不是说过年送吗？那过年再给我看吧。"

因为陆恩笛，陆南渡一直对梁思容很愧疚。

他说："继续给小笛织吧，他应该会很喜欢。"

梁思容见他这样，安慰道："阿渡，当年的事儿不怪你。"

陆南渡只闷闷地嗯了声。

他很快地转移话题："阿姨，我饿了。"

梁思容一下急了："你还没吃早饭？"

陆南渡笑了一下，露出两个不太明显的虎牙："没呢，饿死了。"

梁思容一向宠他，立马吩咐身边的用人："赶紧去厨房给少爷准备点儿吃的，先端杯热水过来给他暖暖身。"

陆南渡在旁边看着："阿姨，你为什么对我这么好哇？"

从以前他被接回陆家，梁思容便一直对他很好，没有因为他的身份冷眼待他。

"没有为什么，"梁思容笑了下说，"谁见了我们家阿渡不心疼哪。"

"还真有，"他像是很坦然，又像是无所谓，"我妈不就是。"

陆南渡小时候没少被家暴，这些梁思容都知道。她拍拍陆南渡的手说："这些都过去了，以后不会有了。"

陆南渡点头应和："我觉得呀，您说得对。"

梁思容见他这副调皮的模样，笑着说："你呀。"

用人很快端了杯热水过来，陆南渡接过。

梁思容不知想到什么，跟他说："上次你回来都没去看你爷爷，待会儿吃完饭去看看他。"

陆南渡喝了口热水说："老爷子巴不得我不去他的跟前晃。"

梁思容笑着说："哪有的事儿？你爷爷天天念叨你呢，那天你走了他还跟我问你来着。"

"我知道，我就是开个玩笑，"他一口喝完杯里的水，"待会儿吃完我过去看看他。"

陆南渡不到十分钟就吃完了饭，晃去了楼上。

老爷子有个书房，书架上摆着上千本书，白墙上挂着画。

陆南渡进去的时候，陆老爷子正一个人下棋。陆南渡靠在门上，看老爷子一个黑子一个白子地下。

陆南渡叫了他一声。

陆老爷子跟没听到似的，拣了颗黑子继续下棋。

陆南渡习以为常，站直身子走了进来，在陆老爷子对面的坐垫上盘腿坐下。

陆老爷子跟没看到人似的。

棋盘边放着本书，陆南渡拿过来看了眼，是一本古典文籍。

陆家虽然从陆老爷子这代开始从商，但一直算是书香门第。陆景鸿即使从商也仍对文化感兴趣，后来的儿子陆恺东和孙子陆恩笛也都是文化人。

除了陆南渡。

陆南渡一看到书里那些晦涩难懂的句子就头疼，书一合便扔回了桌上。

算了，他还是看下棋吧。

他一手撑着下巴，百无聊赖地看陆老爷子下棋。

陆老爷子还是没理他，陆南渡也没介意。

陆老爷子正想去拿黑棋，面前一只指节修长的手按下了一颗黑子。

陆老爷子终于抬头看了下眼前的这个孙子。

陆南渡用单手撑着下巴，抖着腿，吊儿郎当地说："老爷子，一个人下棋多无聊哇。"

"来，我陪你下棋。"陆南渡又说道。

陆老爷子说："坐没坐相。"

"您又不是第一天认识我，"陆南渡说，"要不我给您表演个挺直腰板？您看看满意不满意？"

陆老爷子终于被这个浑球孙子逗笑，冷哼了声："不正经的事儿你倒是样样会。"

见陆老爷子的脸没那么臭了，陆南渡笑着说："可不是。"

陆老爷子下了颗棋问道："英国那边的事儿解决了？"

陆南渡下了颗黑棋："您还真是消息灵通哪。"

陆老爷子冷淡地道："你知道就行，知道我看着，那些无关紧要的心思都给我收收。"

陆南渡知道陆老爷子说的无关紧要的心思是什么。

陆南渡说："这是着急给您找孙媳妇儿。您说我都这个年纪了，再不找都三十了，您孙媳妇儿跑了怎么办？"

陆老爷子瞥了他一眼，语气倒还是平常的模样：“感情这种事儿不用你操心。”

陆南渡终于收了那副吊儿郎当的样子，抬起头。

陆老爷子仍是优哉游哉地下棋：“有合适的人会自己找上门。”

陆南渡微微蹙眉，冷笑了声：“我想跟谁处对象是我自己的事儿，您别想给我凑什么对儿。”

陆老爷子抬眼看他：“记不记得你当年答应过我什么？现在翅膀硬了，以前的话都忘得一干二净了？”

陆南渡直视陆老爷子：“当年是当年，我可没说过八年后还是这样。”

陆老爷子微微皱眉，却没再说什么，把白子扔回围棋碗里：“回去吧。”陆老爷子脾气向来不差，也很少动怒，陆南渡八年前进陆家后两人便很少起冲突。

即使现在陆老爷子生气了，也没骂他一句。

陆南渡在这个问题上毫不退让，胳膊一撑桌，立马起身。

陆南渡回房冲了个澡，衣帽间里整整齐齐地挂着西装，腕表成排地放在抽屉里。

他站在镜前换衣，白衬衫被熨烫得齐整柔顺。他的眉骨英挺，眼眸深邃，浑然不是半个小时前耍嘴皮子的模样。

他扣上袖扣，正在听手机那边的秦津汇报工作。

汇报的内容似乎不怎么让人愉快，陆南渡的眉间压着一股烦躁。

陆南渡听汇报的时候一向不怎么说话。秦津知道他的习惯，总是一口气说完。

这次秦津被打断，陆南渡的声音不怎么友好：“这个部门是没有一个脑子可以用了是吗？”

秦津听出他话里的不愉快。

陆南渡说：“继续。”

几分钟后陆南渡从楼上下来。

梁思容不知是没离开过客厅，还是刚坐下。见他下来，她问：“要去公司了？”

陆南渡嗯了声：“还有事儿要处理。”

既然梁思容在这儿，他也没立即走。他在她的旁边坐下陪了她一会儿。

梁思容问他：“刚才去书房给你爷爷送点心，你是不是又惹你爷爷生气了？”

陆南渡没好气地说：“他自己给自己找气受，我能有什么办法？”

“他是你爷爷，跟你说的话都是为你好，”梁思容说，“他说了什么气话你也别往心里去。你爷爷年纪大了，你爸又早早就去了，你要多孝顺他。”

“倒是没想不孝顺他，”陆南渡说，“老爷子就算把我气死了我也给他养老送终。”

梁思容被他这伶牙俐齿的话逗笑了：“你就别跟他怄气了，你爷爷没有恶意。”

“阿姨，”陆南渡说，“我爷爷不让我追女孩儿。”

他开始卖惨：“你说现在都新时代了，他还想给我包办婚姻。”

梁思容一听不知道怎么办了：“这……”

她看向陆南渡：“那阿渡，你真那么喜欢那个女孩子吗？”

“要不然呢？”陆南渡无奈地笑了，“以前你见我喜欢过什么女孩儿没？”

陆南渡被接回陆家的时候，梁思容倒是听很多人说过这孩子不服管教还花天酒地，但愣是没见他交过什么女朋友，甚至身边连个消遣的伴儿也没有。最近是他第一次在她的面前频繁提起有喜欢的女孩儿，况且那天接到小姑娘的电话也是真的开心。

梁思容一下子没了主意，像他们这种世家子女，大部分的确是联姻。门当户对，各取所需。

但到底还是心疼陆南渡，她犹豫后说："要不阿姨有空跟你爷爷讲讲？你爷爷不是不明事理的人，或许有可能看你这么喜欢就同意了。"

陆南渡冷笑了声，心想陆老爷子要是明事理就有鬼了。

自儿子陆恺东早年去世后，陆恩笛也小小年纪就走了，陆老爷子待梁思容这个儿媳妇很好，会听听她的意见。

陆南渡知道就陆老爷子那种性格，就算梁思容去说估计也收效甚微，但总比他去说好。

陆南渡说："阿姨，你最好了。"

梁思容笑道："快去公司吧，有空多回家住住，你自己的那套房子一个人住太冷清了。"

"行，今晚就回家。"

"那阿姨可等你吃晚饭了，早点儿回来。"

"行。"

Chapter 12
梦魇

回来有一大堆事务处理，陆南渡直到第三天才稍微有空。沈泽骁打了个电话让他出去喝酒。

前段时间忙着江汐和公司的事儿，陆南渡已经很久没有和沈泽骁他们厮混。

这天刚好有空，陆南渡让司机送他去了会所。

沈泽骁没叫那么多人，就几个眼熟的富家子弟，身边都带着伴儿。

陆南渡进了包间，光线昏暗迷离。

沈泽骁和陆南渡打了个招呼。

陆南渡走过去，把西装外套搭在扶手上，在沙发上坐下问："卓培没来？"

沈泽骁递酒给他："晚点儿到，估计待会儿跟嫣然两人一起来。"

陆南渡问："她也过来？"

沈泽骁笑道："这丫头一个月没见卓培了，好不容易回趟家当然黏着卓培了。刚才我本来想着顺路去接她过来，这丫头说要先去找卓培然后和他一起过来，真是一秒都不放过黏卓培的机会。"

前段时间，徐嫣然去国外参加一个时尚圈的活动，再加上其他的通告也多，行程基本不间断，昨天才有空回来。

陆南渡也笑了。

徐嫣然的确是这样，不管卓培平时对她多冷淡，她都跟没看见似的，天天黏在他的身后跑。

沈泽骁的身边已经换了个新女伴，类型跟上次那个不一样。

沈泽骁一向如此，换女友如换衣，最长的时间不超过半个月。上次那个女友稀奇地超过了一个月，大家还以为沈泽骁终于肯收心，浪子回头，没想到过了几天他又换了人。

沈泽骁很多情，格外地招人喜欢，但看似多情实则心狠手辣。

有人问他怎么又换女朋友了，他只笑了声说："腻了。"

陆南渡倒是对这些习以为常，甚至看见沈泽骁换女朋友都懒得问。沈泽骁就没为哪个女人收心过。

陆南渡慢悠悠地喝着酒，把玩着手机。

沈泽骁大概也能猜出陆南渡一直守着手机是在做什么："陆总，出来玩儿还看手机，你有点儿无聊哇，难怪人家女孩儿不要你。"

陆南渡踢了他一脚："滚。"

沈泽骁没躲，笑着说："我这是在给你传授经验。你听我的，女孩儿一追一个准。"

陆南渡冷淡地瞥了他一眼。

沈泽骁说："不信？"

他抽走陆南渡的手机："女孩儿啊，就是先对她热情几天然后吊着，不用急着回什么消息，过几天她就自己找上门来了。"

陆南渡当然知道这个理儿，只不过不舍得这样对江汐。

从沈泽骁的手里抽回手机，陆南渡叫了声："滚蛋。"

沈泽骁笑着说："有出息，我看你还得追多久。"

陆南渡懒得理他，继续看手机。

两分钟前他给江汐发了短信，江汐还没回。

两人的关系现在好转很多了，但江汐压根没想加他的微信。

他又看了眼手机，江汐还是没回短信。

他干脆扔了手机喝酒去了。

包间的门被推开，陆南渡抬眼看了过去，是徐嫣然。

见只有她一个人，沈泽骁问："卓培呢？"

徐嫣然耸了耸肩，有一丝不开心："他说有点儿事儿，没出来见我，让我自己先过来。"

沈泽骁不知想到什么，微微皱眉，但又觉得不可能就没说什么。

徐嫣然在沈泽骁和陆南渡的身边坐下，不一会儿就要去拿酒。

沈泽骁提醒她："少喝点儿，你不会喝酒。"

徐嫣然说："没事儿，喝醉了让卓培送我回去。"

沈泽骁笑道："你这如意算盘打得挺好的呀，行，哥准了，你喝，待会儿让卓培送你回去。"

包间里徐嫣然只熟悉沈泽骁和陆南渡，但沈泽骁的旁边有女朋友陪着，陆南渡也不怎么跟她说话。徐嫣然有点儿无聊。

她凑过去问陆南渡："你不是和江汐姐很熟吗？把江汐姐叫过来吧。"

陆南渡原本正喝酒，闻言瞥了她一眼。

两人对视半晌，陆南渡说："你叫。"

"……"几秒后她小声地说，"你这样是追不上江汐姐的，你追她还高傲哇？"

陆南渡："……"

沈泽骁在一旁听笑了，跟徐嫣然说："你南渡哥哪是高傲，他是太直接把人给吓跑了。"

陆南渡说："滚蛋。"

陆南渡哪里不想约她过来，但如果江汐答应了，那她欠他的人情就还完了。

徐嫣然和沈泽骁当然不知道这些。

徐嫣然说："那我叫啦？"

沈泽骁说："叫吧，可怜可怜你南渡哥。"

陆南渡："……"

陆南渡十几分钟前给江汐发的短信还没回，他估计徐嫣然的电话应该打不通。

徐嫣然拨通江汐的号码，结果几秒就接通了。

徐嫣然说："江汐姐。"

陆南渡喝酒的手一顿。

身边的手机一直没亮过。

江汐没回他的短信。

她应该看到他的信息了，可没回他。

陆南渡不动声色地垂下眼睛，继续喝酒。

"江汐姐，"徐嫣然叫她，"你要过来一起玩吗？"

电话里江汐大概问徐嫣然在做什么。

"喝酒，"徐嫣然说，"他们都是男生，我一个人有点儿无聊，想问你过不过来。"

包间里有点儿吵，旁边的人压根听不到电话里的人在讲什么。

陆南渡连江汐的声音都没听到。

江汐大概是拒绝了，徐嫣然的神色有点儿落寞："好吧，那下次见。"

两人又说了几句，徐嫣然跟江汐道别后挂了电话。

沈泽骁的怀里搂着人，他问道："不来？"

徐嫣然摇头，跟陆南渡说："江汐姐说跟人在外面吃饭。"

陆南渡嗯了声。

徐嫣然还想说什么，这时包间门被推开。包间里的人都下意识地看了过去。

徐嫣然在看到卓培的时候脸上一喜："卓培。"

话音一落，徐嫣然看见卓培身后的女人，神色稍显茫然。

沈泽骁也看见了，眉心稍皱。

卓培等女人进门后才关上门，一起往他们这边走了过来。

女人长相温婉，是大家闺秀的气质。

卓培说："介绍一下，这是周莉。"说完他又跟周莉介绍了他们。

周莉似乎比较怕生，怯生生地跟他们打招呼。

沈泽骁稍微点了下头。

徐嫣然一开始有些蒙，现在却已经回过神来。

卓培一直是单身，而今晚他的身边却多了个女生。

一个小时前，徐嫣然给卓培打电话说要去找他，卓培说有事儿，让她自己过来。

徐嫣然问卓培："你今晚去做什么了？"

卓培抬眼看了过来。

沈泽骁一看气氛不对，原本想打圆场，卓培却开口道："吃饭。"

徐嫣然平时没心没肺的，但一受委屈便眼眶通红。她盯着卓培问："吃什么饭？"

卓培也看着她："相亲。"

周围安静下来，周莉也察觉到气氛不对劲了。

话音刚落，徐嫣然的眼睛越发地红了，她没再说什么，起身走了出去。

沈泽骁这个当和事佬的微皱着眉，看着卓培："你怎么回事儿？"

卓培说："能怎么回事儿，试着谈个女朋友。"

沈泽骁说："还不去追？"

见卓培没有动身的意思，陆南渡轻飘飘地扔下一句："她喝酒了。"

卓培微微皱眉。

最后卓培还是出去了。

沈泽骁要在包间里玩通宵，最后送周莉回去的任务便落到了陆南渡的头上。

卓培和周莉其实也没有多熟，不过是相亲一起吃了个饭。

陆南渡送周莉回家后，没有回自己的住所，让司机开去了江汐的小区。

他下车后便让司机回去了。

陆南渡喝了酒，稍微有些头晕，在旁边的树旁蹲下。他的腿很长，一边的胳膊搭在膝盖上，指尖懒懒地下垂。

几米开外传来手机铃声。陆南渡正垂着头，听到声音抬头看了过去。

江汐原本正想接听，却看到了树下的陆南渡。

她直接走了过来："你怎么来了？"

陆南渡把手机从耳边拿开，悻悻然地按断。

他从地上站了起来。

江汐站在他的面前问："找我有事儿？"

陆南渡看着她，沉默半晌后说：

"姐姐。你为什么不回我短信？你接别人的电话，都不给我回短信。"

江汐有点儿疑惑："回了，你没看吧。"

陆南渡一愣。

江汐朝着他的手机示意了一下："看看。"

他打开手机，看到了江汐的短信，但即使如此还是不满："你先接的别人电话。"

江汐听笑了。

"你无不无聊哇，这种醋都吃。"她又说，"我的确是接完了徐嫣然的电话回你的，她打电话来的时候我的手机正充上电。”

江汐昨晚睡前忘记给手机充电，吃饭的时候自动关机了。

陆南渡语塞。

这种时候他乖得不行，眼角微微地耷拉着，也不贫嘴。

江汐心软地说道：“没有不理你。”

陆南渡被她哄开心了，又见江汐现在不会生他的气，问了句：“你跟谁吃的饭？”

江汐说：“上房揭瓦了是吧？”

陆南渡有点儿不情愿地说：“哪敢，我不问了。”

江汐今晚和纪远舟一起吃饭，饭后两人还去喝了会儿酒，但江汐喝得不多。

江汐闻到陆南渡身上有明显的酒味：“喝酒了？”

陆南渡嗯了声。

江汐说：“以后少喝点儿。”

江汐说这句话没有别的意思，但陆南渡却在心里偷乐。他乐意被江汐管着，听她的叮嘱，即使她没这个意思。

他笑着说：

“好哇。我听你的。”

江汐把视线从他的脸上挪开，没说什么。

环顾四周没看到他的车，她问：“司机没跟过来？”

大概是知道江汐想让司机过来接他，陆南渡说：“他下班了。”

实际上，司机都是随叫随到。

两人都喝了酒不能开车，她说：“你打个车回去吧。”

江汐住的这片地方交通便利，即使是凌晨，打个车也不难。

看了他一眼后，江汐往路边走。

陆南渡只能跟在她的身后。

路灯明亮，地上显出一层昏黄的光影。

两人停在路边，影子一高一低。

寒冷的夜风呼啸而过，卷起地上的几片落叶。

几辆满客的出租车驶过，终于十字路口来了一辆空车。

江汐正想伸手拦车，身后的陆南渡忽然开口：“姐姐，我不想坐车。”

马路上不断有车疾速而过，江汐有些听不清：“嗯？”

陆南渡说：“我想跟你回家。”

江汐一愣。

见江汐不说话，陆南渡说：“我只睡沙发，你不用给我收拾什么，我不会给你添麻烦的。”

出租车很快从他们的面前呼啸而过。

江汐没有抬手。

她低着头，不知道在想什么。不知过了多久，江汐转身往小区里走。

她一句话都没有说。

陆南渡拿不定她的主意，看着她的背影忽然有些懊恼。

他清楚自己又越界了。

过了一会儿，江汐停下脚步，回头看他：“你不是说要上来？”

陆南渡愣住。

还没等他反应过来，江汐已经头也不回地往小区里走。

陆南渡这才反应过来，开心地叫了句：“姐姐！你走那么快干吗？等等我！”

这是陆南渡第一次来江汐家。

江汐的屋里很干净，不管是地面还是摆置都格外整洁。

她从玄关的鞋柜里拿出一双室内拖鞋：“江炽的，他平时有空会过来，家里没其他的拖鞋了，你将就穿一下。”

陆南渡很高兴，这证明她家除了江炽以外，没有别的男性来过。

江汐换上鞋后进屋去了，陆南渡跟了进去。

陆南渡不好乱走，在客厅的沙发上坐下。

很快，江汐端着水从厨房出来。

她将玻璃杯放在他面前的茶几上："喝点儿水吧。"然后她在旁边的单人沙发上坐下。

陆南渡接过水喝了口，环视周围一圈："你一直住这儿？"

江汐扫了眼自己的家，嗯了一声。

自从在北京扎根后，江汐便一直住在这里，从来没换过。

这里交通便利，就是有时候江汐在半夜会被喇叭声吵到。

陆南渡知道江汐的睡眠质量不好："没想过换个地方住？"

江汐慢悠悠地喝着水："没。"

陆南渡却微皱着眉："这里太吵了。"

江汐的睡眠不好，之前的确有过这个困扰，即使她现在已经习惯，有时候仍旧会被吵醒。但问题不是很大，毕竟在安静的环境里她也未必睡得着。

她说："问题不大。"

陆南渡却说："问题大了去了。"

江汐莫名觉得好笑："你到底是来我家做客还是来挑刺儿的呀？"

陆南渡说："这哪儿叫挑刺了？我这是给建议。"

江汐一直懒懒地靠在沙发里："那你说说，你能给我什么建议？"

陆南渡下一秒不正经地说："找个安静的地方。我看我的那套就不错，你不也看过吗？挺好的。"

那套房子不仅位置好，环境也安静。

江汐觉得陆南渡大概是尝到了一丝甜头就忘了疼，说话一点儿也不客气。

他说："还不用钱。"

江汐笑着说："你这房东还挺好哇。"

陆南渡说："胡说，我不好，我只对你好。"

江汐觉得陆南渡在感情上的心智比起八年前根本没差多少，他说话直来直往，将所有的爱意捧到她的面前。

江汐只瞥了他一眼："不住。"

陆南渡当然知道江汐不会答应，这根本就是不可能的事儿。他不过是过过嘴瘾，所以也没觉得多挫败。

他嘀咕一声："反正以后会住的。"

江汐抽过旁边的抱枕扔向他："幼不幼稚，啊？"

陆南渡将抱枕接在怀里，笑了笑。

时间已经不早，江汐终于将玻璃杯里的水喝完："你到客房睡吧。"

睡客房总比睡沙发好。

陆南渡却不知想到什么，拒绝了她："不用，我睡沙发。"

江汐看向他。

大概是怕她看出什么，陆南渡说："说到做到，刚才在下面说睡沙发，那我就只睡沙发。"

江汐就没见他这么守信用过，明明无赖又调皮。

她便没多说什么，起身到厨房洗杯子。

从厨房出来后，她跟陆南渡说："过来抱床被子。"

陆南渡跟她耍嘴皮子："我还有被子盖啊。"

江汐说："你要不盖也行。"

"那怎么行，现在可是冬天呢。"陆南渡跟着她去了客房，搬了床被子出来。

江汐停在主卧的门口，把手放在门把上："我睡了。"

陆南渡抱着被子不走："你还没跟我说晚安。"

江汐懒得理他："早点儿睡吧你。"说完她进了屋。

可能早上休息多了，江汐躺下后没有立刻入睡。

屋内一片漆黑，窗帘半拉着，漏进了一半夜色。

有些创伤后的习惯是改不掉的，就如现在江汐每天还是习惯拉上窗帘。伤害也许会随时间痊愈，但它从来都不是没有痕迹的，伤疤一直都在。即使江汐已经不介怀，但它不会因此消失，悄无声息地构成了江汐性格的一部分。

江汐就这样闭着眼躺在床上。

不远处时不时传来几声鸣笛，很快又陷入安静。

一个多小时后，江汐才渐渐进入睡眠。

然而江汐还是有些神经衰弱。凌晨的时候屋外传来一阵玻璃的碎裂声，江汐立马醒了过来。

猛然惊醒后江汐的太阳穴微微发疼，她撑着上半身从床上坐起。

窗外一片灰蒙，天还没亮。

门外已经没有声音，但江汐很确定声音是从客厅传来的。她看着房门几分钟，掀开被子走了出去。

走廊一片漆黑。江汐没开灯，走去客厅。

客厅的窗帘没拉，窗外的夜色涌了进来。

江汐意外地发现陆南渡还没睡。

她看不清他的脸，只看到一个模糊的身影坐在沙发上。

江汐走过去问："怎么还没睡？是不是摔碎玻璃杯了？"

陆南渡没有任何回应。

她脚步一顿，看向沙发上的陆南渡。

他只是坐在那里，什么都没做。在她说话的时候陆南渡看向了她，但光影太暗，她根本看不清他脸上的神情。客厅里实在太安静了。

她在陆南渡的面前停下，弯下腰，长发垂到肩膀。对上他的眼睛后，她问："发什么呆？"

然而就是在这一刻，江汐发现陆南渡的眼神不对劲，厌恶、恐惧却又夹带着痛苦。

但等她发现时已经来不及了。

陆南渡猛地拽过她的手臂，他的手劲实在太大了，江汐皱了眉："陆南渡，你做什么？"

面前的人毫无察觉，江汐瞬间被他压在了身下。

他咬牙切齿地说："滚。"

江汐想推开他，然而在背部撞上沙发的那刻，浑身失了力气。

陆南渡的力气并不小。江汐并不知道沙发上有玻璃碎渣，紧蹙着眉，不可抑制地闷哼了一声。

感觉到身下熟悉的气息，陆南渡瞬间一愣。

陆南渡的神志似乎已经恢复，但浑身的暴戾还未消失。

他将江汐抱进怀里。

"姐姐。"

他最怕的事还是发生了。

江汐浑身发软地倒在陆南渡的怀里。

陆南渡的体温此刻却像冰窖一样寒冷。

江汐的背部传来丝丝缕缕的疼痛，她轻轻地推了一下陆南渡："去拿药箱。"

陆南渡一愣。

江汐没有发觉，又说了句："电视柜下面的抽屉。"

陆南渡这才反应过来："啊，我马上去拿，等我。"江汐皱着眉，喉咙仍有些不舒服，但已经缓过来了。

电视柜那边噼里啪啦地一阵响。

江汐抬眼看了过去，陆南渡正着急地翻着医药箱。

江汐提醒他："左边第二个。"

陆南渡立马打开第二个抽屉，抱着药箱跑过来。

江汐这才发现他的手在发抖。

但越着急，事情就越做不好，陆南渡半天都打不开医药箱。

江汐倒算冷静，甚至能感觉到陆南渡着急得快要哭了。她伸手，将陆南渡手里的药箱拿了过来。

他以为江汐不理他了，没敢再动，也没再敢靠近她。他怕她不要他。

哪知江汐将医药箱打开后递给他："去开灯，帮我上药。"

陆南渡有些愣住，江汐提醒他："快点儿。"

陆南渡现在和刚才神志不清的时候完全不一样，立马乖乖地点头说："好。"

开灯后，客厅一片亮堂。

他回到江汐的身旁。

江汐没跟他说什么，转过身背对着陆南渡，掀起后背的半边衣服，露出纤细白皙的腰。

一只折翼的蝴蝶跃然背上，和牛奶般的肌肤形成了强烈反差。

而现在刺青旁边，有擦伤的伤口。

这是陆南渡第一次看到江汐身上完整的刺青，但已经顾不得这些，有些手忙脚乱，连处理伤口都忘了怎么做。

江汐提醒他："先把玻璃取出来。"

陆南渡看着她的背部，迟迟不敢动手。

江汐听到身后工具扔下的声音。

她被陆南渡从身后抱住。他似乎怕打碎什么似的，有些小心翼翼。

他的声音里带着哭腔："姐姐，我们去医院。"

这已经不是陆南渡第一次攻击她，上次他也没认出她。

她忽然问："这次你做了什么都记得吧？"

江汐突然提起这个话题，陆南渡的身体一僵。他点头，很诚实地说："记得。"

江汐沉默了，终于问出了另一个问题："刚才……你是不是没有认出我是谁？"

陆南渡没说话。

江汐被他从背后抱着，他的双手仍旧冰冷。

她很清楚陆南渡方才把她认错了。他的眼神冰冷而犀利，但他却回答不出江汐的问题，这对他来说似乎格外地难以启齿。

江汐最终没有听到他的回答。

她没再说什么，稍动了下身子："走吧，去医院。"

陆南渡也许是没有想到她会岔开话题，愣了一下。

见他毫无动作，她侧着头说："不去医院？那要不你帮我处理？"

这句话果然奏效，陆南渡现在不敢给她处理，很快地松了手。

他压根不舍得动她一分，可江汐背上的那些伤口又恰恰是他弄的。

江汐从沙发上起来，除了唇色有些苍白之外，脸上看不出情绪。她看了眼陆南渡："我去换个衣服，你坐会儿吧。"

沙发上的陆南渡没看她，点了点头。

江汐没再说什么，收回视线，转身去了卧室。

出来时她已经换了身衣服，穿着白色 T 恤和牛仔裤，手上还搭着一件外套。

陆南渡很着急，已经站在玄关处。

江汐把灯关了说："走吧。"

陆南渡闷闷地嗯了声。

江汐瞥了他一眼，也没说什么，推门走了出去。

天际已经微微透出一丝熹光，空气里有丝丝缕缕的凉意。

陆南渡跟在江汐的身后，两人一前一后地沉默着。

街边的路灯还亮着，马路上只有几辆车。

两人站在路边等车，江汐忽然想起方才陆南渡浑身发凉。

她问："冷吗？"

陆南渡站在她的身后，隔着一步之远。他抬头看着她："不冷。"

江汐嗯了声。

很快拦到一辆车，江汐打开车门坐了进去。

陆南渡正犹豫要不要去副驾驶座，江汐探出半张脸说："还不进来？"

他钻进了后座，坐在江汐的旁边。

江汐闭着眼靠在沙发上，陆南渡也不吵她。

最近的医院离江汐的家不远，他们很快便到了医院。

江汐先一步下了车。

医院的急诊大厅仍旧灯火通明，医生和护士连夜忙碌着。

陆南渡跟在江汐的身后进去。

挂号后江汐便立即进了诊室，陆南渡一步都没走开。

医生抬头看了他们一眼，口罩后面传来询问的声音："怎么了？"

江汐说："外伤。"

医生点了点头："在旁边的病床上等一下。"

江汐走过去坐下，脱下长外套。衣服被旁边的陆南渡接了过去。

江汐看了他一眼，没说什么，任他拿过去。

医生察看了下她的伤口，边戴橡胶手套边问江汐："怎么弄的？"

江汐格外平静地说："玻璃杯摔碎了，我不小心摔了一跤。"

病房里一时格外安静，只剩下医用器具碰撞的声音。

气氛越是安静，人就越发紧张，更何况在医院这种场合。陆南渡的手心莫名地出了汗。

处理到一半的时候医生突然说："不是特别严重。"

陆南渡的心里骤然松了口气。

"但还是要注意，洗澡的时候别碰到水，伤口有可能会感染。"

江汐背对着医生和陆南渡，嗯了声。

医生很快地帮江汐上好了药："记得回家别沾水啊。"说完医生转身去收拾器具。

江汐背后的衣服刚放下，陆南渡便将外套递给她。

江汐接了过来穿上。

医生说：“给你开点儿药拿回去吃。”

江汐从病床上下来，坐在椅子上。

医生流利顺畅地写了几行字，把药单递给江汐：“这些药三餐后吃，剂量上面有写。”

江汐接过药单道谢。

有其他病人进来，江汐起身，给其他人让了位置。

她拿着药单出门，陆南渡跟在后面。

江汐没有走得很快，但陆南渡一直没有跟上她。

外面的空气比医院里的新鲜不少，江汐停在了路边。

陆南渡仍是没跟上来，在距她一步之远的地方停下。

两人的影子在灯下被拉长，江汐也没回头看他。不知过了多久，她问：“怎么不上来？”

陆南渡却忽然问她：“你不怕我吗？”

江汐有点儿疑惑，终于回头看了他一眼。

陆南渡和她对视。

安静片刻后，江汐说：“我为什么要怕你？”

陆南渡没想到江汐会是这种回答，一时愣住。

她还是看着他：“你也是个正常人，不杀人不放火的，我怕你做什么？”

一旦有人知道了陆南渡过去的那些事儿，从来不会把他看成正常人，更何况是江汐这种被他伤到的。

他一时有些语塞，喉咙几经吞咽，最后什么也说不出来。

江汐却已经回过头去拦车了。

她没有看到后面的陆南渡嘴唇微张。

“可是我害怕。”嗓音压抑在喉咙里，明明只是简短的五个字，却暗涌着无力和破败。

江汐并没有听到。

出租车在他们的面前停下。江汐照旧打开后座的门，陆南渡自觉地坐在了她的旁边。

天光已经大亮。

凌晨六点，城市已经苏醒，马路上车来车往。

两人从车上下来，陆南渡跟江汐说：“我就不上去了。”

换作平常，陆南渡肯定会死皮赖脸地缠着她再让他上去一会儿。

江汐嗯了声，几秒后又问：“没有落下的东西吧？”

陆南渡摇头。

他撒谎。

江汐记得出门的时候看见他的腕表放在桌上，但当时她以为陆南渡是觉得无关紧要不带着，准备回来再拿走。

她也没拆穿，漫不经心地点了点头。

双方沉默了一会儿，陆南渡开口：“那我先回去了，最近公司忙。”

“行，我也上去了，”她往后退了几步准备回小区，“你回去吧。”

陆南渡乖乖地点头。

江汐转身。

身后的陆南渡忽然叫了一句：“姐姐。”

江汐停下，回头看他。

陆南渡看着她：“下次，如果下次有机会的话，我想见你，你让我看看你好不好？”

江汐并不知道这句话什么意思，纵使知道陆南渡肯定发生了些什么，但这没头没尾的一句话，还是没能理解。

她只说：“为什么不可以？”

陆南渡笑了。这是他从早上到现在的第一个笑。

他的长相本来是有攻击性的，眉眼深邃、鼻梁英挺，但只要一面对江汐，身上的那些冷漠就收敛起来。他会对着她笑，露出两个小虎牙。

江汐也不知为何被他的笑容感染，莫名地跟着他笑了起来："行了，回去吧，我也回去睡觉了。"

说到这句话，陆南渡有点儿愧疚昨晚打扰了江汐睡觉。他眼角耷拉着："姐姐，我不是故意的，对不起。"

江汐说："没怪你。"

看陆南渡一副不打算结束话题的样子，江汐说："你还想不想回去了？不回去的话跟我上楼。"

后半句话她只是试探。

陆南渡果然没有答应，跟平时缠着她的时候完全相反。

他没有明确拒绝："公司忙，我下次再过来看你。"

江汐沉默地看了他几秒，没再说什么，转身上了楼。

陆南渡骗了江汐。

他并没有回公司。

一个小时后，一辆出租车停在了陆氏公馆。

有人在花园打扫，看见陆南渡从出租车上下来的时候格外诧异。而陆南渡却仿若未觉，匆忙地下了车，脸色不是很好。

他们连忙打了招呼，陆南渡没有回应。

餐厅里，陆老爷子和陆夫人在用餐。

陆南渡忽然从外面进来。

他已经有几天没回来，再加上平时也几乎没在这个时间点回来过，梁思容看到他的时候一脸惊喜。

她问："阿渡，你怎么回来了？"下一秒她看到陆南渡的表情，嘴角的笑容慢慢消失。

陆老爷子却只轻飘飘地瞥了眼，垂下眼，云淡风轻地抛下一句：

“又发病了？”

门口陆南渡的脸色不是很好，身侧的拳头慢慢攥紧。

梁思容立马放下刀叉，走过去安抚他：“没事儿的，跟阿姨回房间。”

陆南渡倒算听话。

梁思容原本想带他去二楼的客厅，陆南渡忽然开了口。他声音沙哑地说：“阿姨，给我许清州的号码。”

梁思容愣住。

许清州，陆南渡以前的心理医生，但后来陆南渡不愿再去治疗。他坚信自己会好，也不信自己有病。

他排斥、厌恶，也不留着许清州的号码。他坚信自己不用联系。

可现在他主动找她要号码了。

梁思容有些担心，正想问他发生了什么。

陆南渡却求救般地说：“阿姨，我要许清州的号码。”

Chapter 13
好梦

陆南渡的变化让梁思容感到特别意外。以前陆南渡绝不可能提出这种要求，在国外的后面几年都没再看过医生。

梁思容知道他仍有必要定时去看看医生，也婉言劝过陆南渡，但陆南渡每次都推托了。

时间一长没人再劝过陆南渡。梁思容问过他为什么不看医生，他只说自己没病，已经好了。

陆南渡看似很听梁思容的话，实际上自己决定的事儿撞破南墙也不会回头。那时的陆南渡已经成年了，有权利做选择，也可以对自己的选择负责任了。梁思容没有过多地干涉他。

后来梁思容倒很少见到陆南渡的状态不对劲，又或许只是他没让身边的人看到，甚至一度相信他的病已经好了。

可今天对心理医生如此抗拒的陆南渡却是主动找上许清州的号码。他过去抗拒的、抵触的，都在今天通通作废。

梁思容不免担心，也害怕陆南渡遇到了什么不好的事儿：“阿渡，告诉阿姨，到底发生什么了？”

陆南渡只说：“阿姨，给我号码，我联系一下许清州。”

梁思容也不再问他了，带他上楼。

她拉着他的手在客厅的沙发上坐下：“你别急，阿姨先去帮你问问。许清州最近几年歇着，没怎么工作，阿姨先帮你打个电话跟他说一下。”

许清州当年是陆老爷子和梁思容一起找的。

陆南渡说：“不用，我自己联系。”

梁思容点头道：“那好，阿姨去帮你拿过来，你等一下。”

梁思容进屋拿了张纸片给陆南渡：“这是许清州号码，给你写下来了。”

梁思容在他的身边坐下说：“如果有什么需要阿姨帮忙的话，跟我说一声。”

陆南渡只点点头：“谢谢你阿姨。”

“不用，”见陆南渡不想多说，梁思容也没多问，“还没吃早饭吧，下楼一起吃点儿？”

陆南渡拿着纸片起身：“我吃过了，您自己多吃点儿。”

梁思容说：“嗯，那你去房间休息一会儿吧。”

半个小时后陆南渡从浴室出来。

他光着上身，头发湿漉漉的，胡乱地揉了揉头发。

陆南渡在沙发上坐下。

茶几上扔着包烟，他抽了根出来塞进嘴里，又将烟盒扔了回去。

他拿过打火机点燃叼在嘴里的烟。

烟吸进肺里，屋里烟雾弥漫，一丝日光从窗帘泄进，光柱下浮动着细尘和烟雾。

半根烟的工夫过去，陆南渡终于抬起了眼。

梁思容给的纸片放在了茶几上。

他盯着看了一会儿，长手一伸拖过桌上的烟灰缸，把烟掐灭在烟灰缸里。停顿片刻，他拿过纸片。

纸上写着简单的没什么特点的十一位阿拉伯数字，陆南渡却盯着它看了许久。

他就这样坐了很久，像一个没有呼吸的人。

他不知道自己还能不能活过来。

脑海里莫名其妙地出现江汐的脸。她的情绪总是平淡的，像是什么事儿都不在乎，而她却是他这辈子吃到的最甜的一颗糖，这丝甜是他对这世间最大的眷恋。

即使糖攥久了，糖衣化了，里头只剩苦涩，可他仍不舍得放手，别的他都不要。

陆南渡回过神来，拿起手机，输入数字，没有任何犹豫。

按下了拨打键后，他将手机放到了耳边。

那天江汐开车从公司回来，看到了蹲在小区外花圃边的陈欢。

小姑娘还是留着齐耳短发，左耳骨换了个新耳钉。她垂着头，两只手懒懒地挂在膝盖上。

江汐透过风挡玻璃看她，减缓车速，最后停在陈欢的面前。

车灯照亮了陈欢。

江汐关了灯。

陈欢抬头，笑着朝江汐招了两下手："晚上好哇。"

陈欢起身，拉开副驾驶座的车门上了车。

江汐瞥了她一眼："你倒是不客气。"

陈欢笑嘻嘻地说："我什么时候跟你客气过了？"

江汐笑了下，直截了当地问："找我什么事儿？"

陈欢说："到你这里借住几天。"

"没钱了？"

"我姨给了我点儿钱，但我得省着用。你这免费酒店就挺好的。"

"你倒是挺会打算。"

“这不是被亲妈断了生活费，走投无路只能省吃俭用。”

陈欢降下车窗，寒风瞬间灌进车厢。她打了一个哆嗦，转头看着降了半边车窗的江汐：“你不冷？”

江汐说：“还行。”

江汐的确没觉得冷，开窗只是想醒神透气。

陈欢把车窗升了上去：“看起来我比你更像一个年近三十的人。”

江汐懒得理她。

停好车后，陈欢跟着江汐上楼。

家里热，陈欢一进门便脱了外套，问江汐：“你吃了没？”

江汐正端了杯水从厨房出来：“吃了，你没吃？”

陈欢摇头说：“没。”

陈欢从沙发上起身问：“你家里有没有方便面？我随便弄点儿垫肚子就行了。”

江汐端着水走过来在沙发上坐下：“直接叫个外卖吧。”

陈欢却不是很想叫外卖，是个急性子：“这玩意儿太麻烦了，等它送过来我估计吃空气都吃饱了。”

“……”江汐说，“泡面在厨房的第二个橱柜。”

“谢了。”

上次夏欣妍来江汐家置办的那些锅碗瓢盆终于起了作用，陈欢用它们煮了包泡面吃。

几分钟后陈欢端着面从厨房出来，在沙发上坐下。

江汐正靠在沙发里玩手机，不知道在看什么。

陈欢没打扰她，忽然看到桌上的一块男士手表。

手表款式简约却不失高贵。

陈欢认得这款手表的品牌，价格动辄不少于七位数，不是谁都买得起的。

陈欢一边吃着泡面一边问：“有男朋友了？”

江汐看了眼陈欢，目光落到了桌上的手表上。

上次陆南渡把手表放在这里后就没再来拿过。江汐很清楚陆南渡不是忘记了，他一向恨不得找各种理由黏在她的身边。

只能说，他不想来找她。

江汐大概也能知道陆南渡为什么不来找她，毕竟上次他没认出她，还弄了她一背的伤。

实际上她没有介意。或许人们没有真正的感同身受，但总会有因相似的经历而产生同理心的人。

谁都有生病的时候，他们不该被视为异类。

陈欢见江汐这种反应，以为猜得八九不离十了，直接问："我姨知道你谈了没？"

江汐这时才重新抬眼看向她："没谈。"

陈欢吃惊地说："不是，这都到你家过夜了，还没在一起？"

江汐看了她一眼："你怎么就知道是过夜了？"

陈欢说："谁白天没事儿摘手表，当然是晚上睡觉前。"

江汐："……"

陈欢说："我厉害吧，以后我的对象估计出轨不到两天就能被我抓到。"

江汐说："没谈，别乱猜了。"她继续低头玩手机。

陈欢见她似乎不太想聊这个话题，便没再问了，转眼注意到江汐的手机界面一直停留在短信的对话框上。

陈欢没多看，只一眼滑过，也不知道短信有什么好玩的。

陈欢的母亲一个星期前从国外出差回来，陈欢自然也没有了继续借住在夏家的理由。她被母亲接回家。

这才一个星期，母女便闹翻。陈欢课也不上了，在大姨家住了几天后直接飞到了北京。

十几岁的未成年人也有自己的烦恼，这世界不会因为他们年龄小便给予宽容。

陈欢必定是有心事的，但她不说，江汐也不会去问。

直到有天晚上，陈欢在外卷了一身寒气回来。

江汐当时正坐地上拼乐高，听见开门声抬起头。

玄关处，陈欢裹着羽绒服，身后背一个吉他包，进屋后关上了门。

江汐看见她身后的吉他包，一下了然："在这边找老师了？"

陈欢把吉他包放在墙边："今天上课了。"

江汐点点头，收回目光，继续玩自己手里的乐高。

陈欢脱了羽绒服，在沙发上坐下，撑着下巴看江汐拼乐高："你还真会给自己找乐趣。"

"闷死好像也不错。"

"那倒是挺有道理。"

一分钟后陈欢加入了江汐。

江汐问："以后不回去了？"

陈欢没有一丝犹豫："不回。"

"不上学了？"江汐淡淡地问了一句。

陈欢无所谓地说："反正都学不会，上学也是混日子，上不上没什么区别。"她顿了一下说，"不对，不上学反倒有大把时间学我自己想学的。"

陈欢一向是个有想法的人，也不需要江汐给建议。

江汐说："当前不后悔这个选择就行。"

陈欢第一次听见有人这么说，抬眼看向江汐："别人都是说以后别后悔就行，到了你这儿倒变成现在不后悔就行了。"

江汐瞥了她一眼，继续拼着乐高。江汐平淡地说："会后悔以前选择的人多了去了，因为人都会变，以前做选择的时候也不知道自己以后会变成什么样，不如就看当下，当下不后悔就行。"

觉得江汐说得有道理，陈欢笑着说："但我很确定我以后也不会后悔。"

江汐的确信。

陈欢这人向来目标坚定，自小便有自己的想法，不然和母亲

的关系也不至于那么僵。她和母亲的不合不是来自叛逆，而是由于自己太有想法。一个传统保守，一个不拘于条条框框，两人生活在同个屋檐下自然争吵不断。

江汐说：“你自己决定好就行。”

陈欢说：“八百年前就决定好了。”

过了会儿，江汐问：“缺不缺钱？”

陈欢虽然独立又勇敢，但毕竟只是个高中生，没有经济来源。她也很诚实地说：“说不缺肯定不可能，但如果说缺钱到没饭吃就有点儿夸张了。”

她有点儿沾沾自喜：“毕竟攒了两年的零花钱。”

她还是个小孩儿。

江汐说：“敢情你两年前就想跑了？”

“岂止两年前，”陈欢说，“十几年前就想跑了。”

江汐笑了。

陈欢忽然说：“对了，我在你这边就住个几天，等找好房子了就搬出去，可能得再打扰你几天。”

“随意，”江汐说，“你不想搬走也行。”

江汐的房子大，平时格外冷清，陈欢搬进来后多了点儿生气。由于陈欢白天一般都在外面晃，两人也碰不上几次面，所以江汐并不会感到麻烦。

陈欢说：“谢谢了。”

江汐没说什么，停下拼乐高，伸了个懒腰：“还没吃饭吧？”

陈欢懒散地点点头。

江汐拿过旁边的手机：“帮你叫个餐吧。”

江汐问：“你吃什么？”

“随便。”

江汐随手点了一堆，前后不过几十秒。点完后她将手机扔回了桌上。

陈欢讶异地说：“点完了？够快啊。”

江汐说："你不是说随便？我随便点的。"

陈欢："……"

江汐闲着也没事儿，起身去洗了个澡，从浴室出来的时候陈欢正好从玄关拿了外卖进来。

陈欢将两袋外卖放在桌上问："这附近有没有什么可以买衣服的地方？"

江汐用浴巾擦了擦头发，坐在沙发上说："商场。"

江汐才注意到陈欢平时穿的衣服都是两套换来换去。

江汐问："没带衣服？"

陈欢一屁股坐在地上，盘着腿打开外卖："走得急东西没来得及收。"

一个多月后就是春节。

江汐想了下说："明天一起去吧。"

陈欢问："你明天有空？"

江汐嗯了声："没什么事儿。"

"行，那明天一起过去。"

陈欢现在每天一心搞音乐，还会腾出点儿时间打工。

今天跟江汐约好了去商场，陈欢上午打完工，下午就跟老师请了假。江汐去打工的地方接她。

陈欢没有文凭，也没什么技能，平时就在网吧做前台。

楼房大概有些年头了，铁门生锈。网吧里有大把人在通宵玩游戏，隔一会儿便有三两男生笑闹着从里面出来。

不久陈欢便跟几个男生一同出来，看到江汐的车后陈欢和几个男生道别。

男生似乎跟她很熟，挥了挥手，勾肩搭背地走远。

陈欢跳上车，把书包甩到了后座。

江汐问："交到朋友了？"

"算吧，"陈欢说，"毕竟每天坐在网吧里低头不见抬头见的，

聊着聊着就熟了。"

"忙得过来吗？"

陈欢说："当然忙得过来。这工作挺轻松的，就帮客人开个电脑卖个泡面。"

江汐知道在网吧打工赚不了多少钱："缺钱的话可以跟我说一声。"

陈欢说："目前不缺。"她尽量不给人添麻烦。

江汐也没说什么。两人有一搭没一搭地聊着，很快到了附近的商场。

工作日商场不是很热闹，人不多，来逛街的大多是没课的大学生。

陈欢的穿衣风格比较张扬。一楼大多是休闲服饰，两人在一楼走了一圈后上了二楼。

江汐说是顺便过来看看衣服，但实际上就陈欢一个人在看。江汐悠闲得仿佛是来散步的。

陈欢买下第二套衣服的时候问："你不买？"

江汐靠着柜台说："没看见合意的。"

结账后两人离开，又绕着商场另一边漫无目的地逛着。

她们经过一家装潢精致的小店，里面挂满了漂亮的裙子。江汐扫了眼，放慢脚步。

陈欢顺着江汐的目光看进去，裙子设计得繁复又不失可爱。

平时江汐就不是这种风格，陈欢诧异地问："原来你喜欢这种？"

江汐只瞥了她一眼，什么都没说便走进了店里。

陈欢跟着进去。

店员迎了上来，在听到江汐跟店员描述身高体重和模样的时候，陈欢才知道这不是江汐买给自己的。

江汐口中描述的女生不是很高，体重较轻，长相可爱。陈欢一下便知道是谁了。

她问江汐："给我表姐买的礼物？"

陈欢的表姐便是夏欣妍的女儿，也就是江炽的女朋友。

她毕竟是小江汐几岁的妹妹，一到过年江汐就习惯给她带礼物，现在都形成习惯了。

江汐挑着衣服对陈欢说："要不我也给你买一件？"

"我就不用了，"陈欢拿了件裙子看，"这种衣服我就穿不来，没那气质。"

江汐淡淡地说："每个人有每个人的特点。"

江汐很快挑了三套出来。

陈欢不得不佩服江汐的眼光："还挺适合我表姐的。"

打包后两人很快地从店里出来。陈欢还差几件衣服和鞋子。

江汐去了趟洗手间，回来的时候陈欢还在店内试鞋。店里有点儿闷，江汐没再进去，站在外面透气。

她站在玻璃围栏边，旁边是一盆绿色盆栽。

江汐忽然注意到旁边的店里有一道身影，看了过去。

看到男人的背影时她已经认出是谁。

江汐看了眼招牌，是一家电脑维修店。

她收回目光的时候他已经推门走了出来。

看到江汐的时候秦津也愣了一下，但他很快就恢复正常，朝江汐走了过来。

两人其实只见过一两次面。虽说江汐和陆南渡见面的次数不少，但江汐却一次都没碰上秦津，大概陆南渡见她的时间都不是工作时间。

江汐和秦津上次见面还是她剐花了陆南渡的车，那时还不知道秦津是陆南渡的助理。

秦津停在江汐的面前，礼貌而有涵养。他伸手说："你好，江小姐。"

江汐原本懒懒地靠着身后的栏杆，听了秦津的话后站直身子和他握手："你好。"

即使两人之间没什么话题，秦津也不会让彼此冷场：“很巧，你怎么也在这边？”

江汐说：“没事儿过来逛逛。”

秦津嗯了声：“买到想买的东西了吧？”

江汐点头说：“嗯，差不多。”

往常这种话题江汐是不会继续下去的，她不擅长，今天却硬着头皮多问了一句：“你呢？”

连秦津都觉得有些讶异，但他的神情很快就恢复自然：“送台电脑过来修理，里面有些重要资料。”

江汐哦了声。

秦津大概还有事儿，看了眼手表。

江汐问：“最近陆南渡很忙？”

秦津抬眼看向她，神情很自然，嘴角带着笑：“陆总最近是很忙，公事缠身，也有些私事要处理。”

江汐也是个聪明人，不会听不出后半句的意思。秦津给她传达了一点儿信息，两人心知肚明，但江汐看破没说破。

秦津又看了眼手表说：“江小姐，工作上还有点儿事儿，我就先走了，下次有机会再见。”

江汐点了下头。秦津很快离开。

江汐看着秦津的背影。

这是这些天来陆南渡和她唯一的一点儿联系。

他没有给她打电话，也没有发短信，像是从来没在她的世界存在过。

一个月眨眼而过，平静无波。

之前公司正在接触的两个剧本出于某些原因搁置了，合作迟迟没谈下来。

江汐在月中拍了次杂志，除此之外没有其他的工作。好在艺人这份工作平时赚得不少，江汐这么久没工作也不至于没钱花。

其他忙碌的艺人在春节是没空回家的，江汐从来没有遇到这种状况。年底前夏欣妍便一直给她打电话，让她早点儿回家。

江汐在家闲着也没事儿，便准备提前回家。陈欢也跟她一起回去。

结果第二天佟芸便给她打了电话，说临时有个采访，是为几个月前拍的那部戏提前准备的，以后播出的时候物料会慢慢放出来。

江汐向来不会推辞正经工作，答应下来。

已经订了回家的机票，江汐让陈欢先回去，把自己的航班改签到后天。

拍摄采访的那天正好是除夕。

临近长假，工作气氛变得松散，大家逢人便说说笑笑。采访用时不长，一个小时后江汐便从采访间出来。

飞机三个小时后起飞。江汐看了眼时间，开车回家。

行李昨天就收拾好了，她回家拎上行李打车去机场。

傍晚，飞机降落在那座潮湿的南方城市。

南方的冬天并不暖和，湿冷的空气直往人的骨缝里钻。

江汐打车回去。沿路张灯结彩，商铺放着耳熟能详的喜庆音乐，放眼望去皆是红色。

她回到家的时候，夏欣妍正指挥夏行明贴春联。

夏行明站在椅子上，把“出入平安”往门楣上贴：“这个位置行不？”

夏欣妍站在底下看着：“往右边一点儿。”

夏行明往右挪了点儿。

夏欣妍说：“可以了可以了。”

江汐从出租车上下来，关上车门。

院子里的夏欣妍听到动静回头，看到是江汐，喜出望外：“小汐，回来啦。”夏欣妍也不管手上还沾着糨糊便急匆匆地走出来：“赶紧进屋，外面冷，冻久了该感冒了。”

出租车司机打开后备厢，帮江汐把行李箱拎了下来。

夏欣妍说："行李箱让你叔帮你拎屋里，我们先进屋。"

夏行明正从里面出来，江汐和他打了个招呼。

夏行明说："小汐回来啦，进屋去，行李叔帮你拎进屋。"

江汐被夏欣妍拉进屋，茶几上放着各式各样的坚果糖粒。

厨房里的抽油烟机轰轰作响，夏欣妍让她在沙发上坐着。

夏欣妍说："你先吃点儿东西垫垫肚子，厨房里阿姨还忙着呢，过会儿准备准备可以吃年夜饭了。"

江汐说："有什么是我能帮忙的吗？"

夏欣妍往厨房走去："不用，哪有什么可帮忙的，你坐着吃吃东西就行，江炽和夏枕也快回来了，你们三个呀个个都是大忙人，别人早早放假了你们仨都今天才回来。"

江汐听她念叨着，笑了笑。

江炽和夏枕的确没过一会儿便回来了。三人在客厅聊天，等年夜饭开饭。

夏枕拿了个礼物给江汐，沉甸甸的。

是画画用的一些电子产品，江汐一愣。她已经很久没画画了，自然不会有这些东西。

这是江炽和夏枕一起送的礼物。小姑娘皮肤白，大眼睛，声音细细软软的。

江汐道了谢，这才想起自己也带了礼物，起身去拿。

江汐不仅给夏枕买了衣服，还有价格不菲的首饰。

小姑娘收到这些东西很高兴。江炽的坐姿没个正形，一条胳膊搭在她身后的沙发上。他盯着她的侧脸看，看她笑了他也笑了笑。

他看向江汐，似笑非笑地说："这人还没嫁到我们家呢，你先下的聘礼？"

夏枕容易害羞，听到这句话脸红了，找了个借口起身上厕所。

江汐莫名地觉得好笑。等夏枕离开了，江汐说："禽不禽兽哇你？"

姐弟俩又聊了几句。过了会儿，江汐起身去厨房给夏欣妍打下手。

除夕夜，夏欣妍张罗了一桌的饭菜，从早上忙到现在。

天色渐黑，万家灯火明亮，气氛暖融。

餐桌上的菜式繁多，色香味俱全，火锅泛着热气。

江汐端起酒杯跟家人碰杯，小抿了一口。夏欣妍许久没见到他们三个，嘘寒问暖，让他们多吃点儿。

五个人的饭桌终于不再冷清，两位长辈明显很高兴，餐桌上的气氛很热闹。

这顿团圆饭吃了一个多小时。

团圆饭后看春晚，这几乎已经是每个家庭过除夕夜的流程。

客厅的几个人聊着天。夏行明正跟老朋友打电话，应该都是些老同学，聊着学生时代的事儿。江炽和夏欣妍正边嗑瓜子边聊天，江汐靠在沙发里百无聊赖地看电视。

夏行明怕打扰到他们便到窗台边去打电话了，但即使这样江汐还是能听见他在聊什么。

他身居高位，下属的电话一个接一个，刚接完一个同事的拜年电话又和老同学聊起来了。

当夏行明叫出一个老同学的名字的时候，江汐忽然一顿。

夏行明在笑着寒暄。不知什么时候，他叫了江汐一声。

江汐回过神，看向站在窗边的夏行明。

"小汐，你许老师问你最近过得怎样？"夏行明问。

夏欣妍听到后问："许清州？"

夏行明点头笑着说："他正问小汐最近的生活状况。"

许清州是夏行明的老同学。当年江汐的状态不好，夏欣妍和夏行明带她去许清州那里看过。

后来江汐恢复了，但有空仍是会到许清州那边聊聊天，拿些药。

江汐不知在想什么。

夏欣妍跟她说："你许老师应该是最近看到你的那些新闻了。"

江汐点点头，起身想去接电话，电话却似乎断了。

夏行明喂了几声后看了眼手机屏幕，皱着眉说："没信号。"

"那下次再聊吧，"夏欣妍跟江汐说，"过几天拎上点儿东西去看你许老师。"

江汐问："他现在不去国外了？"

许清州年轻的时候在国外，直到几年前才回来，但有时仍会两国来回跑。

夏欣妍说："是呀，现在我们年纪都大了，哪个到年纪的人不想归根？"

江汐没说什么。

江汐晚上喝了点儿酒，再加上最近休息不好，有些犯困。

夏欣妍没让她守岁，让她早点儿回房间睡觉。

江汐没坚持，起身去隔壁。

江家常年没人住，跟夏家一比显得格外冷清，没有一丝年味。

江汐懒得开灯，摸黑上楼。

窗户紧闭，寥寥的几声鞭炮声和烟花声隐隐约约传来。

最近睡眠质量欠佳，但今晚喝的酒格外助眠，江汐意外地沾枕就睡。但毕竟神经衰弱，外面动静大点儿她还是会被吵醒。

烟花声、炮仗声此起彼伏，五彩缤纷的烟花碎影倒映在窗户上。

新的一年到来了。

江汐把半边脸埋在枕头里，细嫩的皮肤几乎一碰便碎。

窗外五光十色的光影闪过，映得她的脸忽明忽暗。

江汐微睁着眼看着窗外，似乎被隔离在整个世界之外。外面的热闹与屋内的无声无息形成强烈的对比。

她一动不动地盯着窗外看。

直到外面安静下来，江汐翻了个身，拿过睡前随手扔在旁边的手机。

手机上都是别人群发的新年祝福短信，内容大同小异。

江汐往下翻了翻，没看到陆南渡打来的电话或发的短信。

他像人间蒸发了一般，又像从来不曾在她的生活里出现过，仿佛一切只是纯粹的一场梦。

江汐把手机扔到一旁，从床上起身，赤脚走到窗边。

下雪了。

雪不是很大，细细软软地往下落，树梢带着一点儿白。

道路空寂，仿佛之前的那派热闹景象只是幻象。

江汐在窗边站了会儿。南方没有暖气，瓷砖上的凉意往脚底钻。就在江汐准备转身回床上的那刻，注意到一个身影。

她愣了下，看到不远处的樟树下站着一个一米八多的高个子。

他没注意到她，又或者说不知道她会站在窗前。

江汐隔着窗户看他。即使隔得这么远，她依旧能发觉他的头发似乎比之前长了点儿。

她转身离开窗边，套了件羽绒服下楼。

雪还没化，室外的天气虽不至于严寒，但江汐仍感觉到一阵寒意。它们一丝一丝地往骨缝里爬。

江汐停在了院门外。树下的人背对着她，微低着头不知在看什么。

江汐没上前，静静地看着。

她看见他犹豫过后还是将手机揣回了兜里，准备离开。

他没回头看。

江汐喊了一句："陆南渡。"

前面的身影忽然一顿。

她的音量不算大，也不算小，情绪没什么起伏。

陆南渡没有回头。

短暂的寂静后，江汐抬脚走了过去，鞋底踩在薄雪上发出细响。

停在他的身后，她又叫了声："陆南渡。"

陆南渡似乎这时才确信是她的声音，慢慢地转过身。

他的头发果然长了些，有点儿遮住眼睛。

江汐和他对上视线，他的眼里有一丝红。

她这才发现陆南渡的皮肤似乎变白了，但气色不怎么好，透着不健康的苍白。

江汐问："你来了为什么不给我打电话？"

陆南渡有点儿无措。

不过才一个多月没见，他却像跟她生疏了几年。

他没以前自信，似乎在害怕什么，又或者是没想到江汐还会理他。

他一时不知道怎么应对。

江汐问："不想跟我联系？"

陆南渡一下急了，朝她靠近，小心翼翼地去牵她的手。

"不是，"他的眼睛有点儿红，"姐姐，不是的。我没有不想联系你。我只是怕一看见你就不舍得走了。"

周围很安静，也许是他在外面站久了，手很冷。

陆南渡冰冷的指尖碰到她的手，也许是担心冷到她，他收回了手。

江汐把一切看在眼底，没说什么。

陆南渡的确不舍得走。别说见到她了，即使已经在她的楼下待了几个小时他还是不肯走。

他不想走。

安静了一会儿后，江汐问："最近去哪儿了？"

听见她这么问，陆南渡的眼神稍微闪躲了一下，他含糊其词地说："没去哪里，就……有点儿忙。"

江汐只是盯着他看。

两人都安静着。

她不说话，陆南渡重新对上她的视线。

江汐问："忙什么？"

陆南渡微愣。

江汐这人说白了就是寡淡，对很多事儿没有任何探知欲。别人愿意告诉她的事儿她都不一定乐意听，更不用说主动问别人，可现在她却在追问陆南渡。

陆南渡明显有几分意外，但仍是没说实情，即使知道江汐有可能已经猜出来了。

他低着头，刘海遮住了眼睛："忙着追你的事儿。"

江汐云淡风轻地问了一句："是不是治病去了？"

陆南渡一愣，过了会儿才反应过来。他抬头，看着江汐。

江汐很冷静，看着他："我问你，是不是去治病了？"

陆南渡微张嘴，却一句话也没说出来。

他没想到江汐会有这样的反应。他想过她或许会厌恶、恐惧、远离，却独独没想过她会是这种平静的状态，仿佛这件事儿在她这里只是一件小事儿。

陆南渡一下子不知道说什么，半晌才挤出一句："姐姐，你不怕我吗？"

他失去神志的时候把她一并归为攻击对象，会伤害她，犹如一颗不定时的炸弹。

江汐却说："这问题你上次问过我了吧。"

陆南渡记得她当时的回答。

这一个多月来，他唯一的念想便是江汐这句话。他总在想，或许江汐知道他的病之后真的会不怕他。

可他不敢赌这一丝渺茫的希望。

要是她害怕了怎么办？

他害怕她离开他。

路灯照着一长一短的两个影子。

江汐把双手插在羽绒服的兜里："陆南渡，不管你信不信，我们或许有不同的地方，但在某种意义上我们是同类人。"

她对上陆南渡的视线："我们都是一条路上的人，我为什么会怕你？"

陆南渡或许听不懂，毕竟不知道她曾经在那一年里发生过什么。

但这番话她有必要让他听到。

陆南渡格外错愕。他来之前完全想不到江汐会是这种态度，甚至不知道还能见到她。

微弱的灯光下，陆南渡的眼眶慢慢变红，但他没哭。

他试探着朝江汐靠近。

他太冷了。似乎越靠近她一寸，他便活过来一分。

她是光。

陆南渡走到她的面前，缓缓地抬起手，似乎担心这个梦一不小心就碎了。

他伸手抱住了她。

江汐没动。

他把她抱得更紧了。

“姐姐。”

江汐没说话。

陆南渡把额头抵在了她的肩膀上。

“姐姐对不起，我本来想身体好了再来找你的。”他的声音里带着挫败，“可是我没做到，我忍不住。”

他把头埋在她的颈窝里，声音闷闷的：“对不起，我好想你。”

江汐的心里一紧。

“是我没用。”他说，“是我没办法很快变好，没办法早点儿像个正常人一样来到你的身边。”

他想保护她的，不要伤害她。

江汐被他紧紧地抱在怀里。

他没有说他有多痛苦、多难熬，可江汐却感觉到了那种无力感，就像背部被东西重重地压着。他很想直起身，却日渐无力、束手无策，更是不知道怎样才能找到出口。

或许当年的病并不全是坏处，至少让她现在对陆南渡多了一点儿理解。

陆南渡的力气很大，江汐的脖子周围充满了他滚烫的气息。

江汐缓缓抬手，环住了他的肩膀。

陆南渡身体一顿。

江汐摸了摸他的后脑勺说：“没事儿，不是走到今天了吗？挺有用的。”

陆南渡的脑袋一片空白。

“怎么，”江汐稍侧头，脸贴着他的太阳穴，“还说不说话了？”

似乎到这一刻，陆南渡才相信江汐是真的不嫌弃他了，胆子也跟着大了起来。

他抱得更紧了，似乎要将她揉进血肉里。

“我当然要说，怎么不说，我要跟你说一辈子话的。”

江汐莫名觉得好笑。

他说：“我以为你不理我了。”

江汐静静地听他说。

“很多人看见我这样，”他顿了下说，“都会说我是疯子、神经病，没人跟你一样。”

江汐问：“我在你的眼里是那种人？”

陆南渡急了：“才不是，我知道你跟他们不一样，可是……”

可是他不敢冒险，江汐是他唯一承担不起的风险。

江汐也没有继续问了。

陆南渡估计被哄开心了：“反正他们不是你，爱谁谁吧，老子懒得管。”

江汐不知道他为什么这么容易开心，跟一个要到了糖就破涕为笑的小孩子似的。

她笑了笑。

现在已经是凌晨。

他从江汐的肩膀上抬起头，低头看着江汐。

“很晚了。”陆南渡说。

江汐嗯了声。他问：“你是不是要回去了？”

“要不然呢，”江汐说，“在这外面冻一晚？”

陆南渡看向远处，嘀咕：“我才舍不得。”

他连风口都用身体给她挡住了，不让她吹到一点儿风，更何况让她在这天寒地冻的天气里冻着。

他即使再不舍，也松了手，一副不情愿的样子。

江汐觉得有点儿好笑："回去吧。"

陆南渡说："你先进去。"

江汐点点头，转身往家里走。

陆南渡在她的身后说："做个好梦，最好梦到我。"

江汐："……"

什么幼稚鬼。

陆南渡看着她的背影。

江汐的脚步慢慢地停了下来。

"陆南渡，"江汐看着他，"你能做到吗？"

陆南渡知道她的话是什么意思。

"能。"他看着她。

江汐点点头："你说的。"

"嗯。"

"改天见。"江汐说完转过身。

陆南渡一直站在树下，直到看不见她的影子才转身离开。

Chapter 14
囚笼

大年初二。

夏欣妍一家回了老家，她和父母都在同一座城市，不是很远。夏行明和江炽都一起过去了，留下江汐一人。

她联系了许清州。

许清州还住在原来的地方。

江汐拎上一些好茶驱车拜访。

许清州安居在一个节奏慢车马也慢的小镇。

那座小镇仿若被这个快速发展的时代抛弃了，悠闲得仿佛十几年前。深巷黛瓦，街边小铺。

有些道路还是以前的样子。

江汐早晨出发，大概中午才到。

今天天气晴朗，阳光带着暖意。

她凭着记忆停在了一条巷子前。巷口的墙上挂着一个生锈的小铁牌，上面写着“时芳巷”。

江汐手里拎着东西往巷里走去。这里的大部分人已经搬走了，有许多人去楼空的阁楼。

一个老奶奶抱着一岁多的小孙女坐在门槛上。小女孩儿看见江汐，嘴里发出好奇的几句喃喃声。

这个老奶奶倒是认得江汐，以前江汐来找许清州的时候两人见过不少次。

老奶奶头发花白，满脸皱纹：“姑娘，来看你许老师呀？”

江汐停在她们的面前，笑着说：“他早上没出去吧？”

老奶奶摇了下头，说话带着口音：“没见他出来，现在这天寒地冻的，他那身子骨估计不会出来受罪。”

她怀里的小女孩儿抬着头，大眼睛好奇地看着江汐。

老奶奶只一个人住，儿子和儿媳妇都去了外地打工，这个女孩儿估计是她的儿子留下来的。

小女孩儿的眼睛黑溜溜的，嘴里咿咿呀呀地叫着。

许清州喜欢吃糖，江汐早上出门给他带了些。她从兜里拿出几颗糖，递到小孩儿面前。

小孩儿一点儿也不怕生，软乎乎的小手抓住了江汐的手指，跟个小天使一样。

江汐对她笑了笑。

老奶奶也笑了，颠了颠腿上的孙女：“小丫头可真会找人，每次净找好看的哥哥姐姐。”

江汐笑了。

老奶奶拿开了小孙女的手：“行了，姐姐要走啦，不耽误姐姐的正事儿。”

江汐把几颗糖果递给了老奶奶：“白天给她吃点儿。”

老奶奶接过后对孙女说：“谢谢姐姐。”

小女孩儿的注意力不知被什么东西吸引走了，正歪着身子去看别的东西。

许清州的房子在巷尾。铁门绕满了绿藤萝，这是一座复式小阁楼。

院门没锁。江汐轻轻推门，年久失修的铁门发出吱呀一声。

江汐叫了一句："许老师。"

屋里没人回应。

江汐没有贸然进去，站在院里准备掏手机给许清州打个电话。屋里却传来许清州温柔又不失散漫的声音："谁？"话音刚落，门也被推开。

许清州穿着宽松的毛衣，脚踩一双室内鞋。他五官清隽柔和，肤色很白，戴着一副金丝边眼镜。看到江汐，他微笑道："来看老师了呀。"

江汐笑着说："好久不见。"

许清州说："那是好久不见了。"

他看了眼外面的天气："天气不错，要不在这外面晒晒太阳？"

江汐点了点头。

两人坐在屋外的藤椅上，江汐给许清州沏了杯茶。

许清州四五十岁，眼角有了皱纹，接过江汐的茶说："是不是有什么事儿要问我？"

江汐微愣，随后笑了下："你怎么知道？"

许清州是个文化人，语气柔和："看你最近过得不错，应该是没什么问题问我了。"

他抿了口茶，轻轻放下茶杯，笑了下说："只能是别人的了，说吧，有什么想问我的？"

许清州知道她在想什么。

"那我就不拐弯了，"江汐笑了下，"我的确找您有事儿，也确实是别人的事儿。"

许清州笑道："猜得没错。"

他端起了茶杯说："说吧，什么事儿？"

江汐问："一个人平时会产生幻觉，这种情况算不算严重？"

许清州闻言透过杯沿看她。

他没急着回答她，慢条斯理地喝了一口茶说："不一定，人这种生物发个烧都可能产生幻觉，不能一概而论。"

许清州放下了茶杯："世界上没有两个相同的人，自然没有一模一样的发病原因。每个人的发病机制都格外复杂，跟他的身世、经历都有不同程度的关系，归根结底还是得看那个人经历过什么，但这点恰恰也是最难解决的。"

江汐看着许清州没说话。

许清州看了她一眼："病人会产生幻觉，大部分是以前的某段经历造成的阴影，从而引起他们的恐惧、紧张。当你试图探究他们过去发生过什么的时候，他们会抗拒，而且情况越严重的人会抵触得越厉害。"

江汐嗯了声。

这种感觉她体会过。

每个绝境中的人都想被治好，都想被光明一把拉上岸，如果那么容易被治好的话，谁想经历那番挣扎。

"心魔之所以叫心魔，就是缠着人陷入死循环，不想掉进去却又爬不出来。"许清州继续说，"它挑战人的意志力，等哪天我们撑不下去了，它就跟着我们一起消失。"

江汐不知道想到什么："这也是很多人轻生的原因。"

许清州大概是想到她以前那些事儿了，笑了一下。

他说："虽然看起来是解脱，但我还是想跟每个病人说再坚持一会儿，或许哪天就赢了呢，说不定能笑到最后。"

凤凰涅槃，浴火重生。

许清州停顿了一下，看向江汐，笑着说："就像你。"

江汐说："我就是一个普通人。"

许清州也不对她的这句话发表什么意见，问她：“你前面说到的那个人，是你的朋友？”

江汐点点头。

“一般出现什么幻觉？”

江汐一愣，这个她不清楚。

许清州看着她的表情便心中了然：“他没告诉你吧，正常。”

江汐没说话。

许清州继续问：“那出现幻觉的时候会有什么行为？”

这个江汐倒是切身体会过：“攻击人。”

停了几秒后她又说：“他会把身边的人认错成其他人，好像……偶尔还会忘记自己做过什么。”

听完她的描述，许清州微微皱眉。

职业素养的原因，许清州很少在谈及病情的时候皱眉，这会给病人造成心理压力，认为自己的病情很糟糕。

江汐看不懂他的意思，试探地问：“很严重？”

许清州缓慢地摇了摇头：“不是。”

“严不严重看个人，”他笑着问江汐，“你怕不怕黑？”

江汐不怕黑，反而享受在黑暗的环境里待着。

她摇头。

许清州说：“你看，我们都不怕，但就是有那么一个群体，他们怕黑，没有光就不行，严重点儿的可能出现心跳加快，浑身颤抖，甚至可能产生幻觉，俗称黑暗恐惧症。”

“所以呀，”许清州说，“归根结底还是得看那个人过去经历过什么，他到底在害怕什么。他没来的情况下我没办法准确判断。”

江汐嗯了声。

许清州说：“不过可以断定，你那朋友应该是生病了，但生病不要紧，就跟人发烧感冒一样，没必要把它当成多恐怖的事儿。”

江汐没办法不紧张，或许因为对方是陆南渡，一开始便没办法客观对待。

许清州说：“放宽心，这句话不只是对病人适用，对他的家人和朋友也是一样，别太紧张了。”

江汐点了点头。

许清州的手背轻轻地碰了碰茶杯，茶已经凉了，但阳光倒还算温暖。

他说：“天气冷，我去楼上拿红茶下来，换个红茶喝。”

现在很多年轻人不喝茶，江汐便是其中之一，对这些不太了解。

许清州跟她解释道：“红茶性味甘温、生热暖腹，冬天喝这个正好。”

他笑着起身：“我进屋拿，你先坐坐。”

江汐点点头。

许清州虽不至于头发花白，但也有一定的年纪了。这些年他未娶妻生子，早年在国外奔波，晚年便待在这小镇里安享晚年。

看似一个没什么故事的人，一生匆忙、平淡、无欲无求，在心理或是情感上看得比别人通透。

但这世界上哪有没来由的通透，不过是我们经历过了，所以才能泰然处之。

江汐把目光从许清州的背影收回来。

许清州闲暇的时间多，喜欢养花种草看书。

院里放着几盆花。

这座南方城市常年温度不低于十摄氏度，稍微耐寒的花卉在冬天都能存活下来。

今天太阳不错，许清州应该是暂时将花搬出来了。

江汐闲着没事儿，起身看花。

许清州去得有点儿久，不知什么时候院门传来吱呀声。

有人推门进来。

江汐倚着花架，停止拨弄手中的花，抬起头。

铁栅栏的门上缠着绿藤萝，稍微遮住了对方的身影。

门被推开，出现一张稍显病态的脸。他大概没想到院里有外人，没什么兴致，稍低着头。

江汐的目光落在那个人的身上，弄花的手慢慢地收了回来。

他进门后没关门，双手插在兜里。

也许是注意到她的目光，江汐终于看见陆南渡抬起了眼。

大概没想到院子里的人会是她，原本眼睛里还带着不善的淡漠，在看见江汐的那一刻，陆南渡瞬间愣住。

不知是不是江汐的错觉，只不过两天没见，她发觉陆南渡的脸色似乎比之前差了些，甚至有些颓废。

陆南渡没想到江汐会出现在这里，几秒后也没反应过来。

他看着江汐："姐……姐姐。"

陆南渡没跟她说过他去了哪儿，她并不知道他在哪里治病。

陆南渡问她："你怎么在这儿？"

看他似乎带着点儿期待的表情，江汐实话实说："找许老师有点儿事儿。"

她不是来找他的。

陆南渡果然有点儿失落："哦。"

江汐朝他走了过去："我没那么神通广大，你不说我不知道你在哪儿。"

江汐抬头看着他。最近两个月陆南渡估计不怎么见天日，皮肤白了些，只不过透着一股脆弱，眼底挂着黑眼圈。

他平时在外人的面前格外意气风发，何时有过这副模样。

江汐问他："没睡好？"

陆南渡下意识地否认："好得很。"

江汐抬手，用拇指轻轻地揩了揩他眼底的黑眼圈："要不要先跟我学学怎么遮瑕再来跟我说这句话？"

江汐的掌心没碰到他的脸，陆南渡凑了过去，把脸蹭进了江汐的手心里。

江汐看着他问："做什么？"

"你的手暖哪，"陆南渡说，"我蹭蹭。"

陆南渡说："是不是想说我无聊，对你我就是无聊，要对你无聊到老的。"

江汐："……"

陆南渡问："你来找许清州什么事儿？"

江汐却答非所问："许老师是你的心理医生？"

到这个时候已经没必要瞒着江汐了，但陆南渡还是有些不自然，点点头。

陆南渡没有问她是怎么认识许清州的。

江汐也没多想。

陆南渡又问："你来找他什么事儿？"

江汐瞥了他一眼："不是我自己的事儿。"

陆南渡似乎松了口气："那就是为了我来找许老头的。"

他说这话的时候笑嘻嘻的，方才进门的颓废荡然无存。

江汐点头。

陆南渡却是一愣，压根没想到她会承认。

他看了她很久，最后却只问了句："姐姐，你为什么对我这么好？"

江汐看着他："那我对你不好一下？"说着她就要把手收回来。

陆南渡瞬间拽住她的手："别，你可千万别。"

江汐觉得好笑，由他去了。

她问："你是不是找许老师有事儿？"

陆南渡的确找许清州有事儿，不然也不会过来。

"嗯，有点儿。"

"每天都会过来？"

陆南渡嗯了声："差不多都这个时间。"

江汐点了点头说：“你上去吧。”

“我上去你是不是就要走了？”陆南渡问。

江汐确实没准备久留，只不过还没跟许清州道别，这下估计得等他处理好工作后。

她说：“你下来的时候应该还没走。”

“真的？”

这时里屋的门被推开，身后传来许清州的声音：“真的，她还没喝我拿下来的红茶。”

陆南渡知道许清州肯定一直在屋里，他就是故意挑这个时候出来。

“许老头你有没有点儿眼力见儿了？”陆南渡说。

许清州笑道：“臭小子，我在自己家还需要什么眼力见儿？赶紧的，给我上楼。”

江汐有点儿意外陆南渡和许清州是这种相处方式。

许清州走了过来，放了罐红茶在桌上。

江汐很清楚去拿红茶时间不用这么久，许清州明显就是没出来打扰她和陆南渡，或者说，许清州从一开始便知道江汐说的人是陆南渡。

许清州说：“红茶先放这儿了，你自己先冲着喝，我待会儿和这小子再下来，时间不长。”

江汐嗯了声。

桌边放了本书，许清州转身的时候顺走，卷成一卷打了下陆南渡的胳膊：“上楼。”

陆南渡对江汐说：“那你别真走了呀。”

江汐笑道：“我走了你能怎样？”

陆南渡说：“找到你家去呗，还能怎样。”

江汐不想跟他贫嘴了：“行了，赶紧进去。”

“知道了知道了。”陆南渡说着转身往里屋晃去。

江汐在旁边的椅子上坐下，准备泡个茶喝。

听见陆南渡忽然停下脚步，江汐看向他。

陆南渡正回身看着她。

对视片刻，陆南渡开口：“姐姐。”

他似乎不知说什么，一大堆话到了嘴边却硬是一个字没说出来。

江汐没打断他。

他张着嘴，最终挤出几个字：“你别嫌弃我。”

“我会快点儿好起来的。”说完陆南渡进了屋。

江汐没喝许清州放在桌上的红茶。

在阳光下坐久了，她的身子逐渐暖和起来。江汐忽然很想抽根烟。

她把手伸进兜里，摸了个空，没带烟。

江汐已经很久没抽烟了，上次抽还是两个星期前。

对江汐而言，香烟就是个消遣物，没那么重要，却也必不可少。她排解情绪的方法一般就是抽烟。

江汐把手从兜里拿了出来，虽然现在天气冷，但在太阳底下坐久了还是不好受。

她环视院子。

时近中午，太阳直射，几乎没有一块蔽日的地方。

江汐往檐下走了过去。

许清州没邀请她进门，她不会贸然进屋。

檐下没什么可坐的地方，江汐靠在墙上。

陆南渡进去没多久，许清州从楼上下来。他下楼后推开门，却没看见藤椅上的江汐。

江汐看了过去，意识到许清州是在找她：“许老师，这儿。”

许清州回过头，看见江汐，笑了下：“你在这儿呢，我就说你应该没有这么快回去，晒难受了吧，刚上楼忘了跟你说屋里随便坐。”

“进来吧，可能还得等段时间。”他进屋说道。

刚才许清州说过时间不会长，现在已经改口。

江汐平静地点了点头。

许清州却像是知道她在想什么，又或者只是随口安抚：“别紧张，正常状况，进屋吧。”

江汐没推辞，进屋在客厅的沙发上坐着。

许清州给她拿了点儿甜点后便上了楼。

许清州的家不算简约，却也没有花里胡哨的。大概是职业病的原因，家里的布置和装潢都很温馨，整体呈暖色调。

房子处于向阳处，整座小楼通透明亮。

江汐只坐着，闲着没事儿掏出手机玩玩。不过她向来不热衷交际，对手游的兴趣也不强烈，看了几分钟的手机便没什么可看的了。

纪远舟打电话过来。她在年底一向很忙，今年升了总监，工作强度更是增加不少，以至于两人有段时间没联系了。

令江汐意外的是大年初二纪远舟还在加班。

纪远舟没在电话里说太多，只提及几句上司的惨无人道。上司带妻儿回家过年去了，留一众员工在公司加班。

江汐却漫不经心地问了句：“一个人在家？”

纪远舟经过短暂的沉默后笑了一下说：“你千里眼哪？”

江汐淡淡地说：“不仅千里眼，还有顺风耳。”

纪远舟笑了。

纪远舟不是个喜欢说私人感情事儿的人，但和江汐多多少少提及过。江汐大致也了解些。

那男人只手遮天，心狠手辣，将纪远舟困于一隅之地。

江汐问：“无不无聊？”

纪远舟说：“还行。”

纪远舟大概是在抽烟。她停下动作，片刻后拿开烟，嗓音散漫，像是什么都不在乎：“或许哪天我就觉得没意思了。”

江汐看着地面闪烁着从方格玻璃投射进来的光斑。

江汐问：“多久？”

纪远舟闲情散漫地说：“半年？一年？”

纪远舟笑了下：“或者更久。”

江汐没说话。

纪远舟一根烟抽毕，说道：“行了，烟抽完了，工作时间到，我去忙了。”

江汐笑着说：“还真有工作？”

纪远舟说：“不能出门，钱还是要的是不是？”

江汐还笑着：“那的确是，行了，去忙吧。”

电话挂断，江汐抬眼瞥了眼墙上的挂钟。

陆南渡上去半个小时了。

江汐收回目光。

挂钟的分针又走了一圈，陆南渡才从楼上下来。

江汐的耳朵灵敏，她侧过头。

楼梯上的陆南渡也看见她了，脚步顿了一下。

两秒之间，江汐已经不动声色地观察了他的脸色。

大概是进展得不怎么顺利，陆南渡的脸色有些糟糕，即使他朝江汐笑了下也掩饰不住。

江汐没拆穿他，只问：“结束了？”

“好了呀。”陆南渡的情绪调整得不算慢，他两三步并作一步从楼上下来。

他很快地走到江汐的身边，倾身从桌上摘了颗葡萄扔进嘴里，往沙发里一靠：“我都怕你走了。”

江汐看着他：“我没那么不守信用。”

陆南渡一见到她，烦躁的情绪便变淡不少。

“既然你这么守信，”他忽然凑近她，“那你答应我以后只跟我谈恋爱好不好？”

陆南渡的眼睛笑起来弯弯的，平时那几分不好惹的长相都变得无害起来。

如果非得用一个字形容，江汐从高中那会儿便有了答案——甜。

陆南渡对她真的又乖又无害，喜欢跟她撒娇，还喜欢时不时地逗她几句。

“跟我谈恋爱有售后的，”他还在瞎扯，“姐姐，你答应一下呗？”

江汐不知道他为什么满脑子这么多鬼主意，一把推开他的脸说：“你以为卖东西呢？”

陆南渡又摘了颗葡萄扔进嘴里：“是呀，我看卖给你就挺不错。”

江汐淡淡地瞥了他一眼，过会儿忽然问了句：“为什么是以后？”

也许是没想到她会问这个问题，陆南渡愣了下。

他靠在沙发里，一边胳膊正搭在沙发背上，几秒后烦躁地扒拉了下头发：“现在……不太行。”

江汐没再问他为什么。

陆南渡见她不回答，想说话让她开心。

“就是……”他说，“现在这个商品的质量还不太过关。”说完陆南渡盯着江汐的侧脸，看到她的嘴角微微上扬。

陆南渡也跟着她无声地笑了下。

江汐回头看他：“加油。”

对上她的视线，陆南渡盯着她看了几秒：“那当然了，独家定制的呢。”

这副臭屁的模样，江汐有点儿想揪他的脸。

许清州从楼上下来，问江汐：“等久了吧？”

江汐说："还行。"

许清州说："你早上过来的，中午还没吃饭吧？"

陆南渡愣了一下，回头去看江汐："你还没吃饭？"

他见到江汐的时候是中午，没想那么多。

江汐只看了他一眼，又看回许清州："没事儿，不饿。"

许清州从楼上下来，在他们对面的沙发上坐下。许清州问："正好我厨房熬着汤，要不要给你盛一碗？"

陆南渡说："不用了，我也还没吃呢，正好带她出去吃一顿。"

许清州捕捉到"出去"两个字眼。

陆南渡很需要。

许清州笑了下："行行行，去吧。"

江汐不好叨扰许清州太久，跟许清州道别后，便跟陆南渡出门。

午后三点，小巷里幽深寂静。日光渐斜，空气里带着丝丝凉意。

江汐和陆南渡并肩走着。

她问："你住哪儿？"

陆南渡说："就前面。"

走到之前那个老奶奶和小女孩儿的小楼前，陆南渡慢慢地停了脚步，江汐不明所以地跟着他停下。

他朝对面示意了一下："这里。"

房子是和这里任何一栋小阁楼相似的风格，但似乎有些年头了，砖头的纹路上能看得出岁月的痕迹。

江汐看了几秒，收回目光。

她没问他为什么住这里，陆南渡明明不缺钱，完全可以找更好的房子。

她问："不进去？"

陆南渡说："你还没吃饭，出去吃。"

即使陆南渡表现得很淡定，情绪看不出一丝破绽，但江汐知道这对陆南渡来说挺难的。

过去几年他都能好好掩饰，所有恐惧都被压在情绪之下，从来得不到解决。现在的他不过跟很多年前控制不住情绪的小男孩儿一样。

江汐猜到陆南渡应该很久没出去了，但没说什么。陆南渡难得提出想出去，或许为她，也或许为他自己。

她嗯了声："走吧。"

两人没走远。过节的原因，沿路的很多小铺关了。江汐就近找了家面馆。

陆南渡的情绪有些烦躁，但他一直在克制着。

江汐想不清这跟什么有关，以前……没见陆南渡对人群有过激反应。

她帮不到什么忙，只能有一句没一句地跟陆南渡聊着，多少转移一点儿注意力。

这顿饭吃得急促，却也算陆南渡的进步。

吃完两人没去别的地方，径直回了陆南渡的家。

陆南渡租的这栋小阁楼没有许清州的那栋明亮，这里幽暗阴凉，充满着欧式阁楼的风格。

身后的陆南渡关上了门。

江汐问："怎么住这儿？"

陆南渡走到她的身边说："这里去许清州那儿方便点儿。"

江汐觉得原因应该不止这一个，但没再问。

房子没什么烟火气，收拾得格外干净。

陆南渡已经往屋里走了，江汐看着他的背影。

陆南渡的情绪已经瞧不见异样了。从面馆回来的路上，他调整得很快，这或许也是能这么多年不被人发现异常的原因。

江汐跟他上了楼。

二楼有三间房，陆南渡住的那间是最不宽敞的。其他两间有窗户，明显亮堂得多，也没那间逼仄。

陆南渡的房间白纱窗帘微动，床单上有褶皱，被子被胡乱地掀到一边。

陆南渡出现在她的身后问："怎么了？"

江汐把目光从窗户上收回来，摇头道："没事儿。"

她正准备从门把上收回手，却听见陆南渡说："昨晚我在这里睡的。"

江汐回头看他。

陆南渡低着头看她："你困吗？"

现在三点多，正好是午睡的时候。

江汐看了他几秒，转过头，走进这间屋子："休息一会儿。"

陆南渡迟疑了一下，但还是很快地跟在她的身后走了进去："那我能不能，等你想睡了再走？"

一步之遥，煎熬和江汐同在，陆南渡毅然地选择了她。

江汐点点头，没拒绝。

陆南渡很高兴。

江汐在沙发上坐着，陆南渡坐在地板上，一条腿曲着，把胳膊搭在上面，另一条长腿随意地往前抻着。

他时不时地仰头和江汐说几句话，两人有一搭没一搭地聊着。

阳光懒洋洋的，江汐一开始没什么困意，坐久了却有些困乏。

陆南渡的困意来袭。也许是因为昨晚没睡好，又或许是因为江汐在，他放松了不少。

江汐微垂着眼，目光落在陆南渡的脸上。

陆南渡枕在沙发上，睫毛半耷着，但还是看着她。

陆南渡的手忽然开始不安分。

江汐把一只手搁在沙发的扶手上撑着头，另一只手放在沙发上。

陆南渡攥住了她的食指。

他翻了个身，脸对着她。

江汐没动。

她看着他，陆南渡在向她靠近。

“陆南渡。”

即使困到不行，陆南渡还是撑起眼皮看着她。

他嗯了声。

江汐终于问出口，声音很平静：“刚才在面馆，你听到什么了？”

陆南渡看着她。

空气仿佛让人喘不过气。

就在江汐以为陆南渡快推开她的时候，他皱着眉头说：“我……”

他的嘴唇微张：“我听到尖叫了。”

“他们，都在尖叫。”一句很简单的话，江汐知道陆南渡说得很艰难。

她的心瞬间揪成一团。

陆南渡离她越来越近，额头贴在了她的手上。

他终于承受不住。

“姐姐，”他的声音里隐隐带着哭腔，“你让他们别叫了好不好？”

陆南渡睡了，攥着江汐的手却没松开。

外面起了点儿风，窗帘微动。

他大概梦里也睡不安稳，眉心还紧皱着。

江汐低头看着他，很久没动。

手机屏幕亮了，江汐把目光从陆南渡的脸上移开，瞥向一旁。

她进屋的时候把手机随手放在桌上，开了静音，屏幕上是夏欣妍的来电。

陆南渡的睡眠很浅，有点儿动静都会被吵醒。如果是别人，江汐会叫醒他去床上睡，但陆南渡不行。

她把动作尽量放轻，想把手从陆南渡的手里抽出来。

但陆南渡攥得很紧。

他的手指白皙修长，紧紧地攥着她的手。

江汐尽量在不惊醒他的情况下抽出了手，小心地将他的手放到一边。

桌上的手机已经亮了两次。她拿上手机，回头看了眼陆南渡。

江汐拿了件外套搭在陆南渡的肩上，这才拿着手机出门。

她关上卧房的门，接通电话。

夏欣妍还在电话那头嘀咕着江汐怎么没接电话，在听到江汐的声音后，喊了声："小汐呀。"

江汐把手插在兜里，往走廊那边走去："刚有点儿事儿，不方便接电话。"

"没事儿，安全就行，"夏欣妍说，"阿姨刚才想着你今天出去了，不可能在家睡觉，打电话你没接吓了我一跳。"

江汐笑着说："我都这么大人了，不用担心。"

夏欣妍叹了口气："话是这么说，但无论你多大，在阿姨这里永远都是小孩儿。"

长辈永远都放心不下。

江汐笑了下。

走廊尽头有一扇老式窗，她往外推开，别墅后面是片荒废的田地。

春季万物复苏，裸露的土地上出现了稀稀疏疏的绿色。

江汐的视线落在外面的大好景色上，她问夏欣妍："打电话找我有事儿？"

夏欣妍叹了口气说："今天你姥姥摔了一跤。"

夏欣妍一直把江汐和江炽当自己孩子，小时候逢年过节会带上他们回老家。江汐和夏欣妍的娘家人并不陌生。

"可能见儿女和孙子孙女都过来了，热闹，老人家高兴坏了，中午下楼的时候一个不留神就摔了。”夏欣妍说。

年轻人摔摔没事儿，但老年人一伤筋动骨就格外危险。

江汐微蹙眉道：“不严重吧？”

“结果出来了，骨裂，但不算严重，医生怕有什么隐患，给留院观察了几天，但我估摸着没什么事儿，医院不就喜欢留人？但保守一点儿还是让你姥姥多住几天。”

江汐松了口气：“没事儿就好。”

夏欣妍说：“阿姨这几天可能没办法回去，江炽和夏枕今晚就回去，但他们公司有事儿要提前回北京，所以你自己在家要注意点儿，也别忘了吃饭。”

江汐说：“这种事儿不用担心。”

夏欣妍却还不放心：“你就是一没人管就不按时吃饭，嘴上说着不用担心，我没提你过会儿又忘了。”

夏欣妍继续叮嘱道：“现在还是有很多外卖营业的，你点些有营养和卫生的吃。”

江汐笑着说：“这哪儿看得出来？”

“看得出来，”估计夏欣妍网上那种黑作坊的爆料看得不少，“那种盖浇饭哪，什么火腿肠哪，避开不点就行。”

江汐笑着说：“行。”

夏欣妍说：“冰箱里还有很多吃的，家里的年货很多，别忘了吃。”

江汐说：“知道了。”

“行了，你姥姥醒了，阿姨先进去了。”夏欣妍接着说，“别忘了吃饭哪。”

江汐笑了，无奈地说：“就冲你说了这么多句‘记得吃饭’，我也会好好吃饭。”

夏欣妍也笑了：“你这孩子，嫌我唠叨了是不是。”

“没，”江汐说，“挂了，你去看姥姥吧，这几天我找个时间也过去医院一趟。”

江汐挂了电话。

通话时间不长，她回头瞥了眼另一头的卧室门。

陆南渡估计还在睡着。

几秒后江汐的视线从门板上移开，她没回卧室，也没再在原地待着，下了楼。

江汐没去哪儿，出来透透气。

太阳渐渐西沉。

橙红的阳光薄薄一层地笼罩着田埂，杂草微荡。

江汐靠在屋后的墙上，脚下扔了一个烟头。

这里很安静，没什么人出没，只是偶尔传来路上的引擎声。这是一座被时代淘汰的空城。

江汐微垂着眸，瞧不清神色，夕阳照着她的侧脸。

田地凹凸不平，杂草丛生，落下一道长长的影子。

江汐又抽了支烟出来，不是女士香烟，是小货铺随处可见的那种香烟。

她点起火，照出殷红的唇和白色的香烟。

江汐快将打火机塞回兜里的时候，身边忽然出现一个声音："打火机是陆南渡的吧。"

江汐的手一顿，她循着出声处回头。烟和打火机都是她出来的时候拿了陆南渡的。

许清州的身上搭了件长外套，他看着她，眉眼带着温和的笑。

"许老师。"江汐想起许清州的身体不是很好，想拿下嘴里的烟。

许清州看出她在想什么，摆摆手："不用，你抽吧。"

他笑着走过来："正好很久没抽烟了，让我闻着这味儿过过瘾。"

江汐犹豫了一下，没掐灭。

两人肩并肩，许清州说："本来以为下午你会来找我，怎么没来？”

江汐有点儿意外，侧头对上许清州带着笑的眼睛。

许清州说：“特意为了这小子过来找我的吧？”

江汐觉得没什么好隐瞒的，嗯了声：“我问的时候你就知道是陆南渡吧。”

许清州笑了下，没再看她。

“许老师，”江汐知道不能问一些过于隐私的问题，“昨晚陆南渡是不是发病了？”

犹豫了一下，江汐还是问：“这种能不能问？”

许清州摆了下手：“没事儿，睡得好不好是很容易被看出来的。”

他没回答江汐的问题，只是问：“前天晚上他是不是去找你了？”

江汐感到很意外。

许清州侧头看她：“除夕夜那晚。”

附近的杂草丛传来不知名的虫叫声，江汐点点头。

得到答案，许清州回过头去，笑着说：“他那天晚上回来睡得挺好的，没吃药，凌晨也没醒。”

江汐不知道许清州为什么说这个。

许清州自顾自地说着：“所以昨天早上起床，那小子状态不错，还很嘚瑟地跟我说他不用吃药了，应该很快会好了。”

江汐想起昨天早上陆南渡给她发了条短信，只有“早安”两个字，后面跟了三个感叹号。

他明显很高兴，像个小屁孩儿。

现在回想起这条短信，江汐才意识到，陆南渡当时应该觉得自己不用再吃药了，似乎真的以为自己快好了。

许清州只是在客观地陈述事实：“但第二晚一切回到以前，他得吃药才睡得着，凌晨也醒了。”

不过一天时间，陆南渡的状态迅速变化。

江汐说："是不是心理落差大了？"

"嗯，"许清州点头，"难免，毕竟是前一晚觉得自己很快能好的人。"

他笑着说："他很着急，着急变成一个正常人，但实际上越着急越难办，就跟成绩差的学生突然要考一个好成绩一样，以前一直没努力，短时间内临时抱佛脚，想拿到全班第一，这种往往不可能。"

"量变到质变，一个多简单的道理，慢慢来，没什么好急的，但那小子就是想不通，什么病治好都是需要时间的。"许清州继续说道。

江汐一直没说话。

她很清楚陆南渡为什么这么急。

陆南渡的心思不难猜，他不过想快点儿治好，不再对她产生威胁，能好好跟她生活，好好跟她在一起。

两人相互沉默着。

过了会儿，江汐问："他跟我说，听到尖叫声。"

许清州似乎有一丝讶异，但也只是一瞬间，但不能说得太多："以前的阴影引起的连锁反应。"

江汐能理解，嗯了声。

她似乎在想什么，几秒后开口："陆南渡似乎有点儿不喜欢明亮的房间。"

许清州虽然没说话，但一直听她说着，挑了挑眉。

江汐没注意许清州的表情，微皱着眉说："但他怕的似乎不是明亮，是窗户。"

两个小时前陆南渡跟她说，他往常睡在没带窗户的那间房，但昨晚睡在那个有窗的房间。

陆南渡昨晚突发奇想到有窗户的房间睡觉，动机不难猜测。

他可能真的因为前天晚上见了她之后回来睡安稳了，觉得自己好了不少，所以去接触那些让自己恐惧的东西。

许清州一直没说话。

江汐其实也没想许清州能回答，只是在陈述自己心里的想法。

许清州笑了笑，忽然说：“我就说这小子以前见到我就跟我掘了他家的祖坟似的，怎么突然找上我帮他治疗了。”

没头没尾的一句话，江汐有点儿不明白。

许清州看向她：“今天总算明白了，这小子因为你才想努力一把的。”

江汐一愣。

许清州看她的表情就知道她应该对陆南渡的从前一无所知。许清州说：“你不知道吧，他以前不会接受我帮他疏导，谁劝都不好使，说什么也不会答应见心理医生。”

江汐微蹙眉，的确不知道这些。

许清州准备回去了：“有些事儿是病人隐私，我不能跟你说太多，除非他本人同意。我还是觉得他本人跟你说比较好。”

江汐点了点头。

“行了，回去了，该吃晚饭了，你也早点儿回去吧。”说完许清州离开了。

江汐夹在指间的烟没抽一口，已经烧到尾部。

天色渐渐变暗，天际只剩余晖。

江汐回到了小别墅。走廊尽头的卧房门跟她离开前没什么两样，还关着。

江汐没开灯，借着微光走过去，推开了门。

屋内的地板上落满了夕阳的光亮，窗帘微飘。

陆南渡已经醒了，背靠着沙发。似乎是听见开门声，他看了过来。

光线有些暗，江汐看不清他的表情。她忽然紧张起来，带着期待，不是害怕。

她不知道几步之远的陆南渡是清醒，还是目光仇视。

江汐的手心微微地出了点儿汗。

就在江汐的希望快落空的时候，陆南渡忽然开了口："姐姐？"

不过短短几秒，却仿佛一个世纪之久。江汐在听见他声音的那一刻，腿瞬间有些发软，但没有表现出异样，回应道："是我。"

陆南渡坐在地上，看着她走进来。

江汐走到他的面前，蹲了下来。

暗淡的光线里，她终于看到陆南渡的脸。

陆南渡看着她："我还以为你一声不吭地走了呢。"他说完去牵她的手。

江汐由着他。

看了他一会儿后，她忽然轻声地叫了一声："陆南渡。"

陆南渡本来正无聊地垂着头玩她的手指，听到江汐的话后抬起头。

江汐看着他，终于开口："治病这事儿不急。"

陆南渡盯着她看，几秒后摇头道："那不行，我还急着跟你谈恋爱呢。"

江汐不知道说什么。

陆南渡似乎没把这件事儿放心上，看了眼窗外的夜色问："你还回去吗？"

江汐还没回答。

他说："不回了吧，你看你跑这么远回去，明天还得再来，多不划算哪。"

在他的调侃下，江汐压抑着的情绪瞬间消失。

她笑了下说："谁跟你说我明天要过来了。"

他一本正经地道："陆南渡，是有这么个人吧？"

江汐推他的脑袋："无不无聊。"

陆南渡笑着，伸手去开屋内的灯：“吃饭去。”

想起陆南渡下午跟她说的话，江汐说：“不去外面了，叫外卖吧。”

陆南渡一愣。

江汐看着他：“还记不记得下午跟我说了什么？”

陆南渡知道，即使当时的意识已经处于混沌状态，但清楚自己说了什么。

他缓缓地点了点头。

江汐挪开目光，没再问，转身往楼下走：“走吧，我饿了。”

陆南渡跟了上去，也没再提这个话题：“你想吃什么？”

“都可以。”忽然想到下午夏欣妍的那个电话，江汐笑着说，“不要盖浇饭，不要火腿肠。”

陆南渡不明所以。

江汐侧着头看他：“黑作坊多着呢，虽然不是家家都这样，但万一踩雷怎么办，你以后点餐注意着点儿。”

陆南渡对盖浇饭没什么偏见，但江汐一说他立马倒戈：“好哇，我宣布盖浇饭从此列入我打死不吃的行列。”

“当然你做的除外。”陆南渡又说了句。

江汐懒得理他。

最后两人叫了家常菜，几个小菜摆在客厅的茶几上。

江汐吃得不多，陆南渡的胃口应该不错，剩下的菜被他横扫一空。

江汐瞥了眼陆南渡的脸，他明显比以前要瘦些。

她没说什么，一直看着陆南渡把面前的饭菜都吃完。

平时陆南渡吃饭的速度很快，今天却慢吞吞的，江汐看得出他在拖时间。拖得越晚，他越有理由把她留在这里。

江汐说：“蚂蚁吃得都比你快。”

陆南渡抬头看她：“不是之前你跟我说的要细嚼慢咽？我听

话了。”

江汐说：“平时怎么没见你这么听话？”刚见面那会儿，他不听话的时候多了去了，江汐说都说不走。

陆南渡说：“别这么早下结论，时间还长呢，我以后都听你的话。”

江汐没说什么，只瞥了他一眼。

陆南渡果然很快回到正题上，试探地问：“你看时间这么晚了，今晚还回去吗？”

江汐拿过旁边的饮料喝了一口：“不是一个叫陆南渡的说我今晚不回去吗？”

陆南渡虽是这么说，但实际上心里压根没底。

江汐自己开车过来的，想回去随时可以回去。

他有点儿意外：“真的呀？”

气氛格外轻松，江汐靠回沙发上：“你去问陆南渡。”

陆南渡把筷子往桌上一拍：“这人真好哇。”

江汐被他逗笑：“你还要不要点儿脸了？”

陆南渡单手撑着下巴，也看着她笑。

两人对视，江汐垂下视线。过了会儿她问：“浴室在哪儿？”

陆南渡朝某个方向指了指：“那边，走过去就看到了。”

江汐说：“有没有浴袍？男士的也可以。”

陆南渡还单手托着下巴看她，弯了下嘴角，吊儿郎当地说：“有哇。”

江汐看不懂他的笑。

“你进去洗，”他的指尖敲了敲桌，“我收拾下餐桌，找了给你拿过去。”

江汐点点头。

这栋复式别墅虽很久没人住，但哪里都打扫得格外干净，设施也完好。

江汐洗了十几分钟后听见敲门声，把水关小了些。

陆南渡靠在门边，听见里面的水声变小，开口道：“衣服拿来了。”

“门外没地方放，你开下门，我递进去。”

江汐原本正想说放门外就行，听陆南渡这么说才想起刚才进来的确没见外面有可以放东西的地方。

两人以前不是没住一起过，江汐知道陆南渡的德行。

以前陆南渡最喜欢趁她洗澡的时候耍无赖，又是撒娇又是哄骗让他进门。

她一时忘了回应。

不知门外的陆南渡是不是也跟她一样想到同样的事儿：“我就递给你，不做别的。”

江汐当然知道现在的陆南渡不会做什么，关了水。

她赤脚踩在瓷砖上走到门边，开了条门缝儿。

陆南渡果然很守信用，连头都没回，反手将衣服递给了江汐。

江汐低头看着他手上的白衬衫说：“不是说有浴袍？”

陆南渡明显是骗她的，轻轻地咳了咳：“记错了，翻半天没见个影子，就只有我的衬衫，凑合一下。”

江汐的长发湿漉漉的，水往下淌，水珠从她的下巴滴到了陆南渡的手背上。

水珠温热，带着她的体温。

陆南渡微微皱眉。

江汐瞥了眼，收回目光，接过他递过来的衣服。

陆南渡把手收了回去，江汐关了门。

半个小时后江汐从浴室出来。男士衬衫宽大，遮到她的大腿根往下一点儿，露出一双白皙笔直的腿。

即使身上是陆南渡的衣服，也知道他的那些心思，江汐也丝毫不扭捏。

她擦着头发从浴室出来。

陆南渡靠在沙发里，看着她。

江汐对上他的目光说："去洗澡。"

陆南渡笑了下说："行。"

他拎过旁边的吹风机示意了她一下。

江汐接过。

男生洗澡明显要比女生快很多。

江汐的头发长，她花了点儿时间才把头发吹干。

发尾还有点儿湿，她来回地吹着。

陆南渡已经从浴室出来。江汐的头微微侧着，她看着他靠近。

她坐在沙发上，陆南渡在她的腿边坐下，微仰着头看她："姐姐。"

江汐正好吹干头发，收了吹风机，低下头看他。

陆南渡眼巴巴地看着她。

江汐怎么可能不知道他在想什么，将吹风机递给他："自己吹。"

陆南渡的眼角耷拉着："我想你帮我。"

江汐说："都是这个吹风机，没什么区别。"

陆南渡说："区别可大了。"

见江汐没有收回去的意思，他还是乖乖地接了过来，只不过把吹风机放回了桌上。

男生平时都挺糙的，洗完澡压根不会去管这些。陆南渡平时也这样，江汐不帮他吹头发他也就没必要吹了。

江汐看着他："你平时不吹头发？"

"吹啥呀，"陆南渡用手扒拉着头发，"过几分钟就干了。"

现在的天气并不暖，江汐有点儿无语："过来。"

陆南渡一下子笑了："我就知道你舍不得。"

江汐选择自动屏蔽他的话，拿回桌上的吹风机说："转过去。"

陆南渡很听话，转过去背对她，靠在沙发沿上。

陆南渡的头发很软，江汐时不时轻轻地抓几下他的头发。

陆南渡舒服地闭了闭眼。

吹头发的时候陆南渡倒是很乖，没捣蛋也没贫嘴。男生的头发短，没一会儿便吹干了。

时间已经不早，江汐说："回楼上吧。"

陆南渡嗯了声。

换作平常，陆南渡肯定会绞尽脑汁地跟她待在一起，但今晚没有。

回到楼上，江汐往走廊尽头的那间房走。

陆南渡将她送到了门口，没有进去的意思。

江汐还没进去，抬眼看他，似乎在揣测他在想什么，几秒后开口说："今晚你住这儿吧。"

陆南渡没同意，想开口的时候江汐打断了他的话："陆南渡。"

她看着他："我不怕你伤害我。"

陆南渡一愣。

江汐说："你是不是一直怕这些？"

陆南渡张了张嘴，什么都说不出来。

江汐说："没关系的，慢慢来，难不成你能躲我一辈子？"

陆南渡终于出了点儿声儿："姐姐。"

江汐已经没再看他，推门进屋："进来吧。"

她打开了灯，陆南渡犹豫了一会儿，还是跟进去了。

似乎这是一座囚笼。

两人没像在楼下时那么多话。江汐睡床，陆南渡睡沙发。

他们似乎都知道今晚会发生什么，却又不知道会发生什么，迷茫、不安。

可谁都没说。

江汐本来睡眠便不是很好，她在床上躺了两个小时也没睡去，黑暗里的一切动静一清二楚，连对方的呼吸声都听得见。

她知道陆南渡也没睡觉。

但毕竟今天身体有些疲惫，江汐终是睡了过去。

但带着心事，睡得不安稳，江汐半夜惊醒。

她的意识逐渐清醒，而在她听到沙发那边传来的声音时，脊背瞬间发凉。

她听见陆南渡沉重的喘息声，他似乎在咬牙忍受着。

江汐没动，甚至没有睁开眼。

不知过了多久，那边的喘息声渐渐平息。

江汐知道陆南渡走了过来，他停在她的床边。

她没睁眼。

陆南渡牵住了她的手："姐姐。"

江汐的睫毛一颤。陆南渡原来知道她没睡。

他开口，嗓音略微嘶哑："我没认错你。"

江汐的鼻子忽然一酸，她终于睁开了眼。

窗外透进微光，江汐看见他黑色的眼睛带着挣扎的痕迹，但很乖巧。

她心软得一塌糊涂，终于抬手，轻轻地摸了摸他的脸。

她看着他："他们在叫吗？"

陆南渡挣扎了一会儿，终于点头。

"他们……"江汐停顿了一下问，"有说什么话吗？"

陆南渡朝她靠近，却没再看她，摇了摇头。

江汐没给他犹豫的机会："在哪儿？他们在哪儿？"

陆南渡没看她，眉心皱起，表情有些痛苦。

江汐捧着他的脸，让他对上自己的视线："你告诉姐姐。"

"人都在窗外对不对？"江汐说。

她知道人在窗户那边。

陆南渡坐在床边，看着已经从床上坐起来的江汐。

短暂的气氛凝滞后，他说："只有一个。"

陆南渡说过尖叫的是他们，不单单只有一个人，可现在他说只有一个人。

没等她问什么，他又开口："楼下很多人尖叫。"

他停顿了一下，嗓音平静，却仿佛字字从血肉中剥离："在窗边的只有一个。"

江汐的脊背发凉。

但即使如此，她的脸上也毫无波动，她回头看了眼。

这种时候陆南渡对她的神情观察得格外细致。见江汐的表情有一瞬凝滞，他苦笑了一下："你看不到，对不对？"

江汐有点儿意外，回过头看他。

原来陆南渡发病的时候知道别人看不见。

他看着她，嗓音嘶哑："你是不是跟他们一样，都认为我是疯子？"

他在不安，在恐惧。

只要江汐一句话，他就会堕入地狱，与鬼魂为伍。

陆南渡坐在地板上，江汐垂眼看着他。她伸手，手指穿过他的短发。

她抓了抓他的头发，和他对视几秒后，将他揽进了怀里。

"没有。"她停顿了几秒，"我是看不到，但我知道他们在外面。"

陆南渡埋在她的怀里，张了张嘴，鼻子一酸。

江汐感知到他的情绪，又抓了抓他的脑袋："我知道有。"

这么多年来，陆南渡从没听人说过这句话，没有任何一个人说过。他们都只会说他是疯子，胡言乱语，脑子不清醒。

可他真的看到了呀。

陆南渡怔住许久，过了会儿终于抬手抱住了江汐，像抓住自己的救命稻草。

他的嘴唇微颤，嗓音压抑着："姐姐。"

他埋在她的胸腹间，几秒后又开口："江汐。"

江汐一愣。陆南渡很少这样叫她，她感觉到他的肩膀在颤抖。

“嗯，”她说，“在这儿呢。”

陆南渡将她抱得越发紧了。

不知过了多久，她回头看了眼窗户，那里根本不可能会有人。

她久久地看着窗户，其实从下午猜出陆南渡的恐惧来源是窗户的时候，便隐隐有了猜测。

时间一分一秒地过去，在窗帘又被风吹起的时候，像是终于做好了什么决定，江汐回过了头。

她松开陆南渡。

陆南渡却依然紧紧抱着她。

“陆南渡，”江汐伸手去捧他的脸，“看着我。”

陆南渡迟疑了一下，抬起头。

夜色涌进，他的眼睛黑沉而深邃，脸庞满是英气。

江汐跟他对视，一字一句地说：“接下来不管我问你什么，你都要如实回答我，好吗？”

虽然知道她接下来的问题他不想听，甚至自己会格外抗拒，但陆南渡最终还是点头。像以往的任何一次，他很乖地说：“好。”

只要她有求，他必应。

江汐丝毫没对他的回答感到意外。

陆南渡一直是这样，虽然捣蛋调皮，爱跟她贫嘴，但正事儿上从来不会不答应她，除了赶他走他不听之外。

江汐轻微地摩挲着他的脸颊：“窗边的人……”

陆南渡的情绪瞬间紧绷，她却没给他逃避的机会：“是不是一个女的？”

陆南渡彻底怔住，紧紧地盯着她。

看见他的反应，江汐便知道自己猜得八九不离十了，但还是说：“回答我。”

陆南渡张了张嘴，反反复复几回后点点头。

短时间内，江汐的手心微微地出了一层汗，她安静了几秒后问：“那个人在做什么？”

陆南渡的视线终于从她的脸上移开，他平静地朝窗边看了过去。

江汐没打扰他，看到他的眼神变得越来越冷漠。

她的心跳如擂鼓。

他还没有完全清醒。

就在她担心陆南渡快不受控制的时候，他却平静地说：“没做什么，就看着我。”

他的反应是出乎江汐意料的。

没等她再问什么，陆南渡收回目光看向了她：“你快躲起来。”

江汐一愣，不明所以。

陆南渡说：“她会伤害你的。”

江汐有一瞬间以为自己的那些猜测都是错的。

她知道自己越来越靠近答案，终是问出了口：“她是谁？”

陆南渡看着她，沉默。

江汐没逼问，只是静静地等他。

许久过后，他终于开了口：“楚杏茹。”

他的母亲。

天色渐亮，东边的天际泛起鱼肚白。

江汐躺在床上，看着窝在自己怀里的陆南渡。

他还保持着昨晚睡前的那个姿势，双臂紧紧地搂着她的腰。

江汐低头看了他好一会儿。

他的睫毛很长，鼻梁很高，唇薄而红，呼吸平稳。

江汐的目光落到他的脸上，昨天她会猜到陆南渡的恐惧来源是他的母亲楚杏茹，还源于陆南渡惧怕窗口。

陆南渡的母亲当年在他的面前坠楼身亡，但江汐不知当年楚杏茹坠楼前发生过什么，才会对陆南渡造成如此大的阴影。

江汐没叫醒他，过会儿陆南渡醒了。

他动了一下，然后又不动了，只是盯着江汐看。

陆南渡昨晚没睡好，脸色不是很好，但也不算太差。

许是昨晚终于能跟江汐开口说他害怕的那些事儿，陆南渡的情绪好了不少。

“还难不难受？”江汐先开口了。

陆南渡作势把她抱得更紧：“我难受死了，要你抱抱才能好。”

江汐没抱他，也没推开他。

一分钟后，她说：“抱够了没？”

陆南渡说：“怎么可能？”

江汐简直被他闹得没脾气，笑了下，推开他：“赶紧的，起床了。”

陆南渡没再耍赖，松开她。

江汐说：“待会儿叫个早餐。”

“嗯。”他又问，“你想吃什么？”

江汐说：“喝粥吧。”

陆南渡没有异议。

江汐又说：“吃完早饭去许清州那边。”

两人起床后还没提起昨晚的事儿。

陆南渡看着她。

江汐跟他对视：“我跟你一起过去。”

刚才估计是会错意了，以为她要走，听她这么说陆南渡才松了口气，闷闷地嗯了声。

吃完早饭已经日上三竿。

江汐陪陆南渡去了许清州那边。

许清州一大早已经在院里打理花草。

江汐没跟进去，在院外的藤椅上等陆南渡。

春季万物复苏，院外的电线杆上几只鸟叽叽喳喳，空气里只有冬季残留下来的料峭寒意。

一盏茶的工夫过去，院门被推开。

江汐一愣，以为是许清州的哪个病人，侧头看了过去。

一位妇人走了进来，面容姣好，穿着华贵，举止温婉。

妇人也没想到院里会有人，对上江汐的视线。

江汐并不认识这位妇人，但这位妇人的眼睛却亮了一下。

江汐不明所以。

梁思容看着她，对江汐笑着说："江汐是吧？"

即使不认识，江汐还是从椅子上站起来，点头致意："是的，您是？"

梁思容走近，伸出手："我是阿渡的妈妈。"

江汐这才意识到面前这位是陆家夫人，伸手回握："您好。"

梁思容笑着，瞥了眼屋里："阿渡在里面？"

江汐点头："进去有段时间了。"

梁思容回过头，拉过她的手在旁边的藤椅上坐下："那我也不进去了，陪阿姨聊聊天吧。"

江汐嗯了声。

她给梁思容斟了杯茶。

梁思容这趟是过来看陆南渡，他过年没回家。

"本来还担心阿渡自己一个人在这边过得不好，"她接过江汐递过来的茶，"现在看来不用担心，他应该过得很开心。"

梁思容笑了下："这孩子给我看过你的照片，以前经常跟我提起你。"

江汐愣了下。

"最近他经常联系的女孩子也是你吧？"梁思容问。

江汐不知道说什么，点点头。

梁思容说："每次一收到你的消息，他就高兴得跟个小孩子一样。"

又聊了几句后，梁思容放下茶杯忽然问：“平时阿渡跟你说过他自己的事儿没有？”

江汐放下茶杯说：“嗯。”

梁思容笑道：“介不介意阿姨跟你聊聊他那几年的事儿？”

梁思容长相温婉，眉眼柔和，声音也温柔似水。

她搁下茶杯说：“阿渡回家八年了。”

在外他备受冷落，无人问津，一叶扁舟漂荡十几年后终于归根。

“但阿姨知道他也不是一直一个人，”梁思容笑着说，“你陪过他一段时间，他一直记着呢。”

江汐没打断梁思容的话。

“当年他回家才十七岁，脾气不好，遇着谁都跟吃了枪药似的，跟他爸最不对付，三天两头一大吵。”似乎在回忆，梁思容笑着说，“这孩子一开始跟我也不亲热，可能从小吃的苦太多了，他的嘴甜得很，就是跟谁都不亲近。”

江汐说：“您对他好。”

梁思容笑了下说：“是，所以他现在才跟我亲近。”

江汐丝毫不意外。陆南渡就是这样的人，给他一颗糖他就跟人走，谁对他好他就对对方更好。

只不过愿意给他糖吃的人太少。

江汐没说话。

“后来在国外，有一次视频我问他成年了有没有找女朋友，”梁思容的目光落在江汐的脸上，“他拿了你的照片贴在摄像头上，跟我说这就是。”

“当时我不知道你是谁，也从来没见你在他的身边出现过，后来才知道你是他的前女友。”梁思容说话不疾不徐，“这孩子肯定不会告诉你这些。”

确实。

明明那么喜欢撒娇的一个人，偏偏对最难挨的那几年缄默不言。

梁思容看了眼庭院，许清州进门前没收拾，花架旁留着几根残枝碎屑。

她收回目光问江汐："许清州的身份摆在那儿，不会跟你说太多阿渡的事儿，阿渡自己跟你聊过没有？"

江汐问："关于他生病这方面？"

梁思容点头说："看来阿渡应该跟你说了一点儿。"

从进院子看到江汐坐这儿，梁思容便知道陆南渡生病的事儿江汐是知道的，不然江汐不会出现在这里。

梁思容说："那你应该知道阿渡的恐惧来源是他的母亲吧？"

事实上这是江汐几个小时前才知道的事儿。她和陆南渡私底下待在一起的次数不多，陆南渡对自己生病这件事儿也避之不谈。如果江汐昨天没有无意中发现陆南渡害怕窗户这个细节，也不会猜到陆南渡的心魔来源会是他的母亲。

江汐嗯了声。

梁思容说："当年阿渡的母亲是在他的面前走的。"

楚杏茹是丈夫陆恺东的情人，梁思容应该很清楚，但她的语气很平静，对此没有一丝情绪波澜。

江汐点头，当时她和陆南渡还在一起。

那年是陆南渡的高三暑假，两人刚在一起不久，腻歪一个多月后陆南渡回高中拿成绩单。

楚杏茹也就是那几天出的事儿。

那几天江汐没见过陆南渡，印象中每次通话他的情绪都很平静，也没跟她倾诉过痛苦。

谁都不会想到在这样的云淡风轻下，陆南渡经受了长达近十年的心魔斗争，甚至对楚杏茹的死，也只是寥寥几句。

梁思容说："阿渡前几次发病的时候，我并不知道他发病的原因，他也不肯说，过不去自己心理上的那道坎。"

聊起这些事儿，江汐倒算平静。她问："后来您是怎么知道的？"

梁思容没有立即回答，侧头看了眼许清州的屋子。

江汐也顺着她的视线看过去。

梁思容不知在想什么，过了会儿说："恩笛当年去世后，阿渡的病情越来越糟糕，虽然说后来是因为我对他好他才跟我亲近，但一开始是因为恩笛的死他对我格外愧疚，后来才跟我走近不少。"

梁思容说到自己八年前已经去世的亲生儿子，眼神有些沉静的哀伤。

江汐没打扰她。

倒是梁思容自己很快反应过来，看着江汐："扯远了。"

梁思容说："后来阿渡这些事儿当然不是他自己告诉我的，而是他同意许清州跟我聊，所以我才知道的。"

江汐点了点头。

"本来他自己会让许清州跟你说这些事儿的，但我和许清州谁来说没什么两样，索性现在坐这儿聊天，阿姨一并跟你说了。"梁思容说。

江汐没有异议，点点头。

"你这么聪明的女孩子，看到阿渡现在的样子，即使不知道阿渡的母亲当年具体做了什么事儿，但应该能知道她去世之前做过什么。"

江汐从昨晚到现在一直在想这个问题。

梁思容直截了当地说："这件事儿跟你有关。"

江汐一愣。

梁思容并不意外江汐的反应。梁思容像是煮了壶茶一样跟眼前人聊一件平淡的事儿。

楚杏茹当年生下陆南渡后，陆恺东不认这个儿子。楚杏茹对陆家的怨恨日渐深重。

她清楚陆恺东瞧不起他们母子两人，陆恺东一派斯文的外表下是对底层的不屑。

人间纸醉金迷，情爱海市蜃楼。

楚杏茹不过是朝生暮死的蜉蝣，在这座城市的某个犄角旮旯苟活一生，带着一个拖油瓶。而陆恺东是天之骄子，人生得志，安身在天子脚下，权力前赴后继地攀附他。

每每被生活打压，楚杏茹就会越发地怨恨陆恺东。他对他们母子的鄙夷也日渐成为楚杏茹的执念。

她从一个妙龄少女变成了一个变态，也在不知不觉中活成陆恺东的样子。

她痛恨自己的儿子一无是处，游手好闲，不争气。

她对自己的儿子不闻不问，就算哪天他死在某个地方她都未必会去找，而却格外注重儿子的成绩。

他们俩除了母子这个关系，基本上就是莫不相干的陌生人，各玩各的，唯一一点儿联系便是学习这件事儿。

楚杏茹和陆南渡都是不服软的性格，两人硬碰硬，经常在这件事儿上吵架，

他被母亲打是常事儿。

陆南渡一生中最需被疼爱被引导的那十几年，就这样在暴力和黑暗中度过。

直到他遇到江汐。

他知道被喜欢被疼爱是什么感觉，知道人和人之间也可以有那么靠近的时刻。

江汐对楚杏茹也许陌生，但楚杏茹却知道江汐。

江汐和陆南渡那点儿恋爱的破事儿，楚杏茹当年知道得一清二楚，但在此之前，楚杏茹就知道江汐是陆家那个体弱多病的正牌少爷的朋友。

陆恩笛估计从来都不知道自己自小便生活在某个陌生女人怨

恨又恶毒的视线下。看见陆南渡和江汐在一起，生活在脏污不堪、暗无天日里的楚杏茹不会放过这个机会，身体里那些肮脏的蛆虫蠕动着从骨缝里爬出来。

在楚杏茹的眼里，这些年少幼稚的情爱都是笑话，夭折也不值得怜悯。她和陆南渡的争吵从学习这件事儿上逐渐转移到江汐的身上。

人性有恶，常年生活在阴暗角落的人一下子便能看出人的那些懦弱本性。

楚杏茹百分百确定陆家那个窝囊小少爷会掉入她这个如意算盘，只要陆南渡利用江汐威胁陆恩笛，陆恩笛会立马答应。

而她没想到最大的阻碍者会是自己的这个蠢儿子。

争吵愈演愈烈，楚杏茹甚至开始自残。

陆南渡拿成绩单回家的那天，两人再次发生争吵。

那天楚杏茹说着和以前一样的话，母子的争吵陷入死循环，家具摔了一屋。

楚杏茹披头散发，抡着椅子砸在陆南渡的身上。

陆南渡从小不管受多少打也从不还手。他知道楚杏茹向来打人狠，但每次都没躲。

楚杏茹的力气很大，陆南渡却仿佛感觉不到痛一般，只是皱了下眉。

她让陆南渡滚去北京。

楚杏茹尖声谩骂，言语恶毒肮脏，甚至开始攻击江汐。

她已经疯了。

伤害是相互的，那天的陆南渡怒目而视，平淡而冷漠地对她说了一句话。

他说："就算你死，也别想我会答应。"

这句话刚说完，争吵戛然而止。

陆南渡下意识地冲过去想抓住她的时候已经来不及。

一瞬间，楼下的尖叫声、哭喊声连成一片。

陆南渡伏在窗台上，指尖微微颤抖。

她死前的声音和楼下此起彼伏的尖叫声混成一团。

“陆南渡。我是你害死的。是你。”

这些事儿陆南渡从没跟江汐说过一句。

她浑身发冷，指尖僵硬发凉。

当年自己的母亲火灾意外去世至今仍是她心上的烙印。她难以想象陆南渡母亲这种毁灭性的报复，对陆南渡的影响有多大。

“一个活生生的人，突然在面前死了，”梁思容看着她，“换谁都承受不住。”

梁思容停顿了一下：“更何况那是他的母亲。”

即使十几年来都是痛苦怨恨，可谁天生对母亲没有一丝感情？

梁思容沉默了会儿，声音悲凉：“那天过后，阿渡在他母亲的房间里发现她给他留了一张银行卡，那张银行卡跟他小时候的照片放在一起。”

里面存着她十几年来赚的所有钱。

那些干净不干净的，都留给了他。

梁思容叹了口气：“她留这笔钱的初衷是爱阿渡，还是其他，现在也没人知道了。”

江汐终于开口：“可她留下的这笔钱，不管初心是好是坏，却只会害了陆南渡。”

梁思容看向江汐，几秒后说：“当年许清州也是这么说的。”

楚杏茹在陆南渡出生后的十几年里，几乎没尽过母亲的责任，却在死后匪夷所思地给他留了一笔钱。

这是畸形的母爱，还是报复性的道德绑架，谁都不清楚。

陆南渡用了十几年来认定母亲对他没有任何一点儿爱，可这些事实却被一张银行卡击碎，陆南渡的世界天倾地覆。

十几年来母子之间的不对付几乎耗光陆南渡对母亲那点儿微

乎其微的感情。如果没有这张银行卡，陆南渡在心理上尚且说服得了自己楚杏茹的死不是因为他，或许自己就不会那么难过，毕竟楚杏茹从来不稀罕他这个便宜儿子。

可在一切无法挽回的时候，陆南渡发现他认定的一切似乎都是假象，楚杏茹似乎是爱自己的。但人已逝去，他再怎么问也没有回答了。

楚杏茹是个有心机的女人，最擅长利用人的弱点。这笔钱是否她故意留下来硌硬陆南渡的，让他即使在她死后良心上也不好过，还是单纯地只是以一个母亲的身份，给自己不幸的孩子留下的一点儿温情，这一切没人清楚。

但不管楚杏茹的初衷如何，这件事都对陆南渡的心理产生了不可逆的创伤。

他无法像别人一样客观地揣测这些，但凡楚杏茹对他有一点儿善意，都会成为压垮他的稻草。

阳光越来越强烈，梁思容的手边又换了新茶。

陆南渡还没从屋里出来。

梁思容把目光从面前的小洋楼上收回来："他这病就是从那时候遗留下来的，他想过像一个正常人那样活着，不被这些事儿折磨，但这些恰恰是他做不到的。"

从别人的口中听说陆南渡的故事，江汐非常难受，她沉默着。

梁思容继续不紧不慢地说着："他压抑、痛苦，几乎每天做噩梦。"他挣扎、反抗，像生活在囚笼里。

"心魔之所以叫心魔，就是强迫人去做违背本心的事儿，"梁思容说，"即使他不想，最终还是会被支配。"

人命和愧疚压得他喘不过气。

有时陆南渡甚至会产生错觉，清醒着的时候也会以为是自己杀了楚杏茹。

他最终沦为被心魔支配的傀儡。

欠楚杏茹的那些，他都一一奉还，企图换回心安。

他想像个正常人一样生活。

这一切都是江汐不知道的，每一个字都格外陌生，而这一切都是陆南渡挨过来的。

梁思容说："我知道阿渡都没跟你说过这些，但阿姨想跟你说，当年他不是不喜欢你的。"

"至于他为什么不跟你说，"梁思容牵着江汐的手说，"对不起呀孩子，是他不够勇敢。"

江汐一直很安静，喉咙仿佛被什么哽住一般。

"他认为是自己不够好，才会被折磨成那副鬼样子，他不敢让你知道他得病的事儿。"梁思容停顿了一下，两秒后才继续说，"当年对他好的人只有你，从来没人对他这么好，他不清楚你知道他生病的事儿后还会不会要他，他不敢赌。"

他跟大部分的孩子不一样。

在别的小孩儿手里拿着玩具赛车的时候，他的手心里只有红红的鞭痕；别人扑进父母怀里撒娇的时候，他只能眼巴巴地看着。

江汐终于知道为什么陆南渡这么喜欢跟她撒娇，还很黏人。很多小孩儿长大后反倒不会再做的事儿，他却玩得不亦乐乎。可江汐对他那么好，纵容他还喜欢他，他不敢让江汐看到他一点儿不好。

她不要他了怎么办？

而恨意总比平淡的不喜欢来得持久，他选择了让江汐恨他。

"最近几个月来他盯着手机的时间长了，这孩子的情绪不会藏着掖着，一下子就让人看出他有喜欢的女孩子了，"梁思容对她笑，"但我的确没想到这女孩儿就是你，没想到这么多年过去了，你们还是走到一起了。"

严格来说他们现在还没在一起，但江汐没去否定梁思容的话。

陆家自从陆恺东和陆恩笛去世后，日渐变得冷清。陆南渡在家还好点儿，他嘴贫，能让家里热闹一点儿，但他一不在家，陆

家就仿佛一座空馆。

最近陆南渡不在家，在这边治病，梁思容大概太久没跟人说话了，拉着江汐说了很多。

今天陆南渡进去的时间比昨天长。

“这孩子打出生后就没有不吃苦的时候，还能好好长到现在，”她笑了下说，“也算个奇迹了。”

“不是他不坚强，反倒是他很坚强，”梁思容说，“不然他也不会到现在也没有放弃，换别人也不一定能撑得下去。”

江汐嗯了声。

至少陆南渡比她厉害，她当年差点儿就快撑不过去了。

“这些事儿，也是后来他同意心理医生跟我说我才知道，他自己没开口过。”

江汐不知想到什么，问道：“这么多年来他看过心理医生后情况也没好过？”

梁思容如实告诉她：“他看心理医生的时间不超过两年。”

也就是说他们分开八年，他有六年处于不管不治的状态。

“不超过两年？”

梁思容停顿了一下说：“恩笛死后，陆南渡被他的爷爷接去了国外，一开始在那边很乖地治病。”

江汐安静地听着。

“后来某个冬天他回了趟国，回去后就再也不肯治病了。”梁思容说。

江汐微皱眉。

“小姑娘，”梁思容忽然叫了江汐一声，“当年你是不是谈了个男朋友？”

江汐不明所以，但还是点头。

梁思容笑着说：“是吧，当时他被他的爷爷抓回去的，我没在场，但也听他的爷爷说了几句，当时他好像就是去找你。”

江汐忽然想到陈凛跟她说过，他见过陆南渡。

陆南渡去找过她。

“他那次回来后哇，就再也不肯看心理医生了，提到许清州就爹毛，说自己没病，也不用治，可以自己好起来，伤自尊了。”

毕竟在当时的他看来江汐已经不要他了。对方甚至是个跟江汐一样高学历的人，而且身体健全、心理健康，他却是一个逢人就被说他有精神病的人。

他抗拒这个事实。

江汐许久没说话。

里屋的门忽然被推开，她还没见着陆南渡的人就先听到他的声音。

“姐姐！”

Chapter 15
对象

陆南渡看到梁思容有些意外。

“阿姨，”他朝这边走过来，“你怎么过来了？”

以往陆南渡治疗后从许清州这里出来都不会有好脸色，情绪也不高涨。今天他却仿佛只是进去喝了个酒，情绪丝毫不受影响。

梁思容笑着说：“看来今天你的心情不错呀。”

陆南渡停在她们的面前，阳光下他的肤色有些苍白，脸色却不差。

他一向厚脸皮，即使知道是因为江汐过来才开心的，也不会因此有一点儿不好意思。

他吊儿郎当地笑着说：“是呀。”说完光明正大地瞥了眼江汐。见江汐也看着他，他朝她咧嘴笑了一下。

陆南渡没个正经。

江汐移开了目光。

梁思容见他这么开心，笑着说：“倒是很久没见你这么高兴过了。”

陆南渡生病的时候不怎么暴露负面情绪，没治病那几年不管在国外还是国内都有一套自己的房子。

夜晚的时候，他回到空无一人的囚笼，犹如困兽，孤立无援，在暗夜里一人舔舐伤口。待到白日，他藏起镣铐，西装笔挺，在人群中自如游走，呼风唤雨。

多数时间，他待在私人空间里，尽量不影响和麻烦别人，但梁思容了解陆南渡的脾性，即使他平时的表情没什么大变化，还是能看出他心情的好坏。

就像现在，陆南渡的心情明显不错。

梁思容伸手将他拉到自己的旁边坐下。端详一番后，她说：“你瘦了。”

陆南渡开始胡扯：“瘦了是不是还挺好看？”

梁思容被逗笑：“你这孩子，净说胡话，还是长点儿肉好。”

江汐在一旁没打扰他们的谈话，沏了杯茶。

陆南渡随口问梁思容怎么过来了。

梁思容说：“你这都一个多月没回家了，还不让人过来看你，阿姨实在有点儿担心，正好今天要去你姥姥和姥爷那儿，顺便路过这边来看看你。”

屿城这座南方城市四季温暖，一年只冷那么几天。梁思容的父母从北方迁居到这边，在这座城市里安享晚年。

陆南渡没见过梁思容的父母几次，两位长辈也对他颇有微词，不待见他。但梁思容在他的面前还是会说姥姥姥爷，就像把他当亲生的一样。

陆南渡问她：“今天就过去？”

梁思容点头：“两位老人家刚才在路上还打了几个电话问我过来没有，估计在家等久了。”

“不吃个饭再走？”陆南渡问。

“不了，本来就是有点儿担心顺路过来看看你，”说完她看了眼旁边的江汐，笑了下，“现在看来不用担心了，你自己得多注意点儿身体。”

“身体健康着呢，”陆南渡说，“都几年没发烧感冒了。”

身体上陆南渡倒一直没什么问题，怎么折腾都没事儿。

梁思容说：“这样是最好。”

许清州从里屋推门出来，看到梁思容顿了一下，很快又恢复自然。这点儿变化不过在一秒之间。

他礼貌地打了个招呼：“陆夫人。”

梁思容点头致意。

她看了眼时间，对陆南渡说：“时间不早了，阿姨要回去了。”

陆南渡说：“要不留下吃个饭再走？”

梁思容笑着说：“得了吧你，现在指不定心里巴不得我赶紧走呢。”

“这我可得给自己说个话呀，我没有。您在这儿住上一两个月我可没异议，简直乐意死了，哪儿想你走了？”

梁思容捏了捏他的脸：“嘴真甜哪。”

许清州已经走了过来：“陆夫人不坐会儿再走？”

梁思容看向他，起身道：“不了，司机还在外面等着，下次有空再来。”

许清州也没挽留，微笑着说：“那慢走。”

梁思容点头，跟陆南渡说：“走吧。”

江汐也没久留，跟许清州说了声后也随他们一同离开。

陆南渡要送梁思容去巷口。走到门口江汐停下，刚才在场有些话不方便说，梁思容应该有话想私底下跟陆南渡说。

江汐说：“我就不出去了。”

陆南渡凑近问她：“是不是一早上坐累了？”

“没有。”她瞥了他一眼。

梁思容笑着对陆南渡说：“你这孩子，长辈还在这儿呢，能不能收敛点儿？”

陆南渡把手插在兜里，站直了身子，笑道：“行。”

江汐把视线从他的身上移开，看向梁思容：“您慢走。”

梁思容点头：“这段时间麻烦你了。”

江汐说：“我没做什么，没什么麻烦的。”

梁思容对她笑了下，对陆南渡说：“走吧。”

陆南渡嗯了声，看了江汐一眼：“姐姐，你先进去。”

江汐点头。

陆南渡送梁思容到巷口，路边停着一辆黑色轿车。

陆南渡瞥了眼车窗，看向梁思容：“真不在这边吃个饭再走？”

梁思容拍了拍他的手说：“阿姨就不打扰你们了，你也早点儿把人家小姑娘追到手，这都惦记几年了，你也到了该谈婚论嫁的年纪了。”

说到这个陆南渡微微皱眉。

在这个世家家族，子女一向没有婚姻自由，年纪到了就得为了家族的利益铺路联姻。

虽然陆老爷子目前没有任何表示，但陆南渡很清楚他一直在物色人选。

见他皱眉，梁思容说：“皱眉容易长皱纹。”

大概知道他在想什么，梁思容又说：“没什么好愁的，船到桥头自然直，你爷爷也不是不讲理。”

陆南渡看她：“我看是你担心吧。”

梁思容的表情有一瞬僵滞。

陆南渡笑道：“放心吧，我肯定把她给你带回家。”

梁思容前一秒的不自然已经消失，她笑着说：“那可说好了，阿姨还真满意这个小姑娘。”

陆南渡说："不满意也没辙，您以后的儿媳妇只会是她。"

梁思容笑他："什么小孩子脾性。"

"行了行了，我也该回去了，到饭点了，你赶紧回去吃饭。"梁思容赶他回去。

陆南渡没有立即走。

司机早在梁思容出来的时候便下车站在车边。

梁思容走了过去，司机帮她拉开后座的车门。

车启动之前梁思容降下车窗，对陆南渡说："进去吧。"

车很快消失在街道的转角。

陆南渡转身晃悠回家。

江汐今天不打算叫外卖，进厨房转了一圈，只有一口锅和电磁炉。

一看陆南渡平时就不怎么做饭，来这边的时间也不长。

橱柜里有几盒方便面，江汐看了眼日期，没过期。

那口锅估计就是陆南渡用来煮面的。江汐拿了两盒方便面，想了下又抬手摸了一盒出来。

她用锅接了水放在电磁炉上。

房子的采光一般，厨房光线暗淡。江汐站在料理台边，看着锅里逐渐沸腾的水。

客厅传来开门声，江汐没回头。

她知道陆南渡会进来。

江汐看着锅里的水咕咚地冒着泡。陆南渡从身后搂住她。

江汐警告他："陆南渡。"

陆南渡低下身子，下巴搁在她的肩上，语气有气无力的："姐姐，给我抱会儿好不好？就一下。"

"别装。"说完江汐就要挤开他，"起开，煮面呢。"

"就不！"陆南渡搂着她不撒手，"你的手能动，我又不碍你的事儿。”

江汐被他磨得没脾气：“你烦不烦？”

“这问题不该问你？”陆南渡得寸进尺，蹭着她侧边的头发，“我烦不烦你最清楚了。”

江汐说：“是挺烦的。”

陆南渡忽然问：“我要是乖一点儿，你会不会多喜欢我一点儿？”

江汐沉默。

短暂的寂静后，她开口：“那样就不是你了。”

“陆南渡，”江汐叫了他一声，“你的事儿梁阿姨告诉我了。”

陆南渡一愣。

江汐能感觉到他的手勒了她一下。

他在紧张。

锅里的水开始沸腾，热气弥漫。

江汐说：“这一切造就了你的性格，这就是你，没有什么如果。”

“如果一定要有如果的话，我们现在就不会一起站在这儿了，可能也不认识。”江汐继续说道。

他不会来找她，她也不会喜欢他。两条平行线，各自开始崭新的生活，他们互不认识，各有爱人。两人之间不会有任何故事。

陆南渡知道江汐在安慰他，搂着她的手紧了几分。

两人一时没说话。

不知过了多久，陆南渡把嘴唇贴在她的耳边。

“我，”他说，“不知道什么时候会好。”

“慢慢来吧，”江汐拆开泡面盒，“时间长着呢。”

“人生还有几十个年头，”江汐说，“就算好不了也没什么大不了的，就当每天晚上做场梦。”

午饭是泡面，料理台边放着几包撕开的料理包。

江汐端了两碗面从厨房出来，一碗放在陆南渡的面前。

“煮得久，面条估计泡软了。”江汐说。

陆南渡靠在椅背里不知道在想什么，回神看她：“我牙口不好，就喜欢软的。”

他睁眼说瞎话。

江汐在对面坐下，瞥了他一眼，平淡地说：“吃你的面。”

“行嘞。”他说完拿起筷子，吸溜了一大口。

“还真软哪。”

江汐懒得理他，慢条斯理地开始吃面。

陆南渡咽了口面问：“你是不是还记着我喜欢吃软的面条？”

陆南渡的习惯跟一般人不同，面条喜欢吃软趴趴的，以前住一起的时候两人没少这样煮。

江汐看了他一眼：“你不是说你的牙口不好？”

陆南渡说：“你还真记仇哇。”

江汐低头笑着说：“所以你少惹我。”

“我以后不惹你了，”陆南渡一手托腮看她，“我听话，你别记我仇。”

江汐的视线再次落到他的脸上。

他看着她。

江汐说：“行，吃饭吧。”

“是吃面。”陆南渡说。

江汐被逗笑：“陆南渡你烦不烦？”

“哪里烦了，我都听你的话吃面了。”他塞了口面进嘴，笑了。

陆南渡的面很快便见底了。江汐给他煮了两碗，分量是她的两倍，但江汐的面还剩将近一半。

陆南渡吃完没走，坐在对面看她，但也没打扰她。

江汐放下筷子，碗里还剩一点儿。

陆南渡瞥了眼她的碗，目光又回到她的脸上：“你吃猫食呀，就吃这么点儿？”

他说："叫得出声儿吗？"

江汐用纸巾擦手，抬头看他。

陆南渡一脸正经地看她，仿佛是她自己想歪了。

江汐将纸巾扔在一边说："陆南渡。"

"嗯？"陆南渡没理解。

"没什么，"江汐格外纯洁地看着他，"你不是问我叫得出声儿吗？"

陆南渡大笑起来。

面前的女人对他太有魅力，有一丁点儿念头都不行。

江汐装作不知，起身说："桌子收拾一下，我睡会儿，谢了。"

说完江汐转身上楼了。

陆南渡看着她的背影，直到她消失在楼梯的转角才收回目光。

他低头瞥了眼某处。

现在两人还不是那种关系，陆南渡没敢让她管他。

他起身，踢开椅子进了浴室。

连带着收拾完餐桌已经是一个小时后，陆南渡将泡面盒随手扔进垃圾桶里，上了楼。

江汐在昨晚的那间房里，陆南渡推门进去的时候江汐已经睡了。

她侧躺在床上，半边脸埋进枕头里。睡觉的习惯和以前一模一样，姿势都没怎么变。

大概是昨晚折腾累了，江汐睡得很深，呼吸的频率规律起伏。

陆南渡倚在门边看了会儿，自言自语道："还真睡了呀。"

她丝毫没顾虑自己撩起来的火。

他站直身体，进屋。

江汐面朝门口，陆南渡在床边坐下。

他背靠床头柜，一条腿屈着，另一条长腿随意地往前抻。

日光从窗外照进来，她背对着窗口，耳边镀上一层淡淡的柔光，白皙的，脆弱的。

陆南渡盯着她的耳朵看了几秒。

江汐毫无察觉，睡得很安稳。

陆南渡的视线重新落回她的脸上。她皮肤白，肌肤仿佛抹了一层牛奶，长睫毛安静地搭着，鼻尖小巧，唇瓣薄红。

窗外寥寥有几声鸟叫，空气有些凉。

过了会儿陆南渡抬手，用拇指摸了摸她的唇。

江汐的睡眠浅，即使他的动作不重，她还是动了动眼皮，瞥了他一眼又闭上了。

陆南渡的半边手掌还停在她的脸上。

江汐的脸不过巴掌大，陆南渡又揩了下她的唇，动作不轻不重。

江汐又被他打扰，直接转了个身，用被子蒙住头。

“烦死了，别吵我。”江汐的声音难得染上倦意，带着一丝软。

陆南渡笑了下。他伸手，隔着被子摸了摸她的头。

“姐姐。”陆南渡叫道。

江汐没回答。

“我去书房，醒来记得找我。”

江汐估计懒得理他。

陆南渡也不知道她听没听到，没再烦她，起身离开卧房。

江汐醒来时看了眼手机，睡了两个小时，真是难得。

她扔开手机下床。

陆南渡估计也没想到江汐睡这么久，以为她早起了只是不想过来，所以在看见江汐推开书房门进来的那刻有些惊喜。

陆南渡的腿上放着工作本，他说：“我还以为你不过来看我了。”

江汐没回他，长发带着刚起床时的蓬松。

陆南渡问：“刚醒？”

江汐嗯了声，带点儿鼻音。

陆南渡看着她："原来你一睁眼就想到我了呀。"

江汐就知道他没什么正经话讲，懒懒地应他一句："陆南渡，你要不要点儿脸了？"

"脸是你给的，"他说，"你这么快就来找我了，我脸可大了。"

江汐没忍住笑了下："幼稚死了。"

说完她走过去在他身后的沙发上坐下："忙什么？"

陆南渡的手在键盘上敲了敲："处理点儿工作。"

江汐有点儿意外，屏幕上是一些晦涩难懂的专业术语。

她问："最近还管工作？"

治病是件耗费心神和体力的事儿，江汐没想到他还得分出心思管公司。

"嗯，"陆南渡倒没觉得有什么，"本来就得管着，不然不出几天，公司很快变成一盘散沙。"

公司本来就是高层统领，一旦没有秩序就会像无头苍蝇。

江汐很少见到工作时的陆南渡。

陆南渡处理得差不多了，江汐估计他从进来后就没挪过窝。

他伸了个懒腰，向后仰头看着江汐："等我一会儿，马上。"

江汐不想打扰他，准备起身："你忙你的吧。"

陆南渡却伸手拉住她："姐姐，我都坐一下午了，你就陪我一会儿都不愿意。"

江汐和他对视几秒，也没甩开他的手："赶紧忙。"

陆南渡知道她这是同意的意思了，对她笑道："那我听话了呀，真忙了。"

江汐还看着他的眼睛，有那么一瞬间心跳漏了一拍。

她朝他的电脑屏幕示意了一下："赶紧的。"

江汐知道陆南渡肯定能看出她的悸动，但他没说什么，只是笑了下，回过头忙去了。

他一只手拉着她的手没松开，江汐也任他牵着。

两个人的房间里格外安静，只有陆南渡时不时敲击键盘的声音。

接下来几天陆南渡的情况明显有所好转。

梦魇的频率从每晚一次降到几晚一次，他也没再出现过把江汐认错的状况。

许清州说可能是陆南渡习惯了她在身边。

但不管是陆南渡真的没认错，还是潜意识里知道她在所以没认错，都是有进步了。毕竟陆南渡已经近十年没和别人待在同一个房间里睡觉，和沈泽骁他们通宵喝酒时也格外警惕，一般都不会睡着。

时间眨眼到了正月初十。

江汐这天刚从浴室出来便接到佟芸的电话。

佟芸问："最近在忙什么？休息够了吧？"

江汐说："还行。"

佟芸说："这段时间你歇够久了，是该准备准备复工了。"

江汐休息一般都是因为没工作，有工作的话一般都很认真。

窗外只有巷口的一盏昏黄的路灯。她收回目光，嗯了声。

佟芸说："徐国生最近有一部影片正在挑人，我帮你看了看剧本，女主形象你可以挑战一下。我已经帮你联系过了，过几天你过去试下戏。"

江汐说："行。"

佟芸大概还有事儿要忙，很快挂了电话。

江汐回到床边，时间已经不早，陆南渡还在书房。

即使陆南渡没说，但通过他的状态，江汐能感觉到华弘最近应该是出了什么事儿。

她百无聊赖地在床上躺着，不知什么时候睡了过去。

她醒过来时屋里还亮着灯，陆南渡还没回卧室。

江汐拿过手机看了眼，凌晨两点。

正好有些口渴，她掀被下床，到厨房接水喝。

书房里的陆南渡大概是听到她的动静了，跟着她到了厨房。

江汐刚接完水就被陆南渡从身后抱住。

她问："工作还没处理完？"

陆南渡把下巴搭在她的肩膀上，有些困倦，嗯了声："困了。"

江汐轻轻地抿了口杯里的水："早点儿睡吧，明天早点儿起就好了。"

陆南渡说："那我听你的话，你能不能让我跟你睡觉？"

江汐瞥了他一眼："你是小孩儿啊，回沙发上睡去。"

陆南渡忽然抓住她的手，在她的耳边说："不是小孩儿。"

听他这不似开玩笑的声音，江汐一愣。

陆南渡扣住她的手，将她拿着水杯的手按到了料理台上，另一只手扣住她的下巴，让她对上自己的视线。

"是男朋友。"陆南渡说。

他霸道又无理，歪头堵上了她的唇。

江汐没推开他。

这是他们多年后的第一次接吻。

江汐微昂着头，露出一截苍白脆弱的前颈。

她没有一丝慌乱，也不羞怯，情欲自然而然。

江汐的两只手撑在料理台上，瓷面冰凉。

陆南渡松开她，转身之际江汐不小心打翻了手边的水。水打湿了脚，玻璃碎屑溅到脚面上。

但谁都没管。

江汐慢条斯理地抬手圈住陆南渡的后颈，陆南渡在她的唇上轻咬了下。

"陆南渡，"江汐的嘴唇有一丁点儿痛意，"你是狗吗？"

"是呀。"陆南渡吊儿郎当的，又凑近轻咬她的唇。

江汐任他亲着："不早了，洗洗睡了。"

陆南渡说："你就让我去洗澡哇？"

江汐觑他："不然呢？"

陆南渡啧了声。

江汐瞥了他一眼，推他："赶紧的。"

"你怎么比我还急？"他颇有闲情逸致地调侃她："这么怕我？"

江汐的腰抵在料理台的边沿，姿态慵懒。方才闹了一番后，她的长发微乱。

她对上他的视线，从容不迫地说："你看我怕不怕。"一副挑衅、宣誓的语气。

陆南渡和她对视几秒，而后笑了。

"姐姐，"他又凑到她的唇边亲了一口，"那敢不敢做我女朋友？"

他停顿一秒，嗓音低哑："赌上一辈子的那种。"

陆南渡的眉骨英挺，双眼皮勾出一道深邃的褶子，目光执拗而认真。

江汐和他对视。

"敢哪。"她说，"有什么不敢的。"

估计陆南渡没想到她答应得如此干脆，眼眶红了。

这是她没料想到的。

陆南渡别开头，吸了吸鼻子。

江汐捧住他的脸，让他看着自己："陆南渡。"

她又摸摸他的脸："怎么了呀？"

陆南渡恢复了情绪，对上她的眼睛："没什么，太高兴了呗。"

江汐说："这有什么高兴的，你是没谈过恋爱吗？"

"那不一样，"陆南渡说，"不过我的确八年多没谈恋爱了。"

"那现在谈恋爱了高不高兴哪，小屁孩儿？"

“那也得对象是你我才高兴。”

江汐笑了，捧着他的脸说：“知道了，对象。”

陆南渡看了她几秒，又凑近她：“对象让我亲一口不过分吧？”

江汐说：“你怎么就不嫌腻歪？”

“你别想了，”他亲了亲她的颈窝，“十年了我都没腻。”

她伸手推开他：“刚才谁还说工作多来着，时间不早了，赶紧的，洗洗睡了。”

江汐后天走，和陆南渡同一天离开。

陆南渡在这边治病有段时间了，但工作强度也不见减少，毕竟身居高位，这么久没在公司出现过，董事会有些人已经颇有微词。

陆南渡最近病情改善不少，虽说没能完全治好，但也算进步不少。前段时间他的情况过分糟糕，甚至他连出门都需要勇气。

江汐知道那些尖叫声不会这么快消失，但陆南渡总算能如常地走出去了。

许清州也准许陆南渡回去，现在的状况陆南渡能自己控制好。

中午的时候，夏欣妍给江汐打了个电话。前几天夏欣妍一家就回家了，见江汐没在家还给她打了电话。

当时江汐说还要在外面住几天，夏欣妍也没催她回去。江汐的职业特殊，她能歇这么几天很难得。

江汐窝在沙发里，陆南渡正吊儿郎当地跷着腿躺在她的腿上。

夏欣妍问她：“吃饭了没？”

江汐低着头说：“吃了。”

夏欣妍喜欢热闹，也爱跟孩子们待在一起。这个春节孩子们忙的忙，不在的不在，夏欣妍估计是想她了。

“小汐，什么时候回来啊？”夏欣妍问。

“后天。”江汐笑了下说，“姥姥的身体怎么样了？”

老太太大年初二摔了一跤。前几天夏欣妍回家就是因为老太

太出院了，不用在那边照顾着。

夏欣妍说："好多了，听你舅说昨天你姥姥还硬撑着拐杖到院子里溜达了一圈，谁说都不听。"

江汐笑了。

枕在她腿上的陆南渡抬起眼，江汐对上他的视线。

陆南渡知道她在跟长辈打电话，没打扰她，只是牵过她的手放嘴边亲了亲。

夏欣妍继续说："阿姨也没有催你回来的意思，就是想着你往年这个时候差不多要开工了，今年估计在家也待不了几天了，阿姨想着你早点儿回来能再给你多做几天饭。"

其实夏欣妍就是想孩子了。

江汐笑道："快了，后天就回去。"

陆南渡听了却不是很高兴。这趟他回北京，江汐还是在这边，也不知道这次分开两人多久才能见面。

又聊了几句江汐才和夏欣妍挂了电话。

陆南渡叹了口气。

江汐捏了捏他的脸说："嫌气儿太多？"

"是有点儿多，"陆南渡伸手兜住她的脖子往下扣，"你帮我吸点儿？"

"你这人……"话没说完江汐已经被他堵住唇。

江汐发现陆南渡真的很得寸进尺，之前尚且能保持不越界，这两天一给他甜头就黏人得要命。

第二天下午，陆南渡在书房处理工作，江汐没去打扰他。她套上外衣去了许清州那里一趟。

许清州当时正在屋里看书，见她进来便邀请她进屋。

许清州又拿了新茶出来，沏了一杯递给她。

江汐接过，道谢。

许清州问：“明天那小子回去，你是不是也要回去了？”

江汐嗯了声：“明天早上走。”

许清州的笑容温和，他靠进椅子里说：“这段时间还多亏你了。”

他看向江汐：“你来之前，他的状态可以说很糟糕。”

江汐从来不觉得自己的作用有多大：“可能真的帮了点儿吧，但还是靠他自己。”

“的确，”许清州的指尖有一搭没一搭地敲着扶手，“撑不撑得过来都看他自己。”

江汐不知想到什么，问道：“老师，陆南渡发病的时候记不记得自己做过的事儿？”

许清州大概知道她知道了什么。江汐第一天过来的时候向他询问了一点儿关于朋友的病情，当时说的是对方会产生幻觉，偶尔会忘记自己做过什么。

许清州点头，事到如今也没必要瞒着江汐了：“他的确都记得，不会忘记自己做过什么。”

江汐想起第一次陆南渡攻击她。她去他家的时候陆南渡认错了她，当时问他记不记得他自己发的短信。

他故意让江汐误会他已经不记得。

她现在想想他就是故意的，让她心疼他，可怜他。

江汐莫名地觉得好笑。

许清州是个精明人，不用江汐说便大概知道是怎么回事儿，笑着说：“这小子是真机灵。”

“不过最近倒是没宝贝他的那些信了，”许清州说，“之前你还没来的时候，他天天抱着那堆信度日。”

“出于隐私，他没让我看那些信件。”许清州又说。

江汐问：“别人写给他的信？”

许清州点头：“大概涉及别人的隐私，他没让我看，不过可以断定那些信对他很重要。”

许清州跟江汐说的那些事儿她没去问陆南渡。

陆南渡第二天中午十二点的飞机，江汐回家顺路送他去机场。

街道到处还有过年喜庆的残影，但春节过后阴雨连绵，没一会儿风挡玻璃上便蒙上一层细雾。

陆南渡昨晚很晚才睡，没睡几个小时便起来赶飞机。

他插着兜推着行李箱往车后走去，眼皮耷拉着。

江汐看他这样，没打算让他开车："车上能睡着吧？"

陆南渡把行李箱扔进后备厢里，抬眼看了看天。天色灰蒙，空气凛冽。

他单手关上后备厢："光看这天儿我都能立马给你表演个一秒入睡。"

江汐说："你就瞎扯吧你。"说完她往主驾驶座走去。

陆南渡长手长腿的，几步就追上了她，抓住她的手臂说："我开，你去副驾驶座。"

江汐看着他："你这么困还能开车？"

"也不是困，就是不精神，"陆南渡说，"得开车精神精神。"

江汐也不坚持。

早高峰已经过去，路上的车不多。

江汐坐在副驾驶座上看着窗外，问陆南渡："许老师让你下次什么时候过来？"

车停在红绿灯路口，红灯闪烁。

陆南渡说："半个月后。"

江汐嗯了声。

陆南渡侧头瞥了她一眼："那时候你是不是已经开工了？"

"差不多。"

"能不能往后推推？"

江汐笑了下，转头看他："你以为我是老板哪？"

陆南渡本想说他可以帮她往后推推，但他足够了解江汐，知道江汐不会同意。她虽然算不上喜欢工作，但一旦有工作她不会推拒和延迟。

绿灯亮起，陆南渡发动车子，没再说什么。

陆南渡住的地方是一个僻静的小镇，离机场有段距离，再加上雨天的路况不好，他们花了点儿时间才到机场。

江汐睡着了，直到停车也没醒。

陆南渡解开安全带，没急着下车。时间还早。

江汐没什么防备，眼睛安静地闭着。

说来也奇怪，江汐不是一个睡眠质量很好的人，平时睡的时间也不长，但最近陆南渡却总能碰上她熟睡。

他稍侧着身子看她，一边的胳膊搭在方向盘上。

二十分钟过去后，陆南渡低头看了眼时间，差不多了，再不闹醒她两人没法腻歪了。

陆南渡凑上前叼住她的唇，江汐被他这么一闹醒了过来。她闭着眼，没有拒绝。

陆南渡捏了捏她的后颈。

江汐问："几点了？"

"不急。"陆南渡说。

陆南渡是掐着时间的，临下车的时候在江汐的耳边问："什么时候回北京？"

江汐说："至少也得四五天吧，得回家陪阿姨几天。"

陆南渡即使再不愿意，还是嗯了声。

"行了，"江汐边推他边说，"进去吧。"

陆南渡开玩笑道："我就这么碍你的眼？"

江汐笑了下说："不仅碍眼还碍事儿。"

陆南渡也笑了。

江汐摸了摸他的脸说："赶紧进去。"

陆南渡瞬间开心起来。

陆南渡自小接收的恶意颇多，有来自家人、邻里或是陌生人的。

不管他身处何处，幼童还是成年，这个世界对他的恶意不会因此减少一分。

去年陆南渡从海外归来，华弘的实权落到他的手里。

他年纪轻轻就坐稳掌权人的位置，当时在社会上掀起一阵不小的风浪，公司里的那些老狐狸也颇有微词。

如果不是陆老爷子执意要求，这帮老狐狸早闹翻天了。

陆恺东去世后一直是梁思容帮忙打理公司，梁思容说这是迫不得已。她对这些没兴趣，只不过当时丈夫早逝，而继子年纪尚小，不得已只能出来帮忙打理。

梁思容自小是千金，家庭背景好，家境优越，从小在学校便是学习成绩优异的那一个，后来还跟陆恺东上了同所大学，同个专业。

梁思容不过是看起来温婉了些，但学识和见识不比陆恺东少。而当时陆南渡从国外回来后她便主动退位，开心地说终于能彻底歇下了。

似乎她钟意的生活便是看看书，闲暇时出去走走。

那段时间有许多流言蜚语，甚至涌现出不少阴谋论。他们不愿听当事人的真话，拼命给梁思容戴“无辜的帽子”，强烈谴责陆南渡的做法。

几乎所有人都认为梁思容是被陆南渡逼退位的。

当时梁思容还担心陆南渡听到这个心情不好，找他聊了天，结果陆南渡压根就没当一回事儿。

这帮老狐狸会这么气愤就是因为陆南渡对他们有威胁。

他年轻气盛，办事心狠手辣，一上来便开了不少人，公司的业绩也稳步上升。

但陆南渡的威胁越大，他们越看得出陆南渡的野心，而且还跟他们这些老人不对付，只不过陆南渡上任后公司一直处于赢利状态，他们没法挑刺。

直到最近，陆南渡频繁不来公司，他们开始找碴儿，义正词严地谴责着这个“不稳重”的总裁，即使陆南渡在外仍一天不落地处理公司的事务。

而仅此一个把柄远远不够，他们还会翻旧账，把陆南渡的那些过往全翻出来咀嚼。

当年陆南渡辗转国内和国外治病的事儿在这个上层圈子并不是秘密。人们在背后的议论带着最恶意的揣测。

他们说陆南渡不过是一个精神病患者，公司交给他谁都不放心，或许哪天他又发疯了呢，而公司不能被这样的人管着。

这趟陆南渡从屿城回来就是为了解决这件事儿。

他向来不是善茬，对这些老狐狸更谈不上尊敬。陆南渡有什么说什么，甚至直接开腔回怼。

他说：“怎么，你们一大帮人管公司都比不上一个精神病患者管得好，那你们是什么？”却被坐在旁边的陆景鸿训斥了一顿。

陆景鸿虽久不管事儿，但实权还是在的，谁也不敢忤逆他，包括在座的老一辈。

陆南渡知道陆老爷子今天过来是为了帮他，当然也是为了监督他，毕竟陆老爷子也一直认为他不够稳重缺乏管教。

没人管着这场董事会不知道会被闹成什么样子。

陆南渡对公司的管理一向理智又果断，唯独对这帮老狐狸不待见。

事实证明，陆老爷子在这儿还是有用的，会议即使不太愉悦但最后也没有不欢而散。

但陆南渡很清楚这场会议绝不是偶然，背后是谁，目前不清楚。

梁思容初五就回家了，在家索然无味地待了几日。

今天她又是早早起床，吃完早餐后在后花园里晒太阳。

经常跟在她身边的一个女佣端了杯咖啡上来，又递了条毛毯给她：“夫人，天气还没回暖，注意别冻着了。”

北京的空气干冷，即使一层稀薄的阳光罩在身上也仍旧发寒。

梁思容接过女佣递过来的毛毯，即使对下人也很尊重。她笑着说：“谢谢。”

“夫人客气了，您这几年身子好不容易养得好了些，现在还是得好好照顾身体，不能懈怠。”女佣说。

梁思容还没回应，身后便传来一道附和声。

“是呀，是该好好养身体，我还等着孝顺您呢。”

藤椅上的梁思容听见这熟悉的声音，立马从椅子上坐直身体，回头看。

看见十几天没见的陆南渡，她面露惊喜：“阿渡，回来啦？”

旁边的用人叫了句：“少爷。”

陆南渡的手里拿着西装外套，衬衫扣解了两颗，衣领微乱。

他从屋里走出来说：“是呀，刚从公司回来。”

用人进屋去给陆南渡沏茶。

梁思容虽然已经不管事儿了，但大抵还是听见了些风声，脸色稍许凝重：“他们没为难你吧？”

陆南渡在隔壁的椅子上坐下说：“没，能为难我什么。”

见梁思容明显没被他说服的样子，他开始胡说：“就他们还想为难我？”

梁思容果然被逗笑：“你这孩子，这话可别让他们听了去，不然又该挑你的刺儿了。”

“挑呗，”陆南渡说，“能把我身上的所有刺儿都挑出来算他们本事。”

梁思容护短道：“我们家阿渡才没有缺点。”

陆南渡笑着说：“您这滤镜就有点儿重了呀。”

梁思容也笑了。

陆南渡没规规矩矩地坐着，敞开腿，两条胳膊支在腿上。

“阿姨回家路过我那边不是顺路吗，怎么回来也没过去看看我？”

“你这孩子，怎么还撒娇呢，”梁思容笑着说，“人家小姑娘不是陪着你？阿姨过去只会打扰你们，你喜欢的女孩子当然要让你跟她多接触点儿。”

陆南渡说：“那确实是。”

身为长辈，这些晚辈心里想什么梁思容很清楚。

她笑着说：“那这次有没有辜负阿姨的期望？追上人家姑娘了没？”

“再追不上岂不是要被你笑话？”

“那可不是，你追人家女孩儿都追了几年了。”

陆南渡本来想去摸烟，还是忍住了。他把手收了回来，干脆躺进藤椅里，笑了下说：“那可长了。”

他想了下，大概是高二那年，教室窗边的那一眼。

那时候的江汐还不认识他，倒是跟陆恩笛是朋友，两人站在公告栏边聊天。

当时他问旁边的狐朋狗友江汐是谁。大概就是那次，他见她第一眼心思便活络起来，也没想到一喜欢就是将近十年，占据他在世界上的大半时光了。

只一面，他剩下的几十年命数都交给她荒废。

她没有像赶乞食的小狗一样赶走他，给了他一大堆糖，他两只手都放不下。

后来她走了，他再也没有糖吃。

一夜之间他回到了无数个被楚杏茹拎住脖子扔出家门的夜晚。

八年过去了，她重新回到他的生命里。

梁思容忽然说：“这女孩儿认识小笛。”

她停顿了一下，试探地问：“她跟你聊起过小笛吗？”

陆南渡的身体一僵。

梁思容见他这状态，立马意识到自己说错话了，急忙起身说道：“阿渡，阿姨没有那个意思。”

陆南渡却很快回过神来，胳膊一伸拦住她：“我知道。”

梁思容坐回椅子里，有一丝紧张。

陆南渡从椅子上坐起，对她说：“没事儿。”

“阿姨，”他沉默了一会儿，“你是不是想小笛了？”

梁思容的眼眶一下子红了。

她这辈子就陆恩笛这个亲生儿子，他从小体弱多病，家里人都捧在手心里宠着，谁都没想到他小小年纪就去世了。

梁思容没说出话来。

陆南渡看着她欲言又止。

这些年来因为顾及他的感受，陆老爷子和梁思容一般不会在他的面前提起陆恩笛。

刚才梁思容估计是忍不住了，遇到一个曾经跟自己孩子是朋友的人，实在没忍住问了一句。

陆南渡张了张唇：“对不起。”

梁思容一愣，抬起头说：“不怪你，阿渡，这事儿真的不怪你，不是你的错。”

陆南渡勉强地笑了一下：“我知道。”

梁思容知道陆南渡只是敷衍一说，这三个字他不知道说过多少遍了，没一次真的放心上。

方才问起陆恩笛是下意识的，可她又何曾不知道呢，陆恩笛是陆南渡的心理禁区，许清州也提过不能轻易提起。梁思容是个明白人，怎么可能跟陆南渡聊陆恩笛。

“阿渡，”梁思容叫了他一声，“小笛……”“去世”两个字她没能说出来。

她说："这些都跟你没关系。"

这时候陆老爷子忽然出现在门口，问了句："聊什么呢？"

梁思容赶紧揩去眼角的泪花，笑了下说："爸，没什么。"

陆老爷子瞥了一眼陆南渡："小子，去拿瓶酒上书房去。"

陆南渡的情绪不对劲时不怎么在长辈面前显露，他看了陆老爷子一眼说："怎么，你打算白日酗酒啊，能不能给你的长孙做个好榜样？"

陆老爷子笑着抬手指了指他："赶紧的，上来。"说完他先一步转身上了楼。

梁思容笑道："赶紧去吧。"

"行。"就如许清州说的，陆南渡能很快调整好自己的情绪。

陆南渡准备起身的时候，梁思容跟他说："下次可得把江汐带家里让我看看。"

陆南渡笑了下："您上次不是看过了？还把我底细都抖出去了。"

梁思容笑道："小姑娘跟你说了呀？"

陆南渡点头说："阿姨，谢了。"

"谢什么，你这孩子，"梁思容又说，"记得下次把人带回家里呀，就不去外面了，饭得在家里吃才像样。"

"行嘞，过几天就给你带过来。"

江汐在家待了几天。

佟芸给她发了试镜的时间，在两天后，但江汐还是提前动身回了北京。

这几天陆南渡的电话和消息就没少过，他每天都要问她一遍回来没有。

江汐觉得烦人，但还是笑着给他发了短信，让他过来接机。

江汐在机场慢悠悠地喝着咖啡，半个小时后陆南渡到了。

江汐看了眼时间，挺快。

她没让陆南渡进来，一出机场就找到了他。

陆南渡接过她的行李箱，略微不满地说："怎么不提前跟我说一声？"

江汐任他把行李箱接过去，开玩笑地说："提前告诉你你不得昨晚就在这儿守着？"

陆南渡细想了一下，笑着说："还真是。"

他低头想亲她。

周围人来人往的，江汐推开他："陆南渡，公众场合。"

"这都多久没亲了，老子想女朋友了还管什么形象？"说完他就在她的唇上亲了一口。

得亏江汐不是大火的艺人，也压根没什么人蹲守她，周围人也没注意到他们。

江汐叫了一声，在他的手臂上掐了一把。

陆南渡喊道："姐姐，疼。"

江汐这下真用力地掐了一把。

陆南渡倒是笑了："真下手哇。"

说完他又凑近她的耳边："赶紧的，上车，好做点儿别的。"

江汐白了他一眼。

江汐绕过车头，拉开车门。

陆南渡上车后，江汐伸出手说："过来，抱抱。"

陆南渡一愣。

江汐看着他："怎么，几天没见认不出我的声音了？"

陆南渡这才反应过来，低头笑了下。他早就忍不住了，这么着急上车就是为了方便动手动脚。

在江汐的面前，陆南渡从来不会掩饰自己的意图，直来直往，随时随地要流氓。

他朝她倾身。

江汐知道他想做什么，微抬着头和他接吻。

陆南渡往后退了一点儿说：“你刚刚怎么抢我的台词？”

江汐靠在座背上，眼里带着点儿笑意：“话又不是你的，我怎么就不能说了？”

陆南渡啧了声，俯身凑近她的耳边：“那我也要说。”

陆南渡的气息滚烫，江汐的耳朵感到一阵发麻。

他在她的耳边说了句露骨的浑话。

两人对这种话题一向不避讳，也不会不好意思。

江汐笑道：“你说你是不是流氓？”

“就流氓了，怎么了？”他啄了啄她的颈窝。

江汐还是笑着：“烦死了你。”

“烦也没办法了，都这样了，你别想赖掉我。”

江汐没再任他亲下去，稍微推开他：“行了，你的公司还有事儿吧，赶紧回去。”

陆南渡挑起眉：“不是，都到这步了你让我回公司？”

“哪步？”江汐说，“别想唬我，平时你不少干这些事儿，也没见你不能忍。”

陆南渡把头埋进她的颈窝里，话里有点儿不满：“要不是怕你不愿意，我忍个屁。”

“文明点儿啊，陆南渡。”江汐笑着说。

陆南渡不说话。

江汐捏了捏他的耳垂：“今天我有点儿事儿。”

陆南渡有点儿沮丧：“来真的呀？”

“是真有事儿，跟一个朋友约好了，得去见个面。”江汐说。

陆南渡的心里有点儿不情愿和小别扭，他不知道有谁比他还重要。挺幼稚的，但他就是控制不住。

“谁啊？”他问。

江汐当然知道他的那点儿小心思，直接说：“女的，我是不是还得告诉你她姓甚名谁？”

陆南渡这才开心了，一口啄在她的脖子上：“那倒不用。”

做完这些他才从她的身上离开：“现在过去？”

江汐点头，纪远舟约了她一个小时后见面，在市区的一家餐厅。

陆南渡驱动车子：“先送你过去，我再回公司。”

陆南渡这性子江汐格外了解。他就是知会她一声，不会管她愿不愿意。

她嗯了声。

机场离市区不是很远，到达地点后，陆南渡把车停在路边。

江汐准备下车的时候，陆南渡说：“姐姐，吃完了记得给我打电话。”

“知道了。”江汐说着要去推门。

陆南渡忽然拽住她的手腕。

江汐不明所以地回过头。

他说：“这么急着下去干吗？”

江汐问：“怎么了？”

陆南渡慢条斯理地说了一句：“口红擦好了再下去。”

“还是说是我亲歪的，要我帮你擦掉？”

江汐这才反应过来，狠狠地在他的臂上掐了一把。

陆南渡笑着说：“怎么我提醒你还要挨打呀？”

江汐没忍住地笑道：“真的烦死了你。”

纪远舟和江汐早就约好了餐厅。

以往两人出来小聚不是去火锅店，就是去西餐厅和酒吧，但今天纪远舟却约在了中餐厅。

纪远舟自小父母离异，父母两人都有了新家庭，对她不管不顾，基本上没和她有联系，所以江汐清楚纪远舟为什么不爱吃家常菜。纪远舟从小到大没吃过几顿准时的饭，对家常菜压根不会有归属感。

这点江汐和纪远舟是相似的。江汐的父亲也是如此，母亲去世后他又成了家，有了新家庭后不会过问她和江炽。

只不过江汐遇上了好人，夏家人心地善良，几乎是领养了他们。她和江炽很喜欢吃夏欣妍做的饭菜。白饭配几个家常菜，似乎这才是顿正经的饭。

但纪远舟不会这么觉得，白饭配菜在她那儿可能就俩字：朴素。

她们早就预订了包间，江汐一进门服务员便上来询问。

江汐报了包间号。

服务员格外礼貌地说：“这边走，我带您过去。”

这个时间有点儿尴尬，正是下午三四点，没赶上午饭也不是晚饭。走廊上没什么人。

服务员带江汐绕了两个转角，将她带至包间前。

服务员停在门口，递了份菜单给江汐：“您的另一位朋友已经到了，事先点好了饭菜，如果您还有其他需要的话可以随时叫我们。”

江汐没想到纪远舟竟然已经到了，有点儿意外。她朝服务员点了点头说：“谢谢。”

包间不隔音，隔扇门的上面是镂空雕花，下面是裙板。

屋里的纪远舟估计已经看到她了。

江汐推门进去，纪远舟果然坐在桌边托着下巴看她：“好巧哇，你也提前了。”

江汐朝桌边走去：“这话应该我说呀纪总监，你平时不是跟个工作狂似的争分夺秒，怎么今天破天荒提前了？”

纪远舟慢悠悠地说：“这不不是总监了？”

江汐抬眼看她。

纪远舟的脸上倒是挺平静淡然。

江汐将刚才进来时服务员给她的菜单随手搁在桌上，在椅子上坐下。她问："辞职了？"

纪远舟笑了下："怎么可能？这工作可是我辛辛苦苦睡来的。"

这些事儿虽然纪远舟平时没明说，但没打算瞒着江汐，平时也不掩饰，所以江汐格外清楚。

江汐问了句："怎么回事儿？"

江汐这才发现纪远舟似乎有些瘦了。

过年的这段时间两人没见过面，只聊了一通电话，当时大年初二纪远舟还在加班。

"能怎么回事儿？"纪远舟笑了下，"睡腻了。"

纪远舟一向独立坚强，除去骨子里的风情万种，就是典型的都市女强人。

她在说出这句话的时候，脸上没有一丝哀伤，像只是在讲一个无关痛痒的故事。

江汐看着她，没说话。

纪远舟给她倒了一小杯酒："没开车过来吧？"

江汐点点头。

纪远舟好整以暇地看着她："男人送你过来的？"

江汐正喝酒，看了纪远舟一眼，格外坦荡地说："嗯。"

纪远舟的头微歪着，单手托着下巴，她笑了下说："陆南渡？"

江汐忽然想起几个月前和陆南渡第一次在酒吧碰面，那晚纪远舟提醒江汐长点儿心。

当时江汐说自己不是小孩子了，不会再像以前一样。她不会再栽在陆南渡的身上。

那时听见这话的纪远舟只是笑笑，没多说。

纪远舟似乎总能看透她，只是不明说。

江汐也不介意，有这样一个朋友也算难得，多年的好友关系使她们格外有默契，也足够了解对方。

江汐点头："嗯，陆南渡。"

纪远舟丝毫不意外，笑道："挺好的，虽然当年分手那事儿是他浑蛋，但你们交往那会儿能看出这小子对你挺好的。"

"这么容易同意呀？"江汐笑着说。

纪远舟开玩笑道："不同意能怎么的？你都让他盖戳了。"

她指了指自己的脖子示意江汐："这儿呢。"

让纪远舟看到了江汐也没觉得有什么。她笑了下，没去管。

倒是纪远舟，以前脖子上几乎每日不断的斑驳印记已经没有了。

一截天鹅颈白皙干净。

纪远舟说："下次带人一起请我吃顿饭，脱单了饭还是要请的。"

江汐说："行。"

纪远舟笑道："毕竟这顿吃完，下次吃你的饭应该就是结婚了。"

这会是江汐最后一次脱单，再也没有分手，顺顺利利地走入婚姻殿堂。

纪远舟很确定，同时也是作为江汐最好的朋友对她的祝福。

下次他们再请纪远舟吃饭，会是他们结婚的时候，新郎一定还是那个小子。

故事俗套却又浪漫。

江汐和纪远舟碰杯。

江汐突然不合时宜地想到陆南渡听到她接下来的话应该会很开心。

她笑了下："嗯，是他了。"

吃完饭，两人一同离开。

两人并肩走在走廊上，江汐说："我去前台拿个行李，你先去外面拦辆车吧。"

"巧了，"纪远舟散漫地笑了下，"我的行李也在前台。"

江汐看着纪远舟。

纪远舟察觉到她的视线，也看着她。

江汐没说什么，收回目光。

两人一道到了前台，江汐报了两个人的名字。

前台将行李推出来还给她们。

纪远舟推着行李往外走，问身边的江汐："刚才我说有行李的时候你是不是没信？"

纪远舟和那个男人闹翻了和好，和好了闹翻，往复循环不下十次，却谁也没放过谁。

他们俩都不是善茬，互相折磨，但从来没闹到这种地步。

原本在包间里纪远舟说已经丢工作的时候江汐还没有多认真，毕竟江汐见过那个男人一两面，还有纪远舟平时不经意间透露出来的一些事儿。江汐以为顶多像以前一样闹闹，但现在纪远舟连行李都收拾出来了。

江汐明白这次可能不再是闹着玩。

江汐看着纪远舟："这次来真的？"

两人走出大门，纪远舟侧头看了她一眼，笑了声："每次都是真的，哪有什么假？"不放过对方是真的，现在放过对方也是真的。

正值晚高峰，路上车水马龙，鸣笛此起彼伏，楼宇在暮色下渐渐失色。

纪远舟的目光落在那些车流上，她淡淡地说："一别两宽吧。"她又笑了下："就当这两年被狗咬了一下。"

江汐看着她的侧脸，没再问什么。

江汐明白了："去我那边住吧。"

江汐就一个人住。两个月前寄宿在自己家的陈欢已经不在北京，从过年被她的母亲抓回去后就再也没出来过。

这些江汐是听夏欣妍说的。

纪远舟说："就不去你那边住了。"

"为什么？"

“正热恋呢，我去算个什么事儿。”纪远舟笑道。

江汐也笑了：“别贫了，我那边宽敞着，你把门一关就可以了。”

纪远舟侧眸看着她：“你这是想养我呀。”

江汐说：“也不是不行。”

纪远舟笑了下：“钱我还是有的，虽然是个失业游民。”

这两年来纪远舟的身上满是枷锁镣铐，飞不远，逃不了。她现在什么都没有了，只剩下钱。

纪远舟说：“我最近先住酒店，今天已经联系中介了，明天去看房子。”

江汐看着她：“这么急？”

纪远舟点点头：“顺便找下工作。”

江汐的脸色平静：“没必要那么急。”

纪远舟瞥她：“也不是急，就是闲着没事儿干，不忙活不习惯。”

确实，纪远舟从小性格使然，不习惯闲着，有时候工作对她来说就相当于消遣。

这一切的习惯都来源于她的家庭背景。双亲对纪远舟不管不顾，她从小就有养活自己的意识，上学那会儿还经常边学习边打工。

既然纪远舟执意要找工作，江汐也不再拦她。

“行了，”纪远舟呼出一口气，“回去吧，今晚就不去酒吧了，我累，歇歇。”

她很少说这样的话，但即使这样她的情绪依旧很平静。

毕竟十几年的朋友了，两人可以不通过对方的表情就能感受到对方的情绪。

江汐没多问。

“走吧。”纪远舟往前走去。

江汐过了会儿才跟上。

两人各自招了车，往两个方向远去。

隔天江汐去了趟公司拿剧本。

佟芸给她联系了后天的试镜，让她把剧本拿回去，这两天研究研究。

“这个资源能拿下来最好，”佟芸靠在办公桌后的椅子里看她，“虽然徐国生导演的角色没那么容易拿，但你也不能因为这个就连剧本都懒得看，别就去走个过场。”

“算了，”佟芸说着停了一下，“这种事儿不用嘱咐你，你自己清楚。”

江汐虽然不是个完全让人省心的艺人，但只要是工作上的，不触及她的底线，都会尽职。

“嗯。”她点了下头。

“这次试镜竞争你这个角色的演员不少，有些还是大前辈。你自己琢磨琢磨剧本，怎么演我教不了你，按你自己的理解来就行了。”

虽然从江汐进入这个圈子后佟芸觉得她不适合娱乐圈，但不得不承认江汐在演戏上格外有灵气。

江汐的演技不生硬，前几部作品的演技已经能做到传神，这也算一种天赋了。

又跟江汐说了几句后，佟芸说：“行了，回去吧。”

江汐起身准备离开，到门边的时候佟芸却叫住她。

江汐停下回头。

佟芸坐在办公桌后，脸色平淡地说：“看现在的风向，很多人在你澄清抄袭的那件事情后对你有了兴趣，现在你的账号还是能收到一大批想看你画画的消息。”

江汐能猜到她接下来要说什么。

果然佟芸云淡风轻地说：“你有空找个时间画画，用不了你多少时间。”

江汐离开公司，开车回家。

也许是因为佟芸的那句话，江汐的情绪受到了影响。

即使澄清了，她清白了，可那些年施加在她身上的暴力却不会立马消失。如果那么容易的话，这世界上就不会有“伤害”这个词。

直到回到家她收到陆南渡的消息，情绪才改善了些。

微信通过一下。

江汐这才反应过来两人相处这么久了还没加微信。陆南渡平时经常给她打电话和发短信，后来在屿城的那段时间两人又经常黏一起，根本没怎么动过手机。

验证刚通过，陆南渡就给她打电话。

江汐进电梯，按了楼层键。

她接通电话说：“我还以为你加微信是用来通话的，结果你直接打了电话过来，所以你是加个好友当摆设吗？”

“还真是，”陆南渡说，“还是女朋友懂我。”

江汐无情地拆穿他：“我那是搞不懂你。”

陆南渡笑着，问：“你起了？”

电梯里只有江汐一个人，她无聊地靠在电梯的墙上说：“嗯，去了趟公司刚回来。”

陆南渡说：“怎么这么早？”

现在是早上八九点，江汐平时这个时候不会出来晃悠。

她说：“有工作。”

陆南渡问：“吃早餐了没？你现在在哪儿？”

江汐笑了下：“一口气问两个问题你要我回答哪个？”虽然这么说，但她还是说：“我没有吃早餐的习惯。”

不用她再回答，陆南渡已经察觉了出来：“在电梯里吧。”

周围这么安静，也没有回声，不难猜。

江汐抬头看了眼跳动的红色数字，还有几层才到。

“是呀，电梯里。”

“我神吧？”

“你这人是不是专门占便宜？”

“那不是，”听筒里他的声音有点哑，“我是真神，你不信我给你变个魔术。”

江汐笑着说：“我发现你是真无聊哇陆南渡。”

陆南渡笑了，“你就不能配合一下我？”

“行，”江汐说，“什么魔术？”

“我能一秒出现在你的面前。”

“扯吧你。”

电梯往上爬升，停下。一秒后，电梯门打开。

听筒和外面同时传来一道声音：“谁说我扯了？”

江汐一愣。

她抬眸，看见陆南渡的手插着兜站在外面。

“看，我是真的神吧，”他笑了下，“没骗你。”

陆南渡的手上还拎了早餐。

电梯门已经开了有一会儿，江汐看着他。

她从电梯里出来：“你怎么过来了？”

陆南渡说她：“你怎么一点儿都不惊喜？”

江汐笑着往家门口走去：“这才没见面多久。”

陆南渡跟在她的身后慢悠悠地走了过去：“我们上次见面都是二十个小时前的事儿了，我可是一个小时不见你就难受，这二十个小时怎么就不久了？”

江汐去开指纹锁。

陆南渡走到她的身边，低头说：“你这样我心里有点儿不平衡。”

他还不满起来了。

他大概还想说点儿什么博宠。

江汐转头，微扬起下巴在他的唇上轻轻地亲了一口。

她笑着退开说：“平衡了没？”

陆南渡愣了下。

门开了，江汐见他这样子觉得好笑，回过头准备进屋。

陆南渡却忽然逮住她，低头吻她。

“一个吻就想打发我？”他的声音里带着笑，“不太行哪，姐姐。”

江汐没来得及进门，两人就停在门口。

她的手脚被他束缚住施展不开，她叫了一声：“陆南渡，松开。”

陆南渡没放开她。

对门的住户传来开门声。

江汐想推开陆南渡。

陆南渡故意使坏，吻得更用力。

眼见对面的人快推门出来，陆南渡笑了下，在对面的住户看到之前搂她进了屋里。

门在身后甩上。

江汐被陆南渡压在墙上，亲吻充满了侵略性。

即使面前是个年纪比她小的小屁孩儿，但毕竟男女之间的力气悬殊，她压根挣脱不了。分开后江汐弯着背靠在墙上调整呼吸。

陆南渡见她这样子觉得好笑，凑近她的耳边调皮地说：“姐姐，退步了呀。”他笑着从她的耳边离开。

江汐翻了个白眼。

陆南渡说：“这么凶干吗？你就说我说得有没有道理。”

江汐的确退步了，毕竟八年没接触过接吻这玩意儿了。

江汐不想说话，伸手就要去拧他。

陆南渡笑着躲过，弯下身一把拿过早餐进屋去了。

江汐过会儿也直起身进屋。

陆南渡已经坐在沙发里，把早餐在客厅的桌上摊开。

两个面汤和几个小菜。

江汐走过来坐下，陆南渡说：“这次没买肠粉，怕你吃腻了，明儿再买。”

江汐接过他递过来的一双筷子：“昨晚很忙？”

昨天下午陆南渡去机场接她后，晚上没再过来。

“嗯，”他点了下头，“有点儿忙。”

江汐看着他的黑眼圈问：“昨晚没睡？”

陆南渡说：“这不准备吃完在你这儿补补？”

他已经将面汤放到她的面前：“吃吧。”

江汐没再问，低头喝面汤。

吃完江汐去洗了把手，从厨房出来后在陆南渡的旁边坐下。

陆南渡吃饭的速度比江汐快许多，他吃完后就窝在沙发里玩游戏。

江汐忽然说：“这八年你完全没退步。”接吻或者其他，不仅驾轻就熟，甚至越来越熟练。

她说：“所以你这几年是怎么做到这么熟练的？”

陆南渡一开始没反应过来，把视线从屏幕上移开，侧头看她：“嗯？”

江汐看着他。

陆南渡和她对视几秒才反应过来，笑着说：“还记着这茬呢。”

他干脆扔了手机，手一伸将江汐揽进怀里。

他想了下说：“我好像还真的挺熟练。”

江汐瞥了他一眼。

陆南渡笑了，凑近她，一股流氓痞气：“想知道吗姐姐？”

陆家养了陆南渡这么多年也没改掉他骨子里那根深蒂固的痞气。平时干正经事儿他还可以收敛收敛，一到不正经的事儿就数他最会耍流氓。

陆南渡说：“如果你想知道我为什么这么熟练，我可以告诉你。”

江汐知道他的嘴里肯定吐不出一句好话来，刚才也只是逗逗他而已。

“不了，你不用说了。”

“那怎么行，”陆南渡故意伸手捏住她的下巴，将她的脸转了过来，“不说你误会我了怎么办？”

江汐拍开他的手说：“不误会。”

陆南渡哼笑了声：“有句话怎么说来着？”

“什么？”

“你们女生最会口是心非。”

江汐淡淡地看着他。

他说：“还不分年龄的。”

江汐眯起眼睛说：“胆儿肥了呀，‘内涵’我？”

“哪儿敢哪，”陆南渡将她抱在怀里，笑着说，“我就是想告诉你，我一男的，搁我这儿没有口是心非。”

江汐没打断，听他说。

“这八年我天天想你呢，一天不落。”陆南渡说。

他看着她，眼神纯粹：“是真想你，每天。”

客厅很安静，仿佛只有两人的呼吸声。

江汐以为他还有什么好话讲，结果陆南渡说：“这脑子里天天想着呢，什么都过了一遍，能不熟练？”

江汐白了他一眼：“你的脑子里能不能有点儿正经的？”

陆南渡笑了起来：“那还真没有，你在我面前我要是还有什么正经想法，那就是我不对劲了。”

那样他还算什么男人。

他开始嘚瑟道：“在这方面你才是小屁孩儿。”

江汐也笑了：“得了吧，往自己的脸上贴金呢。”

他把脸往她的面前送：“行，你给我贴贴。”

江汐愣了下才知道什么意思，推开他的脸笑着说：“你怎么这么烦人。”

陆南渡也笑了，松开她：“其实我一直想问你来着，就是没找到合适的时机。”

他似乎又转回正经的话题上。

“嗯？”江汐正想拿过桌上的剧本看，闻言转头看他。

陆南渡靠在沙发里，视线低垂落在她的脸上：“就是……”

他抓了抓头发说：“你怎么突然就要我了？”

江汐一愣。

她忽然注意到自己似乎忽略了什么。

她平时不爱说，对一个人转变态度有时候大概只有自己知道原因。

她还没说话，陆南渡已经开口继续说了。

“我原本以为你知道我……”他停顿一秒，“有点儿不正常后会更不想理我。”

所以在不小心对她做出攻击后，他就开始躲着她。

也是因为她，他想变成一个正常人，但没想到江汐反而因此对他更好。或许她是可怜他，又或者是因为其他，但他也不在意。即使是江汐可怜他，只要他能黏着她就行。

“陆南渡。”江汐忽然叫了他一声。

陆南渡嗯了声。

江汐去拿剧本的手收了回来，她看着他。

“你是不是想问我为什么跟你和好？”她也没待他回答，“那你先回答我，你对我是不是只是玩玩而已？”

陆南渡费解地说：“怎么可能？！”

“那不就得了。”江汐说。

对于陆南渡，江汐的态度一直很清楚。过去分手的原因清楚了，刀口自然也就愈合了。

“你不是说这八年来是真的想我吗？”她说。

江汐看着陆南渡：“我也是真的喜欢你。”

Chapter 16
黏人

位高权重者向来备受瞩目，稍有不慎便会粉身碎骨。陆南渡事务繁忙连轴转，一天二十四个小时几乎没有喘气的时间。

江汐难以想象陆南渡那段时间是怎么撑过来的。

治病向来讲究清净，但陆南渡完全没有撂下公司的摊子。他回公司后更是忙碌，平时对她黏得要紧昨晚也没有过来找她。

他几乎一夜没睡。现在陆南渡自然不会放过一个这么好的机会，蹭在她的身边撒娇。

江汐只有两天时间熟读剧本，他拎得清轻重，没提一些过分的要求，就是硬要躺在她的腿上睡觉。

江汐赶他进卧室睡觉，无果，最后索性随他去了。

她靠在沙发里，手半撑着额头看剧本。

陆南渡躺在她的腿上，大概很累，没一会儿便睡过去了。

江汐把目光从剧本上挪开，落到他的脸上。

陆南渡五官深邃，眉骨高，眼窝深，鼻子挺拔，薄薄的眼皮上有淡青色的血管，倦意深重。

江汐盯着他看了会儿，收回视线重新落回剧本上。

徐国生是国内数一数二的导演，题材现实又富有深意，深度思考历史和命运，镜头和影像游离在社会底层。

这次也不例外。

剧本的主题现实而残忍——家暴。

这是一个始终不被世人放上台面探讨的话题，而现实中遭受家暴的人却数不胜数。

暴力、殴打、禁闭、捆绑、残害，每日有数以万计的人在精神和肉体上备受其折磨。

而对他们施以暴力的人是最亲密的家人，是丈夫、妻子或是父亲和母亲。

江汐从小没经历过家暴，但知道身边这样的例子不在少数，只不过大家都藏着掖着，似乎这些是为世人所不齿的。但事实是，家暴没有一次，只会有无数次。

忍气吞声只会换来无止境的暴力。有的反抗甚至得不到解脱，只会被更暴力地对待。

陆南渡就是其中之一。

江汐瞥了眼陆南渡。

他从手无缚鸡之力的孩童长成少年，没有汲取到一丝来自母亲的爱意，只有拳脚相加。

江汐有点儿走神。

陆南渡难得一次睡得安稳，眉心没紧皱。

她看了他一会儿，用指尖轻碰了碰他的脸。

他得吃了多少苦哇。

挨骂、毒打、驱赶。

小小身体上的那些鞭痕，原本应该是母亲的抚摸，可他什么都没有，只有一身青青紫紫的鞭痕。

对他做下这些的，是本该最爱最疼他的母亲。

江汐怎么没早点儿遇见他。

如果早些遇见的话，就把他带回家了，反正她和江炽多个伴，多副碗筷，反倒没那么无聊。

陆南渡对江汐的触碰浑然未觉，完全没有防备。

江汐微叹了口气。

她收回思绪，重新投入到剧本上。

整部电影讲的是一位女性从小遭受原生家庭的家暴，毕业后迅速闪婚挣脱牢笼，却永无止境地掉入另一个家暴牢笼的故事。

基调灰沉压抑。

命运造化弄人，在这种环境下生活着的人想不疯都难。

江汐的脸上没什么表情，看不出情绪。

她翻过一页往下看。

剧本还没翻完，陆南渡醒了。

江汐看剧本看得入神，没发觉他早醒了。

陆南渡抬手，抠了抠她的手心："这么入神？"

江汐这才看向他："醒了？"

陆南渡看她这一时没反应过来的样子，有点儿好奇："看的什么剧本，这么入神？"说完他拿过她手里的剧本。

江汐没拒绝，任他拿过去。

他果然最先看的不是题材，是导演。

"哟，"他把一条腿搭在膝盖上说，"这不我徐叔吗？"

江汐一开始没反应过来，一秒后才想起陆南渡和徐嫣然是认识的。徐国生是徐嫣然的父亲，陆南渡自然也认识。

陆南渡大致翻了翻内容："你面试哪个角色？"

"你猜。"

陆南渡掀起眼皮看了她一眼。

"不用猜，"他的指尖在剧本上的某个名字上敲了敲，"这个。"

江汐低头看他："为什么？"

陆南渡从她的腿上起来，在她的唇上亲了一口："没有为什么，适合。"

"不过，"他说，"别入戏那么深。"

江汐看着他。

陆南渡肯定看过她的戏了。

他会这么肯定应该是有自己的判断，即使江汐没认为自己演得多入戏。

她说："没事儿，我出戏快。"

这个题材不好演，对心理也有一定影响。

陆南渡沉思了一会儿，又在她的唇上吻了一下："那你要快点儿，你是我的。"

江汐说："你怎么随时随地乱吃醋？再说了，大概率演不了，不过是经纪人让我过去试试。"

"谁说演不了了。"

江汐看着他："陆南渡，你别乱打主意呀。"

陆南渡笑着说："行，听你的，你不同意的事儿我不会做。"

他拿过手机看了眼时间："我先回趟公司，中午再过来找你。"

"很忙是吧，"江汐说，"中午就不用过来了，麻烦。"

陆南渡微眯着眼说："你说谁麻烦。"

"你呀，"江汐笑道，"你这个麻烦精。"黏死人了。

"就黏你了怎么着，"陆南渡又在她的唇上咬了一口，"中午还过来。"

"行了行了，"江汐推他，"去吧。"

陆南渡这才笑着起身离开。

佟芸给江汐发了试镜的地址。

试镜地点在一家酒店，剧组在那边筹备工作。

餐桌对面，陆南渡看她在看手机，问道："明天过去？"

餐桌上放着空盘空碗，两人已经吃完饭。

"嗯。"江汐把手机放回桌上。

"我送你过去吧。"

江汐抽了张纸巾擦手："你明天有空？"

"几个小时的事儿，"他说，"正好最近老爷子提了几嘴让我去看下我徐叔，趁这次一起拜访了。"

徐国生和妻子陈梦六年前离婚后就是孤家寡人一个，女儿徐嫣然跟母亲生活。

江汐的上部剧恰好就是陈梦导演的。

陆南渡靠在椅子里问："明天哪个地方？"

江汐说了那个酒店的地址。

陆南渡的指尖原本有一搭没一搭地在桌上敲着，听说这个地址后他忽然停了下来。

江汐注意到他的异常，瞥了他一眼："怎么了？"

陆南渡的眼神闪过一丝不自然，但仍没能逃过江汐的眼睛。

他的状态已经恢复自然："没什么，明天送你过去。"

江汐没说破："嗯，明天下午。"

陆南渡的身上似乎有很多秘密，却又似乎没有任何秘密，坦荡而自然。

整个晚上他都没有表现出任何异常。

两人暂时没提明天的事儿。

江汐去浴室洗了个澡，出来的时候陆南渡正好从阳台进来。

他朝她走过来："洗好了？"

江汐擦着头发问："你去阳台做什么？"

陆南渡大概在外面站了有一会儿，身上带着冷意。

江汐闻到了他身上若有似无的烟草味，即使他在外面站了很久，试图散去烟味。

“没什么，出去透口气。”

黑夜寂寂，寥落星火，高层的阳台外，漆黑不见树影。

江汐用余光扫了眼，外头的地面上没有烟头。很自然微小的一个动作，陆南渡没有注意到。

江汐微歪着头继续擦头发。

她身上有一阵沐浴露的清香，带着热气，几缕湿发沾在白皙细腻的后颈上。

她是没有防备的、脆弱的。陆南渡走近。

眼前投下一片阴影，江汐还在擦头发。她问：“怎么了？”

陆南渡没回答她，只是抬手，指尖染着外头的寒气。

他拨了拨她颈后的湿发。

江汐的动作停了下来。

陆南渡的视线淡淡地垂下，他用手掌扣住她的颈侧，俯身，侧头吻了吻她的后颈。

温热的碎吻。

江汐没动，浴巾拿在手里。

陆南渡又亲了一下后才退开。

江汐转头看他：“要回去了是吧？”

晚饭的时候陆南渡说过晚上还得回趟公司，有个国际会议。

陆南渡点头：“嗯，明天中午过来接你。”

江汐想了想，点头。

他的神色和平时无异：“我先回去了。”

江汐朝玄关那边示意了一下：“去吧。”

陆南渡说：“怎么这么着急赶我走？”

江汐抬头看他：“你要留下来我也没意见。”

“算了，”陆南渡十分欠揍地说，“给你明天留点儿精力，要不然明天没精神。”

她伸手搔了搔他的脖子："行了，回去吧，忙完再联系。"

陆南渡嗯了声，出门前回头嘱咐道："手机保持正常通信，别关机。"

江汐在沙发上坐下，点头。

陆南渡走了。

江汐靠在沙发里，发梢落下一滴水，水渍在沙发上晕染开。

屋里只开着壁灯，光线昏暗。

江汐的半边脸隐匿在黑暗里，侧脸轮廓纤细，发丝挡住她的眼睛。

神色寡淡，令人捉摸不透。

过一会儿她从沙发上起身，推开落地窗的门，赤着脚走了出去。

纤细苍白的脚踩在冰凉的瓷砖上。

她的双手撑在阳台上，楼下的陆南渡正好从楼里出来。像是察觉到什么，他抬头。

江汐没躲。距离远，两人互相看不清彼此，但知道是对方。

她看不清他的眉眼，看不清他脸上的神情。

过会儿，她看见陆南渡懒懒地抬臂挥了挥，而后坐进车里。很快，车消失在小区门口，汇入车流。

马路上交通繁忙，红色的车尾灯亮成一条河。江汐的视线淡淡地落在某处。

她能知道陆南渡的车在哪儿。

初春的天气算不上暖和，冷意钻进脖子，江汐却仿若未觉。她裸着一截脖子，白皙得晃眼，像一块没有温度的羊脂玉。

她把目光从遥远处收回来，转而落在阳台角落废弃的花盆上。

花盆里的泥土干涸，光秃秃的，冒着几根杂草。

江汐走了过去，在花盆边蹲了下来，腰后的长衬衫碰到地上，她伸手拨了拨杂草。

底下露出一截烟头，没藏好。

烟屁股上有一圈黑色的烟灰，新鲜的。

江汐沉默地看着，伸手拿了起来。

烟头稍微变形，陆南渡是用力碾灭的。

江汐将烟头递至唇边，空气里有若有似无的烟草味。

她含住一头，心里莫名地腾起一股火，毫无缘由。

江汐皱眉。

几秒后她将烟头扔进了花盆里。

江汐没再看一眼，起身进屋。

爱一个人是什么感觉？

这个俗套的有千万种回答的问题在江汐看来其实就是很简单的一件事儿。

至少当江汐意识到在自己看不到的、缺席的那几年里，陆南渡有可能经历了什么不可逆的伤害，而且远远不止一件的时候，江汐的情绪会变得毫无章法，烦躁、疲惫、不好受。

所有消极懈怠的情绪在身体里冲撞，找不到出口，像一头在迷雾里迷失的困兽。

而这一切源头，都是因为舍不得。

人心是肉做的，江汐也不例外。

苦难发生在陆南渡的身上，她舍不得。

凌晨四点钟，天还未破晓，窗外路灯盏盏，寂寥又清醒。

江汐抱腿坐在窗边，指间夹一根烟，烟头时明时暗，但她的脸上分明是没有情绪的，平淡而冷静。

她向来一烦躁便抽烟，靠烟草来解决烦躁。

身边的烟灰缸碾灭了几个烟头，这是她已经克制过的结果。

她再抽下去明天的嗓子就废了。

江汐抽完最后一口烟，把烟头碾灭在烟灰缸里。身上的衣服沾染了烟草味，她脱下衣服，一丝不挂地钻进了被窝。

Chapter 17

养你

第二天中午，陆南渡如约来接江汐。

他进门的时候，客厅的矮几上已经准备好一桌菜。

这有些出乎陆南渡的意料，他脱下身上的大衣问："你做的？"说完他就想伸手去拿。

江汐拍了下他的手背："洗手去。"

陆南渡叫了声，和她对视两秒后，趁她不备手疾眼快地拿了块鸡肉扔进了嘴里。

江汐："……"

陆南渡笑着说："怕什么，我小时候还捡地上的东西吃，不也好好地活到现在了。"

不过有人管着的感觉的确很好。

换作平时，江汐听到这句话可能会觉得陆南渡嘴贫，今天听了却有些不好受。

“去洗手。”她说。

“行，”陆南渡明显很乐意，越过桌面在她的唇上亲了一口，“我现在就去把手搓几遍。”

江汐只看着他。

她其实能感觉到陆南渡那种隐隐的不安，他没表现出来，却也不是毫无踪迹。

她能感知到他的情绪，即使细微无比。

陆南渡洗手后回来在对面坐下。

江汐拿起筷子说：“陆南渡。”

陆南渡抬眸看她。

江汐对上他的目光，沉默片刻后问：“我是不是对你不好？”

陆南渡不明白她为什么问这句话：“怎么了？”现在问这些有什么用。

江汐微微摇头：“没事儿。”

大概相近的人会有心有灵犀这种东西，陆南渡似乎也感觉到她平静外表下的情绪。

这顿饭两人吃得不似平常热闹。

吃完饭后陆南渡开车送江汐去试镜的酒店。

江汐对那个酒店不陌生，大学在校外就租在那片儿附近。

学校不在市中心，她租的房子自然也不在市中心附近，离家有段距离。

一个小时后两人到达目的地。

剧组规定试镜的演员都需要去楼上等着。

江汐解开安全带，侧头看陆南渡：“一起上去？你不是要去看徐导演？”

透过风挡玻璃，陆南渡瞥了眼楼上，很快又收回视线。

他几乎没有迟疑：“算了，下次吧，现在上去估计他也没空。”

他在逃避。

江汐把视线从他的脸上收回来，目视前方。

她忽然开口："陆南渡，你到底在逃避什么？"

她没给他任何一丝回避的余地，直接问出口。

陆南渡似乎没有多意外，在她问出口的时候很平静。

他笑了下："你果然看得出来啊。"他情绪的好坏，心情糟糕与否。

这种时候他甚至还能调侃几句："可以去当个心理医生了。"

江汐没准备跟他贫嘴，也没想让他含混过去。

"回答我，"她转过头看他，"过去那些事儿我都知道得差不多了，是不是也不差这一件？"

陆南渡沉默着，几秒后看着她："我没有不跟你说。"

两人对视了一段时间，陆南渡忽然问她："记不记得你大学的时候住在这附近？"

江汐当然记得，但暂时不清楚陆南渡为什么提到这个。

"跟你分手后，"他顿了一下，声音似乎变得很远，"我在这家酒店住过。"

原因很简单，因为想离她近一点儿。

陆南渡继续说着，仿佛只是在陈述一个平静而寂寥的故事，嗓音克制而沙哑。

"七楼 710 房，从左往右数第十个窗口。"

江汐突然有了不好的预感。

她忽然很想抬手去遮住陆南渡的眼睛。

陆南渡却已经看了过去，看着那个漆黑的窗口。

"陆恩笛是从那里摔下来的。"

陆家对外宣称陆恩笛是因病去世。

但上流圈子人人皆知这不过是个幌子，真正的原因闹得满城风雨，已经不是个秘密。

陆恩笛是死在陆南渡的手上。

江汐知道这个谣言还是几个月前在洗手间里偶然听到的。

谣言成真，无人质疑一句。

江汐之前还不清楚为什么那么多人信这种没有证据的谣言。

现在她知道了。

陆恩笛是从陆南渡所住的房间坠楼的，也就是说，陆南渡脱不了干系。

至于谣言为什么会传着传着变成事实，不过是因为陆南渡不太拿得出手的身世——私生子。

云雨暗涌的上流社会圈，权势利益的争斗更为猛烈也更为直接，大家习以为常。

他们也认为陆南渡是这样的人。在外十几年他没有一个正经的身份，即使被接回陆家也依旧低人一等，再加上和陆恩笛的关系算不上好，利益纠缠下会这么做也理所当然。

况且，陆南渡有精神病。

他们为事情推理出了来龙去脉，用人性最恶毒的一面去揣测。

车厢里一片寂静。

寥寥几句，气氛沉重。

不知用了多长时间，江汐终于问出口：“当时……”

她停顿了一下：“你在里面吗？”

沉重的氛围里陆南渡反倒显得自在，神情平静，像个无事人一般。

他无奈地笑了下：“是呀。”

江汐放在腿上的手指微微握紧。

又是窗口，为什么一切会这么巧合地又发生在窗户边。

车窗降了一半，旁边有车呼啸而过。

江汐没有勇气再问什么，就连她听见这些事儿心里都不好受，更何况陆南渡这个当事人。

陆恩笛不仅仅是一个名字。他既是江汐的朋友，也是陆南渡的亲兄弟。

江汐没再说什么。

陆南渡反倒提醒她："上去吧，不然待会儿该迟到了。"

江汐瞥了他一眼。

陆南渡笑她："别待会儿是因为迟到被刷了呀，这可不太划算，来都来了。"

江汐紧绷的思绪稍松弛了一些，她笑了一下。

几秒后江汐侧头看他："陆南渡……"

话还没说出口就被陆南渡打断："不用担心我，没什么，我也不会因为这些想不开，多少年过去了，我要是想不开八百年前早不见了，为什么要等到现在。"

江汐看着他。

陆南渡也看着她："真的，信我。"

"没不信你，"江汐说，"你就压根没想过吧。"

"确实，"陆南渡笑了，"好日子还没过呢，来这世上一趟，总得逛够了再走吧。"

酒店门口有车停下，江汐瞥了眼，随口问他："什么是好日子？"

陆南渡说："你呀。"

江汐一愣。

"都还没跟你结婚呢，我走什么走。"陆南渡说。

江汐重新看向他。

陆南渡也正看着她："我说真的。"

他没在开玩笑。

这生活不易是不易了些，但他从没想过放弃，一秒都没有。与其说他不想死，不如说他压根没想过这个问题，一个死亡的念头都没有。

他就想着病好了去见江汐。

江汐一时无言，看着他不知道说什么。

陆南渡说："现在见到了，就更不想走了。"

江汐看着陆南渡，沉默了一会儿："那就别走了。"

她知道他是在安慰她，可能因为也曾经有过放弃自己的经历，对这方面格外敏感。

而陆南渡这时候还能照顾到她。

他说："放心吧。"

说着他伸手帮她解开安全带："早点儿上去，下来了一起去吃个饭。"

江汐嗯了声。

江汐推开车门，快关上车门的那一瞬，陆南渡叫住她。

江汐回头，视线和陆南渡对上。

他说："很多人都说陆恩笛是我杀的，你听说了吧。"

江汐沉默地和他对望。

她没有隐瞒："知道。"

或许因为被诬蔑得太久，陆南渡甚至连怎么开口解释都不会了。在别人眼里，他就是一个疯子，而这样一个疯子，没有理由给自己开脱。

"我……"

他的话被江汐打断："我知道，但不相信。"

她不想他在她这里也需要解释。

陆南渡一愣。

"陆南渡，"江汐叫了他一声，"你是什么样的人，你自己应该比我更清楚。这么跟你说吧，在跟你和好之前，我就听说过这件事儿了，但那时候我就认为不是你做的。"

"所以你知道我是什么意思吗？"江汐问。

陆南渡听着。

江汐看着他："你不是那样的人。"

试镜的地点在五楼，江汐坐电梯上去。

走廊很冷清，有穿着白T恤给她指引路线的工作人员。

工作人员将她带进等候室，里面坐了几个演员。

她一眼望过去，说不上名字的演员没几个，来面试这部电影的人都有一定的名气。

江汐不算其中之一，她的名声不大。也许是没想到她也过来，有几个人向她投来好奇的目光。

江汐没搭理。性格的原因，她的气场比在场有些前辈还强。

她在一旁的墙边坐下。

有一瞬间江汐恍惚有回到考场的错觉。有人紧张，有人轻松，有人不当回事儿，而她是进入不了状态的那一个。

今天没出太阳，天空灰白。

几分钟后，等候室的门被推开，一个演员被喊了出去。

江汐把视线从窗外收回，干脆起了身。

那位演员似乎还在补妆，没有立即出去。

江汐走到门边，挡在门口的工作人员抬头犹疑地看了她一眼：“廖敏？”

江汐说：“不是。”

“那你出来做什么？”

江汐说：“出去抽根烟。”

工作人员瞥了她一眼，让了路。

江汐头也没回地走了出去。

走廊尽头有个楼梯间，江汐推门走了进去。楼梯间开了扇窗，光线不算暗。

江汐靠在墙边，从大衣兜里掏出烟盒，抽了根烟塞进嘴里。

殷红的唇，烟嘴染上细微的红。

她的情绪没什么波动，她刚抽一口，楼梯间的门忽然被推开。

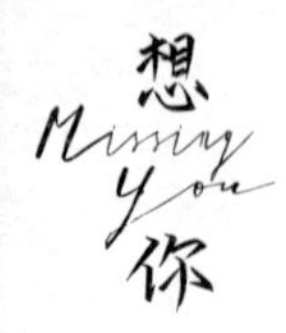

大片的亮光忽然涌进，楼梯间变得更加明亮。

江汐侧头看去。

门口的徐嫣然看到她，脸上露出几分欣喜。

徐嫣然走了进来，顺手关上门。她踩着几级台阶走下来说："我就说是你，刚才看你往这边来了，好久不见啊。"

江汐笑了下："是好久不见。"说完她就要到窗台碾灭烟头。

徐嫣然拦住她："不用，我不怕呛。"

江汐继续把烟掐灭，笑了下说："吸二手烟不好。"

她看向徐嫣然："以后陆南渡那帮人抽烟你离远点儿，别吸二手烟。"

徐嫣然说："我不抽烟，所以我在的时候他们倒是不怎么抽烟。"

江汐笑着。

徐嫣然问："你是过来面试我爸的这部电影吧？"

这没什么不能说的，江汐点了点头。

"我也是，"徐嫣然笑道，"我爸的电影我还得面试，是不是很好笑？"

江汐有点儿意外，笑了下说："是有点儿。"

"是呀，我爸可严了，本来我不想来的，硬是被他抓过来了，"徐嫣然说着叹了口气，"叫我过来就算了，面试完还要把我痛批一顿。"

江汐笑着问："徐导舍得？"

徐国生和陈梦这对夫妇疼爱女儿在圈里是出了名的。

徐嫣然嘿地笑两声："倒也没有，就是说我演得不好。"

江汐说："待会儿我跟你一样进去挨批。"

徐嫣然说："江汐姐，你可别怵我爸，他没什么好怕的，就是严肃了点儿，但好演员他一向很珍惜的。上次我去我爸家，看了这剧本后还特意跟他推荐了你。"

江汐叮嘱过陆南渡别做的事儿，徐嫣然倒是做了。

“你不像我，你演戏有灵气，长得还漂亮。”

江汐懒懒地抬起右手，捏了下她的脸：“别闭眼夸呀小可爱，也不用帮我做这种事儿。”

江汐收回手说：“看看你自己，很难有人不喜欢你。”

“才不是闭眼夸，”徐嫣然说，“不过我也没有人人都喜欢。”

每个人都这样，总会有不喜欢自己的人，没人能博得所有人的宠爱。

但徐嫣然这种小公主，得到的宠爱应该更多。

江汐说：“没人能做到人人都喜欢自己，你做你自己就行了，该喜欢你的人还是会喜欢你。”

徐嫣然小声地说了句：“才没有。”

徐嫣然向来有话直说，也不遮掩：“连我喜欢的人都不喜欢我。”

眼前的女孩儿还是个小姑娘。

江汐知道她在说卓培。

徐嫣然喜欢卓培已经不是个秘密了。

江汐说：“那是他的眼光不好。”

“是吧，”徐嫣然抬头笑了，“我也觉得。”

江汐问：“你还喜欢他吗？”

徐嫣然很坦然：“喜欢哪。”但她不想再费心思让他喜欢自己了，太难了。

徐嫣然说：“我妈最近帮我找了个相亲对象，我过几天去见见。”

江汐明白她的意思了。

徐嫣然想起正事儿：“你应该得过去准备了吧？”

江汐说：“没事儿，不急，你这次过来有没有准备拿个角色？”

徐嫣然说：“我就别了，我这次会过来就是因为我爸。他其实也就是想把我拎过来见识见识其他演员的演技。你呢，江汐姐？”

江汐摇头。她是真没想过拿角色，单纯是因为佟芸让她过来。

这是工作。

江汐从墙上起身说："行了，我先过去了。"

"行，"徐嫣然笑着说，"有空一起吃饭哪，或者下次聚会让南渡哥带你过来，都在一起了。"

陆南渡和江汐已经在一起的事儿已经不是秘密。

江汐笑了下问："你们怎么知道？"

徐嫣然说："你不知道吧，我们大年初十那天知道的。"

江汐有点儿不好的预感。她和陆南渡就是大年初十那天在一起的。

徐嫣然跟江汐说了来龙去脉。

那天凌晨四五点钟，陆南渡往群里发了很多消息，顺便勒索了沈泽骁和卓培几个大红包。

他像一个终于拿到自己想要的玩具后疯狂向其他男孩子炫耀的臭屁小孩儿。

江汐莫名地觉得有点儿好笑："是真幼稚呀。"

徐嫣然问："啊？真的吗？"

江汐看向她。

徐嫣然沉默了几秒说："我可能跟他是同类人。"

江汐被逗笑。

徐嫣然确实是这种人，喜欢谁向来不藏着掖着。如果卓培喜欢她，她也是个会向全世界炫耀的小姑娘。

徐嫣然玩着手机，又抬头问了句："真的很幼稚吗？"

江汐没想到这小丫头这么较真，摸了下徐嫣然的鼻子，笑着说："挺可爱的。"

徐嫣然收了手机说："南渡哥听到你这句话一定很开心。"

江汐问："你发给他了？"

"……"几秒后徐嫣然说，"这么明显吗？"

江汐笑着说："就差写脸上了。"说着她起身说，"行了，我先过去了。"

“好，”徐嫣然点点头，“下次记得聚会一起过来啊。”

江汐往门口走去，朝她摆了摆手。

高楼下，黑色迈巴赫里，陆南渡的手机响了。

他接起，电话里传来秦津的声音：“陆总。”

陆南渡嗯了声：“什么事儿？”

秦津说：“胡警官那边来电话了。”

陆南渡握着手机的手一紧。

秦津说：“他说您没接电话，让我把消息转达给您。”

陆南渡的手机的确是静音了，他压根没听到电话。

他沉默，像是知道接下来会听到什么。

秦津大概在等他的回复。跟着陆南渡这么多年了，秦津能准确判断出陆南渡此刻的情绪。

“说吧。”

“胡警官说中午在山里一处僻静的河边找到了那个人的尸体，尸体目前已经不成形，还在调查，但经过DNA的检验确认，他就是您八年来一直在找的那个人。”

一个等待八年之久的答案。

在意料之中，却又意难平。

手机放在耳边，陆南渡抬头，目光透过风挡玻璃落到七楼的那扇窗户上。里面大概住着人，刚才还开着窗，现在窗帘已经被拉上了。

几秒后，陆南渡笑了下说：“真巧哇。”声音略微沙哑。

即使是秦津这种聪明人也没听出他话里的意思：“陆总，什么意思？”

“没什么，”陆南渡把目光收了回来，“挂了。”

陆南渡的手指有一搭没一搭地在方向盘上敲着。

八年前的事儿，自陆恩笛死后陆南渡没再来过这个地方。今

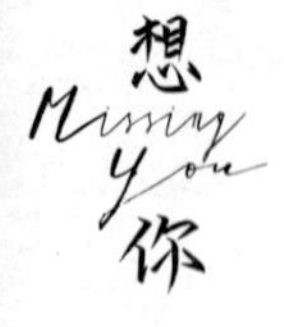

天碰巧来了一次，他找了八年的人也恰巧有了消息。

死了。

一个多小时后江汐从试镜屋推门出来。

方才为了效果逼真，制片人和导演皆要求试镜的演员按平时片场的要求表演。

江汐被要求表演的片段不是暴力情节，而是被家暴后情绪隐忍痛苦的一个片段。

头发微微散乱，江汐出来时已经转换好情绪。

她往电梯走去，随手抓了抓头发。

手机里没有一条消息，这两个小时里陆南渡没给她发消息。

江汐收起手机，走至电梯前，按下楼层键。

江汐出了酒店，发现陆南渡的车已经不在原来的那个位置了。

江汐正想拿出手机，右边忽然传来喇叭声。

她回头，陆南渡坐在车里。他在接电话，举起手机朝她示意了一下。

江汐收起手机，走过去拉开车门上了车。

陆南渡大概在交代工作上的事情，江汐没打扰他。

两分钟后陆南渡挂断电话，收起手机问江汐："结束了？"

江汐说："不结束了我能下来？"

陆南渡笑了下。

江汐的鼻子灵，她开口问："抽烟了？"

陆南渡说："巧了，这也是我想问你的。"

两人都抽烟了。

陆南渡问她："还有事儿吗？"

江汐摇头。

陆南渡开动车子："带你去个地方吧。"

江汐没说什么。

一路的风景江汐并不陌生，除了经过八年风吹雨打老化的楼房和翻新的居民楼，其他的一草一木江汐都格外熟悉，甚至连一块生锈的路牌都记得。

路上两人没怎么说话，江汐大概知道陆南渡要带她去的那个地方。

最后，车停在了一条街道前。

这是当年陆南渡和江汐分手的地方，当时陆恩笛也在场。

只不过当年的酒吧已经变成一间废屋，招牌上的字已经认不出来了。近十年的变化，这里成为被时代遗弃的落后区。

江汐的视线落在外面，她没动。

陆南渡熄了火，靠在座背上。

他降下车窗，叫了江汐一声："姐姐。"

"嗯。"

陆南渡瞥了眼窗外："记得陆恺东吗？"

陆恺东是陆南渡的父亲，而现在他甚至不肯叫陆恺东一声父亲，直呼其名。

似乎根本不需要她回答，他继续说了下去："即使当年知道我是他的亲生儿子，他也不待见我。老爷子想把我接回去，陆恺东也不肯。"

江汐看向他。

陆南渡却一直目视前方，笑了下说："当年我挺恨他的，甚至觉得他为了不让我回去，不惜让人在暗地里处理掉我。"

江汐微皱眉。

陆南渡会这么说，就证明当年一定发生过什么。

"嗯，当年那间房里，不只有我和陆恩笛，还有别人。"

江汐问："谁？"

陆南渡看向她，很平静地说："想处理掉我的人。"

"所以陆恩笛……"

“嗯，”陆南渡咽了下口水，没再看江汐，转开了头，“死的不应该是他。”

他安静几秒后开口，声音沙哑：“应该是我。”

“陆南渡……”

陆南渡继续说着：“陆恩笛去世后，我一度认为是陆恺东做的，就因为他看不惯我。”

江汐记得听梁思容说过，陆南渡被接回陆家后和他父亲很不对付，经常吵架。

“但这件事儿发生后不久，他也去世了。”陆南渡说，“他很疼陆恩笛，死前他跟我说了一句话。”

陆恺东告诉陆南渡想处理掉他的人不是自己，让他以后多防备着点儿，也帮陆恺东找出错杀陆恩笛的人是谁。

这是父子俩第一次好好说话。

江汐问：“你信他吗？”

陆南渡摇头说：“不知道，但我这些年一直在找当年的那个人。”

那个他和陆恩笛都见过的被雇来的杀手。

“但那个人死了。”

陆南渡不知道八年前的那个晚上，陆恩笛为什么会来找自己。

他和陆恩笛的身上流着一半相同的血，兄弟俩的关系算不上好，却也算不上差。

陆恩笛的性格腼腆安静，他几乎没有生气过，最生气的一次大概就是陆南渡和江汐分手。

陆恩笛的朋友少，江汐可以说是他十几年里最好的朋友，像他那种性格，不会愿意看着自己的好朋友被欺负。撇开朋友关系不说，就算是一个陌生人被欺负了，他也不会坐视不管。

陆恩笛就是这样的人，很多人口中的那种傻子。

这样的人，应该留在这个世界久一点儿的，不该无辜凋零。

陆南渡至今记得陆恩笛当年是怎么死的。八年来的画面未淡一分，血腥的、短暂的。

但这么多年过去，他始终没找到始作俑者，也不知道陆恩笛当晚来找他的原因。

当年楚杏茹去世，陆南渡跟江汐不欢而散后并没有立即回到陆家，没别的原因，陆恺东不同意。

身为父亲，他对这个在外漂泊了十几年的儿子毫无感情，也从未想过让陆南渡回家。

那时候的陆家对陆南渡来说也不算家。

他从小就没有家。

那段时间陆南渡就住在酒店里，很确定自己肯定会被接回陆家。虽然当时陆恺东已经坐上华弘的最高位置，但陆家的话语权还是在陆老爷子的手里。

一个月来陆南渡几乎没踏出酒店的房间一步。

那个时候陆南渡的心理早已出现问题，但他没看过一次心理医生，也不觉得自己需要。

也就是那段时间的某个晚上，他接到陆恩笛的电话，这是自上次不欢而散后陆恩笛第一次跟他说话。

电话里陆恩笛没头没尾地问他酒店的地址和房号。

陆南渡不傻，听陆恩笛这么问就知道有问题，没告诉他。

陆恩笛却锲而不舍地接连打了几个电话。陆南渡没挂断，问他要做什么。

陆恩笛知道不说清楚陆南渡不会放他过去，支支吾吾半天，最后硬着头皮扯了个理由。陆恩笛说江汐有东西要转交给陆南渡。

如果重来一次，陆南渡死也不会把酒店的名字、710 房这几个字告诉陆恩笛。

这些年来他无数次感到愧疚，无数次想回到那个时候阻止这场错误。

但那时候的自己就像是吃了迷魂药，明明知道陆恩笛有问题，可听到“江汐”两个字他的大脑彻底死机。

明明潜意识里知道不可能，但陆南渡还是抱着最后一丝妄想，鬼使神差地告诉了陆恩笛地址。

陆恩笛来得很快。

他在敲开陆南渡的门时，意外的是手里真的拿着江汐的东西。

那是一幅右下角有着江汐署名的画，一幅夕阳画。

虽然一直抱着一丝希冀，但在看到东西的那一瞬陆南渡还是愣住了。也就是在走神的这一刻，他彻底忽略了陆恩笛明显有些不自在和紧张的神情。

陆恩笛没有立即将画交给他，把画抱在怀里。他就这样放陆恩笛进了屋。

等进屋后陆恩笛才将手里的画递给他：“她给你的。”

陆南渡的理智在这个时候已经失效，他接过陆恩笛递过来的画。

陆恩笛没在沙发上坐下，手指不安地绞在一起。但那时候的陆南渡都没注意到这些，只听到陆恩笛十分违和地问了一句话。

他问陆南渡要不要下楼去散散步。

陆南渡把目光从手里的画上移开，抬头，目光落在陆恩笛的脸上。

陆恩笛似乎被他的眼神吓到，有些紧张。

那时候的陆南渡想不出别的原因，直到后来很多年后才想通。陆恩笛的紧张不为其他，单纯就是因为他知道谁会过来，这里将会发生什么。

也许见陆南渡有所怀疑，陆恩笛很快找了别的理由：“我想上厕所。”他环顾四周问：“我能不能借用一下你的洗手间？”

陆南渡对陆恩笛向来没有防备心，朝旁边的浴室示意了一下。

陆恩笛道谢后很快进去了。

一分钟过去后，他在里面喊了声陆南渡。

陆南渡瞥了眼浴室的门，将手里的东西放下，起身过去。他靠在浴室的门外问：“干吗？”

隔着扇门，浴室里头一片漆黑。

陆恩笛的声音从里面传来：“这浴室的灯好像坏了。”

陆南渡直起身说：“我看看。”

拧了下门把后才发现门被陆恩笛从里面锁上了，他叩了叩门说：“开门，不开也行，别让我修。”

陆恩笛很快从里面打开了门。

陆南渡在这里住了几十天，屋里的构造早就摸清了。他径直往开关那边走去，抬手啪的一下按下开关。

灯瞬间亮了。

陆恩笛是压根没开灯。

陆南渡看了眼灯，皱眉道：“陆恩笛你什么毛病？”话音刚落他忽然察觉到什么，正想转身，后脑勺忽然一阵剧痛，伴随着碎裂声。

陆南渡整个人被砸得弯了腰，他的手撑着额头。

陆恩笛似乎被吓到了，手里紧紧拿着玻璃杯往后退:“对不起。”

陆南渡的额前挂着血，他咬着牙说：“陆恩笛，你最好给我解释清楚！”

他没对陆恩笛动手，哪知他的宽容换来的是更用力的袭击。

陆南渡的意识终于溃散。与此同时陆恩笛手里的玻璃杯脱落，碎裂在地上。他天生聪明，早就做好在不致命的同时却能使人在短时间内失去意识的准备。

他跑到陆南渡的身边，试图把陆南渡拖出浴室。他必须把陆南渡带离这个地方。

但有时候事情就是如此不碰巧，在陆恩笛即将把陆南渡拖出浴室的那一刻，玄关处的门忽然传来异响。

陆恩笛全身的血液忽然冻住。也就是这电光石火之间，陆恩

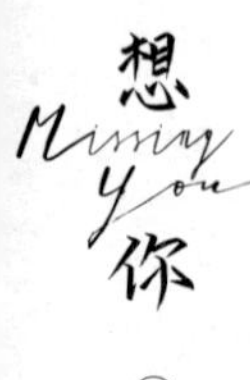

笛将陆南渡重新拖进了浴室，关上灯。

陆恩笛从浴室里出来。他还未来得及关上门，脚步声由远及近，有人进来了。

陆恩笛怕陆南渡被发现，只阖上一半的门。他的手在抖，浑身都在抖。

屋里亮着灯，进来的人很快便看见他了。

陆恩笛拔腿就跑。

然而就他这瘦小又体弱多病的身板，没跑几步就被人追上了。

那人将他抡上墙，死死地掐着他的脖子。

陆恩笛挣扎着想逃脱，试图想掰开男人的手。隐约之中，他似乎听到男人笑了声说，真巧哇。

陆南渡虽然被陆恩笛砸晕了，但没击中要害，迷糊之中还是能感觉到陆恩笛将他拖出浴室又拖进来。

他躺在地上，皱着眉睁开了眼。

右眼被血迹糊湿，视线模糊，但透过阖了一半的浴室门，他看到了陆恩笛。

就在那一瞬，他从头冷到了脚。

房间的窗口在浴室对面，陆恩笛被男人掐着脖子，脸色憋得通红。

男人用一只手就钳住他的脖子，将他提上了窗台。

似乎是察觉到什么，陆恩笛朝这边看了过来。

窗外的灯光照着陆恩笛那苍白似纸的脸，他的眼睛很红。

他看着陆南渡。

陆南渡看见他朝自己摇了摇头。

下一秒，陆恩笛骤然消失在自己的视线里，迅速、短暂、猝不及防。

陆南渡似乎听到了闷响，张着唇，什么声音都发不出来。

他什么痛都感觉不到了。

陆南渡从地上爬起来，跑了出去。

浴室的门被狠狠地甩到墙上，他出来的那一瞬间，窗口的男人侧头用余光扫了他一眼。

陆南渡双目猩红，往窗边冲了过去，他似乎不再是一个人。

大概没想到他的力气这么大，男人一开始防备弱，竟被他压在窗台上。

陆南渡的手臂青筋暴起。

他死死地盯着男人的脸，没敢往窗外的楼下看一眼。

忽然，陆南渡的上腹骤痛，与此同时，男人朝他笑了下。

陆南渡的额头上瞬间冒出一层薄汗，这一刀唤回了他身上的所有痛觉。

陆南渡的手臂骤然失去力气。

男人用膝盖一顶，陆南渡的腹部愈发疼痛，男人一拳将他砸倒在地。

“废物哇。”

这是男人对他说的一句话。

这种拿了血钱的人，手下不会有分毫的留情。男人就是为了置他于死地。

还没等陆南渡缓过来，后脑勺已经被重物再次击中。

那天陆南渡很不凑巧地发了烧，加上被袭击这么多次，就算是铁打的也撑不住了。

温热的血顺着额头落下，左眼也彻底一片血红。

男人说既然这样，也顺手送他一起下去，说着拎住他的领子将他拖了起来。

然而就在此时，楼下传来刺耳的警笛声。

男人皱眉。

也就是在男人分神的这一秒之间，陆南渡摸到了旁边的刀，猛地往男人身上一扎。

他什么都看不见，眼睛被血糊住，只凭着直觉试图刺中男人的要害。

他的声音沙哑而有力：“被废物刺中的感觉怎么样？”说着他用力了几分，“你更废物。”

然而他斗不过男人的。男人只闷哼了声，就将陆南渡狠狠地摔在了地上，一脚踩在陆南渡的伤口上狠狠碾压。

“后会有期呀。”

这是他留给陆南渡的最后一句话，也是陆南渡意识溃散之前听到的最后一句话。

陆南渡昏迷了几日，自此以后被陆老爷子带去了国外。

那个男人不知用了什么方法，在警察到达的情况下逃脱了，再也没有找到。

陆南渡该讲的都讲了，简明扼要。

江汐的指尖发凉。

陆南渡的声音有些沙哑，情绪倒还算平静，他看向窗外：“陆恩笛是知道那天晚上我有危险的。”

不然陆恩笛不会去找他。

“我只是不明白，”陆南渡停顿了下，“为什么他不跟我说一声。”

那个时候陆恩笛如果跟他讲明原因，他有可能就下楼了，可陆恩笛带着这个秘密一起消失了。

八年时间，身边没有一个人找到当年的始作俑者。

陆南渡也不明白为什么陆恩笛直到死前也不愿跟他说出实情。

江汐一直没说话。

她叫了陆南渡一声。

陆南渡侧过头。

江汐的脸色有些苍白：“那天晚上陆恩笛找过我。”

那天晚上她睡到一半被陆恩笛一个电话叫起来，那时候不明白为什么陆恩笛大半夜找她要画。

现在她知道了。

他答应了把江汐的东西给陆南渡。

他带去给陆南渡了。

枯燥单调的日子眨眼而过。

窗外灰败的枯枝透出嫩绿，早高峰的马路上车来车往。

地板上的手机嗡嗡振动。

江汐的睡眠浅，有点儿动静便醒了，她安静了几秒，扯开罩在脸上的被子。

窗帘没拉，灰白色的日光倾泻而进。

江汐微皱眉，翻身，从被窝伸出手摸索地板上的手机。

被单滑落，露出大半边白皙的肩膀和起伏的弧线。

江汐拿过手机，重新躺回床上。她没看来电显示，声音沙哑地说了声："喂。"佟芸的声音从听筒传来，"还睡呢？"

江汐把手臂搭在眉眼上，嗯了声。

佟芸："别睡了，最近也早起点儿养成习惯，别一个月后开始工作了身体吃不消。"

江汐知道佟芸大概有什么事儿想通知她。

她微睁眼问："什么事儿？"

佟芸大概在翻资料："徐国生导演那边早上来了个电话，有意向把你谈下来。你试镜的那个角色。"

几天过去，江汐已经把这件事儿抛到脑后，佟芸这么一说她才想起上次试镜后还不知道结果。

她压根就没考虑过有结果，那天也不过只是去表演了一下。

即使知道这个结果，她也没有受宠若惊。

她平静地告诉佟芸："这也还没签下来。"

对方不过有意向谈下她而已，圈内的资源半路被截和是常有的事儿，没签下合同的那一刻什么都不算。

佟芸说：“徐国生是个什么样的导演你大概也有所耳闻，往好听点儿说他是会挑演员、导戏严格，说白了就是认真、固执。他认定的事情一般不会改。”

她考虑了一下江汐说的话：“当然你说的也不是没可能，资源这种事儿牵扯到利益，谁都说不定，但这事儿放在徐导的身上可能性不大。他是个认真做电影的人，大概过几天公司就能跟他们那边谈妥。”

这种事儿都是佟芸安排，江汐一般不管。

“所以今天给你打了这个电话，你早点儿做准备，剧本多熟悉熟悉。电影和电视剧不一样，进军电影圈也算是一大进步，你在剧本上多上点儿心。”

“嗯，”可能觉得自己太过冷漠，江汐又补了一句，“行。”

佟芸好歹带了她两年，对她的性格格外熟悉：“行了，知道跟你聊不出什么，该说的也说了，上次跟你说的事儿也考虑一下。”

江汐知道她说的什么事儿。

果然佟芸说：“画画也算人设上的一项加分技能，不少人是因为你上次的抄袭风波开始对你有所改观，所以适当画画对你没有坏处。”

或许佟芸也清楚这对江汐来说是个坎，即使江汐平时是个心理素质强大的人。

佟芸难得一次跟江汐聊这种无关利益的话题：“同时这对你来说也算是一种考验，既然都熬过去了，就没必要让那些阴影纠缠你太久。”

江汐沉默。

见她没说话，佟芸说：“你……算了，你自己看着办吧，对你和公司有利的事情能做就做。行了，就先这样。”

江汐嗯了声。

佟芸挂了电话，耳边传来忙音。

江汐搁下手机，没去考虑佟芸说的话。

她洗漱好从浴室出来，客厅的玄关处传来开门声。

江汐接了杯水后从厨房出来。

陆南渡正从玄关进来，脱下身上的大衣。

最近陆南渡来得频繁，江汐索性给他录了指纹，当然这是陆南渡缠着她要求的。

陆南渡把大衣随手扔在沙发上，朝她走了过来："醒了？"

江汐的身上就套了件睡袍，领口稍微敞开。

她点点头，正在喝水。陆南渡拿开她握着水杯的手，低头含住她的唇。

门口传来铃声，江汐稍微推开他："去开门，应该是外卖到了。"

最近两人中午都会一起吃饭。他们都不算太会做饭，江汐的厨艺不精，陆南渡又只会泡泡面，只能叫外卖。

陆南渡停在她的身前，没直起身，抬起眼看她。

"姐姐，你说你是不是故意的？偏偏卡在这个时候？"

江汐笑着说："这你应该问外卖员。"

陆南渡的手握住江汐的下巴，他笑着说："问个屁。"下一秒他重重地落下一吻："亲完了再说。"

江汐笑着推他的脑袋："烦死了你，赶紧的。"

陆南渡笑着起身："行行行，你说什么就是什么。"

江汐拨了拨领口，在他的身后说："你到底什么时候这么听话了？"

一个烦人精。

陆南渡两三步走到门边，开门接过外卖。

他吊儿郎当地瞥着她："你说往东我哪儿敢往西。"

江汐靠在墙上，淡淡地说了一句："就放屁吧你。"

陆南渡走了过来，又在她的唇上亲了一口："我说真的。"

江汐推他："我看你是真的不嫌腻歪。"黏死人了。

江汐转身进厨房里放杯子，出来的时候陆南渡已经将饭菜摊开。

江汐在陆南渡的对面坐下。

陆南渡递给她筷子，问道："今天有什么消息没？"

自从陆南渡上次跟她说了那些事儿后，江汐一直陪他关注着动向。

这些事儿以往只有陆南渡一个人做着，在一个谜团里寻找了将近十年的答案，孤苦伶仃，无人问津。

他在坚持着，也任由别人把脏水泼到他的身上。

这些他不介意，也不怕因追究丢掉性命。他想就算为了陆恩笛，也要找出那个人，而现在突然有人陪着他在暗无天日的谜团里摸索。一开始陆南渡还有些不习惯，毕竟那些东西在日光下藏得太久了。

警方还在调查，而经过尸检，确认对方是被人所杀。

尸体早已面目全非，几个月前的事儿了。

当年那个人说过后会有期，陆南渡随时等着那天到来，可意外的是直到这男人死掉，他从没来找过陆南渡一次。

他没来找自己，不是雇主死了，就是雇主命令他停止。而回到这桩命案，干夺人性命这行的人向来就不会只有一个雇主。他们天南地北地跑，不问来龙去脉，只收钱办事。

雇主多又杂，任务完成后双方一般不会再有联系，所以很难从这个人的身上找到蛛丝马迹，也就是说找不到杀害他的人是谁。再者，干这行容易结仇，所以犯下这桩命案的人可能是雇主，也可能是对家。

过去了太多年，如今再被翻起，事情变得繁杂而棘手。

江汐问他有没有进展。

陆南渡摇了下头。

警方那边正在调查，试图通过这个人过去的生活找到点儿蛛丝马迹，但这种人最擅长生活得悄无声息，日光下翻不到一丝痕迹，仿佛他们不曾出现在这个世界过。

陆南渡和江汐一时没说话。

桌上的手机忽然铃声大作，陆南渡扫了眼屏幕，在看见来电显示后瞥了眼江汐。

江汐也看着他。

陆南渡接起电话。

听筒传来胡警官的声音："陆先生，方便过来市局一趟吗？"

陆南渡嗯了声。

两人隔着桌，江汐听不清楚，只听见胡警官那边简明扼要地跟陆南渡讲了几句。

江汐注意到陆南渡的脸色不太好。

他挂断电话后，江汐问："怎么了？"

陆南渡的神色已经恢复如常："找到了一条手帕。"

江汐大概能知道跟谜团有联系："然后呢？"

陆南渡低头平淡地说："手帕上绣着粉蔷薇。"

江汐没注意到陆南渡此时握成拳的手。

江汐跟陆南渡一起去了警局。

水泥路上雨迹斑驳，倒映着天上的云。正值春季，警局前的树木却不繁茂。

她没进去，在副驾驶座上等陆南渡，同时把手搭在车窗上。

陆南渡进去的时间不长，他很快出来。

江汐抬头，视线透过风挡玻璃，正从里面出来的陆南渡也正好在看她。

她的目光跟着他，直至他拉门上车。

短短几秒，江汐真正意识到了陆南渡经过几年时间沉淀的成熟，那种沉在男人骨子里的稳重内敛。以往他在她的面前幼稚又

爱撒娇，时常让江汐忽略这点。

这个男孩儿已经是个男人了。

中午挂断电话便过来警局，他们都没来得及吃饭，现在家里的饭菜早该冷了。

不知是压根没什么事儿，还是陆南渡不把情绪带到她的面前，主驾驶座上的他伸手过来，捏了捏她的手。

“想吃什么？”陆南渡问。

天气还没真正回暖，空气凉寒。江汐没关车窗，指尖很凉。

陆南渡的掌心温热，干脆握着她不松开了，他升起车窗直接说：“吃火锅吧，暖下身。”

陆南渡握了半分钟后江汐的手还是不见暖。

陆南渡说：“怎么就焐不热？”他笑她：“你是冰做的。”

江汐只任他牵着，抬眼看他：“不行？”

“行，怎么不行，”陆南渡笑了下，“不仅行，我还好这口。”

以前沈泽骁就说陆南渡喜欢气质冷淡的小仙女，确实，遇着江汐后陆南渡的喜好就再也没变过。

江汐知道他的意思，翻了个白眼。

陆南渡笑着问：“不想问刚进去发生了什么？”

聊了大半天他们才回到正题上。

江汐瞥他：“谁说不想。”

陆南渡笑着说：“等着我告诉你对吧。”

“你有这种觉悟挺好。”江汐说。

陆南渡知道江汐是担心提到不该提的。他还没系安全带，把嘴唇凑过去轻碰了碰她的脸。

“没不告诉你，你也知道我就是一个憋不住话的人。”

的确如此，以前陆南渡还没把她追到手的时候就已经每天闲着没事儿跟她汇报行程，连摸了下小狗都要说。

江汐嗯了声。

大概陆南渡也意识到自己有隐瞒的时候，停顿了一下说：“当然特殊情况除外，那种……不是我故意的。”

创伤后的应激障碍症患者最大的治疗阻碍便是患者有持续性的回避行为，与心理创伤本身相关的问题或者场景都会引发患者的自我保护，并不是说出来就能解决的事儿，更何况他们说不出来。

江汐稍侧着头说：“我没怪你。”

陆南渡叹了口气：“我知道你没怪我，就是想告诉你我现在好点儿了。”

这两三个月的治疗肯定没办法完全根治，但多少有点儿成效。

他没以前那么抗拒聊起这些事儿，多年过去溃烂的伤口终于见天日，这一步早在屿城治疗的时候就跨出去了。

现在他也算一直在进步。

江汐问：“现在每年有没有去看陆恩笛？”

陆南渡闷闷地嗯了声，这不是件愉快的事儿。

陆恩笛在炎热的盛夏去世，墓地却冰似的冷。这比冬天的任何一个日子都灰暗。

江汐说：“今年我跟你一起去吧，去看看他。”

两人靠得很近，陆南渡嗯了声。

他说：“先找个地儿吃饭吧，事儿慢慢说。”

既然陆南渡会这么说，就说明刚才在警局肯定是知道了些什么，不是完全没用的信息。

江汐说：“嗯。”

陆南渡还凑在她的脸边，伸手扣上她的安全带，而后才松开她。

“你不挑火锅店吧？”他发动车子，“不挑的话最近有家火锅店口碑还行，就那边了。”

江汐说：“行。”

即使午饭的时间已经过了，火锅店还是很多人。

陆南渡很会引导氛围，即使有什么不好的事儿发生也没让氛围变得沉重。受他的影响，江汐的心情也没有方才在外面等他时那么紧绷。

点菜后两人相对而坐，陆南渡像是忽然想起什么："不先跟我说个好消息？"

江汐正调着火锅蘸料，闻言瞥了他一眼："什么好消息？"

陆南渡撑着下巴看她："你说呢？"

江汐低头笑着说："别装了，我知道你知道。"

"你就不能说几句哄哄我？"说完他自己笑了，"行吧，我是知道，不过有这么明显吗？"

江汐又看了他一眼："都写脸上了，你打电话问了？"

"是呀，"陆南渡说，"皇上不急太监急。"

那天江汐试镜完，陆南渡就给徐国生打电话了。

"不过我没暗地里做手脚哇，"他说，"徐叔自己挑上你的。"

当时陆南渡还没提及名字，徐国生就已经说相中一个女演员了，说这孩子有灵气，身上有股倔劲儿，气质也独特。而《家》这部电影的女性角色有着两面灵魂，倔强与屈服，这种矛盾的情绪并不好演。

服务员推餐车过来的时候，江汐问陆南渡："你中午说的那块手帕，是死者的吗？"

这个话题终究得谈，陆南渡嗯了声。

他抬头看她："手帕上也确实绣着粉蔷薇。"

江汐和他对视，几秒后问："重点在这儿，对吗？"

面前的锅冒着烟，热浪翻腾。

陆南渡夹了些肉片进去："是。"

江汐的视线从陆南渡的脸上移开，她没再问什么。

火锅的确有暖身的功效，没一会儿身体便发热。江汐把身上的大衣脱下搭在一旁的椅子上。

最近江汐的食欲变好不少，陆南渡往她的碗里添了几勺肉。

她还在吃的时候陆南渡已经吃完。

他抽了张纸巾擦手：“下午飞趟屿城。”

江汐掀起眼皮看他：“屿城？”

她清楚陆南渡现在回屿城只会是治病。

看出她眼里的疑惑，陆南渡说：“是私事儿，但也不算去治病。”

江汐一下便猜出他这趟回去的目的：“因为手帕的事儿？”

陆南渡嗯了声：“顺便也给你订了机票。你最近也还没开机，一起过去一趟吧。”

他对着她笑，又开始不正经地说：“主要是一天没你都不行。”

江汐淡淡地看了他一眼：“要不你试试？”

“啧，那不行，别说一天了，一秒都不行。”

江汐没忍住笑了：“得了吧，这个真有点儿扯过头了。”

一顿饭下来，江汐的额头上沁出细细的一层薄汗。不管他们在室内吃得多热火朝天，出门一阵冷风就立即卷走了身上的热气。

下午四点的飞机，到达屿城估计都黄昏了。

陆南渡选这个时间出发明显就是急，但情绪还是显得和平时没什么两样。

江汐也没问他为什么不明天再过去。

两人过去待的时间不长，稍微收拾几件衣服便赶往机场。

四点的飞机准时起飞，落地屿城时已经华灯初上。

一路熟悉的建筑和路标，这是回陆南渡治疗的那个地方。

机场离那个地方有段距离，路也不好走，他们花了些时间才到。

乡镇上各家各户闭门早，只留了窗口的灯光。

巷里一片灰暗，没有路灯，陆南渡凭着记忆准确无误地走到楼前。

两人一路没怎么说话，但即使如此江汐还是能感觉到陆南渡的紧张。进门前她捏了捏陆南渡的手。

陆南渡回头看了她一眼，夜色下江汐的脸部线条愈发柔和。

他看着她，忽然说了句："是呀，我还有你呢。"

江汐与他对视。她没懂，却也没问。

进屋后陆南渡跟她说："我去趟楼上。"

江汐点点头："去吧，我去倒杯水喝。"

这屋子经常有人来打扫，水也会经常更换。陆南渡朝厨房示意说："那边。"

江汐说："我知道，你上去吧。"

陆南渡转身上了楼。

江汐没有立即跟上去，留了点儿时间给陆南渡，慢吞吞地喝完一杯水后才搁下水杯上楼。

陆南渡没在走廊尽头那间有窗的房间里，江汐朝二楼唯一亮着的那间房走了过去。

这间房是陆南渡在江汐来到这座房子之前住的。

她走到门口，陆南渡正背对着她。

他坐在床沿，脊背微弯，两条胳膊搭在膝盖上，指尖垂下，手里似乎拿着什么。

不用看，江汐就知道这是陆南渡回来要找的东西。

江汐走了进去，陆南渡像是没听见她的脚步声。

直到江汐停在他的面前，他也没抬起头。

江汐看清他手里拿的是什么了，围巾，一条灰色的围巾。

他的左手拿着手机，屏幕还亮着，上面是陆南渡中午拍下的手帕上的粉蔷薇刺绣，而他右手的围巾下边赫然出现一朵一模一样的粉蔷薇。

针线和形状一模一样。

这是陆南渡过年来治病的时候特意从北京的家里带过来的，从小到大没人给他织过围巾。

江汐终于知道了什么，慢慢地在他的面前蹲下。

陆南渡终于抬头看她。

江汐稍仰着头，看着他微微发红的眼睛。

“其实你早就知道是谁了，是吗？”

陆南渡比任何不知情的人都更早地猜到是谁，只不过不到最后一刻他不相信。

江汐能想到他拿着围巾细细比对手机上的图片的样子，不是为了找相似，而是想找出一点儿不同。

只要有一点儿不同，他就可以无条件地相信对方不是梁思容，那个不因他的身上有着不属于她的血缘便厌弃他，反而对他好，把他当亲生儿子护着的阿姨。

可不是，她是当年那个想杀掉他的人。

她明明对他的生命没有任何的一丝怜悯与疼惜，没有。

陆南渡半垂着眼，眼里没有一滴泪，只是眼眶微红，问江汐：“你说她后来是不是发现我没那么讨厌，就……”

“就对我好了”，他没说出来。

江汐微张着唇：“有可能，毕竟那个人后来没再找过你，对不对。”

可陆南渡却笑了下，没有悲伤，只不过是单纯自嘲地扯了下嘴角。

他看着她：“你也知道不可能的对不对？”

江汐半张着唇，这次没说出一句话来。

他们都知道不可能，既然几年前的旧账现在会被翻出来，都是当事人想把这些曝光到光天化日下，也就是梁思容故意让他们知道。

几年都挨过来了，他们本可以就这样相安无事下去，如果她是真心对陆南渡好的话。可她没有，故意在半个月前弄死了那个人，让过去腐烂的秘密重新被揭开。

或者说，她不是半个月前才想让陆南渡知道。她早就想让陆南渡知道了，才会光明正大地在围巾上绣下这朵粉蔷薇。

陆南渡的情绪已经没什么异样。江汐想起以前许清州说过陆南渡能很快地调整好情绪。

他对她说："没事儿。"陆南渡反过来握住她的手，指尖有点儿凉，人却仿若没事儿一般。

说完他往床上躺了上去，对江汐拍了拍床："上来，睡会儿。"

江汐蹲在床边看着他。

陆南渡动了动胳膊说："在飞机上没睡安稳，上来让我抱着你眯会儿。"

江汐索性爬上床："很困？"

她还没坐稳就被陆南渡扯过去，他的双臂紧搂着她："是挺困。"

江汐任他抱着。她发了会儿呆，抬眼才发现陆南渡还在看她。

陆南渡问："你不睡？"

江汐没什么睡意，但不想扰陆南渡的兴致，陪他睡就是了。

屋里的灯已经被陆南渡关了，夜色里他们只能窥见对方模糊的轮廓。

江汐说："睡，你不是要睡吗？"

"飞机上不是还看剧本来着，不浪费时间？"陆南渡的手臂稍松了些。

江汐笑着说："挺懂事儿啊。"

她伸手摸了摸他的脸："不过跟你一起不算浪费，剧本有的是时间看。"

陆南渡把她搂得更紧了，下巴搁在她的头上："那我可就往自己脸上贴金了呀。"

明明情绪不怎么好的人，却还总反过来哄她开心不想让她担心。

江汐不想拆穿他的用意，笑了下说："不用贴了，本来就是。"

陆南渡稍退开一些看她，叫了声："姐姐。"

江汐抬眼看他。

陆南渡说："你什么时候变得这么嘴甜了？"

江汐瞥了他一眼。

陆南渡亲了亲她的唇角，一点儿也不正经地说："我尝尝。"

江汐被他紧紧地抱在怀里，没推开他。

他抵在她的唇边，笑了下："真甜哪。"

江汐的耳朵有些发热，她轻咬着他的唇："你还睡不睡了？"

"睡啊。"

"不过姐姐，"陆南渡说，"你抱抱我。"

江汐看着他。

他说："我想被你抱着睡觉。"

两人虽然经常躺在床上，但一般都是陆南渡抱着她。

江汐往上躺了躺，伸手抱住他："是不是很少被人抱着睡啊？"

小可怜，好在他很会撒娇。

陆南渡说："没啊，也有几十次了，以前我们在一起那会儿不老抱一起。"

江汐："……"

跟她睡一起的时候陆南渡总免不了动手动脚，今天却没有，大概是累了或者没有兴致。

周围的光线黑暗，再加上氛围安静，江汐没一会儿也睡了过去。

两个都不算睡眠好的人，今天却意外地睡到早晨六点。

出了点儿太阳，阳光不是很强烈，空气里弥漫着凉意。

江汐醒的时候陆南渡已经醒了，发现自己已经被他抱在了怀里。

陆南渡靠在床头，问了一句："醒了？"

江汐嗯了声，肚子叫了声。

昨晚两人没吃饭便睡了，陆南渡说："叫外卖了，附近有一家早餐店开着。"

江汐说："够早。"

陆南渡说："嗯，待会儿吃完就出发，中午的飞机。"

江汐抬头看他："这么急？"

陆南渡低头看着她，漫不经心地点了点头："本来回来也没什么事儿。"

该做的事儿他昨晚已经做了。

江汐说："不去看看许老师？"

陆南渡笑了下："那老头看了我得烦死，巴不得不看见我。"

确实，陆南渡不着急找他就是没什么事儿，也就意味着陆南渡的情况不错。

江汐还记得上次离开前许清州说的话："上次许老师说过你有空得过去看看。"

陆南渡的手停在她的耳朵上，他刮了刮她的耳郭。

他说："知道了，待会儿我过去让他看一下。"

外卖送得挺快，江汐吃到一半陆南渡才从楼上下来。

陆南渡吃完去了许清州那边，没待多久，很快就回来了。

江汐当时正坐在沙发上，见他回来，问道："这么快？"

"嗯，"陆南渡点头，"聊了几句。"

这么说来应该没什么，江汐嗯了声。

陆南渡往楼上走去："我上楼拿点儿东西，待会儿可以走了。"

江汐点头。

她翻了会儿剧本，陆南渡还没从楼上下来，索性搁下剧本，起身出门。

巷里空寂，墙角爬满了青苔。

江汐停在了巷尾的门前。

隔着铁栅栏门，院里的许清州背对着她正在浇花。

江汐推门走了进去："许老师。"

许清州回头看见她："我就知道你会过来。"

"嗯，陪他过来一趟。"

许清州搁下浇水壶，往桌边走去："来，坐吧。"

桌上明显已经冲过一轮茶了，许清州放了些新茶进去："听那小子说你们昨晚过来的？过来肯定有什么事儿吧，那小子没跟我说。"

江汐嗯了声，看许清州沏了会儿茶后问："陆恩笛的事儿对他的影响大吗？"

她骤然提起这个话题，许清州抬头看她。

下一秒他恢复自然，将茶杯放在了她的面前，声音温和："这趟回来因为这事儿？"

江汐没说什么。

许清州却忽然笑了下："他什么都知道了是吧？本来还以为能瞒他一辈子呢。"

江汐一愣。

莫名地，她忽然想起之前梁思容过来，许清州对梁思容过分冷淡的态度。

他这人一向温和，待人礼貌而不疏离，对梁思容却不是。

许清州对上她的目光："是，这事儿我知道，那小子的爷爷，也就是陆老爷子，他也知道。"

江汐微皱着眉。

许清州叹了口气："原来是这事儿呢，难怪他不说。"

江汐问："这事儿……"

许清州看她："这些事儿我一个外人也不好说什么，那小子操心了很多年，让他自己去找答案，这次回去应该就能说清了。"

江汐不知道许清州为什么这么肯定，但没多问，只点了点头："对他的影响不大吧？"

许清州端茶喝了口："要说没有影响肯定不可能，但他能调节好，看他现在的状态就知道了，能控制住。"

江汐嗯了声。

春季阳光渐暖，晒在身上很暖和。

许清州一杯茶尽，放下茶杯，叹了口气："多好一小孩儿啊，生生被折腾成这样。"

他摇了下头："只能说他遇到的坏人太多了，好在他的脊梁骨够硬。"

江汐从许清州的屋里出来时陆南渡已经从楼上下来了。意外的是巷子里不只他一个人，而江汐竟也不陌生。

陆南渡蹲在地上，胳膊懒懒地搭在膝盖上。他笑着，正逗着对面一岁多的小孩儿。

小女孩儿的嘴里正兴奋地叽里呱啦着，她试图抱着陆南渡的手臂站起来。

小女孩儿是对面那户老奶奶的孙女。

"快，叫哥哥，给你糖吃。"陆南渡说。

小女孩儿还不太会叫哥哥，但也不影响她发挥，嘴里牙牙学语。

陆南渡说："行，就当你叫哥哥了。"说完塞了一把糖在小孩儿的手里。

余光扫到江汐，他侧头看着她，逗孩子的笑意停在嘴边还没下去。

见江汐从许清州那边出来他没多大意外，或者说知道江汐在那里。他对江汐说："走了。"

江汐插兜看了会儿，走了过去。

小孩儿的记性不错，她居然还记得江汐。或许是这个姐姐长得太过漂亮，又或者给过她糖，小女孩儿朝江汐那边爬了过去。

陆南渡啧了声，一手拎住小孩儿，抱起来放到自己的面前："你这小白眼狼，给了糖还要跟哥哥抢东西呀。"

小女孩儿的眼睛大大的，她明显听不懂陆南渡在说什么，小手掌好奇地去碰哥哥的脸。

江汐也在小女孩儿的身旁蹲了下来，笑着说陆南渡：“幼不幼稚呀你。”

“怎么了，谁还不是个小孩儿了，”他逗逗面前的小女孩儿，“你说哥哥说得对不对？”说着他点头示意面前的小孩儿。

这个年纪的小孩儿最会模仿，她跟上陆南渡的频率，学着他点头。

陆南渡笑了：“真乖，哥哥的糖没白给啊。”

江汐看笑了，陆南渡是真的很会跟小孩儿玩，小孩儿明显也喜欢他。

孩子的奶奶从对门出来：“我就说怎么找不着了，原来跑这儿来了呀。”

看到孩子的奶奶，江汐才想起之前这位奶奶说过自己的小孙女就喜欢长得好看的哥哥和姐姐，估计那次说的好看的哥哥就是陆南渡。

孩子的奶奶抱过孙女，看到江汐觉着眼熟，恍然大悟道：“你是上次来找许老师的那位吧？”

江汐笑着站起来，点头说：“是。”

老奶奶问她：“你跟陆先生认识呀？”

江汐有些意外，刚过来那会儿陆南渡连出门都是个问题，更不用说和邻居主动熟悉这种事儿。

似乎是看出她的疑惑，老奶奶看了眼怀里的孙女说：“当时这小丫头经常爬过来找陆先生。”

“是呀，”旁边的陆南渡吱声了，胳膊懒懒散散地搭在江汐的肩上，圈着她，笑着捏了捏小孩儿的脸，“小丫头，好好长大呀。”

小女孩儿明显很喜欢陆南渡这个哥哥，对着他笑。

奶奶听见这话，看着他：“以后不过来了？”

陆南渡笑着垂下手，把手揣进兜里说：“也不一定，有可能还会过来，就是这房子不住了。”

老奶奶虽然不知道陆南渡过来是因为什么事儿，但想着应该不是什么好事儿，毕竟是来找许清州的。

她是乡下人没文化，只知道许清州是给人看病的。

她操着一口乡音："这是好事儿啊，以后顺顺利利是最好。"

陆南渡说："借您吉言。"

"你这小伙子呀，面相吉利着呢，以后哇肯定是个享福的人。"

"您还会算命哪，"陆南渡笑了，"真巧，我也会，您也是个享福人。"

老奶奶笑了，一旁的江汐也笑了起来。

巷外传来停车声，车轮碾在细沙上咯吱地响。

孩子的奶奶看了眼，转过头问："是你们的车吧？"

江汐瞥了眼车，陆南渡嗯了声。

"那赶紧收拾收拾过去吧，别待会儿赶不上车，"她对小孙女说，"哥哥姐姐要走咯，跟哥哥姐姐说再见。"

小女孩儿年纪小，但大概听多了"再见"这两个字，竟然听得懂，肉乎乎的小手朝他们摆了摆，奶声奶气地说着发音不准的"拜拜"。

陆南渡笑了笑，伸手钩了钩小女孩儿的手指。

"小丫头，健康长大呀。"他想了想又摸摸她的头补了一句："还有开心。"

小孩儿很高兴地握住他的食指，肉乎乎的。

很快孩子的奶奶抱着她进屋去了。

江汐问陆南渡："东西都收拾好了？"

陆南渡垂眸看她，下巴朝门内指了指："喏，这儿呢。"

车上的司机大概看他们聊完天了，下车朝他们走了过来。

江汐回头看了眼，陆南渡即使在这边住了这么久也没几件东西，只有一个行李箱和一个木质小箱。

她说："就这么点儿？"

"本来也没带多少东西过来，又不是长期住。"陆南渡说。

木质的匣子不大，黑檀木的材质，严肃却又珍贵。

江汐的注意力没法不被吸引，她莫名地觉得里面应该是对陆南渡意义不凡的东西，又像是锁着什么沉重的东西。

她问陆南渡："里面是什么？"

陆南渡顺着她的视线看过去，几乎没有任何犹豫地说："没什么。"

江汐看着他的眼睛，没再问。

锁上大门，司机走过来准备去拎行李。

陆南渡拦了一下，拿过木匣子说："我自己来。"

司机走在前面，江汐和陆南渡走在后头。

阳光稀薄温暖，空气里弥漫着草木香。

陆南渡说："这边的天气真不错呀，以后到这边养老挺不错。"

江汐说："你现在想住这边也可以。"

"那不行，事业心还是有的，"他侧头看她，"现在的正事儿就是赚钱。"

撇开陆南渡吊儿郎当这点，他的确是个商业精英。

他说："还有项大事业等着我呢。"

江汐瞥他："什么？"

对上她的视线，他笑着说："养你呀。"

江汐笑道："真土哇你。"

"哪儿土了，这叫真心话，要娶你呀，这礼金我一辈子都还不完。"

江汐被他单手搂在怀里往巷外走，笑了下说："夸张了。"

"那不是，"陆南渡说，"不管我赚几辈子的钱都不够你的礼金。"

他低头看她，狂妄又自大地说："你无价，知道吗？"

"娶了你我几辈子都还不完。"

Chapter 18
见家长

下午三四点，飞机准时降落北京。

这是江汐第一次在陆南渡的身边遇到秦津。华弘这种大公司就算请了一个小时的假都会积压事务，更何况昨晚陆南渡就回屿城了。

江汐能理解秦津为什么会跟着司机一起到机场接机。

秦津在车上汇报了下工作，又提醒陆南渡傍晚有个会议。

陆南渡不会让私事儿耽误公事儿，这么快从屿城回北京也就是因为有事务在身。

他看了眼时间，嗯了声。

时间还来得及。

他对司机说："回公馆。"

合上手上的资料，陆南渡递给副驾驶座上的秦津："准备好资料，会议照常举行。"

秦津接过文件说：“是，陆总。”

江汐和陆南渡一起坐在后座，上车后就没说话。现在听陆南渡要回公馆，她看了他一眼。

陆南渡似乎察觉到她的目光，也偏头看她。

两人从早上醒来后就没再聊过关于他家事的话题，像是谁都记不起来，实际上双方心里都有一根刺，只是不去提起。

不痛快的时间能少点儿就少点儿。

陆南渡看着她，牵过她的手说：“答应过她带你回家一起吃顿饭。”

“可能饭吃不成了，”他捏了捏她的手，“但还是会带你回去给她看看。”

他没有难过，没有恼羞成怒，没有怨恨，像真的只是回去让长辈认一下女朋友。

江汐没说话。

她听出了陆南渡话里道别的意味，也听出了无力，唯独没有怨恨。

没等她说什么，陆南渡开口：“也顺便见见老爷子，他也该认识一下你这个孙媳妇儿了。”

他看向窗外，笑了下：“否则每天寻思着别的鬼主意。”

江汐凝望着他的侧脸。

陆南渡从车窗里注意到她的目光，看着车窗，和她对上视线。

江汐看着他，紧了紧两人的手。

半个小时后，车停在公馆前。

恢宏肃穆的楼栋立于视线尽头。天气微阴，公馆的后面是灰白色的天幕和青黛的山，松柏长立。

大门打开，车驶进公馆。

陆南渡和江汐在门前下了车，秦津和司机很快离开。

很快有用人上来，接过陆南渡手里的行李。

平时的公馆便生机不够，也不热闹，今天却笼罩着一股沉沉死气，比往日还要压抑些。

陆南渡问身边的用人："陆夫人呢？"

用人隐约知道是什么事儿，稍低了头说："陆夫人在书房里。"

陆氏公馆虽大，但只有一个书房，平时也是陆老爷子的地儿，其他人鲜少进去。

不用陆南渡问，用人便回答："陆老爷也在书房。"

江汐从许清州那里得知陆老爷子知道梁思容做下的事儿，但陆南渡不知道。意外的是陆南渡似乎没感到震惊和意外。

他只是嗯了声，抬脚往屋里走去。

江汐被他牵着往里走。

陆南渡回头看她，江汐开口说："你上去吧，我在楼下等你。"

陆南渡点点头，朝沙发指了指："你在那儿坐着，我很快下来。"

江汐嗯了声。

陆南渡朝她笑了下后上楼了。

书房半阖着门。

一缕日光落在走廊的地板上，屋内隐隐约约传来说话声。

陆南渡不用细辨便知道是谁的声音，毕竟跟陆老爷子和梁思容也一起生活近十年了。

传来的说话声是陆老爷子的，没有梁思容的声音。

陆南渡没有立即进去，靠在门外。眉眼隐在阴影下，窥不见他的神色，薄唇紧紧地抿着。他很平静。

不巧的是书房里的谈话正好到了尾声。一片沉静过后，陆南渡听见陆老爷子平稳缓慢的声音，不紧不慢，却又掷地有声："还以为你有所悔改了。"

书房外的陆南渡没什么表情。

陆老爷子继续说着："既然没有，你也没有必要留在这里了。"

陆南渡抬起眼，透过细缝，看见了跪在陆老爷子面前的梁思容。

陆老爷子拄着拐杖坐在椅子上："你不是陆家人了，也不用跪着了。”

梁思容挺直背脊，全程没说一句话。

等她从地上站起来后，陆老爷说：“屋外的人也别听什么墙脚了，进来吧。”

靠在墙上的陆南渡笑了下，不愧是老狐狸呀。

他推门，靠在门边说：“老爷子，耳力挺好哇。”

陆老爷子瞥了他一眼：“一般，进来吧。”

梁思容立在一旁，没说话，看向陆南渡的目光平静淡定。

陆老爷子开口：“你下去吧。”

梁思容点了头，转身往屋外走。

“让下人准备晚饭吧，”陆老爷子撑着拐杖站起，对陆南渡说，“下楼吃饭。”

就在梁思容快经过陆南渡的时候，他开了口：“谈一下吧。”

梁思容没什么表情，礼貌地说：“你先问下陆老爷同不同意。”

书房里的陆老爷子挥了挥手：“去吧。”

二楼有个露台，收拾得格外干净，走廊边还放着梁思容养的两盆小盆栽，但似乎这两日没浇水，枯了些。

天空飘起了小雨，起了点儿风。

梁思容鬓角的碎发微动，她背对着陆南渡，将盆栽往外移了点儿。雨丝在绿叶上落下细点。

她说：“终于下了点儿雨。”

身后的陆南渡靠着门，没说话。

将盆栽移到雨下后，梁思容才转身。她还是那副温婉的长相，对陆南渡笑了下，像只是一次平常的聊天。

“知道粉蔷薇的花语是什么吗？”她像是不需要陆南渡的回答，侧头看向雨幕，“爱的誓言，执子之手，与子偕老。”

陆南渡很早便查过了，没吭声。

“阿渡，”梁思容的声音依旧温柔，“你觉得阿姨对你的父亲有感情吗？”

陆南渡终于开了口："有。"

或许没想到他会回答，梁思容意外地回头看了他一眼，一秒就过。她笑了下："猜对了呀。"

"你爸呀，"她拨弄了下绿叶，"当年在外面养人生孩子的时候，我每天在这公馆里种着粉蔷薇。"

"我把他的阳台都种满了，"她说，"可他还是没有回来。"

陆南渡沉默着，没有说话。

梁思容也不需要他回答，自顾自地说着："后来啊，我听到了孩子的啼哭声，就再也没种过了。"

天空阴雨连绵，远处的山蒙上了一层雾。

一阵冷风吹过，陆南渡知道她说的那声啼哭，指的是他。

这声懵懂又清澈的啼哭声，碾碎了一个带着满腔爱意的女人。

她的男人有了孩子，孩子的身上没有她的血。

"可是阿渡，"梁思容回头看他，"阿姨想害你可不是因为这个。"

她温柔地对他笑了下："你想听听吗？"

陆南渡抱臂靠在门边："你想说就行。"没有恼羞成怒，没有抱怨痛恨，平静又坦然。

对他的这种反应梁思容没感到意外，她对他笑了下："你的反应在我的意料之中。"

某种程度来说，梁思容和陆南渡是同一种人。

他们容易着魔，情绪偏激，也是最会装的那种人，但同时这种人也最心狠手辣，对待过去，一旦舍弃就是真舍弃，除非真的放不下。

这个世界会让陆南渡回头去找的，估计也就江汐一个人。

"阿渡，你是聪明的。"梁思容说。

不然他也不会在刚才得知陆老爷子从一开始就知道这件事儿的时候，理智又平静，完全没怀疑到陆老爷子的身上。

"其实你早就能猜出是我，"梁思容看着他，"只不过一直没怀疑到我的身上。”

与其说是没怀疑到她的身上，不如说是陆南渡不愿意怀疑她。

这八年来他刻意避开了她，就算最有可能的就是她。

而她笃定陆南渡在明确幕后人是她的那一刻，他就大致明白了事情的来龙去脉。面前对他好的人，便是当年欲伸手将他推入地狱的人。

梁思容问他：“你恨我吗？”

陆南渡还是靠在门边，直视梁思容的眼睛，坦荡地摇头：“不会。”

“即使这些年来阿姨对你的好都是假的？”梁思容问。

陆南渡开口：“你对我好的时候我不知道是假的，所以没什么感觉。”

他仍看着她的眼睛：“不过我知道如果是假的，你应该比我难受多了，对着一个人虚情假意这么久，很累吧？”

“这倒还好。”她转过头，重新把视线投向雨幕。

细雨连绵，阴冷入骨。

她说：“可能托了小笛的福吧。”她的声音难得地有了丝落寞。

身后的陆南渡面不改色地看着她的侧脸。

梁思容的脸色却已经恢复如常，她回过神来：“先不说这个了。”

她转身在旁边的躺椅上坐下，雨丝在脚边落下一片水雾。她看了眼门边的陆南渡：“过来坐吧。”

陆南渡瞥了她一眼。

梁思容仿佛还是以前的梁思容，温和娴静。

几秒后，他走过去，跟梁思容隔着一张桌子坐下。

原本应是梁思容先开口，陆南渡却先问了。

他弯着脊背，敞开腿，两条胳膊搭在腿上，只留给梁思容一个后脑勺和侧脸。

梁思容听见他问：“你知道楚杏茹是怎么走的？”

雨势虽小，但雨声嗡鸣。

梁思容的手上戴着玉镯，温婉的眉眼眺望着不远处的青山。

“很抱歉，”她说，“我知道。”

陆南渡点了点头。

八年前的那场谋杀，杀手有无数种处理掉他的方式，可偏偏选了最引人注目的一种。

将人从窗口扔下去。

只不过这个替死鬼是陆恩笛。

但这也能充分得知杀手是故意将人从窗口扔下去的，原因无他，就是因为陆南渡恐惧窗口。而杀手向来都是满足雇主的要求，拿着血钱，做着最周全的服务。

知道他恐惧窗口和坠楼的人，不是杀手，是梁思容。

就算他死，也不会让他好过。

她很清楚怎么让当年还素未谋面的小子死得不痛快，最惨烈的方式不是尸首分家，也不是挣扎着慢慢死去，而是让他在死前的一刻感受心魔的凌迟，即使只有短短几秒，也够了。

陆南渡没再说话，很平静地接受了这个答案，或者说这是他一早便清楚的。

梁思容却不需要他回答，兀自说下去：“不过我想杀你，不是因为你的母亲。”

她用最温婉的那副长相，云淡风轻地说着杀一个人，仿佛杀人只是吃一顿饭。

意外的是陆南渡竟然还会回应她，嗯了声。

梁思容的脸上有一秒诧异，很快她又恢复如常，还是平时那副好脾气的模样。

她说：“毕竟人不是长情的动物，至少我不是，从没种粉蔷薇的那年起，我对你的父亲就没什么感情了。”

她决绝果断。

“至于我为什么后来还会生下恩笛，”梁思容说，“原因很俗套，我想是个人都能想到吧，陆家家大业大，我的家族想拿到好处。”

梁思容不是独生子女，上面还有个哥哥，父母早已在南方的小城安享晚年，但哥哥不是。

当年刚嫁进陆家那会儿，梁思容虽对陆恺东有情愫，但也是因为她的身世背景对陆家有用，陆家才会答应这场联姻。只不过那时的梁思容心里想的不是利益，而是抱着一腔爱意。

她的性格虽然温柔，但骨子里并不优柔寡断，在得知陆恺东那些风流事后，她三两下就断了情愫。

已经嫁了，梁思容也没什么后悔的，把重心放在了别的地方，总该捞点儿好处。

就是陆恩笛的性子不像陆恺东，反倒像她，但也只像了皮毛。陆恩笛的骨子里比她多了优柔寡断。

陆恩笛的一颗心是干净的。

这些不用梁思容明说，陆南渡一清二楚。

“所以当年很抱歉，”梁思容说，“你回来只会挡了小笛的路，我会给他清除障碍。”

对梁思容来说，陆南渡不过是一个障碍。

“所以我是不是还得感谢你？”陆南渡侧着脸看她。

梁思容的目光也从远山上收了回来，她疑惑地看着陆南渡。

“让我多活了十七年？”他说。

陆南渡的出生梁思容是知道的，她完全可以选择让他幼年夭折，但她没有。

“是呀，”梁思容笑了下，第一次表现出心狠手辣的气质来，“没威胁的东西我不会去动。”

她说：“后来你再乖一点儿，没闹着回陆家，也就不会有那些事儿了。”

陆南渡的脸上不带表情，眼窝下的目光冷淡而安静，带着一股冷傲。

他说：“陆恩笛死了，这对你来说，就单纯是‘那些事儿’而已？”

这是他第一次对梁思容露出这种表情。

梁思容有些意外，没想到他连她想害他的这件事儿都没生气，却因为陆恩笛生气了。

“小笛果然讨人喜欢哪。”她喟叹了一句。

说完她的唇角弯起一个柔和的弧度：“我也喜欢。”

“所以我替他把那个不听话的东西杀掉了。”

陆南渡安静地听着，知道她口中那个不听话的东西是谁。

梁思容的声音柔软无辜，她低头看着自己漂亮纤细的十指。

“他凭什么杀小笛呢？我的小笛是他不配动的，他不配！他早就该死了，我多留他活了八年，半个月前才杀了他，我是不是已经很仁慈了？”

梁思容的皮肤很白，此刻加上她的表情，浑身透着股病态。

陆南渡面无表情，也不打断她。

她说的便是那个杀手，当年将陆恩笛推下窗口的人。

梁思容说：“你一直觉得小笛是被错杀的吧？”

说完她顿了下，笑着看向陆南渡：“不，应该说是在这之前一直都认为小笛是被错杀的吧？”

是，陆南渡以前是这样认为的。

梁思容说：“不是的，他是故意的，你知道为什么吗？”

陆南渡没回答她。

梁思容说：“他只是不喜欢陆恺东的儿子。”

果然。

“阿渡，”梁思容说，“你也不用觉得我不忠贞，我说过了我不是长情的人，你爸爸养他的小雀儿，我找个戏水的情人，我们谁也不欠谁的。”

不远处的山似乎更朦胧了，轮廓仿佛隐入云间，一片迷蒙。

“而至于你为什么还能好好活到现在，”梁思容说，“你该感谢陆恩笛和你的爷爷。”

是他们救了他，在后来的日子里护他周全。

她说：“而不是感谢我。”

雨幕如棉絮一般，像有人在哭。

“我呀，”她叹了声气，“懒得再对你好了。”

梁思容走了。

不是回家，也不是随便去哪儿找个地方住，她去自首了。

雨一直下个不停，苍山雾霭下，公馆外长长的小道仿佛没有尽头。

梁思容的背影茕茕孑立，一把伞、一个行李箱，逐渐消失在雨幕里。

在公馆二楼的大阳台上，陆南渡目送梁思容离开。

两盆植物仍淋着雨，直到被一双苍老的手移到檐下。

陆老爷子不知什么时候已经从室内出来。陆南渡回神，看向身侧的陆老爷子。

陆老爷子一手拄着拐杖，一手背在身后，他的声音苍老，又带着看淡人世的坦然：“走咯，没什么可看的了。”

陆南渡沉默了一瞬，抬起手，骨节分明的手指拨弄了下湿绿的枝叶，叶子上的雨滴簌簌而下。

他像是很坦然地说：“是呀。”

“老爷子，”他说，“当年我出事儿后你立马把我接去国外治疗，原来是早知道这事儿。”

梁思容说的，他该感谢的是陆恩笛和爷爷。

从那以后陆老爷子便把陆南渡接回了身边，虽然这孙子的性子难驯，但至少还是护周全了。

陆老爷子的鼻子里哼了声：“当时你这小子浑得很，说什么也不配合。”

那会儿陆南渡的心理便有了问题，陆恩笛死后又留下后遗症。当时杀手是往死里折腾陆南渡，陆南渡不是铁打的，身体自然会出一些问题。

陆老爷子二话不说地把陆南渡接回了陆家，后又转往国外治疗，只不过那会儿的陆南渡不领情。

陆老爷子说："要不是你的命够硬，我看你怎么折腾。"

陆南渡却笑了下，否认道："那倒不是，得多亏当年您报的警，您孙子这条破命哪，还是您捡回来的。"

当时陆南渡已奄奄一息，杀手弄死他轻而易举，只需再多一点儿时间，不巧的是在最后时刻传来了警笛声。陆南渡的命就是在这种情况下捡回来的。

但陆老爷子却没认同陆南渡的话，看向自己的孙子："她没告诉你？"

陆南渡转头看他："什么？"他明显不知情。

陆老爷子了然，转开视线说："有些事儿啊，的确瞒你太久了。"

陆南渡早已习惯了，看向陆老爷子："哦，瞒我什么了，说来听听。"语气又是吊儿郎当的。

陆老爷子用拐杖杵了他一下："没个正经。"

陆南渡笑了："要不然呢，要不我哭着求您跟我讲讲？"

陆老爷子被逗笑了，摇了下头："真是不知道像谁，一点儿也不像你爸。"

陆南渡可不太想聊起陆恺东这个人："你想跟我说什么？"

陆老爷子说："也没什么，当年报警的人不是我。警察是小笛找过去的，我也是他找过去的。"

这件事儿陆南渡不知情，梁思容也没跟他谈起。

"事到如今你应该知道小笛那天晚上去找你的原因吧？"陆老爷子像是叹了口气。

陆恩笛虽然性格温暾，但陆家人一直很疼爱他，包括陆老爷子。陆老爷子的性格不算不苟言笑，有时候他甚至能跟年轻人调侃上几句，但骨子里尚有一丝严格在，所以即使在家受宠，但陆恩笛多少对陆老爷子还是有些忌惮。

陆老爷子代表了家里的最高地位，陆恩笛那晚在那种慌乱的情况下还能想到首先去找他。

直到现在，陆南渡才知道了陆恩笛那晚去找他的原因。

同住屋檐下听墙脚不是什么难事儿，陆恩笛不是故意的，只是不太幸运地做了倒霉鬼。

梁思容那天晚上的计划被他听见了。

那时正是凌晨，千家万户早已入眠，陆恩笛套上衣服便出门了。

他骗了陆南渡，沿途还手忙脚乱地去找江汐要了一幅画，试图把这个谎补圆。陆恩笛像是故意藏住谎言后的真相，不让陆南渡窥见分毫。

陆南渡这些年来一直在想，如果那晚陆恩笛不说谎，直接跟他说明原因，他会同意跟陆恩笛下楼散步的，而他们也不会耽误时间，可能会幸运地和杀手错开时间，陆恩笛就不会死。

可这个世界没有如果，阴错阳差是命运的调味品。

陆恩笛心地善良，他善待每一个认识的人，甚至在死前的最后一刻，都在摇头提醒陆南渡不要出来，不要被发现。

可险恶的人和事儿并不善待他。

陆老爷子说的跟陆南渡猜想的差不多，但至于陆恩笛为什么不让陆南渡知道这件事儿的前因后果，陆南渡并不清楚。

陆南渡原本没说话，几秒后问："他当年是不是还告诉你别的了？"

陆老爷子既没承认也没否认，说了一句看似无关紧要的话："要我说呀，小笛哪里都好，就是太优柔寡断了。"

陆南渡没出声，等着陆老爷子往下讲。

八年过去，相比当年，陆老爷子老了将近一轮，记忆却没随之老去，仿如昨日。

"这孩子呀，"陆老爷子的声音里透着苍老，"当年想保护的不只是你。"

陆老爷子停顿了一下，侧头对上陆南渡的视线："还有他的妈妈。"

当年陆老爷子知道陆南渡这个长孙的存在后，陆恩笛便知道这个哥哥迟早是会回到这个家的，即使当时得知这个消息的陆恺东并不同意。但陆恩笛知道陆恺东不松口也没用，陆家是陆老爷子说了算，而陆恩笛的私心也希望陆南渡回到陆家。

他们都有一半陆家的血，陆恩笛有的陆南渡也该有，而陆南渡回来也代表大家会生活在同一个屋檐下，他们是朝夕相处的家人。

既然是朝夕相处，陆恩笛并不想陆南渡知道自己母亲的阴谋，这样也许陆南渡不会厌恶自己母亲。陆家以后注定是陆南渡的，这样也能保证以后母亲在陆家会过得好一点儿。

陆南渡说："这也是你不告诉我的原因，是吗？"

"一半一半吧，"陆老爷子说，"虽说是遂了这孩子的愿，但你不知道也是好事儿。"

陆南渡嗯了声。

从那事儿以后梁思容在陆家便开始束手束脚，看在儿媳妇和陆恩笛母亲的分上，陆老爷子没赶她走，只不过要求她不能在陆南渡的面前露出破绽。

这几年里，梁思容的确对陆南渡很好，至少没有伤害他。

很难说她是真的对他好，还是只是例行演戏，又或者是把她对陆恩笛的感情寄托在这个被陆恩笛救过的孩子身上了。

但这些都不重要了。

它们就像一场风，彻底消散在这个雨天里。

爷孙俩许久没有说话，过会儿陆老爷子忽然开口。

"楼下不是还有你的客人吗，不带我去见见？"

江汐这号人物，陆老爷子不是第一次听见，早在几年前便认识她了。

江汐坐在沙发上，气质从容不迫、大方得体，即使如此还是能窥出她的一丝紧张。

陆老爷子很少给人摆脸色，商场混迹多年的老狐狸即使见到自己不是很满意的人，也不会臭着一张脸。

陆老爷子拄着拐杖从楼上下来。

江汐从沙发上站了起来。

陆老爷子对她笑了下。

陆南渡手插着兜，慢悠悠地跟在陆老爷子的身后晃了下来。

他勾起唇角，对江汐眨了下眼。

江汐的脸上没什么表情，她把目光从他的脸上收回来，看向陆老爷。

陆老爷子已经走下楼梯，伸手示意她："坐。"

江汐是个凡事都格外镇静的人，没有慌乱，在沙发上坐下。

有用人见陆老爷子在沙发上坐下，很快沏了杯茶上来。

等用人放下茶杯的时候，陆老爷子吩咐："客人今晚在家里用餐，准备一下。"

用人双手在身前交握，颔首道："少爷刚才已经吩咐了。"

整栋别墅透着严肃和古板，不管是这栋房子的构造又或者是人，都像是规则下的产物，而在这种正经古板下，陆南渡显得格格不入。

他像在规矩的水墨画里留下嚣张又出众的一笔。在陆家待了八年，身上那股不正经的痞气丝毫不受影响。

他随意地往江汐的旁边一坐，胳膊搭在她身后的椅背上。

"是，吩咐过了。"他说。

陆老爷子看了他一眼，抬了下手示意用人下去。

用人一走，那种无形的压力又再次笼罩上来。陆老爷子虽不爱摆谱，但骨子里无形的威严还是会给人造成压力。

江汐已算是心理素质较好的，又或许只是因为她的心里清楚，陆老爷子以前便不同意陆南渡和她在一起。

陆老爷子和蔼地问她："最近工作上忙不忙？"像任何一个长辈一样问话。

江汐回答道："不忙。"

陆老爷子稍点点头："听说你最近接了部电影？"

这句话如果是从同事又或者圈里人的口中说出来丝毫不奇怪，选角稍有消息圈内很快就一传十十传百，但这话从陆老爷子的口中问出来就很奇怪了。

剧组和公司联系也不过昨天的事儿，陆老爷子却已经知道了，很明显私底下陆老爷子是关注着她的。与其说是关注她，不如说是因为陆南渡。

而被江汐意识到这点，陆老爷子也丝毫不在意。

江汐没有因此慌张，正想说目前不确定，还没谈下来，旁边的陆南渡嗤笑了声。

他懒懒散散地靠在椅背上说："老爷子，差不多得了呀。"

陆老爷子虽老态龙钟，眼睛却依旧炯炯有神，瞥了眼坐着没个正形的孙子，语气淡淡的："我是会吃人？这才问几句。"

陆南渡的指尖有一搭没一搭地敲着沙发："我算着呢，两句了呀。"

严肃的气氛被陆南渡搅得一塌糊涂。

陆老爷子说："哦，那我是不是问她姓甚名谁也不行了？"

"哪儿不行？"陆南渡吊儿郎当地说，"您问呗，再问就是第三个了。"

陆老爷子一时没绷住，笑了，指了指陆南渡："你这小子。"

江汐在一旁不知说什么，话都被陆南渡给挡了。

陆老爷子重新看向江汐："行了，也没什么要问的了，都洗洗手准备吃饭吧。"

江汐点了下头。

陆老爷子说完便撑着拐杖起身往餐厅去了。

陆南渡的手还懒懒地挂在椅背上，他靠近江汐的耳边，低笑了声："紧张了？"

江汐这性子，就算是在试镜的时候都不会紧张，反倒在今天的这种场合手心微微冒出一层薄汗。

还没等她说话，陆南渡又调侃她："因为见家长？"

江汐瞥了他一眼："没有，也不紧张。"

陆南渡半垂着眸看她："手都出汗了，还说不紧张？"

江汐的视线落在陆南渡放在她手背上的手上。

他压根没看到她的掌心，却说得跟真的似的。

江汐瞥了他一眼，陆南渡对上她的视线笑道："我说得不对？"

江汐问："猜的？"

陆南渡说："不用猜，我都是你肚子里的蛔虫了，这点儿还是知道的。"

江汐无言以对，她的手心的确冒汗了。

陆南渡说："没什么可怕的，老爷子……不是，我爷爷这人吧，虽然是个老狐狸了，但没那么可怕。"

江汐说："我知道。"

"就是知道，但还是紧张是吧？"陆南渡有点儿想笑，"这不就是见家长的心态？"

陆南渡真的是越发得寸进尺。

江汐问："你爷爷以前是不是不同意你跟我混在一起？"

"什么叫我跟你混在一起？"陆南渡说，"要混也是你跟我混，你是个三好学生我有什么不可以跟你混的。"

江汐说："别岔话题。"

陆南渡半眯着眼睛说："你平时挺聪明的，怎么今天到这事儿上就想不通了？"

看来她是真的有点儿紧张了。

他觉得这样的江汐好玩儿，逗她说："你放心，不会嫁不进来的。"

江汐伸手就要去拧他。

陆南渡笑着躲过，干脆伸手把她抱进怀里，搂住她的双臂，也不逗她了。

"老爷子差不多就是不管我们的意思了，如果他不同意的话，连这个门都不让你进来你信不信？"

江汐看他。

陆南渡说："真没骗你。"

江汐说："没说你骗我。"

陆南渡笑道："行，没就没。"他松开她："走吧，吃饭去。"

江汐嗯了声。

陆南渡不知想到什么，忽然问她："你刚才见到……"

他一时语塞，不知该不该叫阿姨。

江汐却知道他要说什么，回过头说："嗯，见到了。"

江汐确实见到梁思容了。梁思容拎着行李箱从楼上下来的时候，和客厅里的江汐碰上了面。梁思容对江汐笑了下，说倒是真的带江汐回来给她看了。

"她没跟我说多少话，不久就走了。"江汐说。

沙发上的陆南渡嗯了声，转瞬已经恢复了平常的模样。他从沙发上起身，胳膊往她的肩上一搭。

"走吧，吃饭去，"他说，"要不然家长等久了。"

江汐方才的紧张都在陆南渡的调侃下消失了。

她莫名觉得好笑："你是不是觉得还挺骄傲哇？"

"可不是，"陆南渡傲慢的语气里透着一股嚣张，"我早恋的对象，现在带来见家长了，能不骄傲吗？"

Chapter 19
披靡

前段时间陆氏华弘一直处于一个动荡的状态。

陆南渡从屿城回来后这个局面才得以平复，但那帮老狐狸也不是善茬，源头没有解决他们不会安分多久。

果然，在得知梁思容疑似杀人自首后，这帮人再次起了骚乱。

不久前陆南渡还不知道这场骚乱背后的操纵者是谁，现在一目了然。

主心骨都跑了，谁还坐得住？

也难怪老爷子会对梁思容毫不留情，将她赶出陆家。

以往都是看在她儿媳妇这个身份还有陆恩笛的面子上才让她继续留在陆家，而当她有其他想法的时候，陆老爷子就留不得她了。

梁思容觊觎陆家的背景已经不是一个秘密，对此也毫不避讳，在那次谈话中也坦荡地跟陆南渡说过。

也难怪当时陆老爷子在书房里说了那样一句话，说既然梁思容毫无悔改之意，也没必要再留在陆家了。

自此所有的秘密皆曝光在阳光下。

那帮老狐狸就如无头苍蝇，颇有病急乱投医之势，纷纷开始谴责华弘这个总裁不为公司着想，连不联姻和年纪太轻不稳重这些都放上台面讲。

当然，陆南渡有过精神病史这点也没逃过议论。

他恍惚又回到不久前的那个会议。

联姻这种消息在谈妥之前董事不一定知道，至于是谁放出的消息现在也不用多猜了，这些人甚至知道他在和娱乐圈里的一位女艺人交往。

换作以前，如果有人跟陆南渡说梁思容支持他和江汐在一起是有目的的，他肯定会把人抡在地上揍一顿。

但现在不同了，他清醒地知道梁思容对他的好的确都是带着目的。

她不像陆老爷子一样反对他和江汐，让他把江汐带回家，甚至会不远万里地去趟屿城，告诉江汐他那些溃烂发黑的往事，消除了他和江汐之间的芥蒂。

而她的这一切撮合，不过是因为清楚陆老爷子对他恋情的态度。她清楚，按照陆老爷子的性子，他不会同意陆南渡和江汐交往。

陆南渡一旦和江汐重新交往了，会引起陆老爷子的不满，也顺带会引起众多董事的不满。

梁思容在做这些的时候，有没有那么一刻是真心的，谁都不清楚。

只不过很遗憾，梁思容走错了一步棋，陆老爷子很意外地没有反对他和江汐。也许是他年纪老了，再也没有以前那种孙子偷跑回国而亲自去把人抓回来的魄力，又或许他只是懒得管他们这帮小年轻了。

但即使发生了这么多事儿，陆南渡也不恨梁思容。

也不管她过去对他的好是真是假，即使是假的也留下了痕迹，人没办法失忆一场。

他坦然地接受所有的后果。

会议自然没做到皆大欢喜，但也不算不欢而散。有些人不过是墙头草，见风使舵，又或者见点儿利益便喜笑颜开。陆南渡知道怎样让他们闭上嘴。

他在国外那几年不是无所事事。陆老爷子如今能站在这个位置，不缺人际关系，陆南渡在国外自然也学了不少东西。

同理他现在站在这个位置，不仅仅因为身上流着陆家的血，没有两把刷子在，他也坐不到这个位置。

一场会议下来，已临近中午。陆南渡离开会议室，推门进了办公室。

他刚坐下不久，秦津便推门进来。秦津把一份文件放在他的面前："陆总，这份文件需要签字。"

陆南渡把西装外套随意地挂在椅背上，捏了捏眉心，指尖按住文件拖了过来。

应付那帮老东西，陆南渡明显耐心耗尽。

秦津跟在陆南渡的身边许久，自然能看出陆南渡的情绪不好。

严格来说，陆南渡的脾气并不好，他待人处事果决冷静，在公事儿上更像是一个冷血的机器。碰上他心情不好的时候，底下的部门被他骂到狗血淋头也是常有的事儿。

今天他能心平气和地主持完这场糟心的会议也算难得了，换作平时估计没有这么多耐心。

江汐推门进来的时候看到的便是这幅景象。

陆南渡的白衬衫规整，衬衫下勾勒出肌肉的轮廓。

他一副衣冠楚楚的模样，就是脸色有点儿臭，明显不怎么好惹。

他的手指骨节硬朗，拿着钢笔迅速在纸上唰唰几笔而过。

每当这种时候，江汐才会深切地意识到陆南渡真的不再是当年的少年，他已经是个顶天立地的男人。

陆南渡签完后扣上文件递给秦津，这一抬眼也看到了门口的江汐。

秦津注意到压抑的氛围明显随着江汐的出现而松弛下来，像是给一头烦躁的野兽注射了镇静剂。

陆南渡问：“过来找我？”

江汐的手还放在门把上，她对上他的视线：“你要说不是也可以。”

秦津看着这位灵丹妙药小姐，点头致意，江汐也礼貌地点头。

秦津很快推门出去，关上了门。

陆南渡没起身，靠进椅子里，抬手解了衬衫领口的扣子，随意又落拓。

他朝江汐伸手：“过来。”

江汐仿若没有听到，往他办公桌的对面走去：“你那边又没椅子，过去做什么？”

“我说有就有。”他朝桌底指了指，“底下呢，过来。”

江汐知道这话肯定有诈，不过还是绕过桌子走过去。

江汐离他还有几步远，陆南渡就伸手扣住她的手腕，将她扯到怀里。

转眼江汐已经被他拽到腿上。

陆南渡的掌心宽大，透着温热，他的手扣在她的腰肢上。

江汐看了眼桌底后又淡淡地瞥了他一眼：“椅子呢？”

陆南渡西装下包裹的长腿敞在桌底下，随意又没个正经。

他笑着颠了颠腿：“这不就是？”

腿上的江汐也跟着一晃。

陆南渡问：“姐姐，这椅子还舒服不？”

她说：“你就不怕突然有人推门进来？让他们看见陆总是这副模样。”

陆南渡反问道：“我什么时候怕过了？”

也是，他这么嚣张，压根不在意别人的目光。

江汐问：“刚结束会议？”

陆南渡把玩着她放在腿上的手，嗯了声。

她环顾周围，这还是她第一次来陆南渡的办公室。

陆南渡一直优哉地看着她，注意到她在看自己的办公室，又没忍住逗她：“查岗呢？”

江汐看着他：“不行？”

“行哪，怎么不行？”他笑道，“但没什么必要。”

他没忍住轻吻了下她的耳后。

江汐的手指微蜷，她听见他的胸腔里漾出一声闷笑。

“在我这儿啊，你只能查到一个叫江汐的人。”

有那么一瞬间，江汐的耳朵有点儿发热。

陆南渡吻住她。

江汐将两只手撑在他的腰腹上。陆南渡的下巴线条利落，他微仰头吻她。

两人亲密了一会儿，她问：“你就不怕人突然进来？”

陆南渡笑了下：“谁进来不敲门？”

江汐：“……”

陆南渡亲了下她的唇角：“我不让他们进来他们也进不来。”

江汐瞥了他一眼，看了眼时间。

“刚剧组那边来了电话，我需要提前过去，”江汐说，“下午的飞机。”

原本定的时间是三天后，现在时间提前有些匆忙，江汐稍微收拾了行李后便过来找陆南渡。

陆南渡微微蹙眉：“提前这么多天去做什么？”

江汐莫名觉得有些好笑：“多吗？”

陆南渡看她：“不多？”

江汐说：“就三天，确实不多。”

陆南渡说：“那是你的算法有问题，三天，七十二个小时，三的二十四倍。”

陆南渡的歪理一大堆，江汐问：“然后呢？”

“没有然后，”陆南渡说，“我就说说，还不是得让你走。”

虽然陆南渡缠人，跟江汐跟得紧，但她工作上的事情他不会耽误。

剧本是个有年代感的故事，拍摄地点在一个海滨小镇。

“吃饭了没？”陆南渡问她。

江汐收拾完行李后就过来了：“没，这问题问的，你怎么不先问我什么时候去机场，吃完来不及怎么办？”

陆南渡说：“吃的比较重要，再说了时间来不及你也不会过来。”

他让江汐从他的身上起来，拎过椅背上的外套，牵过她的手说：“走，带你吃饭去。”

公司附近的餐厅很多。江汐不想跑得太远，陆南渡就带她去吃西餐。

她吃饭的速度慢，吃完去机场的时间正好。

离开餐厅后陆南渡要送她去机场，江汐没让：“你回去吧，不然耽误工作了。”

江汐不想让陆南渡送她，这一趟也只是过来看他而已。

陆南渡拎着她的行李箱往车后走去：“没什么耽误不耽误的，今晚多加班几个小时就行，也不差这会儿。”

陆南渡平时看着虽然凡事好商量，但江汐清楚他强硬得很。

他想做的事儿一定会做，不容任何人拒绝。如果他真的好商量了，大概就是因为那件事儿对他来说可有可无。

陆南渡关上后备厢的门，朝她扬了扬下巴说：“走吧。”

江汐看了他几秒，往副驾驶座走去。

毕竟有事务在身，陆南渡送她到机场后便走了。

江汐不久便上了飞机，傍晚落地。

带着腥咸水汽的海风扑面而来，又是一个需要待上几个月的城市。

拍摄电影花费的时间不比电视剧少，况且江汐这次的戏份重。

开机前几天，剧组都是让演员熟悉剧本和环境。江汐第一天便和徐国生碰上了面。

徐国生和她握手："江汐是吧。"

江汐点头。

这场见面是剧本围读，让所有演员熟悉下剧本。

现在演员还没来齐，所有人正坐在办公桌边闲聊。

江汐被安排在徐国生导演的旁边。徐国生笑着说："本来应该先让小渡带你到家里坐坐的。"

江汐不知道徐国生知道她和陆南渡的关系，但也没表现出意外。

工作人员给她倒了杯水，江汐接过水道了声谢。

徐国生说："上次这孩子去家里看过我，谈到你的时候也就顺便跟我提了一嘴。"

陆南渡之前的确跟江汐说过陆老爷子让他有空去看一下徐国生。两家是世交，时常有来往。

徐国生大概怕她误会："他跟我聊起你是在选角后，那时早就定下你了，也难怪当时试镜后没过几天他就给我打了个电话，问荆藤这个角色定的谁。"

荆藤，这部电影的悲剧女主人公。

"我当时还纳闷儿了，这小子怎么就突然关心起这些来了，以为他想跟我说塞个什么人进来，结果没有，他就问定的谁。"徐国生说着笑了下，"后来听他一说才知道你俩是一对儿，我才恍然大悟，也难怪了。"

这些江汐都不知道，笑了笑说："您见笑了。"

徐国生摆了摆手："没什么见笑不见笑的，我一个老头儿看着你们这些小年轻谈恋爱都能跟着高兴，老了呀。"

江汐不是一个健谈的人，但搭话还行，不至于冷场。她问："嫣然最近在做什么？"

徐国生一开始没想到江汐和自己的女儿认识，愣了下，过后才想起徐嫣然还跟他提过江汐。

"之前你拍了老陈的电视剧，和那小丫头认识的吧？"老陈便是徐国生的前妻陈梦。

江汐嗯了声。

徐国生大概是起了烟瘾，手伸过去想拿烟盒，想起还有外人在，还是把手收了回来："最近她的妈妈给她安排了几场相亲，她现在估计正焦头烂额呢。以前她一直闹着不肯相亲，也不知道最近怎么突然肯去了。"

徐国生是个宠女儿的主儿，想起自己的女儿有可能不开心，拜托了江汐一句："这小丫头现在估计正烦着，我们这些大人不知道她的心里到底在想什么，你们是朋友，如果方便的话拜托你多跟她聊聊天。"

"行。"江汐和徐嫣然本来就是朋友。

徐国生叹了口气："她的妈妈太强势了，虽然这丫头平时看着没心没肺的，就怕哪天一个不留神就被压垮了。"

江汐说："不至于，嫣然有事儿不会憋着，这点她做得很好。"

"也是，"徐国生说，"她从小就憋不住话，摔了一跤都要跑到我和她的妈妈面前嚷嚷的那种，也不是真摔得多疼，就是想让我和她的妈妈哄哄。"

从小徐嫣然就是个可爱的小公主。

"哎，"徐国生及时打住讲话，"你看，一说到女儿就停不下来了，说别的。"

徐国生是国内数一数二的大导演，在今天和他接触之前，江汐不知道他原来这么平易近人。

徐国生问：“这些天你有熟悉剧本吧？”

江汐点头。

会议室的门被推开，陆陆续续有人进来。

“那行，待会儿探讨起来也方便点儿，”他说着回头问了助理，“人到齐没？”

助理大概清点了下，又看了眼手机说：“还差一个，正堵在路上呢，应该快到了。”

江汐端起水喝了口。

“行，准备准备吧，人来了就开始。”

“好的。”

那个演员在路上没堵太久，很快便到了，剧本围读如期进行。

现在还不是正式开拍，全员聚一起不过是熟悉一下剧本的内容，气氛轻松欢快，所有人明显还没进入到角色里。

讨论结束时正好是晚饭时间，所有人一起吃了个热闹的晚饭。

江汐是这部电影的主角，饭桌上自然是焦点之一，给她递酒的人越来越多。

这种情况下想滴酒不沾自然是不可能的事儿，江汐多少喝了几杯。好在她的酒量不算差，一顿饭下来她也没醉，除了脑袋有点儿昏沉。

聚餐完没有别的活动，所有人回到了酒店。

江汐洗了个澡，从浴室出来的时候看到床上的手机屏幕亮着。

她的身上只随意地搭了条浴巾，两条长腿匀称笔直，还沾着几滴水。

她边擦头发边往床边走，拿过手机看到陆南渡打来的电话。

江汐在床边坐下，接通电话。

“在做什么？”陆南渡的声音从听筒传过来。

“刚洗完澡。”江汐说，“你下班没？”

陆南渡的嗓音里带了股慵懒：“刚在沙发上睡了会儿。”

江汐问：“生病了？”

“没，”陆南渡说，“就是困。”

江汐微皱眉，没说话。

陆南渡很少有白天犯困的情况，除非是昨晚睡得不好。

见她没说话，陆南渡似乎猜出她在想什么。他坦然地说：“不是你想的那样，我昨晚什么也没看见，也没睡得不好，只是因为加班了。”

陆南渡最近的状态可以说是这些年来最好的，他没有再半夜做噩梦，也没有心理不稳定。

这已经很难得了。

但他肯定还没痊愈。江汐很清楚陆南渡有时候还是会产生幻觉，只不过现在的频率降低了很多。

只要是经历过的，都会在生命里留下痕迹，抹不掉的。

“我说真的，”陆南渡说，“上次我看到了不也跟你说了。”

像之前在江汐家那样，陆南渡一到陌生的环境稍不适应就会产生幻觉。他看到了，也跟江汐说了，没瞒着她。

江汐说：“我知道。”

“喝酒了？”陆南渡忽然问。

江汐微愣：“怎么听出来的？”

陆南渡说：“猜的，声音有气无力。”

江汐的脑袋有点儿昏沉：“喝了点儿。”

“要是就喝了点儿你也不至于这样。”陆南渡知道江汐的酒量不错，但不醉不代表她不难受。

江汐没说什么，这一刻因为陆南渡格外了解她，心里莫名地有一丝愉悦。

她笑了下，没说话。

陆南渡大概也笑了声。几秒过后，江汐听见他问："想我了没？"

低沉的、带着磁性的声音钻进耳里。

江汐的背靠上床头，她问："想听真话还是假话？"

陆南渡直接答道；"假话。"

江汐哦了声："那我不想你。"

陆南渡笑着说，"那我岂不是亏了。"

江汐笑了。

陆南渡怎么可能不占这个便宜："不听假话了，想听真话。"

江汐笑道："过了这村就没这店了。"

"不管。"陆南渡说，"姐姐，说你想我。"

江汐无声地笑了下说："陆南渡，你是小孩儿吗？糖要不到还哭的那种。"

陆南渡一点儿也不心虚，吊儿郎当地应着："是呀，不过我也就只能到你的跟前哭了，还能跟谁哭哇。"

别人压根就弄不哭他，他不在乎。

可能在遇到江汐前他是在乎的，可遇到她之后，就只要从她的手里递给他的糖了。后来也遇到对他好的家人和朋友，这些他都感谢，但他不会去求着别人对他好，就像后来梁思容没再对他好，也不遗憾。

但江汐对他来说是不同的。他会跑到江汐的面前，眼巴巴地凑到她的跟前，就算她对他不好，还是会跟着她，直到她对他好为止，必要的时候还会要些小手段，让她多看他一眼，对他好一点儿。

江汐安静了会儿，问他："你是不是就找软柿子捏？"

"你算软柿子？"陆南渡莫名地笑了下，"你至少也算铁石心肠了。"

"你看你现在是不是就是铁石心肠，连说句想我都不肯。"他又把话题绕回来了。

江汐说："那让你看我菩萨心肠一次？"

陆南渡说："我巴不得。"

"我说真的呀陆南渡。"

"听着呢。"

江汐也毫不扭捏地说："我是真想你，不是有点儿想的那种。"

她很少说这种话，陆南渡安静了一瞬。

江汐还故意问他："听见了吗，某个追着我哭的小屁孩儿？"

陆南渡这下是真笑了："你告个白还要骂我一句是吧？"

"要不然呢，你说你浑蛋不浑蛋？"

"浑蛋哪，但浑蛋也听见了，"他说，"你是真想我了。"

这天晚上，江汐睡了一个好觉。

也许是这种风平浪静的生活给了她一种生活一片明朗的错觉。直到某一天，她遇见了多年不见的任盛海，那个剽窃她的成果，反咬一口将她推入抄袭地狱的"恩师"。

陆南渡和江汐忙起来的时候就像谈了场异地恋。

陆南渡的公司忙，加上中间出了趟差，江汐在剧组也走不开，两人愣是用手机联系了十几天。

不像其他热恋期的小姑娘，江汐一点儿也没有不适应或者不开心。

每天晚上两人都会在固定时间通个电话。

江汐不是黏人的人，但陆南渡是，通常她都是在陆南渡的声音中入睡的，电话都没挂。

一开工，江汐的生物钟被迫调整。她每天四五点起床，早上的空气还带着凉意。

这天依旧如此，江汐起床后洗漱一番下楼，顶着还没亮的天去化装间。

现代戏不比古代戏，妆容没那么烦琐，花费的时间比古代装要少些。只不过今天早上要拍的戏份有些消极，是女主人公荆藤那些沉闷黑暗的少年时期的事儿。

今天早上要拍的就是她的学生时代遭受家庭暴力的一场戏。

家暴不仅仅指动作上的，也包括心理上的折磨。女主人公荆藤的父亲有暴力倾向，母亲则如一个冷眼旁观的陌生人。

家暴往往不是一个人造成的，父亲在施暴，母亲在冷眼旁观，像一个烦闷压抑的长片段。

鸡鸣时分，街头巷道上的自行车铃声哐当地响，男人们衣衫齐整、鞋头锃亮地赶着去上班，妇人们提着篮子欢声笑语地去市场。

光照不好的老屋里透着股霉味，里面时不时传来男人的叫骂声。

路上的人却仿佛聋了似的，步履不停，只怪街边那家早餐铺的炊烟太重，糊了耳朵。

有人觉得里面发出的声音太过瘆人，走过去敲了敲门，得到的却是一句不客气的“滚”。

提着公文包的男人面露难色，旁边的一位邻居开了口：“你可别管了，里面的人是个疯子，疯了连劝架的人都打。”

男人还是走了，准时赶去上班。

许久之后，那扇掉了颜色的木门被从内打开。

一个身穿蓝白相间校服的女生从里面走出来，她的衣领拉至下颔，除了脸色有些苍白和唇角有瘀血之外，神情平淡得让人感觉之前听到的动静都是假的。

女孩儿扎着高高的马尾，背着书包从屋里出来，关上了门。

隐隐约约还能听见门里传来骂骂咧咧的声音。男人明显喝醉了，舌头都在打结。

一个喝醉了就打人的人，算什么男人。

那个“好心”提醒外人别蹚浑水的邻居还坐在门槛上。她摇着蒲扇，眼睛炯炯有神，似乎想从这个女孩儿的身上看出点儿什么。

但这个女孩儿跟个怪物一样，冷静得不像人。

正是因为她的冷静，让人忽略了她微红的眼眶。

朝霞散落满街，女孩儿的背影瘦弱却又坚挺，像冬日里料峭的霜雪。她背着书包沉默孤独地走到街头。

镜头到此为止。

这个镜头之前已经拍过一次，徐国生明显很满意。

接下来需要拍屋内的戏份，徐国生让演员和其他工作人员休息一下。

化装师过来给江汐补妆，顺便给她递了杯水。

江汐道谢，接过水拿着，站在原地让化装师补妆。

她喝了口开水，余光忽然注意到街对面的一辆车，看了过去。

周围人声嘈杂，人来人往。

隔着人群，对面的陆南渡靠在车边看着她。

一瞬间耳边所有的声音似乎都空了，他们很久没见了。

她愣了一瞬，对面的陆南渡已经抬起手机，懒懒地朝她晃了晃。

江汐这才意识到还没看手机。

化装师还在给她补妆，江汐把目光从对面收回，低眸看了眼手机。

手机上有两条信息。

第一条是两个小时前，他问她在哪儿，那时候江汐正在准备拍戏。

另一条是现在，也就是刚才她看见他的时候发的。

“看呆了？”

江汐甚至都能想到他脸上的表情，带着一点儿嚣张、逗弄。

她再次朝对面看过去。

陆南渡两个小时前来的，应该在这里待了不久，估计看完了她的整场戏。

陆南渡没催她，在那边等着她。

化装师补妆很快。还有点儿休息时间，江汐跟身边的工作人员说了声后朝对面走去。

她拿着盛着热水的纸杯去了对面。

他笑了下说："几天没见就送我一杯水？"

江汐往他的面前递："不渴？"

陆南渡接过，把印着她的唇印的杯沿对着自己："有点儿。"

这是个下意识的动作，估计连陆南渡自己都没注意到。

江汐没说什么，这习惯陆南渡以前就有了，喜欢往有她的痕迹的地方凑。

陆南渡看了她一眼，伸手牵过她的手。

这边的天气还没回暖，江汐的身上就穿着单薄的校服。陆南渡的手很暖，被他这么一碰江汐才发觉自己的指尖冷得可怕。

陆南渡用宽大的手掌裹着她的手，并且揉了揉。

"是不是忘记自己还是个人了？"陆南渡问。

江汐确实没去注意，让陆南渡帮她揉着手："没发觉冷。"

陆南渡掀眸看她："那是没人提醒你。"

江汐看着他，忽然说："是呀。"

陆南渡顿了下。

江汐四平八稳地说："所以等你来提醒了。"

陆南渡停下动作，直勾勾地看着她。

即使周围的人很多，陆南渡也冲动地想把江汐压在车上亲一顿。

不过他忍住了。

江汐的唇角有一点儿画上去的瘀血，很逼真，陆南渡的目光在上头停顿了一会儿。

他不知在想什么。

有那么一瞬间，江汐觉得陆南渡应该是想到了楚杏茹。

人总是会对跟自己有一些共性的瞬间产生共鸣，即使双方的经历相差十万八千里。

陆南渡和江汐饰演的角色有一个共性，就是家暴。

从小，楚杏茹对他实施的暴力犹如家常便饭，像这种小伤他小时候应该经常有。陆南渡虽然很少跟江汐提起这些，但其实她都清楚。

陆南渡似乎懒得跟人说这些，觉得不必提，即使这些已经对他造成了不可逆的影响。

果然，他很快回过神。前后不过一秒，只不过江汐眼尖注意到了。

陆南渡抬头时就见江汐看着他，大概知道她在想什么，却没点破。

他只笑了下说："姐姐，我这么好看？"

"哪里来的自恋小孩儿啊？"江汐有点儿想笑。

"你家的呀。"他说，"当年你从操场捡回去的还记不记得？"

陆南渡这么一提，江汐想起以前高中的事儿。

那时候的陆南渡除了没现在稳重外，脾性里的那点儿嚣张气儿还是一模一样。他找不到她，就用最高调惹眼的方式到广播站借用了话筒，通知她到操场领取丢失的物品。

那时候的陆南渡心情不好，但一见到江汐，他的脾气差不多就全消了。

也就是在那时候，她对他伸了手，把他领回去了。

陆南渡看见她回忆的样子问："不记得了？"

江汐抬眼看他："记得。"

陆南渡很明显在逗她开心，江汐知道他在担心什么。

陆南渡笑了下，下巴朝她的身后扬了扬："开工了。"

一瞬间，周围的人声涌进江汐的耳朵，方才和陆南渡聊天她全然忘了自己周边的环境。

"去吧，"他松开她的手，"我在这儿等你下班。"

江汐嗯了声，手上还残留着陆南渡手掌的温热。

她状态好，很快就能进入到故事的情境和人物里。

上一场戏特别考验她对人物的理解和演技，微表情几乎被放大在镜头前。这场戏虽不是她的重头戏，但对江汐来说特别遭罪。

心理和生理上的双重折磨。

剧情是发生在上一场戏之前的事儿。荆藤早起准备上学，刷牙洗脸后从厕所出来撞见了夜不归宿、赌博喝酒的父亲。

男人输了钱，一看见这个女儿就来气，毫无缘由地对她拳打脚踢。

拳脚虽然不会真的实打实地落在身上，但肯定也不会敷衍。江汐的手不小心蹭破了皮，衣服也沾上了灰尘。

不过她没去在意。

演员只有相互配合才能尽量完美地演好一场戏。荆藤父母的扮演者都是大前辈，演技上没有问题，这场戏倒没有拍很久。

一场戏下来，江汐身上的校服沾了不少灰，她披头散发的。

而女主人公荆藤就是在这种情况下重新扎好头发，穿好衣服，若无其事地推开门去上学。

都说父母是孩子的避风港湾，但对于那些经受家暴的孩子，父母对他们来说就是大风过境，把孩子所有的东西都卷走，徒留疮痍满目。

江汐平时都回酒店卸装，这会儿她的头发已经乱了，干脆把橡皮筋捋了下来。

长发蓬松柔顺，披在身后，她没去整理它。

外面起了点儿风，比早上还冷了些，天空只一片灰蒙蒙的白光。

陆南渡还等在原来的那个地方。

江汐一抬眼便看见了他。

陆南渡坐在车里，降下了半边车窗。

江汐径直走过去拉门上了车。

陆南渡看着她："头发乱了。"

江汐嗯了声，随手抓了几下。

"还行？"他问她。

江汐愣了一下，而后才意识过来他问的是什么，转头看着他："没什么事儿，我出戏快。"

陆南渡点了点头。

江汐的脸上还有些画上去的伤，他伸手揩过她脸上的一道细小的血痕。

红色的妆被蹭掉一小截。

江汐问："做什么？"

陆南渡收回手，笑了下："看着不爽，回酒店？"

江汐点头说："回去吧。"

中途经过一家药店，陆南渡停了车。

江汐不知道他要做什么，转头看他："怎么了？"

陆南渡瞥了眼她的手："是不是忘记手上还有伤了？"

江汐微愣。如果不是陆南渡提醒，她都没注意到。

这是在拍戏的时候弄的，当时她没吭声，拍完也忘了，不知道陆南渡是怎么注意到的。

陆南渡没跟她多说，已经推开车门下去。

江汐叫住他。

陆南渡还没关上车门，弯腰看向车里，一手搭在车门上，等着江汐说话。

江汐朝对面的一家小超市扬了扬下巴："我去买包烟。"

陆南渡抬头看了一眼超市，又收回视线看她："行。"

她也说不清为什么想抽烟，可能只是因为太久没抽烟了，又或者是因为别的，不想去细想。只是刚才在车上，她看到货架上排列整齐的烟，突然就起了烟瘾。

这地方不像繁华的市区，车少人少，房屋都是十几年前的，墙体老旧。

路上没什么人，江汐穿过马路。

小超市的透明门帘被绑在两边，屋里的光线不是很好，只能看见一排货架。

江汐走了进去。

江汐进店带起一阵风，头上的风铃铛铛作响。

江汐瞥了眼，没多在意，收回目光。

柜台后的人像是弯腰在柜台下面找什么，只露出一截背部。

她开口说："你好，来包烟。"

听见声音，柜台后的人有些艰难地直起身来："好嘞，要哪个牌子？"

那张脸出现在江汐的面前。

在看清柜台后的人是谁后，江汐停住脚步。

柜台后的人在看见她时也明显一愣，比江汐还要震惊。

江汐很快便掩去异样的情绪，平静地走上前。

她把双手插在兜里，说了个香烟的牌子。

听见她平淡的声音，任盛海这才回过神来。他有些手足无措，回身去拿货架上的烟："好……好的。"

江汐的目光落在他的背影上。

几年过去，他已经年迈不少，当年意气风发、温文儒雅的人现在已经两鬓斑白。

平时找包烟那么容易的事儿，任盛海愣是十几秒才找出来，找到烟后转身递给了江汐。

他没说话，只是对她尴尬地笑了下。

想起没有打火机，江汐对他说："再要个打火机。"

任盛海立马拿了递给她。

江汐付了钱，没说什么，转身往外走。

就在江汐快要走到门边的时候，任盛海叫住了她。

江汐停下了脚步，回头看向他。

这位老师自从那年的事情发生后，她就再也没见过。他悄无声息地消失，没有给她澄清过。

今天江汐却在这里意外地遇见他。原来这么久他一直住在这种地方。

如果不是今天遇到江汐，任盛海可能真的会像一个过街老鼠一样安安静静地过完自己的一生。

“那年的事儿……”他似乎有些难以启齿，不知是为当年自己做过的事儿愧疚，还是觉得道歉折了他的尊严。

江汐只听着，没打断他。

任盛海最终还是开口说道：“那年的事儿，对不起。”

江汐没说话。

“我知道你可能早就不想听这些，可是我还是有必要跟你道声歉，”他停顿了几秒，“当年是我利欲熏心，做出了对你不利的事儿。”

他说完这句话，屋里陷入安静。

江汐安静了几秒问：“所以你跟我说这些，是为了什么？”

任盛海瞬间感到无地自容。

他像一个明知道已经对对方造成不可逆的伤害，却还希冀别人原谅他的小丑。

江汐说：“当年你没站出来。”

任盛海张着嘴唇，一个字也没说出来。

不过江汐能理解，毕竟能站出来承认自己抄袭的抄袭者少之又少，他没有那个勇气，也不愿自己名声毁地。

抄袭是一种恶劣现象，但做错事儿能勇敢站出来承认的人也值得尊重。

可任盛海当年没有。

江汐理解他这种怯懦心理，但不代表她认同。

“你可以道你的歉，但原不原谅是我的事儿。”在说出这句话的时候，江汐一瞬间就解脱了，像是结痂的伤口终于掉痂。

江汐向来是这样的人，算不上特别温柔，或者说对伤害过自己的人谈不上有怜悯之心。

她不会怜悯他们。

任盛海似乎还想说什么，最终却什么都没说出来。

江汐这时候还能保持礼节，朝他稍点了下头，而后转身准备离开，却遇到从外面进来的陆南渡。

陆南渡的手上拎了一个白色塑料袋，里面装着药。

大概是回去后没见着她回来，他来找人了。

陆南渡第一眼自然是看到她，问她："买完了？"

江汐嗯了声，没打算多说，走到他的身边说："走吧。"

这时陆南渡却朝屋内看了过去。江汐知道陆南渡认识任盛海，前段时间她澄清抄袭的时候陆南渡已经把这个人了解透彻了。

江汐去牵他的手臂："走吧。"

她回头的时候，发现任盛海在看见陆南渡的那刻瑟缩了下。

江汐微皱眉，按理来说任盛海应该不认识陆南渡，任盛海的这种反应有些异样。

江汐回头看陆南渡。

他的目光丝毫不友善，厌恶下带着刻骨的冷漠，又像在隐忍恨意，似乎他对任盛海的仇恨不仅仅是因为任盛海抄袭了江汐的作品。

江汐忽然想起一件事儿。

她的思绪停滞了一下，目光再次聚焦在陆南渡的脸上。

陆南渡还紧盯着里头的任盛海，某一刻他似乎想进去。

他的情绪明显很暴躁，任盛海准会挨他一顿打。江汐不想陆南渡去费这个力气，也觉得没必要。

她拉住他的手说："我们回去吧。"

陆南渡的目光落到她的脸上。

江汐拽了一下他的手臂：“走吧。”

陆南渡瞥了眼里头的任盛海，没说什么，转身在她的前头走了。

上车后陆南渡的脸色不怎么好看，甚至能看到他在不爽地咬着牙。

江汐说：“带着情绪开车不好。”

陆南渡硬生生地忍了下来。

江汐将烟和打火机扔在中控台，伸手戳了下他的脸。

陆南渡：“……”

江汐笑了下：“生气什么？”

听到她的声音，陆南渡瞬间松了紧咬着的牙。

但即使他消气了，语气还是有一点儿埋怨：“为什么不让我进去？”

江汐说：“我不让你进去你就不进去呀，你怎么这么听话？”

陆南渡转过头看她：“要不然呢，你说的我还能不听？”

“陆南渡，”她看着他问，“你到底在生气什么？”

陆南渡看着她的眼睛，想都不用想，厌恶任盛海的理由信手拈来：“抄袭你的作品，泼脏水，一开始到现在都没跟你道歉。”

他说：“这其中哪一项拎出来都够我讨厌他个祖宗八十代的。”

江汐说：“他今天跟我道歉了。”

陆南渡说：“这不算，我要的是他在公众面前道歉，既然他有胆抄袭，也要有胆站出来道歉。”

他还是盯着她：“当然他得跟你亲自道歉，即使我知道你不可能原谅他，但他也必须在公众面前证明你的清白，因为当时造成所有旁观者把脏水泼到你身上的人是他。”

“他造的谣，所以他也要澄清。”江汐一直听他说。

陆南渡的这些话大概憋了很久，每一个字都透着不爽。

“陆南渡，”江汐忽然叫他，“有段时间网上都说任盛海是被人逼走的。”

任盛海在某一天忽然销声匿迹，他的工作还有名誉在一朝之间被撤除。

“那个人是不是你？”江汐问。

陆南渡沉默，只看着她。

灰薄的日光透过风挡玻璃，在陆南渡的眉骨投下一层淡淡的阴影。

陆南渡看着她：“你什么时候知道的？”

江汐沉默了一会儿：“刚刚。”

陆南渡瞥了眼超市门口，收回目光，又看向江汐：“从超市出来的时候？”

江汐点头：“人的恐惧是装不出来的，他在怕你。”

一个人不会对一个不认识的人有那么大的恐惧，他们大概不是第一次见面。

“我没说错吧。”她说。

陆南渡蓦然地笑了下，算是承认了，但似乎不是很想提起这个话题。

他若无其事地拿过中控台上的烟，撕了外包装。

他抽了根烟叼进嘴里，又磕了下烟盒递到她的面前：“来一根？”

江汐看了烟盒一会儿，收回视线看他。

陆南渡朝她挑了下眉。

她伸手抽了根出来。

陆南渡把烟盒扔回中控台，拿过打火机点烟。突然他环住江汐的后颈让她靠近自己，用自己的烟点燃了她的烟。

她一直盯着陆南渡，烟点燃的时候陆南渡正好抬眼看她。

江汐靠回椅座里，抽了口烟后降下车窗通风。

陆南渡把胳膊搭在车窗上，夹着烟的手指懒散地垂下。他一直侧头看着她，忽然说：“挺熟练啊。”

江汐转回头看他。

陆南渡问她："什么时候开始的？"

江汐知道他问的是什么。

她看向窗外，几秒后又把视线收了回来。

"记不清了，"她说，"好像哪天想抽就抽了。"

她这么回答不是不记得，只是不想谈及这个问题。

陆南渡也没再追问。

江汐回过头来说："刚问你的话，你还没回答。"

陆南渡原本已经忘了，这才想起来。

当年确实是他折腾任盛海。

江汐问他："为什么？"

陆南渡的指尖在车窗下敲了敲，他磕掉烟灰，灰白的碎屑簌簌地掉在水泥地上。

"没什么，"他说，"就是见不得任何人欺负你。"

江汐问："就因为这个？"

陆南渡把视线从窗外那棵快被烟尘熏死的树上收回来。

他侧过头看她，鼻梁高挺，狭长的眼睛笑弯成一条线。

"要不然呢？"他吊儿郎当地说，"姐姐，我是那种逮着谁就站出来为正义发声的人？"

他确实不是。

陆南渡压根不热心，顶多是事情捅到他的面前，才会帮一把。

他的视线又再次透过风挡玻璃落到那个小超市上："我也不管什么讲不讲理，只要谁敢动你一下。"

他看向了江汐："就算他是天皇老子我也给他抄了。"偏执、疯狂、不理智，赌上命的那种。

那时候任盛海还没走下坡路，名利双收，背景算得上强硬。好在陆南渡有的是资本和背景，收拾任盛海不过是动动手指头的事儿。

江汐有种直觉，陆南渡拼了命也不会放过任盛海。孑然一身也疯魔。

江汐莫名有些庆幸，庆幸命运没有让陆南渡失去所有，让他少受了些苦。

江汐看着他笑了下："你是流氓吗，陆南渡？"

"人是真没那么好，不过，"他顿了下看向江汐，"也没那么差吧？"

黑色的眼睛里有一丝微不可察的认真。

江汐和他对视半晌，开口说："怎么会差？"

她摸了摸他的脸说："一点儿也不差。"

陆南渡从小一直生活在被否定被抛弃的眼光里，而江汐是他生活里唯一一抹看得见的光。

遇见她，曾经的那些苦难他都不计较了，像是只要她愿意，他就能成为这个世界上最所向披靡的人。

"我知道了。"他嚣张地笑了下，"我最牛了。"

江汐也跟着笑了，转头看了下窗外，又转头回来。

"是呀，"她说，"你最牛了。"

她下意识地想将指间的烟递到唇边，陆南渡却伸手拿下了她的烟。

陆南渡把她的烟掐灭在烟灰缸里："抽一两口得了，还真抽上瘾了？"

江汐瞥了他一眼。

车窗开着，车里的烟味散了不少。

陆南渡顺带把自己的烟也给掐了："要真受不了，我的嘴可以给你咬咬。"

江汐升起车窗。

陆南渡凑了过来："烟草味的，尝不？"

江汐背靠车窗，抬手环上陆南渡的脖子。

她笑了下说："尝哪。"

接下来的日子风平浪静。

江汐每天的日子大同小异，循规蹈矩，除了拍戏还是拍戏，只不过心境随着剧中的人物变换。生活虽是平淡无波，江汐的心情却没那么平静。

她也说不清为什么，只是有时候有一阵莫名其妙的烦躁，但又不至于失控，只是觉得烦闷，找不出理由。

陆南渡大多数时候在北京，在进一步了解了陆南渡的生活后，江汐才知道他平时有多忙。

但陆南渡偶尔还是会抽空过来。

最近几天陆南渡去国外出差，这是江汐拍戏以来两人没见面最久的一次。

江汐意外地有些不习惯。

人就这样，一旦习惯了另一个人的陪伴就很难改过来。

陆南渡不在她总觉得缺了点儿什么，不过忙碌让她没时间分心给这些小情绪。她几乎天天奔走于各个场地，用另一个人的身份活在镜头下。

这天江汐早早收工，到酒店洗了个澡后才下楼，准备去觅食。

这地方不在市区，酒店的人流量不大，在电梯里江汐没遇着一个人。

她穿过大厅。

天气已经渐渐回暖，江汐的身上只穿着一件单薄的毛衣。

可能天生警惕性比较强，一出酒店她便注意到蹲在对面花坛上的人。

她上身是黑色皮衣，下身是紧身牛仔裤，留一头齐耳短发，左耳的耳钉有点儿亮。

一个女孩儿。

江汐一眼便认出了对方是谁，与此同时她的手机响了起来。

陈欢听见铃声愣了下，抬头看见江汐后将手机收了起来，笑着说："真巧哇。"

江汐下了楼梯朝她走过去。

陈欢从花坛上站了起来，大概是蹲得太久腿麻了，蹦了几下。

江汐停在她的面前。

陈欢说："我不是什么跟踪狂哪，你的地址是我从我大姨那里问来的。"

江汐嗯了声："怎么，找我有事儿？"

"是呀。"

夜空挂着几颗星和一轮弯月。

陈欢笑了下说："我是来跟你道别的。"

Chapter 20
我爱你

陈欢之前在江汐北京的家住过一阵，没几天就被她的妈妈抓回去了。

有的父母对孩子管教严，有的干脆放养不管，旱的旱死涝的涝死，陈欢属于涝死的那种。

江汐过年回家也没见到陈欢，听夏欣妍说陈欢被她的妈妈关起来了，吉他和手机都被没收，陈欢出不了房间一步。

而现在站在面前的女孩儿光彩夺目，由内而外散发出一种天不怕地不怕的气质，像是任何东西在她的面前都不算事儿。

江汐问："跟你妈断绝关系了？"

陈欢看着她："你真的不是算命神棍吗？"

陈欢对此不是很在意："是断绝了，以后我做什么都跟她没什么关系了。"

"怎么过来的？"

“高铁。”

“吃饭没？”

“没。”

江汐瞥了眼附近：“正好我要去找吃的，一起去吧。”

陈欢也没什么不好意思的。

两人并肩走着，陈欢问江汐：“吃什么？”

江汐找吃的跟逛街一样，逮哪儿逛哪儿。她说：“不知道。”

“哦，所以这才叫找吃的。”

“差不多吧。”

陈欢无言以对。

最后江汐找了家露天的家常菜馆，点菜后顺手跟老板要了两个酒杯。

街道上偶有人骑着摩托车轰然而过，或者慢吞吞地骑着自行车。

她们坐在路边，面前摆着几样小菜。

江汐倒了一小杯酒，放在陈欢的面前：“以后不回去了？”

陈欢拿起酒杯喝了口：“回去做什么，断都断了。对我妈来说，她的女儿不学无术，不去参加高考，我就已经死了。”

她在自己擅长的领域一意孤行，就算以后冠冕加身，对她的母亲来说也是不学无术。

“她根本就不是想要一个女儿，只是想要一个按照她的要求去活的人，”陈欢的语气里倒没有多在意，“所以呀，血缘好像也不是那么重要。不过我也没吃亏，她对我没感情，我也算不上对她有感情，顶多感谢她十几年来供我吃供我穿。”

江汐看得出陈欢说的是真心话。陈欢确实没有很伤心，心情反倒还不错，是那种对未来跃跃欲试的期待。

江汐向陈欢递了下酒杯：“加油。”

陈欢看了她一眼，拿起酒杯和她碰杯：“没有你的这句话我也会全力以赴。”

江汐笑了下："够嚣张哪小姑娘。"

陈欢开玩笑道："跟亲妈断绝关系换来的路，当然要狂野到底了。"

"可以，"江汐放下酒杯，"做音乐的，果然够狂野。"

饭菜陆陆续续上桌，香味四溢。

陈欢忽然问："你呢？"

江汐漫不经心地道："什么？"

陈欢有着一双大眼睛，在昏黄的灯光下似乎很亮。她说："你呢，一个搞画画的，也可以狂野到底，更何况你曾经在顶端站过。"

江汐愣了下，没想到陈欢的话说得这么直接，但过一秒便恢复正常："怎么忽然说这个？"

昨晚下过雨，马路牙子边还滞留着一块水洼，整个世界倾倒在里头。

酒杯太小，陈欢喝得不尽兴，直接开了一瓶啤酒。

陈欢喝了一口后说："我知道你们成年人比我们这些未成年人成熟得多，经历得也多。"她顿了下，朝江汐扬了下唇，带着挑衅的意味，"即使这样又怎样，有时候你们还不如我们勇敢呢。"

这个年纪永远热血，没经过社会的折磨，带着一颗对未来毫不畏惧的心，一腔孤勇。

他们什么都不怕。

眼下这刻，江汐确实愣了下。

陈欢继续说着："还记不记得半年前我们第一次见面，我一眼就认出了你，压根没问你是谁。"

准确来说不算是第一次，毕竟江汐见过小时候的陈欢，应该说是她们多年后的第一次见面。

那段日子陈欢被她的妈妈暂时交给夏欣妍照顾，当晚翻窗进了江汐的家。按理来说几年过去没见面，陈欢不太可能记得江汐，但第一眼就认出来了，而且完全不用想。

江汐嗯了声，示意陈欢继续说。

陈欢说：“其实那几年我一直关注着你的事儿。”当时她不知出于什么原因，可能只是小时候觉得这个画画的姐姐很厉害，然后就一直关注江汐。

江汐有些意外，挑起眉。

陈欢说：“所以几年前你被诬蔑抄袭的事儿，我也算了解了全程，但我当时没想过你会因此再也不画画。”

陈欢从小就叛逆，母亲的严厉成为她想挣脱的牢笼。

而江汐和陈欢不同。江汐从小是自由的，想做什么就做什么，可以在自己擅长的领域随心所欲。

长大些的陈欢后来才意识到这点，正是因为江汐所经历的是她渴望的，又或者对她来说是某种意义的象征，所以才会注意到江汐。

而江汐忽然就从此销声匿迹了，再也没有拿起画笔。

“我算是一路看过来的吧，”陈欢说，“所以今天来找你除了道别，还有别的事儿要说。”

江汐端过酒杯小啜，没有说话的意思，示意她继续。

陈欢看着江汐：“我觉得吧，抄袭的人该死，但你不该死，抄袭的人活该一辈子没灵感，但你不是。那是别人的错误不是你的，该受这些影响再也拿不起画笔的人是任盛海，而不是你。”

说到这里陈欢突然想到什么，话头一顿。

小孩儿果然还是小孩儿，江汐似乎就等着这一刻。

江汐终于开口：“是不是想到曾经那些该骂别人的都骂到我身上了？”

当年抄袭的人是任盛海，可所有的人身攻击都是对着江汐。

人们留下的恶意是不会变成无形的，它总会在受害者的生命里留下痕迹。

“我知道，”陈欢说，“但这些你也早就释怀，让它过去了不是吗？”

陈欢说对了，这些年来江汐对以前那些漫天的恶意早就没什么感觉了。

江汐没说话。

陈欢像是要看进江汐的眼睛里：“你就是在跟自己较劲。”

江汐抬眼看她。

陈欢又喝了一口啤酒。

两人对视半晌，江汐先笑了，朝陈欢抬了下下巴：“继续。”

陈欢说：“那就长话短说，单刀直入吧。我就是想跟你说，在画画方面你有的是天赋，当然也没有说你演戏不好。你喜欢的东西你都可以发展，你别用别人的过错惩罚自己，我算是你……”

陈欢歪着头想了下措辞：“某方面来说我应该算个粉丝吧，虽然我对画画什么的不感兴趣，但你的实力当年很多人都看得到，谁都知道你想画还是能画得出来的。”

江汐好像一直是淡淡的，也不知把话听进去了没有。

陈欢一点儿也不给面子地说：“觉得你画不出来的人就是你自己。”

江汐低着头，嘴唇在夜色下格外温柔。她淡淡地笑了下：“是吧。”

陈欢再次拿起桌上的啤酒说：“我就想说呀，有啥好怕的，想做就去拼呗，大不了头破血流，一次画不出来就画第二次，直到画出来为止。”

江汐看着她：“年轻果然好哇。”

陈欢的酒瓶碰了下江汐的酒杯，她说：“是吧，我也觉得。”

“行了，先吃饭吧。”江汐说。

吃完饭两人散步回酒店，到酒店门口的时候江汐说：“今晚住这儿？”

陈欢摇了下头：“明早和乐队的人约了见面，这趟过去就不回来了。”

江汐笑了下。

陈欢说：“没啥事儿了，先走了。”

“行。”

陈欢走了几步，背对江汐抬起手臂挥了挥：“高处见啊。”

似乎即使在夜里，这女孩儿也耀眼得锋芒毕露。

看着她的后脑勺，江汐笑了笑说：“行哪。”

夜里的风还残留着刺骨的冷意，江汐站在风里，许久没动。

不知过了多久，她掏出手机。

她想找陆南渡。

屏幕上有着陆南渡的未接电话，因为静音，江汐吃饭的时候没有注意到。

她回拨了电话。

陆南渡很快接起。

风吹树响，隔着马路，今晚对面的那盏灯似乎比往日亮了些。

“陆南渡，”江汐薄唇微动，“我想画画了。”

历时两个多月，电影顺利杀青。

也就是在这天，江汐画出了几年来的第一幅画。

一朵带血的黑玫瑰，由两个人物的侧面构成的一朵花。

一个穿着旗袍的女人，一个穿着蓝白校服的阴戾少年。

这天在杀青的最后一场戏上，江汐的身上就是一袭优雅的旗袍。

丝滑的布料下，江汐的腰肢凹凸有致，脆弱又性感。

这部电影是个极致疯魔的悲剧。人生不如意十之八九，电影里的女主人公荆藤便是这样的一种人生。从幼年至成年，她的人生不过是从一个牢笼跳到了另一个牢笼。

一生被家暴支配。

她拼不过这个世界，那就疯吧。

疯了，她就拼得过了。

有人说街头那家裁缝店里的貌美老板娘很奇怪，因为她的一生做了无数旗袍，却从来没见她自己穿过。

很多人说，因为她只给别人做，却从来没有人站出来问过她。

不是的，荆藤这辈子最喜欢的就是旗袍了。

那天天气很好，蓝天白云，她在昏暗的老房间里，对着镜子穿上了自己剪裁的旗袍。

这是店里最好看的一件旗袍。

唇纸染红双唇，长发松散地在脑后绾了个髻。当这样的荆藤走在街上，街头巷尾的人都议论开了，有妇人好奇地上去搭话，问荆藤是不是要回家探亲。

她笑靥如花，说是呀。

很多男人在暗地里夸她是大美人，两三个人凑到一起闲聊，被自家的媳妇儿拎着耳朵一路骂回了家。

那天的荆藤确实是回娘家探亲。

她的丈夫在单位工作，下班后才单独过去。

荆藤到娘家的时候丈夫还没下班，进门前她的父亲先指着她骂了一顿。

他把母亲的外套扔到她的脸上，唾沫星子横飞。

父亲说她不守妇道，下三烂，什么难听骂什么，不堪入耳。

以往的荆藤会听话地穿上外套，不，以往她连旗袍都不会穿。

今天的荆藤却一反常态，伸手推了自己的父亲，用力之大连平时伶牙俐齿的父亲都愣怔一下。

父亲反应过来后就要冲过来打她。丈夫适时地出现在门口，拦住了她父亲的拳脚。

可这对荆藤来说不过是从一个虎口落进了另一个虎口。

她的父亲见女婿来，脸上堆着笑，因为怒气未消，笑脸显得格外别扭和丑陋。

丈夫是斯文败类，假装一表人才地寒暄着。

父亲讨好地对女婿说：“人哪，你自己教训去。”

Missing you
想你

见她完好无恙，他松了口气。

他拎过她手里的行李箱问：“怎么不等我过去接你？”

江汐说：“提前杀青了。”

陆南渡又问：“怎么不去楼上？”说着他牵过她的手想带她上楼。

江汐却拽住他：“我不想上去。”

陆南渡终于察觉出异样了，转头看她。

江汐看着他：“去车上吧。”

陆南渡盯着她看了几秒，点了点头。

他带她去了地下停车场。

停车场光线昏暗，空气冰冷。

他们进了车后座。

关上车门的时候陆南渡正想问她怎么了，旁边的江汐忽然靠了过来。

转眼陆南渡已经被她压在车窗上，两人的唇碰到了一起。

陆南渡察觉出她在发泄情绪。

最后不知是谁停下来的，陆南渡能感觉到江汐的情绪平静下来不少。

江汐仍抱着他，低头贴着他的额头。

她将十指插入他的头发里，低垂着眸，睫毛微颤。

“是不是很痛苦？”她突然问。

陆南渡没反应过来：“什么？”

江汐摩挲着他的头发：“小时候被打，是不是很痛？”

陆南渡一愣，直到这刻才知道江汐在不开心些什么。

他微皱眉，捧着她的脸说：“怎么了？”

江汐和他对视，实话跟他坦白：“被家暴，不好受。”

对于江汐出现这种出不了戏的状况，陆南渡早有预感。她前段时间便一直有点儿异样，情绪不对劲。

似乎察觉到他在想什么，江汐摸了摸他的脸说：“我没有出不了戏，我说过了，我出戏快。”

陆南渡只是看着她。

江汐说：“我只是觉得难受。”

她深切体会过家暴是什么，就越发难受。

那幅带血的黑玫瑰的画，画里的另一个人就是陆南渡。

那是一朵名为家暴的花。

家暴在江汐这里不再是单纯的两个汉字，也不再是网络上传播的影像，或者街坊邻里茶余饭后的传闻。

她和自己所饰演的人物身心合一过，跟着角色感受过痛苦、无奈、挣扎，每一帧的痛苦都被放大。

而第一次经受家暴的陆南渡只是个小孩儿。他遭受的暴力不只是她拍戏的三四个月时间，他一直经历到了十七岁，往后长达几年都在受罪。

她难以想象他是怎么过来的。

陆南渡也从来不说。

她看着他：“你不再是一个人了，看吧，我有和你一样的伤了。”

说实话，陆南渡有些心疼。

他捏了捏她的后颈说：“这种事儿我可不想你陪着我。”

江汐没说话。

陆南渡说：“我其实还行，没觉得多痛苦，男孩儿嘛，不揍不听话，小时候不揍揍就皮到没边儿，所以该揍还是要揍的。”

江汐没忍住笑了下。

陆南渡似乎一直有这种能力，能让严肃的气氛变得轻松。

他看着她，也跟着笑了：“笑了？”他说完又逗她：“你这不行哪，都不挤点儿眼泪意思意思？”

气氛彻底被他破坏了，江汐有点儿想笑，推开他：“你别跟我说话。”

陆南渡把她抱进怀里说：“那不行，我可不干冷暴力这种缺德事儿。”

冷暴力也算家暴中的一种。

江汐任他抱着。

陆南渡吻了吻她的脸说：“我呀，不想让你知道家暴是什么感觉，只想让你感受家的感觉。”

他的话说完，江汐愣了下。

陆南渡笑了下问：“姐姐，跟不跟我回家？”

江汐跟陆南渡回家了，回他那栋只有自己一个人住的小别墅。

方才两人的身上在车上沾了点儿东西，浑身黏腻也不舒服。江汐先去洗了个澡。

江汐从浴室出来后陆南渡正好打完一个电话从阳台回来。

江汐问：“公司有事儿？”

陆南渡朝她走过来，搂过她的腰在她的唇上亲了下：“不算，是关于你的事儿。”

江汐问：“什么？”

陆南渡笑着说：“谈生意赚钱养你，这不是关于你的事儿？”

江汐这才知道被耍了，伸手去掐他。

陆南渡笑着躲过。

江汐说：“行了，你去洗澡，我去睡会儿。”

江汐拍戏期间睡眠一直不是很好，现在她好不容易有空，心情也难得放松，是该好好补个觉。

陆南渡点头说：“行，洗完去陪你。”

江汐嗯了声。

江汐擦着头发往床边走，余光扫到地毯上的一个东西。她停下脚步。

这个东西江汐不陌生。

一个黑檀的木盒子，四四方方的。

那是上次两人从屿城回来，陆南渡带回来的。

那时候江汐还问陆南渡里面是什么。

木匣子随意地放在地上，明显陆南渡平时打开它的频率很高。

江汐走了过去。

木盒没关严，一张纸卡在中间。

江汐在床边坐下，本着尊重陆南渡隐私的心态没多注意，却在看到那张露出来的半截纸上的字时，擦头发的手一顿。

几秒后她才回过神来，视线重新回到那张纸上。

那些熟悉的字迹，还有印象中她写过的话。

江汐觉得心跳忽然加快，像是预感到什么。

她放下手里的浴巾，在那个木盒子的面前蹲下。

不知过了多久，她才伸手慢慢打开木盒子。

在看清里面的东西时，江汐瞬间哑然。她下意识地微张着唇，却一句话也说不出来。

这里藏着她见不到阳光的那一年。

信纸年月已久，纸张泛黄，黑字却依旧清晰。

上面写着她那一年的痛苦、挣扎、求救。

那是当年她和一个支撑她走过灰暗时期的笔友的通信。

而那个一直看她画画，跟她一样生了病，和她相互支撑着走过最艰难的一段时期的不知性别的笔友，就是陆南渡。

这个答案冲击得江汐的脑袋一片空白。

她终于知道为什么当年陆南渡会那么快处理掉任盛海，因为陆南渡就生活在她的旁边，得知她所有的喜怒哀乐，替她分担。

江汐也终于知道为什么在抄袭事件再次被翻出来的那晚，他毫无预兆地出现在她的楼下。他从来都是最懂她的那一个人，怕她又再次回到当年的状态，担心她难过。

算起来在她生病的那年陆南渡应该是在国外，但当时她的信都是寄到北京的某个地方，也就是说陆南渡要看到她的信得辗转两国。她终于明白为什么每次回信的时间都特别慢。

而在两人写信期间，他隐瞒性别和笔迹，全都是为了不让她认出他。他认为那时候的江汐讨厌他，不待见他，却不知道她当年想活下来的念头就是来自他。

他天天给她发早安午安晚安，不管她回不回。那个时候江汐只剩下他这一个粉丝，每天都会看他的留言，直到某天想变好时开始跟他说话。

而江汐治愈后，他迅速地跟她断了联系，想让她从这段痛苦的回忆里走出来。他的存在会让她想起这段灰暗的记忆，所以他迅速脱身，让她忘掉那些不愉快，告诉她别让这些不太愉快的往事拖了新生活的后腿。

大概这也是两人重遇后陆南渡从来不提及这些事儿的原因。

他抱着这些信生活了多少年，在每个她不原谅他的夜晚，这是他唯一能真实碰到她的东西。

点点滴滴历历在目，当年分手后他一直在她的身边。

身后的浴室门被打开，陆南渡的声音由远及近，他问她怎么还不睡。

江汐背对着他。

在看到江汐手里拿的东西的时候，陆南渡停住了脚步。

江汐缓缓地回头看他。

江汐的眼眶微红，她张了张唇。

陆南渡知道她想说什么。

他顿时有些不好受，立马走过去在她的面前蹲下。

他摸了摸她的眼角说：“别哭。”

江汐看着他：“为什么不跟我说？”

“为什么要跟你说，”他无奈地笑了下，“这又不是什么好事儿。”

“当年失明……”

事到如今也没有必要瞒着了，他点头：“是真的。”

江汐没说话。

“还记得当年我一出事儿我爷爷就把我送到国外治疗不？”他指了指自己的眼睛，“当年这里是瞎的。”

陆恩笛摔下楼的那晚，陆南渡后脑勺因为遭受杀手的重击，醒来后已经失明。当时为了治好眼睛，陆老爷子带着他辗转去了国外。

“后来倒是很快好了，只不过五年后心理状态不稳定，又出了问题，”他说，“也就是跟你写信的那段时间。”

那段时间陆南渡确实是失明的。

“说起来当时你写给我的信，都是阿姨给我念的。”说到阿姨的时候，陆南渡有点儿不自然。

江汐知道他说的是谁。

“回信也是她回的。”

江汐忽然问他：“当年你在医院里？”

“啊，”陆南渡承认完有点儿尴尬，“确切来说是精神病院……因为我不肯接受治疗被老爷子抓进去的。”

“这就是你害怕医院的原因？”江汐问。

陆南渡像个有问必答的小孩儿，扯了一下脑袋：“也不算吧，我对医院的抵触也有失明的原因。”

“就是……看不到挺难受的。”陆南渡说。

江汐捏了捏他的耳垂，又朝那些信件看了眼：“这些你治病的时候一直带在身边？”

陆南渡把两条胳膊搭在膝盖上，指尖懒散地垂下，笑了下说：“是，看着你的这些信就没那么暴躁，也想快点儿好起来，跟你一样。”

江汐朝他靠了过去，陆南渡顺势搂住她。

“回床上吧，地上凉。”他起身直接把她抱回了床上。

江汐躺在他的怀里，忽然说：“对不起。”

这次她是真的有些忍不住了，眼泪瞬间掉了下来：“对不起。”

在他回来找她的时候，她不仅不搭理他，好听的话也没有几句，但他完全不计较。

江汐把头埋进他的肩膀，隐忍着情绪。

“没什么对不起的，”陆南渡拍了拍她的背，“就当是我那几年没陪在你身边的惩罚吧。”

在陆南渡的怀里，江汐的情绪渐渐平复下来。

“为什么不早一点儿认识你？”她看着空处说。

这样她就可以把他带回家好好养着，少遇点儿坏人，谁也欺负不了他。

陆南渡张了张唇。

“那还是晚个十几年吧，”他笑着逗她，“三岁的年龄差在那儿呢，比你矮一个头算什么事儿。”

江汐想了下，有点儿想笑：“那样是真的得叫姐姐了。”

陆南渡说：“怎么矮你一个头能叫你姐姐，现在就不行了？”

他说着凑近她的耳边，变着法儿地叫她姐姐，还夹着几句荤话。

江汐被他烦得不行。

闹了一番后，陆南渡抚摸着她的背：“缓过来了没？”

江汐嗯了声。

“姐姐。”陆南渡叫她。

“嗯？”

他低头在她的唇上亲了下，直白又认真地说：“我爱你。”

二十年前，二十世纪的某年冬季，腊月初一。

春节喜庆，灯笼高挂，炮仗震天，每家团团圆圆。

雪落了满地，一个小男孩儿缩在墙角。他没有家可以回，妈妈不让。

小南渡永远记得那天有个漂亮姐姐停在了他的身边。

她看着他，蹲了下来。

“小朋友，”她摸了摸他的头，“哭什么？”

她的声音很温柔，她递给了他一把糖：“吃个糖好不好哇？”

番外 01

揣崽

江汐演完《家》这部电影的时候正好碰上考虑是否跟公司续约的空档。

那会儿她在这圈子看起来势头正好，被污蔑抄袭这件事儿水落石出后博了不少网友的好感，人人在网络上碰着她都夸。

她自己也争气，演技越来越成熟，换了个饭碗也依旧能干得很好，以至于大家都默许了演员这行也可以有她的立足之地。

单就这几方面来说，她在演员这条路上走下去前景大好。

在这个爆红几乎是万里挑一的圈子里，江汐这种命是大家求之不得的。在这谁随便被拎出来都黑料一堆的圈儿里，她出淤泥而不染不说，各路资源更是上赶着找上门。

江汐的经纪人佟芸那段时间里接电话接到手软，要跟江汐合作的资源纷至沓来，公司连续约的合同都拟定好了，却万万没想到江汐在这个当口做了一个让圈里圈外的人大跌眼镜的决定。

所有人都以为她会捞这笔送上门来的金，却没想到江汐在《家》这部电影杀青后，第一个爆出来关于她的消息不是她担任哪部剧的女一号，接下来要出演哪部电视剧，而是江汐在万众瞩目下退圈了。

是的，她在大火之时干干净净地功成身退。

她和原公司解约，从大众的视野里淡出，没再接任何影视作品，像是一夜开出的昙花，眨眼间像不存在过。

江汐虽然退圈了，但那段时间里在网上的关于她的讨论只多不少，大家清楚江汐退圈不是口头上说说而已，从宣布退圈的那一刻起，她的明星账号也跟着被注销，成为灰色的头像了。

大家觉得震惊，惋惜，短时间内就把她的话题推上了第一。

大家震惊的、祝福的、诋毁的言论，沸沸扬扬的，最后浪潮归海，一切被时光的洪流吞没。

她退圈后的一年里还是时不时地被人提起。直到一年后《家》这部电影上映后，江汐的这个名字再次被推到了风口浪尖上，再次出现在了群众的嘴舌之中。

不仅因为她这个主角没有出现在电影的发布会上，还因为她在这里头改头换面般的演技，换种说法来讲，《家》这部电影带来的震撼轰动了整个娱乐界。

家暴这个沉重的题材如今国内有代表性的相关作品还很少。作品被拍出来的少，被演出来深入人心的更是不多，而《家》这部电影靠着剧本和演员演技的加持在这个娱乐至死的年代杀出了一条路，被搬上荧屏的第一天就有了非同凡响的效果，网络上讨论度增加，票房在后面几天迅速地飙升，“家暴”这两个字更是时时被顶上话题榜，当下掀起了对“家暴”这个话题的深度讨论。

家暴在现实生活中随处可见，多的是男性、女性和儿童长期受此迫害，在这个群体中的大部分受害者是沉默者，十个人中勇敢地站出来的可能没有一个。

可能是怕丢脸，怕报复，也可能是知道解脱无望，他们活在了沉默中。

《家》中的女主人公荆藤前期正是这样一个形象。她不是一个正面积极的人物，反倒消极又偏激，前期这个角色的忍气吞声让很多正在经受或已经从家暴中解脱的女性有了共鸣。一时间人们纷纷站出来说话，倾诉自己相似的命运。

她们选择继续沉默，或选择不认命地抗争。

而《家》则是以一种偏激的方式结束了这部影片。

荆藤借了父亲的手杀死了丈夫，在这场家暴里，被逼疯的人杀死了逼人的疯子。

这个结尾也是一个亮点，虽然老套，但极其容易引起人的心理共鸣。

随着《家》这部影片的大火，主演们的人气也短时间内攀升，他们的演技、性格、私生活等被观众拿出来讨论了一番。

这部影片里很多老师是江汐的前辈，是老戏骨，一个眼神就能让观众入戏。在影片上映之前很多人还为江汐捏了把汗。她和这么多老戏骨合作，要是演技稍微差了点儿接不上戏，那就是车祸现场，到时候人人都会说是她一个人毁了整部电影，拖了所有演技精湛的老师的后腿。

结果江汐出乎意料地演得很好，把荆藤这个人物演活了，演技丝毫不被老戏骨压着，退圈的她在影片上映期间还爬上了几次热搜。

《家》能有这么大的关注度原因不只影片本身的成功，还有演员的锦上添花。江汐作为女主角，在这圈子里留下的那堆谈资在电影上映的期间给电影提供了不少热度。

电影发布会连跑了好几个城市，她都没出现个影儿。她真是从这圈子里退得一干二净、干脆利落，这让大家对销声匿迹的她更是觉得好奇，同时大家也对她这做法格外佩服。

她说做就做，真是一点儿也不拖泥带水。

那段时间各路媒体没蹲守到一点儿关于江汐的蛛丝马迹，纷纷调侃她这是真住山里头去了。

但其实江汐真没往山里跑，要怪就怪这堆记者的眼不尖，那堆长枪短炮估计就没往孕妇的身上转过。

《家》上映那会儿江汐正挺着个大肚子，怀里揣了个小东西。上映的第一天她还戴着墨镜、口罩和陆南渡去了回影院，幸好记者和观众没认出她来。

他俩一起安安静静地在电影院里看完了这部弥漫着灰色基调的电影。

后来两人从影院出来，身旁擦肩而过的几个女孩儿在讨论江汐画的那幅画。

江汐退圈后被讨论的不仅是她的那堆事儿，还有之前电影杀青后被发上网的那幅画——

少年和女人的侧影合成带血的玫瑰，画风阴暗却不失凄美，落下的每一笔像在血里开出的花，让人不免觉得惊叹。

大家晓得这上头的女人是《家》里面的女主人公荆藤，但对少年便是一头雾水了，电影里头可没有这样一个穿着校服的少年角色。随着江汐的隐匿，这也跟着她一起成了不解之谜。

那会儿江汐和陆南渡从那几个女孩儿身边经过的时候，她们口里说的就是这事儿，她们随口猜测这画上面的少年是个什么人，从言行能看出是江汐的影迷。

江汐当时靠在陆南渡的臂膀里。他的手臂圈着她的肩膀，挡着周围左拥右挤的人潮。

那几个女生的话无比清晰地掉进他们的耳朵里。

但她们嘴里说着的那个人没有像她们所想的那样要是看这部影片肯定得哭得一把鼻涕一把泪，她们说这人的心里不会好受到哪里去。

他反而是笑了一声，然后趴到她的耳边，在人群里跟她咬耳朵：

"姐姐，你这几个粉丝不行啊，猜都没猜对。"

江汐也知道。

他开心着呢，哪儿来的鼻涕眼泪，脸上灿烂得不行。

江汐别过头，透过墨镜片看他："你开心什么？"

陆南渡没戴墨镜，那张脸明晃晃地暴露在日光下，吸引了不少女孩儿的视线。在这种摩肩接踵的环境下还有好几个人一步三回头，光盯着帅哥了。

他一副欠得人想揍他的样子："我想追的人给我揣上崽了，我能不高兴？"

江汐被他这轻佻的话噎了个正着，翻了个白眼。

这表情被陆南渡瞧见了，他那刚就差翘到天上去的尾巴一下子收了。他跟披着羊皮的狼似的，一下子就换上了一副可怜样儿。

"姐姐，你嫌弃我。"

江汐哪儿能不知道他这德行，笑着推开他的脑袋："行了啊，这外头呢。"

"外头怎么了，"陆南渡就凑去她的脸边，"我老婆我想打个啵都行。"

"行了啊，不嫌腻得慌。"江汐笑。

从电影开始到这会儿结束了离开影院，两人自始至终没去碰"家暴"这个话题。这也不是不能碰，只是他们打心底清楚那堆蒙了灰的事儿已经过去了。

"人是要往前看的，在一个地方摔跤太多次像什么事儿，咬咬牙跨过去得了，少点儿肉疼。"

这是陆南渡原话，他跟江汐说的。

近半年来陆南渡的病好了不少。他大部分黏着江汐的时候睡得比江汐还沉，也不能说完全没问题了，但跟以前比起来简直一个天一个地，现在心魔就偶尔那么一次出来冒个头。而陆南渡甚至能做到给自己心理暗示了，行走自如，眼神都不给一个，那堆从小盘踞他心头的东西也就自然而然地不来找他了。

江汐的这孩子怀了有八个月了，在两人结婚的两个月后有的。江汐跟陆南渡扯证还得说回一年前，那会儿她正处于退圈的风口浪尖上。大家以为她退圈是修身养性去了，万万没想到她是去结婚了。

是的，江汐和陆南渡和好不久后就去领了红本。

当时连家长都还没见，他们就自作主张了，本儿拿了后才回家见长辈。

江汐从小被夏欣妍养大。夏欣妍每天操心她的婚事，在江汐跟她透露自己跟陆南渡交往之前，天天在电话里面催婚，张罗着给江汐介绍对象。自打江汐跟她说自己有男朋友后，她换了个方式催，不催婚了，催江汐把人带回家。

陆南渡平时这么一个不正经的人，结果因为见家长这事儿紧张得不行，江汐每跟他提一次他就要问好多遍，真跟去见什么大人物似的，甚至把夏行明和夏欣妍喜欢吃的东西和爱好都摸清楚了。

这次过年回去见家长，日子都还没到，陆南渡就提前十几天把回去给两位长辈的东西准备好了。

那天他把东西买回来的时候，江汐正画完稿子躺在阳台的躺椅上晒太阳。陆南渡把东西放好后来到阳台，来到江汐的身边："我给阿姨和叔叔买了点儿东西。"

江汐闻言睁开了眼睛，看他："什么？"

"过年不是要回家嘛，"陆南渡说，"我就先把给两位老人家的东西买好了。"

江汐说他："陆南渡，还有半个月呢。"

她在说他东西买太早了。

陆南渡说："半个月也就十几天，眨眼就过去了，正好还能挤出时间想想缺点儿什么东西，方便补上。"

江汐听完笑了："你是要去贿赂吗？你买那么多东西。"

"可不是嘛，我就怕阿姨不把你嫁给我。"

江汐说：“那你完了，我阿姨可知道我们分过手。”

陆南渡愣了一下，原本埋在她颈间的头倏忽抬起：“真的？”

江汐轻飘飘地扫了他一眼：“我还能骗你？”

陆南渡：“……”

“我是不是要完了？”

江汐不知道为什么陆南渡这个平时鬼点子多得要命还开得起玩笑的人怎么一到这事儿上就能被她耍得团团转，笑：“你傻不傻啊，我阿姨要真不满意你能叫我带你回去给她看看？”

这话却没安慰到陆南渡，他还是蹙着眉，很较劲：“但是你说阿姨知道我们分过手。”

“能不知道吗？”江汐轻飘飘地扫了一眼过去，“我大学那会儿也就正经地谈过你这一个男朋友。”陈凛都算不上，因为只有短短的一个星期。

她的初恋是陆南渡。她第一次牵手、第一次拥抱、第一次接吻，很多第一次是他的，往后一生的日子也是他的。

陆南渡听到她说她就正经地谈过他这一个男朋友，又觉得脸上贴金了：“那是，没人比我和你更般配了。”

江汐十分不给面子：“你还要不要点儿脸了？”

番外 02
陆和初

江汐肚子里的小东西在一个春天里呱呱坠地，姓陆，名和初，陆和初。

这名字是陆南渡取的，还挺有味道。一开始连他家里头的那位老爷子都调侃就他这文科不过关的文盲，名字取出来肯定就跟大白话一样，结果这名字意外地不错。

陆和初，不光意思不错，念出来也好听，还男孩儿、女孩儿都能用。

这名字孩子还在肚子里那会儿陆南渡就取了，他也不知道私底下琢磨了多少天，翻了多少页字典，最后定下了这俩字。

最后从江汐的肚子里出来的是个男孩儿，那白嫩嫩的小胖脸跟他爸一个模子刻出来的。这孩子在她肚子里的时候就不安分，左踹踹右踢踢，有段时间把江汐折腾得够呛，气得陆南渡说以后这小子出来要跟他算账。

但这小子被生下来后还是秉承在他妈妈肚子里的一贯作风，刚落地就放开了那大嗓门哭，声儿洪亮到捂耳朵都不顶事儿。

江汐当时已经醒了，虚弱得只剩下一口气。

孩子的哭声就跟要把天花板掀开似的，不管什么人把他抱在臂弯里哄都没用，他一个劲儿地哭，江汐躺在床上看过去的时候孩子正在夏欣妍的怀里。

病房里水泄不通，两家人个个脸上情不自禁地堆满了笑。江汐这边的夏欣妍和夏行明，弟弟和女朋友都来了。陆南渡那边连老爷子也被惊动了，连夜坐飞机来这儿。

这会儿病房里的人齐全，唯独少了一个最该待在这儿的人——陆南渡。

那头夏欣妍看她醒了，把孩子抱过来给她看，眼里的笑都溢出来了："小汐你看，这孩子长得多俊，这大眼睛小嘴的，随了你俩了。"

江汐顺着阿姨低下来的身子看她怀里的儿子。

孩子现在哪儿能看出来好看不好看，就一双眼睛、一个鼻子、一张嘴，现在那张小嘴还哇哇大哭，要多不可爱有多不可爱。

但即使是江汐这种一向对小孩儿不感冒的人，看到孩子的时候眼里都带上一丝温软的笑意。

这就是在她的肚子里待了近十个月的小家伙。

江汐看着孩子，随口问了句："陆南渡怎么没在，去哪儿了？"

"去给孩子的奶瓶装水去了，护士刚进来说得给孩子喂点儿水，"夏欣妍还补充，"从你刚从手术室里出来，他就守着你的病床，没从你这床边离开一步。儿子他都没顾上看呢，就看你。"

气氛突然变得有点儿煽情，江汐的唇色有点儿苍白，她沉默了一瞬后说了句话调节气氛："那还得怪我自己睁眼睁得不是时候了，好巧不巧他这刚出去一会儿就让我碰上了。"

夏欣妍闻言笑，与此同时陆南渡从病房外进来，远远的那声儿就隔着人墙透过来："在这儿讲我什么坏话呢？"

江汐的眼睛转去看他。

陆南渡拿着一个巴掌大的小奶瓶出现在她的视野里，这还是江汐第一次看见陆南渡碰小孩儿的东西，那画面一时让她觉得有些稀奇，同时又有种酸酸的感觉从心底密密麻麻地爬起。

陆南渡倒很自如地踱步到她的床边，问她还有没有哪儿不舒服。

江汐就盯着他看，又轻轻地晃了晃头："没有。"

身后那小子的嗓门突然高放。陆南渡被吵得眉心都抽了抽，这才记起还有个没喝水的儿子。他捣了捣耳朵，转身去看儿子，看着也不怎么成熟的样子："吵着你妈了。"

夏欣妍这个长辈在旁边看得直笑，在陆南渡把奶瓶往孩子的嘴里塞的时候床上的江汐开口提了句："阿姨，让他抱。"

陆南渡万万没想到江汐会让他抱孩子，听到她的话跟被雷劈了差不多，头倏然拐回去看她："我抱？"

"培养培养感情，以后多的是时候抱。"

这架势是她以后还让他抱，陆南渡哪儿舍得反驳江汐，而且确实这是他的儿子。孩子浑身软得跟水似的，陆南渡硬着头皮把儿子抱到了怀里。

让人意外的是他刚接过来孩子的这一刹那，刚还在耳边的小孩儿哭声突然就止住了。

不仅陆南渡自个儿一愣，病床上的江汐也是，还有这病房里的其他人都愣了。

大家突然被这戛然而止的哭声弄得瞧了过来，这刚还哭个不停的小孩儿乍一不哭了，这病房里面突然安静得有些令人不适应。大家反应过来孩子是被他爸抱着才不哭了后，纷纷觉得很惊讶，见过认妈，还没见过认爸的，而且这才刚出生多少个小时的小不点儿居然会认人了。

陆南渡和儿子大眼瞪小眼。小孩儿将小手攥成小拳头，放在嘴里含着，不哭了。

陆南渡以前从来不信父子之间能有什么感情纽带，现在信了。

这边的江汐半靠在床上，看着这父子俩。

当时正值下午，窗外橙红的晚霞铺满天穹。黄昏透过冗长的灰败，终于落到这间病房里。

陆南渡和儿子在这片橙红下。

这光芒扎眼到江汐微眯上了眼睛。她又愣神地瞧了会儿后，顺过柜上的手机，对着父子俩拍了张照。

孩子啜着奶瓶，在父亲的怀里。

江汐把这个画面定格了。

陆和初是个调皮的小男孩儿，整天皮得不行。

他乍一看很像陆南渡，那次江汐说的时候陆南渡还摸了摸鼻子。陆南渡说其实孩子不太像他，自己小时候还挺乖的，在幼儿园里是被人欺负的那种，一点儿也不皮，其实就是被他的母亲楚杏茹打怕了。

陆和初几乎是在爷爷、奶奶、爸爸、妈妈还有叔叔、阿姨的疼爱下长大的，跟个小霸王似的。谁都欺负不到他的头上，只有他欺负别人的份儿。

这还是陆南渡教他的。陆南渡跟他说："谁敢揍你，你就揍回去，一点儿也别手软。"父子俩一样浑。

陆南渡很忙，带儿子这任务自然而然就落到了赋闲在家画画的江汐身上。

不过陆南渡忙归忙，整天视频和电话不会少，稍有点儿空当就要缠着江汐，而一般视频通话时江汐会把儿子也一起抱到镜头前，一来二去，小陆和初也养成了每天要和爸爸视频通话的习惯。

有时候江汐和陆南渡忙到把这事儿抛脑后了，儿子反倒跟个小闹钟似的。爸爸出差的时候，儿子就抱着小奶瓶啜着去找妈妈，说要和爸爸视频通话。

陆南渡打小爹不疼娘不爱，吃过这方面的亏，所以不会重蹈覆辙，和孩子很处得来，也很讨小孩子的欢心，陆和初很是黏爸爸。

当然小陆和初更擅长的是黏妈妈，小孩儿都爱跟着妈妈，跟个小跟屁虫似的。

小陆和初也是，很喜欢黏着江汐，天天得咬着奶瓶被妈妈哄才能睡着，连平时玩个玩具都得待在妈妈的身边玩。

那天周末江汐很忙，又赶上灵感迸发的时候，然而小陆和初就是哭着嚷着要妈妈抱，然后就被他爸拎出去兜风了。

陆南渡这个爸爸其实不怎么会带孩子，遛了两个小时把儿子的小脸给遛到蹭上了黑泥，结果小陆和初还挺开心。毕竟小陆和初是个男孩儿，跟爸爸玩得到一块儿，后果就是那天晚上父子俩回家后一起挨了顿骂。